JULIE PETERS

Das Lied der Sonnenfänger

EIN NEUSEELAND-ROMAN

ROWOHLT TASCHENBUCH VERLAG

Veröffentlicht im Rowohlt Taschenbuch Verlag,
Reinbek bei Hamburg, April 2012

Umschlaggestaltung any.way, Cathrin Günther,
nach einem Entwurf der Hafen Werbeagentur, Hamburg
(Foto: Gaby Wojciech/Westend61/
Corbis; Alison Langley/Getty Images)
Satz aus der Fairfield LH PostScript (InDesign)
bei hanseatenSatz-bremen, Bremen
Druck und Bindung CPI – Clausen & Bosse, Leck
Printed in Germany
ISBN 978 3 499 25441 3

Für Gordon

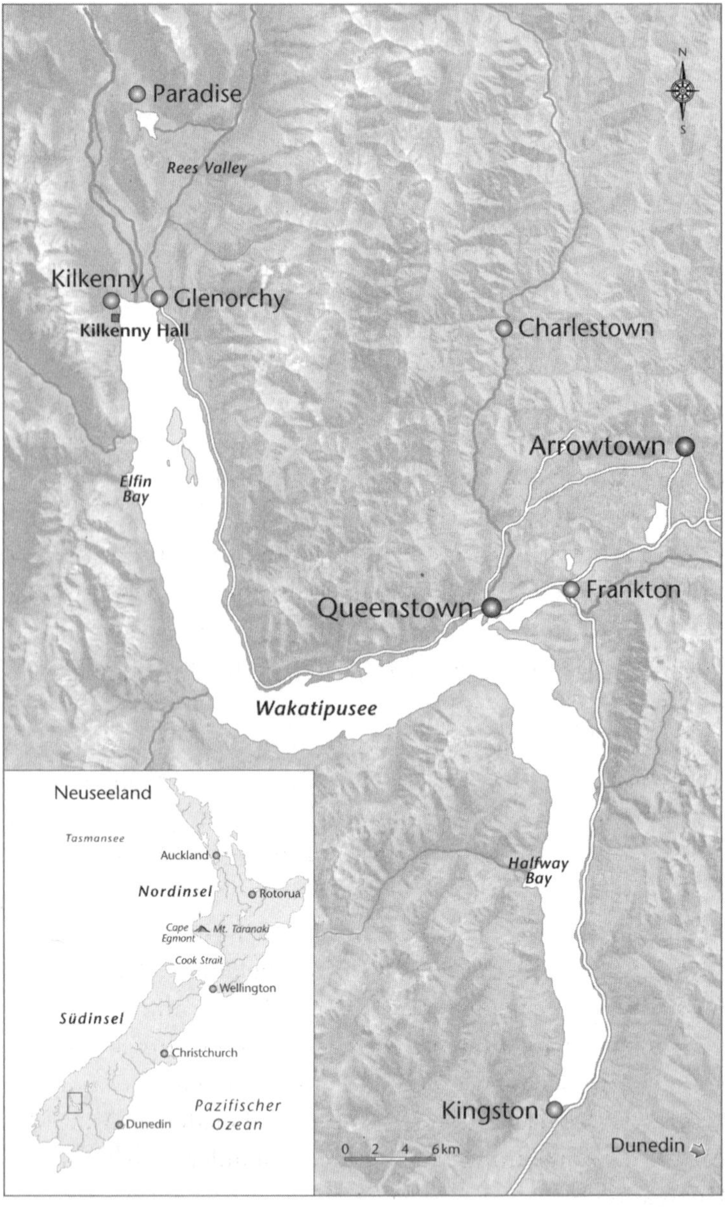

N
S
Paradise
Rees Valley
Kilkenny
Glenorchy
Kilkenny Hall
Charlestown
Arrowtown
Elfin Bay
Frankton
Queenstown
Wakatipusee
Halfway Bay
Kingston
0 2 4 6 km
Dunedin
Neuseeland
Tasmansee
Auckland
Nordinsel
Rotorua
Cape Egmont
Mt. Taranaki
Cook Strait
Wellington
Südinsel
Christchurch
Pazifischer Ozean
Dunedin

Teil 1

1. Kapitel

Queenstown, Neuseeland
Oktober 1894

Das Auge des Vogels blinkte träge.

Emily blinzelte zurück.

Er machte einen Satz auf sie zu, legte den Kopf schief und hämmerte dann mit seinem gebogenen Schnabel auf den Deckel ihrer Trinkflasche ein, die sie vor ihren Füßen auf dem Boden abgestellt hatte. Emily brach ein Stück von ihrem Brot ab und warf es ihm zu. Er nahm den Brocken auf und schlang ihn herunter, hüpfte zur Seite und beäugte sie aus sicherer Entfernung misstrauisch.

«Kea.» Rawiri hockte sich neben sie auf den Boden und nickte zu dem Vogel hinüber. «Kea», wiederholte er.

«Heißt der Vogel so? Ein Kea?»

Rawiri nickte begeistert. «Nicht füttern. Lässt nicht in Ruhe *e hine*.»

«Ein Bergpapagei. Lästige Viecher, wenn Sie mich fragen, Miss.» Dean Gregory, ein Engländer, der ihre Familie nach Queenstown führte, trat zu ihnen. Als sein Schatten auf Rawiri fiel, duckte sich der Junge und sprang auf. Genau wie der Kea hüpfte er seitwärts und verschwand zwischen den Rücken der beladenen Maulesel, die dichtgedrängt am Flussufer standen und ihren Durst stillten.

Emily beschattete ihre Augen mit der Hand und blickte zu Mr. Gregory auf. «Er macht aber einen ganz zahmen Eindruck.»

Er schob sich den Schlapphut in den Nacken. «Tja, das ist das Problem mit den Biestern. Sie sind einfach zu niedlich. Gibt manche Dame, die schon darauf reingefallen ist. Lassen Sie sich von dem da bloß nicht so weit einwickeln, dass Sie ihm Brot oder Nüsse geben. Ruckzuck hat er Ihnen den Hut vom Kopf gerissen und zerfetzt die Lederschnur. Oder Schlimmeres. Hab schon von Leuten hier oben gehört, die ihre Schuhe abends vor die Tür stellten und am nächsten Morgen zerfetzte Lederlappen vorfanden, die sie nur noch wegwerfen konnten.»

«Danke für die Warnung.»

«Nichts für ungut, Miss. Will ja nur, dass es Ihnen gutgeht. Is' ja mein Job, dass Sie sicher in Glenorchy ankommen.»

Er tippte an seinen Hut und ging.

Emily seufzte. Sie beobachtete den Kea, der vor ihr hin und her sprang, als wollte er sie zum Tanz auffordern. Schnell blickte sie sich um, ob auch niemand in ihre Richtung schaute. Wenn Siobhan oder ihre Mutter sie dabei ertappten, wie sie sich mit einem Bergpapagei anfreundete, würden die beiden vermutlich nicht schimpfen. Aber sie würden missbilligend schauen, so wie immer, wenn Emily etwas tat, das so gar nicht damenhaft war, und das reichte aus, dass sie sich unwohl fühlte. Mutter bekam dann immer eine steile Falte zwischen den dunklen Augenbrauen. Und Siobhans Miene wurde ganz ausdruckslos, so als könne sie einfach nicht glauben, was ihre Schwägerin da gerade anstellte.

«Komm! Komm, Kea, komm!», lockte Emily den Bergpapagei.

Das ließ sich dieser nicht zweimal sagen. Er legte den Kopf schief, hüpfte seitwärts auf sie zu und flatterte dann plötzlich auf. Emily hatte gerade noch Gelegenheit, die orangefarbenen Federn an seiner Flügelunterseite zu bewundern, die einen interessanten Kontrast zu seinem olivgrünen Federkleid boten. Aber im nächsten Moment hatte der Kea auch schon ihr Stück Brot gepackt und es ihr aus der Hand gezerrt. Verblüfft starrte sie dem frechen Papagei nach, der ein paar Meter weiter flog, ehe er wieder landete und begann, genüsslich seine Beute zu verspeisen.

«Schließt du gerade Freundschaft mit der heimischen Tierwelt?»

Finn hockte sich neben sie auf den Baumstamm und reichte ihr die Hälfte seines Brotes. Emily nahm den Kanten und biss hungrig hinein. Zum Glück hatte nur ihr Bruder ihre Schmach beobachtet und nicht Mam. Vorsichtshalber schaute sie sich nach allen Seiten um. Mam hatte sich von Mr. Gregory einen Klappstuhl aufstellen lassen, den sie bei Rast stets für sich beanspruchte. Völlig überflüssig, fand Emily. In den kurzen Mittagspausen konnte man doch viel besser auf einem Baumstamm sitzen, oder man lief auf und ab, um die vom Reiten verkrampften Muskeln zu lockern.

Sie legte den Kopf in den Nacken und ließ ihren Blick schweifen. Seit sie von Dunedin aufgebrochen waren, überwältigte sie der Anblick der gewaltigen, schroffen Berge immer wieder. Es war hier so ganz anders als in ihrer irischen Heimat, wo weiche Hügel in tausend satten Grüntönen die Landschaft prägten. Hier wirkte alles so karg, die Berge ragten in den Himmel, und manches Mal, wenn die Luft besonders klar war, konnte sie die schneebedeckten Gipfel der neuseeländischen Alpen im Westen ausmachen.

«Aber klug ist er, das musst du zugeben.»

«Na ja, nur weil er dich ausgetrickst hat? Das ist doch keine Kunst», neckte Finn sie.

Emily boxte ihm die Linke in die Seite. Er griff sich theatralisch an den Bauch, stöhnte und kippte hintenüber vom Baumstamm. Sie lachte, lachte laut und herzhaft, bis sie den Blick ihrer Mutter spürte, die zu ihnen herüberschaute. Tadelnd, wie meist.

Der Tadel galt nur ihr, nicht ihrem Bruder. Weil sie eine Frau war. Auch wenn sie sich mit ihren 17 Jahren noch nicht erwachsen fühlte, sondern oft die ganz und gar unfrauliche Lust verspürte, in wilder Jagd über eine Wiese zu rennen, erwartete ihre Mutter von Emily ein tadelloses Verhalten. Ein Anspruch, dem sie so gern gerecht geworden wäre. Aber es gab so vieles, das in ihrem Kopf herumwirbelte, Gedanken und Ideen, die sie immer wieder vergessen ließen, dass sie eine junge Dame war und sich auch so zu verhalten hatte.

«Schwesterchen, du wirst langsam zu stark für mich.» Finn kämpfte sich wieder hoch und klaubte sein Brot aus dem Dreck. Jetzt tat es ihr schon wieder leid, dass sie ihn geschubst hatte. Immerhin hatte er sein Brot mit ihr geteilt. Sie hielt ihm ihren Kanten hin, aber Finn grinste nur, zupfte ein paar Blätter und Dreck von seinem Stück und biss herzhaft hinein. «Sand scheuert den Magen», bemerkte er mit vollem Mund. «Kannst mir ja dein Stück Braten abgeben heute Abend.»

«Du bist unmöglich.»

«Das macht die frische Bergluft. Deine Wangen sind auch schon ganz rosig. Als hättest du ...» Er sprach nicht weiter. Siobhan kam in ihre Richtung geschlendert, einen Becher mit Wasser in der Hand.

«Mr. Gregory sagt, wir erreichen heute Abend Queenstown. Morgen können wir mit dem Schiff nach Glenorchy fahren», sagte sie. Ihr Haar, das die zarte Farbe von Honig hatte, war fein, aber jede einzelne Strähne saß an ihrem Platz, und nicht mal der Wind, der hier oben in den Bergen wehte, wagte es, ein Härchen aus ihrer Frisur zu zupfen. Immer wenn die Sonne tanzend hinter den dahinrasenden Wolken hervorkam, brachte sie Siobhans Haar zum Leuchten. So strahlend war die Schwägerin auch nach Monaten auf Reisen, dass Emily sich in ihrem dunklen Rock, auf dem stets ein Grauschleier aus Staub zu liegen schien, schäbig vorkam. Zudem trug sie heute das Korsett lockerer, weil es eng geschnürt einfach zu unbequem war, wenn man den ganzen Tag im Damensattel saß. Hoffentlich ertappte Mam sie nicht dabei. Dann setzte es bestimmt wieder einen dieser Blicke, die schlimmer waren als jede laut ausgesprochene Rüge.

Ganz anders Siobhan. Die Frau ihres ältesten Bruders Walter war in allem ein Vorbild. Sie schwatzte nicht, sie lachte nicht, sie ergriff nur selten das Wort. Ihre Haut war auch nach zwei Wochen, in denen sie Wind, Wetter und vor allem der Frühlingssonne ausgesetzt war, zart und hell, weil sie ununterbrochen ihren Hut trug und ihn sich nicht bei jeder sich bietenden Gelegenheit vom Kopf riss. Bestimmt hatte sie noch nie auch nur eine Sommersprosse auf der Nase gehabt – ganz im Gegensatz zu Emily.

Sie zog die gesprenkelte Nase kraus. «Dann kommen wir morgen Abend an?»

«Wenn wir uns beeilen, sei das gut möglich, sagte er. Er möchte die Pause verkürzen und bald weiterreiten.»

«Von mir aus jederzeit», bemerkte Finn. Er spülte den letzten Bissen mit dem Wasser herunter und blinzelte in die Sonne. «Es ist so ein herrliches Wetter, um über Land zu reiten, findet ihr nicht?»

Siobhan lächelte nur sanft. Dann nickte sie und wandte sich ab.

«Habe ich was Falsches gesagt?», fragte Finn.

Emily seufzte. Wie sollte sie ihm das erklären? «Nein, bestimmt nicht.» Aber ein mehrwöchiger Ritt über steile, schmale Bergpfade war nun mal nicht jedermanns Sache. Sie hatten kleine Bäche überquert, die vom Schmelzwasser zu reißenden Flüssen angeschwollen waren, und mehr als ein Mal hatten Mr. Gregory und seine Männer die Frauen hinübertragen müssen, weil die Maultiere schon ohne ihre Last schwer zu kämpfen hatten, um sicher das andere Ufer zu erreichen. Sie waren bei Regen geritten und einmal sogar in einen Schneesturm geraten, der spät im Jahr in die steilen Täler gefahren und so dicht war, dass man kaum das Hinterteil des vorangehenden Maultiers ausmachen konnte. Nein, das hier war nicht die Form des Reisens, die Siobhan oder ihrer Mutter behagte.

Emily aber fand Gefallen daran. Sie genoss es, ihr Gesicht in die warme Frühjahrssonne zu halten, wenn sie den Kopf in den Nacken legte, um den Maorifalken nachzublicken, die hoch über ihren Köpfen dahinschossen.

Manches Mal beneidete Emily ihre Schwägerin, weil sie so ganz in ihrer Aufgabe aufging. Weil sie so ganz Ehefrau war und dabei zufrieden wirkte. Gerade ging sie zu Walter hinüber, der den Sattelgurt seines Ponys nachzog und den Sitz der Satteltaschen kontrollierte. Sie legte die Hand auf seinen Arm und sprach leise mit ihm.

So glücklich zu sein mit dem Mann, dem sie angetraut war … beneidenswert.

Finns Blick war ihrem gefolgt. «Sie ist wirklich kaum zu ertragen», bemerkte er.

«Ach», machte Emily nur.

Manchmal sagte Finn Dinge, die so ganz ihren eigenen Gedanken glichen, die auszusprechen sie aber nie gewagt hätte. Sie wollte Siobhan bewundern, weil sie ein so perfektes Bild abgab. Und er zerriss dieses Bild einfach.

«Und jetzt? Nimmst du ihn mit?» Finn stand auf, streckte seine langen Glieder und zeigte auf den Kea, der noch immer auf dem Boden seine Seitwärtssprünge vollführte, den Kopf schief legte und leise gurrte, fast als wollte er Emily zum Tanz auffordern.

«Mam wird begeistert sein, wenn ich so ein Biest anschleppe.»

«Wie ich dich kenne, wirst du aus genau diesem Grund das Biest mitnehmen.» Sein freches Schuljungengrinsen nahm den Worten die Schärfe.

«Da könntest du recht haben.» Sie lachte. «Nur: Wie nehme ich ihn mit?»

«In Ermangelung eines Vogelbauers schlage ich vor, du nimmst ihn auf die Hand, wie ein Falkner seinen Vogel. Und gib ihm nur rasch einen Namen, damit du ihn immer zu dir rufen kannst.»

Finn feixte; er glaubte wohl nicht, dass es ihr gelingen könnte, den Bergpapagei so schnell zu zähmen. Das stachelte ihren Ehrgeiz erst recht an, und sie hielt dem Tier ihre Hand hin.

Doch der Kea legte den Kopf schief, hüpfte näher und sprang dann mit zwei Flügelschlägen auf ihre Hand. Sie erschrak. Damit hatte sie nicht gerechnet, und seine Krallen gruben sich schmerzhaft in ihre Haut.

«Ich glaube, den wirst du brauchen.» Finn lachte jetzt nicht mehr und half ihr, seinen Lederhandschuh über die freie Hand zu streifen. Emily schob den Vogel darauf. Perfekt! Das Auge des Keas blinkte, der Kopf drehte sich in alle Richtungen. Ihm schien zu gefallen, was er sah.

«Wenn das mal gutgeht. Ich wette, der entwischt dir bei der nächsten Gelegenheit.»

Und wenn schon. Ihr gefiel, wie er sie anblinzelte und wild auf und ab wippte. Vorsichtig, damit er sich nicht erschreckte, ging sie zu den Maultieren hinüber. Siobhan und ihre Mutter saßen bereits wieder in den Damensätteln und ordneten ihre Röcke. Als Walter sie kommen sah, lachte er.

«Wen bringst du denn da mit?», fragte er.

«Emily, das ist nicht dein Ernst! Du kannst doch unmöglich dieses Biest mitnehmen!» Auf Mams Stirn erschien wieder diese steile Falte, an der sich ihr Unmut so vortrefflich ablesen ließ. Und auch Siobhan runzelte die Stirn, schwieg aber.

«Das ist Aeneas», verkündete Emily, einer spontanen Eingebung folgend. Auf dem Weg von Dunedin hierher hatte sie Abend für Abend Vergil gelesen, und es war der erste Name, der ihr einfiel. Aeneas klang edel. Es passte gut zur stolzen Haltung des Kea.

«Na, dann hinauf mit euch beiden.» Walter half ihr in den Damensattel. Mit der freien Hand ordnete Emily ihr Kleid, dann griff sie die Zügel und lenkte ihr Maultier neben Siobhans.

Die Augen ihrer Schwägerin weiteten sich. «Bleib mir bloß vom Leib mit diesem Vieh!» Sie wedelte mit der Hand, als wollte sie den Kea verscheuchen. Der plusterte sich auf, ehe er seine Schwingen ausbreitete und einen markerschütternd lauten Schrei ausstieß.

Siobhan duckte sich, als fürchtete sie, der Vogel könne im nächsten Augenblick auf sie losgehen.

«Er tut dir nichts», versicherte Emily. «Nicht wahr, Aeneas? Du bist brav.» Sie streichelte sein olivbraunes Gefieder. Der Kea senkte seinen Kopf und knabberte zärtlich an ihrem Finger.

Emily lächelte. Sie hatte ihren ersten Freund in der Fremde gewonnen.

Hoffentlich würde er nicht der letzte bleiben.

Die kühle Abendluft strich sanft über Siobhans Gesicht. Fröstelnd zog sie das Tuch enger um ihre Schultern und bahnte sich einen Weg durch die Reihen der Maulesel, die geduldig warteten, dass man ihnen die Kisten und Pakete vom Rücken schnallte. Tag um Tag trotteten sie gehorsam über die engen Bergpfade und trugen ihre Lasten zum nächsten Gasthof. Heute Abend hatten sie endlich Queenstown erreicht, kaum mehr als eine Ansammlung von Baracken und geduckten Häusern, die sich zwischen die steil aufragenden Berge und den Wakatipusee schmiegten. Von hier aus würden sie morgen Früh mit dem Schiff weiterreisen, denn nach Glenorchy führte keine Straße.

Der Gasthof wirkte von außen kaum größer als die anderen Häuser in diesem Ort. Der Innenhof war eng, und die Gebäude warfen lange Schatten. Die Arbeiter luden schweigend die Kisten ab und führten die Maulesel auf eine Weide hinter dem Haus. Siobhan hoffte, dass die Menschen besser untergebracht wurden als die Tiere, denn auf der Weide war der Boden schwer von den langanhaltenden Regenfällen, und die Hufe der Lasttiere versanken im Schlamm.

Sie beschloss, nach Walter zu suchen, der ihr versprochen hatte, sich um die Zimmer zu kümmern. Die anderen hatten sich bereits in den Gastraum begeben, eine stinkende, verrauchte Höhle mit niedriger Decke, in die Siobhan nicht hatte eintreten wollen, weil sie das Gefühl hatte, darin Beklemmungen zu bekommen. Sie wartete lieber draußen, auch wenn das bedeutete, dass sie die Gesellschaft der Maulesel noch ein wenig länger ertragen musste.

Einer der Maulesel trat zurück. Siobhan versuchte, dem Tier auszuweichen, denn sie hatte schreckliche Angst vor den Biestern, fast so sehr wie vor diesem Bergpapagei mit dem scharfen Schnabel, den Emily heute bei der Rast aufgegriffen hatte.

Im Zurückweichen stieß sie an einen zweiten Maulesel, der verschreckt den Kopf warf und damit einem Maorijungen unters Kinn schlug, der gerade eine Kiste ablud. Vor Schreck ließ der Junge die Kiste fallen. Es schepperte ohrenbetäubend.

«*Aroha mai! Aroha mai!*», rief der Junge sofort und hielt sich ängstlich die Ohren zu. Das helle Klirren ließ Siobhan das Blut in den Adern gefrieren. Ihre Hand krampfte sich vor ihrer Brust um das Schultertuch. Dann schrie der Maulesel und versuchte verschreckt das Weite zu suchen. Mit rollenden Augen zerrte er am Halfter.

Sie zog den Kopf zwischen die Schultern, als könne

sie so dem Lärm entgehen. Sie war schon immer sehr schreckhaft gewesen, und die neue Umgebung, die mit jedem neuen Tag so viele Sinneseindrücke brachte, schärfte ihre Sinne nur noch mehr.

Ihr Herz raste. In der Kiste waren wahrscheinlich ihre wertvollen Kristallgläser, Teil ihrer Aussteuer. Sie hatte darauf bestanden, sie auf die Reise in ihre neue Heimat mitzunehmen. Alle Beteuerungen Walters, man könne das Kristall und das Porzellan doch genauso gut auch später nachholen, hatte sie nicht hören wollen: Ihre Sachen mussten mit. Das feine Leinen, das Porzellan, die Gläser, auch einen Teil ihrer Möbel hatte sie auf die Wagen verladen lassen, sodass man zusätzliche Maulesel anmieten musste, um all ihre Besitztümer ins Landesinnere zu schaffen.

Sie stand da wie erstarrt. Nein, das durfte nicht sein. Bestimmt hatte die Holzwolle das Schlimmste verhindert.

Walter drängte sich an ihr vorbei und strich ihr sanft über den Arm. «Lass mich das machen», murmelte er.

Der Maorijunge hatte die Kiste außer Reichweite des tänzelnden Maulesels gezogen, der sich gegen den Strick wehrte, mit dem sein Halfter am Gatter festgebunden war.

Walter trat zu dem Jungen und redete kurz mit ihm. Dieser nickte, packte den Strick des Maulesels und führte ihn zu der Koppel, auf der die Tiere über Nacht blieben. Walter beugte sich inzwischen über die Kiste und versuchte, sie zu öffnen. Da sie fest zugenagelt war, schien das gar nicht so leicht zu sein. Er hob den Kopf und blickte sich suchend um. Außer Siobhan und dem Maorijungen stand niemand mehr im Innenhof des Gasthauses. Die anderen Familienmitglieder und die Männer, die ihre Reisegruppe unter der Leitung von Mr. Gregory hierherbegleitet hatten, waren im Gastraum verschwunden, um sich aufzuwärmen. Bald würde es Abendessen geben; es wurde langsam dunkel.

«Ich brauche eine Zange.»

Siobhan nickte nur und blickte Walter nach, der zum Haupthaus eilte. Er war so ein stattlicher Mann, und er wusste immer, was zu tun war! Aber nicht nur deshalb hatte sie sich in Walter O'Brien verliebt. Nein, es war sein sandfarbenes Haar, in dem ihre Hand so gern wühlen würde – besonders jetzt, da es seit einigen Wochen nicht geschnitten worden war. Sie liebte seine hellen, blaugrauen Augen, aber vor allem gefielen ihr seine Hände. Die zarten, hellen Haare auf dem Handrücken, die gebräunte Haut, die Adern, die sich darunter deutlich abzeichneten.

Morgen würden sie endlich Glenorchy erreichen. Keine steilen Pfade mehr, keine reißenden Bergbäche, nur noch eine Überfahrt mit dem Schiff.

In Glenorchy wartete Walters Vater Edward auf sie. Er war bereits vor knapp einem Jahr hergekommen, um für die Ankunft der Familie alles vorzubereiten. Er hatte Siobhan beim Abschied versprochen, ihr ein Haus zu bauen, das ähnlich groß und schön sein würde wie das Haus ihrer Eltern daheim in Irland.

Und sie freute sich darauf, in wenigen Tagen ein großes, herrschaftliches Haus zu beziehen.

Sie raffte das Schultertuch enger und beugte sich zur Kiste hinab, die aus groben Brettern gezimmert war. Siobhan traute sich nicht, sie zu berühren, um sich keinen Splitter in den Finger zu ziehen. Mit dem Zeigefinger ihrer freien Hand tippte sie auf einen blanken Nagelkopf. Ihr war kalt.

Inzwischen war es im Innenhof dämmrig, und schon bald würde die nächtliche Dunkelheit die Gebäude verschlingen. Hoffentlich kam Walter bald.

«Kann ich Ihnen helfen?»

Sie fuhr herum und hätte beinahe vor Schreck geschrien.

Eine große Gestalt ragte vor ihr auf.

Die Person machte zwei Schritte auf sie zu und hob eine Laterne. Die Flamme tanzte und beleuchtete das dunkle Gesicht eines Maori. Die typischen Tätowierungen zogen sich über seine linke Gesichtshälfte. Doch er trug europäische Kleidung, und als sie zu ihm aufblickte, lüpfte er seinen Schlapphut und nickte. «Guten Abend, Ma'am», sagte er freundlich. Seine Stimme war tief, der Akzent kaum herauszuhören.

«Guten Abend.» Sie blickte sich suchend um. Ach, wäre sie doch vorhin nur schon mit ihrer Schwägerin und ihrer Schwiegermutter ins Haus gegangen! Jetzt stand sie hier im Dunkeln in einer überaus kompromittierenden Situation mit einem Fremden beisammen.

«Kann ich helfen?», wiederholte er seine Frage.

Sie spürte, wie sie rot wurde. «Ich ... mein Mann holt gerade eine Zange. Die Kiste ist heruntergefallen, und ich fürchte, mein Kristall ...»

«Ah, das haben wir gleich.» Er stellte die Lampe neben der Kiste auf den Boden und zückte ein Klappmesser. Geschickt schob er die Klinge unter den Deckel und hebelte ihn auf. Nach wenigen Sekunden stand die Kiste offen vor Siobhan.

Sie beugte sich vorsichtig vor und versuchte, in die Kiste zu spähen. Der Maori spürte wohl ihre Unsicherheit, denn er klappte das Messer wieder zu und erhob sich. Aber erst nachdem er etwas zurückgetreten und mit der Dunkelheit verschmolzen war, wagte es Siobhan, sich vor die Kiste zu knien.

Vorsichtig teilten ihre Finger die leise raschelnde Holzwolle.

«Nehmen Sie ruhig meine Laterne, wenn Sie damit besser sehen können», sagte seine Stimme aus der Dunkelheit. Siobhan antwortete nicht. Ihre Hände wühlten in der Holzwolle, und sie versuchte zu ertasten, was sich in der Kiste befand. Ihre linke Hand stieß auf den Griff einer großen Schüssel – die Bowlenschale! Vorsichtig versuchte sie, die Schale herauszuheben. Ein leises Knacken, dann hielt sie nur noch den Griff in der Hand.

«Verdammt», fluchte sie und biss sich sogleich auf die Unterlippe. Es gehörte sich nicht zu fluchen. Es gehörte sich ja auch nicht, in der Dunkelheit im Dreck zu hocken und von einem Maori beobachtet in einer Kiste zu wühlen. Sie spürte, wie etwas an ihrer Handfläche entlangschrappte. Ein überraschter Schmerzenslaut entfuhr ihr, und sie riss die Hand abrupt zurück.

«Vorsicht.» Er hockte sich ihr gegenüber vor die Kiste und nahm ihre Hand in seine. Einen Moment lang staunte sie, wie hell ihre Haut gegen seine wirkte, dann überwältigte sie der Schmerz, und sie schnappte nach Luft. Aber ihr Korsett war so eng geschnürt, dass Sterne vor ihren Augen tanzten und sie kurz die Augen schloss, bis das Schwindelgefühl verflog.

Sein Daumen strich über ihre Handfläche, und er ließ sie nicht aus den Augen. «Sie brauchen einen Arzt.»

Siobhan kam wieder zu sich. Unwillig entzog sie ihm ihre Hand. «Das weiß ich.» Abrupt stand sie auf. Schade um die zerstörte Bowlenschale. Siobhan konnte Walters

Standpauke schon hören: Alles, weil sie an diesem Plunder, wie er es nannte, unbedingt hatte festhalten müssen.

Aber jetzt musste sie sich erst einmal um ihre Hand kümmern. Und sie musste von diesem schrecklichen, dunklen Mann fort, der nach der Laterne griff und sich jetzt ebenfalls erhob. Als er versuchte, seine freie Hand unter ihren Ellenbogen zu legen, machte sie sich mit einer heftigen Bewegung von ihm los.

«Lassen Sie das. Bitte», fügte sie hinzu, denn sie hörte selbst, wie ruppig ihre Worte klangen. Himmel, wenn das so weiterging, würde dieses Land sie innerhalb kürzester Zeit zu einer ebenso Wilden machen wie den Mann, der vor ihr stand. Dabei sah er gar nicht so aus, wie sie sich die Wilden bisher immer vorgestellt hatte. Auf der Südinsel Neuseelands, das hatte Walter ihr versichert, gab es auch gar nicht so viele Wilde wie im Norden. Er hatte damit ihre Sorge zu zerstreuen versucht. Außer diesem Mann gab es noch einen Jungen in ihrer Reisegruppe, der zu Mr. Gregory gehörte und sich auf jede nur erdenkliche Weise nützlich machte. Seine Haut war fast schwarz, und sie schien in der Sonne sogar schwärzer zu werden. Er stellte sich ganz anständig an, nur wenn er aufgeregt war, plapperte er in seiner Muttersprache los, und dann war er Siobhan noch fremder als die wenigen Maori, denen sie auf der Reise begegnete.

Hoffentlich hatte sie diesen Mann nicht verärgert. Wer wusste schon, was diese Wilden als Beleidigung empfanden und wie sie reagierten, wenn man sie zurechtwies.

«Sie sind sehr stolz.» Aber er ließ sie los und ging in angemessenem Abstand mit ihr zum Gasthof. Er leuchtete ihr den Weg. Siobhan presste ihre Hand in das

Schultertuch und versuchte, den pochenden Schmerz zu ignorieren, der sich von ihrer Handfläche bis hoch in den Unterarm ausbreitete. Oh Gott, hoffentlich gab es hier wenigstens ein Mindestmaß an medizinischer Versorgung! Wenn sich die Wunde entzündete, dann würde sie sterben, bevor sie ihr neues Zuhause erreichte …

«Siobhan?» Walter trat aus dem Haus. Er eilte ihr entgegen, und sie schluchzte auf, als sich seine Arme um ihren schmalen Körper legten. Sie war so erleichtert, ihn zu sehen! Die wenigen Minuten allein in der Kälte hatten sie schmerzlich daran erinnert, wie einsam sie sich in diesem fremden Land fühlte. Walter war ihr einziger Schutz, ihr einziger Trost.

Ihr geliebter Ehemann.

«Ihre Dame hat sich am Glas geschnitten.» Der Maori hob die Laterne, sodass Walter ihm ins Gesicht sehen konnte. Es wirkte wie eine geschnitzte Maske. Sie schmiegte ihren Kopf an Walters breite Brust.

«Bitte, ich brauche einen Arzt», flüsterte sie.

«Lass mal sehen.» Walter schob sie sanft von sich und nahm ihre Hand, wie schon zuvor der Fremde. Er hatte sie berührt! Beim Gedanken daran wurde ihr ganz schwindelig, und sie wimmerte leise, als Walter die Wunde untersuchte. Der Maori stand neben ihm und hielt die Lampe hoch. Der Lichtschein flackerte gespenstisch, und kurz glaubte Siobhan, sie müsste das Bewusstsein verlieren.

«Das haben wir bald. Komm, die Wunde muss nur gereinigt und verbunden werden.»

Walter führte sie ins Haus. Der Fremde blieb draußen zurück.

«Ich bin so froh, dass du da bist», flüsterte Siobhan

mit erstickter Stimme. «Es war so unheimlich. Er hat mich so merkwürdig angeschaut ...»

«Der Maori? Ich kenne ihn nicht, aber auf mich macht er einen recht zivilisierten Eindruck. Komm, Liebste. Ich bin sicher, nach einem heißen Bad und dem Abendessen geht es dir schon viel besser.»

«Wir können hier baden?» War das die Überraschung, von der Walter gesprochen hatte?

«Du kannst im Badewasser liegen, bis deine Haut ganz schrumpelig wird.» Er küsste sie sanft auf den Scheitel, ehe er sie in den Vorraum schob. Aus dem Gastraum klang Gelächter zu ihnen herüber. «Wir haben auch ein privates Speisezimmer. Ich habe für alles gesorgt.»

«Wie hast du das nur geschafft?», murmelte Siobhan und lächelte erschöpft.

Er lachte. «Ich habe telegrafiert.»

Seine Fürsorge tat ihr gut. Sie ließ sich die schmale Treppe hinaufgeleiten und folgte ihm in das Zimmer, das sie für diese letzte Nacht vor ihrer Ankunft in Glenorchy bezogen. Walter schob sie auf einen Stuhl und verschwand im angrenzenden Salon, wo er sein Gepäck abgestellt hatte. «Ich fürchte aber, das Bad wird bis nach dem Essen warten müssen», rief er zu ihr herüber, «Mutter und Emily warten bereits ungeduldig auf uns.»

Siobhan seufzte leise. Sie erinnerte sich wieder an die Episode am Nachmittag, als Emily den Bergpapagei gefunden und angefüttert hatte. «Ist dieses Vieh eigentlich noch bei Emily?», fragte sie und warf verstohlen einen Blick zur Tür, als fürchtete sie, Emily könne jeden Augenblick mit dem Kea auf der Hand hereingestürzt kommen.

Walter kam mit der Blechschachtel zurück, in der er

eine kleine Notfallapotheke für die strapaziöse Reise verwahrte.

«Ich vermute, sie wird ihn in ihrem Zimmer lassen. Aber Rawiri hat sich auch sehr für den Kea interessiert. Vielleicht passt er auf den Vogel auf, während Emily mit uns isst.»

Rawiri, genau. So hieß der Maorijunge, der sich ihnen in Dunedin angeschlossen hatte. Der Name war Siobhan entfallen.

Walter öffnete den Kasten und breitete neben sich auf dem Tisch das Verbandszeug aus. «Gib mal her.»

Seine Hand konnte fest zupacken, doch bei ihr war er immer ganz sanft und zärtlich. Gehorsam öffnete sie die Hand und nahm den blutdurchtränkten Zipfel ihres Tuchs hoch, um ihm die Wunde zu zeigen. Walter schüttelte den Kopf. «Du hättest es besser mir überlassen, die Kiste zu untersuchen.»

Sie senkte den Kopf. «Ich weiß», flüsterte sie. «Aber der Mann, er hat mir geholfen, und ...»

«Hattest du denn gar keine Angst vor ihm?», neckte Walter sie. Ihre Angst vor allem Fremden kannte er ja. Vorsichtig begann er, mit der Pinzette winzige Glassplitter aus der Wunde zu entfernen. Siobhan jammerte leise und versuchte, ihm ihre Hand zu entziehen, doch Walter hielt sie unerbittlich fest. Der Stuhl knarrte leise, als sie sich schließlich zurücklehnte und erschöpft die Augen schloss.

Walter arbeitete schnell und geschickt, und das Puckern in ihrer Hand wurde leiser. Dafür liebte sie ihn – er wusste immer, was zu tun war. Sie hätte sich keinen besseren Ehemann wünschen können.

«Das wird jetzt ein bisschen wehtun», murmelte er,

und im nächsten Moment drückte er ein mit Jodtinktur getränktes Stück Watte auf die Wunde. Siobhan keuchte überrascht auf.

«Es tut mir leid. Hoffentlich ist es nicht zu schlimm.» Er wandte den Kopf und kramte in der Blechkiste. Siobhan ließ ihre offene Hand auf dem Schoß ruhen. Es rührte sie zu sehen, wie sehr es ihn schmerzte, ihr wehtun zu müssen.

Ungeschickt hob sie ihre Linke und strich über sein sandblondes Haar. Er verharrte einen Moment lang mitten in der Bewegung und schien diese Liebkosung zu genießen. Viel zu selten hatten sie in den letzten Wochen Zeit gefunden, ganz für sich allein zu sein. Wenn sie abends in ihr Gastzimmer gingen, waren sie zu müde, um noch miteinander zu reden. Meist war Siobhan schon eingeschlafen, sobald ihr Kopf das Kissen berührte, und wenn sie morgens aufwachte, war Walter schon aufgestanden und kümmerte sich um die Lasttiere, die Wagen und all die anderen Aufgaben, die ihr großer Tross nun mal mit sich brachte. Er war ein vorbildlicher Ehemann, der sie auf der Reise nicht bedrängte, ihre ehelichen Pflichten zu erfüllen. Seit der Hochzeitsnacht kurz vor ihrer Abreise nach Neuseeland war es nicht mehr zu dieser unaussprechlichen Sache gekommen, die von ihr selbstverständlich erwartet wurde und die zu erfüllen sie gerne bereit gewesen wäre – wenn es nur nicht so wehtun würde!

«Lass das.» Er schüttelte ihre Hand ab, und seine Stimme klang plötzlich rau. Er wickelte den Verband fest um ihre Hand. Zu fest, aber sie sagte nichts dazu.

«Wir haben lange nicht mehr …» Sie biss sich auf die Unterlippe. Nein, das durfte sie nicht aussprechen.

«Was?» Seine hellen Augen musterten sie prüfend. «Was haben wir lange nicht mehr gemacht?»

Sie errötete. «Das … also …» Sie räusperte sich. «Das Bett geteilt.»

Walter lächelte. «Aber wir teilen doch jede Nacht das Bett, Liebste.» Er verschloss den Verband und räumte den Blechkasten wieder ein. «Den Verband wechseln wir am besten täglich. Morgen sind wir zum Glück mit dem Schiff unterwegs nach Glenorchy, da brauchst du keine Zügel zu halten. Bald sind wir daheim», fügte er hinzu.

«Ich meine nicht, in einem Bett zu schlafen.» Siobhan berührte Walter an der Schulter. Er wandte ihr gerade den Rücken zu. «Ich meine … wie Mann und Frau …» Ihre Stimme verlor sich in der Stille.

Sie sah, dass Walter erstarrte. Seltsam. War ihm etwa der Gedanke, mit ihr das Bett zu teilen, zuwider? Hatte er ihr deshalb seit Wochen Nacht für Nacht den Rücken zugewandt?

«Das habe ich dir doch schon erklärt, Siobhan.» Ungeduldig stopfte er Mullbinden, Pinzette und das Jodfläschchen in den Blechkasten und knallte ihn schließlich mit einem Ruck zu. Bei dem Geräusch zuckte sie zusammen. «Es wäre nicht gut gewesen, wenn du unterwegs nach Neuseeland in anderen Umständen gewesen wärst», fuhr er fort. «Schon jetzt war diese Reise eine Strapaze, die ich dir nur sehr ungern zugemutet habe.» Er stand auf und verließ das Schlafzimmer. An der Tür zum kleinen Salon drehte er sich noch einmal zu ihr um. «Du solltest dich wenigstens kurz waschen, bevor wir zum Essen gehen. Und es ist wohl besser, wenn du dich umziehst, dein Kleid ist ja voller Blut.»

«Ja, Walter», flüsterte sie und blieb regungslos auf

dem Stuhl sitzen, ihre Rechte ruhte in der linken Hand. Das Puckern war einer seltsamen Hitze gewichen, und als sie ihre Finger bewegte, kehrte auch der Schmerz zurück. Doch diesen Schmerz zu spüren war allemal besser als das, was sie eben erlebt hatte. Walter hatte sie zurückgewiesen. Sie konnte nicht anders, als die Gedanken immer und immer wieder darum kreisen zu lassen.

Warum hatte er sie geheiratet, wenn er sie so verabscheute? War es ihm nur um ihr Geld gegangen? Hatte er darum um ihre Hand angehalten? Seine Familie war verarmt, sein Vater hatte nur mit knapper Not das kleine Landgut über Wasser halten können, und doch waren die O'Briens stets stolz gewesen – zu stolz, um ihr Scheitern anzuerkennen. Als Walter begann, ihr den Hof zu machen, hatte sie sich von diesem schneidigen Mann geschmeichelt gefühlt – damals, vor zwei Jahren, als sie gerade 19 geworden und von vielen Männern umschwärmt worden war. Aber sie hatte sich immer gefragt, welchem der zahllosen Verehrer es tatsächlich um sie ging und wer nur auf das Geld schaute, das sie nach dem Tod ihres Vaters geerbt hatte.

Daher hatte sie auf ihr Herz gehört. Und ihr Herz hatte seit ihrer ersten Begegnung mit Walter heftig geklopft, sobald sie nur an ihn dachte. Er war anders. Ein ernster, nachdenklicher Mann, mit dem sie sich über so vieles unterhalten konnte. Sie hatte auf ihr Herz gehört – ihr Vater hätte es nicht anders gewollt – und Walters Werben schließlich nachgegeben.

Als Walter sie fragte, ob sie mit ihm nach Neuseeland auswandern würde, hatte sie nach kurzem Zögern zugestimmt. Schon bald hatte sie ihren Entschluss bereut, als sie nämlich erfuhr, dass seine ganze Familie die lange

Reise auf die andere Seite der Welt antreten würde, um sich dort eine neue Existenz aufzubauen. Schafzucht, so hatte Walters Vater Edward O'Brien immer wieder doziert, wenn sie mit ihrer Mutter zum Abendessen ins Haus der O'Briens kam, sei das Geschäft der Zukunft, denn frieren würden die Menschen immer. Die Merinoschafe Neuseelands waren für ihre feine Wolle berühmt, die in alle Teile der Welt exportiert wurde. Nun, in fast alle, scherzte Edward O'Brien dann meist. In Afrika fror bestimmt niemand.

Dass all das – die Schafherden, das Land, das Haus, die Überfahrt – von Siobhans Erbschaft bezahlt wurde, hatte sie nur am Rande interessiert. Das Geld war ihr nicht wichtig. Es war Walters Familie, die ihr Sorgen bereitete. Wäre nicht Walter stets an ihrer Seite gewesen, hätte sie sich sehr unwohl gefühlt.

Sie hoffte, das Gefühl von Fremdheit würde abklingen, sobald sie ihr neues Zuhause erreichten. Sobald sie das Haus bezogen, das zu bauen Edward O'Brien ihr versprochen hatte.

«Bist du so weit, Liebste?» Sie schrak aus ihren Gedanken, als Walter zu ihr trat.

«Entschuldige, ich komme sofort.»

Sie stand auf und trat hinter den Paravent. Auf einem Waschtisch stand ein Krug mit kühlem Wasser und eine Waschschüssel, neben die ein guter Geist einen Waschlappen und ein Handtuch bereitgelegt hatte. Darauf lag ein Stück gräuliche, muffig riechende Seife, die Siobhan ignorierte.

Rasch wusch sie das Blut von ihrer linken Hand und inspizierte das Schultertuch. Es war ruiniert. Sie konnte es genauso gut zu Putzlappen zerschneiden, sobald sie endlich in Glenorchy ankamen. Sie legte es auf den Waschtisch und folgte Walter, der bereits ungeduldig an der Tür wartete. Es blieb keine Zeit, sich umzuziehen, und sie hoffte, dass niemand die Blutflecken bemerkte, die sich dunkel auf ihrem moosgrünen Reisekleid abzeichneten.

Sie stiegen die schmale Treppe hinunter, ließen den Gastraum links liegen und betraten durch eine Tür das Speisezimmer, das den zahlungskräftigen Gästen vorbehalten war. Hier herrschte eine saubere und gediegene Stille, nur leise hörte man das brüllende Gelächter der Arbeiter, die sich im Schankraum vergnügten.

Am festlich gedeckten Tisch saßen bereits die anderen Familienmitglieder. Die schlanke Gestalt von Walters Mutter Helen fiel Siobhan sofort ins Auge. Zwischen ihren dunklen Brauen zeichnete eine steile Falte ihre Missbilligung nach, dass Siobhan und Walter zu spät kamen. Eines der ungeschriebenen Gesetze, denen sich alle Familienmitglieder beugen mussten, war Pünktlichkeit, und zwar eine Pünktlichkeit, die sich allein nach Helen O'Briens innerer Uhr zu richten hatte.

Zappelig und kaum zu bändigen saß Emily zur Linken der Mutter, ihr Haar zum ersten Mal an diesem Tag glatt gekämmt. Schon in wenigen Minuten würde es wieder wie ein rotglühender Heiligenschein um ihr blasses Gesicht wirbeln. Finn, der sich neben sie gesetzt hatte, spielte unruhig mit dem Dessertlöffel. Ansonsten wirkte er wie unbeteiligt, sein Blick ging in die Ferne. Das dunkle Haar, das ähnlich widerspenstig war wie Emilys kastanienrote Locken, hatte er streng gescheitelt. So wirkte der Neunzehnjährige beinahe erwachsen, obwohl sein Gesicht noch kindlich rund und seine Nase winzig klein wie die eines Babys war.

«Entschuldige, Mutter.» Walter nahm Siobhans Hand, zog sie zum Tisch und rückte für sie den Stuhl zurecht, ehe er sich neben seiner Mutter niederließ. «Es gab einen kleinen Zwischenfall, bei dem Siobhan sich verletzt hat. Ich habe ihre Wunde versorgt.»

Helen O'Briens Mund war nur ein schmaler Strich, und ihr Nicken war so knapp und sparsam wie jede ihrer Handlungen. «Gut», sagte sie nur und winkte dem Mädchen, das an der Tür gewartet hatte, bis alle da waren. «Dann lasst uns jetzt essen.»

Das Mädchen trug die Suppe auf, und über der Tafel lag das Schweigen, das Siobhan Abend für Abend fürchtete. Helen war eine ruhige und besonnene Frau, die ihrem Ältesten auf dem Weg nach Neuseeland die Leitung der Reisegruppe mit aller damit verbundenen Verantwortung übertragen hatte. Doch behielt sie sich vor, Abend um Abend mit leiser Stimme nach Dingen zu fragen, die Siobhan, selbst wenn sie sich alle Mühe gab, nie aufgefallen wären. Und solange Helen nicht sprach, hatten ihre Kinder zu schweigen – obwohl sie alle schon fast erwachsen und Emily mit 17 die Jüngste der drei O'Brien-Geschwister war.

«Einer der Maulesel lahmt», sagte Helen jetzt.

«Ja, Mutter. Ich habe Mr. Gregory darauf aufmerksam gemacht. Er kümmert sich darum», antwortete Walter.

«Sieh nachher nochmal, ob er seine Aufgabe gewissenhaft erfüllt hat.»

Walter senkte den Kopf. «Natürlich, Mutter.»

Nur das Klappern der Löffel war zu hören. Siobhan hob den Kopf und warf ihrer Schwiegermutter einen flüchtigen Blick zu: Helen kniff die Lippen zusammen, als wäre schon das leise Besteckklappern auf Porzellan zu laut.

Das Mädchen trug die Teller ab und kehrte zurück, um die Terrine zu holen. In der Tür stieß es mit dem dicken Schankwirt zusammen. Es schepperte laut, und Siobhan zuckte zusammen.

«Mr. O'Brien, Sir, da is' jemand, der Sie sprechen möchte.» Der Dicke drängelte sich an dem Küchenmädchen vorbei in den Raum. In den Händen hielt er ein schmuddeliges Geschirrtuch, an dem er sich unablässig die Hände abtrocknete.

«Hat dieser Jemand auch einen Namen?», kam Helen ihrem Sohn zuvor.

«Nein, Mrs. O'Brien, den hat er nicht gesagt. Hat mir nur gesagt, er sei auf der Suche nach Mr. Walter O'Brien.»

«Hat das nicht Zeit bis nach dem Essen?»

Es missfiel Walters Mutter sichtlich, dass sie beim Essen gestört wurden.

«Ich geh schon, Mutter. Bitte lasst euer Essen nicht kalt werden.» Walter stand hastig auf, legte seine Serviette neben das Gedeck und eilte nach draußen, den Kopf zwischen die Schultern gezogen, als fürchte er, seine Mutter könnte ihm einen Nackenschlag verpassen.

Und tatsächlich rief sie ihm nach: «Ich hoffe, es ist was Dringliches!», ehe sie sich wieder den anderen am Tisch zuwandte.

Ihr Blick fiel auf Siobhan. «Hast du Schmerzen, meine Liebe?», fragte sie, und ihre Stimme klang beinahe besorgt.

Siobhan schüttelte den Kopf. Ihre Finger zupften an dem Verband. Der Schmerz war inzwischen zu einem dumpfen Pochen verklungen; Walter hatte gute Arbeit geleistet. Sie lauschte, ob er zurückkam.

«Emily, sitz still.» Helen O'Brien sprach sehr leise, dennoch hielt sich Emily sofort kerzengerade und hob den Kopf. Sie lächelte krampfhaft und legte die Hände in den Schoß, bemüht, in allem ihre Mutter nachzuahmen. Finn hingegen lehnte sich in seinem Stuhl zurück. Seine Finger spielten schon wieder mit dem Dessertlöffel, der leise klirrend an sein Weinglas stieß.

«Nach dem Essen wirst du dieses unsägliche Federvieh freilassen», fuhr Helen an ihre Tochter gewandt fort. «Es kann nicht sein, dass du ein wildes Tier in deinem Schlafzimmer hältst.»

«Aber Aeneas ist handzahm», protestierte Emily.

«Handzahm oder nicht, für eine Dame schickt sich derlei nicht.»

Das war das Argument, dem Emily sich stets beugte, diese Beobachtung hatte Siobhan in den letzten Monaten immer wieder gemacht. Emily, die Wilde. Die Unbezähmbare, die dennoch jedem Wort der Mutter gehorchte, als wäre es Gesetz. Die aber immer wieder versuchte, ihre Grenzen auszutesten.

Oft hatte Helen betont, dass Emily sich ein Beispiel an Siobhan nehmen solle. Die Schwägerin sei eine tugendhafte, junge Frau, die wisse, was sich gehört.

Siobhan hatte sich darüber gefreut; zeigte es doch, dass Helen es nicht bedauerte, dass sie in die Familie getreten war. Jetzt aber schämte sie sich fast dafür. Es gehörte sich gewiss nicht, den eigenen Mann zu bedrängen. Sie senkte den Blick. Im Nachhinein und im hellen Licht des Speisezimmers betrachtet, hatte sie sich vorhin sehr ungehörig benommen. Wieso nur?

Weil sie sich nach Walter sehnte. Weil sie glaubte, es könne schön sein, ihm nahe zu sein. Vielleicht gab es ja wirklich mehr, und vielleicht war das sogar noch schöner. Außerdem hatte ihre Mutter ihr versichert, es tue nur beim ersten Mal weh.

Sie spürte, wie ihr Hitze in die Wangen stieg. Dies hier war kaum der richtige Zeitpunkt, um darüber nachzudenken. Ob es überhaupt einen richtigen Zeitpunkt gab, über diese Dinge nachzudenken?

«Heißa, meine Lieben!»

Die Tür sprang auf, und der Neuankömmling, der das Zimmer betrat, war Siobhan in der steifen Atmosphäre hochwillkommen.

«Papa!» Emily sprang auf, ihr Stuhl polterte zu Boden, doch das kümmerte sie nicht. Sie rannte zu ihrem Vater und warf sich ihm an die Brust. Auch Finn stand auf, wenn auch nicht so eilig, und er beschränkte seine Begrüßung darauf, seinem Vater die Hand zu reichen. Doch das genügte Edward O'Brien nicht, er schloss Finn in die Arme und klopfte ihm auf die Schultern. Dann erst wandte er sich an Helen, die mit gemessenen Bewegungen ihre Serviette beiseitegelegt hatte, ehe sie langsam aufstand und auf ihren Mann zuschritt. Siobhan schloss sich ihr an und wartete, bis sich die Eheleute umarmt hatten. Es war interessant zu beobachten, wie behutsam Edward O'Brien seine Frau berührte, wohingegen er seine Kinder so heftig herzte, dass sie prusteten und lachten. Finn und Emily strahlten glücklich, und kaum hatte Helen sich von ihrem Mann gelöst, da hing Emily schon an seinem Rockärmel und bettelte: «Ich habe einen Bergpapagei gefunden, darf ich ihn behalten, Paps? Er ist so zahm und hübsch, und er heißt Aeneas!»

Edward O'Brien lachte. «Darüber sprechen wir später, Kleines.» Seine raue, abgearbeitete Hand zauste ihre roten Locken. «Jetzt lass mich zunächst die junge Mrs. O'Brien begrüßen.»

Er trat zu Siobhan und verneigte sich knapp. «Siobhan. Ich hoffe, die Reise war angenehm.»

Sie lächelte und streckte ihm die Hand hin. Doch dann zog sie sie hastig zurück, als ihr bewusst wurde, dass ihre Rechte kaum geeignet war, um sie von einem hart zupackenden Schafzüchter schütteln zu lassen.

«Ach, komm her, mein Mädchen, gehörst ja auch zur Familie.» Er nahm ihr die Verlegenheit mit einer Umarmung. Siobhan fühlte sich an seine breite Brust gedrückt. Sie roch die Feuchtigkeit, die in seinem dicken Pullover haftete, das Wollfett und den Rauch der Herdfeuer. Ein leichter Hauch Alkohol umgab ihn – wie immer. Er hatte sich keinen Deut geändert in den letzten neun Monaten.

Und gerade darum mochte Siobhan ihn so sehr – weil er der raubeinige, wilde Ire war, der ihr mit einer gehörigen Portion Respektlosigkeit begegnete und außer Walter der Einzige war, der ihr das Gefühl vermittelte, wirklich zur Familie zu gehören.

«Lass dich anschauen.» Er hielt sie auf Armeslänge von sich und musterte sie von oben bis unten. Sie lächelte ihn an. Edward O'Brien war etwas größer als sie, hatte ein von der Sonne gebräuntes Gesicht und blonde, zerzauste Haare, die er seinen Söhnen vererbt hatte. Der dunkelgraue Pullover spannte sich über eine breite Brust und muskulöse Schultern, er trug eine abgewetzte Arbeitshose und grobe Stiefel. Wäre er nicht das Haupt der Familie gewesen, hätte Helen ihn bestimmt vor die Tür gesetzt. Aber da war er nun: knapp fünfzig Jahre alt, bereit für einen Neuanfang und froh, seine Familie nach der monatelangen Trennung endlich wieder um einen Tisch versammelt zu sehen.

«Ich lass dir die Suppe aufwärmen.» Helens Hand strich zart über seinen Ärmel, und er nickte abwesend. Dann wies er mit dem Finger auf Siobhans Verband. «Du scheinst in dieser rauen Welt schon angekommen zu sein.»

Siobhan lächelte. Ach, seine Gegenwart war so erfrischend! «Das war meine Bowlenschüssel. Sie ist zerbrochen.»

«Zu schade. Ich habe mich schon auf unsere Gartenfeste im Sommer gefreut, bei denen wir die feinste Bowle der ganzen Südinsel servieren. Ich kauf dir eine neue», versprach er. «Mit passenden Gläsern und allem, was du dir sonst noch wünschst.» Er wandte sich an Walter. «Wie ich sehe, hast du meine Familie heil hergebracht. Ich hatte ohnehin heute in Queenstown zu tun, und in diesem Kaff bleibt ja nichts ein Geheimnis, da hat's sich schnell rumgesprochen, dass die O'Briens mit Sack und Pack und einem Haufen teurer Möbel Einzug gehalten haben.» Kurz runzelte er die Stirn. «Ich habe dir doch geschrieben, du solltest nur das Nötigste mitbringen und den Rest in Dunedin einlagern.»

«Es ist meine Schuld», mischte Siobhan sich eilig ein, ehe ihr Schwiegervater zu hart mit Walter ins Gericht gehen konnte. «Ich hatte gehofft, vor dem Wintereinbruch das Haus einrichten zu können.»

«Wintereinbruch? Wir haben gerade mal Oktober, meine Liebe!» Edward lachte und setzte sich an den Tisch. Das Küchenmädchen huschte herein und legte ein sechstes Gedeck auf. «Bis zum Wintereinbruch hat's noch sieben Monate Zeit.»

Siobhan sank auf ihren Stuhl. Ach, wie hatte sie das nur wieder vergessen können! Walter hatte es ihr ja erklärt, dass auf der Südhalbkugel die Jahreszeiten verdreht waren, er hatte sogar versucht, es ihr anhand einer Zitrone und einer Orange zu erklären, doch sie hatte nur lachend abgewunken. Und sogleich wieder vergessen, dass hier der Sommer von Dezember bis März reichte. Emily wäre das bestimmt nicht passiert, sie war ja fast so schlau wie ein Mann.

«Aber bis zur Schafschur sind es nur noch wenige Wochen, darum ist es gut, dass ihr hier seid. Wir können jede helfende Hand gebrauchen.» Edward kratzte sich am Kopf. «Morgen nehmen wir das Schiff nach Glenorchy, und ab übermorgen beginnt die Arbeit.»

Helen betrat das Speisezimmer. Sie legte ihre Hand auf Edwards Schulter. «Und nun lasst uns essen. Später ist genug Zeit, um zu reden.»

«Du hast recht, meine Liebe.» Der zärtliche Blick, mit dem Edward seine Frau bedachte, versetzte Siobhan einen Stich. Sie schaute zu Walter herüber, der sich wieder neben sie gesetzt hatte und nach seiner Serviette griff.

Alle am Tisch plapperten munter. Edward erzählte von der Farm, erzählte von den großen Ländereien, die er erworben hatte, und natürlich von den großen Schafherden, die auf den saftigen Wiesen grasten, bis sie dick und rund waren, und so fiel es gar nicht auf, wie still sie war. Walter beteiligte sich lebhaft an der Unterhaltung. Fast war es, als hätte er seine Frau vergessen, die stumm neben ihm saß und an ihrem Essen würgte, das von ihren krampfhaft geschluckten Tränen ganz salzig schmeckte.

2. Kapitel

Als Emily am nächsten Morgen früh den kleinen Innenhof betrat, herrschte dort bereits ein reges Treiben. Die Maultiere wurden von der Weide geholt, die Kisten aufgeladen und festgezurrt. Ein Maultier schrie, ein anderes wehrte sich wild gegen die Zügel. Der kleine Rawiri zog mit einem grimmigen Gesichtsausdruck drei Tiere hinter sich her in den Innenhof, in dem es vor Menschen und Tieren nur so wimmelte.

«Emily, hier sind wir!»

Sie kämpfte sich erleichtert zu Finn und Walter durch, die in einer Ecke standen und mit Mr. Gregory redeten. Dieser blickte finster zu dem kleinen Maorijungen herüber, und just in dem Moment, als Emily sich zu ihnen gesellte, schoss er vor und versetzte Rawiri eine Ohrfeige.

Emily zuckte zusammen.

Es war ihr schon auf der Reise aufgefallen, dass Mr. Gregory kein gutes Haar an Rawiri ließ. Der kleine Junge war höchstens acht oder neun Jahre alt, und anders als die wenigen Maori, denen Emily bisher begegnet war, wirkte er so dürr, als müsse er hungern. Mr. Gregory ging nicht gerade zimperlich mit dem Jungen um. Er schlug ihn, wenn er etwas falsch machte, aber manchmal schlug er auch dann zu, wenn ihm Rawiris Gesichtsausdruck nicht passte.

«Diese Wilden muss man mit harter Hand anpacken.» Mr. Gregory stellte sich wieder zu ihnen und grinste. «Wenn ich schon sehe, wie mürrisch er dreinschaut. Das vergrault mir doch die Kunden!»

Emily senkte den Kopf. Finn verschränkte die Arme, und Walter räusperte sich unbehaglich, ehe er mit Mr. Gregory wieder über all die kleinen Dinge sprach, die ihre Reise mit sich brachte.

Heute ging es mit dem Schiff nach Glenorchy. Von dort waren es nur noch wenige Stunden Weg bis zu ihrem neuen Zuhause. Emily freute sich darauf. Bei aller Reiselust war der Gedanke an ein Zuhause doch verlockend.

Ihr fiel der Kea ein, den sie vor einer halben Stunde aus dem kleinen Fenster ihres Zimmers herausgelassen hatte. Sie beschattete die Augen und suchte den Dachfirst nach seinem olivgrünen Gefieder ab.

«Suchst du die Sonne?»

Sie fuhr herum. «Paps!»

Edward O'Brien grinste zufrieden. «Immer noch meine kleine Träumerin, die mich nicht hört, wenn ich herumstapfe.»

«Ich hab nach meinem Kea geschaut.»

«Deine Mutter ist nicht so begeistert ...»

«Darf ich ihn behalten? Bitte, Paps! Bestimmt lässt er sich erziehen.»

«Da du ihn gestern ja schon mitgenommen hast, werde ich den Teufel tun, dir heute zu sagen, dass du ihn zurücklassen sollst.» Er wuschelte ihr mit der Hand durchs Haar, genau wie er es oft bei ihren Brüdern tat. Emily quiekte auf, weil er ihre Frisur ganz durcheinanderbrachte. «Paps! Ich bin doch kein kleines Mädchen mit Rattenschwänzen mehr!»

«Schade», bemerkte er. Ehe er etwas hinzufügen konnte, gellten Schreie über den Hof.

Aber diesmal waren es keine Maultiere, die vor Empörung über die schweren Lasten auf ihren Rücken schrien.

Es war das Schreien eines Kinds. Und es klang, als sei das Kind in höchster Not.

Edward drängte sich an Emily vorbei. Er eilte zur hinteren Ecke des Innenhofs. Die Flügeltüren zum kleinen Lagerhaus, in dem über Nacht die Kisten abgestellt worden waren, standen halb offen und versperrten Emily die Sicht.

Aber sie brauchte gar nicht hinzusehen, denn sie wusste ganz genau, dass es Rawiri war, der da schrie.

«Vermutlich hat Mr. Gregory entdeckt, dass Rawiri die Kiste mit der Bowlenschale fallen gelassen hat.» Walter trat neben sie und vergrub die Hände in den Hosentaschen.

Emily sagte nichts. Es stand ihr nicht zu. Es wäre Walters Aufgabe gewesen einzugreifen. Walter war auf der Reise ihr Familienoberhaupt gewesen, und er hatte nie auch nur ansatzweise seinen Unmut über die Behandlung des Maorijungen gezeigt.

«Walter!»

Das war Paps' Stimme, und wenn er so klang, verlangte er Gehorsam. Auch von seinem Ältesten. Der warf Emily einen letzten Blick zu, dann schlenderte er über den Hof.

Sie folgte ihm.

In der Scheune hatte sich Edward vor Dean Gregory aufgebaut, und obwohl Mr. Gregory ihren Vater um mehr als einen Kopf überragte, war es ihr Vater, der sein Gegenüber mit jedem Wort zurückdrängte.

«Wie können Sie es wagen, diesen unschuldigen Jungen», er legte bei diesen Worten die Hand auf Rawiri, der zwischen ihnen stand, «für etwas zu schlagen, das zu bestrafen allenfalls uns zustünde? Immerhin gehörte die Bowlenschale meiner Schwiegertochter.»

«Bitte! Wenn Sie wollen, vermöbeln Sie ihn halt. Aber bestraft werden muss er!» Mr. Gregory streckte Emilys Vater eine Peitsche entgegen. Sie schnappte unwillkürlich nach Luft, als sie die Lederriemen sah. Dünn und hart. Genau richtig, um tief ins Fleisch zu schneiden.

«Ich denke nicht daran, ein unschuldiges Kind auszupeitschen.» Edward riss Mr. Gregory die Peitsche aus der Hand. «Und Sie werden es auch nie wieder tun!»

«Ach! Was wollen Sie tun? Wollen Sie mir den Jungen etwa wegnehmen? Er gehört mir!»

«Ihnen gehört gar nichts mehr, wenn Sie nicht bald Ihr Maul halten!», schrie Edward. «Komm, Junge.»

Rawiri zuckte zusammen, als Edward die Hand auf seine Schulter legte. Er zog ängstlich den Kopf zwischen die Schultern, als erwarte er weitere Schläge.

Aber dann verstand er, dass Edward ihn nicht schlagen würde. Er drängte sich an den Leib des Mannes, der ihn rettete. Ein Leuchten glomm in seinen dunklen Augen auf.

Hoffnung.

Er hoffte, dem Leben zu entrinnen, das ihm so übel mitspielte.

«Und eh Sie auch noch meine Maultiere zuschanden peitschen, entlasse ich Sie aus meinen Diensten. Ich kann auf Ihre Dienste verzichten, Gregory, wenn Sie Kinder quälen!»

«Sie werden mir den Jungen bezahlen! Zusätzlich zu meinem Geld!»

Edward erwiderte nichts darauf. Er drehte sich einfach um und ging, den Jungen dicht an seiner Seite. Als er an Emily vorbeikam, hielt sie ihn am Ärmel fest.

«Lass mich das machen», sagte sie leise.

Edward nickte knapp. Sie legte den Arm um Rawiris nackte Schultern, doch zuckte sie augenblicklich zurück. Der ganze Rücken war mit hellem Narbengewebe bedeckt. Darüber zeichneten sich neue, blutige Striemen ab.

«Komm, Rawiri. Hast du Hunger?»

Er nickte schüchtern.

Wie alt mochte er sein? Neun? Vielleicht sogar zehn, aber er war so mager, dass sie das kaum glauben konnte. Später wäre genug Zeit, ihn zu fragen.

«Das wirst du mir büßen, O'Brien! Deine Familie wird's hier schwer haben, wenn ihr mit jedem Wilden Mitleid habt!», grollte Mr. Gregory. Emily blickte über die Schulter zu ihm herüber. Wie er unter dem Torbogen stand, halb im Schatten, wirkte er bedrohlich. Jetzt trat er gegen eine der Kisten, und es schepperte gefährlich.

«Hast du davon gewusst?» Edward blickte seinen Sohn prüfend an.

«Ich wusste nicht, dass es so schlimm war», antwortete Walter. Er fühlte sich nicht wohl in seiner Haut, das spürte Emily. Er ahnte wohl, dass er schon viel eher hätte handeln müssen.

«Und das soll ich glauben, ja?» Paps schnaubte. Er warf Walter die Peitsche zu. «Sorgt dafür, dass der Kleine alles bekommt, was er braucht. Er kommt mit uns nach Glenorchy.»

«Und dann?», fragte Walter.

«Was und dann? Meinst du nicht, wir haben was wiedergutzumachen?»

Er stapfte zum Haupthaus. Emily folgte ihm mit Rawiri. Sie spürte das Zittern des Jungen an ihrer Seite.

«Darf ich bleiben? Bei euch?», fragte er.

«Ja. Du gehörst jetzt zu uns, Rawiri. Und bei uns schlägt dich keiner.» Sie strich ihm über den Kopf.

«Hast du jetzt zwei Tiere. Hast du Kea und Rawiri.»

Sie spürte Tränen in den Augen brennen. «Ach nein», flüsterte sie. «Du bist kein Tier.»

Das Tier war Dean Gregory. Er war schlimmer: eine Bestie.

Sie spürte seinen hasserfüllten Blick, der sich in ihren Rücken bohrte, als sie den Hof überquerte.

«Seht ihr da vorne die Hütte? Die sich zwischen den Bäumen versteckt?»

Edward trat neben Siobhan und Walter. Er wies ans östliche Ufer. Steil ragten links und rechts die Berge auf, zwängten den Wakatipusee zwischen sich ein, der sich schmal nach Westen erstreckte, ehe er einen Knick machte und direkt nach Norden führte, ein riesiges L aus Wasser. An den Hängen der Berge breiteten sich Wälder aus, die immer wieder von großzügigen Weideflächen abgelöst wurden.

«Da beginnt unser Land.»

Die Hütte war kaum mehr als ein Unterstand, in dem Jäger sich über Nacht aufwärmen konnten, wenn sie von der Dunkelheit überrascht wurden. Nach Westen konnte Siobhan weit hinter der hohen Bergkette die schneebedeckten Gipfel der neuseeländischen Alpen ausmachen. Sie fröstelte. Auch wenn die Sonne an diesem Morgen erstaunlich rasch an Kraft gewonnen hatte, war es auf dem Schiff doch recht kalt. Die Gischt spritzte vom Bug auf und legte sich eisig auf ihr Gesicht.

«Komm, Liebes.» Walter hatte ihr Frösteln bemerkt und wollte sie wieder in das Innere der Kajüte führen, wo Helen und Emily auf einer Bank saßen. Emily hatte sich wie so oft in ihr Buch vertieft, das sie auf der monatelangen Reise selten aus der Hand gelegt hatte. Neben ihr saß der Maorijunge Rawiri. Auf seinem Schoß hockte der Bergpapagei und wiegte sich hin und her.

«Lass mich ruhig noch ein wenig hier draußen bleiben», sagte sie zu Walter.

Auch wenn der Wind schneidend war und die Wassertropfen eisig, genoss sie die frische Luft. Und sie musste nachdenken, das gelang ihr hier draußen besser als neben Helen, die sie ständig fragte, ob es ihr gutginge und ob sie noch Schmerzen habe. Dabei klang ihre Schwiegermutter weniger besorgt als vielmehr etwas vorwurfsvoll, als sei Siobhan an ihrer Verletzung selbst schuld.

Was ja auch stimmte, wenn sie ehrlich war.

«Sei vorsichtig», ermahnte Walter sie. Seine Hand legte sich kurz auf ihren Unterarm. Sie nickte abwesend und schaute wieder zur Küste hinüber.

Wie sie sich nach Einsamkeit sehnte! Ihre Finger zupften an dem Verband, den Walter am Morgen fürsorglich erneuert hatte. Danach waren sie zum Hafen geritten und hatten beobachtet, wie Kisten und Koffer auf das Schiff verladen wurden, das sie nach Glenorchy bringen sollte. Von dort, so erfuhr sie von Edward, war es noch ein dreistündiger Ritt hinauf in die Berge, ehe sie ihr neues Heim erreichen würden.

Es war nicht mehr weit …

An diesem Gedanken hielt sie sich fest. Sie blickte zu dem Aufbau herüber, der für Fahrgäste errichtet war: Walter stand in der Tür und schaute zu ihr herüber, als könne er nicht glauben, dass sie wirklich in der nassen Kälte allein sein wollte.

Aber genau das wollte sie.

Der Einzige, dessen Gegenwart ihr einigermaßen willkommen war, war ihr Schwiegervater. Edward würde sich sowieso nicht von ihr vertreiben lassen. Er lehnte in einigen Metern Entfernung mit den Ellenbogen auf der Reling, schmauchte sein Pfeifchen und schien ganz und gar eins zu sein mit sich und seiner Welt.

Aber das hier war nicht Siobhans Traum vom neuen Leben.

Es war Edward O'Briens Traum einer goldenen Zukunft. Für diesen Traum hatte er die ganze Familie entwurzelt, hatte Walter um Siobhans Erbschaft gebeten, um Land am anderen Ende der Welt zu kaufen. Er hatte ihnen allen keine Wahl gelassen – Walter nicht, der ohnehin stets dem Vater gehorchte, obwohl er mit seinen 25 Jahren langsam beginnen sollte, eigene Entscheidungen zu treffen. Finn nicht, der mit seinen 19 Jahren wie ein Kind von den unzähligen Abenteuern schwärmte, die ihn in der neuseeländischen Wildnis erwarteten. Bei jeder sich bietenden Gelegenheit träumte er laut davon, das Elternhaus hinter sich zu lassen und sich einem Vagabundenleben hinzugeben. Er wollte jagen und mit den Maori nach Paua-Muscheln tauchen.

Emily, die zu jung war, um für sich selbst zu entscheiden, hatte erst recht niemand gefragt.

Nur Siobhan hatte man nicht übergehen können. Als Edward den Landkauf in Neuseeland beschloss, hatte er sie kurz angeblickt. Es war ein dunkler Abend in der Küche der O'Briens gewesen, Siobhan hatte Socken gestrickt und Helen Flickarbeiten erledigt. Die Männer hatten derweil über den Plänen gebrütet. «Ist's dir recht?», hatte er so knapp gefragt, dass sie im ersten Augenblick nicht gewusst hatte, ob er wirklich sie mit dieser Frage meinte und nicht Helen.

Sie hatte überrascht genickt.

Und so war es beschlossen worden.

Sie fragte sich, ob ihr Widerspruch etwas geändert hätte – an jenem Abend oder zu einem späteren Zeitpunkt. Aber im Grunde war es ihr egal, wo sie leben durfte, Hauptsache, es war an Walters Seite. Nur dass ihr dieser Wunsch erfüllt war, zählte.

«Gefällt es dir?», fragte Edward. Er trat näher und klopfte den Pfeifenkopf auf die Reling, sodass die Asche herausrieselte. Dann zog er einen Beutel mit Tabak aus der Jacke und stopfte mit bloßem Finger nach.

«Es ist so ... menschenleer.»

Edward glaubte, sie beruhigen zu müssen. «Du wirst in Glenorchy bestimmt bald ein paar Freundinnen finden. Mrs. Wright ist eine sehr nette Person, sie organisiert viele Basare und ist stets um uns Neuankömmlinge bemüht. Sie ist hier geboren. Du wirst sie mögen, ganz bestimmt. Und sieh mal!» Wieder zeigte er auf das andere Ufer, diesmal mit der Pfeife.

Siobhans Blick folgte seinem ausgestreckten Arm. Hier waren die Berge nicht mehr so schroff und reichten nicht bis ans Wasser heran. Stattdessen breiteten sich auf den sanft zum Wasser hin abfallenden Wiesen weiße Tupfen aus. Auf die Entfernung wirkten sie winzig, doch als Siobhan lauschte, konnte sie über das Rauschen des

Wassers und das Dröhnen des Schiffsmotors das Blöken der Schafe hören.

«Merinoschafe. Die feinste Rasse, die man sich vorstellen kann. Nächsten Monat werden wir sie scheren. Und danach haben wir genug Geld, um mit dem Bau deines Hauses zu beginnen.»

«Mein Haus?» Sie wandte sich ihm zu.

«Na ja, du hast es dir doch gewünscht. Aus Stein erbaut und groß genug für die ganze Familie, nicht wahr?»

«Ich dachte, das Haus sei längst fertig ...» Sie fröstelte. Es war schon unangenehm genug gewesen, zwei Wochen lang quer über die Südinsel zu reisen und jede Nacht in einem anderen Gasthaus zu übernachten. Und jetzt gab es nicht mal ein Haus? Wo sollten sie denn leben, wo ihre Habseligkeiten unterstellen?

«Fertig? Längst nicht. Aber ich habe schon einen Plan, wie's aussehen wird. Pass auf.» Er klopfte suchend seine Jackentaschen, zog dann ein schmuddeliges Stück Papier hervor und breitete es auf der Reling aus. Siobhan beugte sich interessiert vor. Edwards blaue Augen strahlten, als er ihr ganz genau beschrieb, was er plante.

«Eine große Küche, das wird Helen gefallen. Salon, Speisezimmer, Arbeitszimmer für Walter und mich, dann noch die Schlafzimmer und Gästezimmer, eine Bibliothek für unsere büchervernarrte Emily ...»

Er zeigte, sie lauschte. Oh ja, das war das Haus, von dem sie geträumt hatte, seit sie das erste Mal von Neuseeland gehört hatte. Ein raues, wildes Land, so hatte man es ihr beschrieben. Dünn besiedelt, im Landesinnern noch nicht vollständig erforscht, von Wilden bewohnt. All das machte ihr Angst, und trotzdem: Hier wollte sie glücklich werden.

Aber wie sollte sie dieses Glück finden, wenn sie unter freiem Himmel nächtigen musste und die Steinmauern ihres Hauses sich in dem Tempo aus dem Fundament hoben, in dem die feine Wolle der Merinoschafe wuchs?

«Ende März ist es bezugsfertig», tröstete Edward sie. Er spürte wohl ihre Enttäuschung. «Das Wichtigste in dieser ersten Zeit war, dass wir uns eine wirtschaftliche Grundlage schaffen. Und die haben wir jetzt. Siehst du all die Schafe dort? Sie sind unser Kapital. Sie werden uns ein besseres Leben ermöglichen als in Irland.»

Aus seinem Mund klang Irland wie ein Schimpfwort.

«Nun gut», sagte sie leise. Ihr Finger fuhr über die dicken Bleistiftlinien, mit denen der Grundriss des Hauses auf das Papier geworfen war. «Dann werden wir also in Zelten wohnen?»

«Ach wo! Ich lass doch meine liebste Schwiegertochter nicht in einem Zelt hausen!» In seinem Überschwang wollte er den Arm um Siobhan legen, aber er merkte, wie distanziert sie war, und ließ den Arm sinken. «Schau, es gibt ein Blockhaus. Nichts über die Maßen Großes, und wir werden zusammenrücken müssen, aber im Sommer ist's doch ohnehin draußen viel schöner als im Haus. Und wenn ich dein Haus so schnell gebaut hätte, wär's nicht ordentlich geworden. Außerdem musst du doch alles aussuchen. Die Teppiche, Vorhänge, Tapeten ... Na ja, was Frauen eben so aussuchen, damit's wohnlich wird. Bowlenschüsseln.» Er zwinkerte ihr verschwörerisch zu und legte jetzt doch den Arm um Siobhans schmale Schultern. «Es wird dein Zuhause», versprach er ihr. «Das deiner Kinder und meiner Enkel.»

Kinder. Wie sehr sie sich wünschte, endlich ein Kind zu empfangen. Doch wie? Wie sollte das möglich sein, wenn Walter stets so über die Maßen höflich zu ihr war und ihr abends, nachdem er sie sanft auf die Wange geküsst hatte, sogleich den Rücken zuwandte und einschlief? Er schien kein Interesse an ihr zu haben. Seine Ausrede, es sei nur zu ihrem Besten, nicht auf der Reise schwanger zu werden, würde sie erst dann akzeptieren, wenn er begann, das Bett mit ihr zu teilen.

«Danke, Edward.» Sie brachte ein schwaches Lächeln zustande, doch für ihren Schwiegervater schien das Thema noch nicht erledigt zu sein. Er war schon immer ein Freund der direkten Worte gewesen.

«Haben wir denn vielleicht schon bald Nachwuchs zu erwarten?» Sein Blick glitt unverhohlen zu ihrer Leibesmitte, als erwarte er allen Ernstes, schon ein kleines Bäuchlein zu erkennen.

Auf manche Fragen antwortete man am besten mit Schweigen. Siobhan atmete tief durch und drehte den Kopf weg.

«Nichts für ungut», murmelte er betreten. Ein letztes Mal klopfte seine Hand auf die Reling, er nuschelte etwas und ging in die Kajüte zu den anderen.

Oh, dieser Mann war wirklich eine Plage, aber eine liebenswerte. Wie konnte er sie nur derart in Verlegenheit bringen? Ihre Mutter hatte ihr etwas Ähnliches vorhergesagt, aber damals hatte sie es nicht verstanden. «Die O'Briens waren noch nie für ihr feines Benehmen bekannt», hatte sie betont. Und hinzugefügt, als ihr bewusst wurde, wie sehr ihre Worte Siobhan in Verwirrung stürzten: «Aber das Herz haben sie am rechten Fleck, das ist manchmal mehr wert.»

Siobhan legte schützend die Hand auf ihren Bauch. Wenn Walter sie weiterhin mied, kämen sicher bald Fragen auf, warum sie nicht schwanger wurde. Und ja, man würde ihr die Schuld daran geben. Ihm würde man verzeihen, wenn er sich anderswo bediente, weil sie ihm nicht genügte.

Ach, fort mit diesen Gedanken, schalt sie sich. Ich will in Neuseeland glücklich werden!

Während sie noch dastand und grübelte, zogen schwere, dunkle Wolken auf, verhüllten die Berge und ballten sich zu einer Regenfront, die schnell den blauen Himmel verdeckte und die Sonne verbarg. Siobhan fror, doch widerstrebte es ihr, zu den anderen zu gehen. Trotzig wandte sie ihr Gesicht dem scharfen Wind entgegen, der die Regenwolken herantrieb. Erste Tropfen trafen ihr zartes Gesicht wie Nadelstiche.

Ich bin nicht aus Zucker, dachte sie trotzig. Sie glauben bestimmt alle, ich wäre zu fein für dieses Land und das Leben auf einer Schafsfarm. Aber ich werde es ihnen zeigen! Ich kann zupacken! Ich werde beweisen, dass ich mehr wert bin als das Geld, das ich in meine Ehe eingebracht habe!

«Sie werden sich einen schlimmen Schnupfen holen, wenn Sie länger hier draußen stehen.»

Siobhan fuhr herum. Fast hätte sie aufgeschrien, denn sie hatte ihn nicht kommen hören. Auf leisen Sohlen war ein Wilder, ein Maori, hinter sie getreten. Er lächelte sie offen an und streckte ihr die Rechte entgegen. «Wir sind uns gestern nicht vorgestellt worden. Ich bin Amiri.»

Jetzt erinnerte sie sich wieder an ihn. Die hohe Gestalt, die breiten Schultern, das dunkle Haar und ... ja. Die Tätowierungen, die sich in parallelen Linien über seine linke Gesichtshälfte zogen und im Kragen seines Hemds verschwanden. Sie reichte ihm zögernd ihre rechte Hand, doch dann wurde ihr bewusst, dass sie wohl zu empfindlich war, um sie von einem kräftigen Mann drücken zu lassen. Sie ließ sie sinken und räusperte sich verlegen. «Siobhan O'Brien.»

«Dann sind Sie Edwards Schwiegertochter?» Er stellte sich neben sie an die Reling und stützte die Unterarme auf das blankpolierte Holz. «Er erzählt viel von Ihnen.»

«Ist das so?» Es überraschte sie so sehr, dass sie nicht nachfragte, woher er Edward kannte.

Amiri lachte. «Wenn Edward erzählt, klingen seine Geschichten fesselnder als das Leben Mauis oder Odysseus'. Man könnte meinen, Sie alle seien aus dem Olymp herabgestiegen.»

«Odysseus kenne ich, aber wer ist Maui?»

«Sie kennen Maui nicht? Den Halbgott, der Aotearoa erschuf und die Sonne aufhielt?»

Sie schüttelte den Kopf und hielt ihr Gesicht dem Regen entgegen, der jetzt beinahe waagerecht über den See fegte.

«Wir Maori erzählen uns, dass Maui aus seinem Kanu die Südinsel schuf. Darum heißt sie in unserer Sprache heute noch *Te Waka a Maui*. Das Kanu von Maui.»

«Das ist eine schöne Geschichte.»

Doch Amiri schüttelte ungewohnt heftig den Kopf. «So kurz erzählt wohl kaum. Aber ich will Sie damit nicht langweilen.»

Sie fühlte sich ertappt. Wandte das Gesicht dem Regen zu, spürte Tropfen durch ihr Haar rinnen, das nass an den Schläfen klebte. Er beobachtete sie, und das war ihr unangenehm. Aber seine Stimme war so dunkel und schön. Geheimnisvoll.

«Sie sind nicht wie andere Maori», sagte sie daher, und wieder fühlte sie sich schrecklich dumm, denn erneut lächelte er. Diesmal war es spöttisch, und so war auch seine Frage: «Wie sind denn die anderen Maori?»

Sie überlegte. «Schwer zu sagen. Fremd. Andersartig.»

«Das macht Ihnen Angst?»

Er konnte wohl Gedanken lesen. Siobhan ließ ihren Finger über die Reling gleiten. «Sie haben von Odysseus geredet. Haben Sie Homer gelesen?»

«Ich habe Homer gelesen, Vergil und einige mehr. Ich kenne meinen Dickens und habe mich bei Mary Shelleys Frankenstein angemessen gegruselt. Überrascht Sie das? Ich bin ein moderner Maori, der die Werke der *Pakeha* gelesen hat.»

Pakeha. So nannten die Maori die Europäer, die Fremden, die in ihr Land kamen.

Hatte sie ihn beleidigt? Dabei war ihr Interesse nicht geheuchelt, sondern entsprang dem ehrlichen Wunsch, ihn zu verstehen. Er war der erste Maori, mit dem sie ein längeres Gespräch führte. Die wenigen Sätze, die Rawiri und sie wechselten, zählten kaum, und seine Englischkenntnisse waren noch nicht sehr gut, sodass er häufig in seine Muttersprache verfiel, wenn er ihr eilig etwas mitteilen wollte.

«Ich wollte Sie nicht verletzen, Mr. …» Nicht einmal seinen Nachnamen kannte sie.

«Nennen Sie mich Amiri, Mrs. O'Brien. Bitte. Siobhan», fügte er hinzu, so als müsse er ihren Namen schmecken, um zu befinden, ob er ihm gefiel. «Das ist ein außergewöhnlicher Name, nicht wahr?»

«Es ist ein irischer Name», erwiderte sie steif.

«Was bedeutet er?»

«Müssen Namen eine Bedeutung haben?», gab sie spitz zurück.

«Doch, müssen sie.»

Sie schüttelte den Kopf. Jetzt war er so ernst, dass er beinahe unheimlich wirkte, und seine Augen ließen nicht von ihr, als er hinzufügte: «Mein Name bedeutet Ostwind.»

«Ostwind …» Das klang schön. «Ich weiß leider nicht, was mein Name bedeutet.»

«Finden Sie's heraus! Und dann erzählen Sie es mir.» Er zwinkerte ihr noch einmal zu. Zarte Fältchen umspielten dabei seine Augen. «Und erkälten Sie sich nicht!»

«Wie soll ich Ihnen denn davon erzählen?», fragte sie leise, aber da hatte er sich schon an der Kajüte vorbei zum hinteren Teil des Schiffs bewegt, mit sicheren Schritten. Dort, wo ihre Kisten und Koffer unter Segeltuch vor dem Regen geschützt standen. Sie blickte ihm nach. Der Wind kam von Osten und drückte gegen ihren Rücken. Ihr war nicht mehr kalt.

«Nun? Was denkst du von unserem neuen Zuhause?»

Siobhan drehte sich einmal um die eigene Achse und betrachtete die Kammer. «Es ist nicht so schlimm, wie ich es mir vorgestellt habe», gestand sie schließlich.

Edward hatte sich wirklich Mühe gegeben, das Blockhaus, das ihnen für die Sommermonate als provisorisches Heim dienen sollte, so wohnlich wie nur möglich einzurichten. Es stand am Hang, einige hundert Schritt vom Bauplatz entfernt, auf dem bereits die Fundamente für das Haus gegraben wurden. Zu den Schafställen und den Gattern, in denen zur Schur die Schafe zusammengetrieben wurden, war es von diesem Waldheim nicht weit. Siobhan hoffte, dass sich der durchdringende Geruch nicht bald an alle Textilien heften würde. Aber vielleicht gewöhnte sie sich ja sogar daran.

Walter setzte sich probeweise aufs Bett. Die Matratze quietschte leise, als er auf und ab wippte. Siobhan inspizierte die einfachen Möbel. Sie öffnete den Schrank, aus dem ihr ein frischer Zedernholzduft entgegenschlug, und begann, die Sachen aus ihrem Schrankkoffer einzuräumen.

Sie musste Walter recht geben. Es war kein schlechtes Haus – stabil gebaut, mit drei Kammern, in denen Walters Eltern, Emily und sie schlafen konnten. Auf dem Spitzboden gab es eine Kammer für Finn, der von seinem neuen Reich begeistert war. Eine kleine Küche und ein großer Wohnraum vervollständigten die Räumlichkeiten. Der Abtritt war hinter dem Haus.

«Wenn du mich fragst, brauchen wir kein neues Haus. Das hier genügt doch unseren Ansprüchen voll und ganz. Es hat etwas vom Pioniergeist der Menschen, die vor vielen Jahren hierherkamen und sich als Erste eine neue Existenz schufen.» Er stand auf und trat zu ihr. «Oder was meinst du?»

Sie drehte sich zu ihm um. Walter stand so dicht vor ihr, dass sie seinen herben Geruch einatmen konnte. Sie schloss die Augen. Wie schön es wäre, wenn er jetzt die Arme um sie legen, sie an sich ziehen und auf den Scheitel küssen würde … wenn er sie nicht mehr loslassen, sondern sie zum Bett ziehen würde. Morgen war Zeit genug, alles wegzuräumen.

«Komm her, Liebes.» Walter zog sie an sich. Seine Arme umschlossen ihre schmalen Schultern. Eine Hand wanderte ihren Rücken hinab, fuhr sanft ihr Rückgrat entlang. Sie erzitterte in seinen Armen, legte ihren Kopf an seine Schulter und sog seinen Duft ein. Sie schnupperte an seinem Hals. Ihre Lippen berührten ganz leicht nur seine Haut.

Da stieß Walter sie grob von sich. Siobhan stolperte einen Schritt nach hinten und stieß heftig mit der Kniekehle an den Bettrahmen.

«Lass das, Siobhan.»

Sie verschränkte die Arme vor der Brust. Walter machte zwei Schritte von ihr weg und setzte sich wieder aufs Bett, um seine Schuhe aufzuschnüren.

Warum tust du das?, dachte sie verzweifelt. Warum nimmst du mich im einen Moment in den Arm und stößt mich im nächsten fort, sobald ich dir meine Liebe zeigen will? Sobald ich zärtlich werde? Bin ich nicht die, die du dir wünschst? Was kann ich denn tun, um dir zu gefallen?

«Lass uns schlafen», sagte er.

Er schob seine Schuhe unters Bett, stand auf und ging auf Strümpfen durch die enge Kammer und trat ans Fußende des Betts. Als Siobhan sich nicht rührte, blickte er auf. «Was denn? Bist du nicht müde?»

«Doch, es ist nur ...»

Sie schluckte. Nein, das konnte sie nicht aussprechen. Wie durch einen Nebel hörte sie sich sagen: «Schlaf mit mir.»

Seine Finger verharrten am obersten Knopf seines Hemds. Über das Bett hinweg suchte er ihren Blick. Sie begegnete ihm offen. War das zu herausfordernd? Siobhan biss sich auf die Lippe, senkte den Kopf und nestelte an den Knöpfen ihrer Bluse.

«Also gut.»

Etwas an ihm veränderte sich. Seine Gesichtszüge verhärteten sich, seine Bewegungen wurden fahrig, als er aus der Hose stieg, das Hemd abstreifte und es achtlos auf den Stuhl warf. «Los, mach schon! Bringen wir es hinter uns.»

Ihre Hände zitterten. Jetzt hatte sie ihn wütend gemacht, ihn herausgefordert. Oh, sie war nicht die Ehefrau, die er verdiente. Alles, alles machte sie kaputt. Jetzt hasste er sie bestimmt, weil sie ihn daran erinnert hatte, welche Pflicht sie verband.

Er verabscheute sie, ganz sicher. All sein höfliches Gebaren sollte doch nur seinen Ekel vor ihr verbergen.

Sie wandte den Kopf ab, damit er nicht sah, wie Tränen in ihre Augen traten. Sie atmete tief durch und versuchte, ihr heftig klopfendes Herz zu beruhigen. Während Walter schon auf seiner Seite des Bettes lag und die Hände hinter dem Kopf verschränkt beobachtete, wie sie sich aus Rock, Unterrock und Bluse schälte, überlegte sie verzweifelt, was sie tun konnte, um ihm zu gefallen. Damit er ihr endlich auch nachts mit jener Zärtlichkeit begegnete, die er bei Tageslicht zeigte.

Waren all seine Zuneigungsbekundungen nur Schauspielerei? Es fiel ihr schwer, das zu glauben. Walters Zuneigung war ehrlich. Er liebte sie, wie ein Mann seine Frau liebte.

Zumindest wollte Siobhan das glauben.

Sie schlüpfte in ein Nachthemd, das bis zu ihren Knöcheln reichte, und kroch dann unter die kühle Bettdecke. Einen Moment lag sie ganz still da, die Arme neben ihren Körper gelegt, den Blick an die Decke gerichtet, auf der die Schatten tanzten, wenn die Flamme der Petroleumlampe im Luftzug flackerte.

Neben ihr knarrte das Bett. Walter richtete sich auf und löschte das Licht.

Blaue Finsternis umgab sie. Vor dem Fenster bewegten sich leise die hellen Musselingardinen. Siobhan lauschte auf ihren Atem. In der Ferne hörte sie Geräusche – das leise Knacken der Holzstämme, das Blöken der Schafe auf den fernen Weiden, ein unterdrücktes Stöhnen ...

Sie fuhr zu Walter herum. Nein, das kam nicht von ihm, er lag noch immer starr neben ihr, als schliefe er. Dann drangen diese Laute wohl aus einem der anderen Schlafzimmer im Haus zu ihnen herüber ...

Walters Hand nahm ihre Linke. «Du bist so wunderschön, Siobhan», flüsterte er in die Dunkelheit. «Ich möchte so gerne ...»

Dann tu es doch, flehte sie ihn in Gedanken an. Warum machte er nicht, was er in der Hochzeitsnacht mit ihr getan hatte? Damals hatte es wehgetan, aber sie wusste, das passierte nur beim ersten Mal und später nie wieder. Hatte er Angst, ihr wehzutun?

«Du brauchst keine Angst zu haben», versuchte sie, ihn zu ermutigen. Aber es war schwer, in der Dunkelheit die richtigen Worte zu treffen. «Ich möchte so gerne ...»

Nun hatte sie zum dritten Mal mehr als deutlich gesagt, wie sehr sie sich wünschte, mit ihm ...

Ja, mit ihm zu schlafen!, dachte sie trotzig. So nannte man es. Und es gab noch viele andere Begriffe für das, was im Ehebett geschah, derbere Ausdrücke, die sie von der Küchenmagd Moira gehört hatte, wenn diese sich mal wieder mit ihrer neuesten Eroberung brüstete. Aber Moira war kurz darauf aus dem Haushalt ihrer Mutter verschwunden, und auf Siobhans Nachfragen hatte Sarah O'Riordan nur knapp bemerkt, sie gebe keinem Mädchen Arbeit, das sich mit Hurendiensten Geld hinzuverdiene.

Seine Hand packte fester zu. Siobhan hätte beinahe aufgeschrien, so grob war er. Im nächsten Augenblick rollte er sich auf sie. Seine Hände umschlossen ihre Handgelenke wie Schraubstöcke, seine Fingernägel bohrten sich in ihre zarte Haut. Siobhan wollte sich von Walter abwenden, wollte ihm sagen, dass er ihr wehtat. Sie presste ihre Beine zusammen, und sie wimmerte. Sein Mund presste sich so hart auf ihre Lippen, dass sie keine Luft mehr bekam und in Panik um sich schlagen wollte. Doch das machte ihn nur noch wilder.

Seine Hände rissen ihre Arme nach oben. Plötzlich umfasste er beide Handgelenke mit einer Hand. Die andere fuhr nach unten und zerrte voller Ungeduld an ihrem Nachthemd. Siobhan hörte Stoff reißen.

«Wehr dich gefälligst nicht, du …» Er sprach nicht weiter. Seine Hand fuhr unter das Hemd, krallte sich in ihren Oberschenkel und fuhr zwischen ihre Beine. Siobhan schrie auf, als seine Finger derb in sie hineingruben. Tränen brannten in ihren Augen. Es tat so weh!

Sie strampelte mit den Beinen, versuchte, ihn von sich zu stoßen. Doch Walter lag mit seinem ganzen Gewicht auf ihr. Sein Finger rieb sich an ihr, und als nicht das passierte, was er sich erhoffte, wurde er noch rasender. Er warf das Hemd hoch, dass es über ihr Gesicht fiel. Seine Hände spreizten gewaltsam ihre Schenkel. Sie schluchzte trocken auf und lag ganz still. Wartete, was als Nächstes geschah.

Einen Moment lang geschah nichts, und Siobhan schöpfte Hoffnung, dass Walter genug von ihr hätte.

Aber dann war er schon wieder auf ihr, und mit einer einzigen harten Bewegung stieß er in sie.

Siobhan schrie. Sie weinte. Es war schlimmer als beim ersten Mal. Es war nicht bloß der kurze Schmerz, den sie damals verspürt hatte, sondern mehr: Alles tat ihr weh, vor allem aber jener Teil ihres Körpers, den zu benennen oder zu berühren sie niemals wagte.

Er zerrte das Hemd von ihrem Gesicht herunter. Verharrte in seiner Bewegung, starrte mit wutverzerrtem Gesicht auf sie nieder. «Miststück», zischte er, und dann holte seine Hand aus. Die Ohrfeige war so heftig, dass Siobhan einen Moment lang glaubte, das Bewusstsein zu verlieren. Sie schmeckte Blut. Sie wimmerte und versuchte, die Arme schützend vor das Gesicht zu legen.

«Sieh mich an!» Seine Hände waren überall. Krallten sie sich vorhin noch in ihre Schenkel, kniffen schmerzhaft ihre Brüste, dass sie aufschrie, schoben sie jetzt ihre Arme brutal nach oben. Er umfasste ihr Kinn mit einer Hand. «Sieh mich gefälligst an, du Hure!», zischte er.

Sie sah ihn an. Es war nichts als Schmerz in ihr, und dennoch ertrug sie es, ihn anzublicken. Er bewegte sich auf ihr, doch der raue Schmerz ihrer Leibesmitte verblasste gegen den Schmerz, der sich in ihrem Herzen ausbreitete. Tränen versickerten in ihrem Schläfenhaar. Doch sie schluchzte nicht, sie schrie nicht, kein Laut drang über ihre Lippen, bis Walter mit einem letzten Ächzen über ihr zusammenbrach.

Sie schloss die Augen, zählte langsam bis hundert. Erst dann schob sie ihn vorsichtig von sich herunter, kroch zur Bettkante und stieg aus dem Bett. Ihre Füße suchten die Schuhe, die er dort abgestellt hatte, ihre Hände fanden am Fußende einen Quilt, der für kalte Nächte dort bereitlag. Sie hüllte sich darin ein, tapste barfuß und so leise wie möglich zur Tür und verließ das Schlafzimmer. Walter rührte sich nicht.

Sie schaute nicht zurück.

Er hörte ihre nackten Füße auf dem Holzboden. Das leise Quietschen der Tür, dann Stille.

Er wartete.

Sie kam nicht zurück.

Walter drehte sich auf den Rücken und starrte an die Decke. Er sah nichts.

In ihm war nur Leere. Er schämte sich für das, was er getan hatte, und hätte er es rückgängig machen können, irgendwie, so wäre er sogleich aufgesprungen und hätte es getan.

Aber er war machtlos.

Er hatte Siobhan Schreckliches angetan. Zum Tier war er in seiner Leidenschaft geworden, hatte sie mit Gewalt genommen. Ihr Wimmern, ihre unterdrückten Schreie hatten ihn nur noch mehr erregt, und als sie sich wehrte, hatte es ihm Vergnügen bereitet, ihr eine heftige Ohrfeige zu verpassen. Er hatte die Faust geballt, hatte sich ganz dem Rausch hingeben wollen, ihr wehzutun.

Sie hatte Besseres verdient als ihn.

Er rollte sich zur Seite. Aber an Schlaf war nicht zu denken. Walter setzte sich auf und schwang die Beine über die Bettkante. Was passiert war, tat ihm unendlich leid, schlimmer noch: Es schmerzte ihn fast so sehr wie Siobhan. Trocken schluchzte er auf und vergrub das Gesicht in Händen. Es gab keine Entschuldigung für das, was er ihr angetan hatte. Wenn er zu ihr ging, vor ihr auf die Knie sank und sie um Verzeihung bat, hätte er Verständnis, wenn sie ihn nicht anhörte.

Und was sollte er ihr schon sagen?

Verzeih, dass ich dir das angetan habe. Es ist die einzige Form körperlicher Liebe, derer ich fähig bin. Verzeih, aber ich konnte dir nicht widerstehen. Die meisten Nächte gelingt es mir, dir zu widerstehen, obwohl du mich so traurig ansiehst. Ich will dich mit aller Macht lieben, aber es gelingt mir nicht, dieses wütende Tier in mir zu bezähmen.

Das würde sie kaum verstehen. Er verstand es ja selbst nicht.

Walter stand auf. Er verließ das Schlafzimmer auf leisen Sohlen, durchquerte den Wohnraum und betrat die überdachte Veranda, die sich an der Stirnseite des Hauses erstreckte und einen freien Blick ins Tal gewährte. Einige hundert Schritt unterhalb ihrer provisorischen Behausung machte er die Schatten des Fundaments aus. Da unten wurde Siobhans Haus gebaut.

Sie saß auf der schmalen Bank, die Decke fest um ihre Schultern gezogen. Reglos. Der frische Wind spielte in ihrem Haar. Sie wandte nicht den Kopf, als sie ihn kommen hörte. Walter setzte sich neben sie. Er wagte nicht, sie zu berühren, obwohl alles in ihm sich danach sehnte. Er wollte sie tröstend in den Arm nehmen, wollte den Schmerz aus ihrem Körper streicheln, den er eigenhändig in ihr Fleisch gegraben hatte.

«Es tut mir so leid», brachte er schließlich hervor, und auch für diese Worte schämte er sich, denn sie klangen so schwach und drückten nicht ansatzweise das aus, was er empfand.

Sie antwortete nicht.

Sie hatte guten Grund, ihn zu verachten, und Vergebung konnte er kaum von ihr erwarten.

«Tut es immer so weh?», fragte sie leise.

«Es wird nie wieder vorkommen», versicherte er ihr, statt auf ihre Frage einzugehen. «Nie wieder.»

Und das schwor er nicht nur ihr, sondern auch sich selbst in diesem Moment. Nie wieder würde er sie anrühren.

Nie wieder.

3. Kapitel

In ihrem Traum saß der Kea auf einem Stein vor ihr. Sie näherte sich ihm, doch als sie die Hand nach ihm ausstreckte, hackte er nach ihr, flog auf und vereinigte sich mit einem Schwarm seiner Artgenossen, die schrill lärmten.

Sie seufzte und drehte sich auf die andere Seite. Ein Traum. Nichts weiter.

Das nächste Mal wachte sie auf, als Aeneas kreischte.

«Oh, Aeneas, halt den Schnabel!»

Emily zog das Kissen über ihren Kopf und drückte es auf die Ohren. Ihr Kea schien etwas gegen Langschläfer zu haben, denn mit einem Satz sprang er vom Bettpfosten auf ihren Rücken und zupfte nachdrücklich am Kissenzipfel.

«Quälgeist!»

Emily rollte sich herum. Sie starrte an die Decke ihrer Kammer. Es dauerte nur wenige Augenblicke, bis sich von unten der Kopf des Bergpapageis in ihr Blickfeld schob. Er knabberte an ihrem Kinn und gab leise, lockende Geräusche von sich, so als wollte er sagen: «Los, du Schlafmütze, da draußen wartet Neuseeland auf dich!»

Seufzend setzte Emily sich auf. Sie griff nach dem Buch auf der Kiste neben ihrem Bett, ehe sie die Bettdecke zurückschlug und aufstand. Der Fußboden war eisig unter ihren nackten Füßen. Sie fröstelte. Zu gerne wäre sie wieder unter die Bettdecke gekrochen. Aber Aeneas schien ja etwas dagegen zu haben!

Ob sie Finn oder Paps bitten sollte, einen Vogelbauer für den Kea zu bauen? Sie fürchtete allerdings, es könnte dem Vogel gar nicht schmecken, wenn man ihn einsperrte. Darin waren sie sich vermutlich sehr ähnlich.

Sie zog sich an und machte sorgfältig ihr Bett, ehe sie Aeneas die Hand hinhielt. Er saß inzwischen wieder auf dem Bettpfosten, legte den Kopf schief und blinkte mit den Augen. «Komm schon, ich habe nicht den ganzen Tag Zeit, du alter Zausel.»

Fast konnte man glauben, er verstünde sie. Und irgendwie redete sie genau deshalb mit ihm, denn Emily hatte das Gefühl, in diesem fremden Land die Einsamste von allen zu sein. Vater und Mutter hatten einander, Siobhan blickte verliebt zu Walter auf. Und Finn?

Finn brauchte niemanden.

Aeneas hüpfte auf ihren ausgestreckten Arm und plusterte sich auf. Sie durchquerte den Wohnraum und trat auf die Veranda, in der einen Hand das Buch, auf dem anderen Arm den Kea. Neben der Bank stand eine Kiste mit verschrumpelten Äpfeln. Sie hockte sich auf die Bank, nahm sich einen Apfel und schlug ihr Buch auf.

Aeneas sprang auf den Boden und hüpfte davon.

Schon bald hatte Emily alles um sich herum vergessen.

Sie blickte erst wieder auf, als sie das Getrappel von Hufen hörte. Finn sprang vor dem Haus aus dem Sattel eines kleinen, robusten Pferds mit dichter Mähne, das ihm gerade bis zur Brust reichte. «Hier steckst du also! Wir haben dich schon überall gesucht.»

Emily klemmte einen Finger zwischen die Seiten. «Wen meinst du mit ‹wir›?», fragte sie.

Statt einer Antwort grinste er bloß und blickte sich um.

Ein zweites Pony kam um die Hausecke. Im Sattel saß ein fremder, junger Mann, der sich etwas ungeschickt vom Pferd manövrierte, das unruhig tänzelte. Finn sprang dem anderen bei und hielt seine Zügel.

«Also, das hier ist nichts für mich.» Er klopfte sich den Staub von der Reithose.

«Wir waren draußen bei den Schafen», erzählte Finn.

Wir! Auch Finn hatte also schon jemanden gefunden, mit dem er eine Einheit bildete. Emily seufzte. «Wo sind Mutter und die anderen?», fragte sie und würdigte den Fremden keines Blickes. Wenn Finn nicht vorhatte, seine Schwester mit ihm bekannt zu machen, würde sie ihn nicht daran erinnern, wie unschicklich er sich gerade verhielt.

Der Fremde war nicht viel älter als die beiden. Emily schätzte ihn auf Anfang zwanzig, obwohl sie nicht gut darin war, das Alter anderer Leute zu schätzen. Er trug eine helle Reithose, einen Strickpullover und darüber ein Jackett. Ein Seidenhalstuch war um seinen Hals geschlungen, ein sattroter Farbtupfer, der ihn etwas weicher wirken ließ, fast ein wenig weiblich.

«Bei den Schafen! Wir wollten dich nicht wecken. Also, wir haben es versucht, aber dein antiker Held hat einen Höllenlärm veranstaltet, sobald nur jemand versucht hat, die Tür zu öffnen.»

«So?» Emily runzelte die Stirn. War das Lärmen der Bergpapageien also doch kein Traum gewesen?

Finn lachte. «Du hast wirklich einen gesunden Schlaf.»

Der Fremde trat nun zu ihr. Seine Augen waren von einem tiefen, dunklen Blau, und als er ihr seine Hand entgegenstreckte, legte Emily das Buch neben sich auf die Bank und stand auf. «Wir wurden einander noch nicht vorgestellt. Aaron Gregory», sagte er.

Sein Händedruck war fest, die Hand warm und trocken. Sein Mund war etwas hart, das Kinn eine Spur zu kantig, um attraktiv zu sein, und die Nase war klein und schmal. Das dunkle Haar bildete direkt über der Stirn einen Wirbel, der ihm etwas Lausbubenhaftes gab.

«Emily O'Brien», sagte sie leise.

«Ich habe es mir schon gedacht.» Sein Lächeln nahm den Worten sogleich die Spitze. «Mein Onkel hat mir von Ihnen erzählt.»

«Kein Grund, mein Schwesterchen mit zu viel Ehrerbietung zu behandeln», scherzte Finn, während Emily überlegte, wer um alles in der Welt Aarons Onkel sein könnte ... aber ja, natürlich. Dean Gregory.

Vermutlich musste sie sich daran gewöhnen, dass man im dünn besiedelten Neuseeland immer wieder auf Familienmitglieder jener traf, die man bereits kennengelernt hatte.

«Ihr Onkel?», fragte sie dennoch, weil sie nicht wusste, was sie sonst sagen sollte.

«Er kam gestern nach Glenorchy geritten, hat sich in der Kneipe volllaufen lassen und mir erzählt, es gebe hier vielleicht Arbeit für mich.»

«Hat er Ihnen auch erzählt, dass mein Vater ihm den Maorijungen weggenommen hat?»

Aaron lachte. Er fuhr sich mit der Hand durch das schwarze Haar. «Ja, das hat er auch erwähnt. Mein Onkel mag mich nicht besonders, und das beruht auf Ge-

genseitigkeit. Als er sagte, ich könne mich hier wohlfühlen, wusste ich, dass *er* mit Ihrer Familie nichts zu tun haben will.»

«Vater hat Aaron als Verwalter eingestellt», fügte Finn hinzu. «Ihr habt also in Zukunft häufiger das Vergnügen, wenn ihr wollt.»

Emily trat einen Schritt zurück. Sie spürte, wie Röte in ihre Wangen aufstieg, und hoffte, Aaron bemerkte ihre Verlegenheit nicht. Doch er bewies Feingefühl, indem er zur Bank hinübernickte. «Ich würde mich gerne einen Moment setzen. Ich fürchte, ich muss mich erst daran gewöhnen, den ganzen Tag im Sattel zu sitzen.»

Emily setzte sich neben ihn, weil sie nicht wusste, wohin sonst mit sich. Finn schwang sich wieder in den Sattel.

«Wo willst du denn hin?», fragte sie bang. Ließ er sie etwa mit diesem Aaron allein?

«Wieder hinaus zu den Weiden, Dummerchen! Die Schafe werden erst im Dezember hereingetrieben, bis dahin sind sie auf den Bergweiden! Das ist ein Anblick, ich sag es dir! Rawiri bekam den Mund gar nicht mehr zu, ich musste ihn dort lassen.» Er tippte an seinen Schlapphut, grinste frech und ritt davon.

Das war typisch Finn! Dass es kompromittierend war, sie mit einem Mann allein zu lassen, das bedachte er einfach nicht. Wenn Mutter das wüsste …

Aber noch schlimmer wäre es, wenn Mutter erfuhr, dass sie dem neuen Verwalter keine Erfrischung angeboten hatte.

«Hm, also … haben Sie vielleicht Hunger, Mr. Gregory?»

Statt einer Antwort nahm er ihren abgewetzten Vergil

zur Hand und blätterte flüchtig darin. «Lesen Sie gerne die antiken Autoren?»

«Ja, sehr gerne. Meine Mutter findet es überflüssig, sie sagt, ein junges Mädchen müsse keine alten Bücher kennen, wenn sie ... also ... Aber ich mag meinen Vergil.»

«Er ist ja auch einer der Besten.» Er klappte das Buch behutsam zu.

Emily versuchte ein zaghaftes Lächeln. «Dann haben Sie auch gerne die Klassiker gelesen?»

«*Den Mann nenne mir, den vielgewandten, der gar viel umgetrieben wurde, nachdem er Trojas heilige Stadt zerstörte.* Ja, die Klassiker gehörten durchaus zum Lehrplan während meiner Zeit in England.»

Sie sprang auf. «Ich mache uns was zu essen», verkündete sie, und mit einem kühnen Lächeln, das sie sich selbst nicht zugetraut hätte, fügte sie hinzu: «Wehe, Sie laufen weg!»

«Ich käme nicht im Traum auf die Idee», erwiderte er neckend.

Sie eilte in den Wohnraum und schaute sich suchend um. Auf dem Tisch lag Brot in einem Korb, und in einem Tontopf fand sie hellen, intensiv duftenden Schafskäse. Viel mehr konnte sie ihm nicht bieten, aber sie hoffte, es würde genügen. Auf dem Herd in der Küchennische stand eine Blechkanne mit warmem Kaffee, der inzwischen zu einem dickflüssigen Gebräu heruntergekocht war. Sie goss den Kaffee in einen Becher und richtete das Brot und den Käse möglichst ansprechend auf einem Teller an.

Aaron Gregory musste einfach bleiben! Es gab in dieser Wildnis vermutlich nur wenige Menschen, die Homer und Vergil lasen und sogar auswendig rezitieren konnten.

Es war ihr bis vor wenigen Minuten unvorstellbar vorgekommen, dass überhaupt jemand ihre Leidenschaft teilen könnte. Aber warum nicht? Das Land war unwegsam, aber es war keineswegs nur von Wilden bewohnt.

«Sind Sie hier geboren?», fragte sie, nachdem sie ihm einen Teller mit Brot und Schafskäse gereicht hatte. Sie selbst nahm sich noch einen Apfel und streichelte mit dem Daumen die schrumpelige Haut.

Aaron Gregory nickte mit vollem Mund. Er kaute und schluckte, ehe er antwortete: «Als ich dreizehn war, schickte meine Mutter mich nach England. Sie glaubte, ich würde hier verwildern. Letztes Jahr bin ich zurückgekommen, aber wenn ich ehrlich bin, hat mir Englands Zivilisation dieses wilde Land hier ausgetrieben.» Er seufzte. «Ich vermute, Odysseus fühlte sich auch so fremd, als er nach so langer Zeit heimkehrte.»

«Er hatte immerhin Penelope, die auf ihn gewartet hat.»

«Und hundertacht Freier, die um seine Frau herumscharwenzelten? Kaum eine beruhigende Aussicht.»

Emily lachte. Sie spürte seinen Blick auf sich ruhen, während er den lauwarmen Kaffee trank. Sie hätte ihn gerne gefragt, ob auch auf ihn jemand wartete. Aber dann wäre sie sich wieder so dumm vorgekommen. Sie war siebzehn und sehnte sich nach Gesellschaft. Da durfte sie nicht dem ersten Mann, der halbwegs klug und belesen war, ihr Herz öffnen.

«Aber Sie sind in England nicht nur zur Schule gegangen, oder?»

«Danach habe ich studiert.»

Jetzt beneidete sie ihn. Studiert! Wie sehr sie sich wünschte, nicht bloß in den Genuss dessen zu kommen, was ihre Mutter eine «solide Bildung für höhere Töchter» zu nennen pflegte – um stets im gleichen Atemzug Siobhan als tugendhaftes Beispiel anzuführen –, sondern auch eines der Colleges in England zu besuchen! Somerville Hall oder Lady Margaret Hall waren für Emily das verheißungsvolle Versprechen der Erfüllung ihrer Sehnsüchte. Denn nicht nur die antike Literatur faszinierte sie. Aus Irland hatte sie eine ganze Kiste voll Bücher zeitgenössischer Autoren mitgebracht, obwohl ihre Mutter dies noch viel schlimmer fand als die zahllosen Kisten und Schrankkoffer mit Siobhans Kleidern und Hausrat.

«Erzählen Sie mir von Ihrem Studium», bat Emily.

Er schaute überrascht auf, wischte sich die Hände an der Hose ab und stellte den leeren Teller beiseite. «Daran ist nichts Spannendes. Man geht in Vorlesungen, lernt …» Ein Schulterzucken. «Es ist nicht so interessant, wie es sich vielleicht anhört.»

«Das glaube ich nicht», widersprach Emily. «Ich würde zu gerne … also, ich meine …» Oje, jetzt hielt er sie bestimmt für eine dieser Frauen, die am liebsten in Hosen herumliefen und sich nichts aus Männern machten. Bald würde er sicher eine Ausrede finden, um zu gehen. Gott, sie würde ihm nie wieder in die Augen sehen können! Kaum lief ihr ein Mann über den Weg, versuchte sie auch schon, ihn mit hirnlosem Geschwätz für sich zu gewinnen. Mam würde es gar nicht gefallen, wenn sie davon erfuhr. Und dann noch ein Verwalter! Das war ganz sicher nicht das, was sie sich für ihre einzige Tochter erhoffte.

Aber er hat studiert, dachte sie trotzig. Sie wollte alles darüber wissen, wenn es ihr schon nicht vergönnt war, selbst an einem der neuen Colleges für Frauen zu lernen.

Doch Aaron Gregory überraschte sie. Ein feines Lächeln machte seinen Mund weich. Seine Augen strahlten. «Meinen Sie das ernst? Es interessiert Sie wirklich?»

Sie nickte heftig.

«Also gut. Ich erzähle Ihnen davon. Aber unter zwei Bedingungen.»

Emily erschrak. Jetzt würde er irgendetwas Unschickliches von ihr fordern, ganz bestimmt!

«Ich möchte uns einen richtigen Kaffee kochen. Und ... Sie müssen mich Aaron nennen.»

«Einverstanden», stimmte Emily erleichtert zu.

Doch als sie aufstand und ihn ins Haus führte, fragte sie sich, ob sie ihm nicht schon zu viel zugestanden hatte. Sich beim Vornamen anzureden, gerade so, als wären sie Freunde ...

Andererseits: Vielleicht galten in diesem wilden Land andere Regeln. Vielleicht hielt man sich hier nicht so elend lange damit auf, Freundschaften zu schließen, ehe man einander so anredete. Vielleicht gefiel ihr Neuseeland nicht nur wegen der schroffen Berge und der schneebedeckten Gipfel in der Ferne so gut, vielleicht faszinierte sie nicht bloß die fremde Tierwelt oder die würzige Luft, die so anders roch als daheim in Irland. Vielleicht waren auch die Menschen hier anders. Nicht so steif, nicht so streng darauf bedacht, die Konventionen und ungeschriebenen Regeln einzuhalten, die das gesellschaftliche Leben in Europa in strikte, sauber abgesteckte Bahnen lenkte.

Vielleicht hatte Neuseeland noch viel mehr zu bieten.

Vielleicht konnte sie hier glücklich werden.

Helens Hände umfassten fest ihre Zügel. Sie beobachtete, wie Edward in einiger Entfernung mit seinen Arbeitern zusammenstand und darüber beriet, wie sie beim Zusammentreiben der Schafherden vorgehen sollten, wenn es so weit war. Noch blieb ihnen genug Zeit bis zur Schur, doch bis dahin musste alles geregelt sein, denn allein die Größe der Herde erforderte einige Organisation.

Sie hatte darauf bestanden, ihn zu begleiten. Auch Siobhan und Walter hatten sich ihnen angeschlossen.

Helen sorgte sich um Siobhan. Ihre Schwiegertochter wirkte übernächtigt, und ein Schatten hatte sich auf ihr hübsches Gesicht gelegt, als bekäme sie kaum Schlaf. Und Walter wirkte besorgt um sie, er war stets an der Seite seiner Frau und fragte, ob er irgendetwas für sie tun könnte.

Nun, Helen war keine Frau, die unter übermäßiger Neugier litt. Wenn Siobhan in anderen Umständen war – und ihr käsiges Gesicht ließ durchaus diesen Schluss zu, nicht wahr? –, dann würde sie früh genug davon erfahren. Doch es beruhigte sie, dass ihr Sohn so um seine Frau besorgt war. Ihr Ältester war wohlgeraten und würde in seinem Leben alles richtig machen. Dafür hatte sie mit ihrer strengen, liebevollen Erziehung gesorgt. Stolz erfüllte sie, ganz kurz nur, ehe sie dieses Gefühl wieder unterdrückte.

Anders sah es wohl mit Finn und Emily aus. Sie hatten viel zu viel von ihrem Vater, und es war Helen nicht gelungen, den beiden diese Ähnlichkeiten auszutreiben. Bei Finn fürchtete sie, ihn schon bald an dieses unwirtliche Land zu verlieren. Und Emily? Nun, es war bald Zeit, für sie einen Ehemann zu suchen, ehe sie völlig verrohte. Einen Bergpapagei zu zähmen, das sah ihr ähnlich! Schlimmer war eigentlich nur, dass sie in jeder freien Minute ihre Nase in ein Buch steckte und sich so die Augen verdarb! Sie war ein Blaustrumpf. Woher sie das bloß hatte? Weder Edward noch Helen lasen gerne, und darum war ihr auch der Wunsch ihrer Tochter, ein College für Frauen zu besuchen, so fremd. Es belastete sie, dass ausgerechnet ihre Tochter so aus der Art schlug.

Edward verabschiedete sich gerade von seinen Landarbeitern. Und er gab ihnen allen Ernstes reihum die Hand, sogar dem zahnlosen Alten, der nur noch ein Auge hatte und mit dem krummen Rücken kaum mehr für diese Arbeit taugte! Mit weitausgreifenden, schweren Schritten kam er jetzt zu ihnen herüber. Walter, der die Zügel der Ponys gehalten hatte, reichte seinem Vater den Zügel seines Reittiers und half dann Siobhan in den Sattel, die leicht zusammenzuckte, als er ihre Schulter berührte.

Gott, das Mädchen war so empfindlich. Es hätte diese strapaziöse Reise nicht in anderen Umständen antreten dürfen, dachte Helen besorgt.

«Siehst du, läuft doch alles.» Zufrieden zog Edward seine Pfeife aus der Brusttasche seiner ausgebeulten, schäbigen Jacke und schmauchte daran. «Jetzt können wir heim und uns ganz den Freuden des Alltags widmen.»

Ihr Mann hatte recht: Alles lief hervorragend, soweit sie es beurteilen konnte. Wenn man davon absah, dass sie kein richtiges Haus hatten, sondern in einer Hütte wohnten, die eng und von der männlichen Haushaltsführung der letzten Monate völlig verdreckt war, konnten sie sich glücklich schätzen. Große Schafherden zogen über ihr Land, wurden fett und lieferten gute Wolle. Sie hatte sich davon überzeugt und ihre Hand im Fell eines Schafs vergraben, das dicht und fettig war. Ja, wenn die Zeit der Schafschur vorbei war, würde es vorangehen. Sie vertraute Edward.

Aber mit seiner Bemerkung meinte er sicher nicht die zahllosen Pflichten einer Hausfrau, die auf sie warteten, sondern die *eine* Pflicht als Ehefrau, die einzufordern Edward noch immer nicht müde geworden war. Leider war ihr Körper nach Emilys Geburt verdorrt. Sie bedauerte das, aber inzwischen fühlte sie sich mit ihren 43 Jahren viel zu alt, um noch ein Kind zur Welt zu bringen und aufzuziehen. Es war an der Zeit, dass Jüngere die Aufgabe übernahmen, das Haus der O'Briens mit Leben und Kinderlachen zu füllen.

In Edwards Augen entband sie das aber nicht von ihrer ehelichen Pflicht. Erst gestern Nacht hatte er sich an sie geschmiegt und seine Hände unter ihr Nachthemd geschoben. Er hatte warme Hände, und nicht nur deshalb ließ sie ihn gewähren. Es gefiel ihr mit ihm. Er wusste, was er tat, und sie wollte lieber nicht darüber nachdenken, dass er dieses Wissen um die weibliche Anatomie nicht allein in ihrem Ehebett gesammelt haben konnte. Stattdessen schloss sie die Augen und ließ es geschehen. Und sie war überrascht, als die Leidenschaft sie kurz darauf so heftig packte und schüttelte, dass sie sich keuchend an ihn klammerte und alles um sich herum vergaß.

Danach war sie in seinen Armen eingeschlafen. Seine Hand hatte ihr Gesicht berührt, und er hatte etwas gesagt, das er in über sechsundzwanzig Jahren Ehe noch nie ausgesprochen hatte: «Du bist wunderschön.»

Darum lächelte sie jetzt zufrieden und lenkte ihr Bergpony hinter den anderen her. Edward wartete auf sie. Mit der Pfeife wies er nach vorne auf Siobhan und Walter.

«Ich hoffe, die beiden werden hier glücklich. Findest du nicht, sie ist ein bisschen blass um die Nase?»

«Bestimmt die Anstrengung der Reise», versicherte Helen ihm.

«Na ja, gut möglich. Ich hätte mir eine Schwiegertochter mit robusterer Konstitution gewünscht, aber man kann wohl nicht alles haben.»

Nein, dachte Helen. Für Edward zählte vor allem, dass sie Geld hatte und formbar war. Darum hatte er Siobhan vom ersten Augenblick an gemocht, verehrte sie mit einer Galanterie, die bei jedem anderen Mann albern gewirkt hätte. Und Siobhan war vom Charme ihres Schwiegervaters bezaubert und gewährte ihm, mit ihrer Aussteuer einen Neuanfang für die O'Briens am anderen Ende der Welt zu riskieren.

Wenn man es genau nahm, gehörte die Farm Siobhan und Walter, und doch war es Edwards Traum vom Reichtum, der sie hergebracht hatte. Irland hatte ihnen nicht viel bieten können. Zu oft hatten Edwards Vorfahren, nicht zuletzt sein Vater, Land verkaufen müssen, um sich kostspielige Träume zu erfüllen oder das Geld einfach zu verspielen, denn die zwei großen Leidenschaften der O'Briens waren Karten und Jagdpferde. Beides stellte in dieser dünnbesiedelten Gegend, in der allenfalls robuste Bergponys die schmalen Pfade passieren konnten, keine Gefahr dar. Fast schien ihr, als wäre Edward ein Süchtiger, der sich und seine Söhne vor Seinem Fluch bewahren wollte, der sie innerhalb weniger Jahrzehnte in den Ruin geführt hätte.

«Vielleicht ist sie auch schwanger?», mutmaßte Edward und unterbrach Helens Gedanken.

«Edward, bitte.»

«Was denn? Man muss die Dinge beim Namen nennen. Wir sind nicht mehr in den europäischen Salons, in denen andere Umstände bis zum Tag der Geburt verschwiegen werden, obwohl alle längst Bescheid wissen.»

Helen drückte ihr Kreuz durch und wandte den Blick ab. Wenn es eines gab, das sie an Edward störte, dann war es seine Angewohnheit, stets auszusprechen, was er dachte. Manchmal empfand sie seine offenen Worte als Affront. Allzu oft schoss er über das Ziel hinaus. Den Blick starr geradeaus gerichtet, murmelte sie: «Ich denke, unser Sohn und Siobhan werden uns früh genug darüber in Kenntnis setzen, ob wir mit einem Enkelkind zu rechnen haben.»

Für den Rest des Wegs hing jeder seinen Gedanken nach.

Als sie sich dem Blockhaus näherten, hörte Helen ihre Tochter lachen. Sie hatte Emily am Morgen nicht wecken können, weil der vermaledeite Bergpapagei krächzend und flatternd die Tür versperrt hatte. Ein Wunder, dass Emily von dem Krach nicht aufgewacht war, aber vermutlich war sie so müde gewesen, dass sie sich nur auf die andere Seite gedreht und weitergeschlafen hatte.

Obwohl Helen Müßiggang verhasst war, ließ sie ihre Tochter ausschlafen. Sie waren allesamt von der Reise erschöpft, und jeder suchte eben seine Möglichkeit, sich von den Strapazen zu erholen.

Aber warum lachte sie so laut? Bestimmt war es wieder dieses Biest, das irgendwelche Mätzchen machte.

Erst als sie vor der Veranda der kleinen Behausung ihr Pony zügelte, erkannte sie einen hochgewachsenen Mann, der neben Emily auf der Bank saß. Unschicklich *nah* neben ihr.

Emily sprang auf, als sie ihre Eltern erkannte. Sie wischte ihre Hände am Rock ab und trat unsicher einen Schritt nach vorne. Sie wusste genau, wie wenig es sich schickte, mit einem Mann in der Öffentlichkeit zu schäkern, noch dazu, wenn keine Anstandsdame zugegen war. Oder wenigstens ihr Bruder. Wo war Finn überhaupt?

Der junge Mann stand nun ebenfalls auf und trat neben Emily. Helen erkannte ihn jetzt. Edward hatte ihn als neuen Verwalter eingestellt, der ihn unterstützen sollte, solange nicht nur die Arbeit auf der Schaffarm, sondern auch der Hausbau zu erledigen waren. Es war Aaron Gregory, der Neffe dieses groben Dean Gregory. Der Mann war Helen immer suspekt gewesen, und auch seine Brutalität gegenüber diesem Maorijungen hatte ihr nicht gefallen. Dennoch war es ihr nicht in den Sinn gekommen, etwas dagegen zu unternehmen. Edward hatte schneller gehandelt: Sobald er davon erfahren hatte, hatte er den Jungen einfach aufgenommen. Noch eine Sorge, die sich zu all jenen gesellte, die das neue Leben mit sich brachte.

Helen beschloss, ihren Mann später genauer nach dem jungen Mann zu fragen, der einfach mit ihrer Tochter auf der Veranda saß und plauderte. Stammte er aus einer guten Familie? Vielleicht mochte Emily ihn ja.

Was sie aber nicht vergessen lassen durfte, dass Emily mit ihm allein gewesen war. Wäre das in Irland passiert ... nein, sie wollte gar nicht darüber nachdenken, was das bedeutet hätte!

Emily wäre ruiniert gewesen. Das hätte natürlich niemand laut ausgesprochen, aber es stimmte umso mehr. Hinter vorgehaltener Hand hätte man getuschelt: ein unverheiratetes junges Ding, das sich von einem erwachsenen Mann Avancen machen ließ. Undenkbar!

«Hallo!» Er winkte herüber und lächelte fröhlich. Emilys Hand hob sich nur leicht und sank dann wieder herab. Ihr Gesicht war krebsrot, und sie bückte sich hastig, stellte die Kaffeekanne und zwei Becher aus Blech auf das Tablett und trug sie ins Haus.

Nun, mit ihr würde Helen später sprechen. Sie müsste gar nicht viel sagen, nur ein bisschen den Kopf schütteln, seufzen und Emily anschauen, als habe ihre Tochter sie sehr enttäuscht. Dann, so hoffte sie, würde derlei nicht wieder vorkommen.

«Sieh an, unser bester Mann.» Edward sprang aus dem Sattel. Er trat zu Helen und half ihr vom Pony. Sie war froh, dass er ihr die Qual ersparte, im Herrensitz zu reiten. Ihr Pony war darin geschult, eine Dame zu tragen, und er hatte auch für den passenden Sattel gesorgt.

Edwards Hände schlossen sich um ihre immer noch schmale Taille, und er hob sie vom Pony. Dann reichte er ihr den Arm, denn das abschüssige Gelände vor der Hütte war mit Geröll übersät. Die ganze Anlage war alles andere als repräsentativ. Helen wollte schon die Nase rümpfen, unterdrückte den Impuls aber gerade noch rechtzeitig.

Siobhan gesellte sich zu ihnen, den Rock ihres Reitkleids behutsam gerafft, während Walter die Ponys zum Stall führte. Der Stall war schon fertig, daran hatte Edward gedacht, doch das Haus war nur ein blankes Gerippe, das sich dunkel und bedrohlich in den Himmel hob. Wie es bis zum Winter fertig werden sollte, war ihr ein Rätsel.

Sie eilte zur Veranda. «Hallo, Mrs. O'Brien!», grüßte

sie der junge Mann. Ihr Blick glitt von Aarons Gesicht zur halboffenen Tür. Die Höflichkeit gebot, mit dem jungen Mann zumindest kurz zu plaudern, ehe sie sich um ihre ungebärdige Tochter kümmerte. Ach, warum hatte sie nur darauf bestanden, dass Emily nach Neuseeland mitkam? Edward hätte sicher nichts dagegen gehabt, das Mädchen auf ein College zu geben, wenn Helen ihn darum gebeten hätte. Die Ferien hätte das Mädchen dann bei ihrer Schwester in London verbringen können.

Andererseits wäre aus Emily dann erst recht ein Blaustrumpf geworden. Und es zerriss Helen das Herz, ihre Jüngste aus dem Haus zu lassen, während die Jungen – immerhin erwachsene Männer von fünfundzwanzig und neunzehn Jahren – weiterhin am heimischen Tisch saßen. Bei Walter war das verständlich, immerhin würde er einmal alles erben, aber Finn … Um ihn machte sie sich insgeheim noch mehr Sorgen als um Emily.

«Mr. Gregory.» Sie nickte knapp und überlegte fieberhaft, wie sie das Gespräch abkürzen konnte, das nun zwangsläufig folgen würde.

«Gefallen Ihnen die Schafherden?», fragte Aaron Gregory freundlich.

Sie nickte zerstreut. «Ja, alles wunderbar, bestens.»

«Da wartet gehörig was an Arbeit auf uns», fügte Edward hinzu. «Aber mit deiner Unterstützung schaffen wir das schon.»

Helen verzog keine Miene. Ihr missfiel, wie Edward auf seine Untergebenen zuging. Als wären sie schon ein Leben lang miteinander befreundet! Andererseits schien man seine Art zu mögen, denn er bekam meist, was er wollte. Nicht zuletzt Siobhans Mitgift, die jetzt als Schafherden über die Weiden am Wakatipusee streifte und hoffentlich den Reichtum der Familie mehrte.

«Danke, Mr. O'Brien.»

«Nenn mich einfach Edward.»

Dieses Geplänkel nutzte Helen, um sich mit einem entschuldigenden Lächeln ins Haus zu schieben. Sie blickte sich im Wohnraum um. Emily war nicht da. Auf dem Herd herrschte Unordnung. Jemand hatte wohl Kaffee gekocht und es versäumt, danach alles wegzuräumen. Der Wasserkessel und die Dose mit den Kaffeebohnen standen offen auf dem Herd. Helen seufzte resigniert und blickte sich suchend nach einem Handtuch um, damit sie den dampfenden Wasserkessel von der Herdplatte ziehen konnte. «Männerwirtschaft», murmelte sie.

Aus dem Schlafzimmer, das Siobhan und Walter bewohnten, drangen Geräusche. Helen blickte auf. Emily stand unter dem niedrigen Türstock, den Kopf leicht zwischen die Schultern gezogen, als fürchtete sie die Schelte der Mutter.

«Wenigstens weißt du, welchen Fehler du gemacht hast.»

«Finn hat uns allein gelassen. Ich wollte, dass er bleibt, aber ...»

«Unsinn! Wenn Finn euch allein gelassen hat, ist er zwar ein pflichtvergessener Bruder, aber du hättest dich entschuldigen können, dass auf dich wichtige Arbeiten warten. Und wie ich sehe, hätte es hier tatsächlich mehr als genug zu tun gegeben.»

Emily schlang ihre Arme um den Körper.

«Jetzt steh da nicht so rum, tu deine Arbeit!»

Bei Gelegenheit würde sie sich Finn vorknöpfen. Seine Schwester in diese Situation zu bringen, war wirklich unverantwortlich.

«Es wäre unhöflich gewesen, Aaron draußen stehen zu lassen», widersprach Emily. «Ich konnte ihn doch erst recht nicht reinbitten», fügte sie hinzu, als wäre ihr dieses Argument gerade erst eingefallen.

Helen seufzte. «Also gut. Aber sieh zu, dass derlei nicht noch einmal passiert. Ich möchte nicht, dass man mir bei erster Gelegenheit, wenn ich nach Glenorchy oder Queenstown fahre, zuträgt, dass meine Jüngste ein leichtes Mädchen ist.»

Sie ärgerte sich. Vielleicht tickten die Uhren in dieser Wildnis ja wirklich anders. Vielleicht schloss man hier leichter Freundschaften, und vielleicht hatte es nichts zu bedeuten, wenn ein junges Mädchen mit einem Mann vor dem Haus saß und Kaffee trank.

Aber sie hat ihn Aaron genannt, dachte sie. Sie konnte vieles akzeptieren, aber dass Emily sich so schnell vertraut mit einem Mann zeigte, missfiel ihr.

Sie beschloss, diesen Aaron Gregory genau zu beobachten. Ja, und Edward sollte ein ernstes Wort mit ihm reden. Ein ernstes Wort darüber, was sie sich von seinem Umgang mit einer jungen Frau erwartete.

Sie sprach das Thema abends an. Walter und Siobhan hatten sich bereits zur Ruhe begeben, nur in Emilys Zimmer brannte noch Licht.

Sie zog das Schultertuch eng um sich, als sie sich zu Edward auf die Bank setzte.

«Endlich zu Hause», brummte er zufrieden und legte den Arm um ihre Schulter.

«Finn ist noch nicht zurück.»

«Er wird sich über Nacht eine Schutzhütte gesucht haben. Oder er hat sich in den Bergen verirrt.»

«Da machst du dir keine Sorgen? Dein Sohn ist da draußen, wird vielleicht von wilden Tieren bedroht …»

«Mein Sohn ist ein Abenteurer. Wir können ihn nicht aufhalten, Helen. Er wird uns durch die Finger gleiten, wenn wir ihn festhalten wollen.»

Und das nahm er so einfach hin, dachte sie. Für ihn war es kein Grund, sich zu sorgen. Der Sohn war fort. In einem fremden Land.

«Du hast Aaron Gregory als Verwalter eingestellt.»

«Er ist ein guter Junge. Ganz anders als sein Onkel.» Edward klopfte auf seine Jacke, als suche er etwas. Dann zog er die Pfeife aus der Hosentasche, legte den offenen Tabaksbeutel aufs Knie und begann, mit den Fingern sein Pfeifchen zu stopfen.

Sie senkte ihre Stimme zu einem Flüstern. «Emily mag ihn.»

«Das ist doch gut! Er kommt aus guter Familie, wenn es das ist, was dich sorgt. Seine Eltern waren Händler, drüben in Auckland. Hatten eine Menge Pech, und sie starben vor ein paar Jahren, als er in England war. Kluger Kerl, hat studiert und alles. Wäre keine schlechte Partie für unsere Tochter.»

«Wer redet denn davon?», fragte sie unwirsch. Sie fühlte sich ertappt. Und zugleich gefiel ihr der Gedanke nicht so recht, dass Emily bald ihre eigene Familie gründen könnte. Sie war doch noch immer ihre Kleine.

«Redet keiner von», murmelte Edward. Er entzündete seine Pfeife.

Eine Zeitlang saßen sie schweigend da. Die Nacht war kühl.

«Und der Maorijunge? Was wird aus ihm?», fragte Helen irgendwann.

«Wir lassen ihn zur Schule gehen, hab ich mir überlegt.»

«Zur Schule.» Einen Wilden in die Schule schicken! So eine Idee konnte auch nur Edward haben. «Womöglich soll er später auch noch studieren?»

«Warum nicht? In Dunedin haben sie eine hervorragende Universität. Hätte ich ihn denn seinem Schicksal überlassen sollen?»

«Nein, Gott. Nein.» Aber es war typisch, dass Edward es gleich wieder übertrieb. «Sollten nicht eher unsere Kinder zur Universität?»

«Walter war auf der Universität, wenn ich dich erinnern darf. Und ich habe nicht den Eindruck, als wäre Finn wirklich daran interessiert.»

Schon sprachen sie wieder über Finn.

Helen seufzte.

«Wenn er morgen früh nicht zurück ist, lässt du ihn suchen.» Sie stand auf. «Ich meine es ernst, Edward. Er kann doch nicht einfach verschwinden, ohne ein Wort zu sagen.»

Edward schwieg. Sie stand noch einen Augenblick vor ihm, hoffte auf seinen Zuspruch, doch dann ging sie ins Haus.

Sie wusste um Finns Freiheitsdrang. Aber das hieß nicht, dass sie ihn akzeptierte.

Und es hieß schon mal gar nicht, dass er in diesem fremden Land einfach verschwinden durfte. Was ihm alles passieren konnte ...

Helen fror. Sie ging ins Schlafzimmer, kleidete sich rasch aus und schlüpfte unter die kalten Decken. Aber schlafen konnte sie nicht.

Sie konnte eine ganze Woche lang nicht schlafen.

Erst als Finn zurückkam, lachend und braun gebrannt, fand sie nachts wieder Ruhe. Doch in ihrem Herzen wohnte die Angst, dass er jederzeit einfach wieder verschwinden könnte. Dass er dann sehr lange fortbleiben würde.

Finn hörte sich ihre Standpauke mit gesenktem Kopf an. Auch Edward las ihm die Leviten, aber sie spürte nur zu deutlich, wie wenig die Worte der Eltern bei diesem Sohn ausrichteten. In ihm hatte immer ein Abenteurer geschlummert, und Neuseeland hatte ihn endgültig geweckt.

4. Kapitel

Vor der Schafschur kam der Termin für die Schlachtung der Lämmer. Die einjährigen Tiere wurden aus den Herden abgesondert und in einen Pferch gesperrt.

Emily wollte das gar nicht hören, sie wollte davon nichts sehen und erst recht nicht das Fleisch essen, obwohl Edward und Walter ihr versprachen, es sei das beste Fleisch, das es gäbe. Ihre Mutter schwieg. Der harte Zug um ihren Mund war beredt genug.

Es war ein windiger, kühler Samstag im November, als die Männer mit der Schlachtung begannen. Beim Frühstück waren sie schweigsam. Niemand musste jetzt noch etwas sagen, jeder kannte seine Aufgabe. Helen stand am Herd, nur hin und wieder trat sie an den Tisch, goss den Männern Kaffee nach und strich Finn über das Haar, der es sich widerwillig und stumm gefallen ließ. Nicht einmal das brachte Emily zum Lächeln, dabei wusste sie nur zu gut, dass es Finn zuwider war, von seiner Mutter wie ein kleines Kind behandelt zu werden. Aber er wehrte sich nicht. Nicht, weil ihn die bevorstehende Aufgabe beunruhigte – das war Männerarbeit, die auf einer Schaffarm anfiel, und fertig –, sondern eher, weil er nach seinem einwöchigen Verschwinden nicht schon wieder den Zorn der Mutter auf sich ziehen wollte.

Edward hatte Finns Abwesenheit gar nicht kommentiert, zumindest nicht im Kreis der Familie. Auch die Mutter hatte eigentlich nicht viel gesagt. Sie war nur krank vor Sorge gewesen und hatte sich am zweiten Morgen mit Migräne entschuldigen lassen, die leider ebenso wenig den Sohn zurückbrachte wie das stumme Gebet Siobhans oder die scharfzüngigen Bemerkungen Walters. Emily hatte mit Staunen beobachtet, wie unterschiedlich ihre Familienmitglieder auf Finns Fernbleiben reagierten. In ihr herrschte nur das dumpfe Gefühl, etwas falsch gemacht zu haben. Nicht nur weil sie die Letzte gewesen war, die Finn gesehen hatte, sondern auch weil sie versäumt hatte, ihn zu fragen, wohin er ritt.

Acht Tage hatte er sich in den Bergen herumgetrieben. Acht Tage ohne ein festes Dach über dem Kopf, ohne etwas zu essen. Acht Tage, in denen jeder der Zurückgebliebenen mit seiner Angst umzugehen lernte. Wie viel man sich ausmalen konnte, wenn man um das Leben eines geliebten Menschen bangte …

«Dann wollen wir mal.» Ihr Vater trank den letzten Schluck Kaffee, nahm das mit Käse belegte Brot und stand auf. Im Stehen biss er ab, ohne Mams tadelnden Blick zu bemerken. Er nickte stattdessen Walter und Finn zu, die ebenfalls aufstanden. Siobhan war blass, aber sie erhob sich ebenfalls tapfer. Sie trug ihr ältestes Kleid, und selbst das sah an ihr so damenhaft aus, als wolle sie soeben zum besten Dubliner Hutmacher gehen. Mams Kleid hingegen war einige Jahre alt und vom beständigen Waschen etwas dünn. Sie nickte Emily ein letztes Mal zu, ersparte sich die üblichen Ermahnungen, dass ihre Tochter die häuslichen Pflichten nicht vernachlässigen solle, und ging.

Emily blieb allein zurück.

Die Stille erschlug sie förmlich.

Sie räumte den Tisch ab, schrubbte das Geschirr, schlug die Betten auf und fegte alle Räume. Dann erst trat sie vor die Tür. Es hatte aufgeklart. Die Sonne gewann an frühlingshafter Kraft und lockte sie, sich hinauszusetzen und ein wenig in dem Buch zu lesen, das Aaron ihr bei seinem Besuch gestern Abend mitgebracht hatte.

Ihre Mutter hatte ihr jedoch genug Aufgaben aufgetragen, dass ihr für Müßiggang keine Zeit blieb. Sie schleppte den Korb mit den Flicksachen und den löchrigen Strümpfen vor die Tür, setzte sich auf die Bank und begann, Socken zu stopfen und abgesprungene Hemdknöpfe wieder anzunähen. Aeneas kam angeflogen, setzte sich auf das Geländer und wippte mit dem Körper vor und zurück. Er gab ein Krächzen von sich, hüpfte nach links und rechts und schoss im nächsten Moment vor, um ihr einen Strumpf aus dem Korb zu stibitzen.

Emily musste lachen. Der Kea zerrte mit so ernster Miene an dem Strumpf, der ganz tief im Gewühl der Wäsche steckte, als gäbe es kein höheres Ziel als ausgerechnet diesen Strumpf und keinen anderen. Sie vergaß sogar für einen Moment, dass nur wenige hundert Meter entfernt gerade Dutzende Lämmer ihr Leben ließen.

«Lass das.» Sie machte eine Handbewegung, um ihn wegzuscheuchen. Anders als bei ihrer Mutter oder Siobhan schien er bei ihr zumindest hin und wieder zu erwägen, auf sie zu hören. Auch diesmal ließ er vom Strumpf ab und neigte den Kopf, als verlange er für sein Wohlverhalten eine Belohnung. Er ahnte wohl, dass Emily immer ein paar Leckereien in ihrer Schürzentasche verborgen hatte. Auch diesmal belohnte sie ihn mit einem Stück Keks.

«Ich wusste nicht, dass du ihn gezähmt hast. Er gehorcht ja aufs Wort.»

Sie blickte hoch.

Aaron.

Er trat auf die Veranda und lehnte sich an den Pfosten.

«Musst du nicht bei den anderen im Schafstall sein und beim Schlachten helfen?», fragte sie ihn überrascht.

Er zuckte mit den Schultern. «Ich dachte, ich schaue lieber mal nach dir. Deine Schwägerin hat erzählt, dir sei nicht wohl bei dem Gedanken an das Schlachten und du bliebest lieber zu Hause.»

Siobhan ging es vermutlich ähnlich. Doch anders als Emily biss sie die Zähne zusammen und stellte sich den Arbeiten, die ihr neues Leben mit sich brachte. Das hätte Emily ihr nie zugetraut.

«Es gibt auch hier genug zu tun», redete sie sich heraus. «Hast du Durst?»

Er nickte. Sie legte ihre Stopfarbeit beiseite und trat ins Haus. Die dämmrige Enge der Blockhütte gefiel ihr inzwischen. Es war nicht das Leben, das ihre Mutter und Siobhan sich ausgemalt hatten. Aber für Emily war es gut, solange sie ihre Bücher hatte und nicht den Schreien der Lämmer lauschen musste, denen die Kehle durchgeschnitten wurde.

«Ich vermute, wenn so viel zu tun ist, konntest du noch nicht in das Buch schauen, das ich dir gestern mitgebracht habe?»

Er folgte ihr ins Haus. Emily stand am Herd und brühte frischen Tee auf. Sie spürte ihn irgendwo hinter ihrem Rücken und hätte ihn am liebsten rausgeschickt, obwohl sie sich in seiner Gegenwart so wohl fühlte. Ihre Mutter hatte sie immer vor den Männern gewarnt. Aber

Aaron war doch bestimmt anders, oder? Er brachte ihr Bücher mit, und einmal hatte er ihr sogar eine Schachtel Konfekt aus Queenstown geschenkt, das sie mit ihrer Mutter und Siobhan teilte, während die Männer mit Aaron einen Whiskey tranken. Ja, er hatte sich in den letzten Wochen in das Herz der Familie geschlichen, und die steile Falte zwischen Helens Brauen war zu einem zarten Kräuseln geworden, wenn sie ihn sah. Vielleicht dachte sie ja, es wäre das Leichteste für Emily, in dieser fremden Erde Wurzeln zu schlagen, wenn da einer war, für den es lohnte, diese Wurzeln zu schlagen.

«Ich lese es heute Abend.» Sie wusste, dass sie nach diesem Tag wach liegen würde. Das Schreien der Lämmer gellte ihr noch immer in den Ohren, obwohl sie es hier nicht hörte.

Er beobachtete sie. Sie goss den Tee auf, stand am Herd und blickte durch das kleine Fenster hinaus. Die Berge hoben sich schroff, der Wald begann wenige Meter hinter dem Haus mit undurchdringlicher Wildnis.

«Du gehörst nicht hierher, Emily», sagte er plötzlich.

Was wusste er schon. Sie spähte in die Teekanne.

«Hörst du mir überhaupt zu?»

«Ja.» Sie räusperte sich.

«Habe ich dich beleidigt?»

Im Gegenteil, dachte sie. Er sprach aus, was sie bewegte, aber nicht auszusprechen wagte, weil es zu kühn war, zu dreist für das jüngste von drei Kindern, das auch noch ein Mädchen war. Ihre Aufgaben waren die einer Frau, denn für die Aufgaben eines Mannes fühlte sie sich erst recht zu schwach, obwohl es in diesem Land durchaus akzeptiert wurde, wenn Frauen Männerarbeit verrichteten, weil die Not es erforderte. Das, was ihre Mutter ihr auftrug, erledigte sie mit Gewissenhaftigkeit, aber ohne darin Erfüllung zu finden.

Musste es so sein? Ging es Siobhan und der Mutter auch so, wenn sie ihren Pflichten nachgingen? Schweiften ihre Gedanken auch stets ab zu den Büchern, die abends vorgelesen wurden, oder zu den Bibelgeschichten, die zur Lektüre zu empfehlen Siobhan nie müde wurde? Verloren auch sie in der Eintönigkeit ihrer Beschäftigung jegliches Zeitgefühl und versanken in Tagträumen?

Wenn sie Socken stopfte, malte sich Emily seit ihrer Kindheit aus, dass sie ein Mädchen aus einem alten, irischen Märchen sei, zum Beispiel Goldbaum, die von ihrer bösen Stiefmutter Silberbaum vergiftet wurde. Sie dachte dabei nie an ihre eigene Mutter, sondern verlor sich ganz in dieser Fantasiewelt. Manchmal ertappte Helen sie dabei, wie sie leise vor sich hin murmelte. Sie lernte, ihre Träumereien in Gedanken zu formulieren, immer und immer wieder zu durchleben und ein wohliges Schauern zu verspüren, wenn die zweite Frau des Prinzen die böse Stiefmutter durch einen Trick vergiftete und damit Goldbaum ein glückliches Leben bescherte.

«Der Tee ist fertig.» Sie stellte zwei Becher auf den Tisch, goss den Tee ein und nahm die Dose mit Anisplätzchen aus dem Regal neben dem Herd. Dann setzte sie sich auf den Stuhl am Kopfende des Tischs. Ihre Finger umschlossen den Becher. Er war fast zu heiß, doch sie drückte ihre Hände fest an das Steingut, schloss kurz die Augen und genoss den Schmerz.

«Es tut mir leid.» Aaron setzte sich neben sie, zog seinen Becher heran und nahm einen Keks. «Ich wollte dir wirklich nicht wehtun.»

Du hast aber ausgesprochen, was hier sonst jeder

verschweigt, dachte sie. Sie verübelte es ihm nicht. Er hatte sich in den vergangenen vier Wochen das Recht erworben, ihr zu sagen, was er dachte. Das fiel ihm nicht schwer, er fand immer die rechten Worte, und darum war aus ersten oberflächlichen Gesprächen rasch mehr geworden. Doch ging er nicht zu weit, wenn er sagte, sie gehöre nicht hierher?

«Sie sind meine Familie.» Emily knabberte an einem Anisplätzchen.

«Es war wirklich nicht böse gemeint. Ich dachte nur …»

«Ja?»

«Du bist klug, belesen, wissbegierig …» Er hob die Hand, weil er wohl ihren Widerspruch ahnte. «Nein, lass mich ausreden. Du gehst dieser Frage aus dem Weg, oder?»

«Welcher Frage?» Ihre Handflächen schmerzten von der Hitze des Teebechers, aber sie lockerte ihren Griff nicht.

«Warum du anders bist.»

«Ich bin nicht anders», widersprach sie heftig. Der Tee war definitiv zu heiß, trotzdem trank sie ihn. Drei große Schlucke, die in ihrem Mund, ihrer Kehle, im Hals brannten. Tränen schossen ihr in die Augen, sie hustete und legte die Hand auf die Brust und rang nach Luft. Aaron beobachtete sie scheinbar ungerührt, während sie versuchte, wieder zu Atem zu kommen.

«Ihr habt in Irland ein anderes Leben gehabt, nicht wahr?»

«Wir haben weniger gearbeitet. Wir hatten Land, ein bisschen Geld. Verarmter Kleinadel, so hat man das wohl genannt. Vater wollte sich damit nicht zufrieden geben.»

«Darum der Neuanfang am anderen Ende der Welt?»

«Darum wohl, ja. Mein Vater ist nicht der Mann, dem es liegt, sich kleinzumachen. In Europa, in Irland waren wir klein. Hier will er Großes erreichen, und hier belächelt ihn niemand wegen seiner hochfliegenden Pläne.»

Sie biss sich auf die Lippe. Woher kamen all diese Gedanken? Es war, als entstünden diese Erkenntnisse in ihrem Kopf, während sie es aussprach.

«Deine Mutter unterstützt ihn sehr.»

«Ich beneide sie darum. Ich könnte das nicht», gestand sie zögernd. «Es waren Vaters Pläne, und nie hörte ich ein Wort der Klage von ihr. Aber ich weiß, wie wenig es ihr behagte, Irland zu verlassen, ihre Freundinnen zurückzulassen und unser Haus. Unsere Pferde, unsere Hunde. Das wenige, was wir hatten, war ihr viel wert.»

«Und du? Was hast du zurückgelassen?»

Auf diese Frage wusste sie keine Antwort. Das wurde ihr im selben Moment deutlich, da die Stille sich zu groß dehnte, um spontan darauf zu antworten.

«Ich habe alles», sagte sie einfach.

«Ein siebzehnjähriges Mädchen, das alles hat? Ich bin erstaunt, ich gebe es ganz ehrlich zu.»

Sie zuckte mit den Schultern. «Früher habe ich mir immer gewünscht, nicht im tiefsten Winter Geburtstag zu haben, sondern im Sommer. Der Wunsch hat sich ja erfüllt.»

Er lächelte. Aber er ließ nicht locker.

«Aber wenn du nichts zurückgelassen hast, dann gibt es doch sicher etwas, das du dir wünschst?»

Da gab es wohl mehr als genug. Aber Emily wollte nicht darüber reden. Schon gar nicht mit Aaron, der ihr in diesen ersten Wochen ein steter Quell an Büchern,

Zeitschriften und Nachrichten gewesen war. Wenn er stattdessen mit Blumen, Konfekt und schönen Worten dahergekommen wäre, hätte sie sich einreden können, er sei an ihr interessiert und mache ihr den Hof. Aber so war es nicht, er legte Leihgaben auf den Tisch und führte mit ihr Gespräche darüber. Das konnte sie kaum als ein ernsthaftes Werben um sie verstehen.

Vielleicht entstand eine Freundschaft. Das wäre immerhin etwas. Nein, das wäre mehr, als sie sich erträumen konnte.

«Mehr Zeit», gestand sie schließlich widerwillig ein. «Mehr Zeit, um all die Bücher zu lesen, die du ständig mitbringst. Ich habe schon ein schlechtes Gewissen, weil ich dir den Melville noch nicht hab zurückgeben können.»

«Da mach dir keine Sorgen drum. Ich kann mir das Buch jederzeit aus London schicken lassen, wenn ich es lesen will. Aber ich hab es bereits gelesen, wie du weißt.»

Seine Bleistiftnotizen in den Büchern störten sie nicht. Aber sie waren ein weiterer Beweis dafür, dass es ihm nicht darum ging, sie zu umwerben, sondern die Literatur mit ihr zu teilen, die er ebenso liebte.

Er sah in ihr allenfalls eine gute Bekannte. Im Laufe der Zeit könnte sich daraus eine Freundschaft entwickeln. Vielleicht. Wenn sie viel Glück hatte, war sie für ihn wie eine jüngere Schwester. Er hatte keine Geschwister, darum erschien ihr das plausibel. Wahrscheinlicher jedenfalls, als dass er ihr den Hof machte.

Aber sie würde es sich wünschen. Dass er ihr den Hof machte. Und dann auch wieder nicht, denn der Gedanke, ein Leben wie ihre Mutter zu führen, löste in ihr das dumpfe Gefühl der Bedrohung aus. Wie eine finstere

Wolke hingen häusliche Pflichten, Kindererziehung und nachmittägliche Tees mit den anderen Frauen in und um Glenorchy – die kennenzulernen sich bisher keine Gelegenheit ergeben hatte – vor ihr und überschatteten ihre Zukunft.

Sie gab sich ja Mühe, aber es fiel ihr so schwer, in einem blankgescheuerten Tisch, gestopften Socken oder einer bestickten Serviette Zufriedenheit zu finden …

«Musst du nicht arbeiten? Gibt es da draußen nichts für dich zu tun?», fragte sie heftig, sprang auf und riss ihm den Becher fast aus der Hand. Der letzte Rest schwappte über den Tisch und seine Hände. Erstaunt und auch ein bisschen erschrocken sah er ihr dabei zu, wie sie das Geschirr in den Bottich schichtete, die Krümel von der Tischplatte fegte und die Keksdose schloss, wie sie die Hand gegen die Stirn drückte, als drängten ihre Gedanken gewaltsam hervor und sie müsse jeden einzelnen zurückhalten.

«Ich müsst' doch glücklich sein», flüsterte sie. «Es ist doch gar nicht so schwer, die anderen können es doch auch …»

Aaron stand langsam auf. «Das meine ich», sagte er leise. «Du gibst dir Mühe, aber …»

Sie schloss kurz die Augen. Wenn er es schon sah, dann bemerkten es die anderen sicher auch. Dann musste sie sich mehr Mühe geben, musste noch eifriger die Betten aufschütteln, noch schwungvoller mit dem Besen durch alle Räume fegen, noch schneller mit der Sticknadel werken. Wenn Aaron schon ihre innere Zerrissenheit bemerkte, dann brachte dieses wilde Land diesen Zug nur noch heftiger hervor. Sie musste aufpassen.

Sie musste sich zusammenreißen.

«Lass dir mit dem Melville Zeit», sagte er. Dann hörte sie ihn gehen.

Als sie vor die Tür trat, stiegen ihr die Tränen in die Augen. Aeneas hatte die Zeit zu nutzen gewusst: Drei Strümpfe hatte er aus dem Korb gezogen und jeden einzelnen mit seinem spitzen Schnabel durchlöchert, dass sie nicht mal mehr als Putzlumpen taugten.

Sie weinte, sank auf die Bank neben dem Korb und schluchzte, während der Kea vor ihr hin und her hüpfte und leise gurrte, als wollte er sie trösten. Erst als er auf ihren Schoß sprang, den Kopf schief legte und mit seinem Auge blinkte, an ihren Fingern knabberte und sie immer wieder musterte, versiegten ihre Tränen, und sie musste lächeln.

«Was soll's», murmelte sie. «Drei Socken weniger zu stopfen.»

Sie nahm ein Arbeitshemd von Finn zur Hand und begann, mit flinker Nadel zwei abgerissene Knöpfe anzunähen.

Siobhan wischte sich mit dem Handrücken über die Stirn. Die Arbeit war ermüdend, aber schlimmer als die Anstrengung war für sie der Gestank nach Blut und Angst.

Edward hatte ihr versichert, es ginge nur dieses Jahr nicht anders, dass sie die Lämmer so schlachteten. Nächstes Jahr würde er die Tiere nach Queenstown treiben lassen, damit sie dort im Schlachthaus geschlachtet würden und das Fleisch direkt im Anschluss in Kühlwagen zum Hafen geschafft werden könnte. In Europa zahlte man gutes Geld für neuseeländisches Lammfleisch, aber für die wenigen Tiere, die er dieses Jahr schlachten ließ, lohnte es den Aufwand nicht.

Sie wollte lieber nicht zu genau darüber nachdenken, dass das Schlachten ebenso zum Alltag auf einer Schaffarm gehörte wie das Scheren oder die Hilfe beim Lammen.

Siobhan beugte sich wieder über den Bottich, in dem sie Schafsdärme auswusch. Helen hatte das Regiment über die Wurstherstellung übernommen. Sie rührte im Kessel mit dem Wurstbrei, der über einem offenen Feuer köchelte, gab Gewürze und Salz hinzu und erteilte den drei jungen Frauen Anweisungen, die gestern aus Glenorchy gekommen waren, um ihnen bei der Arbeit zur Hand zu gehen. Siobhan hoffte, wenigstens eines der Mädchen könnte bleiben. Sie hatte noch nie so hart gearbeitet wie in den letzten Wochen, und obwohl es ihr nichts ausmachte, den Haushalt in der kleinen Hütte zu ordnen oder Wäsche zu waschen, war ihr diese Arbeit wirklich zuwider. Und jetzt auch noch Schafsdärme auswaschen! Widerlich.

Aber sie ahnte, warum Helen ihr diese Aufgabe zugewiesen hatte: Siobhan würde es ordentlich machen. Nichts fände sie schrecklicher als den Gedanken an unsaubere Schafsdärme, die dann mit dem Brät befüllt und geräuchert wurden.

Helen gab einem der Mädchen den großen Löffel, mit dem sie im Kessel rührte. Sie trat einen Schritt zurück, legte hastig die Hand auf den Mund, als müsse sie etwas zurückhalten. Ein böses Wort oder ein Lob? Dann wandte sie sich hastig ab und lief davon, mit weit ausholenden, stolpernden Schritten. Siobhan blickte ihr nach. Schon zum zweiten Mal verschwand Helen im Schatten der Bäume, nur um wenige Minuten später zurückzukommen und wieder ihre Arbeit zu übernehmen. Was war da nur los?

Sie rief Annie zu sich, ein kräftiges Mädchen, das bereitwillig ihre Aufgabe übernahm. Siobhan wischte ihre Hände an der Kittelschürze sauber und folgte ihrer Schwiegermutter.

Im Schatten der Bäume war es kühl und duster. Helen hatte eine Hand an den Baumstamm gedrückt, beugte sich vor und gab würgende Geräusche von sich.

Siobhan trat hinter sie und legte behutsam eine Hand auf ihre Schulter. «Ich finde es auch schrecklich», sagte sie leise. «Der Gestank nach Blut dreht auch mir den Magen um.»

Helen wischte sich mit dem Handrücken über ihren Mund und drehte den Kopf weg. «Es ist nichts. Ich hab mir den Magen verdorben, fürchte ich.»

Siobhan runzelte die Stirn. «Du hast nichts anderes gegessen als wir alle. Warum geht es keinem von uns so schlecht?»

Helen schwieg. Wieder beugte sie sich vor, stützte die Hände auf die Oberschenkel und würgte, aber sie spuckte nur noch Galle. Einige Strähnen lösten sich aus dem Haarknoten und umrahmten ihr schweißnasses, blasses Gesicht.

«Edward O'Brien, ich verfluche dich», stöhnte Helen. Siobhan erschrak. Doch als sich ihre Schwiegermutter aufrichtete, lächelte sie schon wieder. Nein, sie strahlte förmlich, als leuchte sie von innen.

Und da begriff Siobhan. Sie zog die Hand zurück, wandte den Blick ab und flüsterte nur: «Ach so.»

Die Erkenntnis war zu viel für sie. Helen hatte drei erwachsene Kinder. Es war nicht an ihr, sondern an Siobhan, für Kinderlachen zu sorgen, gemeinsam mit Walter.

Doch seit jener Nacht, in der Walter ihr so wehgetan hatte, rührte er sie nicht mehr an. Kurz, viel zu kurz hatte sie die Hoffnung gehegt, dass mit dieser einen Nacht alles anders werden könne, als ihre Blutung sich um ein paar Tage verspätete. Doch als sie eines Morgens mit heftigen Unterleibskrämpfen aufgewacht war und ihre Oberschenkel unter dem Nachthemd mit Blut verschmiert gewesen waren, war diese Hoffnung gestorben.

Sie hatte geweint. Ihrem Leben fehlte etwas, und sie wusste genau, was es war. Sie wünschte sich so sehr ein Kind, das sie mit der Liebe überschütten durfte, die Walter von ihr nicht annehmen wollte. Inzwischen schrak er vor jeder ihrer Berührungen zurück, fast als fürchtete er, sich an ihr zu verbrennen. Und sie hatte nicht gewagt, ihn noch einmal zu bitten, mit ihr zu schlafen. Nur wegen ihrer Bitte war er schließlich so wütend geworden, nur darum hatte er sie so brutal genommen. Weil sie ein dreistes Weibsbild war und nicht die sanfte, schüchterne Frau, die er geheiratet hatte! Er musste sie ja hassen, obwohl er ihr das tagsüber nie zeigte. Dann war er geradezu zauberhaft. Und nachts schwieg er.

Helen barg ihr Gesicht in Händen. Sie seufzte. «Ich dachte, wir wären darüber hinaus. Emily ist siebzehn, du lieber Gott! Wie soll ich denn noch ein Kind großziehen?»

«Gib es mir», hörte Siobhan sich sagen. Sie legte die Hand auf Helens Arm, als wollte sie die Worte gleich wieder zurücknehmen, und lächelte entschuldigend.

Helen erwiderte ihr Lächeln müde. «Deine Zeit wird schon noch kommen», versicherte sie Siobhan und griff nach ihrer Hand. «Du musst Geduld haben. Im guten Glauben an Gott wird es sich richten.»

Siobhan nickte und machte sich behutsam los. Helens

Nähe war ihr plötzlich zuwider. Das zarte Strahlen ihrer Schwiegermutter, der helle Glanz in ihren grünen Augen und die leichte Röte unter der Blässe – sie war wunderschön. Eine wunderschöne, schwangere Frau. Mit beiden Händen strich Helen ihr kupferdunkles Haar zurück, löste eine Nadel und steckte die widerspenstige Strähne fest.

«Aber sag es noch niemandem», beschwor sie Siobhan, als sie beide zurück zum Schlachtplatz gingen. «In den ersten Wochen kann's schon mal passieren, dass es sich nicht hält.»

Siobhan fragte nicht nach. Sie wollte gar nicht wissen, ob Helen derlei schon mal passiert war.

«Mein Gott.» Plötzlich blieb Helen stehen, ihre Hand krallte sich in Siobhans Unterarm. «Wie soll ich das nur schaffen? Emily darf es auf keinen Fall erfahren, hörst du? Sie ist so verwirrt, seit wir hier sind.» Die steile Stirnfalte, sonst ein sicheres Anzeichen für ihren Unmut, zeichnete sich kurz zwischen ihren Brauen ab, ehe sie weiterredete: «Emily mit ihrem Bergpapagei. Und all diese Bücher! Überall liegen sie herum.»

Siobhan sagte nichts dazu. Sie war froh, dass Emily ihre Bücherkiste mitgenommen hatte, denn darin waren zu Siobhans Freude auch ein paar Liebesromane, die sie sich gerne auslieh.

«Und Finn macht mir fast noch mehr Sorgen», fügte Helen hinzu.

«Er wird seine Drohung nicht wahrmachen», versuchte Siobhan sie zu trösten.

«Da bist du sicher, ja?»

Nein, sicher war sie nicht, aber sie hoffte es. Seit seinem einwöchigen Verschwinden gärte es in Finn O'Brien.

Das fremde Land lockte ihn. Er hatte gehört, dass die Maori an der Küste nach Paua-Muscheln tauchten und dass es auf der Nordinsel mehr als genug Arbeit für junge, abenteuerlustige Männer wie ihn gebe. Für die Arbeit des Schaffarmers war er nicht geboren, fand er.

Siobhan fragte sich, ob überhaupt jemand von ihnen für dieses neue Leben geschaffen war. Helen fügte sich, und sie selbst strengte sich nach bestem Wissen an. Finn suchte das Abenteuer, während Emily sich hinter ihren Büchern vergrub und versuchte, die anderen Familienmitglieder vergessen zu lassen, dass es sie gab. Ob wenigstens sie glücklich war? Sie war still, wenn sie sich abends über die Näharbeit beugte oder die Wäsche schrubbte. Sie klagte nicht. Sie war aber auch nicht mehr so munter und gesprächig wie zu Beginn ihrer Reise. Als hätte sie alles gesagt oder als spielten sich ihre Unterhaltungen nur noch in ihrem Innern ab.

Sie alle lebten Edwards Traum. Und jeder ging auf seine Art damit um. Dieses Land mit seiner wilden, kargen Freiheit schien die Eigenschaften des Einzelnen noch zu verstärken. Als lernten sie erst hier, wer sie wirklich waren. Als würde jeder von ihnen erst hier vollständig zu dem, was in ihm angelegt war.

Aber was ist nur meine Stärke?, fragte sich Siobhan. Welche Kraft schlummert in mir, die ich noch nicht entdeckt habe?

Oder hatte sie etwa gar keine eigene Kraft?

5. Kapitel

Die Tage wurden länger, sie flossen ineinander und wurden zu Wochen. Inzwischen waren sie fast zwei Monate auf der Farm. Der Bau des Hauses schritt voran, die Schafe wurden zur Schur getrieben.

Finn versuchte, sich überall nützlich zu machen. Er gab sich Mühe, aber er merkte selbst, wie schwer es ihm fiel, ob er nun Steine auf der Baustelle schleppte, sich mit seinem Vater über die Baupläne beugte oder mit Aaron hinaus zu den Schafherden ritt. Nichts konnte ihn fesseln, nichts gefiel ihm länger als ein paar Stunden, dann wurde es ihm langweilig. Auch die Schafschur langweilte ihn. Jeden Tag strich er ruhelos um Haus und Ställe, und wenn sich die Gelegenheit ergab, sattelte er ein Pony und ritt hinauf in die Berge.

Er redete sich ein, das sei Abenteuer genug.

Als am Frühstückstisch überlegt wurde, wer von den Männern die Zeit entbehren könne, Siobhan und Emily nach Glenorchy zu begleiten, bot Finn sich an.

Die Frauen wollten Besorgungen machen, Briefe aufgeben und vielleicht auch beim Putzmacher vorbeischauen, eben alles tun, was Frauen so machten. Ihm war es auch egal. Er hockte auf dem Kutschbock und kutschierte. Neben ihm saß Emily, die merkwürdig schweigsam war in letzter Zeit. Siobhan saß auf der hinteren Bank. Sie schaute in den hellen Himmel und schien die Ausfahrt zu genießen.

Es war ja auch schön, mal rauszukommen.

Aber Glenorchy bot kaum mehr Abwechslung als Kilkenny. So hatte sein Vater den Fleck Erde genannt, der nun ihnen gehörte. Kilkenny, genau wie das Dorf, das einst zu ihrem kleinen Landgut gehört hatte. So als hoffte Paps, in der neuseeländischen Wildnis ein neues Irland entstehen zu lassen.

Es gab in Glenorchy eine Hauptstraße mit einem Gemischtwarenladen, dem Postamt, zwei Kneipen, die einander direkt gegenüberlagen, einem kleinen Hutmacher und einigen anderen Geschäften. Die meisten Ladenbesitzer saßen tatenlos auf den kleinen Veranden vor ihren Läden und nickten zum Gruß, als sie vorbeifuhren.

«Ich warte.» Finn wickelte die Zügel um die Bremse, nachdem er diese angezogen hatte. Er half Siobhan aus der Kutsche. Sie lächelte ihn zum Dank scheu an.

«Nicht, dass dir langweilig wird», neckte Emily ihn.

«Keine Sorge. Ich warte», antwortete er.

Er tränkte die Ponys an einem Trog und ordnete ihnen die Mähnen. Mein Gott, Glenorchy war ja wirklich noch langweiliger als Kilkenny! Die Straßen waren verwaist, nur hin und wieder überquerte jemand die Straße, Männer, die finster zu ihm herüberstarrten, ehe sie in einer der Kneipen verschwanden.

Ein trostloser Ort.

«Schau an, schau an. Wenn das nicht der junge O'Brien ist.»

Finn fuhr herum. Hinter ihm war wie aus dem Nichts

Dean Gregory aufgetaucht. Er stand breitbeinig da, die Stiefel glänzten frisch poliert, er hatte eine neue Reithose und ein neues, graues Jackett an. Sogar das Hemd war blütenweiß. Nur das Halstuch war schmuddelig und verdreckt wie eh und je. Seine Gerte klatschte rhythmisch gegen den Stiefelschaft.

«Habt euch wohl gut eingelebt da oben?»

«Danke, es geht uns gut.»

«Hab gehört, den Wilden habt ihr fortgeschickt.» Er spuckte Tabaksaft aus. Der Strahl verfehlte Finn nur um Haaresbreite. Dean Gregorys Grinsen wurde breiter.

Finn kontrollierte die Zügel und den Zaum des linken Kutschponys. «Sie meinen Rawiri, ja? Er geht jetzt in Dunedin zur Schule.»

Dass es ein schweres Stück Arbeit gewesen war, den Maorijungen davon zu überzeugen, dass er auf einer Schule in Dunedin am besten aufgehoben war, verschwieg Finn ihm. Er hatte die Striemen auf Rawiris Rücken gesehen. Er hatte die Angst in seinen Augen gesehen, weil er fürchtete, man schicke ihn zurück zu seinem Peiniger. Erst als Edward ihm versprach, er dürfe jederzeit nach Kilkenny kommen und sich dort nützlich machen, stimmte Rawiri zu.

«Verstockter Wilder. Werdet schon sehen, was ihr davon habt, ihm Lesen und Schreiben beizubringen.»

Finn antwortete nicht. Dean Gregory schlug noch ein paarmal mit der Gerte gegen seinen Stiefel, so als müsse er überlegen, was er als Nächstes sagen sollte. Schließlich meinte er: «Dich hat's ja auch nicht lang daheim gehalten. Kann ich verstehen, früher war ich auch so 'n Abenteurer. Konnt' nicht genug davon kriegen. War drüben in Otago dabei, als sie Gold fanden.

Waren gute Zeiten damals, aber da war ich ja noch jung. Wär ich heute so jung wie du, ich würd' mich nochmal aufmachen.»

Finn merkte auf. «Es gab einen Goldrausch in Otago?»

«Wenn ich's dir doch sage!» Dean Gregory schaute sich um, als hätte er Angst, belauscht zu werden. «Wenn du willst, erzähle ich dir, wie's früher war. Lad mich auf'n Bier ein.»

Finn zögerte. Aber seine Fingerspitzen kribbelten. Ob es wohl auch heute noch solche Abenteuer gab? Wusste Dean Gregory mehr? Wenn er ihn auf ein Bier einlud, konnte er ihm vielleicht ein paar Geschichten entlocken. Auch wenn er der Mann war, der ein Maorikind jahrelang misshandelt und wie einen Sklaven gehalten hatte. Finn gab sich einen Ruck.

«Kommen Sie», sagte er.

«Nenn mich Dean, Junge. Wir sind doch jetzt befreundet, oder nicht?»

Nach gut zwei Stunden kehrten Emily und Siobhan gutgelaunt zur Kutsche zurück. Von Finn war weit und breit nichts zu sehen.

Sie waren nicht allein gekommen. Beim Putzmacher waren sie Diane Christiansen und ihrer Mutter begegnet. Diane war eine fröhliche, junge Frau mit rosigen Wangen und haselnussbraunen Locken. Ihrem Vater gehörte der Gemischtwarenladen. Sie war seine einzige Tochter, und sie war hübsch und hatte süße Grübchen, wenn sie lächelte.

Emily mochte Diane, und im Stillen hatte sie gehofft, dass sie ihr Finn vorstellen konnte, wenn sie mitkam und ihr beim Tragen half. Sie würde Finn mögen, ganz bestimmt.

Vielleicht gefiel sie ja auch ihrem Bruder.

Siobhan hatte sofort verstanden, worum es Emily ging. Sie ließ sich Zeit, plauderte mit Diane, während sie die Pakete verstaute, nochmal umschichtete und immer wieder Pausen einlegte, als wäre es sehr anstrengend, die Päckchen in die Kutsche zu legen.

Finn blieb verschwunden.

«Ihr müsst unbedingt mal zum Tee kommen», bekräftigte Diane gerade ihre Einladung. «Mutter macht die besten Zitronenbiskuitschnitten zwischen Glenorchy und Dunedin.»

«Wir kommen ganz sicher», versprach Emily. Verflixt! Sie konnten nicht länger warten. Wenn Finn nicht bald auftauchte …

«Oh, schaut mal! Da kommt Mr. Gregory», rief Siobhan.

Emily fuhr herum. Tatsächlich, da kam Dean Gregory breitbeinig in ihre Richtung getorkelt. An seinem Arm hing Finn, mit breitem Grinsen und hochrotem Gesicht.

Sie wäre am liebsten vor Scham im Boden versunken, und sie war ganz sicher, dass Siobhan genau das hinter ihrem Rücken gerade tat.

Emily trat den Männern entgegen. «Finn O'Brien!», rief sie, und ihre Stimme klang so sehr wie die ihrer Mutter, wenn sie eines ihrer Kinder tadelte, dass Emily vor sich selbst erschrak.

«Das ist meine Schwester Em», seufzte Finn. «Siehst du, sie guckt böse, nur weil ich mit einem alten Freund geplaudert habe.»

Emily packte Finn hart am Arm. «Benimm dich»,

zischte sie wütend. Das war doch nicht zu fassen. Ausgerechnet mit Dean Gregory musste er sich verbrüdern!

Dean Gregory straffte sich und verbeugte sich knapp vor den drei Frauen. «Dean Gregory, stets zu Diensten.» Sein Blick richtete sich auf Diane Christiansen. «Sie sind die Tochter vom Krämer-Pete, nicht wahr?»

Diane errötete leicht und hielt sich dicht neben Siobhan. «Ja, so ist es.»

«Hab ja schon immer mal meine Aufwartung machen wollen bei Ihrem Herrn Papa. Aber dass seine Tochter eine so schöne Rose ist, wenn ich das gewusst hätte ...» Er schnalzte mit der Zunge.

Das Rot von Dianes Wangen wurde noch dunkler. «Sie sind zu reizend, Mr. Gregory.»

«Ich sag nur die Wahrheit», behauptete er.

Diane verabschiedete sich von Emily und Siobhan. Finn winkte linkisch und murmelte irgendwas, ehe er von Emily hinten in die Kutsche verfrachtet wurde.

«Er ist total betrunken!», schimpfte sie. «Und jetzt spaziert diese Diane auch noch an Dean Gregorys Arm davon!»

«Die Arme», sagte Siobhan leise. «Er kann so reizend sein, wenn er will.»

Auf dem Heimweg sang Finn. Er sang Lieder, die Emily noch nie gehört hatte, und als sie nur noch wenige hundert Meter von Kilkenny entfernt waren, sprang er auf die Polsterbank und reckte die Arme in die Höhe. «Ich zieh um die Welt!», brüllte er. «Australien! Afrika! Ich komme!»

Emily hoffte, dass es nur eine betrunkene Laune wäre. Sie hoffte so sehr, dass Dean Gregory ihrem Bruder keinen Floh ins Ohr gesetzt hatte.

Aber sie wusste es, insgeheim besser. Und sie fürchtete sich vor dem Tag, an dem Finn sagte, dass er gehen würde.

Es passierte wenige Tage vor Weihnachten. Der Sommer hatte inzwischen Einzug gehalten. Warm streichelte der Wind ihr Gesicht, wenn Emily morgens vor das Haus trat.

Sie blickte hinüber zur Baustelle, auf der langsam die Mauern des Hauses in die Höhe wuchsen.

Später dachte sie oft über diese Zeit nach und fragte sich, ob es Finn in die Wiege gelegt worden war, ein Vagabundenleben aufzunehmen. Und ob es Zufall war, dass er in der ersten Sommerwoche ging, als das zarte Grasgrün in den Senken von den zarten Blüten der Leberblümchen überzogen wurde und ein würziger Duft über allem lag. Es war die Zeit, in der sich jeder im Haus oder auf der Farm in seine Aufgabe fand. Die Zeit, da jeder wusste, was zu tun war. Für Finns unruhiges Gemüt war dies vermutlich das Allerschlimmste: Vor ihm erstreckten sich Jahre um Jahre voller täglich wiederkehrender Pflichten, die ihm an sich nicht zuwider waren, ihn aber in ihrer Eintönigkeit erschreckten.

Nach der Schafschur blieb wieder etwas mehr Zeit für den Hausbau, und da die Preise für Schafwolle auf dem Weltmarkt gerade stiegen, hatte Edward sie mit einem beträchtlichen Gewinn losschlagen können, den er in das Haus und eine zweite Schafherde zu investieren gedachte.

Sobald Emily unter dem Dach der Veranda hervortrat, flatterte Aeneas vom First herunter und setzte sich auf ihren Arm, den sie ausgestreckt hielt. Sie gab ihm einen Apfelschnitz, den er behutsam aus ihrer Hand nahm, ehe er aufflatterte und sich wieder zurückzog.

Keiner hätte es geglaubt, aber Aeneas war geblieben.

Aaron hingegen war seit ihrer Auseinandersetzung vor einigen Wochen nicht mehr zu ihr gekommen, wenn sie allein war. Hin und wieder brachte Edward ihn zum Abendessen mit, aber dann drehten sich die Gespräche nur um den Hausbau, die Schafzucht, Wollpreise oder um die Auswahl der Farben, Stoffe und Tapeten fürs Haus. Denn Edward hatte Musterbücher in Auckland und London bestellt, in denen vor allem Siobhan in jeder freien Minute blätterte.

Und Aaron brachte ihr keine Bücher mehr, keine Zeitschriften. Gar nichts. Es schien, als gebe es sie für ihn nicht mehr.

Sie folgte dem schmalen Trampelpfad zur Rückseite des Hauses. Das Gelände fiel sanft zu einem ruhigen, breit dahinfließenden Flüsschen ab, an dem Siobhan und Emilys Mutter seit dem Frühstück knieten und Wäsche wuschen.

Helen richtete sich auf. Sie drückte die Hand ins Kreuz und verzog das Gesicht. Als sie aufstand und nach dem schweren Korb mit der nassen Wäsche greifen wollte, kam Emily ihr zuvor.

«Das übernehme ich», sagte sie bestimmt.

«Danke.» Helen lächelte.

Ihre Mutter hatte sich verändert. Sie war weicher geworden. Der Scheitel war nicht mehr so exakt gezogen, einzelne Strähnen entschlüpften dem Knoten, und die harte Falte zwischen den Brauen war zu einem zarten Strich verblasst. Und ihr Körper hatte all seine Magerkeit verloren. Sie wirkte müde und leuchtete zugleich, so als wäre ihre Erschöpfung das Schönste, was ihr widerfahren konnte.

Wäre sie nicht ihre Mutter gewesen, hätte Emily es erwähnt und ihrem Erstaunen Ausdruck verliehen. So aber trug sie nur den schweren Wäschekorb den Hang hinauf und begann, die Hemden auf die Leine hinter der Blockhütte zu hängen, während ihre Mutter ins Haus ging, um sich um das Essen zu kümmern.

In einem unbeobachteten Augenblick schob Emily die Hand in die Schürzentasche und spürte den Bleistiftstummel und den Bogen Papier, die sie am Morgen eingesteckt hatte. Eigentlich war das Unsinn, eine unnütze Spielerei, denn sie schrieb ja doch nichts auf. Aaron hatte es damals angeregt, aber sie traute nicht den Gedanken in ihrem Kopf, sie glaubte nicht, dass sie auf Papier ebenso gut aussehen würden, wie sie sich gedacht anfühlten.

«Hey-hoo, Schwesterchen!»

Finn kam über die Hügel galoppiert. Er ritt sein Bergpony durch den Fluss, dass das Wasser hoch aufspritzte. Siobhan, die am Ufer stand und die letzten Wäschestücke auswrang, winkte ihm zu, er warf seiner Schwägerin eine Kusshand zu, trieb das Pony im Galopp den Hang hinauf, zügelte es abrupt, dass die Grassoden flogen, und sprang mit einem Satz aus dem Sattel.

«Großartige Neuigkeiten! Stell dir vor – also, du wirst es nicht glauben!»

Emily ließ das Hemd sinken. Der Wind riss daran, spielte und zerrte, dass sie es fest an ihren Bauch drücken musste, damit es nicht davonflatterte.

«Was werde ich nicht glauben?»

«Ich werde die Maori kennenlernen! Amiri hat mir gesagt, er nimmt mich mit, wenn ich will. Ist ja keine Frage, dass ich sofort zugesagt habe. Wer weiß, vielleicht lasse ich mir auch eine Tätowierung stechen. Er meint, es tue weh, aber der Schmerz sei erträglich.»

«Na, da wird Mutter schön schimpfen, wenn du mit einer Tätowierung im Gesicht heimkommst.» Emily lachte nervös. Sie hängte das Hemd auf und fuhr fort: «Außerdem werden sie's nicht erlauben. Hier gibt es mehr als genug zu tun, und Amiris Stamm lebt ja nicht gerade um die Ecke.»

«Ach, es gibt genug Leute für die Farmarbeit.» Finn griff nach Emilys Arm. «Das ist ein Abenteuer, Schwesterchen! Hast du nie davon geträumt, ein Abenteuer zu erleben?»

Sie senkte die Arme, ihre linke Hand fuhr unwillkürlich in die Schürzentasche. Sie schüttelte heftig den Kopf und wandte ihr Gesicht dem Wind zu. Die Tränen kamen sicher vom scharfen Wind.

«Ich träume nur. Weißt du doch.»

Er schwieg betroffen. Emily bückte sich nach dem Wäschekorb und zog das nächste Hemd heraus. Ihre Bewegungen waren abgehackt und hektisch.

«Mich kümmert es nicht, ob unsere Eltern es erlauben. Ich will sehen, wie diese Menschen leben. Und ich will mit ihnen leben.»

Emily warf das zerknüllte Hemd zurück in den Korb. Plötzlich erfasste sie eine Verzweiflung, die sie nicht in Worte fassen konnte. «Aber ...» Mehr kam nicht. Dabei hätte sie vieles einzuwenden gewusst. Sie wollte nicht, dass Finn einfach verschwand und für Wochen wegblieb. Nicht zuletzt, weil er der Einzige war, der die Familie von ihren Fehlern abzulenken wusste. Wenn sie die Suppe verkochte, kippte er ihr aus Versehen das halbe Salzfass hinein. Wenn sie die Hemdknöpfe verlor, die sie eigentlich annähen sollte, schenkte er ihr neue, weiß Gott, wo er die herhatte. Immer war er für sie da, und nie hatte sie dabei das Gefühl, der große Bruder lächle auf sie herab. Walter war anders, er schien ganz in seine Ehe mit Siobhan vertieft zu sein. Wie die beiden einander über den Mittagstisch anlächelten, ließ Emily wohlig erschauern.

Sie wünschte sich auch, eines Tages einen Mann zu finden, der sie so liebte.

«Du sagst ja gar nichts.»

«Ich weiß nicht, was ich dazu sagen soll», erwiderte sie. «Es gibt wohl nichts, das dich davon abhalten könnte?»

Finn verschränkte die Arme.

«Nein, sag nichts», seufzte sie. Sie bückte sich wieder, nahm Hemd um Hemd und hängte sie fein säuberlich auf die Leine, die im Karree gespannt war. Sie versuchte, Befriedigung darin zu finden, wie sich die Hemden im Wind beugten, wie der von der Nässe schwere Stoff knallte. Mit Sonne und Wind wären sie am Abend vielleicht trocken, dann könnte sie das Plätteisen auf dem Ofen anheizen und den Abend mit Bügeln zubringen, während die Männer sich wieder über die Pläne von Siobhans Traum beugten …

Sie spürte deutlich Finns Blick, der sich in ihren Rücken bohrte.

«Wie lange wirst du fort sein?», fragte sie schließlich, weil sein Schweigen an ihren Nerven zerrte.

«Ich weiß es noch nicht. Wochen, Monate …»

«Wenn du vor Weihnachten gehst, bringt Mam dich um.»

Er lachte. Jetzt hatte sie die Leichtigkeit gefunden, die er sich von ihr wünschte. «Wenn ich über Weihnachten bleibe, wird das mein Tod sein», scherzte er. «Im Ernst: Es ist so sterbenslangweilig hier. Geht es dir nicht auch so?»

Er trat neben sie und zupfte die Blütenblätter von einem Gänseblümchen, eins nach dem anderen.

«War es daheim auch so langweilig?», schoss sie zurück.

«In Irland wusste ich ja nichts von der Welt. Da kannte ich nur unser Dorf, vielleicht die nächste Stadt. Dublin. Das ist doch nichts, verglichen mit der ganzen Welt.»

Aber es war doch immerhin die Heimat, dachte Emily.

«Schau mal, eines Tages wird Vater ohnehin die Farm in Walters Hände legen. Und ich werde leer ausgehen. Na ja, vielleicht bezahlen sie uns etwas aus, aber darauf wollte ich mich nicht verlassen. Du kannst ja wenigstens heiraten, um aus deinem Leben was zu machen.»

Emily lachte. Ein bitteres Lachen. Sie ließ Finn stehen und lief hinab zum Fluss. Das Lachen sperrte sie in ihr Herz; es durfte nicht entkommen, denn sonst kämen die Tränen, und sie müsste schreien und toben.

Als könnte sie aus ihrem Leben was machen! Aus eigener Kraft schon gar nicht, da musste erst ein Mann kommen und sie erlösen. Aber ausgerechnet von Finn so etwas zu hören schmerzte doppelt, weil er doch immer neben ihr gestanden hatte. Beide waren sie anders gewesen, hatten immer ein Stück abseits gestanden, obwohl sie sich bemüht hatten, sich einzuordnen.

Siobhan richtete sich auf und legte die Hand ins Kreuz. Ihr gefiel wohl Emilys Lachen, denn sie erwiderte es mit einem zaghaften Lächeln.

«Komm, wir breiten die Laken auf der Wiese aus»,

sagte Emily zu ihr, und plötzlich war sie sich sicher, dass sie den Sturm aus Worten würde festhalten können.

Finn hatte geglaubt, ihr mit seinen Trostworten Marzipan zuzustecken, aber er hatte zu viel Bittermandel eingeknetet. Seine Worte vergifteten sie.

Geh doch, dachte sie. Dann verliere ich dich eben auch.

«Was machst du da?»

Hastig zerknüllte Emily das Stück Packpapier, das sie vor sich auf den Tisch gelegt hatte.

«Nichts», sagte sie hastig und ließ es mitsamt dem Bleistift in ihrer Schürzentasche verschwinden. «Es ist nur ...»

«Ja?», fragte ihre Mutter.

Sie biss sich auf die Lippe. Warum wurde sie auch unachtsam?

Kaum waren die Worte das erste Mal aus ihrem Kopf aufs Papier geflossen, da nahm es kein Ende, und sie hätte jederzeit und immer schreiben können, was ihr in den Sinn kam. Tausend Gedanken drängten aufs Papier, wo zuvor nur verwirrte Stille geherrscht hatte.

«Ich wollte Siobhan ein Täschchen nähen, wenn sie mit dir im Februar nach Dunedin reist. Als Weihnachtsgeschenk», log sie, obwohl für Siobhan bereits ein Geschenk in der Kiste unter ihrem Bett verpackt lag, ein Liebesroman, von dem sie wusste, er würde ihrer Schwägerin gefallen. Ein Buch, das Aaron ihr noch besorgt hatte, ehe diese Quelle versiegt war.

«Das ist aber lieb von dir.»

Emily senkte den Kopf. Sie saß am Tisch, um Erbsen zu pulen, eine eintönige Arbeit, bei der ihre Gedanken davonhüpften wie die Erbsen, wenn man nicht aufpasste. Den letzten hatte sie festhalten wollen, nur diesen einen. Aber mit der Frage ihrer Mutter war er fort und würde sich nicht zu all den kleinen Fragmenten gesellen, die sie bereits auf das zerknitterte Papier gekritzelt hatte.

«Ich werde im Februar nicht mit Siobhan und Walter nach Dunedin reisen», sagte ihre Mutter.

Das überraschte Emily. «Warum nicht?» Wollte die Mutter nicht die Einsamkeit der Farm verlassen? Jeder würde sich freuen, nach Dunedin zu fahren, und sei's nur für ein paar Tage.

«Ich kann nicht.» Sie legte die Hand schützend auf ihren Unterleib.

Da verstand Emily. Sie stand auf, stellte die Schüssel mit den Erbsen auf den Tisch, legte das Messer behutsam daneben und trat zu ihrer Mutter. «Du ... ein Kind?»

Die Mutter wandte den Blick ab. Ihr Finger fuhr über die Narben auf der Tischplatte. Sie nickte, schloss kurz die Augen und schaute Emily im nächsten Moment direkt an, aus Augen, die heller strahlten als je zuvor.

«Finn will fort», sagte Emily unvermittelt und gab damit das zweite Geheimnis preis, das in der Familie schlief.

Im selben Moment begriff sie, dass ihre Worte ein Fehler waren. Das Weiche, Zarte, das sich über das Wesen ihrer Mutter gelegt hatte, verflog so rasch wie der Morgennebel über den Bergen am Wakatipusee. Ihre Gesichtszüge wurden hart, das Strahlen ihrer Augen verblasste zu einem stumpfen Grau, und sogar ihr rotbraunes Haar schien seinen Glanz zu verlieren. «Hat er dir das gesagt, ja?», fragte sie.

Bang nickte Emily. Sie knautschte den Zettel in der Schürzentasche, krallte die Finger darum. «Er geht zu den Maori.» So hatte er es nicht gesagt, und dennoch wusste sie, dass es die Wahrheit war. Er ging fort. Er würde nicht wiederkommen, und wenn, so wären seine Besuche auf der Farm nicht mehr als das: bloß Besuche. Wenige Tage, allenfalls Wochen, die sich auf die Jahre verteilten wie einzelne Perlen auf einer langen Schnur.

«Zu den Maori also.»

Helen schüttelte müde den Kopf. Sie sank auf einen Stuhl, ihre Hände rieb sie am Handtuch. «Nun, dann soll es wohl so sein. Der Herr gibt, der Herr nimmt.»

Emily stand etwas hilflos vor ihrer Mutter. Sie hätte sie gerne getröstet, doch sie wusste nicht, wie. Schließlich zog sie das zerknüllte Stück Papier aus der Tasche, ballte ein letztes Mal die Faust darum und öffnete die Herdklappe. Sie warf es in den Herd. Das Papier fing sofort Feuer, das es umschmeichelte und sich um die zarten Bleistiftbuchstaben krümmte. Emilys erste Niederschrift ging in Asche und Rauch auf. Es schien ihr das Einzige, was sie tun konnte – ihre Lust am geschriebenen Wort zu begraben, bevor sie zu laut wurde. Bei der Mutter zu bleiben, die um den Sohn trauerte.

Es war, als verlangte das Land einen Preis für die freundliche Aufnahme. Für das dichte Fell der Schafe und das zarte, kaum von Fett durchzogene Fleisch der Lämmer. Als hätte ihr Glück einen Preis: Finn.

Von diesem Moment an war das Thema für Helen abgeschlossen. Und am Abend, nach einer köstlichen Mahlzeit aus Erbsen in Zitronensahne, Kartoffeln und Lammrücken, stand Finn auf, hob sein Weinglas – es war eines von Siobhans Kristallgläsern, die Helen erst an diesem Nachmittag aus der Holzwolle befreit und auf den Tisch gestellt hatte – und verkündete, das Leben fange in diesem Tal an, doch höre es nicht hier auf, und er werde auf Reisen gehen. Siobhan war sprachlos, Walter gratulierte ihm, und Emily lächelte still, während Edward seine Hand auf die seiner Frau legte, als wollte er sie davon abhalten, eine harsche Bemerkung zu machen.

Doch Helen schwieg. Erst als die Unruhe sich gelegt hatte, hob sie ihrerseits das Weinglas, stand aber nicht auf, sondern verkündete nur: «Da mir nun ein Sohn abhandenkommt, wünsche ich mir, dass unser nächstes Kind wieder ein Junge wird. Es kommt im Juli.»

Sie blickte Finn nicht an, doch Emily spürte den Bruch zwischen Mutter und Sohn. Selbst die Tränen, die Helen über die Wangen flossen, konnten nicht kaschieren, dass sie mehr Wut als Trauer über den Verlust des Sohns empfand. Ihr versteinertes Lächeln, das sie mit dem für sie so typischen Stolz trug, zitterte nicht. Nur die Tränen, ja. Die Tränen konnte sie nur beiseitewischen.

Teil 2

6. *Kapitel*

Glenorchy, Neuseeland
Februar 1896

«Also, ich sag euch, dieser Mann ist auf den Esel gestiegen und bis nach Dunedin geritten. Und seine Schafe liefen hinter ihm her. Verrückte Tiere.»

Ella MacPerrin stieß ein lautes Lachen aus, das verdächtig einem Bellen ähnelte. Siobhan reichte ihr die Platte mit den Törtchen, von denen sie drei auswählte und auf ihren Teller legte. «Wirklich, manchmal frage ich mich, was dieses Land aus den Menschen macht», fuhr Ella fort. «Habe ich doch letzte Woche einen jungen Engländer gesehen, dessen Stirn und Wange diese unsäglichen Tätowierungen der Eingeborenen zierten. Kann man sich das vorstellen? Ich habe mich so erschreckt! Da gewöhnt man sich mühsam daran, diesen Wilden zu begegnen, und dann fangen unsere jungen Leute auch noch an, sie zu imitieren! Was kommt als Nächstes? Führen sie wilde Tänze auf?»

«Vielleicht fühlt er sich wie ein Maori?», wagte Siobhan einzuwenden.

Doch sofort mischte sich Rebecca Edison ein, die bisher unablässig in ihrem Tee gerührt hatte. Der Silberlöffel klapperte laut. «Ich sage dir, was mit unserer Jugend los ist, Siobhan. Sie verwildert in diesem Land. Was haben wir denn? Nur eine Universität in Dunedin, und an der lassen sie inzwischen sogar Frauen zu. Kann man sich das vorstellen?»

Siobhan horchte auf. «In Dunedin studieren Frauen?»

«Ist das nicht schrecklich?»

«In England gibt es schon seit zwanzig Jahren Colleges für Frauen», wandte Diane Gregory ein, die Älteste in ihrer Runde. Sie reichte die Platte mit den Törtchen weiter, ohne sich davon zu nehmen. Diane war im sechsten Monat schwanger und litt schrecklich unter der anhaltenden Sommerhitze und einer rätselhaften Appetitlosigkeit. Manchmal glaubte Siobhan, es müsse an Dianes Korsett liegen, das sie nach wie vor trug. Dabei war ein Korsett schon für einen normalen Frauenleib schwer zu ertragen, vor allem, seit es neuerdings diese Mode gab, den Bauch flach zu schnüren. Und Diane wollte natürlich ihren Zustand möglichst lange verbergen und verzichtete daher nicht auf ihr Korsett.

«Nun, ich weiß nicht.» Schrecklich war in Siobhans Augen das falsche Wort. Es gab bestimmt kluge Frauen, die an einer Universität bestehen konnten. Emily beispielsweise, die sich Bücher aus Europa schicken ließ und immer kluge Sachen sagte, wenn sie den Mund aufmachte. Siobhan warf ihrer Schwägerin einen Seitenblick zu, doch Emilys Lächeln war auf den Lippen eingefroren, die zarte Röte aus ihren Wangen gewichen.

«Man stelle sich nur vor, es gibt Frauen, die halten sich für so klug wie Männer!», fuhr Rebecca fort. Ihr blondes Haar war perfekt frisiert, ihr Tageskleid aus zartem Baumwollstoff und elfenbeinhell, und der Spitzenkragen umspielte eine Onyxbrosche. Jede ihrer Bewegungen war geziert, und man konnte meinen, sie wäre schon mindestens vierzig, dabei war sie nur drei Jahre älter als

Siobhan. Vielleicht lag es an ihrem Mann, der bereits auf die fünfzig zuging? Ließen alte Männer ihre jungen Ehefrauen etwa vor der Zeit ergrauen?

«Derek sagt immer, dass das Frauengehirn gar nicht dafür geschaffen ist zu studieren», warf Ella ein. Siobhan mochte ihre Gastgeberin. Alle zwei Wochen lud sie zum Tee, bei dem sich die jungen Frauen austauschten. Im Laufe der Zeit hatten sich in diesem Kreis echte Freundschaften entwickelt.

«Genau! Ich kriege Kopfschmerzen, sobald ich versuche, ein Buch zu lesen!» Rebecca lachte affektiert und hob dabei den Silberlöffel, um zu zeigen, dass sie noch etwas anmerken wollte. «Ganz anders unsere Emily. Sie scheint zu glauben, in ihrem Köpfchen stecke ein Männerhirn. Pass nur auf, dass du nicht eines Tages eine Hysterie entwickelst! Es wäre zu schade, wenn du in eine Nervenheilanstalt müsstest.»

Emilys Kopf ruckte hoch. «Wenigstens wagt es niemand, mir einzureden, es gäbe bei Madame Robillard bloß Knöpfe zu kaufen.» Sie sagte es beinahe fröhlich.

Plötzlich senkte sich Totenstille über die kleine Teegesellschaft. Rebeccas Mund stand so weit offen wie ein Scheunentor, und sie machte untertassengroße Augen. Der Silberlöffel, der gerade noch zwischen Daumen und Zeigefinger gebaumelt hatte, fiel zu Boden und versank beinahe geräuschlos im hohen Teppichflor.

Ella beugte sich vor und legte eine Hand auf Rebeccas Unterarm. «Emily hat es nicht böse gemeint. Sie dachte bestimmt auch an die ... Strumpfbänder?»

«Genau, an Strumpfbänder ... und an die Spitzenware und die Federn für Hüte», zählte Siobhan auf. Es kostete sie viel Überwindung, nicht in schallendes Gelächter auszubrechen. Es war schon beinahe absurd, wie ahnungslos Rebecca war, denn jeder in Glenorchy wusste, dass Madame Robillard das einzige Hurenhaus weit und breit betrieb. Doch irgendwie war es Rebeccas Ehemann gelungen, ihr einzureden, dass er bei Madame Robillard die schönen, kleinen Dinge kaufte, die er ihr regelmäßig mitbrachte. Jeder in und um Glenorchy fürchtete den Tag, an dem Rebecca beschloss, selbst zu Madame Robillard zu gehen, weil sie etwas Bestimmtes brauchte, das auszusuchen sie ihrem Mann nicht zutraute.

«Was ist mit Madame Robillard?» Rebeccas Stimme war schrill. «Ihr wart doch bestimmt schon mal da, oder? Ella?»

Ihre Freundin schüttelte den Kopf.

«Siobhan?»

Auch Siobhan schüttelte kurz und heftig den Kopf. Sie biss sich auf die Lippe.

«Diane, warst du schon mal dort?» Immer flehender wurde Rebeccas Stimme. Sie brauchte eine Zeugin, die für sie sprach und sie von der diffusen Angst befreite, die sie plötzlich packte. Siobhan bezweifelte, dass Rebecca wusste, wie es in einem Bordell zuging. Allein die Vorstellung wäre schon zu viel für sie.

Diane blickte betreten auf ihre schmalen Hände und schwieg.

«Ich war schon mal dort», ergriff Emily das Wort. Sie lächelte ruhig. Die Blicke aller Frauen richteten sich auf sie. Drei Augenpaare blickten entsetzt, während in Rebeccas braunen Augen Hoffnung aufglomm. «Es ist ein merkwürdiges Geschäft, wenn ich ehrlich bin. Madame Robillard ist eine verschrobene Alte mit Buckel. Sie trägt ein schwarzes Kleid und verzichtet nicht mal in ihrem

Laden darauf, einen aufgespannten Sonnenschirm über ihren Kopf zu halten, auch wenn sie Kunden bedient. Das kann sehr lästig werden», fügte sie hinzu, «zumal sie für meinen Geschmack zu aufdringlich ist. Und sie hat Mundgeruch. Und Käsefüße.»

«Ihhh», machte Rebecca, aber sie war erleichtert. «Und ihre Auswahl? Lohnt sich die?»

Emily winkte ab. «Nicht der Rede wert. Alles alt und verbraucht, kaum etwas Junges, Modisches dabei.»

Inzwischen hingen alle Freundinnen an Emilys Lippen, als glaubten sie tatsächlich, sie hätte sich in diese Lasterhöhle vorgewagt. «Nein, wirklich. Und ziemlich dreckig ist es da. Ich glaube, sie hat Filzläuse. Also, ich würde an deiner Stelle deinem Mann verbieten, zu ihr zu gehen.»

Rebecca kaute auf ihrer Unterlippe. Ella bot ihr an, Tee nachzuschenken, und sie hielt ihre Teetasse hin. «Ja, vielleicht hast du recht», sagte sie schließlich. «Das ist nun wirklich kein Ort, an dem man gesehen werden will. Auch wenn dieser Federschmuck, den er mir zuletzt gebracht hat, äußerst hübsch war.»

«So was kannst du genauso gut in Queenstown bestellen», warf Diane ein.

Das Gespräch wandte sich diesem interessanten Thema zu: wo bekam man die hübschesten Kleider und Stoffe, die besten Schuhe, die ausgefallensten Putzereien. Siobhan beteiligte sich lebhaft, weil sie Tipps hatte, die ihre Freundinnen überraschten.

Emily nahm sich nun doch ein Törtchen, trank Tee und versank in das für sie so typische Schweigen, das Siobhan immer so kribbelig machte. Ihre Schwägerin war mal wieder verstummt. Sie wachte nur selten aus ihrer Stille auf, aber wenn sie etwas sagte, war es vernünftig, geradezu klug. Sie hatte es soeben wieder mal bewiesen, indem sie Rebecca davon überzeugt hatte, ihrem Mann die Besuche bei Madame Robillard zu verbieten. Und es war ihr sogar gelungen, ohne das wahre Wesen der Robillard'schen Lasterhöhle zu offenbaren. Insgeheim bewunderte Siobhan sie für diesen mutigen Schritt.

Als die Kaminuhr fünf schlug, war es Zeit aufzubrechen. Diane ließ sich von Ella aus dem Stuhl helfen, drückte die Hand ins Kreuz und jammerte leise. Das Dienstmädchen brachte die Hüte und Täschchen der Damen, man verabschiedete sich, und Diane ging watschelnd den anderen voran.

Siobhan blickte hinter ihr her. Ella und Rebecca bemutterten die Schwangere ein wenig, legten ihr der Sommerhitze zum Trotz fürsorglich ein Schultertuch um und redeten beständig auf sie ein.

Erst als Emily sie am Arm berührte, schrak sie aus ihrer Träumerei auf.

«Man könnte meinen, ihre anderen Umstände wären eine Krankheit zum Tode», bemerkte Emily und lächelte.

Siobhan versuchte sich ebenfalls an einem Lächeln. «Sie sieht so glücklich aus, obwohl sie all diese kleinen Wehwehchen hat, von denen sie so gern erzählt.» Nach kurzem Nachdenken fügte sie ungewohnt heftig hinzu: «Ich würde bestimmt nicht so viel jammern!»

Emily ließ ihre Hand auf Siobhans Arm ruhen und antwortete nichts darauf. Und das brauchte sie auch nicht. Allein die Tatsache, dass sie neben ihr stand und wartete, bis die anderen Frauen den Salon verlassen hatten, spendete Siobhan schon Trost.

Schließlich traten sie in den Hausflur. Diane wurde in die Kutsche verfrachtet, Rebecca setzte sich zu ihr, man rief sich Abschiedsworte zu, dann zog das Pferd an, und die Frauen winkten ein letztes Mal.

Ella atmete vernehmlich aus. «Also wirklich, Emily. Ich möchte zu gern Mäuschen spielen, wenn Rebecca heute Abend ihrem Mann jeden weiteren Besuch bei Madame Robillard verbietet.» Sie konnte sich ein Grinsen nicht verkneifen.

Emily zuckte mit den Schultern. «Es ist doch besser so, oder? Ganz Glenorchy lacht über sie, und ich mag Rebecca. Sie ist manchmal vielleicht etwas zu naiv, aber das hat sie wirklich nicht verdient.»

«Und leider ist sie etwas schlicht, ja.» Ella drückte ihre Wange an Siobhans. «Meine Liebe, es war schön, dass ihr hier wart. Besucht uns nur recht oft in Glenorchy, bevor der Winter kommt.»

«Versprochen.»

«Der Winter wird uns nicht davon abhalten zu kommen», warf Emily ein. Ella drückte auch sie an sich, ehe sie in die Kutsche stieg. Emily breitete eine Pferdedecke über Siobhans und ihre Knie, nahm die Zügel in beide Hände, tippte dem Wallach mit der Peitsche sanft auf die Kruppe und hob ein letztes Mal grüßend die Hand.

Siobhan mochte, wie Emily kutschierte, so unaufgeregt und zügig. Mehr als einmal hatte Emily schon versucht, sie zu überreden, es selbst zu probieren. Doch Siobhan winkte jedes Mal ab. Solange Emily mit ihr gemeinsam nach Glenorchy fuhr, sah sie keinen Grund dafür. Und wenn sie allein unterwegs wäre, konnte sie immer noch reiten, obwohl sie das nie tun würde. Eine Frau, die allein unterwegs war, das war für sie undenkbar.

Emily schwieg, und das tat ihr gut.

Aber ihre Gedanken schweiften in dieser Stille ab.

Sie musste wieder an Diane denken. An den gewölbten Bauch, an Dianes Hände, die sich beschützend darum legten. Dianes Glück erinnerte sie wieder einmal schmerzhaft daran, dass Walter und sie nur bei Licht betrachtet das perfekte Paar abgaben, aber nachts still und fremd nebeneinanderlagen und einander nicht berührten.

Zwei Jahre war sie nun schon mit Walter verheiratet. In der Familie kommentierte zwar niemand den Umstand, dass Siobhan noch immer nicht guter Hoffnung war, aber sonst sprach man vermutlich schon über ihre Kinderlosigkeit.

Sie hatte es versucht. Aber seit jener ersten Nacht auf der Farm vor anderthalb Jahren hatte Walter sie nie wieder freiwillig angerührt. Und die wenigen Gelegenheiten, zu denen es doch zum Geschlechtsakt kam, hatten ihr wieder blaue Flecke, Abschürfungen und Schmerzen beschert, die tiefer gingen als die Male auf ihrer Haut.

Was machte sie nur falsch? Warum tat es ihr so weh? Oder war das normal?

Diane zumindest hatte erzählt – und sie war dabei sehr rot geworden –, dass sie ganz froh sei, dass ihr Mann sie während ihrer Schwangerschaft in Ruhe ließ. Bedeutete das, dass alle Frauen mehr oder weniger mit dieser schmerzlichen Last zu kämpfen hatten?

Aber schlugen denn auch alle Männer ihre Frauen? Sie konnte das nicht glauben. Und das bedeutete, dass sie etwas falsch machte. Obwohl Walter tagsüber immer so freundlich zu ihr war, ihr Geschenke aus Queenstown mitbrachte, wenn die Arbeit ihn dorthin führte, und in allem ein zuverlässiger, treuer Ehemann war – zumindest soweit sie es wusste –, mied er sie nachts. Ein keuscher

Kuss auf die Stirn war das Höchste, was sie zu erwarten hatte.

Dabei wünschte sie sich nichts sehnlicher als ein Kind.

Schlimmer machte es noch die Tatsache, dass es ein kleines Kind im Haus gab, Walters Brüderchen James. Ein Sonnenscheinkind, von allen verwöhnt, von den Frauen umhegt. Ein Kind, das viel lachte, selten weinte und sich nicht nur bei seiner Mutter wohlfühlte. Wenn er sich an Siobhan schmiegte und seine Händchen sich in die Bänder ihrer Bluse krallten, musste sie das Gesicht an ihn drücken, damit niemand ihre Tränen sah.

«Was ist?»

Emily hatte den Wallach gezügelt. Stampfend kam er zum Stehen. Der unbefestigte Weg führte direkt durch den Wald. Dunkel und unheimlich hoben sich die Bäume in den Himmel, eng umschlossen sie den Weg. Siobhan fröstelte.

«Warum halten wir an?»

Emily zog die Bremse an, wickelte die Leinen darum und stieg vom Kutschbock. «Ich hab etwas gehört», sagte sie nur.

Das war so typisch für Emily! Anstatt schnell weiterzufahren, wenn sie ein unheimliches Geräusch hörte, musste sie unbedingt anhalten und nachschauen.

«Komm schnell wieder», bat Siobhan sie ängstlich.

Emily nickte und verschwand abseits des Weges im Gehölz. Nach wenigen Augenblicken tauchte sie wieder auf. Winzige Ästchen und Blätter hatten sich in ihrem roten Haar verfangen, sodass sie wie ein Waldgeist wirkte. Sie lief den Weg ein Stück zurück. Siobhan drehte sich auf dem Kutschbock um und beobachtete, wie sie wieder im Unterholz abtauchte. Dann hörte sie leises Murmeln und einen durchdringenden Schrei, der ihr das Blut in den Adern gefrieren ließ.

«Emily? Emily, ist alles in Ordnung?»

Keine Antwort.

Sie zögerte. Dann raffte sie entschlossen ihre Röcke, sprang mit einem Satz vom Kutschbock und wollte geradewegs zu Emily laufen. Doch beim Absprung hatte sie nicht aufgepasst, und ihr linker Fuß knickte um. Ein scharfer Schmerz schoss von ihrem Knöchel ins Bein hinauf. Siobhan stöhnte und klammerte sich an die Kutsche. Sie machte einen Schritt, doch der Schmerz wurde immer schlimmer. Hamlet, der Wallach, warf den Kopf, und die nachlässig angezogene Bremse löste sich. Das Pferd machte zwei Schritte nach vorne, und Siobhan musste die Kutsche loslassen, sonst wäre sie mitgeschleift worden. Jetzt warf Hamlet den Kopf, schnaubte und trabte los. Er kannte ja den Weg nach Hause.

Siobhan sank zu Boden. Sterne tanzten vor ihren Augen. Ihr Atem ging heftig, und ihr Herz raste so sehr, dass ihr das Korsett zu eng wurde. Sie keuchte und versuchte, die Panik niederzuringen, die sich ihrer bemächtigen wollte. «Emily?», rief sie leise, aber ihr antwortete nur ein jammernder Klagelaut, wie von einem Tier oder einem Vogel ...

Siobhan richtete sich auf. Sie setzte den rechten Fuß auf und versuchte aufzustehen. Es ging nicht. So oft sie es auch versuchte, der Schmerz pochte und wütete im Knöchel. Also setzte sie sich atemlos mitten auf den Weg und rief erneut nach Emily.

«Ich bin hier.» Endlich brach Emily aus dem Unterholz. Ihr Kleid war beschmutzt, ihre Stirn und ihre Wangen hatten grüne Dreckstreifen. Sie hatte die Hände um etwas geschlossen, das sie an ihre Brust drückte. Winzige Flaumfedern lugten zwischen ihren Fingern hervor. Ein stolzes Lächeln erhellte ihr Gesicht, das jedoch sofort verflog, als sie Siobhan erblickte.

«Siobhan! Was ist passiert?»

Siobhan musste lachen und weinen. Gott, sie sah bestimmt schrecklich aus, wie sie da im Staub hockte und den linken Fuß von sich streckte. Hastig drapierte sie das Kleid über ihren Knöchel. «Ich habe einen Schrei gehört und dachte, dir passiert was. Aber nein, dir passiert natürlich nichts, du bringst nur ein Federvieh aus dem Dschungel, während ich mir den Fuß verknackst habe, weil ich zu hastig von der Kutsche gesprungen bin.»

«Ja, aber wo ist denn die Kutsche?», fragte Emily und kniete sich neben Siobhan nieder.

«Du hast die Bremse nicht richtig angezogen.» Siobhan schüttelte den Kopf. «Wirklich, da muss man sich fragen, wen man keinen Augenblick aus den Augen lassen darf, dich oder mich.»

Emily lächelte freundlich. «Tut es sehr weh?», fragte sie besorgt.

Siobhan nickte. «Und weshalb die ganze Aufregung? Was hast du da?»

«Einen jungen Maorifalken.» Emily öffnete behutsam die Hände. Ein kleiner Kopf lugte daraus hervor, der bereits mit den dunkelbraunen, glatten Federn eines erwachsenen Maorifalken bedeckt war. «Er ist noch nicht flügge, aber die Alten konnte ich nirgends sehen, und er flatterte am Boden herum, da drüben im Unterholz …»

Natürlich. Wenn Emily ein hilfloses Tier sah, konnte sie nicht anders und musste es auflesen. Selbst wenn es ein Raubvogel war.

«Und nun?», fragte Siobhan.

Emily musste nicht lange überlegen. «Du nimmst den Falken in beide Hände und wartest hier. Ich laufe hinter Hamlet her. Weit kann er ja nicht gekommen sein.»

«Wenn du dich da mal nicht irrst. Mir scheint, er hat sich schnurstracks auf den Weg nach Hause gemacht.»

Emily fluchte leise. «Es hilft ja nichts, ich muss es wenigstens versuchen, anders bekomme ich dich wohl kaum von hier fort.» Sie blickte sich suchend um. «Wenn ich es dir am Wegesrand bequem mache ...»

Siobhan atmete tief durch. Das war eine dieser peinlichen Situationen, vor denen sie sich ständig fürchtete. Und Emily war so tatkräftig! Wenn sie allein dem Pferd hinterherrannte, konnte sie immerhin das Ihre beitragen, um ihr zu helfen. «Gib mir den Vogel», sagte sie ruhig. «Es geht schon.»

«Bist du sicher?», fragte Emily.

«Lauf schon. Sonst erreicht Hamlet noch Dänemark, ehe wir uns überhaupt vom Fleck gerührt haben.»

Emily lächelte. «Und es ist dir wirklich nicht unangenehm?»

Siobhan versuchte ein schiefes Lächeln. «Angenehm ist was anderes. Aber je schneller du ihm nachläufst, desto größer ist wohl die Wahrscheinlichkeit, dass du ihn einholst.»

«Ich beeile mich», versicherte Emily. Es behagte ihr gar nicht, Siobhan allein zurückzulassen. «Warte, ich geb ihn dir ... er ist ganz zahm.»

Siobhan hielt ihre Hände hoch und formte sie zu einer Schale, in die Emily das federleichte Flaumwesen legte, das mit seinem spitzen Schnabel sogleich an ihrem Finger knabberte. Es kitzelte, und sie atmete erleichtert aus.

«Ich beeil mich», wiederholte Emily. Sie raffte ihre Röcke und lief los. Schon nach wenigen Augenblicken hatte sie die nächste Kurve verschluckt, und kurz darauf war das Einzige, was Siobhan noch hörte, ihr eigener, schneller Atem und das zarte Fiepen des kleinen Maorifalken.

«Ganz ruhig», flüsterte sie, mehr um sich selbst als um den Falken zu beruhigen.

Sie verlagerte ihr Gewicht. Verdammt, warum hatte sie Emily einfach gehen lassen? Sie hätten gemeinsam warten sollen, bis jemand des Weges kam. So spät war es noch nicht, und bestimmt hätte man auf der Farm nach ihnen gesucht, wenn Hamlet ohne sie angetrabt wäre.

Jetzt war es zu spät.

Sie fror.

Bildete sie sich den Hufschlag nur ein? Siobhan lauschte.

Nein, tatsächlich. Es kamen Pferde aus Richtung Glenorchy. Sie richtete sich auf, straffte die Schultern und setzte eine möglichst ausdruckslose Miene auf. Die Situation mochte absurd sein, aber sie würde auf jeden Fall Haltung bewahren!

Da kamen zwei Reiter den sanft ansteigenden Weg hinaufgaloppiert. Als sie Siobhan auf der Straße sitzen sahen, zügelten sie ihre Ponys und brachten sie zum Stehen.

Erleichtert erkannte Siobhan, dass einer der beiden Reiter Amiri war.

«Guten Abend, Amiri», sagte sie mit zittriger Stimme.

Der Maori lupfte seinen Hut. «Mrs. O'Brien, ich bin erstaunt, Sie hier anzutreffen.» Schon war er aus dem Sattel gesprungen und näherte sich ihr. «Was ist passiert?»

Kurz berichtete ihm Siobhan, was sich zugetragen hatte.

«Ihre Schwägerin wird die Kutsche kaum mehr einholen.» Er gab seinem Begleiter einen Wink. Der nickte und trieb sein Pony aus dem Stand zum Galopp. «Wir waren gerade auf dem Weg zur Farm. Hatten heute einiges in Glenorchy zu erledigen.»

«Da habe ich wohl Glück gehabt», sagte sie und senkte den Blick. Der Maorifalke fiepte leise, sie spürte, wie er versuchte, seine Flügel im Käfig ihrer Hände zu strecken.

«Das haben Sie allerdings. Darf ich mir Ihren Fuß mal ansehen?»

Siobhan errötete. Musste er denn ihre prekäre Situation noch schlimmer machen?

Er hockte sich neben sie, griff mit sanftem Nachdruck unter ihren Rock und legte seine Hand auf das Leder ihrer Stiefelette. Dabei ließ er ihr Gesicht nicht aus den Augen. Er wartete.

Sie hätte es ihm verbieten sollen. Spätestens in diesem Moment hätte sie ihn zurechtweisen müssen. Aber sie schwieg, und er nahm ihr Schweigen als Erlaubnis, ihre Stiefelette aufzuschnüren.

Es tat weh, als er den Schuh vom Fuß zog. Zischend atmete Siobhan ein und spürte im selben Moment ein Stechen in der Brust. Das Korsett war viel zu eng geschnürt und raubte ihr zusammen mit dem Schmerz fast die Sinne. Kurz schloss sie die Augen. Sie durfte hier nicht ohnmächtig werden. Wenn sie das Bewusstsein verlor, ließen ihre Hände Emilys Maorifalken los, und das würde sie ihr nie verzeihen …

«Geht's?», fragte Amiri besorgt und beugte sich über sie.

Sie nickte.

Er betastete durch den Strumpf ihren Knöchel. «Das ist eine Verstauchung», stellte er schließlich fest. «Zwei Wochen absolute Ruhe, danach können Sie ihn langsam wieder belasten.»

Wieder nickte sie. Er hielt ihren Knöchel einen Moment länger als nötig in beiden Händen und schaute ihr direkt in die Augen. Die Schamesröte stieg ihr ins Gesicht, und sie wandte den Kopf ab. Da ließ er sie endlich los, stand auf und löste den Knoten seines Halstuchs.

«Was tun Sie da?», rief sie alarmiert. Sie sah den Maori schon nackt vor sich stehen.

Er legte den Kopf schief. «Warum sind Sie bloß so … schreckhaft?»

Siobhan blieb die Luft weg. «Erlauben Sie mal …»

«Nein, das ist das falsche Wort, entschuldigen Sie. Aber immer so auf Anstand bedacht, das sind Sie. Man darf Ihnen niemals zu nahe kommen.»

Sie schwieg.

«Keine Sorge, Mrs. O'Brien. Aber Ihr Fuß muss bandagiert werden, sonst ist er morgen grün und blau und so groß wie ein Kürbis.» Er lächelte sanft.

Sie ließ zu, dass er ihren bestrumpften Fuß mit seinem Halstuch bandagierte. Schon das war unanständig, und sie tat so, als bemerkte sie die behutsame Berührung seiner Hände nicht. Dass er ihren Fuß streichelte, ehe er sie losließ und sich aufrichtete.

«Es wird das Beste sein, Sie aufs Pony zu heben und weiterzureiten.»

«Aber …»

«Wollen Sie lieber im Dreck sitzen und warten, bis Ihnen die nächtliche Kälte in die Glieder kriecht? Dann haben Sie zu dem verstauchten Knöchel auch noch eine

Lungenentzündung, Mrs. O'Brien.» Seine Stimme klang jetzt ganz nüchtern.

Sie seufzte. «Aber passen Sie auf den Maorifalken auf, bitte.»

«Ich werde ganz vorsichtig sein», versprach er ihr.

Sie kniff die Augen fest zusammen, als er den einen Arm um ihre Schultern legte und den anderen unter ihre Beine schob. Im nächsten Moment schon fühlte sie sich hochgehoben. Ihr Kopf wurde gegen seine Brust gedrückt, und sie konnte seinen kräftigen und gleichmäßigen Herzschlag hören. Sie konnte diese herbe Mischung aus Rauch, Schweiß und fettiger Wolle riechen. Den Geruch der Schaffarmer.

«So, Vorsicht ...»

Er hob sie so vorsichtig aufs Pferd, als wäre sie zerbrechlich. Vielleicht war sie das in seinen Augen auch. Er behandelte sie stets mit einer Ehrerbietung, die sie im Laufe der Zeit die Angst vor den Maori hatte verlieren lassen. Gebildet war er auch, und seit etwa einem Jahr verwaltete er die Farm, ihr neuseeländisches Kilkenny.

«Sitzen Sie gut?»

Obwohl es alles andere als bequem war, im Damensitz auf einem Herrensattel zu sitzen, nickte sie. Amiri griff nach den Zügeln und führte das Pony. Er ging schweigend, schaute nur hin und wieder über die Schulter und kontrollierte, ob bei ihr alles in Ordnung war.

Das gab ihr Zeit, ihn eingehend zu betrachten. Den Hut hatte er in den Nacken geschoben, das lange, schwarze Haar reichte ihm weit über die Schultern. Er trug es manchmal zu einem Zopf zusammengefasst, heute aber nicht. Die Lederjacke spannte über breiten Schultern, die Hose war aus dunklem Stoff und wirkte recht neu.

Die Stiefel hingegen waren alt und abgewetzt. Es konnte nicht schaden, wenn er sie mal putzte.

Der Weg dehnte sich unendlich. Trotzdem war Siobhan fast enttäuscht, als sie plötzlich vor sich Stimmen rufen hörte und dann auch schon die Kutsche heranrollte, dicht gefolgt vom Pony, das Amiris Begleiter kurzerhand angebunden hatte und mitlaufen ließ. Er saß neben Emily, die fröhlich mit der Peitsche winkte, als sie Siobhan und Amiri erkannte.

«Gott sei Dank», flüsterte Siobhan.

Amiri drehte sich zu ihr um. «War meine Gesellschaft Ihnen denn so verhasst?» Er schaute sie ernst an.

Sie wusste darauf keine Antwort. Zum Glück erwartete er wohl auch keine von ihr, denn sobald Emily und sein Begleiter bei ihnen angekommen waren, half er Siobhan vom Pferd. Diesmal trug er sie nicht, sondern bot ihr lediglich den Arm, damit sie sich darauf stützen konnte. Zum Glück wahrte er den Anstand.

Warum hatte er es vorhin nicht getan, als sie allein waren?

Aber wenn sie ehrlich war, wollte sie darüber gar nicht nachdenken. Das war ein Abgrund, in den zu stürzen sie sich fürchtete.

Eine Woche später saßen Emily und Siobhan allein im Salon. Die Männer waren noch unterwegs. In wenigen Tagen wurden die Schafe von den Bergweiden hinab in die Täler getrieben, wo sie ihr Winterquartier beziehen sollten. Man hörte das vergnügte Krähen von Emilys Bruder Jamie, der von dem Kindermädchen und Helen gebadet und anschließend zu Bett gebracht wurde.

Siobhan ließ immer wieder ihr Strickzeug sinken.

Dann wickelte sie den Faden aufs Knäuel, zählte die Maschen und nahm seufzend wieder die Nadeln zur Hand.

«Was ist?», fragte Emily leise. «Geht es dir nicht gut?»

Nach dem Zwischenfall auf der Straße zwischen Glenorchy und Kilkenny Hall befürchtete Emily, ihre Schwägerin könne Schaden genommen haben. Sie war so zart, so empfindlich ... Man musste sich immer um sie sorgen, weil sie von so zarter Konstitution war. Dass es Emily manchmal auch nicht gutging, sah niemand. Auch bei ihr hatte das Erlebnis tiefe Spuren hinterlassen: Sie machte sich Vorwürfe. Statt wie geplant den Maorifalken mit nach Kilkenny Hall zu nehmen und ihn dort aufzupäppeln, hatte sie ihn Amiri gegeben, der versprach, das Tier zu versorgen, bis es flügge wurde.

«Ach, es ist nichts», antwortete Siobhan. Ihr Blick glitt zum Fenster. Die Dämmerung senkte sich von den Berggipfeln herab und tauchte das Tal von einem Augenblick zum nächsten in tiefe Dunkelheit.

«Sie kommen schon rechtzeitig zurück», tröstete Emily sie. «Und falls nicht, gibt es da oben die Schutzhütte, in der sie übernachten können.»

«Was schreibt denn Aaron?», fragte Siobhan. «Geht es ihm gut in Dunedin?»

Emily lächelte. Sie schob den zweiten Brief, den sie heute erhalten hatte, unter die Zeitschrift, die mit Aarons Nachricht gekommen war.

«Ich glaube schon.»

Es war merkwürdig. Monatelang hatten Aaron und sie einander auf der Farm gemieden, und das hatte ganz gut geklappt, denn er hatte auf den Bergweiden zu tun, und sie hatte sich die meiste Zeit unten am See und im Haus aufgehalten. Aber er war nicht lange in Kilkenny geblieben, sondern hatte einen Job in Dunedin angenommen, bei einer Bank, soweit sie das verstand. Denn seit er fort war, schrieb er ihr. Und sie schrieb ihm zurück, ja, sie begann, ihn zu vermissen. Manchmal flüsterte sie Briefe in ihre schlaflosen Nächte, in denen sie ihm erzählte, wie sehr sie ihn vermisste.

Doch ihre Korrespondenz drehte sich zumeist um Bücher, um Theateraufführungen, die er besuchte. Oder um andere Themen.

Sie genoss diesen Briefwechsel, weil er so viel mehr war, als sie nach jenem Streit erhofft hätte. Und sie begriff, dass ein Körnchen Wahrheit in seinen Worten lag. Dass er es nicht böse meinte, wenn er ihr die Wahrheit sagte. Sie wünschte sich seinen Mut, und solange sie diesen Mut selbst nicht aufbrachte, wärmte sie sich an seinem.

«Hör dir das an: ‹Man könnte glauben, in Dunedin sei das alte England erwacht. Es kommt mir manchmal so vor, als würden wir Neuseeländer uns hier auf die guten Sitten Englands besinnen. Du musst unbedingt im nächsten Sommer herkommen, versprich mir das!›» Sie verstummte.

«Das klingt doch gut», sagte Siobhan munter. «Wirst du hinfahren?»

«Ich weiß nicht.» Seit Monaten hatte sie Aaron nicht gesehen. Wenn er kam, fühlte sie sich von ihm beobachtet. Es war einfacher, wenn er in Dunedin seiner Arbeit in einem Bankhaus nachging, wenn er ihr Briefe schrieb und Bücher schickte. Wenn sie ihm zurückschrieb, fühlte sie sich ihm nah, aber wenn er wieder einen seiner Besuche ankündigte, wurde diese Nähe zu einer unerklärlichen Unruhe.

«Was schreibt er noch? Oder ist das nicht für die Ohren deiner Schwägerin bestimmt?», neckte Siobhan sie und stopfte den Strumpf zurück in ihr Nähkörbchen. Sie nahm ein rotes Tuch heraus, glättete es und zupfte am ausgefransten Rand.

Emily räusperte sich. «‹Aber Dunedin ist ohne dich langweilig. Außerdem habe ich eine Überraschung für dich. Darum also dies: Ich komme am 12., bringe Wein und eine Überraschung mit, bleibe für eine Woche, höchstens zehn Tage – je nachdem, wie lange du mich erträgst oder Mrs. O'Brien meine Anwesenheit billigt, ohne dass ich dir einen Antrag machen muss – und bringe dir genug Bücher mit, dass du über den Winter kommst.›» Sie ließ das Blatt sinken.

Ohne dass ich dir einen Antrag machen muss … Emily faltete den Brief sorgfältig zusammen und steckte ihn zurück in den Umschlag. So ging es nun seit Monaten. Andeutungen, scherzhafte Bemerkungen, kleine Spitzen. Frotzeleien unter Freunden. Mehr waren sie nicht füreinander.

«Wie schön», sagte Siobhan gerade rechtzeitig, ehe das Schweigen unangenehm wurde. «Ich glaube fast, aus euch wird nochmal was.»

Er lockte sie unablässig, endlich auch nach Dunedin zu ziehen. Wieder und wieder schrieb er, sie könne an der Universität studieren. Klug genug sei sie ja.

Aber sie wollte davon nichts hören. Sie hatte kein Talent. Sie hatte nur einen winzigen Bleistiftstummel und unzählige Notizen, die sie abends heimlich anfertigte. Sie hatte wieder damit begonnen, als der kleine Jamie auf die Welt gekommen war. Ihre Mutter wirkte zufriedener, darum hatte sie es gewagt. Sie zeigte niemandem ihre kleinen

Fragmente, ihre Gedichte oder die ersten Kurzgeschichten, die sie sich Nacht um Nacht abrang. Es war leichter geworden, seit Kilkenny Hall bezugsfertig war. Da fragte niemand mehr, warum sie bis spätabends in der Bibliothek saß. Vielleicht bemerkte es außer ihrem Vater auch keiner.

Das Haus war mehr als bloß ein Haus: Es war ein Landsitz mit einem Dutzend Schlafzimmern, mit Salon, Raucherzimmer, Kaminzimmer, Bibliothek, Speisezimmer, Küchentrakt und jeder nur erdenklichen Annehmlichkeit. Nächsten Sommer wollte Edward sogar einen Wintergarten bauen lassen, der an den Salon anschloss und einen atemberaubenden Ausblick auf die schroffen Berge zur Rechten und den Wakatipusee zur Linken bot.

Annie, das Dienstmädchen, steckte den Kopf zur Tür herein. «Das Abendessen ist gleich angerichtet, Mrs. O'Brien, Miss O'Brien.»

«Danke, Annie. Wir möchten noch etwas warten, ob die Männer noch rechtzeitig kommen.»

Hätte sie Aaron bloß nicht davon erzählt, dass sie schrieb! Seitdem war er geradezu davon besessen, etwas aus ihrer Feder zu lesen. Er wollte sie nach Dunedin locken, damit sie an der Universität Literatur studierte und in den Salons der Stadt Verleger und andere Dichter kennenlernte.

«Was meint er wohl mit der Überraschung?», fragte Siobhan. «Doch nicht etwa ... Oh, Emily, vielleicht macht er dir tatsächlich einen Antrag! Vielleicht spricht er ja endlich mit deinem Vater!»

Hoffentlich nicht, dachte Emily.

Es lag nicht an Aaron. Sie mochte ihn. Sehr sogar. Aber etwas hinderte sie daran, über ihn nachzudenken – über sie beide nachzudenken.

Vielleicht war es die Angst, ihn zu verlieren. Als Ehepaar wären sie nicht mehr, was sie jetzt waren. Ihnen fehlte dann die Entfernung, aus der heraus Emily ihm Dinge sagen durfte, die sie sonst für sich behielt.

Außerdem glaubte sie nicht, dass sie für ihn eine gute Partie war. Welcher Mann interessierte sich schon für eine Frau, die lieber die Nase in Bücher steckte, statt sich weiblichen Beschäftigungen zu widmen? Sie war und blieb ein Blaustrumpf. Und das wollte sie nicht ändern, auch nicht um seinetwillen.

Nein, sie musste realistisch bleiben. Wenn irgendwann jemand kam und um ihre Hand anhielt, tat er es allenfalls wegen des Landbesitzes, den ihr Vater als ihre Mitgift festgelegt hatte. Karges Land in den Bergen, das nur für die Schafzucht taugte. Vielleicht war Stephen MacMillan der Richtige für sie. Das Land seines Vaters grenzte an das ihrer Familie. Aber Stephen war erst sechzehn und letzten Monat nach Europa aufgebrochen, um dort seinen Schulabschluss zu machen und anschließend zu studieren. Er kam frühestens in fünf Jahren zurück, und dann wäre sie eine alte Jungfer.

Keine schönen Aussichten.

«Ich glaube, wenn Aaron mit Vater spricht, geht es eher um die Frage, welche Wertpapiere Vater vom diesjährigen Gewinn kauft.» Emily schüttelte den Kopf. «Nein, das mit Aaron und mir wird nichts.»

«Aber warum denn nicht?» Siobhan runzelte die Stirn. Die Nadel flog durch das Stück Stoff in ihrem Schoß. «Es wäre doch eine perfekte Verbindung, oder nicht?»

Manchmal fiel es Emily schwer, ihre Schwägerin zu mögen. Sie bewunderte Siobhan, weil sie so ganz und gar die perfekte Ehefrau war, und ihre Ehe mit Walter schien sehr glücklich, bis auf den Umstand, dass sie bisher kinderlos geblieben war. Aber die Überzeugung, jede Frau müsse genau das wollen, was sie hatte, machte Emily wütend. Sie versuchte ja, Siobhan nachzueifern, in so vielem. Aber sie stieß immer wieder an ihre Grenzen. Sie seufzte.

«Lass uns von etwas anderem reden, ja? Was machst du da eigentlich? Flickst du jetzt schon die Kleidung der Arbeiter?»

Zu ihrer Überraschung errötete Siobhan bis an die Haarwurzeln. «Das ist … nichts Besonderes.» Die Nadel schwebte in der Luft. Sie hob den Kopf. «Es ist das Halstuch, mit dem Amiri meinen Knöchel bandagiert hat. Ich hab es gewaschen und bessere es aus, ehe ich es ihm zurückgebe.»

«Aha.» Natürlich vergaß Siobhan so etwas nicht. Sie war einfach perfekt, in jeder Hinsicht.

Siobhan nähte still weiter, und Emily vertiefte sich in die Zeitschrift. Hatte sie Siobhan verärgert? Hätte sie lieber nicht fragen sollen?

Etwas war eindeutig anders seit jenem Zwischenfall auf dem Waldweg.

«Lass uns zu Tisch gehen», sagte Emily leise. «Die Männer kommen bestimmt bald.»

7. Kapitel

Als Siobhan den Entschluss erst mal gefasst hatte, war alles andere plötzlich ganz einfach. Sie wartete noch ein paar Tage ab, bis sie glaubte, ihr Knöchel sei vollständig wiederhergestellt. Dann humpelte sie in den Stall und ließ ihr Bergpony satteln.

Walter hatte ihr den braunen Wallach zum zweiten Hochzeitstag geschenkt. Ein schönes Tier, etwas größer als die anderen Bergponys und lammfromm.

Siobhan blickte zu den steil aufragenden Bergen hinauf, die den Wakatipusee so eng umstanden, als wollten sie ihn in ihrer Mitte zerdrücken. Manchmal fühlte sich Siobhan wie dieser See: schmal und winzig, verglichen mit den hochaufragenden Bergen. Sie verlor sich hier fast. Im Haus führte Helen das Regiment und war für Jamies Erziehung verantwortlich, und draußen gingen die Männer ihrer Arbeit nach. Emily war lieber allein. Es fiel ihr schwer, das einzugestehen, aber auch die Freundinnen in Glenorchy waren kaum geeignet, sich Siobhans Sorgen anzuhören.

Die Einsamkeit erdrückte sie. Viel zu viel blieb unausgesprochen.

Der Stallbursche führte Hektor aus dem Stall und zu dem Block, den Siobhan stets als Aufstiegshilfe benutzte. Sie verstaute das Päckchen in der Satteltasche, ehe sie sich in den Sattel setzte und ihre Röcke zurechtrückte. Ihr linkes Knie drückte gegen das dritte Horn, das rechte Bein ruhte zwischen den anderen beiden Hörnern.

«Möchten Sie, dass jemand Sie begleitet, Ma'am?», fragte der Stallbursche.

Siobhan tat, als dächte sie darüber nach. «Nein, ich denke, heute möchte ich allein sein. Falls mein Mann nach mir fragt, sag ihm, dass ich zum Abendessen zurück bin.»

Der Stallbursche nickte. Sie beide wussten, dass Walter viel zu beschäftigt war, um nach seiner Frau zu fragen. Er würde sich erst wundern, wenn sie zum Abendessen nicht auftauchte.

Der linke Fuß schmerzte noch ein wenig, doch Siobhan beschloss, diesen Schmerz zu ignorieren. Sonst machte es ihr wenig aus, Tag um Tag im Haus zu bleiben, aber die letzten zwei Wochen hatten sie zappelig gemacht.

Sie musste es heute tun. Sonst würde sie es nie machen, und nie würde sich etwas ändern. Der Gedanke, es würde immer alles bleiben, wie es war, barg für Siobhan den größeren Schrecken. Sie musste es wenigstens versuchen.

Sie wusste nicht genau, wo er lebte, wenn er auf der Farm war. Der Besitz der O'Briens erstreckte sich vom Ufer des Sees bis weit hinauf in die Berge, breitete sich am Seeufer meilenweit aus, umfasste riesige Weidegebiete, Wälder und auch karge Gebirgsregionen, unwegsames Gelände, in das sich bisher kaum jemand vorgewagt hatte. Allein die Größe des Landbesitzes schenkte Freiheit. Aber die meisten Arbeiter wohnten nahe Kilkenny Hall, und in den letzten zwei Jahren hatte sich eine Ansammlung von Hütten zu einem kleinen Dorf gemausert, das jeder nur Kilkenny nannte.

Vermutlich war es nur eine Frage der Zeit, bis die Arbeiter ihre Frauen herholten, ihre Kinder hier aufwuchsen und weitere Häuser aus dem Boden schossen. Eine Schule, ein Gemischtwarenladen. Edward träumte von einer kleinen Stadt, die allein aufgrund seiner Tatkraft florierte.

Aber Siobhan wusste, dass Amiri sich nicht dort aufhalten würde, wo die Arbeiter lebten. Das war nicht seine Welt. Er brauchte das freie Land um sich. Sie sah ihn abends am Haus vorbeireiten und beobachtete, wie er nach einer kurzen Unterhaltung mit Edward – der ihn oft einlud, zum Essen zu bleiben, was Amiri aber zu Siobhans stillem Bedauern in letzter Zeit immer ablehnte – einen schmalen Bergpfad ansteuerte, der schon bald zwischen dem dichten Baumbewuchs verschwand und sich so ihren Blicken entzog.

Dorthin ritt Siobhan jetzt. Hektor schnaubte; er hatte die letzten zwei Wochen fast ununterbrochen im Stall oder auf der Koppel gestanden und wollte jetzt seinem Bewegungsdrang freien Lauf lassen. Siobhan erlaubte ihm, in leichten Galopp zu fallen.

Die Steigung zog sich endlos hin. Nach zwei Meilen zügelte sie den Wallach und lauschte. Vögel kreischten, der Wind umspielte die Baumkronen und lud sie zum rauschenden Tanz. Siobhan fror. Ach, das war eine dumme Idee gewesen, was tat sie überhaupt hier?

Hektor griff jetzt weit aus, er wollte sich austoben.

Sie ließ ihn. Immerhin machte sie einen schönen Ausritt. Siobhan atmete tief durch. Wie würzig die Luft schmeckte! Das war ihr noch nie aufgefallen.

Erst als linker Hand zwischen den Bäumen eine Hütte auftauchte und sich der Baumbestand lichtete, erkannte sie, wie weit sie geritten war. Siobhan zügelte Hektor und spähte durch die tiefhängenden Äste zu dem kleinen Häuschen. Rauch stieg aus dem Schornstein, unter dem Vordach war reichlich Feuerholz gestapelt. Für Februar war es recht kalt; sie sehnte sich nach einer Tasse Tee und einem warmen Ziegelstein zu ihren Füßen.

Sie lenkte Hektor zu ein paar gefällten Baumstämmen, stieg ab und führte ihr Pony zur Hütte. Sie humpelte leicht.

«Hallo?», rief sie vorsichtig. «Ist jemand zu Hause?»

Natürlich war er zu Hause. Niemand ließ das Feuer brennen, wenn er fortging.

Die Tür öffnete sich. Er musste den Kopf einziehen, als er heraustrat. Sein Blick begegnete ihrem. Sie schaute zu Boden. Nur das Rascheln von Laub drang zu ihr vor. Und seine Worte.

«Ich habe nicht mit Besuch gerechnet.»

«Hektor, also ich …» All ihre Pläne zerschellten an seinem Blick. Versanken in seinen brunnendunklen Augen. «Ich wollte ihn bewegen, und da dachte ich, da könnte ich auch …» Ihre Finger fühlten sich steif an. Sie streifte die Handschuhe ab, lächelte ihn über die Schulter entschuldigend an und griff in die Satteltasche.

«Da», sagte sie und machte zwei Schritte auf ihn zu. Er trat von der Veranda herunter und kam ihr entgegen. Sie überreichte ihm das Päckchen. «Das gehört wohl Ihnen, und ich dachte, vielleicht kämen Sie ja mal zu uns zum Essen, dann hätte ich es Ihnen gegeben, aber Sie kamen nicht, und so geht's ja auch.»

Amiri nahm das Päckchen und schlug das Wachstuch zurück. «Ah», machte er nur. «Danke, das ist sehr nett von Ihnen, Mrs. O'Brien.»

«Siobhan», stieß sie atemlos hervor. «Nennen Sie mich Siobhan.»

«Siobhan.» Er lächelte. «Wissen Sie inzwischen, was Ihr Name bedeutet?»

Sie nickte. Sie hatte nachgelesen, schon damals, als er sie das erste Mal danach gefragt hatte. Sie hatte seitdem oft darüber nachgedacht, aber es ergab für sie keinen Sinn.

«Und? Möchten Sie es mir bei einer Tasse Tee erzählen?»

Wieder nickte sie.

Er nahm ihr die Zügel aus der Hand und band Hektor an einen der Pfosten, die das Vordach hielten. Kurz verschwand er hinter dem Haus und brachte einen Eimer mit Wasser und einen Armvoll Heu.

«Kommen Sie.»

Siobhan blieb unter dem Türsturz stehen. Wenn sie das Haus betrat, wäre sie verloren, das wusste sie. Vermutlich ahnte Amiri, was in ihr vorging, denn während sie an der Tür verharrte, trat er an den Herd und setzte den Wasserkessel auf. «Sie müssen entschuldigen, aber ich habe nicht oft Gäste. Es kommt etwas unerwartet.»

Sein Lächeln war so still.

Sie konnte den ganzen Raum überblicken. Links der Herd, daneben mitten im Raum ein Tisch und drei Stühle. Ein Kamin, davor ein eigentümlicher Sessel, auf dem ein verschlissener Quilt lag. Das Bett in der Ecke war gemacht, mehrere Decken lagen gefaltet darauf. Auf einem Hocker neben dem Bett lag ein Bücherstapel. Am Fußende eine Truhe statt eines Schranks.

«Leben Sie das ganze Jahr über hier?»

«Im Winter wird's ungemütlich, aber ja. Man hält es hier gut aus, wenn man die Einsamkeit erträgt.»

Sie machte einen Schritt. Noch einen. Die Tür quietschte leise, als Siobhan sie hinter sich schloss.

«Und … vertragen Sie die Einsamkeit?»

Er lachte. Hantierte mit dem Wasserkessel, zwei Bechern und der Teekanne. Die Hütte erinnerte Siobhan an das Blockhaus, in dem ihre Familie in den ersten Monaten nach der Ankunft in Neuseeland gelebt hatte.

«Ja, doch. Ich vertrage die Einsamkeit besser als die Geselligkeit. Manchmal wird es etwas kalt. Ich könnte Wärme vertragen, aber das trifft wohl auf jeden Menschen zu.» Er blickte auf. Wieder diese Augen. Seine Augen ließen sie sogar die abscheuliche Tätowierung vergessen, die sein Gesicht verunzierte.

«Aber setzen Sie sich doch. Haben Sie Hunger?»

Sie durfte nicht bleiben. Er sollte ihr nicht wehtun.

«Ich geh wohl besser», sagte sie und drehte sich um. Zögerlich überschritt sie die Schwelle, und die Tür knallte hinter ihr zu. Als sie versuchte, Hektor loszubinden, zitterten ihre Hände. Der Braune reagierte unwillig. Gerade erst hatte er sich über den Heuhaufen hergemacht, und jetzt sollte er schon wieder fort? Er schlug mit dem Kopf, aber Siobhan packte seinen Zaum und hielt ihn mit einer Kraft fest, von der sie nicht gewusst hatte, dass sie in ihr schlummerte.

«Siobhan!»

Sie drehte sich nicht um, sondern zerrte am Zügel. Zu lebhaft konnte sie sich vorstellen, wie er unter dem niedrigen Türsturz stand, die Hand an die Tür gelegt. Wie er sie anschaute.

Sie durfte sich nicht zu ihm umdrehen. Dann wäre sie verloren, und dann hätte jeder ihrer Schritte zu genau diesem Augenblick geführt. Dann wäre sie verloren, denn sie wünschte sich, dass er sie berührte. Er sollte seine Hand auf sie legen und das Beben beruhigen, das in ihr ausbrach, sobald sie nur an ihn dachte.

Suchend blickte sie sich um, aber der Stapel mit den Holzstämmen war zu weit weg. Bis sie dort wäre, hätte er sie längst eingeholt.

«Siobhan!»

Sie verharrte, den Steigbügel in der Hand.

«Was bedeutet Ihr Name?»

Ohne sich umzudrehen, antwortete sie: «Gott ist gnädig.»

Er trat auf die Veranda. «Und? Ist Gott Ihnen gnädig?»

Sie blickte zu Boden. «Ich glaube, diese Frage dürfen Sie mir nicht stellen.»

Er stand nun direkt hinter ihr, während sie an Hektors Zaum zerrte.

Siobhan spürte ihn. Roch seinen Duft, eine Mischung aus Rauch, Männerschweiß und etwas Süßem.

«Wollen Sie nicht mit reinkommen?», fragte er leise. Und dann sprach er ihren Namen wieder aus, und ihre Hand krampfte sich in Hektors Zaum. «Siobhan.»

«Wenn Sie mir aufs Pferd helfen könnten. Das wäre freundlich.»

Sie packte die Zügel, griff nach dem Horn und winkelte das linke Bein an. Doch damit er ihr helfen konnte, musste sie sich zu ihm umdrehen und ihre linke Hand auf seiner Schulter abstützen.

Amiri beugte sich hinab, um ihren Unterschenkel zu greifen.

Sie legte ihre Hand in seinen Nacken.

Der Wind frischte auf und raunte in den Bäumen.

Siobhan bewegte die Finger. Ganz leicht nur streichelte sie seinen Hals. Sie hielt den Atem an.

Er richtete sich auf. Lange blickte er sie an, und sie spürte ihr Blut rauschen im Takt des Ostwinds.

Er legte die Hand an ihre Wange. Sie zog ihn näher zu sich, wenige Zentimeter nur, doch war sein Gesicht jetzt so dicht vor ihrem, dass sie einen winzigen, bernsteinfarbenen Fleck in der Iris seines Auges erkennen konnte. Sie wollte etwas sagen, sie wollte ihn bitten, sie zu küssen. Aber sie hatte sich ohnehin schon zu weit vorgewagt, und weiter würde sie nicht gehen.

Amiris Lippen legten sich auf ihre. Er schlang den Arm um ihre Taille, zog sie an sich. Sie schloss die Augen, spürte jeder Berührung nach und wünschte, sie würde mit Feuer in ihre Haut gebrannt. Sie öffnete den Mund, seine Zunge umschmeichelte ihre.

«Komm mit rein», flüsterte er an ihrem Mund.

Sie nahm seine Hand, wand Hektors Zügel um den Pfosten und folgte ihm in die beschützende Wärme seines Hauses.

Es war nicht schwer.

Seine Hände waren zärtlich. Er löste die Knöpfe ihrer Bluse, half ihr aus dem Rock und kniete vor ihr. Die Strümpfe rollte er langsam herab. Sein Kopf senkte sich, und sie empfand ein zartes Kribbeln, als seine Lippen ihr Knie berührten.

Sie lachte verlegen auf.

Sie wollte ihn bitten aufzuhören. Sie wollte ihn anflehen, dass er ihr nicht wehtun sollte, aber seine Hände waren so vertraut mit den Bändern und Verschlüssen, dass sich ihr ein anderer Gedanke aufdrängte.

Er tat das hier nicht zum ersten Mal.

Sie saß auf der Bettkante und beobachtete staunend, wie er ihren Körper kennenlernte. In ihr entfachten seine Berührungen etwas, das sie längst verloren geglaubt hatte. Sie wollte ihn auf sich ziehen. Ihren Körper unter seinem begraben, sich ganz in seine Gewalt begeben.

Die Angst vor dem Schmerz war verflogen.

Das alles war mehr, als sie ertragen konnte.

«Dreh dich um», flüsterte er.

Sie blickte ihn an. Seine Augen lächelten, und in ihr erwachte die Lust. Sie wollte die Linien seiner Tätowierung nachfahren. Statt seinem Befehl zu gehorchen, richtete sie sich auf und streckte den Zeigefinger nach ihm aus. Er ließ es geschehen, doch als ihr Finger seine Wange hinabfuhr, schnappte er danach und saugte sanft daran. Er seufzte und schloss die Augen.

Sie sank zurück aufs Bett. Er schob sich neben sie auf die Matratze. Seiner Stärke hatte sie nichts entgegenzusetzen, als er sie auf den Bauch drehte. Er löste ihr Korsett, und sie glaubte, damit wäre auch der Druck von ihrer Brust genommen und ihr Herz müsse nun nicht mehr so heftig schlagen.

Es hüpfte wie befreit in ihrem Brustkorb und raste davon. Das Blut rauschte in ihrem Kopf, während sie anderswo, an einem intimen Ort, den zu berühren sie nie wagte, ein Pochen verspürte, das ihrem Herzschlag antwortete.

Kein unangenehmes Gefühl. Im Gegenteil.

Ein letztes Mal flogen ihre Gedanken in jenen Winkel ihrer Seele, in dem sie den Schmerz begraben hatte. Die Schläge, die Demütigungen und Beschimpfungen, die Walter ihr im Laufe der Jahre nachts beigebracht hatte.

Dann gab es nur noch Amiri und sie.

«Amiri.» Sie wollte mehr, als nur seinen Namen flüstern. Sie wollte ihn riechen, schmecken, fühlen. Sie bewegte sich unter ihm, während er sie aus dem Korsett schälte.

Er beugte sich über sie. Strich ihr Haar aus dem Nacken, küsste sie. «Hast du Angst?», flüsterte er.

Sie schüttelte den Kopf.

Inzwischen nackt bis auf ihr Unterhemd, drehte sie sich zu ihm um. Ihre Finger gruben sich in seine Schultern. Sie spürte sein seidiges Haar, das ihr dünnes Hemd streichelte und durch den Stoff ihre nackte Haut kitzelte.

Sie fürchtete nicht den Schmerz. Sie sehnte sich nur, ohne zu wissen, was es war, das sie so sehr ersehnte.

Er zeigte es ihr.

Es erstaunte sie, wie wenig es wehtat. Eigentlich gar nicht. Es war, als hätte ihr Körper auf seinen gewartet, dass sie perfekt ineinanderpassten. So war es also? Sie schloss die Augen, weil sie sich plötzlich ihrer Nacktheit bewusst wurde, doch öffnete sie die Lider sogleich wieder. Sie wollte alles sehen, wollte es ganz und gar erleben. Jede Bewegung, jedes Geräusch und alles andere wollte sie in sich aufnehmen.

Amiris Zärtlichkeit verwirrte sie. Konnte es denn richtig sein?

Es fühlte sich richtig an.

Und er schaffte es, dass sie vergaß nachzudenken. Seine Liebkosungen ließen die Anspannung aus ihrem Körper weichen, die einer Verzückung Platz machte, derer sie sich nicht schämte, obwohl sie ahnte, dass es überaus unanständig war, so zu empfinden.

Dass sie das Bett mit einem Mann teilte, mit dem sie nicht verheiratet war – das vergaß sie.

Danach schloss sie die Augen und verlor sich in ihrer lustvollen Erschöpfung.

«Siobhan.»

Seine Stimme weckte sie aus dem Schlummer, in den sie danach gefallen war, eng an ihn geschmiegt, von seinem Körper und der Lust gewärmt. Sie hielt die Augen geschlossen.

«Es ist spät. Du solltest dich auf den Weg machen, sonst könnte sich dein Mann fragen, wo du bleibst.»

Dein Mann.

«Ich will nicht nach Hause», flüsterte sie. «Ich will bei dir bleiben.»

Er lachte leise. Seine Finger strichen über ihre Wange, die von Lust und Schlaf ganz erhitzt war. «Er wird sich fragen, wo du bleibst.»

«Soll er.»

Amiri setzte sich auf. «Ich meine das ernst, Siobhan.»

Sie öffnete nun doch die Augen. Er saß an das Kopfteil des Betts gelehnt, die Arme vor der Brust gekreuzt. Die

Decke hatte er bis zum Bauch hochgezogen, doch wusste sie, dass er darunter nackt war. Ein aufregendes Wissen. Sie musste daran denken, was sie getan hatten.

Sie hatte Walter betrogen. Hatte die Ehe gebrochen.

Mit Amiri. Einem Maori, den sie anfangs gefürchtet, dem sie misstraut hatte.

Mit Amiri, in dessen Armen sie sich nun so sicher fühlte.

Aber es gab Grenzen.

Sie konnte nicht für immer bei ihm bleiben. Sie musste zurück ins Tal, zurück nach Kilkenny Hall, sich dort an den Tisch setzen und mit Walter reden, als wäre nichts geschehen. Ihm die Schüssel mit Kartoffeln reichen und ihn anlächeln, wenn er sie nach ihrem Tag fragte.

Später würden sie im Salon beisammensitzen, sie über ihre Handarbeit gebeugt, er in seine Zeitung vertieft. Sie würden früh zu Bett gehen, und wenn sie Glück hatte, würde er ihr einen keuschen Kuss auf die Stirn drücken, ehe er sich umdrehte und einschlief.

Wenn sie Pech hatte, würde er in dieser Nacht von ihr einfordern, was sein Recht als Ehemann war und sie ihm nie verwehrte, weil sie hoffte, all die Schmerzen könnten doch noch mit einem Kind belohnt werden, das sie mit ihrer Liebe überschütten durfte.

Aber jetzt war hier Amiri. In seinen Armen hatte sie erfahren, dass es ganz anders sein konnte.

«Geh nach Hause.» Er beugte sich vor und küsste sie.

«Darf ich wiederkommen?»

Sein Nicken kam ohne Zögern. «Jederzeit. Aber sei vorsichtig.»

Das brauchte er ihr nicht zu sagen. Schließlich war sie es, die alles zu verlieren hatte.

Heute war etwas anders.

Walter konnte es nicht genau benennen. Siobhans Wangen waren leicht gerötet, und als er sie nach ihrem Tag fragte, vertiefte sich ihre Röte noch. Sie zuckte zusammen und verlor einige Maschen, die sie vorsichtig wieder auf der Nadel aufreihte, ehe sie antwortete. «Ich bin ausgeritten.»

«Geht es deinem Fuß denn wieder gut?», erkundigte er sich.

«Ja, er ist wieder in Ordnung.»

«Gut.»

Wieder legte sich das Schweigen über den Raum, das Abend für Abend nur von Siobhans Stricknadelklappern und dem Rascheln seiner Zeitung durchbrochen wurde. Helen saß am Sekretär und schrieb einen Brief. Edward hatte es vorgezogen, heute früh zu Bett zu gehen.

«Wo ist Emily?», fragte Walter.

«Sie liest. In ihrem Zimmer.» Helen hob den Kopf und legte den Füllfederhalter beiseite. «Sie hat gesagt, sie sei müde.»

Siobhan legte ihr Strickzeug beiseite. «Ich bin auch müde», sagte sie leise. «Entschuldigt mich, ich gehe zu Bett.»

Walter stand auf, als sie sich erhob. Siobhan zog das Schultertuch enger um sich, trat zu ihm und hielt ihm die Wange hin, damit er sie küsste.

Sie roch anders. Weiblicher.

Walter schloss sie in die Arme. Sein Körper reagierte sofort auf ihre Nähe. Kurz erlaubte er sich, sein Gesicht an ihr Haar zu legen und den süßen Duft einzuatmen, der ihr entströmte. Die Farbe ihres Haars, dunkler Honig, die ihn auch im Traum nie verließ, berauschte ihn ebenso wie ihre blasse Haut.

«Gute Nacht, meine Liebe. Ich komme auch bald.»

Erst aber musste er sich wieder so weit im Griff haben, dass er ihr keine Gewalt antat. Dass er ihre Sinnlichkeit ertrug, statt sich darin zu verlieren und zu schwelgen. Denn das hatte sie nicht verdient.

Er verstand es ja selbst nicht, warum er ihr immer wehtun musste. Warum die Lust am Schmerz ihn jedes Mal übermannte und er aus jedem Liebesspiel einen Gewaltakt machte.

Danach wachte er wie aus einem Albtraum auf und fragte sich, ob das wirklich er war, der seiner geliebten Frau so etwas antun konnte.

Denn er liebte sie.

Er wollte sie glücklich machen.

Walter faltete die Zeitung zusammen und legte sie auf das Tischchen. «Ich werde auch zu Bett gehen. Gute Nacht, Mutter.»

«Gute Nacht, Walter.»

Sie blickte nur kurz von ihrem Brief auf.

Walter verließ den Salon. Auf dem Weg zur Treppe fiel ihm ein, dass er nochmal in den Stall gehen und nach den Pferden sehen konnte. Seine Stute Penelope war heute merkwürdig unruhig gewesen, und nach dem scharfen Ritt nach Hause hatte sie stärker geschwitzt als sonst.

In den Stall. Eine gute Idee. Seine Gedanken wären abgelenkt. Anschließend könnte er ins Schlafzimmer schleichen. Siobhan schliefe dann schon.

Im Stall war alles ruhig. Er kontrollierte gewissenhaft die einzelnen Boxentüren. Penelope stand mit hängendem Kopf in ihrer Box, nur die Ohren bewegten sich leise. Ihr ging es gut, sie schlief. Nur Hektor war wach. Die Hufe auf die Futterkrippe gestellt, wachte er über den Schlaf der anderen.

Ein letztes Mal ging er die Stallgasse hinauf, trat in die Sattelkammer, und nachdem er auch dort alles zum Besten bestellt fand, wollte er schon gehen.

Siobhans Sattel hing nachlässig über dem Bock.

Er runzelte die Stirn.

Normalerweise ließ Siobhan satteln und absatteln. Heute aber war sie fast zu spät zum Abendessen gekommen, und als er sie fragend angeschaut hatte, war sie errötet – auf diese zarte, entzückende Art errötet, die ihn jedes Mal so erregte – und hatte sich damit entschuldigt, dass sie Hektor selbst hatte absatteln müssen, weil die Stallburschen schon Feierabend hatten.

Es sah ihr nicht ähnlich, so nachlässig zu sein. Sie war verschwitzt gewesen und hatte durstig den Wein heruntergestürzt. All das passte gar nicht zu ihr, und ihren Sattel schief auf dem Bock liegen zu sehen, brachte all diese Puzzlestücke wieder zum Vorschein.

Er rückte den Sattel gerade.

Dann ging er zurück ins Haus.

Seine Fäuste ballten sich im inneren Kampf. Er verharrte vor der Tür zum gemeinsamen Schlafzimmer und lauschte. Schlief sie schon? Er öffnete behutsam die Tür. Das Licht brannte noch, ein schwaches Flackern. Sie lag im Bett und las, doch hörte sie ihn wohl nicht – oder wollte ihn nicht hören –, denn sie hob den Kopf nicht, als die Tür leise knarrte.

Walter schloss die Tür. Er wandte sich ab, ging die Treppe hinunter und betrat das dunkle Kaminzimmer.

Dort setzte er sich auf das Sofa direkt vor dem Kamin und starrte in die leere Feuerstelle. Dann sprang er auf, und ehe er darüber nachdenken konnte, hieb seine geballte Faust auf den Kaminsims ein. Der Schmerz explodierte in seinen Fingern und strahlte hinauf bis in den Ellbogen.

Immerhin hatte er mit diesem brachialen Vorgehen erreicht, was er wollte: Der andere Schmerz verstummte.

Ihm war jegliche Lust vergangen, heute Nacht mit seiner Frau zu schlafen.

Gott sei Dank.

Von Schmerz betäubt, sank er aufs Sofa und ließ seinen Tränen freien Lauf.

Siobhan hatte seine Schritte gehört. Sie hielt den Atem an und starrte auf das Buch in ihren Händen. Gleich würde er bei ihr sein. Ihr kam es so vor, als sei ihr die Sünde scharlachrot auf die Stirn gebrannt, sodass niemand übersehen konnte, was sie getan hatte.

Sie lauschte.

Die Tür öffnete sich einen Spaltbreit.

Das Buch in ihren Händen zitterte leicht. Die Buchstaben tanzten vor ihren Augen und formten keine Worte, die sie verstand.

Sie hatte Angst.

Die Tür wurde leise ins Schloss gezogen. Die Schritte entfernten sich.

Sie traute dem Frieden nicht. Walter ging? Warum kam er nicht zu ihr und stellte sie zur Rede für das, was sie getan hatte? Und wohin ging er?

Sie legte das Buch beiseite. An Schlaf war nicht zu denken. Trotzdem löschte sie das Licht und lag im Dunkeln. Sie glaubte, Amiris Duft hafte noch an ihr, obwohl sie sich vorm Zubettgehen gründlich gewaschen hatte.

Vielleicht war es besser, wenn Walter heute Nacht nicht bei ihr schlief. Nie durfte er erfahren, was sie getan hatte.

Und es durfte nicht wieder passieren, so sehr sie es sich auch wünschte.

8. Kapitel

«Merkwürdige Überraschung, die plötzlich ein Gästezimmer braucht», knurrte Annie. Gemeinsam mit Emily richtete sie die Zimmer her, denn heute war der Tag, für den Aaron sein Kommen angekündigt hatte. Vor zwei Tagen war ein Telegramm gekommen: «Komme am 12. Überraschung braucht eigenes Zimmer. A.»

Es war das erste Mal, dass Emily ein Telegramm bekam. Sie war aufgeregt vor Aarons Besuch. Aber das lag nicht an der Überraschung, die er angekündigt hatte.

Annie war kurz nach dem Einzug in das große Haus als Hausmädchen zu ihnen gekommen. Sie konnte zupacken, führte die Küche unter Helens Anweisungen und war der gute Geist, den jedes große Haus brauchte.

«Emily!»

Ihre Mutter rief nach ihr.

«Ich mach das schon fertig, gehen Sie ruhig, Miss Emily.» Annie schüttelte das frischbezogene Bett auf und strich die Laken glatt. Sie war ein achtsames Mädchen. Ihren wasserhellen Augen entging nichts, und obwohl sie mollig war, konnte sie sehr flink sein, wenn es galt, die Bedürfnisse der Familienmitglieder zu befriedigen. Ihr Gesicht war nicht hübsch, ihr schwarzes Haar dünn, keiner würde sie nehmen, weil sie eine Schönheit war, und sie war zu arm, um irgendwann darauf zu hoffen, allein des Geldes wegen geheiratet zu werden.

Darum waren jetzt die O'Briens ihre Familie, und sie bemutterte unterschiedslos jeden.

«Dein Federvieh sitzt schon wieder im Stall in der Futterkiste!», klagte Helen, als Emily die Treppe herunterkam. «Die Burschen sagen, wenn er das nochmal macht, müssen sie ihn wohl oder übel in den Hühnerhof verbannen, damit er uns den nächsten Festtagsbraten liefert.»

Jamie saß auf der Hüfte seiner Mutter und krähte vergnügt. Emily kitzelte ihn im Vorbeigehen, und er lachte. Die ersten Zähnchen hatte er schon. Gott, wie schnell diese Kinder wuchsen! Bald schon würde er laufen können und dann erst recht für Wirbel im Haus sorgen.

«Ich kümmer' mich um Aeneas.»

«Und zieh dich um Himmels willen um, ehe der Besuch kommt. Du kannst doch nicht herumlaufen wie ein Dienstmädchen.»

Emily nickte ergeben. Sie wusste selbst, dass das alte, zu kurze Waschkleid kaum dazu geeignet war, Gäste zu empfangen. Aber ihre Mutter glaubte, sie auch mit knapp neunzehn Jahren beständig daran erinnern zu müssen, dass Emily in ihren Augen noch lange nicht erwachsen war.

Sie verließ das Haus durch die Küche und nahm einen Apfel aus der Stiege, weil sie wusste, dass es sonst nur wenig gab, das Aeneas von seinem geliebten Hafer abbringen konnte. Manchmal glaubte sie, in diesem Vogel steckte der Geist eines Pferds, denn der Pferdestall war sein liebster Ort, seit er aus dem Haus verbannt worden war.

Schon von weitem hörte sie sein Kreischen und die

Stimmen der Männer. Neben Jamie war Aeneas der Lauteste in Kilkenny Hall, und besonders laut krächzte er, wenn er nicht das bekam, was er wollte. Für Helens Geschmack war das Tier heillos verwöhnt. Darum hatte sie ihn schließlich aus dem Haus verbannt. Nicht mal in Emilys Zimmer duldete sie den Kea. Er störe Jamies Schlaf, behauptete sie.

Jetzt lebte er wieder im Freien, trieb sich in den Ställen herum und neckte bei jeder sich bietenden Gelegenheit die Arbeiter und Stallburschen. Am liebsten saß er auf dem Rücken eines der Ponys und zupfte an dessen Mähne. Die Ponys ließen sich den Schabernack gefallen.

Wenn er aber die morgendliche Fütterungszeit nutzte, um in der Haferkiste zu verschwinden, verstanden auch die drei jungen Männer, die im Stall arbeiteten, keinen Spaß mehr.

In der Stallgasse bot sich ihr ein grotesker Anblick: Stephen und die anderen beiden Pferdepfleger standen um die Futterkiste herum und versuchten abwechselnd, den Kea zu fangen.

Aeneas hockte auf dem Rand der offenen Kiste und hieb nach ihren Händen, wenn sie ihm zu nahe kamen. Sobald er einen Moment Ruhe hatte, sprang er in die Futterkiste und pickte eifrig Haferkörner.

«Aeneas!»

Er sprang aus der Kiste und betrachtete sie mit schiefgelegtem Kopf. Aber auch ihr würde er es nicht leicht machen, so gut kannte sie ihn.

«Geben Sie mir mal Ihr Messer, Stephen.» Sie ließ den Kea nicht aus den Augen und streckte die Hand aus. Der Stallbursche trat zu ihr und legte ihr sein Taschenmesser in die Hand.

Emily zerteilte den Apfel in kleine Schnitze. Dann reichte sie Stephen das Messer zurück und lockte Aeneas. «Komm, schau mal! Äpfelchen!»

Die Männer grinsten. Emily lockte und schmeichelte, doch ihr Bergpapagei schien den Plan zu durchschauen. Statt zu ihr zu kommen, tauchte er wieder in der Haferkiste ab.

«War wohl nichts, Miss Emily. Ich würd' ihn ja drin einsperren, bis er sich den Magen verkorkst hat, aber dann scheißt er uns ins Futter, und wir können alles wegwerfen.»

«Gibt's hier Probleme?» Emilys Vater kam die Stallgasse entlang. Seine Stiefel starrten vor Dreck. Zur abgewetzten Reithose trug er sein ältestes Hemd. «Falls es Probleme sind, die nicht gerade die Tatkraft dreier Männer erfordern, wäre es gut, wenn wenigstens einer von euch mein Pferd satteln könnte.»

«Sofort, Sir!» Stephen winkte seinem jüngeren Cousin Daniel, der sogleich auf dem Absatz kehrtmachte und in der Sattelkammer verschwand.

«Nun, was ist hier los?»

«Er will einfach nicht da rauskommen.» Anklagend wies Emily auf die Futterkiste.

«Hast du es mit Apfelschnitzen versucht?»

Stumm hielt Emily die Hand mit den zerteilten Apfelhälften hoch. Ihr Vater schnalzte mit der Zunge. «Er hat dich durchschaut.»

«Er ist zu klug für mich.»

«Unsinn.» Er klopfte ihr auf die Schulter. «Du schaffst das schon. Bist doch die Klügste von uns allen.»

Er verschwand am Ende der Stallgasse und ließ Emily mit ihrem Problem allein.

Doch seine Worte wärmten sie. *Bist doch die Klügste von uns allen.* Das von ihrem Vater zu hören, tat ihr gut.

Kurz entschlossen drückte sie Stephen den Apfel und das Messer in die Hand. Sie ging zur Haferkiste und packte Aeneas ohne viel Federlesen. Er kreischte wild und zappelte in ihren Armen. Wütend hackte er nach den Händen, die ihn gepackt hielten, doch weil Emily ihn einfach nicht losließ, besann er sich auf die letzte ihm verbleibende Möglichkeit, seinem Unmut Luft zu machen.

«Jetzt hat er Sie angeschissen, Miss Emily.» Stephen musste sich sehr zusammenreißen, um nicht laut loszulachen.

«Ja, das hat er wohl.»

Sie seufzte.

Zum Glück trug sie noch ihr altes Kleid. Sie schaffte Aeneas aus dem Stall. Stephen schloss schnell den Deckel der Futterkiste.

Ihr Vater führte gerade sein gesatteltes Pferd vor den Stall, als sie mit Aeneas heraustrat. Der Hof war an zwei Seiten von Stallungen umgeben, an der dritten Seite erstreckten sich kleine Paddocks, hinter denen das Gelände sanft zum See hin abfiel. Die offene Seite führte an der Auffahrt von Kilkenny Hall vorbei zu der Straße nach Kilkenny und Glenorchy.

Und auf dieser Straße näherten sich drei Reiter im Galopp.

«Nanu? So früh schon Besuch?» Ihr Vater runzelte die Stirn.

«Erwarten wir jemanden?», fragte Emily.

«Außer Aaron? Nein, aber …»

Aber wie konnte Aaron schon so früh da sein? Das

konnte nur gehen, wenn er gestern das Schiff von Queenstown nach Glenorchy erwischt hatte. Wenn er heute erst aus Queenstown käme, wäre frühestens am Nachmittag mit ihm zu rechnen.

Edward beschirmte seine Augen mit der Hand.

«Geh rein und sag deiner Mutter Bescheid», sagte er leise, ohne den Blick von den drei Reitern abzuwenden. «Aaron kommt. Und er bringt Finn mit.»

Helen hörte das Rufen vor dem Haus und eilte an das Fenster des Gästezimmers, in dem sie mit Annie die Menüfolge für den Abend besprach, während diese das Bett bezog. «Mama, es ist Finn!», rief Emily zu ihr hinauf. Sie hatte den Kopf in den Nacken gelegt und hielt diesen schrecklichen Papagei auf dem Arm. Die Spätsommersonne vergoldete ihr blasses Gesicht und funkelte in ihrem wirren, roten Haar. Da stand ihre Tochter, den Ankömmlingen den Rücken zugewandt, das Haar ungekämmt, das Waschkleid verschmutzt und die groben Stiefel mit Pferdemist verklebt. Helen hatte gerade etwas sagen wollen, aber nun blieb ihr das Wort im Halse stecken.

Finn war heimgekehrt.

Sie hoffte so sehr, dass er blieb.

«Schau, da kommt dein großer Bruder. Wink ihm mal.» Sie nahm Jamies kleine Hand und ließ ihn winken.

Die drei Pferde hielten vor dem Haus, und Emily drehte sich zu den Neuankömmlingen um. Der Kea kroch auf ihren Arm und stieg bis zu ihrer Schulter hinauf, um an ihrem Ohr zu knabbern.

Helen hatte nur noch Augen für ihren Sohn. Er war so braun gebrannt. Und wie mager er geworden war! «Heute

Abend doch den Braten, Annie. Und mach Pudding zum Nachtisch.»

«Jawohl, Ma'am.» Annie knickste. «Wie schön, dass die Familie wieder beisammen ist.»

«Ja», sagte Helen geistesabwesend. «Das ist wohl schön.»

Aber die Angst vor dem Moment, in dem Finn wieder gehen würde, hatte sich schon als Keim in ihr Herz gepflanzt.

«Mam! Mam!» Finn hatte Emily stürmisch umarmt und schaute nun zum Fenster hinauf. «Siehst du, ich bin wieder da.»

«Ja, ich seh's», flüsterte sie und wandte sich ab.

Sie wollte nicht, dass jemand ihre Tränen sah.

Er kam ihr auf der Treppe entgegen. Helen blieb auf dem Absatz stehen, während er die letzten Stufen langsam hinaufstieg. In der Fremde hatten seine Augen ein Leuchten gewonnen, das ihm seine Heimat nie hatte geben können.

«Du hast dich verändert», sagte sie leise.

«Ich hoffe nicht», erwiderte er. Und nach kurzem Schweigen fügte er hinzu: «Es ist gut, wieder hier zu sein.»

Sie fragte ihn nicht, ob er länger bleiben würde. Sie musste lernen, das wenige zu nehmen, das ihr dieser Sohn gab.

Er stieg die letzten Stufen hinauf und umarmte Jamie und sie.

Er roch noch immer wie ihr Kind. Sie wollte ihm sagen, er solle nicht sofort wieder verschwinden, er solle länger bleiben als nur ein paar Tage, doch stattdessen flüsterte sie nur: «Es ist gut, dich wieder hier zu haben.»

Emily schämte sich zum ersten Mal in ihrem Leben in Grund und Boden.

Sie hatte alles perfekt geplant. Sie hatte die Zimmer herrichten lassen und dabei kein Detail vernachlässigt.

Auf Finn als Überraschungsgast wäre sie zuletzt gekommen.

Aber das war nicht das Schlimmste. Schlimmer war, dass sie in ihrem ältesten Kleid, das sie ihr «Putzkleid» nannte, vor Aaron und einem Fremden stand. In schmutzigen Stiefeletten, die nach Pferdemist stanken. Mit einem krakeelenden Kea auf ihrer Schulter, der ihr Kleid, um das Ganze zu krönen, eingeschissen hatte.

Aaron grinste. Und auch sein Begleiter konnte sich einen spöttischen Blick auf ihren Aufzug nicht verkneifen. Sie sah nicht aus wie eine junge Dame, die nächste Woche neunzehn wurde. Nein, sie sah aus wie ein Schulmädchen, das aus dem Klassenzimmer entwischt war.

Aeneas biss in ihr Ohr. «Geh schon, du unmöglicher Vogel», flüsterte sie und verscheuchte ihn. Er flog schnatternd und lärmend auf und ließ sich in einem Baum neben dem Haus nieder. Dort wanderte er auf dem Ast hin und her, unablässig schimpfend und krakeelend.

In ihr stieg ein Lachen auf, obwohl ihr gleichzeitig zum Weinen zumute war. «Ihr seht, so früh habe ich nicht mit euch gerechnet», sagte sie.

«Wir haben in Glenorchy übernachtet», erklärte Aaron. «Sonst wären wir schon gestern Abend gekommen.» Er war aus dem Sattel gestiegen, und sein Begleiter stieg nun ebenfalls vom Pferd. «Darf ich vorstellen? Will Forrester. Eigentlich stünde es deinem Bruder zu, ihn vorzustellen. Die beiden sind in den letzten Monaten gemeinsam unterwegs gewesen.»

Emily reichte Will die Hand. «Dann sind Sie es sicher gewohnt, dass mein Bruder nicht der Zuverlässigste ist, Mr. Forrester.»

«Ich gebe zu, das ist tatsächlich etwas gewöhnungsbedürftig.» Er beugte sich über ihre Hand. Sie musste fast lachen. Es kam ihr albern vor, dass er sie in ihrem Aufzug so förmlich begrüßte.

Aber ihrer Mutter würde das gefallen.

Oh, ihrer Mutter würde alles an Will Forrester gefallen!

Vom maßgeschneiderten Anzug über die perfekt gebundene Krawatte bis hin zu den dezenten Stiefeln: Alles fände sie hinreißend. Und wenn man dann noch bedachte, dass Wills grüne Augen vergnügt blitzten, während er Emily eingehend musterte ... Ja. Ihre Mutter fände Gefallen an ihm, zweifellos.

«Sind Sie auch so ein verwegener Draufgänger wie mein Bruder?», fragte sie.

Aaron schnalzte missbilligend mit der Zunge, aber Will Forrester lachte. «Ich würde sagen, das Draufgängertum liegt wohl eher bei Ihnen in der Familie, Miss O'Brien. Nein, ich kann bei Ihrem Bruder nicht mithalten. Vor allem bei den Frauen ist er mir haushoch überlegen, da habe ich wohl einiges aufzuholen.»

Sie wurde rot.

«Was haltet ihr davon, wenn wir erstmal die anderen Familienmitglieder begrüßen?», unterbrach sie Aaron und reichte die Zügel an Stephen weiter, der sich auch Will Forresters Fuchs annahm. Aaron bot Emily den Arm, und sie drehte sich kurz zu Will um, ehe sie sich bei ihm einhakte und die Freitreppe hinaufführen ließ. «Ich hoffe, die Überraschung ist mir geglückt», sagte er so leise, dass Will es nicht hören konnte.

«Ja», sagte sie und lächelte. Sie brauchte Aaron ja nicht zu verraten, dass Will Forrester für sie die größere Überraschung war als Finns Heimkehr.

Sie hoffte, er würde recht lang bleiben, und dabei pochte ihr Herz.

Ist das die Liebe, wenn sie uns ereilt?

Emily starrte auf die leere Seite ihres Tagebuchs, auf die sie bisher nur das Datum und diesen einen Satz notiert hatte.

In ihr klang der Abend noch nach. Ihre Mutter hatte ein wahres Festmahl servieren lassen, ganz entgegen ihrer Regel, nach der es nur an Sonn- und Festtagen große Essen geben durfte. Aber Finns Heimkehr *war* ein Festtag und hatte sie milde gestimmt. Auch gegen den überraschenden Besuch eines jungen, unverheirateten Mannes, der nicht nur mit amüsanten Geschichten zu unterhalten wusste, sondern auch Emily immer wieder über den Tisch hinweg anlächelte, hatte sie durchaus nichts einzuwenden gehabt.

Sie hatte sein Lächeln still erwidert. Das Gespräch war an ihr vorbeigerauscht, und erst als man sich den Themen der großen Politik zuwandte, glaubte sie, etwas beitragen zu können.

«Natürlich sollte die Frau dem Mann gleichgestellt werden. Zumindest einige Frauen», bemerkte Will Forrester, als sie auf das neue Gesetz zu sprechen kamen, das auch Frauen zugestand, das Parlament zu wählen. «Aber ich glaube, die meisten Frauen in unseren Städten wissen mit dieser Verantwortung gar nicht umzugehen.»

Emily wollte heftig protestieren, doch er hob die Hand, weil er ihren Widerspruch durchaus bemerkte. «Lassen

Sie mich ausreden. Ich glaube, Frauen – und auch viele Männer – können nicht das Ausmaß ihrer Entscheidung für oder wider eine Partei begreifen, solange sie nicht über genügend Bildung verfügen. Das ist es, was unser Land braucht. Und ich rede nicht nur von den Maori oder den Chinesen, ich rede tatsächlich auch von uns Briten, die wir uns immer für die herrlichsten Geschöpfe auf Gottes Erdboden halten.»

Edward hob sein Weinglas. «Wie gut, dass wir Iren sind!», bemerkte er fröhlich. «Da ficht es uns nicht an, wie ungebildet die Briten sind.»

«Papa!», protestierte Emily.

«Was denn? Recht hat er. Nur scheinen Sie zu vergessen, Mr. Forrester, dass die meisten Männer und Frauen da draußen weder Zeit noch Lust haben, sich über das Lesen und Schreiben hinaus zu bilden. Da braucht man gar nicht weit schauen. Meine Arbeiter investieren ihren Lohn lieber in Whisky und spielen drum. Da bleibt kein Raum für das, was Sie fordern. Und warum auch? Es geht ihnen ja gut. Sie haben Arbeit, ein Dach über dem Kopf und alles, was sich ein rechtschaffener Bürger in diesem Land wünschen kann.»

«*Ihre* Arbeiter?» Will Forresters Finger zeigte auf den Hausherrn. «Wenn man Sie reden hört, könnte man glauben, in Neuseeland wäre die Sklaverei eingeführt worden.»

Stille hatte sich über den Tisch gesenkt.

Ehe Edward etwas erwidern konnte, legte Helen beschwichtigend die Hand auf seinen Unterarm. «Wir wollen doch nicht an diesem wunderbaren Abend streiten», bat sie. «Finn, erzähl uns doch von deinen Reisen.»

Und Finn hatte erzählt – von der schroffen Küste im Osten der Südinsel, von den Regenwäldern auf der Nordinsel und von seinen Abenteuern. Doch Emily hatte nur mit halben Ohr zugehört. Zu sehr hatte es sie beschäftigt, was Will gesagt hatte.

Und es ließ sie auch jetzt nicht los. Darum setzte sie sich nach dem Essen zu später Stunde an den Schreibtisch und versuchte, ihre Gedanken zu ordnen.

Am besten funktionierte das, wenn sie sie aufschrieb.

Sie lehnte sich zurück und kaute auf ihrem Füller herum. Hatte Will recht? Brauchten alle Menschen bessere Bildung, um die Tragweite ihrer politischen Entscheidungen zu begreifen?

Ihr kam die Idee, wie sie diese spannende These in eine Erzählung einfließen lassen konnte, an der sie schon seit Monaten arbeitete, ohne dass sie sie zu Ende führen konnte. Immer wieder las sie, was sie geschrieben hatte, fand ihre Worte gefällig und die Sätze nach mehrfacher Überarbeitung rund, und doch blieben die Figuren blass und die Handlung geradezu leblos.

Sie nahm ein Blatt Papier aus der Lade und begann zu schreiben.

Und für den Moment hatte sie Will vergessen.

Am nächsten Morgen schlug Edward beim Frühstück vor, man könne einen Ausritt machen. Er wolle Finn zeigen, wie gut es um die Farm inzwischen bestellt war.

«Möchten Sie vielleicht mitkommen?», fragte er Will Forrester betont höflich.

«Gerne», sagte er nach kurzem Zögern. «Unter einer Bedingung.»

Er blickte Emily erwartungsvoll an.

Siobhan, die dabeisaß, hoffte inständig, dass Emily irgendwelche unaufschiebbaren Pflichten haben möge, die ihr eine Teilnahme unmöglich machten. Denn wenn Emily mitkäme, würde Walter auch sie fragen.

Und sie hatte heute etwas anderes vor.

«Ich komme gerne mit», antwortete Emily, noch bevor Will fragte.

«Ich lasse Annie ein Picknick zusammenpacken.» Helen stand auf und reichte Jamie an Siobhan weiter.

Walter beugte sich zu ihr herüber. «Möchtest du uns auch begleiten, meine Liebe?»

Siobhan schloss die Augen. Nein, nein, nein!, brüllte es in ihr. «Ich glaube, ich hab Kopfschmerzen.»

«Wie schade. Vielleicht legst du dich dann lieber nach dem Frühstück nochmal hin.»

Sie nickte nur. Ja, das wäre eine ausgezeichnete Idee.

Wenn sie Kopfschmerzen hätte.

Nach dem Frühstück zog man zu den Ställen, und zwanzig Minuten später beobachtete Siobhan vom Fenster ihres Schlafzimmers aus, wie der kleine Trupp Reiter am Haus vorbeizog. Edward ritt an Finns Seite voran, dahinter folgten Will Forrester und Emily, die ihren Kea auf der Hand trug. Siobhan wusste, dass Emily den Bergpapagei bei solchen Gelegenheiten gerne frei fliegen ließ. Aeneas kam immer zu ihr zurück. Als Letzte im Tross ritten Walter und Aaron.

Walter drehte sich im Sattel um und blickte zu ihrem Fenster hoch. Sie wich zurück. Hatte er sie gesehen? Er hob die Hand und winkte; sie winkte zaghaft zurück.

Sie hätte doch mitreiten sollen, und wenn sie es nur tat, damit Walter nicht misstrauisch wurde, weil sie in letzter Zeit immer häufiger allein ausritt. Irgendwann würde es ihm auffallen, dass sie ihre Ausritte nicht nur aus gesundheitlichen Gründen unternahm.

Aber nein. Sie würde ihm keinen Grund geben, misstrauisch zu werden.

Sie würde in einer Stunde in den Stall gehen und ihr Pferd satteln lassen. Jeder würde glauben, sie wollte den anderen nachreiten.

Wenn sie die Gruppe nicht fände, wäre das nicht schlimm.

Sie würde nicht nach ihnen suchen.

Eine Stunde später betrat Siobhan im Reitkleid den Stall und ging zu Hektors Box.

«Soll ich ihn für Sie satteln, Mrs. O'Brien?»

«Ja, Stephen. Tun Sie das bitte. Vielleicht hole ich die anderen noch ein.»

«Sie sind rauf zur Ostweide geritten, da können Sie sie eigentlich nicht verfehlen.»

«Gut, danke.»

Die Ostweide. Das war gut, denn sie würde sich Richtung Westen halten und hinauf in den Wald reiten.

Hinauf zu Amiris Hütte.

Sie wusste, dass er auf sie wartete.

Vor einer Woche war sie zum zweiten Mal zu ihm geritten. Sie hatte sich eine Geschichte zurechtgelegt, die begründete, warum sie schon wieder bei ihm auftauchte.

Aber es hatte keiner Worte bedurft. Sobald er sie kommen sah, war er ihr entgegengekommen, hatte die Hand auf ihren Schenkel gelegt, während sie noch im Sattel saß, und zu ihr hochgeblickt. Keiner hatte ein Wort gesagt, bis sie das rechte Bein aus dem Doppelhorn gehoben und sich von ihm aus dem Sattel hatte helfen lassen. Er hatte ihre Hand genommen und sie ins Haus geführt.

Erst danach hatten sie geredet. Aber nicht viel. Sie

hatte nur gefragt, ob sie wiederkommen dürfe. Und er hatte gesagt: «Nächsten Donnerstag.»

Sie wusste, warum sie jetzt wieder im Sattel saß und ihr Pferd im leichten Galopp bergan trieb. Sie wusste es, und ihr Herz trommelte im Takt der Hufe auf dem federnden Grund. Amiri hatte sie erweckt. Sie fühlte sich wie Dornröschen, das aus dem hundertjährigen Schlaf erwacht war. Nur war es bei ihr nicht bloß ein Kuss, der sie so wach und *lebendig* gemacht hatte. Auch wenn es verrückt klang: Es war vor allem der Moment, in dem sie danach in seinen Armen einschlief. Wenn sie einen winzigen Moment lang daran dachte, wie wenig Amiri Walter glich.

Dieser Wilde, dessen Zärtlichkeiten so sanft waren.

Und der sanfte Ehemann, dessen Zärtlichkeiten immer in einem brutalen Akt mündeten, sooft er sie begehrte.

Sie fühlte sich nur schlecht, wenn sie sich den Gedanken daran erlaubte, was sie Walter antat.

Doch alle Gewissensbisse verflogen in dem Moment, in dem sie von dem breiten Waldweg auf den schmalen Pfad abbog, der zu Amiris Hütte führte. Sie zügelte Hektor neben dem Stapel Baumstämme, stieg aus dem Sattel und führte ihn das letzte Stück zur Tür.

Amiri hackte Holz vor der Hütte. Sein Hemd hatte er achtlos über das Geländer der Veranda geworfen. Sie blieb stehen und betrachtete das Spiel seiner Muskeln bei der Arbeit. Erst Hektors Schnauben ließ ihn aufblicken. Das Haar hing ihm verschwitzt in die Stirn.

«Siobhan.»

Er hieb die Axt in den Hackklotz und kam zu ihr.

Sie ließ die Zügel los, und Hektor ging sofort zur Veranda, weil er sich an das Heu erinnerte, das dort zuletzt für ihn aufgeschüttet worden war.

Amiris Arme legten sich um sie. Sie wollte die Tintenlinien in seinem Gesicht auswendig lernen. Seine Lippen schmeckten rauchig, und sie stöhnte in seinen Mund, musste von ihm festgehalten werden, damit sie nicht zu Boden sank, weil sie nicht warten konnte. Sie zerrte an seiner Hose.

Für sie hatte ihr Name eine neue Bedeutung bekommen, einen neuen Geschmack. Ja, dies hier war eine Gnade, für die sie Gott danken musste.

Wenn es nur nicht so verboten gewesen wäre.

«Sie sehen müde aus, Miss O'Brien.»

Emily lenkte ihr Pferd dicht an Will Forresters Fuchs heran und lächelte. «Das ist aber sehr ungalant von Ihnen, einer Dame so etwas zu sagen», bemerkte sie.

Der Ausritt tat ihr gut. Aber er hatte natürlich recht. Sie sah *wirklich* müde aus. Das war auch kein Wunder, schließlich hatte sie bis in die frühen Morgenstunden fieberhaft an ihrer Idee gearbeitet, ehe sie vollkommen erschöpft ins Bett gesunken war. Aber sie war nicht nur müde, sie war auch glücklich. Das Schreiben erfüllte sie mit einer Freude, die ihr bisher gänzlich unbekannt gewesen war. Die Worte waren nur so aus ihr herausgeflossen.

Fast hätte sie den Ausritt abgesagt.

Will grinste. «Sie machten auf mich bisher nicht den Eindruck, besonders damenhaft zu sein.»

«Ach nein? Was bin ich denn dann?»

Das Gespräch begann, ihr Spaß zu machen.

«Für mich sind Sie … besonders. Ja, eine besondere Frau. Nicht damenhaft wie die Frauen, die in Dunedin über die Straße stolzieren und ihren neuesten Hut ausführen. Sie sind eine zupackende Frau. Eine Frau, die nachdenkt. Und offensichtlich auch eine Frau, die zu wenig schläft.»

Emily konnte nur mit Mühe ein Gähnen unterdrücken. Sie legte die Hand vor den Mund, aber er bemerkte es trotzdem.

«Sehen Sie! Es kann natürlich auch sein, dass meine Gesellschaft für Sie so schrecklich ermüdend ist, das will ich nicht ausschließen.»

«Wenn ich ehrlich bin, haben Sie mir den Schlaf geraubt heute Nacht.»

«Oho! Miss Emily, ich füge noch eine Eigenschaft hinzu, die ich gerade bei Ihnen entdecke: Sie sind forsch.»

Sie lachte. «Nein, hören Sie mir zu! Ich musste über das nachdenken, was Sie beim Essen gesagt haben. Über die Menschen, denen es an besserer Bildung mangelt, um die Tragweite ihres Tuns zu begreifen, wenn sie einer bestimmten Partei ihre Stimme geben.»

«*Das* hat Sie beschäftigt?» Wieder dieses Grinsen.

«Ja, lachen Sie nur.»

«Nein, ich finde das ... ich finde es erstaunlich, dass Sie sich darüber Gedanken machen.»

Emilys Stimmung schlug jäh um. Gerade hatte sie gehofft, ja geglaubt, sie könne sich mit ihm über dieses Thema unterhalten, und auch über ihre Gedanken – vielleicht hätte sie sogar gewagt, ihm zu erzählen, dass sie an einer Geschichte schrieb –, aber jetzt schwang Spott in seiner Stimme mit, und damit machte er alles zunichte.

«Erstaunlich, ja? Ist für Sie also eine Frau, die nachdenkt, geradezu ein Wunder?» Sie funkelte ihn an.

«So habe ich das nicht gemeint.» Wieder dieses Lächeln.

Kein Zweifel, er verspottete sie.

Ohne ein Wort trieb Emily ihr Pferd zu einer schnelleren Gangart und schloss zu Aaron und Walter auf. Seit Aaron eine Zeitlang auf der Farm gearbeitet hatte, waren die beiden Männer gut befreundet.

Eigentlich war Aaron mit jedem mehr oder weniger gut befreundet.

Sie galoppierte an den anderen vorbei und setzte sich an die Spitze der Gruppe. Bis zur Ostweide war es nicht mehr weit. Aber sie wollte jetzt allein sein und mit niemandem reden müssen.

Will Forrester dachte also wie alle Männer. Frauen waren dumm. Oder wie sollte sie seine Bemerkung verstehen?

Gut zu wissen. Dann machte sie sich lieber keine falschen Hoffnungen mehr.

Aber Will setzte ihr nach. Als sie über die Schulter schaute, sah sie ihn heranpreschen, tief über den Hals seines Fuchses gebeugt, der weit ausgriff. Schon bald hatte er sie eingeholt.

«Sind Sie immer so schnell mit Ihrem Urteil, Miss Emily?», fragte er außer Atem.

Sie ritt im Trab weiter und schwieg.

Er hielt sein Pony dicht neben ihrem. «Ich habe das vorhin nicht abwertend gemeint. Und mich würde Ihre Meinung interessieren.»

Emily atmete tief durch. «Sehen Sie da vorne den Wald? Die Wiesen, die sich links davon erstrecken bis hinauf zu den Bergen?»

Er nickte.

Jetzt ritten sie wieder im Schritt nebeneinander. Die anderen hatten sie weit hinter sich gelassen.

«Das gehört alles mir. Oder sagen wir besser: Das wird

mir gehören, wenn ich eines Tages heirate. Mein Vater hat dieses karge Stück Land, nichts als Felsen, kaum Wald und wenig Weideflächen, als meine Mitgift festgesetzt. Aber ich bin eine Frau, und das heißt wohl, dass ich nie selbst über dieses Stück Land bestimmen darf, sondern warten muss, bis ein Mann daherkommt und mich heiratet. Und auch dann wird es nicht wirklich mir gehören, sondern es wird von meinem Ehemann verwaltet. Obwohl ich mich frage, was es da zu verwalten gibt», fügte sie hinzu.

«Das finden Sie ungerecht.»

«Das und vieles mehr, ja. Ich denke nach, ich schreibe meine Gedanken auf, aber …» Sie seufzte. Aber noch immer kamen ihr Zweifel, ob diese Gedanken überhaupt klug waren. Und nun redete sie mit einem Mann, über den sie rein gar nichts wusste.

«Was machen Sie eigentlich? Ich meine, wenn Sie nicht mit meinem Bruder auf Weltreise gehen …»

«Ich suche das Glück», erwiderte er schlicht.

«Und wie findet man es?», fragte sie.

Er blickte sie lange an. «Indem man die Augen offen hält.»

Zur Mittagszeit rasteten sie an der Schutzhütte, die oberhalb der Ostweide lag. Hier begann die karge Gebirgsregion, es gab kaum mehr Bäume, und die Vegetation war spärlich. Emily verteilte den Imbiss und bemerkte plötzlich, dass Will verschwunden war.

Sein Pferd stand bei den anderen, aber offenbar zog er es vor, die Mittagszeit allein zu verbringen.

Als er auch nach einer Stunde noch nicht zurück war, begann sie, sich um ihn zu sorgen. Sie setzte sich neben Finn.

«Wo ist denn dein Freund?», fragte sie.

Finn zuckte mit den Schultern. «Er wird wohl sein Glück suchen», sagte er ruhig.

«Wenn du das sagst, klingt es so, als wäre er immer auf der Suche.»

«Ja, darin ähneln wir uns. Aber er ist dabei verbissener.»

Natürlich. Finn nahm alles gelassen.

«Wie lange bleibst du diesmal?», fragte sie.

«Du meinst, wie lange Will bleibt?»

Er hatte sie durchschaut, wie immer. Sie senkte den Blick.

«Keine Sorge, Schwesterchen. Wir bleiben ein paar Tage. Du hast genug Zeit, ihn kennenzulernen. Und vielleicht bist du ja das Glück, das er so lange gesucht hat ...»

Emily blickte hoch zu den schroffen Bergen. «Aber ob er mein Glück ist, das bezweifelst du», vollendete sie seinen Gedanken.

«Ich habe immer gedacht, du und Aaron ...»

Sie schüttelte heftig den Kopf. «Wir können einander nicht nah sein.» Sie beschattete die Augen, weil sie glaubte, das olivfarbene Federkleid eines Kea erspäht zu haben. Tatsächlich: Aeneas' Flügel leuchteten rotorange, als er herangerauscht kam und direkt vor ihren Füßen landete. Lärmend tänzelte er vor ihr auf und ab.

«Es soll wohl nicht sein, das mit Aaron und mir», sagte Emily nachdenklich. «Er hat vor einem Jahr diese Arbeitsstelle in Dunedin angetreten. Immer wieder fragt er, ob ich nicht auch dorthin kommen und studieren will. Er fragt nie, ob ich nach Dunedin kommen und seine Frau werden will.»

Sie warf Aeneas Brotkrumen hin.

«Soll ich mal mit ihm reden?», schlug Finn vor.

Emily schüttelte den Kopf.

Er soll zu mir kommen, weil er mich wirklich will und nicht, weil mein Bruder ihn daraufstößt.

Außerdem wollte sie sich die Blamage einer Zurückweisung ersparen. Aaron war bestimmt kein Mann, der Probleme hatte, seine Wünsche zu äußern. Und wie zielstrebig er war, hatte seine Karriere beim Bankhaus Frazer & Sons gezeigt.

«Ich glaube, es wird höchste Zeit, dass wir zurückreiten.» Sie stand auf und blickte sich suchend um.

Da kam Will zurück. Er schien ausgezeichneter Laune zu sein und warf einen Stein in die Höhe, immer und immer wieder, ging dann zu seinem Pferd und verstaute den Stein in seiner Satteltasche.

Eine merkwürdige Art, sein Glück zu suchen ...

Sie entschieden sich für einen anderen Rückweg. Walter führte sie hinab ins Tal, und sie durchquerten das flache, breite Flussbett, das von Sandbänken durchzogen war. Auf der anderen Seite ging es über satte Wiesen im weiten Bogen hinein in den Bergwald. Jetzt war es nicht mehr weit bis nach Kilkenny Hall.

Auf dem Rückweg hatte sich Emily etwas abseits gehalten. Aeneas saß wieder auf ihrer Schulter und knabberte an ihrem Ohr, aber sie hatte keine Lust, mit Will oder Aaron oder irgendwem sonst zu reden. Will schien ausgezeichneter Laune zu sein – was so ein kleiner Stein doch alles bewirken konnte! –, und Aaron war in eine düstere, grüblerische Stimmung verfallen. Vermutlich bereute er, mitgekommen zu sein, weil er zwangsläufig irgendwann auch mit ihr reden musste.

Sie waren darin nicht mehr so gut wie früher. Ihre Freundschaft schien inzwischen nur noch auf Distanz zu funktionieren. Ihre Anwesenheit dagegen bereitete ihm offensichtlich Unbehagen.

Es waren nur noch zwei Meilen bis nach Hause, als plötzlich weiter vorne auf dem Weg ein Reiter auftauchte.

«Nanu?» Edward drehte sich zu Emily und Walter um, die schweigend hinter ihm ritten. «Ist das nicht Siobhan?»

Tatsächlich. Aber die Gestalt entfernte sich im schnellen Trab, ohne zurückzublicken. Hatte sie sie nicht gesehen?

Walter runzelte die Stirn. «Merkwürdig», sagte er nur und galoppierte voraus.

Emily hörte ihn rufen. Sie versuchte, im Gewirr der Bäume zu erkennen, was vorne vor sich ging, doch ihr Vater versperrte ihr die Sicht.

Was hatte Siobhan im Bergwald zu suchen? Selbst wenn sie ihnen nachgeritten war, so hatte sie doch die falsche Richtung eingeschlagen.

Nach einigen hundert Metern holten sie die beiden ein. Walter war aus dem Sattel gestiegen und hielt ihr Pferd am Zügel fest, während Siobhan sichtlich verwirrt die Reitergruppe anschaute, die hinter ihm aufgetaucht war.

«Da hast du aber einen ganz falschen Weg genommen, wenn du uns gesucht hast», brummte Edward gutgelaunt.

Siobhan senkte den Kopf. Ihr Pony stampfte mit dem Huf und warf den Kopf. Es wirkte ausgeruht.

«Ich bin euch nachgeritten, weil es mir besserging. Aber dann habe ich euch nicht gefunden, und ich bin stundenlang umhergeirrt …» Sie legte die Hand vor die

Augen. «Und jetzt hab ich endlich diesen Weg gefunden. Den kannte ich, da wusste ich, dass ich so heimkomme.»

Ihr Schluchzen klang so verzweifelt. Sie wirkte völlig aufgewühlt.

«Du hättest nicht allein losreiten sollen.» Walter blickte zu ihr auf. Er war ernsthaft um sie besorgt. «Komm, wir bringen dich nach Hause. Dir ging es heute früh schon nicht gut, wahrscheinlich hast du dich einfach überanstrengt.»

Siobhan schluchzte auf. Es war der Laut eines verletzten Tiers, der Emily bis ins Mark ging.

Sie glitt aus dem Sattel. Aeneas setzte sie auf das Horn, denn er liebte nichts so sehr, wie auf einem Pferd zu hocken und an seinem Mähnenhaar zu zupfen.

Als sie zu Walter und Siobhan trat, flüsterte er eindringlich auf sie ein, doch Siobhan schüttelte nur immer wieder heftig den Kopf und barg das Gesicht in den Händen. Sie wollte ihn nicht anschauen, und ihr widerstrebte auch seine Berührung, das konnte Emily erkennen. Als er versuchte, beruhigend die Hand auf ihr Bein zu legen, schlug sie sogar mit dem Zügel nach ihm. Walter zog die Hand zurück, als hätte er sich verbrannt. Mit hängenden Schultern stand er vor seiner Frau. Er wirkte so hilflos.

«Siobhan», sagte Emily leise.

Ihre Schwägerin blickte auf. Sie weinte.

«Walter, vielleicht lasst ihr uns allein? Reitet ruhig schon voraus. Wir kommen nach, wenn es Siobhan bessergeht.»

Er zögerte.

«Bitte», fügte Emily hinzu. Und das Erstaunliche geschah: Walter ließ die Zügel los und machte zwei Schritte rückwärts. «Pass auf sie auf, ich bitte dich, Emily.»

Sie spürte seine Angst.

«Ich pass gut auf sie auf», versprach sie und wartete, bis die anderen wieder losgeritten waren.

Sie griff nach den Zügeln und streichelte Hektor.

«Möchtest du darüber reden?», fragte sie ihre Schwägerin.

Siobhan schwieg lange. Emily schaute sie nicht an, um ihr Raum zu geben.

Als sie schon aufgeben wollte, brach Siobhan plötzlich ihr Schweigen.

«Er ist zu gut für mich», flüsterte sie, so leise, dass Emily nicht sicher war, ob sie es wirklich gehört oder es sich nur eingebildet hatte.

«Wer?», fragte sie.

Aber Siobhan schüttelte nur den Kopf und wendete ihr Pferd. «Lass uns zurückreiten.»

Sie ritten schweigend nebeneinanderher. Emily blickte Siobhan immer wieder von der Seite an, doch die starrte nur geradeaus. Erst als Kilkenny Hall hinter den Bäumen zu sehen war, begann sie wieder zu sprechen.

«Ich tue ihm dieses Unrecht an, und er ...» Sie atmete tief durch. «Er ist zu gut für mich.»

Emily hätte gerne nachgefragt, was Siobhan meinte.

Doch Siobhan trieb ihr Pony in einem scharfen Galopp den sanften Abhang hinab. Als hätte sie Angst, zu viel zu sagen, wenn sie weiter neben Emily ritt.

9. Kapitel

In der darauffolgenden Woche feierten sie Emilys neunzehnten Geburtstag.

Wäre es nach ihr gegangen, hätte man diesen Tag gut übergehen können. Doch Helen und Edward wollten den Geburtstag ihrer einzigen Tochter gebührend feiern – zumal Besuch im Haus war, von dem zumindest Helen sich einiges versprach.

Und das Fest bot Ablenkung. Auch wenn niemand es aussprach, waren alle um Siobhan besorgt. Sie verhielt sich anders als sonst. Es hatte nach dem Ausritt begonnen.

«Sie ist ein bisschen durcheinander, findest du nicht?», fragte Emily ihre Mutter. Gemeinsam deckten sie den langen Tisch im Speisezimmer. Zum Abend hatten sich ein paar Gäste angekündigt. Von ihren Freundinnen aus Glenorchy konnten nur Ella und Diane kommen. Von Rebecca hatte Emily gar nichts gehört.

Helen steckte frische Kerzen in die Silberleuchter. «Manchmal sind wir Frauen so», sagte sie. «Es würde mich nicht wundern, wenn sie ein kleines Geheimnis mit sich herumträgt.»

«Du meinst ...» Der Silberlöffel, den sie gerade polierte, glitt Emily aus der Hand und klirrte zwischen die anderen.

«Pass doch auf!»

«Entschuldige, Mam.»

«Könnte doch sein? Walter und sie sind nun schon seit über zwei Jahren verheiratet. Es wird höchste Zeit, dass sie ein Kind bekommen.» Gedankenverloren fügte sie hinzu: «Ich habe es Edward immer wieder gesagt, dass wir nicht hätten herkommen dürfen. Es hat sie durcheinandergebracht. Es hat uns alle durcheinandergebracht.»

Emily widersprach nicht.

«Aber jetzt hat es ja geklappt. Dann hat unser kleiner Jamie einen Spielkameraden und wächst nicht allein auf. Das ist doch schön!», befand Helen.

Damit schien das Thema für ihre Mutter abgeschlossen zu sein.

Aber Emily stürzte die Bemerkung ihrer Mutter in tiefes Grübeln. Warum hatte Siobhan nur von einem Unrecht gesprochen, das sie Walter antat? Oder hatte das gar nichts mit ihrer Veränderung zu tun? Was war nur mit ihrer Schwägerin los?

Am späten Nachmittag trafen die ersten Gäste ein. Außer Ella und Diane mit ihren Männern hatte Emily auch Amiri eingeladen. Sie wusste, wie wenig ihrer Mutter und Siobhan der Gedanke behagte, mit einem Maori am Tisch zu sitzen. Aber sie mochte Amiri, und er erzählte gerne von den Legenden der Maori, die sie faszinierten.

Ella umarmte Emily zur Begrüßung. «Mein Gott, du bist wirklich eine Magierin, meine Liebe! Hast du das von Rebecca und ihrem Mann gehört?»

«Nein», sagte Emily und schüttelte Morgans Hand.

Ellas Mann war klein, schmächtig und ein stiller Zeitgenosse. Sie mochte ihn. Er war Ellas Ruhepol.

«Stell dir vor, sie hat ihn tatsächlich zur Rede gestellt und ihm den Umgang mit Madame Robillard und ihren ‹Angestellten› verboten! Er soll wohl zuerst ganz blass geworden sein. Und dann hat er gestammelt, er wolle doch nur ihr Bestes und ob ihr nicht gefalle, was er ihr von Madame Robillard mitbringe …» Ella gluckste. «Sie hat ihn darauf angeschrien – stell dir vor, unsere kleine Becca schreit! –, sie könne auf Madame Robillards Filzläuse in Zukunft verzichten. Da hat er geglaubt, sie wisse über alles Bescheid, und hat ihr das Blaue vom Himmel herunter versprochen. Diane war dabei, nicht wahr, Diane? Allein hätte Becca sich das sicher nie getraut.»

«Gott sei Dank hat sie sich getraut.»

Diane gesellte sich zu ihnen. Sie gratulierte Emily ebenfalls und überreichte ihr mit einem schiefen Lächeln einen Strauß Wiesenblumen. «Ich hoffe, sie gefallen dir», flüsterte sie.

«Sie sind wunderschön.»

Diane war blass. War es die Schwangerschaft, die ihr so zusetzte? Oder ihr Mann, der in einiger Entfernung mit Ellas Mann beisammenstand, dem Whisky zusprach und immer wieder finstere wütende Blicke in alle Richtungen sandte?

Emily war überrascht gewesen, als Diane ihr und Siobhan eröffnet hatte, dass sie Dean Gregory heiraten wollte. Ausgerechnet Dean Gregory! Die zarte, fröhliche Diane passte so gar nicht zu diesem Grobian. In der ersten Zeit nach der Hochzeit schien sie mit ihm glücklich gewesen zu sein.

Doch inzwischen wirkte sie oft geradezu verschreckt.

Das konnte natürlich auch an der Schwangerschaft liegen, aber Emily wurde das Gefühl nicht los, dass mehr dahintersteckte.

«Oh, und hier unser Geschenk», sagte Ella jetzt. «Herzlichen Glückwunsch. Ich hoffe, du hast es noch nicht.»

Emily nahm die Gaben entgegen. Sie war gerührt, denn Ella hatte sich die Mühe gemacht, für sie ein Buch zu besorgen. Sie wusste, dass Ella nie las – allenfalls die Fortsetzungsromane, die in den Magazinen mit Haushaltstipps und Kochrezepten abgedruckt wurden.

Das zweite Päckchen enthielt feines Konfekt. Ella war keine große Leserin, wohl aber eine Meisterin, wenn es darum ging, Naschwerk, Pralinen und andere Süßigkeiten in ihrer kleinen, beengten Küche in Glenorchy herzustellen.

Als Nächstes kam Amiri. Er gratulierte ihr, und als er die vielen verpackten Geschenke auf dem Tisch sah, hob er seine leeren Hände. «Sie sehen, ich komme ohne Geschenk, Miss Emily.»

«Das macht doch nichts», wiegelte sie ab. Sie war ein wenig enttäuscht, denn es hätte sie doch sehr interessiert, was er ihr geschenkt hätte. Sie durfte sich nicht so wichtig nehmen, schalt sie sich, auch wenn es ihr Geburtstag war.

«Ich komme zwar mit leeren Händen, aber …», fuhr Amiri fort und machte eine Pause. «Ich bringe Ihnen die Geschichten meines Volks. Wenn Sie wünschen, erzähle ich Ihnen alle, die ich kenne. Wann immer Sie wollen.»

«Das … oh.»

Es war ein großzügiges Geschenk. Das wussten sie beide.

Wills Geschenk aber übertraf alle anderen Gaben.

Nach dem Essen versammelten sich alle Gäste im Salon um Emily, während sie die Geschenke auspackte. Von Siobhan bekam sie ein gestricktes Schultertuch – die filigranen Blättermuster und die weiche Wolle luden förmlich dazu ein, sich hineinzukuscheln. Ihre Eltern schenkten Nützliches: Strümpfe, ein neues Reitkleid – Helen hoffte wohl, Emily damit endlich davon abzubringen, so undamenhaft im Herrensitz zu reiten – und tatsächlich auch ein Buch.

«‹Miss Paxtons Ratschläge für Haus und Küche›?» Emily drehte und wendete den dicken Band etwas ratlos in ihren Händen.

Ihre Mutter strahlte. «Aber ja, Liebes! Darin findest du alles Wichtige, wenn du deinen eigenen Hausstand gründest.»

«Na, ein bisschen Zeit kann sie sich damit ja wohl noch lassen», brummte Edward.

«Dafür ist es nie zu früh», widersprach Siobhan. Sie bat, sich das Buch anschauen zu dürfen, und Emily war froh, es aus der Hand geben zu dürfen.

Finns einziges Geschenk war eine Pauamuschel, groß und geheimnisvoll. Andächtig strich Emily über die changierenden Farben. «Sie ist wunderschön.»

«Ich habe sie selbst aus der Tiefe geholt. Die Maori nennen sie *taonga*, mit dem Wort bezeichnen sie ihre Schätze. Und sie erzählen sich, es sind die Augen der Vorfahren, die am Himmel als Sterne auf sie niederblicken und zu uns auf die Erde hinabkommen.»

«Schön», wiederholte Emily. Sie legte die Pauamuschel beiseite, konnte den Blick aber nicht von ihr abwenden.

Sie blickte erwartungsvoll zu Aaron auf, der ihr ein Päckchen überreichen wollte.

Doch Will drängte sich zwischen sie. «Machen Sie meins zuerst auf», bat er und wies auf die große Holzkiste, die unter dem Tisch mit den Geschenken stand, halb verborgen von der Tischdecke.

Aaron zuckte resigniert mit den Schultern, und Emily lächelte ihn entschuldigend an. Sie hätte nicht damit gerechnet, von Will etwas geschenkt zu bekommen – noch dazu ein so großes Geschenk! Es machte sie neugierig.

Außerdem wollte sie sich das Schönste zum Schluss aufheben. Aarons Geschenke waren immer etwas Besonderes. Letztes Jahr hatte er ihr das Tagebuch geschenkt, in französisches Saffianleder gebunden und mit so glattem Papier, dass ihr alter, kratzender Füller darüberglitt wie eine Schlittschuhläuferin über das Eis eines zugefrorenen Sees.

«Ich hoffe, es gefällt Ihnen», sagte Will. «Sie haben mir erzählt, dass Sie schreiben, und darum dachte ich, das wäre etwas für Sie.»

Finn half Emily, indem er den Deckel der stabilen Holzkiste mit seinem Klappmesser aufhebelte. Neugierig wühlte sie sich durch die Holzwolle. Schließlich stießen ihre Finger auf etwas Kühles, Hartes. Eckige Knöpfe, die nebeneinander und übereinander angeordnet waren wie die ansteigenden Sitzreihen in einem Theater.

«Was ist das?», fragte sie.

«Warten Sie, ich helfe Ihnen.» Will hob das Geschenk aus der Kiste. Emily stand auf und zupfte Holzwollreste von der Maschine, die schwarz und kalt in Wills Händen ruhte.

«Eine Buchstabentastmaschine?», versuchte sie sich an einer Erklärung für dieses merkwürdige Gerät.

Wills Grinsen wurde breiter. Es bereitete ihm offensichtlich eine diebische Freude, dass seine Überraschung so gelungen war. «Zweimal dürfen Sie noch raten, Miss Emily. Aber Sie sind schon nah dran.»

«Tja, ich weiß nicht. Was macht man damit?»

Behutsam stellte er den Kasten auf ein Tischchen. «Das ist eine Schreibmaschine», erklärte er. «Genauer gesagt eine Remington No. 2, die zu den besten Geräten gehört, die es heutzutage gibt.»

«Wie funktioniert das?», fragte sie. Zögerlich ließ sie ihre Finger über die Tasten gleiten.

«Passen Sie auf, ich zeig's Ihnen. Sie nehmen ein Blatt Papier, spannen es hier in diese Trommel ein und rücken es gerade. Und dann tippen Sie einfach los!»

Die Gäste waren herangetreten und bewunderten das ausgefallene Geschenk. Sogar Emilys Mutter schaute interessiert. Will rief nach Papier, und als Edward einige Bögen aus seinem Arbeitszimmer gebracht hatte, bereitete er die Maschine für Emily vor und schob sie auf einen Stuhl.

«Und jetzt?», fragte sie. Ihre Finger legten sich auf die kühlen Tasten mit Buchstaben darauf.

«Jetzt schreiben Sie. Drücken Sie einfach die Tasten nieder, und schon tauchen die Buchstaben auf dem Papier auf.»

Sie versuchte es mit ihrem Namen, doch sie konnte «M» nicht finden. Und das «E» war ein Kleinbuchstabe. Sie schüttelte verwirrt den Kopf.

«Ist das nicht ein großartiges Geschenk?», fragte Will. Er war ganz aus dem Häuschen.

«Ja, schon. Wirklich großartig.»

Sie sah, dass ihre Reaktion ihn enttäuschte. Plötzlich schwand der Glanz aus seinen Augen, wie der goldene Schimmer einer brennenden Kerze, die verlosch.

«Ich muss mich nur erst daran gewöhnen, dann ist es bestimmt sehr hilfreich und nützlich.»

«Sie werden damit noch viel schneller schreiben können. Doppelt so schnell, ach was, zehnmal so schnell. Und es sieht sehr ordentlich aus. Als wäre es schon ein gedrucktes Buch.»

«Wunderbar», bekräftigte Emily. Sie stand auf und gab Will die Hand.

«Danke, vielen Dank dafür.»

«Probieren Sie's doch mal richtig.»

Emily sank wieder auf den Stuhl. Irgendwie war ihr diese Maschine nicht geheuer, und ja, sie bezweifelte, dass sie damit schneller schreiben würde. Sie versuchte es noch einmal, hieb auf die Tasten und bestaunte gemeinsam mit den anderen Familienmitgliedern die Buchstaben, die schwarz auf dem Papier erschienen.

Will hatte weder Kosten noch Mühen gescheut. Er kannte sie erst seit zehn Tagen und überraschte sie dennoch mit einem so wertvollen und ausgefallenen Geschenk. *Das* beeindruckte sie, nicht die Schreibmaschine selbst.

Er beugte sich über sie. «Ich würde gerne mal lesen, was Sie schreiben, Emily.»

Sie spürte Hitze in ihre Wangen steigen.

«Es ist nichts Besonderes.»

«Das glaube ich nicht. Sie sind etwas Besonderes. Wie soll das, was Sie schreiben, Ihnen nicht ähneln?»

Sie schüttelte lächelnd den Kopf. Ihre Finger strichen

über die Tasten der Remington No. 2. «Sie sind zu gut zu mir, Mr. Forrester.»

«Machen Sie mir auch ein Geschenk?»

Ihr stockte der Atem. Natürlich wollte er eine Gegenleistung für ein so großes Geschenk. Das hatte ja kommen müssen. Jetzt würde er seine Absicht bekunden, würde sie um etwas bitten, das sie ihm weder gewähren noch ablehnen konnte.

«Kommt drauf an.»

Seine Augen funkelten. «Ich hoffe, es ist nicht zu viel von Ihnen verlangt.»

Das hoffte sie auch, inständig.

«Nennen Sie mich Will.»

Sie blickte an ihm vorbei zu Helen, die mit Walter und Siobhan plauderte. Sie sah, wie ihre Mutter ihr zulächelte, beinahe aufmunternd, und sie sah auch, dass Walter seinen Arm um Siobhans Schultern gelegt hatte.

«Ist es zu viel verlangt?», fragte er besorgt.

«Nein», erwiderte sie, ohne ihre Mutter aus den Augen zu lassen. «Ich glaube, es wäre mir sehr angenehm, Sie Will zu nennen.»

Wenn es überhaupt etwas gab, das diesen Abend erträglich machte, war es der Whisky, den Edward ihm ständig nachschenkte.

Aaron kippte den letzten Schluck herunter und hielt seinem ehemaligen Chef stumm nochmals das Glas hin.

«Muss ich mir Sorgen machen?», fragte Edward.

«Am besten wär's, wenn du keine Fragen stellst», erwiderte Aaron. Seine Stimme gehorchte ihm nicht mehr, seine Worte verschwammen ineinander. «Und nachkippen, immer nur nachkippen.»

Edward leerte den Rest der Flasche in Aarons Glas und stellte sie auf den Tisch. «Es gibt wohl Dinge, die muss ein Mann mit sich allein ausmachen», sagte er leise.

Aaron winkte ab. Er wollte etwas Scharfes erwidern, doch Edward hatte sich schon abgewandt und war zu den anderen gegangen. War vielleicht besser so. Er trank zu viel, und wenn er zu viel trank, redete er auch zu viel.

Und dann könnte er aussprechen, was er sich bisher nicht hatte eingestehen wollen.

Natürlich wusste er, dass er Emily *liebte*. Bisher hatte er nur geglaubt, es sei nicht so ... Ja, so besitzergreifend.

Er hatte sie nie gefragt, ob sie seine Frau werden wollte.

Sie war nicht die Frau, die in einer Ehe glücklich wurde. Weil sie das Schreiben brauchte wie die Luft zum Atmen. Und er wollte nicht, dass sie alles für ihn aufgab, was ihr etwas bedeutete.

Aber jetzt saß sie seit über einer Stunde neben diesem verfluchten Will Forrester, der ihr die Funktionen der Schreibmaschine zeigte. Nicht mal für sein eigenes Geschenk hatte sie sich Zeit genommen. Sie hatte nur noch Augen für Will.

Kein Wunder. Will war anders. Ein Abenteurer. Seine Geschichten gefielen Emily, natürlich, sie mussten ihr gefallen.

So trank Aaron seinen Whisky und verlor sich in der Vorstellung, wie es wäre, wenn er nur schneller gewesen wäre. Oder wenn er selbst die glänzende Idee gehabt hätte, Emily eine Remington zu schenken.

Er kannte sie wohl doch nicht so gut. Er hatte geglaubt, eine Schreibmaschine könne ihr nicht gefallen, aber jetzt saß sie mit geröteten Wangen ganz nah neben diesem Will, und ihre grünen Augen funkelten dabei.

Aaron stand auf. Das war einfach zu viel.

Als er hinausging, zögerte er einen Moment. Doch dann legte er das kleine Paket auf den Gabentisch, als einziges, das noch verpackt war, zwischen all die Geschenke, die sie längst ausgewickelt hatte.

Er hatte so sehr gehofft, sie würde sich über den neuen Füller freuen. Ihr Name war eingraviert. Er konnte ihn nicht einmal in das Geschäft zurückbringen.

Vielleicht fand sie es morgen früh, auch wenn sie ihn nun ja nicht mehr gebrauchen konnte.

Aaron ging in sein Zimmer. Der Whisky hatte seine Gefühle betäubt. Er legte sich angezogen aufs Bett und wartete auf den Schlaf. Er hörte Stimmengewirr, und immer wieder brandete Gelächter die Treppe hinauf, sobald jemand unten die Tür öffnete.

Er gab es auf, das Glas immer wieder zu füllen, und trank direkt aus der neuen Flasche, die Edward ihm gebracht hatte. Dann rollte sich auf die Seite und schloss die Augen.

Warum nur hatte er sie nie gefragt? Warum hatte ihm immer der Mut gefehlt, sie zu fragen?

War es wirklich die Angst, sie könnte ablehnen? Oder nein, fürchtete er nicht vielmehr, sie könnte ihn traurig anblicken, weil er mit dieser Frage etwas zerstörte, das nur ihnen gehörte?

Irgendwann schlief er ein, die bis auf einen letzten Schluck leere Whiskyflasche eng an sich gedrückt.

Morgen musste er mit Emily reden. Irgendwie. Er wollte mehr, und vielleicht war es das Risiko wert.

Bestimmt war es das Risiko wert.

Wie es sich wohl anfühlt, wenn er mich küsst? Wie schmeckt er?

Emily atmete tief durch. Oh, der Wein. Sie hätte nicht so viel trinken dürfen. Will hatte vorgeschlagen, noch eine Flasche zu öffnen, die sie gemeinsam nach und nach leerten. Sie hatte das Gefühl, dass er kaum trank. Er nippte nur, aber ermunterte sie immer wieder, schenkte ihr nach, obwohl sie protestierte.

Der Abend war schon weit vorangeschritten. Längst hatten Ella und Morgan sich mit den Gregorys auf den Weg nach Glenorchy gemacht.

Amiri trat zu ihnen. «Ich möchte mich verabschieden», sagte er leise. «Es war ein wunderbarer Abend.»

«Schon?» Emily stand auf. Alles drehte sich, und sie griff instinktiv nach Wills Schulter, um nicht gegen Amiri zu fallen. «Es ist doch noch so früh!»

Amiri wies zur Kaminuhr hinüber. Schon nach elf!

«Ich muss morgen früh raus», sagte er bedauernd.

Amiri ging zu Walter und Siobhan, um sich auch von ihnen zu verabschieden. Emily schwankte.

«Gucken Sie mal.»

«Was denn?» Wills Blick folgte ihrem.

«Wie ängstlich Siobhan ihn ansieht. Dabei kennt sie ihn seit anderthalb Jahren. Man sollte meinen, sie könnte irgendwann vergessen, dass er ein Maori ist.»

«Soll sie das vergessen? Ich glaube, das wäre ihm nicht recht. Die Maori sind stolz auf ihre Herkunft und ihre Tradition.»

Sie machte eine wedelnde Handbewegung, als wollte sie ihre Worte aus der Luft wischen. «So mein' ich das nicht. Sie soll das ja nicht vergessen. Bloß ... Also nicht so tun, als wollte er sie fressen.»

Will lachte. Er stand auf und umfasste ihr Handgelenk. «Haben Sie einen kleinen Schwips, Emily?»

«Einen kleinen?» Sie überlegte. Dann antwortete sie ernst: «Ich glaub, der ist schon was größer.»

«Ich sollte Sie vielleicht lieber ins Bett bringen. Sie hatten genug.»

«Dabei haben *Sie* mir doch immer nachgeschenkt. Und noch einen und … noch einen!»

Sie machte einen schwankenden Schritt und stolperte. Will fing sie auf. «So, das genügt. Sie gehören ins Bett. Morgen werden Sie einen gehörigen Kater haben.»

Emily versuchte, sich zusammenzureißen. Zum Glück hatte ihre Mutter sich schon zurückgezogen und erlebte sie nicht in diesem Zustand. Nur Walter und Siobhan, Edward und Finn waren noch da.

Sie runzelte die Stirn.

Fehlte nicht jemand?

Wo war Aaron?

Und da fiel es ihr wieder ein. Das Geschenk, sie hatte sein Geschenk gar nicht ausgepackt! Mit einer heftigen Bewegung machte sie sich von Will los und ging zu dem Gabentisch. Zwischen zerknülltem Geschenkpapier und halb unter Siobhans Schultertuch verborgen lag ein kleines, schmales Päckchen. Sie nahm es und strich nachdenklich über das Papier.

«Emily? Ist alles in Ordnung?», fragte Will.

Sie war plötzlich ganz nüchtern. Abwesend nickte sie und setzte sich auf den Sessel. Ihre Finger lösten die Schleife, und sie wickelte das Geschenk aus. Eine Holzschachtel, ganz schlicht. Glatt und warm. Sie holte tief Luft und öffnete sie.

Der Füllfederhalter war wunderschön. Er war wie alle

Geschenke von Aaron: Er passte zu ihr. Er war dunkelblau lackiert, hatte einen versilberten Clip und zarte Ornamente. Sie wog ihn in der Hand. Er war federleicht. Hatte sie sich nicht bei ihm beklagt, ihr alter Füller liege zu schwer in der Hand? Einmal, höchstens zweimal. Und er hatte daran gedacht, er hatte sich auf die Suche gemacht nach dem perfekten Füller, damit sie weiterhin schreiben konnte, wie sie es liebte.

Eine Maschine konnte das nicht ersetzen.

Sie hätte sich so gern bei ihm bedankt.

Morgen hole ich das nach. Ganz bestimmt.

Sie drückte den Füller an die Brust und atmete tief durch. Warum hatte sie nur so viel getrunken? Warum hatte sie sich von Will unterhalten lassen und darüber Aaron vergessen?

Guter, bester Freund Aaron. Nie drängte er sich auf. Immer war er da, wenn sie ihn brauchte. Und sie brauchte ihn.

«Alles in Ordnung?» Will hockte sich vor sie und nahm ihre freie Hand. «Sie sind ganz erhitzt, Emily. Ich will nicht wie Ihre Mutter klingen, aber Sie sollten sich wirklich schleunigst zur Ruhe begeben. Sonst bereuen Sie es morgen früh.»

Ich bereue es jetzt schon.

Ihr Kopf war übervoll mit Gedanken. An Aaron. Erinnerungsfetzen, die ihr im weinseligen Eifer durcheinandergerieten. Sie hielt sich an dem Füller fest, weil er sie mit ihm verband.

«Kommen Sie.» Will nahm ihr den Füller weg und verschloss ihn in der Schachtel. «Ich bringe Sie nach oben.»

Sie wollte sich wehren, aber ihr Widerstand schmolz. Der Füller lag auf dem Gabentisch, als sie sich ein letztes

Mal umdrehte. Sie wollte etwas sagen, aber dafür hatte sie zu viel getrunken – oder zu wenig, denn sie lallte zwar, fand aber noch nicht die richtigen Worte. In ihrem Kopf herrschte nur noch Unordnung. Ein richtiges Gewühl aus Worten und Gefühlen.

Siobhan folgte ihnen.

«Warten Sie, Mr. Forrester.»

Genau, Siobhan muss auf mich aufpassen. Nicht, dass er mit in mein Zimmer kommt. Allein. Denn dann bin ich schon fast verlobt mit ihm.

Sie riss sich von Will los und stolperte die Treppe im Zickzack hinauf. Siobhan eilte ihr nach. Die zarten Hände ihrer Schwägerin konnten zupacken, und das taten sie jetzt. Sie hielt Emily und rief Will über die Schulter etwas zu, das so gar nicht zu ihr passte und Emily zum Kichern brachte.

«Komm jetzt.»

Emily schmiegte sich an Siobhan. «Hast du ... Hast du wirklich gerade ...?» Sie kicherte, während sie konzentriert versuchte, einen Fuß vor den anderen zu setzen.

«Was denn? Diesen ungehobelten Kerl einen Idioten genannt?»

Emily gluckste. «So schlimm ist er gar nicht», befand sie.

«Das entscheide lieber morgen früh. Eine junge Dame, die es nicht gewohnt ist, zum übermäßigen Alkoholgenuss zu verführen, ist in meinen Augen idiotisch.» Siobhan öffnete die Tür zu Emilys Zimmer. «So, da wären wir. Setz dich hin, ich mache Licht.»

Emily kippte auf ihr Bett und rollte sich auf die Seite. Sie umarmte ihr Kissen. «Aber er ist immer so ... nie sagt er, dass er mich lieb hat», jammerte sie.

«Das wird er schon noch. Bald», versprach Siobhan ihr und zerrte an Emilys Schuhen.

«Aber wenn er doch verschwunden ist.» Sie vergrub das Gesicht im Kissen. Er war fort.

Sie musste ihn suchen. Aber als sie sich wieder aufrichtete, drehte sich alles um sie, und Siobhan schob sie zurück auf die Matratze. «Ich hab ihn doch so lieb», jammerte sie, bevor sie einschlief

Siobhan wartete, bis Emily eingeschlafen war. Sie stellte die Schuhe ordentlich vor den Schrank, hängte Emilys Bluse auf und legte den Rock über die Stuhllehne. Ihre Hand strich über den weichen Stoff.

Sie schloss die Augen und versuchte, die Erinnerung an ihre letzte Begegnung mit Amiri zurückzudrängen. Wie er sie angesehen hatte, als er sie heute begrüßte! In seinen Augen las sie die Frage, die sie ihm nicht beantworten konnte.

Warum bist du vorgestern nicht gekommen?

Wie sollte sie ihm die Furcht erklären, die ihr in die Glieder gefahren war, als sie letzte Woche auf dem Heimweg plötzlich Reiter hinter ihrem Rücken gehört hatte? Als Walter sie rief und zu ihr aufschloss? Seine Fragen, seine Besorgnis um ihr Wohlergehen, obwohl es ihr noch nie bessergegangen war als in den letzten Wochen?

Sie hatte zu Amiri gehen wollen vor zwei Tagen. Sie hatte sich gewünscht, in seinen Armen ihre Angst zu vergessen. Sie fürchtete so sehr, was geschehen würde, wenn Walter entdeckte, was sie trieb.

Ja, sie trieb es mit Amiri. Sie war kaum besser als die dreckigen, verlausten Huren bei Madame Robillard, die für jeden Mann den Rock hoben.

Sie schämte sich für das, was sie Walter antat.

Siobhan schloss leise die Tür von Emilys Schlafzimmer. Ihre Schwägerin hatte sich in die Decken und Kissen gewühlt und schnarchte leise.

Hat sie wirklich von Will Forrester gesprochen, als sie sagte, sie habe ihn so lieb?

Sie ging in ihr eigenes Schlafzimmer. Unten hörte sie die Männer reden. Bis Walter zu ihr ins Bett kam, dauerte es wohl noch einige Zeit. Umso besser.

Siobhan verschloss die Tür zum Badezimmer sorgfältig. Dann atmete sie tief durch, ehe sie entschlossen ihren Rock raffte.

Nichts.

Sie hätte es sowieso gespürt, wenn es passiert wäre. Aber seit mindestens einer Woche fehlten die Anzeichen ihrer einsetzenden Blutung. Keine heftigen Unterleibskrämpfe, keine Rückenschmerzen, kein Schwindel.

Kein Blut.

Sie bekam Angst.

«Liebes?» Walter klopfte an die Tür. «Ist alles in Ordnung mit dir?»

Hastig stand sie auf und brachte ihre Kleidung in Ordnung. Sie betätigte die Toilettenspülung – ein neumodisches Ding, dieses Wasserklosett, das meistens nicht funktionierte, aber Edward liebte nun mal solche modernen Spielereien – und wusch sich die Hände über dem ebenso neuen wie ständig kaputten Waschbecken, ehe sie das Badezimmer verließ.

«Ist das Fest schon zu Ende?», fragte sie erstaunt, als sie Walter auf der Bettkante sitzen sah. Er zog seine Socken aus.

«Ohne euch Frauen wird es irgendwann langweilig.

Vater will, dass ich morgen mit den Leuten auf der Ostweide rede, ob wir die Herde dort vergrößern können.»

«Morgen ist Sonntag.»

Er blickte sie über die Schulter an. «Wir sind Schaffarmer, keine Lehrer oder Fabrikarbeiter. Die Schafe schert's nicht, ob Sonntag ist. Im wahrsten Sinne des Wortes.» Er lächelte.

Sie trat ans Bett.

«Ist wirklich alles in Ordnung, Liebes? Du siehst so blass aus.»

«Es ist nichts», erwiderte sie frostig.

Es ist nur die Angst, die Angst, dass sich das Kind eines anderen in meinem Leib eingenistet hat. Als hätte es nur darauf gewartet, dass jemand daherkommt und es nicht mit Gewalt, sondern mit Leidenschaft in mich pflanzt.

«Lass uns schlafen.» Er stand auf und zog sein Hemd aus.

Sie betrachtete ihn voller Zuneigung. Wenn sie lange Zeit nicht miteinander schliefen – und es kam vor, dass er sie monatelang nicht anrührte –, vergaß ihr Körper all die Schmerzen und Demütigungen. Sie war an seiner Seite glücklich und hatte keinen einzigen Tag bereut, ihn geheiratet zu haben.

Nur die Nächte bereute sie.

Sie legten sich ins Bett. Walter wandte sich ihr zu und küsste sie auf die Stirn. Sie roch den Whisky in seinem Atem, hob ihm das Gesicht entgegen, und er küsste sie auf den Mund. Zärtlich. Er streichelte ihre Wange. «Du bist so schön», flüsterte er.

Mehr nicht. Dann drehte er sich jäh um, schlug auf sein Kissen und löschte das Licht.

Sie lag auf dem Rücken und starrte in die Dunkelheit.

Seine kleinen Zärtlichkeiten brannten auf ihrer Haut.

Noch mehr aber brannte es tief in ihr, es loderte und flackerte. Ein Kind, das nicht Walters war, das nicht seins sein konnte, denn er hatte sie seit über zwei Monaten nicht angerührt. Wenn sie es ihm sagte, würde er glauben, es sei damals, kurz nach Weihnachten gezeugt worden. Dann müsste es im September kommen … Sie rechnete, sie haderte in dieser dunklen Nacht, aber sie wusste von Anfang an, dass es so nicht gehen würde. Er hatte sie zu lang in Ruhe gelassen.

Sie musste ihn dazu verführen. Musste ihn auffordern, dass er sie beschlief. Sie hatte es schon einmal geschafft, es würde ihr ein weiteres Mal gelingen.

Siobhan schloss die Augen. Jetzt erinnerte sich ihr Körper wieder an den Schmerz. Sie presste die Hände auf den Bauch.

Und wenn er's mir aus dem Leib prügelt, ist es die gerechte Strafe dafür, dass ich ihn betrogen habe.

10. Kapitel

«Liebes, möchtest du wirklich nichts essen?»

Stumm schüttelte Emily den Kopf. Ihre Finger legten sich um den bauchigen Becher mit Kamillentee, den Annie ihr aufgebrüht hatte. «Danke, nein», flüsterte sie mit schwacher Stimme.

«Das ist wahrlich meine Tochter!», polterte Edward gut gelaunt. «Kann richtig was vertragen und hat auch mal einen anständigen Kater!»

Emily zuckte zusammen.

Musste er immer so laut sein?

Heute störte sie schon das Rascheln der Röcke, als ihre Mutter sich an den Frühstückstisch setzte.

«Wer feiern kann, der kann auch arbeiten», verkündete sie streng.

Emily stöhnte und vergrub ihr Gesicht in den Armen. Im nächsten Moment richtete sie sich wieder gerade auf und drückte ihr Kreuz durch. Gott, sie konnte sich doch nicht so hängen lassen, nur weil sie ein bisschen Kopfweh hatte.

«Lass sie. Jeder muss mal einen anständigen Kater haben.» Edward hielt den Brotkorb hoch. «Annie, bring mir noch Toast. Haben wir Speck und Eier?»

«Natürlich, Mr. O'Brien. Kommt sofort.»

«Mach eine ordentliche Portion. Die Jungs werden hungrig sein.»

Ihre Mutter nahm Jamie auf den Schoß und begann, ihn zu füttern. Emily trank stumm ihren Tee. Sie war wütend auf sich. Warum hatte sie nur so viel getrunken? Es war ihr unmöglich, einen klaren Gedanken zu fassen.

Ihr Vater stand auf, murmelte etwas und verließ das Frühstückszimmer. Aus dem Flur hörte man ein erschrecktes Quietschen und dann Annie, die tadelnd rief, er solle nicht immer mit den Fingern essen. Erst nachdem sie Rühreier und krossen Speck aufgetragen hatte und wieder in der Küche verschwunden war, wandte sich Helen an Emily und ergriff das Wort.

«Dein gestriges Betragen war völlig inakzeptabel.» Ihre Stimme war kühl.

«Ja, Mam.»

«Dein Vater ist vielleicht stolz auf dich, weil du, wie er es nennt, einen ‹kleinen Schwips› hattest, aber ich dulde derlei nicht in meinem Haus. Ich habe wirklich geglaubt, ich hätte dich besser erzogen.»

Emily schloss die Augen. Ihr war so übel.

«Du hast zu dicht neben Will Forrester gesessen. Du hast mehr als zwei kleine Gläser Wein getrunken, und du hast dich kaum um deine anderen Gäste gekümmert. Du hast viel zu laut gelacht», zählte Helen ihre Vergehen auf. «Auch wenn es deine Geburtstagsfeier war, hättest du dich niemals so benehmen dürfen.»

Jamie kreischte und patschte fröhlich die Hände zusammen. «Ja, mein Schatz!» Helens Stimme wurde weich. Er griff nach ihrem Gesicht. «Was hast du dir nur dabei gedacht, Emily.» Schon war sie wieder die strenge Mutter.

«Nichts.»

«Nichts! Was soll denn Mr. Forrester von dir halten? Dass du es nötig hast? Soll er glauben, er habe leichtes Spiel mit dir? Dazu führt es nämlich, wenn du ihm Freiheiten gestattest.»

Vielleicht wollte ich das sogar, weil es dann einfacher ist. Weil er dann weiß, woran er ist. Weil ich so ungeschickt bin in diesem Spiel.

«Entschuldige, Mam.»

Insgeheim fragte sie sich, wie viel ihr Vater erzählt hatte und wie viel ihre Mutter sich zusammengereimt hatte.

«Er wäre keine schlechte Partie, Kind. Es wäre fatal, wenn du diese Gelegenheit verstreichen ließest. Du magst ihn doch?»

Emily nickte stumm.

Genügt es denn, ihn zu mögen?

Ihr erster Gedanke am Morgen hatte Aaron gegolten. Sie hoffte, bald mit ihm sprechen zu können.

Will warb um sie, das war eindeutig. Er schmeichelte ihr mit einem teuren Geschenk, lauschte ihren Erzählungen, trank ihr zu und ließ sie nicht aus den Augen. Er war Finns Freund, ihr Vater mochte ihn, ihrer Mutter gefiel, dass er seit zehn Tagen im Haus weilte und keine Anstalten machte zu gehen.

Trotzdem dachte sie beim Aufwachen an Aaron, nur an ihn.

«Seine Familie ist wohlhabend und gehört zu den besten Familien in Wellington.»

Ihre Mutter wusste mal wieder mehr als sie. Will erzählte ihr nicht, was er machte, wer er war, wenn er nicht in Kilkenny Hall zu Besuch war oder mit Finn durch die

Welt reiste. Von seinen Reisen aber erzählte er, ausdauernd und lebhaft, als gäbe es nur dieses eine Leben und keine Familie.

Von der er nicht erzählte, weil sie nicht fragte.

«Guten Morgen!»

Nicht Aaron tauchte als Erster zum Frühstück auf, sondern Will. Er setzte sich zu ihnen und griff hungrig zu. Ihn schien nicht zu stören, dass die Frauen so still waren und ihren eigenen Gedanken nachhingen.

Erst nach minutenlangem Schweigen hob Emily den Kopf. «Erzählen Sie mir, wer Sie sind?», fragte sie.

Will schenkte sich Kaffee nach. «Gerne. Was wollen Sie wissen?»

«Alles.»

Ihre Mutter stand auf. Jamie hatte sich bis zu den Ohren mit Karottenbrei eingeschmiert. Sie entschuldigte sich und ließ die beiden allein, aber die Tür ließ sie offen.

«Sie wollen alles wissen? Steht es einer jungen Dame denn zu, so neugierig zu sein?»

Sie wurde rot. «Nein, aber ...»

Ich möchte wissen, wen ich heiraten soll. Erzähl mir, wie es sein wird, deine Frau zu sein.

Er wurde ernst. «Es gibt nicht viel zu erzählen. Meine Eltern sind nicht besonders stolz auf mich. Das könnte daran liegen, dass mein Bruder alles richtig macht und meine Schwestern glücklich verheiratet sind. Ich bin 26 und mache immer noch keine Anstalten, mich endlich in Wellington niederzulassen und ins Geschäft meines Vaters einzusteigen. Er ist Kaufmann», fügte er hinzu, als wäre dies verwerflich.

«Und Sie wollen kein Kaufmann werden?»

«Nein, niemals. Ich suche das Abenteuer.»

Und damit hatte sich ihr Gespräch über seine Familie schon erschöpft. Emily blickte auf ihre Hände. «Für mich wäre es schon ein Abenteuer, nach Wellington zu gehen. Fort von meiner Familie.»

Er rückte etwas näher. Sie schaute hoch, wies ihn mit einem Blick in seine Schranken, damit er ihr nicht wieder zu nahe kam. «Für mich», sagte er bedächtig, «wäre es wohl das Abenteuer schlechthin, wenn ich heirate.»

«Haben Sie denn jemanden in Aussicht, der dieses Abenteuer lohnt?», fragte sie atemlos.

Sie verabscheute sich für ihr klopfendes Herz. Die Hitze, die ihr Gesicht überzog, war ihr zuwider. Hier saß sie, jeder Muskel angespannt und voller Hoffnung, dass er Worte aussprach, die sie eigentlich gar nicht hören wollte.

«Vielleicht ... Sagen Sie es mir, Emily.»

Sie wollte gerade zu einer Antwort ansetzen, als sie Schritte hörte. Jemand blieb vor der offenen Tür stehen, und sie wusste, wusste es mit einer Deutlichkeit, als hätte sie sich umgedreht und ihn angesehen, dass Aaron dort stand und sie beobachtete.

«Nein, ich glaube nicht.» Sie senkte den Blick.

«Schade», flüsterte er. War er sich ebenso wie sie des unerwünschten Lauschers bewusst?

Sie stand abrupt auf. Der Stuhl knallte hinter ihr zu Boden. «Entschuldigen Sie, ich ...»

Emily floh. Sie hoffte, Aaron stünde noch hinter der Tür, doch die große Eingangshalle war verwaist, und die Stille wurde nur vom Ticken der großen Standuhr unterbrochen. Irgendwo klappte eine Tür.

Unschlüssig verharrte sie.

Gehen oder bleiben? Aaron suchen oder mit Will reden? Ihren Gefühlen nachgeben oder neue Gefühle zulassen?

Ihr verkaterter Körper nahm ihr die Entscheidung ab. Die hastige Bewegung war zu viel für sie. Sie spürte, wie die Übelkeit in ihr hochschwappte, und schaffte es mit knapper Not durch die Küche in den Garten, wo sie sich ins Kräuterbeet übergab.

Siobhan presste die Hände auf ihren Unterleib. Die Schmerzen waren da, aber sie waren anders als sonst. Ziehend, fordernd, als verlangte dieses Kind schon vom ersten Augenblick allen Platz, den sie geben konnte.

Nur deshalb, nur wegen dieser Schmerzen ließ sie ihr Pferd satteln.

Es regnete seit den frühen Morgenstunden in Strömen.

«Wollen Sie wirklich da raus, Miss O'Brien?», fragte Stephen besorgt. «Sie holen sich bei dem Wetter noch den Tod.»

Der Tod. Vielleicht ist es das, was ich will.

Das Laub der Bäume schützte sie vor dem Regen. Sie ritt schnell, sie konnte es nicht erwarten.

Schon von weitem rief sie nach ihm.

«Amiri! Amiri, bist du da?»

Kein Rauch stieg aus dem Schornstein. Sie sprang aus dem Sattel und zog Hektor am Zügel hinter sich her.

«Amiri?»

Er war nicht da. Sie war inzwischen völlig durchnässt, und weil sie nicht glauben wollte, dass er verschwunden war, band sie Hektor fest und betrat die Veranda.

Die Tür war nicht verschlossen.

In der Hütte war es kalt. Jemand hatte das Bett abgezogen, die kalte Asche aus dem Ofen gefegt und alles aufgeräumt. Nichts erinnerte an ihn.

Siobhan sank auf das Bett. Sie hätte sich fürchten müssen. Das Haus so leer, und in ihr wuchs sein Kind.

Sie hatte ihm davon erzählen wollen. Sie wusste nicht, ob es Worte gab, die es ihn hätten begreifen lassen. Was das hier für sie bedeutete.

Dein Kind.

Sie wünschte, von ihm umfangen und getröstet zu werden. Sie wünschte, dieses kleine Wunder mit ihm teilen zu dürfen, dieses Wunder, auf das sie so lange vergebens gehofft hatte.

Sie fragte sich, ob er für immer fort war. Hatte sie mit ihrem Fernbleiben etwas so Unverzeihliches getan, dass ihm nur blieb, seine Hütte und das wenige, das ihn mit ihr verband, hinter sich zu lassen?

Sie fühlte sich von ihm um die gemeinsame Freude betrogen. Als sie ging, ließ sie die Tür offen. Mochten die wilden Tiere sich holen, was von diesem Ort geblieben war.

Siobhan ritt nicht zurück nach Kilkenny Hall, sondern überquerte den Dart River. Sie hatte es nicht eilig. Als die ersten Häuser von Glenorchy im Grau des Regens auftauchten, hatte sie ihren Entschluss gefasst.

Das Haus lag am Ende einer Gasse. Tagsüber kam niemand hierher, und als Siobhan aus dem Sattel stieg und ihr Pony festband, blickte sie sich verstohlen um.

«Wir haben geschlossen», rief eine Stimme auf ihr Klopfen.

«Bitte, Madam. Es ist dringend», rief sie zurück.

«Kindchen, kommen Sie abends wieder, wenn Sie Ihren Mann suchen.»

«Ich suche ihn nicht. Ich hatte gehofft, Sie könnten mir in einer anderen Angelegenheit helfen.»

Im Haus blieb es still. Siobhan schloss die Augen und versuchte, ihr aufgeregt schlagendes Herz zu beruhigen. Schließlich wandte sie sich ab und ging zurück zu ihrem Pony.

Hinter ihrem Rücken öffnete sich die Tür. «Nun kommen Sie schon rein, bei dem Wetter holen Sie sich noch den Tod oder Schlimmeres.»

Madame Robillard war älter, als Siobhan gedacht hatte. Sie trug ein offenherziges, schwarzes Kleid, um ihre Schultern war ein karmesinrotes Tuch geschlungen, das sie jetzt fest um sich zog. Sie winkte Siobhan herein. An ihren Fingern glitzerten breite Ringe.

«Sind Sie nich die vom jungen O'Brien? Ich mein den Walter, nich Finn. Dass der sich irgendwann mal für ein Weib entscheidet, darauf kann seine Mutter ja ewig warten. Kommen Sie.»

Siobhan folgte Madame Robillard fröstelnd durch den schmalen Flur. Links führte eine Treppe nach oben, rechts konnte sie durch einen Durchgang einen Blick auf einen Gastraum erhaschen. Anders als in einem Gasthof war hier alles so ... plüschig. Sie schauderte.

Das gefiel den Männern also?

«Nix für ungut, aber auf Damenbesuch sind wir hier nich eingestellt. Wir gehen am besten in meinen Salon.»

Im Salon herrschte eine wohltuende Wärme. Trotzdem zitterte Siobhan. Sie sank auf das Sofa. Madame Robillard zog den Klingelzug, und eine alte Frau kam. «Was wünschen Madame?»

«Tee für mich und die Dame.»

Das Erstaunen im Blick der Alten würde Siobhan ihr

Lebtag nicht vergessen. Ihre Hand strich über den abgenutzten Sofabezug. Alles hier wirkte alt, verstaubt und abgenutzt. So als wären schon viele, viele Jahre durch diese Zimmer geweht und hätten ihre Spuren hinterlassen.

«Also, wenn ich Sie so anschaue, könnt ich glauben, Sie zittern vor Angst. Hier, nehmen Sie das.»

Sie hielt Siobhan ihr Schultertuch hin. Kurz dachte sie an die Filzläuse, von denen Emily ihr erzählt hatte, aber dann griff sie nach dem Tuch und legte es um.

«Nun? Was kann ich Ihnen Gutes tun, Kindchen? Nur einen Tee und ein paar warme Worte? Oder braucht's noch mehr?»

«Ich möchte es wegmachen lassen.»

Madame Robillard erstarrte mitten in der Bewegung. Dann hob sie die Augenbrauen, griff nach dem silbernen Zigarettenetui auf dem Tischchen zwischen ihnen und zündete sich eine an. Sie hielt das Etui Siobhan hin, doch die schüttelte nur stumm den Kopf. Ihre Hände umklammerten die Knie.

«Sie sagen ja gar nichts dazu», bemerkte sie leise.

«Was soll ich auch sagen? – Ah, da kommt Ivy mit dem Tee. Danke, Ivy. Sogar an die Törtchen hast du gedacht, du bist ein Schatz. Und nun hol mir die Kiste, du weißt schon, in meinem Schlafzimmer steht sie, unterm Bett.»

Ivy nickte und verschwand.

«Und nun zu Ihnen, Mrs. O'Brien. Ich kann mich erinnern, dass Ihre Schwiegermutter vor gar nicht allzu langer Zeit einen gesunden Jungen geboren hat.» Wieder ging die Tür auf, und Ivy brachte das Gewünschte. «Ihre Familie ist – wenn man es nach den Maßstäben unseres Landes misst – ziemlich reich, hab ich recht? Gehört Ihnen nicht das Land von Kilkenny bis hinauf nach Paradise? Ein gutes Fleckchen Erde für Ihre Schafzucht haben Sie sich da ausgesucht.»

Woher wusste sie das bloß alles?, fragte sich Siobhan. Wie gebannt starrte sie auf die Kiste. Und wieso erzählte Madame Robillard ihr Dinge, die sie doch längst wusste?

«Ihr Mann ist 'n feiner Kerl, soweit ich das beurteilen kann. Bisher hab ich noch jeden hier gesehen, früher oder später, aber er ist mir bisher nur auf der Straße begegnet. Darüber sollten Sie glücklich sein, es ist doch gut, dass er nicht ins Hurenhaus läuft. Es sei denn, er hat irgendwo ein Mädchen, aber das glauben wir ja wohl beide nicht.»

Oh Gott, kann sie mir nicht einfach geben, worum ich sie gebeten habe?

«Und nun kommen Sie her und sagen mir bei Tee und Törtchen – aber bitte, bedienen Sie sich doch, es ist genug da, Sie sollten ruhig zugreifen, jetzt essen Sie doch für zwei –, dass ich's Ihnen wegmachen soll. Da frag ich mich natürlich, warum so eine hübsche Frau, die alles hat, mich darum bittet, ihr die Krönung ihres Glücks zu nehmen.»

Siobhan schluckte ihre Tränen. «Können Sie mir nicht einfach dieses Mittel geben oder es mir wegmachen? Bitte! Ich weiß nicht, was ich sonst tun soll. Mir bliebe nur, es mit Stricknadeln …»

Madame Robillard hob die Hand. «Stopp! Hören Sie sofort auf, Kindchen.»

Siobhan atmete heftig.

«Trinken Sie erst mal den Tee. Ist 'ne Kräutermischung. Beruhigt die Nerven.»

Gehorsam nahm Siobhan die Tasse und trank einen Schluck.

«Und jetzt hören Sie mir zu. Ich weiß nicht, was Sie dazu bewegt, herzukommen und mich anzuflehen, dass ich es Ihnen wegmache. Es interessiert mich auch nicht. Mag's ein anderer Mann sein oder der Wunsch, sich die Figur nicht zu verderben. Schauen Sie nicht so, Kindchen, es gibt genug Frauen, die so denken. Aber auch wenn ich wüsste, wie Sie's loswerden, hätten Sie von mir keine Hilfe zu erwarten.»

Stille.

«Ich dachte …» Siobhan stockte.

«Ja, was dachten Sie? Nur weil ich die Puffmutter von Glenorchy bin, helfe ich allen Frauen, etwas Unliebsames loszuwerden?»

«Ich würd's doch lieben, von ganzem Herzen …»

«Dann nehmen Sie's, wie's ist, und freuen Sie sich vom ersten Tag an. Die kleinen Würmchen spüren's, wenn sie nicht willkommen sind. Und wenn's 'nen Grund gibt, warum Sie es nicht haben wollen, dann lassen Sie nicht das Kleine drunter leiden, indem Sie ihm das Leben vor der Zeit nehmen. Das tut der liebe Gott schon früh genug.»

Siobhan senkte den Kopf. «Er ist nicht der Vater.»

«Und wenn's der Heilige Geist war, wen kümmert's?»

Siobhan schluckte. Sie kuschelte sich in das Schultertuch, dem ein zarter Veilchenduft anhaftete. «Manchmal … da rührt er mich monatelang nicht an, und wenn er's dann tut, dann …»

Madame Robillards Blick wurde nachdenklich. Sie saß ganz still da und hörte zu. Ihre dunklen Augen waren wie Samtknöpfe, die Siobhan forschend ansahen. «Allzu weit können Sie nicht sein.»

«Es tut weh, wenn er …»

«Ja, das kommt vor, wenn die Männer zu ungestüm sind. Aber das ist nichts gegen den Geburtsschmerz, Kindchen.» Jetzt bückte sie sich, zog die Kiste zu sich heran und öffnete sie. «Ich könnt' Ihnen einen Tee geben, von dem verlieren Sie es, aber das wird wehtun. Es kann schiefgehen, und dann quälen Sie sich wochenlang, bis Sie krepieren, weil das Würmchen Sie von innen auffrisst.»

Siobhan schloss die Augen.

«Gehen Sie heim», sagte Madame Robillard sanft. «Lassen Sie ihn in Ihr Bett, und wenn er Ihnen wehtut, dann denken Sie dran, dass es fürs Würmchen ist und nicht für Sie. Das eine Mal tun Sie es nicht für sich oder für ihn. So ist es nun mal, wenn eine Frau Mutter wird. Sie handelt selbstlos. Manche riskieren dafür ihr Leben.»

Siobhan nickte. Sie trank stumm ihren Tee und verabschiedete sich anschließend hastig. Ehe sie ging, drückte Madame Robillard ihr ein Päckchen in die Hand. «Sagen Sie's keinem. Und machen Sie es erst, wenn Sie denken, Sie haben alles andere versucht.»

Emily zog die Tür leise ins Schloss. Sie lauschte, aber drinnen blieb alles ruhig. Siobhan schlief hoffentlich bis zum Morgen durch.

Sie hatte ihre Schwägerin kurz vorm Abendessen im Stall gefunden: vollkommen durchnässt und aufgelöst hatte sie im Stroh gehockt und ein feuchtes Päckchen an sich gedrückt. Stumm und verweint hatte sie zu Emily aufgeblickt.

Sie hatte sich zu ihr gesetzt. «Was ist denn los?», hatte sie sanft gefragt und Siobhans Arm gestreichelt.

«Wo ist Amiri?»

Mit dieser Frage hatte sie zuallerletzt gerechnet. «Na

ja, er ist verschwunden. Hat sich gestern spätabends nochmal bei Paps blicken lassen und gesagt, er müsse heim. Paps hat ihm den Lohn ausgezahlt, aber er hat ihn nicht gern gehen lassen.»

Siobhan nickte. Sie biss sich die Lippen blutig, starrte ins Leere und schien ganz weit weg zu sein.

«Warum fragst du nach Amiri?», wollte Emily wissen. Der Maori und Siobhan hatten sich immer umkreist wie Katz und Maus, wobei er doch eine freundliche Katze war, die der Maus niemals etwas zuleide getan hätte.

Aber Siobhan sagte kein Wort mehr. Sie zitterte, und als Emily besorgt die Hand auf ihre Stirn legte, spürte sie fiebrige, trockene Hitze unter der nassen Haut.

«Du gehörst sofort ins Bett», verkündete sie und half ihr auf. Schwer stützte sich ihre Schwägerin auf sie, als die beiden Frauen vom Stall zum Herrenhaus hinübergingen.

«Er hat mich verlassen», flüsterte Siobhan. Sie rollte sich im Bett ein, streckte die Hand nach der leeren Seite aus und flüsterte immer wieder «er hat mich verlassen», bis Emily ihr sanft erklärte, dass Walter unten in der Bibliothek sei und später nach ihr schauen würde.

Endlich war Siobhan eingeschlafen.

Emily ging in die Bibliothek, um Walter über den Zustand seiner Frau zu informieren. Etwas stimmte nicht mit Siobhan. Sie war verwirrt und hatte sich vermutlich mit ihrem Ausritt im Regen eine schwere Erkältung eingehandelt.

In der Bibliothek saßen Walter und Edward in den tiefen Clubsesseln vor dem Kamin und lasen. Mit dem März war auch der Herbst kraftvoll über den Wakatipusee und die umliegenden Berge hereingebrochen, und man fürchtete schon, es würde die ersten Schneefälle geben, ehe die Schafe ihr Winterquartier beziehen konnten. Umso mehr ärgerte es Edward, dass Amiri von einem Tag auf den anderen die Farm verlassen hatte.

In der Ecke des Raumes saßen Finn und Will über ein Schachbrett gebeugt.

Die Männer blickten auf, als Emily hereinkam und zu Walter trat.

«Geht es ihr besser?», fragte er besorgt und sprang auf.

«Sie schläft.»

«Ich möchte zu ihr!»

Emily schüttelte den Kopf. «Lass sie schlafen. Sie ist vollkommen verwirrt. Ich weiß nicht, was in sie gefahren ist, dass sie ausgerechnet heute ausreiten musste.»

Walter lächelte schief. «So viel Leichtsinn passt eigentlich eher zu dir.»

Emily war zu müde, um zu antworten. Sie verabschiedete sich zur Nacht und wollte gerade gehen, als Will noch einmal nach ihr rief.

«Sie wollen uns doch nicht jetzt schon allein lassen?», fragte er.

«Doch. Ich bin müde.»

«Das ist schade, weil ... Ich könnte etwas Glück brauchen.»

«Und Sie glauben, ich bringe Ihnen das Glück, Will Forrester?»

«Was glauben Sie?»

Ich glaube, ich bin müde und möchte Will Forresters Gesellschaft jetzt nicht mehr ertragen. Er ist unglaublich nett, aber irgendwas mache ich falsch. Ich bin einfach nicht gut in diesem Spiel.

«Sie haben heute Post bekommen. Hat Finn Ihnen

den Brief schon gegeben?», fragte sie ihn, ohne auf seine halb scherzhafte Frage einzugehen.

Finn brummte etwas vor sich hin und stellte seine Dame auf Wills Grundlinie. «Schach.»

«Ein Brief?»

«Ja, aus Auckland, denke ich, keine Ahnung. Warten Sie auf Post?»

Will lehnte sich zurück und taxierte seinen Schachgegner. «Eigentlich nicht», behauptete er unbeteiligt.

Emily stand auf. «Ich hole ihn», sagte sie leise. Sie störte hier nur. Das Beste war, sie holte den Brief und ginge dann zu Bett.

Als Will den Absender las, riss er den Umschlag ungeduldig auf. Er überflog die engbeschriebene Seite, und seine Augen funkelten vergnügt.

«Gute Nachrichten?», fragte Emily. Finn brütete über dem Schachbrett und schaute nur flüchtig auf.

«Sehr gute Nachrichten!» Zufrieden faltete Will das Blatt Papier zusammen und steckte es zurück in den Umschlag. «Miss Emily, Sie sind ein Engel. Hat Ihnen das schon mal jemand gesagt?»

Sie errötete. «Ich glaube nicht.»

«Noch dazu sind Sie wunderschön», fügte er hinzu.

Sie blickte beiseite. «Danke», hauchte sie. Ihr Herz schlug schneller. «Ich wünsche noch viel Vergnügen beim Schach. Gute Nacht.»

Will hielt sie zurück. «Sie können doch nicht schon gehen. Können Sie Schach spielen?»

Emily lachte. «Oh nein, das ist kein Spiel für mich. Zu viel strategisches Denken.»

«Kommen Sie, ich bringe es Ihnen bei. Mach mal Platz, Finn.»

Nur zu gerne räumte Finn seinen Stuhl und ließ die beiden allein. In der folgenden Stunde versuchte Will, Emily die Grundzüge des Schachspiels beizubringen.

«Ich kann das nicht.» Sie hielt ratlos die Dame hoch. «In welche Richtung darf diese Figur nochmal?»

«Die Dame ist die Königin des Spiels. Sie gibt den Herzschlag vor.» Er nahm ihr die Figur ab, dabei streiften seine Finger ihre. Seine Berührung durchzuckte sie wie ein elektrischer Schlag. Hastig zog sie die Hand zurück und konzentrierte sich wieder auf das Schachbrett.

«Manche Frauen lassen das Herz auch höher schlagen.»

Ihr Gesicht brannte. «Sie scheinen sich damit auszukennen, Mr. Forrester.»

Er nahm ihr die weiße Dame aus der Hand. Seine Finger legten sich um ihre. «Emily», sagte er leise. «Ich glaube, Ihnen hat noch nie jemand gesagt, wie schön Sie sind.»

Jetzt ist es so weit. Jetzt fragt er mich, jetzt, wo ich mich schon damit abgefunden hab, dass es nichts wird mit uns.

«Mr. Forrester …»

«Sie haben mich Will genannt.»

Sie blickte sich suchend um. Außer Finn war niemand mehr da. Und der verschanzte sich hinter der aufgeschlagenen Zeitung. Aber natürlich durfte sie nicht mit Will allein sein.

«Will …»

«Emily, Sie sind bezaubernd. Ich habe vom ersten Moment an gedacht: ‹Ja, das ist sie.›»

Wenn er weiterspricht, bin ich verloren.

«Und ich habe lange mit mir gerungen, weil … Ich weiß doch gar nicht, ob ich es wert bin, um Ihre Hand zu bitten. Emily, laufen Sie nicht weg!»

Sie war aufgesprungen. Es fühlte sich so *falsch* an. Als hätte er seine Worte schon lange zurechtgelegt, ihre Antworten genau berechnet wie ein mit seinen Formeln vertrauter Mathematiker.

«Ich ... ich kann nicht», stieß sie hervor.

«Sie können nicht? Aber warum denn, liebe Emily?» Seine Hand zog sie wieder herunter. Der Schachtisch zwischen ihnen störte ihn, darum kniete er vor ihrem Sessel nieder. «Können Sie nicht? Oder wollen Sie nicht? Es würde mir das Herz brechen, wenn Sie mich nicht wollen.»

Sie blickte erstaunt auf ihn nieder. Da kniete dieser Mann vor ihr. Ein Mann, wie es kaum einen zweiten gab. Er war so beeindruckend groß, seine Hände wie Pranken, in denen ihre Finger verschwanden. Seine hellen Augen blickten sie forschend an, als suchte er nach einem Zögern, einem Zaudern. Sie hob die Hand und legte sie an seine Wange. Schob sie hinauf in sein dichtes, schwarzes Haar. Er runzelte die Stirn, doch dann erhellte ein Lächeln sein Gesicht.

Seine Nase ist ein bisschen krumm. Und diese buschigen Augenbrauen ... wenn er älter wird, werden sie zusammenwuchern wie bei einem Kobold.

Details, die ihr zum ersten Mal auffielen. Weil sie ihn zum ersten Mal bewusst anschaute.

«Emily», flüsterte er beschwörend. «Ich will Sie zu nichts drängen, aber ... stellen Sie sich vor, was für ein tolles Paar wir abgeben würden. Sie und ich in Wellington. Wir würden eine Villa beziehen, und dort könnten Sie schreiben, wie es Ihnen hier doch gar nicht möglich ist. Ich würde Sie mit Verlegern bekannt machen, und die ganze Welt stünde Ihnen offen!»

Vielleicht ist es das, was ich mir immer gewünscht habe. Vielleicht ist das der Moment, auf den jede Frau wartet.

Sein Lächeln erlosch.«Sie machen auf mich nicht den Eindruck, als wollten Sie ...»

«Doch, doch», erwiderte sie hastig. «Es ist nur ... Ich habe noch nie so darüber nachgedacht, was es bedeuten würde, wenn ich ...»

«Dann heißt das Ja? Ich darf mit Ihrem Vater reden, Emily?»

Sie nickte schwach.

«Emily. Süße Emily.» Er beugte sich über ihre Hand und drückte seine Lippen auf den Handrücken. «Du machst mich zum glücklichsten Menschen zwischen Kilkenny und Dunedin. Gleich morgen früh werde ich mit deinem Vater reden, und dann steht unserer Verlobung nichts mehr im Wege!»

Er strahlte sie an, und jetzt erlaubte sich auch Emily ein zittriges Lächeln.

So fühlte es sich also an? Sie war verwirrt und fühlte sich innerlich ganz taub. Gehörte es dazu, dass man die ganze Zeit glaubte, auf der Bühne zu stehen und seinen Text nicht zu beherrschen?

So fühlt es sich also an, verlobt zu sein.

Es machte sie nicht froh.

11. Kapitel

«Du packst.»

Etwas an Emilys Tonfall ließ Finn aufblicken. Er kniete über seinem Seesack und stopfte wahllos die Hemden hinein, die Annie so sorgfältig gebügelt hatte.

Sie lehnte im Türrahmen zu seinem Zimmer.

Er stand auf und trat an den Schreibtisch, auf dem er ausgebreitet hatte, was ihn auf die nächste Reise begleiten sollte. «Du weißt, wie es ist. Irgendwann wird es mir zu eng.»

Er zog das Messer aus dem Lederfutteral und prüfte mit dem Daumen seine Schärfe.

«Wie kann es dir hier zu eng werden? Anderen ist es zu weit.»

Er lächelte und trat zu ihr. Spielerisch tippte er an ihr Kinn. «Ich bin nicht wie andere. Daran solltest du dich gewöhnen, Schwesterchen. Dass wir nicht wie andere sind und es nie sein werden.»

Sie warf einen Blick über die Schulter, als fürchtete sie, jemand könne ihr Gespräch belauschen. Vorsichtshalber schloss sie die Tür hinter sich und setzte sich auf den einzigen freien Stuhl. «Wohin gehst du?»

Er zuckte mit den Schultern. «Die Welt ist groß.»

«Mam wird weinen.»

«Unsere Mutter hat zwei weitere Söhne, die ihrer bedürfen», erwiderte Finn. «Bis Jamie ihr entwischt, hat sie noch ein paar Jahre vor sich. Und Walter wird ihr immer bleiben.»

«Aber du bist nicht wie die anderen.»

Darauf wusste er keine Antwort. Seine Mutter war wie alle Menschen, denen man etwas vorenthielt: Sie ersehnte es nur umso mehr. Jamie war kein Ersatz für Finn. Jamie war ein Kleinkind.

Vielleicht sollte sie endlich begreifen, dass Finn erwachsen war.

«Dein nächstes Ziel heißt wohl Wellington», bemerkte er, um von ihrer Frage abzulenken.

Sie wurde blass. «Paps redet gerade mit Will. Sie sitzen schon seit über einer Stunde in seinem Arbeitszimmer.»

«Darum schleichst du also durchs Haus und erschreckst Ahnungslose!»

Emily nickte und lächelte widerstrebend.

Da fiel ihm etwas ein. «Ich hab's übrigens gelesen», sagte er und holte die Mappe aus der Schreibtischlade. «Es ist großartig, Em. Du musst es unbedingt an einen Verleger schicken. Kennt Aaron nicht jemanden in Dunedin?»

Sie riss ihm die Mappe fast aus der Hand. Ihre Arme umschlossen sie, die Hand strich über die abgestoßene Ecke.

«Ich möchte darüber nicht reden.»

«Aber es ist hervorragend! Du könntest es einreichen, und jeder Verleger würde sofort einen Vertrag mit dir machen wollen … Frag Aaron, er hilft dir bestimmt.»

Sie schwieg verbissen. Er kannte diesen Blick. Wenn sie das Kinn so energisch vorreckte und ihn anfunkelte, wenn ihre grünen Augen so dunkel, fast schwarz, wurden.

Vorsichtig hakte er nach: «Habt ihr euch gestritten?»

«Mit Aaron streitet man nicht.» Mit gerunzelter Stirn kaute sie auf ihrer Unterlippe herum.

«Ist er sauer? Wegen Will?»

Sie blickte beiseite.

«Er weiß nichts davon. Und mir wär's lieber, wenn er es nicht so schnell erfährt.»

Natürlich, das hätte er sich denken können.

«Ach, Emily. Du machst die Männer reihenweise verrückt und wunderst dich?»

«Ich mache niemanden verrückt», widersprach sie heftig.

«Nein? Warum ist Aaron dann am Tag nach deiner Geburtstagsfeier verschwunden, ohne sich von irgendwem zu verabschieden?»

«Was weiß ich! Er wird schon seine Gründe haben.»

«Hast du dich deshalb für Will entschieden?»

«Aber ich hab mich doch gar nicht für ihn entschieden», erwiderte sie kläglich. Dann brach es aus ihr heraus: «Er hat mich mit dieser Frage so überrascht, da konnte ich nur nicken, und eh ich michs versah, hat er mich so angestrahlt. Da konnte ich ihm doch nicht sagen … Und irgendwie fühlt es sich nicht richtig an, aber auch nicht richtig falsch. Die Liebe wird doch überschätzt, wenn es ums Heiraten geht, oder? Das gibt es doch nur in Romanen?»

Darauf wusste Finn keine Antwort. Er las keine Liebesromane, und außerdem war er, wenn es um Fragen der Liebe ging, immer schon pragmatisch gewesen.

Sein Körper hatte Bedürfnisse, die er ohne Liebe stillen konnte, wenn auch nicht ohne Zärtlichkeit. Und Hurenhäuser gab es überall.

«Das darfst du mich nicht fragen», erwiderte er ehrlich.

«Also ist es doch wichtiger, gut zusammenzupassen?», fragte sie hoffnungsvoll. «Denn wir passen doch sehr gut zusammen, und dann werden wir bestimmt glücklich. Mam und Paps haben sich auch nicht geliebt, oder? Und schau dir an, wie glücklich sie sind.»

«Schwesterchen … Bis gestern habe ich nicht geglaubt, dass Will ein Mann ist, der heiratet. Schau, er hat heute früh auch seine Sachen zusammengepackt. Morgen brechen wir gemeinsam auf.»

«Er geht mit dir?», fragte Emily panisch. «Aber warum?»

Warum ziehen Männer um die Welt? Warum finden sie nicht zur Ruhe?

Warum bleiben Frauen daheim und ziehen die Kinder groß?

«Weil es uns im Blut steckt, Schwesterchen. Wie es dir im Blut steckt, so großartige Geschichten zu schreiben. Tipp sie auf deiner Remington ab, dann kannst du sie an Verlage schicken, ohne das Original aus der Hand zu geben, wenn es das ist, was du fürchtest.»

«Nein, nein. Das will ich doch gar nicht.» Wieder kaute sie auf ihrer Unterlippe.

«Das solltest du aber. Es ist verdammt gut, was du da schreibst, und das sag ich nicht nur, weil ich dein Bruder bin.»

«Hm», machte sie, und dann noch einmal: «Hm.»

«Willst du mit mir über Will sprechen?»

«Wenn er geht, ist es auch egal, ob wir verlobt sind», erwiderte sie traurig. «Dann bin ich ja doch wieder allein.»

«Ach, Schwesterchen», seufzte Finn. «Am schwersten machst du es dir selbst.»

Sie legte den Stapel Papier auf Finns Schreibtisch. «Es ist nicht einfach, den Weg zu finden, den andere mir zugedacht haben.»

Will wippte unruhig mit dem Fuß.

Edward O'Brien ließ sich Zeit. Er lehnte sich zurück, ließ den Whisky im Glas kreisen und beobachtete das goldene Farbenspiel, als gäbe es nichts Faszinierenderes auf der Welt.

«Emily ist meine einzige Tochter», sagte er schließlich.

«Ich weiß, Mr. O'Brien. Sie ist etwas ganz Besonderes.»

Mr. O'Brien brummte.

«Und ich verspreche Ihnen, ich werde sie glücklich machen», fügte er hinzu.

«Sie hat ja gesagt?»

Es war ein bisschen merkwürdig, wenn ich's recht bedenke. Sie machte auf mich nicht den Eindruck, als wollte sie ja sagen. Aber sie hat dann doch genickt.

«Aus ganzem Herzen.» Wills Hand umfasste in der Hosentasche noch einmal den Brief, den er in der Nacht bestimmt ein Dutzend Mal gelesen hatte, weil er es einfach nicht glauben konnte. Ein guter Freund, dem er die Gesteinsprobe geschickt hatte, schrieb ihm: ‹*Du bist auf eine Goldader gestoßen, Forrester! Gut möglich, dass der Südinsel ein zweiter Goldrausch bevorsteht. Sichere dir das Land so schnell wie möglich!*›

Darum wollte er Emily unbedingt heiraten. Weil der Gesteinsbrocken von jenem Stück Land stammte, das sie als Mitgift bekam. Allein beim Gedanken an die Möglichkeiten, die sich ihm damit eröffneten, kribbelten seine Fingerspitzen.

«Hm. Ich hab immer gedacht ... Na ja, ist nicht meine Sache. Wenn sie Sie will, sehe ich keinen Grund, warum ich Ihnen nicht meinen Segen erteilen soll.»

Begeisterung sieht anders aus, schoss es Will durch den Kopf. «Entschuldigen Sie, Sir, aber ...»

«Hm?» Edward O'Brien öffnete eine Zigarrenkiste und hielt sie Will hin.

Er lehnte mit einer Handbewegung ab. Sein zukünftiger Schwiegervater aber zog das Raucherritual genüsslich in die Länge, bis er sich endlich gemütlich schmauchend zurücklehnte.

«Was wollten Sie noch sagen?», fragte er.

«Es kommt mir so vor, als hätten Sie andere Pläne mit Ihrer Tochter gehabt.»

«Sehen Sie, Mr. Forrester ... Also, Will. Ich darf Sie Will nennen?» Will nickte. «Ich will ehrlich sein. Es erstaunt mich, dass Emily sich für Sie entschieden hat. Seit wir nach Neuseeland kamen, hatte ich den jungen Mr. Gregory im Verdacht, er sei unsterblich in sie verliebt. Ich hätte gedacht, er würde sie eines Tages fragen.»

«Das klingt, als wäre ich eine Enttäuschung für Sie.» Will rutschte unbehaglich auf dem Stuhl herum. Er hatte zwar gefragt, aber dennoch missfiel ihm die Ehrlichkeit Edward O'Briens. Die Sache mit diesem Aaron war wohl kaum ein Thema, das mit dem Verlobten seiner Tochter erörtert werden sollte, oder?

«Ganz im Gegenteil. Romantische Gefühle sind bei

einer Eheschließung ohnehin eher hinderlich, oder was glauben Sie?» Er schmauchte Rauchkringel.

«Ich liebe Emily aufrichtig», erklärte Will. «Wenn Sie glauben, das stehe einer guten Ehe im Wege, kann ich das nicht beurteilen. Ich war noch nie verheiratet. Und was meine Gefühle für Emily betrifft, habe ich noch nie Ähnliches erlebt.»

Dieses Gespräch nahm eine Wendung, die ihm nicht behagte. Will beugte sich vor. «Darf ich?» Edward machte eine einladende Handbewegung, und er nahm sich eine Zigarre. «Wir werden nicht das ganze Jahr in Wellington leben. Aber Emily hat ein Talent, und ich möchte ihr Talent fördern, soweit es in meiner Macht steht.»

War es die gemeinsame Zigarre? Oder nahmen seine Worte Emilys Vater eine Befürchtung, die er nicht aussprach? Edward O'Brien stand auf, ging zu dem Servierwagen und schenkte zwei Gläser Whisky ein. Er reichte Will eins und hob seines.

«Auf Emilys Talent», prostete er ihm zu. «Nenn mich Edward. Du gehörst jetzt schließlich zur Familie.»

Will hob sein Glas.

Auf den Goldrausch, dachte er. Wenn ich eine hübsche Frau heiraten muss, um daran beteiligt zu sein, werde ich diesen Preis gerne zahlen.

Frühmorgens, wenn Walter aufstand, blieb Siobhan noch liegen. Sie lauschte, wie er sich leise im Dunkeln bewegte, um sie nicht zu wecken. Er beugte sich jedes Mal über sie und hauchte ihr einen Kuss auf die Stirn. Sie hielt die Augen stets fest geschlossen und atmete regelmäßig, damit er glaubte, sie schliefe noch.

Wenn er weg war, blieb sie noch ein paar Minuten liegen und wappnete sich für das, was ihr bevorstand. Denn sobald sie sich aufrichtete, schwappte die Übelkeit in ihr hoch und trieb sie im Laufschritt ins Badezimmer, wo sie sich heftig übergeben musste.

Danach war alles wieder gut. Doch das morgendliche Erbrechen, das vor zwei Wochen begonnen hatte – an jenem Tag, als sie bei Madame Robillard gewesen war –, musste sie unter allen Umständen vor Walter verheimlichen.

Sie spülte, wusch ihr Gesicht und zog sich an. Ehe sie zum Frühstück ging, blickte sie prüfend in den Spiegel.

Ihr lief die Zeit davon.

Sie presste die Hände auf den Bauch. Noch sah man nichts, aber sie war zu schlank, als dass es noch lange so bleiben würde. Mit jedem Tag wuchs die Gefahr, dass Walter ihren Zustand bemerkte.

Siobhan trat an ihren Sekretär. Sie öffnete die Lade mit dem kleinen, vergoldeten Schlüssel und zog das Päckchen heraus, das Madame Robillard ihr gegeben hatte. Allein der Gedanke daran war ihr zuwider, aber welche Möglichkeit blieb ihr noch? Walter hatte seit fast fünf Monaten nicht mit ihr geschlafen, und wenn ihre Berechnungen stimmten, würde das Kind Ende Oktober oder Anfang November kommen – es war völlig illusorisch zu glauben, dass ein Mann, der sich Tag für Tag mit den Tragzeiten seiner Mutterschafe beschäftigte, nicht auch in der Lage war, in diesem Fall eins und eins zusammenzuzählen.

Nein. Sie musste ihn verführen.

Das Päckchen legte sie zurück in den Sekretär und schloss sorgfältig ab.

Eine Woche noch. Wenn es mir in dieser Woche nicht gelingt, muss ich es wegmachen.

Am Frühstückstisch herrschte bedrücktes Schweigen. Der Herbstwind rüttelte an den hohen Sprossenfenstern, doch im Haus war es warm. Seit Finn und Will abgereist waren, hatten Emily und Helen sich in ihrer Sehnsucht nach den beiden Männern gegen Siobhan verbündet. Die anderen Männer zogen es ohnehin vor, die erste Mahlzeit unterwegs einzunehmen. Auf Zehenspitzen schlich Annie durch den Raum, servierte Kaffee und brachte frischen, krossen Toast, den Siobhan dick mit Schafskäse belegte und sich schmecken ließ.

Meist traf zu dieser Stunde auch schon die Post ein und brachte Briefe, Magazine und die Queenstown Times. Siobhan nahm den Stapel Post von Annie entgegen und verteilte ihn: ein Brief von Helens Freundin in Dublin, eine Literaturzeitschrift und ein Brief von Will für Emily sowie zwei Briefe für Siobhan selbst, die sie verstohlen unter ihre Tasse schob, als sie den Absender auf dem Umschlag las.

Der Rest waren Rechnungen.

«Was schreibt Will?», fragte Helen. Emily überflog die Zeilen, dann reichte sie ihrer Mutter den Brief. «Sie sind in Sydney», sagte sie.

«In Sydney? Man sollte meinen, dein Verlobter hätte mehr Verstand und würde sich um wichtigere Angelegenheiten kümmern, statt um die Welt zu reisen.» Helen las den Brief aufmerksam.

Siobhan zog die Queenstown Times heran. «Eure Verlobungsanzeige steht heute drin.»

«Prächtig», bemerkte Helen trocken. «Steht auch drin,

dass der Verlobte sich im Moment außerstande sieht, an einem Empfang anlässlich der Verlobung teilzunehmen, da er lieber mit seinem Freund und zukünftigen Schwager Abenteuer erlebt?»

«Mam …» Emilys Stimme klang müde. «Lies lieber vor, Siobhan.»

Siobhan räusperte sich. «Der Schaffarmer Edward O'Brien und seine Gattin Helen O'Brien aus Kilkenny geben hiermit freudig bekannt, dass ihre Tochter Emily O'Brien sich mit William David Forrester, Kaufmann aus Wellington, verlobt hat. Die Hochzeit findet im kommenden Frühjahr statt.»

«Der Schaffarmer …» Helen schnaubte verächtlich. «So weit ist es mit uns gekommen, dass wir gewöhnliche Schaffarmer sind.»

«Lass gut sein, Mam.» Emily schob ihren Teller weg. «Ich reite aus.»

«Bei dem Wetter? Es stürmt und regnet, du wirst dir den Tod holen!»

Emily maß ihre Mutter mit einem feindseligen Blick.

Die Verlobung hatte sie verändert. Sie war jetzt härter, beinahe erbarmungslos. Und sie strafte sich, wo immer sich ihr die Möglichkeit bot. Ein Ausritt im Herbststurm war noch harmlos. Zuletzt hatte Siobhan ihre Schwägerin dabei ertappt, dass sie nachts um vier auf ihrer Remington laut klappernd Texte tippte, die sie anschließend sofort wieder zerriss und am nächsten Morgen dem Kaminfeuer anvertraute.

Nein, das Glück hatte sich ganz leise aus Kilkenny Hall davongestohlen und die Frauen mit sich und dem eigenen Schmerz allein gelassen.

Der Schaffarmer Edward O'Brien und seine
Gattin Helen O'Brien aus Kilkenny
geben hiermit freudig bekannt, dass ihre Tochter
Emily O'Brien sich mit William David Forrester,
Kaufmann aus Wellington, verlobt hat.
Die Hochzeit findet im kommenden Frühjahr statt.

Die Worte ergaben für ihn keinen Sinn. Wieder und wieder las er sie. Dann warf er die Otago Daily Times auf den Schreibtisch und griff im nächsten Augenblick erneut danach.

Verlobt. Ach, Emily!

Er hatte sie alleingelassen.

Aaron stopfte die Zeitung in den Papierkorb. Dann stand er auf, holte sie wieder heraus und riss die Seite mit der Anzeige heraus. Die Worte brannten sich ihm ins Herz.

Er nahm Füller und Briefpapier zur Hand, überlegte kurz, schrieb ‹Liebe Emily›, doch dann wusste er schon nicht weiter. Strich die Anrede durch, schrieb ‹Liebste Emily, heute habe ich erfahren›, nein, auch nicht richtig. Er zerriss das Blatt, nahm das nächste und starrte minutenlang auf den Briefkopf, seinen Namen und den der Bank, für die er arbeitete, weil er gehofft hatte, irgendwann könne er sie nach Dunedin locken, könne er ihr etwas bieten, und sei es nur diese lebhafte Stadt mit der Universität und den zahlreichen Literaturzirkeln, die besonders jetzt im Herbst an jeder Ecke aus dem Boden schossen.

Nun zog es sie nach Wellington, und das war natürlich viel besser als Dunedin, immerhin war Wellington die Hauptstadt dieses Landes. Sie wollte hoch hinaus und vergaß ihn am Boden.

Trotzdem musste er irgendetwas dazu sagen, denn auch wenn er seine Gefühle zu ihr beiseiteließ – und er versuchte oft, diese Empfindungen zu verdrängen –, blieb er ihr ein guter Freund. Gute Freunde gratulierten zur Verlobung. Auch wenn sie erst aus der Zeitung davon erfuhren.

Warum nur hatte sie in ihrem letzten Brief nichts davon geschrieben? Warum vertraute sie sich ihm nicht an?

Vielleicht gingen Emily und er von verschiedenen Voraussetzungen aus. Vielleicht war er gar nicht so ein guter Freund für sie, wie er immer geglaubt hatte. Vielleicht hatte er sie schon lange verloren, nicht erst an Will Forrester aus Wellington.

Er zerknüllte auch den dritten Bogen Papier, ohne ein Wort daraufgeschrieben zu haben. Dann warf er ihn zusammen mit der Zeitungsannonce in den Papierkorb.

Es gab Wichtigeres, als einen Brief an Emily O'Brien zu schreiben, sagte er sich.

In Gedanken formulierte er von diesem Moment an unzählige Briefe. Er schickte nicht einen einzigen ab.

12. Kapitel

Die Frist verstrich.

Am letzten Tag der Woche ging Siobhan kurz vor dem Abendessen hinauf in ihr Schlafzimmer. Sie redete sich ein, sie wolle nur etwas nachsehen, aber dann hielt sie das Päckchen in der Hand und wusste, dass sie die Kräuter darin anwenden musste.

Sie ging in die Küche. Erleichtert stellte sie fest, dass Annie gerade nicht da war. Sie stellte den Wasserkessel auf den Herd und suchte nach einer Tasse.

«Geht's Ihnen nicht gut?»

Der Steingutbecher glitt Siobhan aus der Hand, als sie erschrocken herumfuhr. Es klirrte, die Scherben sprangen in alle Richtungen. «Musst du dich so anschleichen, Annie?», schrie sie fast.

«Ich kann wohl in meinem Reich schleichen, wie ich will», entgegnete Annie trotzig. Dann aber sah sie das blasse Gesicht der jungen Frau und holte eine Teekanne vom Bord. «Nehmen Sie die, dann können Sie den Tee in die Tasse abseihen.»

«Danke», flüsterte Siobhan. Ihr tat es leid, dass sie Annie so angefahren hatte. Aber die war in allen Dingen robust, und auch Siobhans Eindringen in die Küche brachte sie nicht aus der Ruhe. Sie summte vor sich hin, während sie mit Kehrblech und Handfeger die Scherben aufkehrte und entsorgte.

Siobhan öffnete das Päckchen und schnupperte. Es roch ... gut. Gar nicht, wie sie es sich vorgestellt hatte. Wenn sie an den Tee gedacht hatte, war sie immer davon ausgegangen, er müsse bitter schmecken.

«Das hätte ich auch für Sie machen können.» Annie bereitete auf der anderen Seite des Herds das Abendessen zu. «Dafür bin ich schließlich da.»

Nein. Ich will keine Komplizin bei diesem ... Mord.

«Ach, das geht doch schnell.» Sie seihte den Tee ab und stellte den Becher auf ein kleines Tablett. «Bis später.»

Sie hatte es eilig. Wollte ungestört sein.

In der Bibliothek war niemand. Sie hockte sich in einen der tiefen Clubsessel vor dem Kamin und lehnte sich zurück. Ihre Finger umschlossen den Becher. Ihr war eiskalt trotz der Wärme. Unter ihrer Haut bebte etwas.

Sie nahm einen Schluck. Wohltuend breitete sich die Wärme in ihrem Magen aus. Sie hielt den Atem an und erwartete halb, dass die Wirkung sogleich einsetzte. Eine Hand ruhte auf ihrem Bauch, während sie den Becher Schluck für Schluck leerte.

Stille umfing sie. Jetzt war sie ganz ruhig und entspannt. Es war vorbei. Sie hatte das Schlimmste getan, was sie sich je hätte vorstellen können.

Und sie bereute es schon jetzt.

Das Feuer im Kamin war zu einer leisen Glut heruntergebrannt. Sie stand auf. Aus ihrer Rocktasche zog sie den Brief, der sie vor einer Woche erreicht hatte.

Er schrieb nicht viel. Er könne nicht bleiben, es sei nicht recht. Er vermisse sie.

Sie warf den Brief ins Feuer. Ein Aufflackern, das sogleich erstarb – ja, nichts anderes war diese Affäre mit Amiri gewesen.

Nun brauchte sie nur noch zu warten, bis das Kind sich von ihr löste. Bis die Blutungen begannen und die Schmerzen.

«Höchste Zeit, dass wir einen neuen Verwalter einstellen.» Müde fuhr sich Walter mit der Hand durchs Gesicht. Edward brummte zustimmend.

Es war schon dunkel gewesen, als sie sich auf den Rückweg gemacht hatten. Zum Abendessen kamen sie zu spät, aber Annie stellte ihnen meist noch in der Küche etwas warm.

Annie ... Immer häufiger dachte Walter an sie. Als sie ins Haus gekommen war, hatte er sie zunächst kaum beachtet, aber in den letzten Wochen und Monaten hatte sich das geändert. Sie warf ihm kokette Blicke zu. Und sie sah gar nicht so übel aus, etwas mollig, aber das gefiel ihm. Ihr Lachen. Das erinnerte ihn daran, wie sehr ihm die Wärme einer Frau fehlte.

Immer häufiger dachte er abends, wenn er wach lag, nicht an Siobhan, sondern an Annie. Und hätte er nicht so ein schlechtes Gewissen gehabt allein bei dem Gedanken, er könne Siobhan untreu werden, dann hätte er bestimmt schon mal versucht, Annie in die Küchenecke zu drängen.

Aber es ist nicht nur das. Es reicht, wenn ich einer *Frau mit meinem Verlangen Schmerz zufüge.*

«Ich werd mich in Dunedin mal umhören», sagte Edward jetzt. «Aaron habe ich schon gefragt, aber ihm scheint's in Dunedin besser zu gefallen als hier draußen.»

«Wir hätten Amiri nicht gehen lassen dürfen», bemerkte Walter düster.

«Du hast selbst gehört, was er gesagt hat. Es gab ein besseres Angebot.»

«Und wenn wir ihm mehr Geld bieten? Es steht gut um Kilkenny, wir könnten weiteres Land zukaufen und unsere Herden vergrößern. Warum nicht auch einen Verwalter daran beteiligen?»

«Ah, du immer mit deinen neumodischen Ideen. Ich werde darüber nachdenken, wenn sich niemand findet.»

Stephen nahm ihnen die Pferde ab, als sie in den Hof ritten. Durch die Hintertür traten die Männer in die Küche und schüttelten den Regen von Schultern und Hüten. Walter hob den Deckel des Topfs auf dem Herd. «Mh, Lammeintopf. Es geht nichts über eine ordentliche warme Mahlzeit.»

Edward brummte zufrieden. «Werde erstmal meiner Hausherrin guten Abend sagen. Ich komm gleich.»

Walter feuerte den Herd nach. Er wollte gerade seinem Vater folgen, als er in der Tür mit Annie zusammenstieß. Sie trug das dreckige Geschirr vom Abendessen herein.

«Lammeintopf steht auf dem Herd», sagte sie.

«Ich hab schon alles gefunden. Danke, Annie.»

Schweigend stapelte sie die Teller im Bottich, goss heißes und kaltes Wasser hinzu und begann, das Geschirr zu schrubben. Walter beobachtete sie. Ihren festen Hintern unter den Röcken. Bestimmt fühlte sie sich weich an, wenn er sie packte.

Er trat hinter sie und legte die Hände auf ihre Taille.

Annie erstarrte mitten in der Bewegung.

Walter beugte sich vor. Der betörend süße Duft, der

ihrem Haar entströmte, machte es ihm unmöglich, einen klaren Gedanken zu fassen.

«Das ist nicht in Ordnung, Mr. O'Brien», flüsterte sie. Aber sie lehnte sich genüsslich zurück. Ihr Körper drückte sich an seinen, und sie legte den Kopf in den Nacken. Er biss zärtlich in ihren Hals, und sie seufzte.

«Wer soll uns hier schon erwischen?», flüsterte er.

«Jeder kann uns erwischen.» Ihre Hüften wiegten sich, ihr Hintern drückte sich auffordernd an ihn. «Aber wenn Sie zu mir kommen, nachher. Da stört uns keiner, und wir könnten es in aller Ruhe tun.»

Wie sie sich anbietet! Wie eine Hure, die danach einen Silberdollar aufs Kopfkissen gelegt haben möchte.

Plötzlich verabscheute er Annie. Er packte ihren Haarknoten und stieß sie mit voller Wucht von sich. «Miststück», knurrte er. «Glaubst du allen Ernstes, ich würd meine Frau betrügen?»

Sie taumelte nach vorne. Ihre Hände griffen haltsuchend nach dem Rand des Waschzubers, der sofort zu wanken begann. Wasser klatschte auf den Boden.

Annie drehte sich zu ihm um. Ihr Gesicht war platt und ihre Haut von teigiger Blässe. Abscheulich, dachte er, und im nächsten Moment: wie konnte ich auch nur einen Gedanken daran verschwenden!

Sie lächelte vorsichtig. «Sie können es sich überlegen, Mister Walter. Ich wär nicht abgeneigt.»

«Hure», spie er ihr ins Gesicht.

Ihm war jeder Appetit vergangen. Die Tür knallte hinter ihm ins Schloss, er stürmte die Treppe hinauf und betrat das Schlafzimmer. Er musste jetzt allein sein.

Siobhan saß im Bett und las. Überrascht blickte sie auf. «Walter!»

«Du bist schon im Bett?»

«Ich war so müde.»

Müde, ja? Das werde ich dir austreiben.

«Wie war dein Tag?» Ihre Stimme zitterte.

Er betrachtete sie genauer. Hatte sie geweint? Ihre Augen waren gerötet, und sie knüllte ein Taschentuch zusammen.

Als wüsste sie, was ich getan habe. Als hätte sie zugeschaut, wie ich mich an Annie herangemacht habe. Wie schäbig von mir.

Sein Hass wuchs. Er wollte irgendwas zerschmettern, kaputt schlagen und unwiderruflich zerstören. Aber ihm fiel nichts ein. Nichts erschien ihm wertvoll genug.

«Wie soll mein Tag schon gewesen sein?», blaffte er. «Anstrengend wie immer, seit dieser verdammte Maori verschwunden ist und uns von einem Tag auf den nächsten mit allem alleingelassen hat!»

Sie zuckte zusammen. Schon flossen erneut Tränen über ihre Wangen. Also hatte sie tatsächlich geweint, und jetzt schaffte er es mit wenigen Worten, die nicht einmal gegen sie gerichtet waren, sie wieder zum Weinen zu bringen.

Es war merkwürdig, aber es verschaffte ihm eine gewisse Befriedigung.

Er pfefferte seine Schuhe in die Zimmerecke. Hemd und Hose flogen auf den Boden.

«Los, zieh dich aus.» Er trat zur Tür und drehte den Schlüssel um. Niemand sollte sie stören.

Panisch umfasste sie den Ausschnitt ihres Nachthemds. «Walter …»

«Was denn? Willst du mir verwehren, was mein gutes Recht ist?»

Sie schüttelte den Kopf. In ihren Augen sah er etwas, das er nicht begreifen konnte, aber jetzt war es auch egal, darüber musste er nicht nachdenken. Er stieg zu ihr ins Bett, und weil sie sich so unwillig zeigte, versetzte er ihr eine Ohrfeige. «Ausziehen», sagte er gefährlich leise.

Sie gehorchte. Ihre Hände zitterten. Sie streifte das Nachthemd über den Kopf und legte sich auf den Rücken, die Arme neben dem Körper.

In dem kurzen Moment, ehe er sich zwischen ihre Beine schob und gewaltsam in sie eindrang, ehe er sich in dem Rausch verlor, ihr mit jedem Stoß und jedem Schlag, jeder Ohrfeige und jeder Beschimpfung einzubläuen, dass sie allein ihm gehörte, sah er sie lächeln.

Es war ein trauriges Lächeln, als hieße sie ihn zwar willkommen, aber er käme nicht zur rechten Zeit.

Das einzig Schöne, das ich zerstören kann, bist du, Siobhan. Verzeih mir.

Sie musste es wissen.

Die ganze Nacht hatte sie wach gelegen. Es waren die Schmerzen, die sie wach hielten. Ihre Glieder waren zerschunden, in ihrem Gesicht pochte schmerzhaft eine Prellung, die sie sich zugezogen hatte, als Walter sie gegen den Bettpfosten geschleudert hatte, sie auf den Bauch gedreht und anschließend von hinten genommen hatte.

Sie horchte jedem Schmerz nach. Spürte seinen Samen, der ihre Schenkel verklebte.

Als sie sicher war, dass er schlief, schlüpfte sie aus dem Bett und schlich ins Badezimmer. Sie entzündete eine Petroleumlampe und untersuchte im goldenen Licht ihren Körper.

So schlimm war es noch nie gewesen. Madame Robillard hatte sie gewarnt, nichts könne so schlimm sein wie der Schmerz der Geburt, doch das hier war schon schlimm genug.

Sie öffnete die Hausapotheke und versorgte ihre Abschürfungen, rieb eine Salbe in die Prellungen und zuckte bei jeder Bewegung zusammen. Schließlich atmete sie tief durch und zog die Unterhose aus.

Kein Blut. Ihr Unterleib schmerzte, weil er sie so gewaltsam genommen hatte, und bei der Erinnerung an seine Misshandlung stiegen ihr Tränen in die Augen. Aber schlimmer war, dass sie den Tee getrunken hatte.

Siobhan löschte das Licht und legte sich wieder ins Bett. Sie lag wach, lauschte in ihren Körper, der sich langsam beruhigte. Sie wartete auf den Schmerz, wenn das Kind sich von ihr löste. Sie drückte die Hände auf ihren Unterleib und flehte wider besseres Wissen, es möge bleiben, es möge ihr verzeihen, dass sie versucht hatte, es loszuwerden.

Irgendwann schlief sie ein. Aber sie wachte früh wieder auf, noch ehe Walter aufstand. Und sie sprang aus dem Bett, rannte ins Badezimmer und übergab sich.

Nichts war passiert, gar nichts.

Hatte sie den Tee falsch zubereitet? Hatte Madame Robillard sich mit der Dosierung vertan? Irgendwas jedenfalls war gründlich schiefgelaufen.

Sie war heilfroh darüber.

«Siobhan?» Walter klopfte behutsam gegen die Badezimmertür. «Ist alles in Ordnung mit dir?»

Jetzt war er wieder so besorgt um sie. «Ja, mir war nur schlecht», rief sie und wappnete sich für das Schuldbewusstsein in seinem Blick, wenn sie die Tür öffnete.

Sie straffte die Schultern und öffnete die Tür.

«Wir sollten über getrennte Schlafzimmer nachdenken», sagte sie leise.

Walter blickte sie nicht an. Er nickte mit gesenktem Kopf. «Ich werde eines der Gästezimmer beziehen.»

Sie atmete tief durch.

Er hob den Kopf. «Ich will dir nicht wehtun. Das will ich nie», beteuerte er.

Wie gerne sie ihm gesagt hätte, dass sie ihm glaubte. Aber die Beschimpfungen, seine Schläge und Misshandlungen brannten noch immer auf und unter ihrer Haut. «Gut», würgte sie hervor.

Er verschwand im Badezimmer.

Siobhan zog sich rasch an. Sie verließ das Schlafzimmer, in dem sie von nun an allein sein würde. Ohne Frühstück ging sie in den Stall und bat Stephen, ihr Pferd zu satteln.

Sie musste unbedingt wissen, was das für Kräuter waren, die Madame Robillard ihr gegeben hatte.

«Die Kräuter?»

Madame Robillard thronte auf ihrem Sofa und strickte. Sie lächelte zufrieden.

«Ich hab sie gestern genommen. Sie hatten sie mir gegeben, und ich dachte …»

Siobhan ließ die Hände in den Schoß fallen. Sie hatte Madame Robillard zur Rede stellen wollen, aber jetzt starrte sie nur fasziniert auf das kleine Kleidungsstück, das aus Madame Robillards Nadeln floss.

«Ja, Sie dachten wirklich, ich könnt Ihnen das Problem abnehmen, nich wahr? Gehen wir doch zu Madame Robillard, die erledigt alle schmutzige Arbeit, die so ein ungewolltes Würmchen verursacht?»

Siobhan schüttelte heftig den Kopf. «Nein. Das hab ich nie gedacht. Ich war nur so verzweifelt. Mein Mann hatte mich seit Monaten gemieden, ich hab es nicht geschafft, dass er ...» Sie errötete.

«Sie haben da ein hübsches Veilchen.»

Ihre Hand fuhr über die schmerzende Schwellung. «Ja.»

«War er das?»

Sie nickte.

«Hm.» Umständlich legte die Madame das Strickzeug beiseite, stand auf und verließ den Raum.

«Hier. Das ist besser als das Zeug, das einem die Quacksalber verkaufen.» Sie drückte Siobhan einen Tiegel in die Hand und ließ sich schnaufend wieder aufs Sofa fallen. «Hat er Sie also doch mal nachts besucht.»

Siobhan atmete tief durch. «Gestern Nacht. Ich hatte am Abend den Tee getrunken und fürchtete, es sei nun alles vergebens gewesen.»

«Ja, dieser Tee ist zwar recht schmackhaft, aber eine besondere Wirkung hat er nicht. Ich bin keine Mörderin, Mrs. O'Brien, und ich würd' mich nie aufschwingen, etwas zu tun, das der liebe Gott nich will. Meine Mädchen bekommen von mir was, damit's gar nich so weit kommt, aber ein Würmchen aus dem Leib treiben, das ist nich meine Art, das hab ich Ihnen schon damals gesagt.»

Das Schweigen zwischen ihnen dehnte sich. Siobhan wusste nichts darauf zu erwidern. Sie räusperte sich. «Danke für die Salbe.»

«Kommen Sie nur wieder vorbei, wenn Sie mögen. Und wenn's Kind da ist, würde ich es auch gern kennenlernen.» Sie hob das Strickzeug und strich es glatt. Ein Babyjäckchen.

Siobhan schluckte. «Bestimmt», versprach sie und verließ eilig den Salon.

Sie würde dieses Haus und seine Bewohner vergessen.

Der Winter kam.

Wills Briefe wurden seltener. Kürzer. Und seine Erzählungen kreisten nur um die Abenteuer, die er erlebte.

Emily blickte aus dem Fenster ihres Zimmers. Es hatte in der Nacht angefangen zu schneien. Sie sehnte den Frühling herbei, weil dann alles anders würde.

Im Frühling würde sie nach Wellington ziehen und heiraten.

Sie wünschte, die Veränderung wäre schon anders spürbar und nicht bloß, weil ihre Mutter seit Wochen kaum etwas anderes im Kopf hatte als ihre Aussteuer. Oder die Liste der Hochzeitsgäste, wobei vermutlich nur Emily und ihre Eltern nach Wellington reisen würden. Siobhan musste in ihrem Zustand daheim bleiben, und Walter bestand darauf, an der Seite seiner Frau zu bleiben.

Es schien, als hätte niemand mehr ein Interesse an dieser Hochzeit.

Sie starrte auf die fein säuberlich abgetippten Seiten, die vor ihr lagen. «Der Hochzeitsmorgen» hieß die Erzählung. Sie hatte gehofft, dass Will sie für sie bei einem Verleger einreichen könnte, den er sehr gut kannte. Doch wie lange sollte sie noch warten? In Australien schien Will sich wohlzufühlen, wovon auch seine immer kürzeren Nachrichten zeugten. In seinem letzten Brief hatte er auf ihre Nachfrage nach seiner Heimkehr mit einem lapidaren «drei Tage vor unserer Hochzeit, Liebes» geantwortet.

Sie steckte die Seiten in einen großen Umschlag, legte einen kurzen Brief an Christopher Worthington dazu und adressierte die Sendung an den Verlag Worthington & Brothers. Dann lehnte sie sich zurück.

Geschafft.

Endlich fand sie den Mut, das zu tun, was sie wollte. Und sie verließ sich nicht auf das, was die Männer sagten.

Aaron hatte schließlich auch mal behauptet, er könne ihr helfen. Aber von ihm hatte sie seit der Bekanntgabe ihrer Verlobung nichts mehr gehört, und langsam begann sie zu glauben, dass er deswegen schwieg. Weil sie einen anderen heiratete.

Aber das war doch Unsinn.

Trotzdem war es, als hätte sie etwas verloren, das ihr nie gehört hatte.

13. *Kapitel*

«Wie schade, dass Ihr Bruder Walter und seine Gemahlin nicht kommen konnten.» Geziert setzte Cecily Forrester die zarte Porzellantasse auf die Untertasse und rührte mit dem Silberlöffel darin herum. «Wirklich schade. Zumal Ihre Hochzeit doch das Ereignis schlechthin in Wellington sein wird, liebste Emily.»

Emily spürte die Hand ihrer Mutter, die sich auf ihren Unterarm legte, ehe sie eine Antwort geben konnte. «Meine Schwiegertochter sendet herzliche Grüße. Sie hofft, es ergibt sich bald die Gelegenheit, dass sie herkommen und die Familie kennenlernen kann.»

«Das hoffen wir natürlich auch, meine Liebe.»

Emily warf ihrer Mutter einen dankbaren Blick zu. Sie hätte nicht gewusst, wie sie auf die spitze Bemerkung von Wills Mutter hätte reagieren sollen. Unbehaglich blickte sie zur Kaminuhr. Erst zwanzig Minuten waren vergangen, seit sie zu dieser «ungezwungenen Teegesellschaft» zusammengekommen waren. Und sie mussten bestimmt noch über eine Stunde bleiben, ehe es schicklich wäre, sich zu verabschieden.

Das also war Wills Mutter. Eine elegante Frau Ende fünfzig. Sie trug eine cremefarbene, hochgeschlossene Bluse und einen langen Rock. Das blonde Haar war perfekt frisiert, der winzige Pony mit der Brennschere eingedreht. Diamanten funkelten an den Ohren, ein Perlenarmband und dicke Ringe galten hier wohl noch als dezent, machten auf Emily aber eher einen protzigen Eindruck.

Sie fragte sich insgeheim, ob diese stahlblauen Augen bis auf den Grund ihrer Seele blicken konnten, wo Emily all die Worte bewahrte, mit denen sich irgendwie beschreiben ließ, was sie empfand.

Sie wünschte, Will käme bald. Aber er würde sie nicht erlösen, denn diese Teegesellschaft wurde allein ihr zu Ehren abgehalten, damit sie die Frauen der Familie Forrester kennenlernte.

«Es ist zu schade, dass wir erst heute Gelegenheit haben, uns kennenzulernen», fügte Cecily hinzu.

Aus ihrem Mund klingt das, als hätte sie diese Hochzeit andernfalls zu verhindern gewusst.

Emily nickte unverbindlich. Sie war nicht die Einzige, die sich nicht wohl in ihrer Haut fühlte. Auch Helens Lächeln wirkte eingefroren. «Wir haben hoffentlich noch oft Gelegenheit, diesen Missstand zu beheben.»

Emily hob nur kurz den Blick. Wills Mutter machte sie nervös.

«Sicher. Wenn Sie nicht sofort nach Kilkenny Hall zurückkehren.»

Emily war erstaunt. «Das habe ich nicht vor, zumindest nicht in den kommenden Monaten.» Sie dachte an die Verabredung, die sie heute Abend hatte. Weder ihre Mutter noch Mrs. Forrester durfte davon erfahren.

Cecily Forrester hob die Augenbrauen. «Ach, nicht? Will hat mir erzählt, Sie hängen sehr an Ihrer Heimat.»

Emily beschlich das ungute Gefühl, dass sie ihren Verlobten nicht nur seit Monaten nicht gesehen hatte, sondern auch so gut wie nichts über ihn wusste. «Da müssen Sie etwas falsch verstanden haben. Will und ich planen, uns in Wellington niederzulassen.»

Ich wünschte, er wäre hier und ließe mich nicht mit alldem allein.

«Wenn Sie sich hier niederlassen, umso besser. Ich möchte schließlich meine Enkelkinder aufwachsen sehen. Nicht wahr, Großmama?»

Die alte Dame war Wills Großmutter väterlicherseits und hatte sich bisher kaum am Gespräch beteiligt. Jetzt musterte sie Emily nachdenklich. «Ich glaube nicht, dass unsere Emily eine Frau ist, die nur Kinder will.»

«Ja, was soll sie denn sonst wollen?» Cecily Forrester war entsetzt. «Entschuldigen Sie, Mrs. O'Brien, Emily. Meine Schwiegermutter hat manchmal merkwürdige Ansichten.»

Emily wagte zum ersten Mal, den Blick zu heben und der alten Mrs. Forrester ins Gesicht zu schauen. Was sie sah, ließ sie hoffen: gütige Augen in einem freundlichen, knittrigen Gesicht Vielleicht gab es in dieser Familie doch noch eine Verbündete für sie.

Aber zunächst galt es, diesen Nachmittag zu überstehen. Und den morgigen Tag. Die kommende Woche, vor allem den Freitag.

Den Tag ihrer Hochzeit.

Sie wusste gar nicht, wovor sie wirklich Angst hatte. War es die fremde Stadt? Waren es die neuen Eindrücke, die stündlich auf sie einprasselten? Oder war es der Umstand, dass Will sich seit ihrer Ankunft vor drei Tagen nur ein Mal bei ihr hatte blicken lassen?

Er war ihr so fremd.

Sie würde einen Fremden heiraten. Und das machte ihr Angst.

Siobhan schrie.

Walter widerstand dem Impuls, die Hände auf seine Ohren zu pressen. Seit gestern Abend lag sie nun schon in den Wehen. Jedes Mal, wenn ihre Schmerzensschreie für ihn unerträglich wurden, sprang er auf und ging zur Tür seines Arbeitszimmers. Dort verharrte er dann.

Sie hatte ihn vor acht Monaten aus dem gemeinsamen Schlafzimmer verbannt. Seitdem hatte er es nicht mehr betreten. Er verstand, warum er kein Recht mehr dazu hatte, aber jetzt aus der Ferne Zeuge zu werden, wie sie unter Schmerzen das Kind gebar, das in jener schicksalhaften Nacht gezeugt worden war, das war zu viel für ihn.

Er wollte diesen Schmerz für sie auf sich nehmen, wollte sie davon erlösen.

Doch er war zur Untätigkeit verdammt.

Er hörte Schritte auf der Treppe und war sofort wieder an der Tür. Annie erstarrte mitten in der Bewegung, und ihre Hand legte sich auf das Treppengeländer, als müsste sie sich daran festhalten.

«Wie geht es ihr?», fragte Walter atemlos.

Annie zuckte die Schultern. «Wie soll's ihr schon gehen? Ist nie leicht für uns Frauen.»

«Ja, aber wie lange kann so was denn dauern?»

«Es dauert so lange, wie's nun mal braucht.» Annie ging Richtung Küche.

Walter blickte ihr nach. Ihm lag eine scharfe Erwiderung auf der Zunge, aber mit Annie legte er sich nicht mehr an. Fast schien es, als hätten sich die beiden Frauen gegen ihn verschworen.

Er setzte sich wieder an den Schreibtisch. Die Tür ließ er einen Spalt breit offen, damit er hörte, wenn Annie wieder durch die Eingangshalle ging.

Siobhans Schreie gellten durch das Haus. Er sprang auf und knallte die Tür zu. Auf dem Rückweg zum Schreibtisch nahm er die Whiskyflasche vom Servierwagen. Er trank direkt aus der Flasche und vergrub mit jedem ihrer Schreie das Gesicht tiefer zwischen Händen und Armen.

Nie wieder werde ich ihr so wehtun.

«Mir scheint, wir können beide Gesellschaft brauchen.»

Aaron stand in der Tür.

Müde fuhr sich Walter mit beiden Händen durchs Gesicht. War er eingeschlafen? Die Flasche war fast leer.

«Was machst du denn hier?»

Aaron betrat das Arbeitszimmer und schloss die Tür. «Ich wollte zu Emily, aber euer Hausmädchen hat mir gesagt, dass sie schon vor zwei Tagen mit euren Eltern nach Wellington gereist ist.»

«Ja, du kommst zu spät.»

Aaron setzte sich ihm gegenüber an den Schreibtisch. «Wohl auch zu spät, um mitzutrinken?»

Walter schüttelte den Kopf. «Dieser Whisky», sagte er mit schwerer Zunge, «ist nur für Männer, die wissen, was Leid bedeutet.»

«Was macht dich so sicher, dass ich nicht leide?»

«Was kann schlimmer sein, als der eigenen Frau so unmenschliche Schmerzen aufzubürden?»

Aaron lachte. «Nichts. Der Whisky gehört dir.»

Walter schob ihm die Flasche hin. «Was wolltest du von meiner Schwester?»

Aaron schwieg lange. Schließlich sagte er: «Vielleicht habe ich gehofft, es käme anders.»

«Ich weiß zwar nicht, wovon du redest, aber ich höre dir gerne zu. Erwarte von mir nur keine Ratschläge.» Walter ließ den Finger um die Flaschenöffnung kreisen. «Ich bin betrunken.»

Aaron lächelte. «Lass nur. Sagen wir einfach, ich bin heute hergekommen, um einem guten Freund in der schweren Stunde beizustehen.»

Das genügte Walter. Und als die Dunkelheit über Kilkenny Hall hereinbrach, verloren die beiden Männer sich in den Erinnerungen an jene Zeit, als das Anwesen wenig mehr als eine Baustelle gewesen war, ein imposantes Rechteck, das Träume beflügelte.

«Jetzt haben wir's wohl geschafft, nur ...» Walter schenkte ihnen nach. «Ich habe meinen Vater immer gewarnt. Er sollte nicht so viel investieren. Natürlich hat er doch investiert, und jetzt sind wir so schnell gewachsen und stehen vor dem nächsten Problem.»

«Die Zeiten sind schlecht.» Aaron nickte.

«Die Preise für Schafwolle fallen. Einzig das Lammfleisch hält uns noch über Wasser, das verkauft sich nach wie vor gut.» Finster starrte Walter in sein Glas. Er hatte Siobhan vergessen, hatte die schwere Stunde vergessen, in der seine Frau in den Wehen lag und sein Kind zur Welt brachte. «Und dann fehlt uns ein Verwalter, ein guter Mann, wie du es einst gewesen bist. Oder Amiri, der es vorgezogen hat, weiß der Teufel wohin zu verschwinden. Siobhan ist als Einzige erleichtert, sie fand ihn immer unheimlich. Aber uns fehlt er an allen Ecken und Enden.»

Er blickte auf. «Oder du. Du bist auch verschwunden,

weil's dir zu schwer wurde. Hättest du Emily doch einfach gefragt. Sie hätt' dich schon genommen.»

Aaron zuckte zusammen. Eine leise, unbewusste Bewegung, doch Walter bemerkte es trotzdem.

«Ja, hättest du sie einfach gefragt.»

«Emily ist keine Frau, die man einfach fragt.»

Stille.

Walter stand abrupt auf. «Ich höre gar nichts mehr.» Besorgt ging er zur Tür. Er öffnete sie und stieß in der Tür mit Annie zusammen.

«Mr. O'Brien, es ist da.» Sie hatte gerötete Wangen und war ganz atemlos. «Ein Mädchen, so hübsch und gesund wie seine Mutter.»

Er starrte sie an. Sprachlos.

«Na, gehen Sie schon rauf! Ihre Frau erwartet Sie schon.»

Ehe er ging, hielt sie ihn am Ärmel fest. «Ich sag's nur: Machen Sie ihr keinen Vorwurf.»

«Warum sollte ich ihr einen Vorwurf machen?», fragte er. «Weil es nur ein Mädchen ist?»

Annie nickte verlegen. «So seid ihr Männer schließlich.»

«Dieses Mädchen ist doch das größte Geschenk, das sie mir machen konnte!», lachte Walter.

Er eilte die Treppe hinauf. Die Tür zum Schlafzimmer war nur angelehnt.

Vor der Tür blieb Walter stehen. Er musste daran denken, wie er ihr vor acht Monaten … Nein, nicht daran denken, denn dann käme der Schmerz wieder, und dieser Moment war doch der glücklichste seines Lebens. Er hatte Siobhan, die sich so sehnlich ein Kind wünschte, dieses Geschenk gemacht. Sie hatten beide einen hohen Preis dafür gezahlt.

Aber es würde nie wieder dazu kommen. Er würde Siobhan nie wieder anrühren.

Vorsichtig schob er die Tür auf.

Siobhan saß im Bett, aufrecht und strahlend. Ihr Haar war verschwitzt, zerzaust, ihr Gesicht von der Anstrengung noch leicht gerötet, aber sie lächelte. Das Bündel in ihren Armen schien sie ganz zu machen, heil, und als sie ihn hörte, schaute sie hoch.

Lange konnte Walter einfach nur da stehen und sie ansehen. Er trank ihren Anblick, wollte sich alles einprägen. Ihr Lächeln, den Ausdruck ihrer Augen.

So hatte sie ihn noch nie angelächelt.

«Komm herein und begrüße unsere Tochter», sagte sie.

Erst jetzt betrat er das Zimmer. Er setzte sich zu ihr auf die Bettkante, und Siobhan hob ihm das Kind entgegen, damit er es sehen konnte.

«Sie ist wunderschön», flüsterte er ergriffen und streckte die Hand nach dem Säugling aus.

«Wie wollen wir sie nennen?», fragte sie leise.

«Das überlasse ich dir.» Seine Tochter packte seinen Zeigefinger. Er spürte Tränen in seinen Augen brennen.

Meine Tochter. Nie soll dir etwas geschehen.

«Dann nennen wir sie Sarah, nach meiner Mutter.»

«Sarah gefällt mir.» Er konnte sich nicht von ihrem Anblick losreißen. Diese winzige Nase! Der kleine Mund, der sich leise bewegte.

«Sarah also.» Siobhan war zufrieden. Sie lächelte müde.

Er senkte den Kopf und konzentrierte sich ganz auf seine Tochter. «Sie wird unser einziges Kind bleiben, nicht wahr?», fragte er und hoffte, sie verstand es so, wie er es meinte.

Siobhan nickte nur.

«Du bist bestimmt müde.»

Er stand auf.

«Walter?»

Er stand schon an der Tür, als sie ihn rief. «Ja?»

«Ich … wir … ich verzeihe dir.»

Er erstarrte. Drehte sich nicht zu ihr um. «Es wäre dein gutes Recht, mir nicht zu verzeihen. Ich werde mir nie verzeihen, was ich dir angetan habe.»

All seine Freude war plötzlich verflogen.

Seine Tochter würde ihn immer daran erinnern, was für ein Unmensch er war. Er wollte es besser machen, um jeden Preis. Nicht nur um Siobhan und ihrer gemeinsamen Tochter willen, sondern auch um seinetwillen. Er wollte morgens wieder in den Spiegel schauen können, ohne sich seiner zu schämen.

Emily verglich die Adresse auf dem Zettel mit dem Schild über dem Eingang des Hauses. Hier also saß Worthington & Brothers, eines der bekanntesten Verlagshäuser Neuseelands.

Sie hoffte, sie kam nicht zu spät.

Die Teegesellschaft hatte sich so unendlich lange hingezogen. Cecily Forrester wollte Emily und ihre Mutter nicht nur der Familie, sondern offenbar auch halb Wellington vorstellen. Sie versäumte es auch nicht, jede Dame darüber in Kenntnis zu setzen, dass ihr Sohn Will die Tochter eines Schaffarmers heiratete. Noch dazu kam sie von der Südinsel, das schien die Damen in Wellington einerseits zu verzücken, weil es etwas Besonderes war, aber andererseits sorgte es dafür, dass man ihr merkwürdige Fragen stellte. Ob sie im Winter wirklich selbstgestrickte Pullover trug, zum Beispiel.

Ihre Mam hatte sich nach dem Nachmittag entschuldigt und das Abendessen lieber in ihren Räumen eingenommen.

Emily hatte die Gelegenheit zur Flucht genutzt.

Das Haus der Forresters wurde ihr trotz der imposanten Größe zu eng, und ihr fehlte Kilkenny Hall mit seinen unendlichen Weiden und dichten Wäldchen schon jetzt.

Aber wenn sie schon in Wellington leben würde, wollte sie das Beste daraus machen. Darum war sie hier.

Der Flur war schmuddelig, und der Putz blätterte von den Wänden. Linker Hand stand eine Tür offen. Sie hörte Stimmen, und als sie im Türrahmen auftauchte, verstummte das Gespräch in dem verrauchten Raum dahinter.

Drei Männer standen um einen Tisch. Sie rauchten. Ein vierter saß hinter dem Tisch und hatte seine Füße auf der Tischplatte abgelegt.

«Entschuldigung, ich … Ich hatte einen Termin. Mit Mr. Worthington.»

«Mit welchem Mr. Worthington?» Der größte der Männer machte einen Schritt auf sie zu.

Verwirrt schaute Emily auf den Zettel, auf dem sie die Adresse notiert hatte. «Mr. Christopher Worthington. Ich bin Emily O'Brien», fügte sie hinzu. «Wir hatten eine Verabredung, also einen Termin, ich hatte Ihnen doch das Manuskript geschickt …»

«Deine Autorin, Chris.» Der Mann grinste unverschämt und machte einen Schritt beiseite.

Der kleinste der Männer trat vor. Mit dem dünnen, blonden Haar, das wirr in alle Richtungen abstand, und dem schmalen Schnurrbart machte er auf Emily nicht gerade den Eindruck, als wäre er der Geschäftsführer eines angesehenen Verlags.

«Sie suchen mich.» Er gab ihr die Hand. «Kommen Sie, wir gehen in mein Büro.»

Er führte sie aus dem Raum. Hinter ihrem Rücken begann wieder die Diskussion, und Emily hörte das raue Lachen der Männer.

Es ging eine schmale Treppe hinauf. Das Geländer wackelte bei jedem Schritt unter ihrer Hand. Emily drückte die Mappe an ihre Brust.

Sie hätte nicht herkommen dürfen. Hier waren ja nur Männer! Und jetzt sollte sie mit Mr. Worthington allein in einem Raum bleiben?

Nein, nein, nein. Das war undenkbar.

«Könnten Sie die Tür bitte offen lassen?», fragte sie, als sie hinter ihm das Büro betrat.

«Bitte, wie Sie wollen.» Er zuckte die Schultern.

«Danke.»

Das Büro war winzig und wurde von einem breiten Schreibtisch dominiert. Auf den Regalen an den Wänden stapelten sich Papiere, Bücher und Briefumschläge, und durch das kleine, schmale Fenster fiel auch an einem hellen Sommertag wenig Licht.

Aber jetzt dämmerte es schon.

Christopher Worthington warf sich in seinen Sessel und entzündete eine Zigarette. «Rauchen Sie?» Er hielt ihr das Päckchen hin.

«Bloß nicht, nein.» Sie sank vorsichtig auf den Besucherstuhl.

«Ihr kleines Stück hat mir gefallen. Also, diese Erzählung. Ich hätte noch ein paar Vorschläge, wie wir's besser machen können, aber dann steht einer Veröffentlichung nichts im Wege.»

Er stand auf und durchsuchte ein Regalfach.

Emilys Herz schlug bis zum Hals.

«Da. Wirklich, ein hübscher Roman. Nur über den Titel müssten wir nochmal reden. Ich finde, ‹Vergessene Spuren› hat so etwas … na ja, es ist schwülstig, wenn Sie mich fragen.»

«Was?», fragte Emily.

«Ja, aber darum kümmern wir uns später. Ich habe meine Anmerkungen hier …» Er reichte ihr einen Stapel eng beschriebener Blätter. «Das Manuskript brauchen Sie sicher auch? Scheint Ihr einziges zu sein.»

Er reichte ihr eine Mappe.

Eine blaue Mappe.

Emily brauchte die Mappe nicht aufzuschlagen, um zu wissen, dass nicht ihr Manuskript darin lag.

Sie legte sie zurück auf Mr. Worthingtons Schreibtisch.

«Das ist eine Verwechslung. Ich habe das nicht geschrieben.»

«Nicht? Aber es ist großartig. Wie gesagt, ein paar Änderungen hier und da …»

«Meine Erzählung heißt ‹Der Hochzeitsmorgen›, und ich habe sie extra auf meiner Schreibmaschine für Sie abgetippt.»

«Oh», machte Mr. Worthington. Er sank auf den Stuhl. «Dann ist ‹Vergessene Spuren› nicht von Ihnen?»

Sie schüttelte den Kopf.

«Ganz sicher? Wie gesagt, tolle Geschichte. Würden wir gerne machen. Bei Ihrem … also, da weiß ich jetzt gar nicht …»

Er kratzte sich am Kopf. Seine flusigen Haare standen in alle Richtungen ab. «Das ist mir aber unangenehm, Miss O'Brien. Könnten Sie … also, ich schau nochmal nach, da muss ja gewaltig was schiefgelaufen sein, mein

Bruder hat dieses Mädchen eingestellt, unglaubliche Beine, wenn Sie mir diese Bemerkung verzeihen, aber Verstand hat sie nicht, und sie bringt ständig was durcheinander. Entschuldigung. Ist ja nicht Ihr Problem.»

«Also dann ... dann wird's nichts mit meinem Buch?»

Er hob hilflos die Hände. «Nein, leider nicht. Ich hoffe, Sie hatten keine zu großen Unannehmlichkeiten.»

«Ach nein.» Sie schluckte schwer an ihren Tränen. «Ich war ohnehin nur hier, weil ich nächste Woche heirate.»

«Da wünsche ich Ihnen alles Gute», sagte er zerstreut. «Wirklich, ich hätte schwören können ... Hm. Na ja. Sie können mir ja Ihren Text nochmal schicken, wenn Sie Lust haben.»

«Ja, mache ich bestimmt», sagte Emily matt. Sie stand auf und streckte die Hand aus. «Auf Wiedersehen, Mr. Worthington.»

Er nahm ihre Hand. Ließ sie nicht los, sondern musterte sie. Emily hoffte, dass er die Tränen nicht sah, die ihr in den Augen standen.

«Hm, da hab ich Sie ganz schön enttäuscht, was?»

Sie nickte.

«Schicken Sie's mir. Sie schicken Ihr Manuskript nochmal, ja? Ganz bestimmt? Am besten an meine Privatadresse. Warten Sie, ich schreib's Ihnen auf.» Er suchte hektisch nach einem Stück Papier und schraubte seinen Füller auf. «Hier. Nicht vergessen, hören Sie? Auch wenn Sie nächste Woche heiraten. Es gibt Wichtigeres im Leben als eine Hochzeit.»

«Ich weiß», sagte sie müde. Den Zettel steckte sie in ihre Mappe. «Also. Auf Wiedersehen.»

«Wir sehen uns bestimmt wieder. Ganz bestimmt. Warten Sie, ich bringe Sie zur Tür.»

Erst als sie wieder auf der Straße stand, wurde ihr bewusst, dass sie Chris Worthington mochte. Nicht nur das: Ihr gefiel, was sie in dem kleinen, verlotterten Verlagshaus gesehen hatte.

Um jeden Preis wollte sie diese zweite Chance nutzen.

Sie machte sich eilig auf den Weg zurück zur Villa der Forresters.

«Wo warst du?»

Cecily Forrester stand auf der Treppe, als Emily das Haus betrat.

«Ich war unterwegs.» Sie strich mit der Hand über ihren Kopf. Auf dem Rückweg war sie in einen Platzregen geraten. Ihre dünnen Schuhe waren ganz durchnässt und der Saum ihres Rocks mit dunklen Schlammspritzern übersät.

«Unterwegs? Wo genau?» Wills Mutter schritt langsam die Treppe hinunter, die Hand auf den Handlauf gelegt. Ihre Stimme klang kalt. «Die Frauen der Forresters treiben sich nicht nachts in den Gassen der Stadt herum. Daran solltest du dich gewöhnen, auch wenn du bisher ein anderes Leben gewohnt warst.»

Emily reckte trotzig das Kinn.

Vor zwei Stunden hat sie mich noch gesiezt, als all ihre Freundinnen dabei waren. Und jetzt behandelt sie mich wie das Küchenmädchen!

«Ich hatte etwas zu erledigen.»

«Wenn du etwas zu erledigen hast, schickst du jemanden.»

«Tut mir leid, aber das war eine Angelegenheit, die ich selbst regeln musste.»

Wo war Will? Oder wenigstens ihre Mutter. Mam

würde Cecily schon in die Schranken weisen. Immerhin war Wills Mutter ja nicht müde geworden, bei jeder sich bietenden Gelegenheit zu betonen, dass die O'Briens eine angesehene Familie in Irland seien und in Neuseeland einen Neuanfang gewagt hätten. Leider als Schaffarmer, fügte sie stets hinzu, als wäre Kilkenny eine herbe Enttäuschung. Wenn sie ‹Schaffarmer› sagte, klang es, als besäße ihre Familie höchstens zwei Dutzend Mutterschafe.

«Und was für eine Angelegenheit könnte eine junge Frau wohl selbst regeln wollen?»

Cecily kam näher. Ihre Augen durchbohrten Emily. «Was ist in dieser Mappe?»

Fest drückte Emily die Mappe an ihre Brust. «Nichts», behauptete sie.

«Dann darf ich doch sicher hineinschauen, nicht wahr?» Sie streckte die Hand aus. «Oder hast du Geheimnisse vor mir?»

«Nein», log Emily. «Aber ich bin müde.» Cecily Forrester von ihren Ambitionen als Autorin zu erzählen, war so ziemlich das Letzte, was sie tun wollte. Sie schob sich an Wills Mutter vorbei, lächelte unverbindlich und stieg die Stufen hinauf.

Doch Cecily Forrester griff, während Emily an ihr vorbeiging, nach der Mappe. Es kam zu einem kleinen Gerangel – völlig undamenhaft, fuhr es Emily durch den Kopf –, und als sie die Mappe aus den Händen ihrer zukünftigen Schwiegermutter riss, flatterte ein gefaltetes Zettelchen zu Boden. Cecily Forrester war schneller: Sie bückte sich und klaubte den Zettel auf.

«Was ist das?», fragte sie.

«Ein Zettel.» Emily wich einen Schritt zurück. Hinter

ihrem Rücken spürte sie das Treppengeländer. «Nichts Wichtiges, nur eine Notiz.»

«Nichts Wichtiges? Du trägst die Adresse eines fremden Mannes mit dir herum, und das soll nichts Wichtiges sein?» Drohend fuchtelte sie mit dem Zettel vor Emilys Gesicht herum. «Ich habe Will von Anfang an gesagt, dass es ein Fehler ist, dich zu heiraten. Ein großer Fehler. Mit dir holen wir uns eine Laus in den Pelz. Und ich habe recht! Oder willst du mir etwa weismachen, dieser Mann, dessen Adresse du ja sogar mit deinem Körper schützen wolltest, sei nicht dein Liebhaber?»

Emily lachte auf. Das war einfach absurd! Doch sie konnte Cecily Forrester ebenso wenig erzählen, dass Chris Worthington der Verleger war, von dem sie sich erhoffte, er würde ihre Erzählung veröffentlichen. «Geben Sie mir den Zettel.»

«Kommt nicht in Frage.» Wills Mutter faltete das Papier zusammen und barg es in ihrer Faust. «Das hier ist endlich der Beweis, den ich brauchte. Schmarotzer seid ihr, nichts weiter, die es nur auf unser Geld abgesehen haben!»

Sie machte zwei Schritte auf Emily zu. Emily versuchte, der Faust auszuweichen, mit der Cecily vor ihrem Gesicht herumfuchtelte. Sie lehnte sich zurück, doch sie spürte nichts als Luft in ihrem Rücken. Sie taumelte, versuchte eine Stufe hinabzusteigen, ihr Fuß suchte nach Halt, aber sie rutschte ab und stürzte.

Einen Moment glaubte sie, es passiere nichts, es sei nicht wirklich. Sie spürte die Leere unter sich, da war gar nichts mehr unter ihrem Körper, er lag in der Luft wie auf einem Federkissen, doch sie wusste zugleich, dass es falsch war. Dass sie fiel. Emily schrie, breitete die Arme aus und sah noch, wie die einzelnen Blätter aus ihrer Mappe rutschten und um sie herum herabsegelten.

Der Aufprall trieb ihr die Luft aus den Lungen und jeden Gedanken aus dem Kopf. Es wurde dunkel um sie.

«Was ist passiert?»

Will schob seine Mutter beiseite, die sich schützend vor der Tür aufgebaut hatte.

«Es ist nichts Schlimmes, sagt der Arzt. Sie hat nur ein gebrochenes Bein und ...»

«Nur ein gebrochenes Bein? Lass mich vorbei, Mutter.»

Widerstrebend gab sie nach. Als er an ihr vorbeiging, flüsterte sie: «Es tut mir leid.»

Das von seiner Mutter zu hören, war schon sehr außergewöhnlich.

«Emily.»

Sie wirkte so blass und klein, ihre Haut war fast so bleich wie die Laken. Neben ihrem Bett stand ihr Vater, die Hände in den Hosentaschen vergraben, der Blick finster. Emilys Mutter saß auf der anderen Seite des Betts und wiegte ihren Sohn, der leise greinte.

«Was ist passiert?», wiederholte Will seine Frage.

Sie sieht aus, als wäre alles Leben aus ihr gewichen.

«Lass es dir von deiner Mutter erklären», grollte Edward. «Ich muss hier raus. War eine schlechte Idee herzukommen.»

Will hielt seinen zukünftigen Schwiegervater fest, als er gehen wollte. «Bitte, bleib. Ich möchte alles ganz genau wissen.»

Edward zögerte.

«Sie braucht dich jetzt», sagte er leise. «Wir haben die ganze Nacht auf dich gewartet.»

Der Gedanke war ihm unangenehm. «Ich …»

«Nein, erklär mir nichts. Ich weiß, wie es sich anfühlt, wenn man heiratet. Ich weiß, wie es ist, wenn in den letzten Tagen vor der Hochzeit die Zweifel kommen, auch wenn man sich für die beste Frau von allen entschieden hat.» Edward blickte zu Helen herüber. «Aber sie braucht dich jetzt. Geh zu ihr.»

Will nickte.

Er setzte sich auf die Bettkante. Emilys Augen waren geschlossen, unter den Lidern bewegten sich die Augäpfel. Er griff nach ihrer Hand. Sie zuckte bei der Berührung zusammen. Ihre Haut fühlte sich heiß an.

«Es ist ein offener Bruch», flüsterte Helen. «Der Arzt hat ihn gerichtet, aber sie hat schreckliche Schmerzen. Er sagt, sie kommt wieder in Ordnung. Aber sie wird nächste Woche nicht zum Altar gehen können.»

Sie senkte den Kopf und vergrub ihr Gesicht im braunen Haar des kleinen Jamie, als ertrüge sie den Anblick ihrer kranken Tochter nicht. Will hörte sie heftig atmen, als versuchte sie um jeden Preis, ihr Schluchzen zu ersticken.

Er hielt Emilys Hand.

«Der Arzt hat ihr was gegen die Schmerzen gegeben.» Seine Mutter legte ihm die Hand auf die Schulter.

Helen O'Brien hob den Kopf. Der Blick, mit dem sie Wills Mutter maß, war so hasserfüllt, dass er sich fragte, was während seiner Abwesenheit vorgefallen war.

Er hatte nicht geplant, über Nacht wegzubleiben. Aber dann hatte sich im Club das Gespräch mit einem interessierten Investor ergeben, und anschließend hatte er mit Finn noch ausgiebig gefeiert.

Finn war mit einem Mädchen verschwunden. Aber

Will hatte für Huren nicht viel übrig, und die schöne Unschuld seiner Braut ließ ihn für den Moment vergessen, dass es noch andere Frauen gab.

Trotzdem hatte er vermutlich zu viel getrunken. Er wachte in der Gosse auf, eine Whiskyflasche im Arm, einen widerlichen Geschmack im Mund. Ehe er zum Frühstück bei seinen Eltern auftauchte, ging er in das Zimmer, das er ohne ihr Wissen unterhielt. Er wusch und rasierte sich dort, zog frische Kleidung an und kam gut gelaunt zum Frühstück nach Hause.

So war zumindest der Plan gewesen.

«Wir müssen die Hochzeit absagen, Will», fuhr seine Mutter fort. «Ich kümmere mich gerne um alles, wenn du willst. Und wir müssen dafür sorgen, dass Emily heimgebracht wird.»

Helens grüne Augen – warum war ihm noch nie aufgefallen, dass Emily diese Augen von ihrer Mutter geerbt hatte? – sprühten förmlich Funken. «Das kommt Ihnen zupass, nicht wahr, Mrs. Forrester? Erst stoßen Sie Emily die Treppe herunter, und im nächsten Moment sagen Sie die Hochzeit ab? Sie sind vermutlich erleichtert, dass Sie sich dieses ‹Problems› so leicht entledigt haben.»

Will stand auf. «Was genau ist hier los?», wollte er wissen. Die Spannung zwischen seiner Mutter und Helen O'Brien hatte er am ersten Abend bereits bemerkt, doch hatte er bisher geglaubt, sie würde sich legen.

Das Gegenteil schien der Fall zu sein.

«Deine Braut ist ein Flittchen», empörte sich seine Mutter. «Sieh nur, was ich in ihren Sachen gefunden habe.» Anklagend hielt sie ihm einen zerknüllten Zettel hin.

Will nahm den Zettel, ohne ihn auseinanderzufalten.

«Sie war bei einem fremden Mann und hat das auch noch freimütig zugegeben!», triumphierte seine Mutter. «Ich habe dich gewarnt, aber du musstest ja unbedingt die Tochter eines verarmten Schaffarmers heiraten. Du hättest jede haben können, alle Frauen von Wellington lagen dir zu Füßen.»

Er blickte zum Bett herüber.

Bis zu diesem Moment hatte er nie darüber nachgedacht, was es tatsächlich bedeutete, wenn er Emily heiratete. Er hatte geglaubt, es sei eine reine Formsache, und glücklich würden sie schon irgendwie. Er hatte geglaubt, die Liebe komme mit dem Profit, den er aus den Goldvorkommen in Kilkenny schlagen würde. Profit, der auch Emilys Familie zugutekäme.

Aber die Abneigung seiner Mutter – wobei das Wort Abneigung fast zu schwach war, es war schon eher Feindseligkeit – ließ ihn Emily in einem anderen Licht sehen.

Dich hasst sie ebenso, wie sie mich hasst, weil sie mich für missraten hält.

Er faltete den Zettel auseinander. «Christopher Worthington?»

«Keine Ahnung, was sie bei dem wollte. Ich kenne diesen Mr. Worthington überhaupt nicht.»

«Ist gut, Mutter.» Er schob sie Richtung Tür. «Das Beste wird sein, wenn Emily jetzt ihre Ruhe hat, damit sie wieder gesund wird. Alles Weitere wird sich zeigen.»

Er schloss die Tür und atmete durch.

«Deine Mutter hat recht. Die Hochzeit wird nicht stattfinden.» Helen wiegte pausenlos ihren kleinen Sohn, fast als müsse sie damit sich selbst beruhigen und nicht ihn.

«Sie muss stattfinden.»

Er setzte sich wieder auf die Bettkante.

«Will …»

«Ich muss sie heiraten, nächsten Freitag. Unter allen Umständen.»

Helen runzelte die Stirn. «Wir haben wohl Glück, wenn sie nächsten Freitag soweit beisammen ist, dass sie wieder aufrecht sitzen kann und keine allzu großen Schmerzen hat.»

Sie seufzte.

«Es tut mir leid», sagte Will. Er nahm Emilys Hand. «Ich wünschte, wir hätten die Hochzeit in Kilkenny Hall abgehalten. Sie hängt so an ihrem Zuhause.»

Bildete er sich nur ein, dass Emily den sanften Druck seiner Finger erwiderte?

«Ich werde sie nach der Hochzeit heimbringen», versprach er. «Aber versteh bitte, dass ich nicht länger warten kann. Ich liebe sie.»

Helen erwiderte nichts. Doch ihr Blick verriet ihm, was sie dachte.

«Ich weiß, was du sagen willst», fuhr er fort. «Für einen Mann, der sich monatelang nicht um seine Verlobte kümmert, verhalte ich mich jetzt etwas …»

«Es läge mir fern, dich zu kritisieren, Will.»

Er hätte auch nicht gewusst, wie er es Helen hätte erklären sollen. Es hatte in den vorangegangenen Monaten so viel Wichtigeres gegeben als die Hochzeit. Und auch jetzt ging es ihm nicht wirklich um Emily. Er liebte sie nicht, auch wenn er das Gegenteil behauptete. Er hatte nichts gegen sie, und vielleicht war sie ihm sogar lieb, ja, und das mochte für eine nicht allzu unglückliche Ehe genügen.

Doch in seiner kleinen Wohnung lag auf dem Kaminsims ein Stein, ein kleines Stück von dem Felsbrocken, den er von Emilys Land genommen hatte. Von dem ihm ein Freund versichert hatte, er sei mit Gold durchzogen, es könne sich lohnen, da unten in Kilkenny Gold zu fördern.

Darum wollte er die Hand auf Emilys Vermögen legen, und zwar schnell. Weil dieses Vermögen in Wahrheit unter den Felsen der kargen Berge schlummerte, die mit der Hochzeit in seinen Besitz übergingen.

Er konnte nicht länger warten. Er war dem Lockruf des Goldes längst erlegen.

Teil 3

14. Kapitel

Wellington, Januar 1897

Will setzte sich durch – gegen den Widerstand seiner Mutter, die noch am Hochzeitstag zeterte, er hole sich damit eine Schafspest an den Hals, die er nie mehr loswerde, wie auch gegen die Bedenken von Emilys Eltern, die es bevorzugt hätten, die Zeremonie zu verschieben.

Er hatte an ihrem Bett Wache gehalten. Hatte dem Arzt immer mehr Morphium abgetrotzt, hatte ihr in der Küche Leckerbissen zubereiten lassen, die sie beim besten Willen nicht essen konnte. Er hatte einen Rollstuhl organisiert, ein schweres Monstrum, das aus Peddigrohr gefertigt und mit einer aus Rattan geflochtenen Sitzfläche bespannt war. Die Lehne schmerzte in ihrem zerschundenen Rücken, und sie war dankbar, dass er ihr kurz vor der Trauung eine letzte Morphiumspritze geben ließ.

Die Trauung verschwamm in ihrem Gedächtnis zu einem verwirrenden Nichts. Hatte sie wirklich ja gesagt? Hatte er sich zu ihr hinabgebeugt und sie geküsst? Hatte sie ihn murmeln gehört «Jetzt gehörst du mir»?

Danach kehrte sie ins Krankenbett zurück und versank dankbar im Dämmerschlaf, den das Schmerzmittel ihr schenkte.

Ihre Eltern fuhren zurück nach Kilkenny Hall und

ließen sie in Wellington allein. Sie tauchte nur kurz aus dem wattigen Gefühl der Schmerzlosigkeit auf, doch in diesen seltenen, klaren Momenten fielen ihr nur dumme Fragen ein.

«Wo ist Finn?»

Sofort war Will bei ihr. «Er ist verschwunden.»

«Warum?», jammerte sie. «Ich vermiss ihn so!»

Und da kümmerte es ihren verwirrten Geist nicht, dass es nicht Finn war, den sie so schmerzlich vermisste.

«Er kommt wieder. Bald.»

Und in den Momenten, wenn sie sich im Dunkel verlor, tastete sie suchend nach einer Hand, die ihr Halt gab. Fand sie eine Hand, seufzte sie erleichtert und wisperte einen Namen.

Einen Namen, an den sie sich später nicht erinnerte, ihn geflüstert zu haben.

Es war der erste Tag, an dem sie ganz ohne Schmerzmittel auskommen wollte. Weihnachten hatte sich, ebenso wie der Jahreswechsel, in ihrem Dämmerzustand verloren. Sie erinnerte sich mit viel Mühe an das Geschenk, das Will ihr zu Weihnachten gemacht hatte: ein Goldarmband, das mit winzigen Rubinsplittern besetzt war.

Sie mochte kein Gold. Vielleicht würde sie das Schmuckstück später Siobhan geben, zu ihr passte Gold. Emily ließ ihre Finger über die zarten Glieder des Armbands gleiten, während sie darüber nachdachte, unter welch schlechten Vorzeichen ihre Ehe begonnen hatte.

Sie musste sich zusammenreißen.

Will hatte das Essen für sie heraufkommen lassen. Er zerschnitt ihren Rinderbraten in kleine Stückchen, obwohl sie protestierte. «Ich kann das allein, ich hab mir das Bein gebrochen, nicht die Hand.»

«Was mich interessiert ...» Er hielt inne. «Warum Aaron?»

Seine Frage schlug das Lächeln aus ihrem Gesicht. «Wie bitte?», fragte sie schwach.

«Warum Aaron? Du hast nämlich nach ihm gerufen, wenn ich deine Hand hielt. Du hast ihn gerufen, und wenn ich gesagt habe ‹ich bin hier›, dann wurdest du geradezu rasend.» Er säbelte weiter an ihrem Fleisch herum. «Dann hast du mich beschimpft, weil ich nicht Aaron war.»

Emily erstarrte. «Das ... das hat nichts zu bedeuten. Ich meine, ich erinnere mich nicht daran ...»

«Nein, das glaub ich wohl. Du warst ja auch völlig weggetreten.» Er knallte den Teller auf das Tablett, das über ihren Beinen lag. Sie zuckte zusammen. «Weißt du, ich frag mich nur, wer diese Frau ist, die ich geheiratet habe. Ob meine Mutter nicht recht hatte, als sie mich vor dir warnte. Ob nicht was dran ist an ihrem Verdacht, du könntest den einen oder anderen Liebhaber haben.»

«Will ...» Ihr war der Appetit vergangen. In ihrem Bein pochte der Schmerz, und ihr wurde schlecht. Sie wünschte sich eine Dosis Schmerzmittel, um wieder im Dunkel zu versinken, das sie mit offenen Armen willkommen hieß. Dunkelheit war so viel verlockender als das, was ihr Eheleben sein sollte.

«Bist du nicht glücklich mit mir?» Traurig blickte er sie an.

«Doch.» Sie streckte die Hand nach ihm aus. «Ich bin sehr glücklich mit dir. Ich hab dir doch erzählt, was ich bei Mr. Worthington wollte.»

«Ja, aber warum? Du brauchst doch keine Bücher zu

schreiben. Ich kann gut für uns sorgen. An Geld wird es uns nie mangeln.»

Emily verzichtete, ihn darauf hinzuweisen, dass es für sie nicht ums Geld ging, wenn sie schrieb.

«Dr. Egholm möchte heute Nachmittag vorbeikommen. Wenn du etwas brauchst, kannst du ja klingeln.»

Er nahm das Tablett, auf dem sein Essen angerichtet war, und ging.

Obwohl ihr der Appetit vergangen war, versuchte sie, sich zum Essen zu zwingen.

Ich muss gesund werden. Er hat mich geheiratet, er gibt sich so viel Mühe.

Dr. Egholm ließ sich mit der Untersuchung Zeit. Er prüfte den Verband, untersuchte die Narbe und tastete sorgfältig Emilys Bein ab. Sie hielt die Luft an und versuchte, nicht vor Schmerz aufzuschreien.

«Also, das verheilt ganz gut. In einigen Tagen dürfen Sie das erste Mal aufstehen.»

«Und wann kann ich wieder reiten?»

Dr. Egholm kratzte sich nachdenklich am Kopf. Seine grauen Haare umrahmten die Halbglatze wie ein lockiger Heiligenschein aus Silberfäden. «Tja, also … reiten können Sie gar nicht mehr.»

Gar nicht mehr? Wie soll das gehen?, dachte sie. Wir wollen doch in ein paar Wochen zurück nach Kilkenny Hall …

«Sehen Sie, das war ein wirklich komplizierter Bruch», erklärte ihr der Arzt. «Ich musste ihn ganz nach Gefühl richten, das war nicht leicht. Manchmal wächst der Knochen nicht ganz gerade zusammen, und darum werden Sie wohl in Zukunft ein verkürztes linkes Bein haben. Nicht schlimm», beeilte er sich, sie zu beruhigen, «aber ich würde Ihnen vom Reiten abraten. Sie sollten zukünftig mit einem Stock laufen, Mrs. Forrester.»

Sie merkte erst, dass sie weinte, als Dr. Egholm ihr mit einem verlegenen Räuspern sein Taschentuch hinhielt. Emily presste es gegen ihre Augen, drückte so fest, bis bunte Punkte auf ihrer Netzhaut tanzten. «Das kann doch nicht sein», flüsterte sie erstickt. «Ich bin lahm?»

«Na, na, na. Ich würde es nicht ‹lahm› nennen. Sie werden sich ein wenig einschränken müssen, das ist alles.»

Er tätschelte ihren Arm.

Sie wollte ihn anbrüllen, er solle schleunigst verschwinden.

«Ich lasse Ihnen noch etwas Schmerzmittel da. Und ich komme in drei Tagen wieder, damit wir die Verbände wechseln können.» Er zögerte. «Sie schaffen das, Mrs. Forrester.»

Sie sank in die Kissen. Ihr Blick ging zum Fenster, und sie glaubte zu ersticken.

Das ist jetzt also meine Welt. Geschlossene Räume, Krücken, ein lahmes Bein. Wie kann Will mich da noch lieben?

Die Krankenschwester schlich herein. Emily hielt ihr den Arm hin, ohne den Kopf zu drehen, damit die junge Frau das Schmerzmittel injizieren konnte.

Ehe sie wieder im Dunkel versank, dachte sie: Er war der Erste, der mich Mrs. Forrester genannt hat.

Der Name schmeckte bitter.

«Ich möchte nach Hause.»

Will hielt inne.

«Du bist hier zu Hause», sagte er leise.

«Es ist das Haus deiner Eltern.»

«Möchtest du lieber ein eigenes Haus beziehen? Wir haben darüber gesprochen, das ist kein Problem.»

«Ich möchte nach Hause», wiederholte Emily stur.

«Emily. Diese Diskussion führen wir jetzt schon wie lange? Seit drei Wochen? Du kannst nicht heim. Dr. Egholm hat gesagt, …»

«Es ist mir so egal, was dieser dumme Arzt sagt», begehrte sie auf. «Ich ertrag's nicht mehr, Tag für Tag in diesem Zimmer zu liegen. Draußen ist Sommer, und das Einzige, was ich davon sehe, sind die Fliegen, die durchs Fenster hereinfliegen und über mein Bein krabbeln. Ich ertrag's nicht länger, mit deiner Mutter unter einem Dach zu leben.»

Er seufzte. «Sie hat sich bei dir entschuldigt.»

«Ändert es etwas an der Tatsache, dass ich jetzt ein verkrüppeltes Bein habe?» Sie weinte.

«Emily. Emily, Em.» Er schob sich zu ihr aufs Bett und nahm sie in den Arm. «Wenn es so schlimm ist, bringe ich dich heim. Wenn du unbedingt willst, mache ich es möglich.»

Er wiegte seine schluchzende Frau.

Ihre Verzweiflung rührte ihn. Doch er hatte noch so verdammt viel in Wellington zu erledigen, ehe er auch nur einen Gedanken daran verschwenden konnte, mit Emily nach Kilkenny zu reisen. Sie forderte ihn, und einen Großteil des Tages verbrachte er an ihrem Bett.

Er hätte nicht gedacht, dass er so wenig dagegen haben würde. Er hatte sie lieb gewonnen, irgendwann zwischen den Nachtwachen, während sie sich im Schmerzfieber wand. Da hatte er begriffen, dass er diese Frau zwar nicht geheiratet hatte, weil er sie liebte und begehrte, dass sie aber die Richtige war, um sie zu lieben. Und zu begehren.

Er drückte seine Lippen an ihre Schläfe. «Ich muss bleiben, zumindest ein paar Wochen noch. Aber dann komme ich auch nach Kilkenny Hall. Willst du solange warten? Oder soll ich deiner Familie schreiben, dass dich jemand holt?»

Emily nickte. «Ich will heim», wiederholte sie heiser.

«Dann lassen wir dich heimbringen. Wellington ist kein guter Ort für uns.»

Siobhan ließ den Brief sinken.

«Du hast recht, es klingt nicht gut.» Sie gab Helen den Brief zurück. Sie stand auf, weil sie glaubte, das Weinen ihrer Tochter zu hören. Sie musste Annie Bescheid geben, dass diese das Fläschchen für Sarah bereitete.

«Wir sollten jemanden schicken, der sie heimholt.» Helen faltete den Brief zusammen und legte ihn neben ihren Teller. Sie blickte Siobhan nach.

Aber wen sollten sie schicken? Siobhan konnte die anstrengende Reise nicht zugemutet werden, zumal sie mit ihrem Säugling vollauf beschäftigt war. Walter und Edward waren auf der Farm unabkömmlich. Sie hatten einen neuen Verwalter eingestellt, doch der Mann war nach zwei Wochen wieder verschwunden und hatte dabei nicht nur den eigenen Lohn aus der Kasse entwendet, sondern auch noch den Wochenlohn für alle Landarbeiter mitgenommen. Und Finn … Wäre ihr Sohn da, könnte sie ihn schicken. Aber er war nicht mal zu Emilys Hochzeit erschienen. Eine Woche vorher war er verschwunden, kurz nachdem er von Emilys Unfall erfahren hatte.

Siobhan kam zurück. Sie hielt ihre Tochter im Arm, wiegte das Kind, das leise jammerte. Helen lächelte. Es war schön, wie ihre Schwiegertochter das Kind umsorgte. Sie hatte sich um Siobhan gesorgt. Während der Schwangerschaft war sie geradezu hysterisch gewesen. Aber mit der Geburt von Sarah war diese Hysterie einer tiefen inneren Ruhe gewichen.

«Wir könnten Aaron schreiben», schlug Siobhan vor. Sie gab Sarah seit kurzem die Flasche, denn sie hatte selbst nicht genug Milch, dass sie hätte stillen können, selbst wenn sie gewollt hätte. Helen fürchtete insgeheim, dass allein der mangelnde Milchfluss ihre Schwiegertochter davon abhielt, die Liebe zu ihrem Kind auf die Spitze zu treiben.

«Aaron wird seine Arbeit in der Bank nicht um unseretwillen aufgeben. Er arbeitet doch seit Jahren nicht mehr auf der Farm.»

Siobhan runzelte die Stirn. «Nein, so meinte ich das nicht.» Ihre Hand strich über Sarahs Köpfchen. «Ich dachte, wir bitten Aaron, Emily heimzuholen.»

Helen seufzte. «Mir wäre wohler dabei, wenn wir niemanden darum bitten müssten, sondern Will einfach mitkommen würde. Aber er sagt, ihn hielten unaufschiebbare Geschäfte in Wellington fest, er könne erst in ein paar Wochen kommen. Ich bin froh, dass er sich jetzt endlich einer ehrlichen Arbeit widmet.»

Das war ihre größte Sorge gewesen. Dass Will sich weiterhin seiner Abenteuerlust hingeben und seine junge Frau allein zu Hause lassen würde.

«Und Emily hat Heimweh», fügte sie hinzu.

Siobhan nickte nur.

Helen ahnte, was sie dachte. Im Stillen gab sie ihr recht, doch sie hoffte, dass die Ehe von Emily und Will nicht mehr unter dem schlechten Stern stand, unter dem sie begonnen hatte.

Jede Ehe barg schließlich ihre Probleme.

Sie musste an Edward denken. Er war ganz vernarrt in sie und bedrängte sie des Nachts noch immer viel zu oft. Sie war bald sechsundvierzig, es wurde Zeit, dass das aufhörte. Sonst blieb Jamie nicht ihr letztes Kind, und ihr Sohn forderte ihr schon so viel ab, dass sie sich manchen Abend fühlte wie eine alte Frau.

Eine alte, in ein Kleinkind vernarrte Frau.

Wie auf ein Stichwort senkte sich die Klinke der Tür, und im nächsten Moment schaute Annie herein. «Mrs. O'Brien, es ist Ihr Sohn, er möchte frühstücken. Hat ausgeschlafen, der kleine Racker.»

Helen stand auf. «Ist er noch oben?»

«Das Kindermädchen zieht ihn gerade an. Er hat nach Ihnen gefragt.»

«Ich komme sofort.»

Die Tür schloss sich. Helens Hand ruhte auf dem Brief, sie überlegte. Eine Lösung mussten Siobhan und sie gemeinsam finden, und vielleicht war es keine schlechte Idee, Aaron zu schicken. Früher hatte sie gedacht, Aaron sei nicht der richtige Umgang für Emily. Er lenkte sie ab, mit seinen Büchern, dem klugen Gerede. Sie war erleichtert gewesen, als er verschwand, als hätte er begriffen, dass Emily und er nicht zusammengehörten.

Doch die Zeit ändert vieles, und so musste Helen sich an diesem Morgen, als sie sich erneut erlaubte, darüber nachzudenken, zwei Dinge eingestehen.

Emily war ihr ebenso verloren gegangen wie Finn. Sie hatte sich in eine innere Welt verkrochen, während Finn die Welt da draußen suchte und vermutlich fand, wonach er suchte. Einzig Walter war der Familie treu ergeben. Er und Jamie waren ihre Söhne. Die anderen beiden Kinder waren ihrer Hand entglitten.

Wenn Emily heimkam, wollte sie es anders machen.

Und dann war da noch dieser Gedanke: Sie hatte Aaron zunächst nie als einen Verehrer für Emily wahrgenommen. Als Will kam, hatte sie all ihre Hoffnung in ihn gesetzt, eine Hoffnung, die er auf unkonventionelle Weise erfüllt hatte. Früher wäre es undenkbar gewesen, dass Verlobte allein in einem Zimmer saßen oder dass sie sich vor der Hochzeit küssten. Aber die Zeiten änderten sich vielleicht, ein neues Jahrhundert stand vor der Tür. Vielleicht musste sie begreifen, dass es nicht mehr wie vor fünfundzwanzig Jahren zuging.

Und das hieß auch, dass sie aufhören musste, sich in das Leben ihrer Tochter einzumischen. Aaron mochte für sie keine gute Wahl sein, aber für Emily wäre er der rechte Reisebegleiter. Er würde sie sicher heim nach Kilkenny bringen, wo Emily sich von ihren Verletzungen erholen konnte.

Sie hoffte, es war noch nicht zu spät.

Abends wurde es still im Haus. Eine Stille, die ihm willkommen war und die nur selten vom Greinen seiner Tochter durchbrochen wurde.

Aber er wartete geradezu auf ihr Weinen, weil er wusste, dass ihm schon bald Schritte auf der Treppe folgen würden. Die Schritte seiner Frau, die in die Küche schlich, um für Sarah das Fläschchen zu bereiten.

Walter stand am offenen Fenster in seinem Arbeitszimmer und lauschte in die laue Spätsommernacht. Er fand keinen Schlaf; zu sehr wünschte er sich, das Kind könne auch seine Nachtruhe stören. Zu sehr sehnte er sich danach, neben Siobhan einzuschlafen und aufzuwachen.

Er vermisste sie so sehr.

Tagsüber war es leichter, da ließ sie ihn am Familienleben teilhaben. Da gab sie ihm Sarah, damit er sie hielt. Damit er über die dunklen Augen staunte, die ihn wissend anschauten. Über die schwarzen Haare, die in einem Wirbel in die Stirn fielen – von wem sie das wohl hatte? Siobhan behauptete, ihr Vater habe so rabenschwarzes Haar gehabt. Er staunte über das ziellose Lächeln, von dem er sicher war, es könne nur ihm gelten.

Wieder hörte er Sarah weinen. Am Fenster blieb er stehen, bis er die ersten Schritte auf der Treppe hörte und das beruhigende Flüstern seiner Frau.

Walter ging zur Tür.

Sie verharrte auf der letzten Stufe, als er auftauchte. Ihre Hand legte sich beschützend auf das Köpfchen. In der Eingangshalle war es dunkel, nur das Licht aus seinem Arbeitszimmer warf einen Lichtkeil über den Teppich, und der Schatten von Walters Gestalt reichte fast bis zur untersten Stufe.

«Sie hat Hunger.»

«Ich hab's gehört. Darf ich euch begleiten? In die Küche?»

Sie nickte. Walter machte sich nützlich, zündete Petroleumlampen an und heizte den Herd, damit sie das Wasser abkochen konnte. Siobhan ging derweil auf und ab und tröstete Sarah, die den Kopf an ihrer Schulter vergrub.

«Hältst du sie einen Moment?»

Sie gab ihm das Kind und machte sich daran, die Milch zuzubereiten.

Walter setzte sich auf den Stuhl, auf dem Annie immer saß, wenn sie Gemüse schnippelte. Aber jetzt dachte er nicht an Annie, er dachte an niemanden außer an seine Frau, die im Morgenmantel am Herd stand und das Milchpulver abmaß, er dachte an seine Tochter, die zu ihm aufblickte.

«Von wem hat sie bloß diese Augen?», fragte er staunend.

«Mein Vater hatte so dunkle Augen.» Siobhan gab warmes Wasser in das Fläschchen, verschloss es und schüttelte es heftig. Sie beobachtete ihn mit seiner Tochter. Er hätte so gerne ausgesprochen, was ihm durch den Kopf ging, aber Sarah war nun ungeduldig, weinte laut und ließ sich von ihm nicht länger beruhigen.

«Gib sie her.» Siobhan hob das Kind hoch. Er fühlte sich sofort wieder leer und vergebens, stand auf und machte Siobhan Platz, doch sie dachte gar nicht daran, das Kind hier zu füttern, sie wollte Kind und Fläschchen wieder mit nach oben nehmen, in ihr Schlafzimmer, in dem neben der Wiege ein Schaukelstuhl stand. Ein Arrangement, das völlig unnötig sei, wie seine Mutter bei jeder sich bietenden Gelegenheit betonte. Wenn Siobhan das Kind so verwöhnte, würde sie es mit ihrer Mutterliebe erdrücken. Aber Siobhan wollte es so, und Walter hatte sie in ihrem Bestreben unterstützt.

«Wir könnten uns ins Arbeitszimmer setzen», sagte er leise. «Da ist es warm und hell, und …»

Ich möchte mit dir reden, Siobhan. Behandle mich nicht, als hätte ich keinen Anspruch auf unsere Tochter.

Sie zögerte. «Also gut», sagte sie schließlich.

Walter ging voran. Er schloss hastig das Fenster, durch das nun doch kühle Luft hereinströmte. Er brachte eine

Decke und hielt sie Siobhan hin, als sie sich auf das tiefe Ledersofa vor dem Kamin setzte. Sie hielt das Kind im Arm und mit der freien Hand die Saugflasche.

«Warte, ich leg die Decke ...» Er fühlte sich wie ein Jüngling, der um die Aufmerksamkeit gleich zweier Frauen buhlte. Siobhan lächelte still, als er die Decke um sie herumdrapierte. Wie in einem Nest lag Sarah nun.

Er hockte sich auf die Kante des Sessels und beugte sich immer wieder vor, um einen Blick auf Sarahs Gesicht zu erhaschen, während Siobhan ihren Kopf gesenkt hielt und nur auf ihr Kind schaute.

Er wünschte, sie würde ihn ansehen. Oder ihm irgendwie zu verstehen geben, dass es in ihren Gedanken nicht nur sie und Sarah gab.

Eine Zeitlang war nur das leise Geräusch zu hören, wenn Sarah schmatzte.

«Ich habe nachgedacht.» Er blickte Sarah an. Den zarten Flaum auf ihrem Kopf, über den Siobhans Finger streichelten. Sie trug den Ehering nicht mehr. Schon Wochen vor der Geburt hatte sie ihn abgelegt, weil ihre Gelenke angeschwollen waren. Inzwischen war Sarah fast drei Monate alt. Der Ring blieb verschwunden.

«Worüber hast du nachgedacht?», fragte Siobhan. Sie summte leise.

«Über uns.» Er räusperte und beugte sich vor. Der Tisch stand zwischen ihnen. Er beugte sich weiter vor. Vorsichtig streckte er die Hand nach ihr aus. «Du bist glücklich, ja?»

Sie lächelte. «Ja. Sehr glücklich.»

«Ich bin auch so glücklich.»

«Das ist schön, Walter.»

Sie hob nur kurz den Kopf. Ihre hellen Augen betrachteteten ihn, und ehe sie sich wieder ganz im Anblick ihrer Tochter versenken konnte, stieß Walter hastig hervor: «Ich möchte noch eins. Mindestens.»

Sie erstarrte. Der Nuckel rutschte Sarah aus dem Mund, die Arme des Kindes fuhren blind durch die Luft, es begann zu weinen. Siobhan flüsterte, summte, beruhigte und gab wieder die Flasche. Sie hielt den Blick gesenkt, als sie antwortete.

«Wie stellst du dir das vor?»

Er wusste es selbst nicht so genau. Seine Liebe für sie brach sich schmerzhaft Bahn. Er ertrug ihren Anblick nicht länger, er wollte sie schütteln, bis sie endlich sah, was mit ihm los war. Wie sehr er litt, weil er ihr diese Schmerzen zugefügt hatte, damals, als er Sarah zeugte. Wie sehr er versuchte, es wiedergutzumachen, irgendwie. Und sei es nur, dass er ihr ein zweites Mal den Wunsch nach einem Kind erfüllte.

Aber sie war klüger als er. Sie wusste, dass der Preis zu hoch wäre.

«Ich will doch nur …»

«Walter.» Ihre Stimme war wie Honig. «Wir wissen doch beide, dass es nicht gutginge. Du hast mir sehr wehgetan. Ich möchte das nicht mehr. Sarah wird ein Einzelkind bleiben.»

«Dann lass mich wenigstens …»

«Was?», fragte sie heftig.

«Lass mich wenigstens ihr Vater sein.»

Sie stellte das Fläschchen auf den Tisch und hob Sarah an die Schulter. Sanft streichelte sie den Rücken des Kinds.

Sie schwiegen lange.

Walter wollte nicht nachgeben. In dieser einen Sache

wollte er nicht schwach werden. Er hatte ein Recht auf dieses Kind, und jedes Gericht dieser Welt würde ihm Sarah zusprechen, wenn er sein Recht einklagte und sich von Siobhan scheiden ließe.

Er wusste selbst, wie dumm diese Gedanken waren. Wie kindisch. So genau konnte er nicht orten, woher sie kamen, er wusste nur, dass er sich an jene, die er liebte, um alles in der Welt klammern musste, ob es nun Siobhan oder Sarah oder andere Familienmitglieder waren.

«Bitte, Siobhan. Sie ist doch auch meine Tochter.»

Sie wandte das Gesicht ab.

Weinte sie?

«Siobhan … Was passiert ist, tut mir leid.» Er stand auf und umrundete den Tisch, setzte sich ans andere Ende des Sofas, während sie sich so drehte, dass er nur ihre Schulter sah. «Aber sieh doch nur, wir haben unsere Tochter. Jeder Schmerz birgt doch auch ein Glück, nicht wahr? Gib sie mir, Siobhan. Gib mir unsere Tochter.»

Sie war wie erstarrt, und er glaubte, ihre Schulter leicht zittern zu sehen.

«Bitte», flüsterte er.

Sie stand abrupt auf. Ein letztes Mal strich sie Sarah über den Rücken, dann beugte sie sich herab. Walters Arme sanken in seinen Schoß, sie legte ihm seine Tochter in die Arme, doch ihr Gesicht blieb von ihm abgewandt, und als er Sarahs kleinen Kopf in seiner Hand barg, hatte er sie schon vergessen, es gab nur noch dieses kleine Wesen in seinen Armen.

«Bring sie hoch, wenn sie eingeschlafen ist», wisperte Siobhan. Einen Moment lang blieb sie noch stehen, dann streichelte sie sanft seine Schulter. Als hätte sie ihm endlich verziehen, als wäre dies nicht bloß eine leere Worthülse. Sie ließ Taten folgen.

Er weinte über dem Kopf seiner schlafenden Tochter.

Er weinte vor Glück.

Das hier musste er richtig machen, um alles in der Welt.

«Mrs. Forrester? Da ist Besuch für Sie.»

Ihre Pflegerin Ruth hatte das Zimmer auf Zehenspitzen betreten. Emily hatte sie trotzdem gehört. Ihre Sinne waren überreizt. Sie hörte alles überlaut. Manchmal wurde ihr die Welt zu grell, und ihr blieb nur, die Augen geschlossen zu halten. Stundenlang konnte sie im Sessel sitzen und warten, dass das Flirren verging. Ihr wurde nie langweilig, die Muster zu verfolgen, die auf ihrer Netzhaut tanzten, obwohl sie sich beständig wiederholten.

«Besuch?» Mühsam öffnete sie die Augen und versuchte, sich im Sessel aufzurichten. Das war alles, was von ihr geblieben war: ein schwacher Körper, ein schläfriger Geist. Auf dem Tisch neben ihr stapelte sich die Post der letzten drei Wochen. Manchmal nahm sie sich vor, alles zu lesen und zu beantworten.

Noch waren alle Umschläge verschlossen.

«Er sagt, er heißt Mr. Gregory.»

«Mr. Gregory …» Emily lächelte. War es wirklich schon über zwei Jahre her, seit Mr. Gregory ihre Familie von Dunedin nach Queenstown geführt hatte? Dass sie den Kea fand? Wie hieß er nochmal … Sie versuchte, sich zu erinnern, aber in ihrem Kopf war nur wattiges Grau, aus dem die Erinnerungen aufstiegen wie schwach belichtete Fotografien.

«Ja, schicken Sie ihn rein. Oder nein, nein. Wir machen es anders. Helfen Sie mir in den Salon, ich werde ihn dort empfangen.»

Odysseus? Achill? Gilgamesch? Wie hab ich diesen komischen Vogel nur genannt?

Das war ein Leben, das hinter einer Nebelwand verschwamm. Sie ließ sich von Ruth aus dem Sessel helfen. Ruth war achtsam, eine wunderbare Pflegerin. Gelassen, unauffällig. Sie ließ Emily die meiste Zeit in Ruhe. Dafür war sie ihr dankbar. Dafür und für die Spritzen, die sie ihr verabreichte, sobald sie es wünschte.

Emily packte die Krücken, mit denen zu laufen sie nie übte. Dr. Egholm hatte gesagt, alles werde besser, sobald nur der offene Bruch verheilt wäre. Aber nichts war besser geworden. Die Schmerzen waren noch immer da, betäubten sie tagsüber und ließen sie nachts wach liegen.

Es gab inzwischen zu viele Tage, an denen sie fürchtete, nie wieder gesund zu werden.

«Lassen Sie unseren Gast nicht warten. Ich komme nach.»

Ruth zögerte.

«Ich falle schon nicht hin, keine Sorge.»

«Aber Mrs. Forrester hat gesagt ...»

«Es kümmert mich nicht, was meine Schwiegermutter sagt», erwiderte Emily gereizt. «Nun gehen Sie schon! Sind Sie denn zu nichts nutze?»

Jetzt schrie sie fast. Heiser. Sie stützte sich schwer auf die Krücken und atmete tief durch. Ruth knickste hastig – nie würde sie ihr abgewöhnen können, bei jeder Gelegenheit zu knicksen, dachte Emily unwirsch – und verschwand.

Sie hatte seit einigen Wochen ein Schlafzimmer im

Erdgeschoss. So sei es einfacher, hatte Wills Mutter gesagt, weil sie so an den Mahlzeiten teilnehmen konnte, ohne Treppen steigen zu müssen.

Nur dass Emily auch jetzt nicht daran dachte, an den Mahlzeiten teilzunehmen. Warum auch? Sie hatte keinen Hunger. Das Einzige, wonach ihr war, waren die Spritzen.

Früher hätte sie die Strecke zum Salon gar nicht als Weg wahrgenommen. Früher wäre sie einfach losgelaufen, und im nächsten Moment hätte sie ihren Gast schon begrüßt.

Dieses Leben war vorbei.

Sie hielt nach wenigen Schritten inne. Schweiß stand ihr auf der Stirn, kalt und klebrig. Sie stützte sich mit einer Hand an der Wand ab. Die Halle erstreckte sich vor ihr. Die Muster im Teppich waberten auf und ab, als wollten sie sich um ihre Füße schlingen und sie zu Fall bringen.

Nein, sie schaffte es nicht.

Leise rief sie nach Ruth.

Er heißt Aeneas. Der Bergpapagei.

Dann verlor sich ihre Vergangenheit wieder im Grau. Sie stützte sich schwer auf Ruth, die herbeieilte und beruhigend auf sie einredete.

Emily schluchzte auf.

Es musste alles anders werden.

Sie wollte endlich heim.

Dieser Salon passte nicht zu Emily. Aber während er auf und ab lief und versuchte, seine Nervosität zu verbergen, erinnerte er sich daran, dass dieses Haus nicht Emilys war, sondern das ihrer Schwiegermutter Cecily Forrester.

Zu viele verschnörkelte, buntbemalte Porzellanfiguren auf dem Kaminsims. Zu grelle Sofabezüge. Alles war laut und üppig. Und im ganzen Salon, den abzulaufen er mehr als genug Zeit hatte, während er auf Emily wartete, fand er kein einziges Buch, nicht mal eine Zeitschrift.

Kein Wunder, wenn sie hier Heimweh bekam.

Aaron straffte sich. Er wappnete sich für ihren Anblick.

Die Pflegerin betrat das Zimmer. Jemand stützte sich auf sie.

Es dauerte einige Sekunden, ehe er begriff, dass sie es war.

Emily.

Ihr Anblick brannte sich ihm ins Herz.

Er wartete, bis sie, mühsam auf eine Krücke gestützt, zum Sofa gehumpelt war und sich dort niedergelassen hatte. Die Pflegerin zog einen Hocker heran, half Emily, das Bein daraufzulegen, und legte zusätzlich ein Kissen unter.

Aaron trat näher.

Das war nicht seine Emily. Die Augen dieser Frau hatten keinen Glanz, und die schwarzen Schatten unter ihnen nahmen ihnen jede Strahlkraft. Ihre Haut war fahl, fast gelblich. Es dauerte, ehe er erkannte, dass man ihr das Haar abgeschnitten hatte, weil es zu mühsam wurde, es während ihrer Bettlägerigkeit zu pflegen.

Am schlimmsten aber war der Schmerz, der in ihr Gesicht geschrieben stand. Die ersten Falten, steil hinabfallend von den Nasenflügeln zu den Mundwinkeln. Zwei winzige Falten zwischen den Brauen, so als runzelte sie ständig die Stirn. Vielleicht brachte es ihr Linderung.

Sie hat abgenommen, dachte er, als sie endlich zu ihm aufblickte.

Ihre Augen waren von einem hellen Schleier überzogen, die Stimme klang schleppend und hatte alle Kraft verloren.

«Sie sind nicht Mr. Gregory.»

Aaron blickte fragend von ihr zu ihrer Pflegerin.

«Doch, Mrs. Forrester. Das ist Mr. Aaron Gregory. Er ist extra aus Dunedin gekommen, um Sie zu besuchen. Schauen Sie, er hat Ihnen etwas mitgebracht.»

Er hatte das Geschenk fast vergessen, das er auf den Tisch gelegt hatte. Er sank vor ihr auf die Knie und legte es ihr in den Schoß.

«Emily», flüsterte er nur.

In ihren Augen funkelte etwas. Sie schluchzte trocken, und ihre Hand umklammerte das Päckchen. «Aaron …»

«Ich bin ja hier. Pssst. Nicht weinen.»

Ihre Augen flossen über, und die Tränen tropften auf seine Hand und das Päckchen. Sie senkte den Kopf, er sah ihr Haar im Nacken, kurz und leicht gelockt. Er hatte sich nie so sehr gewünscht, sie zu streicheln, wie in diesem Moment.

Sie murmelte etwas.

«Wie bitte?», fragte er behutsam. «Emily, ich verstehe dich nicht.»

Sie hob den Kopf. Lächelte sie? Ihre Hände ergriffen seine, sie drückte seine Finger fest zusammen.

«Bring mich heim», flüsterte sie. «Ich will einfach nur noch heim.»

Er versprach es ihr.

Er hätte ihr in diesem Moment alles versprochen.

15. Kapitel

Dr. Egholm versuchte, ihr die Wahrheit schonend beizubringen.

«In Ihrem Zustand werden Sie die anstrengende Reise kaum verkraften, Mrs. Forrester. Ich rate Ihnen, die Abreise mindestens um ein paar Wochen zu verschieben.»

Sie blickte aus dem Fenster. «In ein paar Wochen wird es Winter in Kilkenny.»

«Mir wäre wohler, wenn Sie nicht vor dem Winter reisen würden.»

Draußen bog der Wind die Bäume. Bald würden sich die Blätter am Wakatipu bunt verfärben.

«Ich will fort. Nächste Woche schon.»

«Ganz so schnell wird es nicht gehen.» Er setzte sich neben sie auf einen Hocker. Sonst saß Ruth dort und machte sich nützlich, wickelte Mullbinden auf oder wachte einfach über Emilys Morphiumschlaf.

«Ich habe mit Ihrer Pflegerin geredet. Sie wird Ihnen einen Diätplan erstellen, und ich werde Ihnen ein Stärkungsmittel verschreiben. Die Morphiumdosis müssen wir jetzt langsam reduzieren. Und Sie sollten lernen, mit Ihrem verkürzten Bein zu laufen.»

Sie schüttelte den Kopf. Er fühlte sich so schwer an

wie ihre Gliedmaßen. Wusste Dr. Egholm überhaupt, was er da von ihr verlangte?

«Ich will doch nur nach Hause», flüsterte sie.

Inzwischen wusste er darauf keine Antwort mehr. «Kommen Sie auf die Beine. Ich komme am Freitag nochmal und schaue nach Ihnen.»

Sie hörte ihn gehen. Das Buch in ihrem Schoß wog schwer, aber sie schlug es auf, hob es hoch und versuchte zu lesen. Die Buchstaben tanzten und schienen sie zu verhöhnen.

Später brachte Ruth ihr das versprochene Stärkungsmittel – es schmeckte fürchterlich – und fragte, ob Emily gerne ein wenig im Garten spazieren gehen wolle.

«Spazieren …»

Ruth lächelte aufmunternd. «Kommen Sie. Ich habe gesehen, dass Mr. Gregory auch im Garten sitzt und die Sonne genießt.»

Ich habe gehofft, du schaust heute früh bei mir vorbei. Ich hab es gehofft, weil ich so einsam bin.

«Mrs. Forrester lässt ausrichten, dass sie erst heute Abend zurückkommt, und Ihr Mann ist unterwegs, er hatte in aller Frühe einen Termin bei einem Bankhaus. Aber er lässt grüßen und hofft, zum verspäteten Frühstück wieder hier zu sein.»

Emily nickte nur. Was kümmerte sie Will? Sah er sie überhaupt? Er war höflich. Mehr nicht.

«Manchmal glaube ich, er hat mich gar nicht lieb», flüsterte sie.

«Ach, das dürfen Sie nicht denken. Schauen Sie, wie er sich um Sie kümmert, und er lässt Ihnen alles Gute zukommen, damit Sie bald wieder gesund werden. Kommen Sie, ich helfe Ihnen.»

Ruth half Emily aus dem Sessel. Sie nahm ihre Krücken. Es tat weh, das ganze Bein von der Hüfte bis zum Knöchel, und sie schloss die Augen, um dem Schmerz irgendwie zu entkommen. Dr. Egholm hatte recht. Sie konnte nicht für alle Zeit Morphium spritzen, auch wenn es sie unter Wattewolken begrub. Sie musste lernen, mit dem Schmerz zu leben.

Der Weg in den Garten zog sich unendlich. Ihre Schultermuskeln verkrampften sich, ihre Arme zitterten, und im linken Bein tobte der Schmerz. Trotzdem machte sie einen Schritt nach dem nächsten, bis sie durch die hohe Fenstertür auf die Terrasse trat.

Unter einem Sonnensegel saß Aaron und las die Zeitung. Er blickte hoch, als ihre Krücken auf den Steinplatten klackten.

Er sprang auf, rückte einen Stuhl für sie zurecht, holte einen Hocker, half ihr, als sie in den Stuhl sank. Sie ertrug es nur widerwillig. Er sollte ihr nicht helfen, sie musste das allein schaffen. Mühsam wuchtete sie ihr Bein auf den Polsterhocker.

«Was sagt der Arzt?», fragte er.

Sie versuchte, sich daran zu erinnern. «Er glaubt, ich könne noch nicht reisen. Dabei fahren wir doch mit dem Schiff nach Dunedin.»

«Ja, aber ab Dunedin wird uns kaum etwas anderes bleiben, als auf Pferde oder Maulesel auszuweichen. Du kannst im Moment wohl kaum reiten, oder?»

Sie schüttelte traurig den Kopf. Dann straffte sie sich.

«Ruth, lässt du uns ein Frühstück herrichten? Ich hab heute noch nichts gegessen.»

Ruth verbarg ihre Überraschung, dass Emily nach Essen fragte, indem sie hastig knickste, «natürlich, Mrs. Forrester, Madam» murmelte und davoneilte.

Emily ließ die Sonne ihr Gesicht wärmen. Sie seufzte. «Spazieren gehen nennt Ruth das. Es ist ein quälendes Humpeln, und nach zehn Metern fühle ich mich, als hätte ich eine Weltreise hinter mir.» Sie schüttelte sich.

Aaron räusperte sich und faltete die Zeitung zusammen. «Darüber wollte ich gerade mit dir reden. Also ...» Er schien um Worte verlegen.

Sie lachte bitter. «Worüber? Dass ich im Moment nur ein Schatten meiner selbst bin und dich gestern nicht einmal erkannt habe?»

Er nickte, erleichtert, dass sie es so frei heraus ansprach. «Ich mache mir Sorgen, Emily. Der Unfall ist schon fast vier Monate her.»

«Ja.»

«Du bist so mager.»

Sie blickte auf ihre Hände. Die Adern schimmerten bläulich unter der Haut.

«Und du nimmst noch immer Morphium.»

«Ich nehme es nicht», widersprach sie heftig. «Es wird mir gegeben, wenn ich den Schmerz nicht mehr ertrage. Heute zum Beispiel, da ertrage ich ihn, aber ich ertrage ihn nur, weil ich so gerne mit dir hier draußen in der Sonne sitze. Wir wissen beide, wenn ich Morphium bekommen hätte, würde ich dich jetzt nicht erkennen, und ich wäre blind für die Schönheit dieses Gartens, weil alles in meinen Augen flirrte und flimmerte.» Sie schluchzte auf. «Aaron, ich will nicht nur nach Hause. Ich will mein altes Leben zurück, ich will wieder schreiben können ohne dieses taube Gefühl in meinem Kopf.»

Er stand auf und trat zu ihr. Legte die Hände auf ihre Schultern. «Sieh mich an», flüsterte er.

Sie gehorchte.

Das Blau seiner Augen blendete sie fast. Emily schloss die Augen und spürte Tränen unter den Lidern hervorquellen. Sie presste die geballte Faust in ihren Mund und rammte die Zähne tief in die dünne Haut. Der Schmerz tat ihr gut, er lenkte sie von all ihren anderen Schmerzen ab, die sie quälten.

«Emily. Em, sieh mich an.» Seine Finger legten sich um ihr Handgelenk. Sanft zog er ihr die Faust aus dem Mund. Dann hob er mit zwei Fingern ihr Kinn. «Sieh mich an», wiederholte er beschwörend.

«Ich kann das nicht», flüsterte sie. Dennoch hob sie den Blick, und wieder traf sie das Blau seiner Augen wie ein Schlag. «Ich kann nicht.»

«Ich helfe dir dabei», versprach er. «Ich werde für dich da sein. Wir stärken dich für die Heimreise, ich verspreche es dir. Vor den ersten Schneefällen bist du wieder daheim.»

Sie nickte unter Tränen. Sein Kopf senkte sich, sie hob ihm ihr Gesicht entgegen, forschte in seinen Augen nach einer Antwort.

Die Teller klapperten, als Ruth das Tablett auf den Tisch stellte. Sie fuhren auseinander, und Aaron machte hastig zwei Schritte zurück.

«Mr. Forrester ist grad zurückgekommen, Mrs. Forrester. Er würde gerne mit Ihnen gemeinsam frühstücken.»

«Ja», stammelte Emily verwirrt. «Gut.»

Sie biss sich auf die Unterlippe. Was war da nur gerade passiert? Und ihr Bein schmerzte wieder so sehr.

Zu gerne hätte sie Ruth um eine Spritze gebeten. Später vielleicht. Nach dem Frühstück.

Denn sie hatte erstaunlicherweise zum ersten Mal seit langem richtig Hunger.

Will betrat die Terrasse. «Guten Morgen, Liebes.» Er trat zu Emily, beugte sich zu ihr und küsste sie auf den Mund. Sie lächelte verlegen.

Aaron und Will nickten einander zu, dann trank Aaron im Stehen seinen Kaffee aus und ging, die Hände tief in die Hosentaschen gerammt, den Kopf leicht schief gelegt, als lauschte er. Am Ende der Terrasse, wo der Hang leicht zum Garten abfiel, blieb er stehen.

«Du bist aber früh zurück», sagte Emily zu ihrem Ehemann.

«Ja, es war ein sehr erfreuliches Gespräch. Wir haben bald alles beisammen, und dann dauert es nicht mehr lange, bis wir nach Kilkenny reisen. Nächstes Frühjahr, spätestens. Geht es dir gut? Was hat Dr. Egholm gesagt?» Er streichelte ihre Wange. Seine Besorgnis war fast zu viel für sie.

«Nächstes Frühjahr erst? Aaron und ich wollen schon in ein paar Wochen aufbrechen.»

Sie senkte rasch den Kopf, weil sie seinen Blick spürte. Weil sie sich daran erinnerte, was er ihr erzählt hatte. Dass sie nach Aaron gerufen hatte, als sie mit Fieber darniederlag.

«Wirst du den Anstrengungen der langen Reise denn gewachsen sein? Hast du mit Dr. Egholm gesprochen? Aber natürlich, Liebes, wenn du meinst, reise ruhig.» Er lächelte gequält. «Es wird mir schwerfallen, dich so lange nicht zu sehen. Aber unser Zuhause soll später ohnehin Kilkenny werden. Wenn es dir so gefällt.»

Seine Worte machten sie sprachlos. «Ich dachte, Wellington …»

«Ich habe meine Pläne geändert.» Er setzte sich an den gedeckten Frühstückstisch und nahm sich ein Brötchen. «Setzen Sie sich doch wieder zu uns, Mr. Gregory. Ah, da kommt ja Ruth mit dem frischen Kaffee.»

«Danke, ich habe schon gefrühstückt», sagte Aaron höflich.

Emily spürte seinen Blick, sie schaute hoch, doch da war nur Will. Er saß zwischen ihnen und hielt ihr mit einem entwaffnenden Lächeln den Brotkorb hin. «Frische Brötchen? Ich glaube, unsere Köchin hat sie heute Morgen erst gebacken, sie sind fast noch warm.»

«Danke.» Sie nahm ein Brötchen und schnitt es auf. Ruth schenkte ihnen Kaffee ein und verschwand.

«Wie ich sehe, geht es dir heute wesentlich besser», sagte Will, der Butter auf sein Brötchen strich.

«Ich habe Schmerzen, aber ansonsten geht es mir gut», erwiderte Emily.

Es machte sie unruhig, dass sie Aarons Gesicht nicht sehen konnte. Er hatte sich umgedreht, verließ die Terrasse und ging den Kiespfad entlang. Sie lauschte seinen Schritten, die sich langsam entfernten.

«Wenn es dir so gut geht … Ich würde dich gerne heute Nacht in mein Schlafzimmer …» Er zögerte, als suchte er nach dem richtigen Wort. «… holen.»

Emily streckte hastig die Hand nach dem Milchkännchen aus und griff daneben. Das Kännchen kippte um, die Kaffeesahne ergoss sich auf die Tischdecke.

«Oje!» Sie wollte aufspringen, aber Will war schneller.

«Lass nur», sagte er und benutzte seine Serviette, um

den Milchsee aufzutupfen. «Ruth soll uns neue bringen, warte.»

Er verschwand im Haus.

Aarons Schritte waren immer noch zu hören, aber schon weit entfernt.

Mehr aus Langeweile zog Emily die Zeitung zu sich heran, in der Aaron vorhin gelesen hatte. Ihr Geist war noch immer schnell erschöpft und wollte sich schon wieder in beliebige Gedankenlosigkeit flüchten, aber die Schlagzeile über einem kleinen Artikel auf der ersten Seite machte sie hellwach.

Goldrausch in Paradise? – William Forrester dementiert

Paradise lag einige Meilen nördlich von Kilkenny. Der Ort grenzte an ihr Land, an jene schroffen Berge und das karge Weideland, das seit der Hochzeit ihnen gehörte.

Die Gerüchte um reiche Goldvorkommen in Paradise sind völlig haltlos. Dies bestätigte William Forrester unserer Zeitung gegenüber gestern früh im vertraulichen Gespräch. «In Paradise werden Sie nie Gold finden», betonte er. Doch der gewiefte Geschäftsmann erzählte auch, dass er und seine Frau schon bald auf die Südinsel ziehen würden. Sind Sie wirklich sicher, dass es dort kein Gold gibt, Mr. Forrester?

«So, deine Milch, Liebes.» Er gab ihr das frisch gefüllte Milchkännchen. Emily ließ die Zeitung sinken.

«Was genau hast du eigentlich vor, wenn wir nach Kilkenny gehen?», fragte sie.

Aber sie kannte die Antwort bereits. Sie wusste, was ihn dorthin zog. Er war noch immer der Abenteurer, als den sie ihn kennengelernt hatte.

Eine Ehe änderte keinen Mann.

«Was ich vorhabe?» Er spielte auf Zeit. Setzte sich,

schlug ein Bein über das andere – er trug heute einen feinen Anzug, ein seltener Anblick bei ihm –, strich Marmelade auf eine Brötchenhälfte, biss und kaute, ehe er antwortete. «Das weißt du sicher schon, sonst würdest du nicht fragen.» Er wies mit einem Nicken auf die Zeitung in ihrer Hand. «Steht doch alles drin, oder?»

Ihr wurde schwindelig.

«Gold in Paradise?»

Er lächelte. «Genial, oder? Wir werden uns vor Anfragen kaum retten können.»

Sie wusste nicht, was er damit meinte.

Aber vielleicht musste sie das auch nicht.

Vielleicht genügte es auch, endlich aus ihrem Dämmer aufzuwachen und ihm eine Ehefrau zu sein.

Emily versuchte sich an einem Lächeln. «Ich freue mich auf heute Abend», behauptete sie, obwohl ein schmerzliches Ziehen in ihrem Bauch sie eines Besseren belehrte.

Sie saß in Nachthemd und Morgenmantel vor dem Toilettentisch und bürstete ihr Haar. Mit jedem Schlag der Standuhr in der Eingangshalle – sie zählte elf – strich sie mit der weichen Bürste über ihren Kopf. Es fühlte sich ungewohnt an, dass das Haar nur knapp bis zu den Schultern reichte, und immer wieder fuhr ihre Hand zum Nacken.

Kühle Luft drang durch das offene Fenster in ihr Schlafzimmer.

Sie wartete auf ihn.

Verschiedene Flakons, Dosen und Fläschchen waren auf dem Toilettentisch aufgereiht. Kaum etwas davon gehörte ihr, und sie schnupperte an einem Flakon. Unwillkürlich verzog sie die Nase. Viel zu süß für ihren Geschmack.

Dann musste er sie eben ohne Parfüm nehmen.

Er klopfte.

«Herein?»

Ruth schlief heute im Dienstbotenquartier und nicht, wie sonst, in dem Feldbett am Fußende ihres Betts. Emily wollte mit Will allein sein.

Ihre Mutter hatte sie kurz vor ihrer Abreise nach Wellington beiseitegenommen und ihr erklärt, was zwischen Mann und Frau geschah. Es war nicht viel, das Mam ihr mit auf den Weg gegeben hatte, außer vielleicht, dass der Mann es schon richten würde und die Frau sich ihm fügte.

Will betrat ihr Zimmer. «Bist du so weit?», fragte er. «Ich würde dich gerne mit ins Bett nehmen …»

«Ja.» Sie drehte sich um und hangelte nach ihren Krücken.

«Nein, lass das.» Er kam auf sie zu und legte seine Hand auf ihre. «Ich möchte dich nach oben tragen.»

Er hob sie hoch. Emily legte die Hände in seinen Nacken. Er drückte sie an sich, dass ihr Kopf gegen seine Brust gepresst wurde.

«Geht es?», fragte er leise, und sie nickte, denn ihr Bein tat nicht mehr weh als sonst.

Er trug sie aus dem Zimmer, sie flüsterten miteinander, und sie half ihm, die Tür zu schließen, zog sie leise ins Schloss und legte den Arm wieder um ihn. Seine Schultern so breit, seine Arme so stark.

In seinem Schlafzimmer, das vor Monaten ihr gemeinsames Schlafzimmer hätte werden sollen, brannte Licht, die Bettdecke war zurückgeschlagen. Er setzte sie auf die Kante, half ihr aus dem Morgenmantel und legte ihn über einen Stuhl, ehe er begann, sich selbst auszuziehen.

Emily wusste nicht recht, was von ihr erwartet wurde, darum schob sie ihr Bein auf die Matratze, legte sich hin und deckte sich zu. Sie wartete auf ihn, schaute ihn aber nicht an, weil sie noch nie einen Mann nackt gesehen hatte.

Er hielt inne. «Möchtest du, dass ich das Licht lösche?»

Sie nickte.

Als es um sie herum dunkel war, bereute sie ihre Entscheidung. Jetzt kam er schon zu ihr, kroch zu ihr unter die Bettdecke. Sie spürte seinen Körper dicht neben ihrem, hörte sein lautes Atmen. Emily schloss die Augen und versuchte sich vorzustellen, was nun käme.

Seine Hand nahm ihre. Drückte sie vorsichtig. «Geht es dir gut?», fragte er, und sie nickte im Dunkel, ehe ihr auffiel, dass er das ja nicht sehen konnte.

«Ja», flüsterte sie darum.

Wieder ein Händedruck, und er flüsterte: «Ich werde vorsichtig sein.»

Damit rollte er sich auf sie. Überrascht schrie sie auf, und sofort hielt er inne. «Tu ich dir weh?»

«Nein, nein.» Sie atmete heftig. Sein Gewicht lastete schwer auf ihr, und sie schob ihr linkes Bein beiseite.

Es tut nicht mehr weh als sonst, dachte sie, und dann dachte sie gar nichts mehr, weil er sie streichelte und küsste, und das war doch ganz anders, als sie es sich vorgestellt hatte.

Nur als er ihre Narbe am Bein streichelte, beschlich sie die Angst. Wie hypnotisiert glitten seine Finger immer wieder auf und ab, als gebe es an ihrem Körper nichts, das ihn mehr faszinierte als der helle, zerfurchte Biss, wo einst der Knochen rausgeragt hatte.

Seine andere Hand lag auf ihrem Bauch. Wie sie dorthin gelangt war, wusste sie nicht so genau, wie ihr Nachthemd unter ihrem Po nach oben rutschen konnte, ebenso wenig. Sie seufzte, weil seine Berührungen sich angenehm anfühlten, gar nicht so schlimm, wie sie es sich vorgestellt hatte, aber was wusste sie schon davon.

Ihr Körper war klüger, er gab sich dem Rhythmus hin, den Will vorgab, sie öffnete die Beine weiter, er schob sich hoch, sie spürte seine Hand da unten, seine Finger, die durch ihr Schamhaar fuhren, und dann spürte sie, dass sie dort nass war, und sie erschrak. Aber ihm schien das zu gefallen, denn er stöhnte, und dann war es plötzlich ganz heiß, es fühlte sich an, als dehnte er sie. Er schob sich in sie hinein. Sie spürte es im selben Moment wie er, dass da eine Barriere war, und da bekam sie das erste Mal Angst, weil es ihm bestimmt nicht gefiel, wenn sie zu kurz war, wenn sie ihm nicht genug Platz bot. Musste das so sein?

Sie hob die Arme, ihre Hände krallten sich in seine Schultern. Sie seufzte leise, und dann schrie sie, weil er sich so heftig in sie hineinbohrte, dass es wehtat.

«Schhhh», machte er, und sie wollte, dass er aufhörte, sofort sollte er aufhören. Aber jetzt war es für ihn richtig, und sie spürte auch, dass das, was ihn da vorhin noch gestört hatte, jetzt weg war, diese innere Barriere, dieses Hindernis. Sie blinzelte die Tränen weg, nur nicht weinen, es sollte ihm doch gefallen, und wie konnte es ihm gefallen, wenn seine Braut weinte?

Es dauerte nicht lang. Er stöhnte, sie ließ ihre Hände

über seine Schultern gleiten. Dann wälzte er sich von ihr herunter.

Jetzt wäre es ihr lieber gewesen, das Licht würde noch brennen. Sie hätte gerne gesehen, ob er zufrieden war, aber fragen konnte sie ihn auch nicht, oder? Sie spürte, wie er sich auf die Seite drehte, seine Bettdecke heranzog, er lag jetzt auf seiner Bettseite, und sie spürte die Nässe zwischen ihren Schenkeln und ein heißes Puckern, aber der Schmerz in ihrem Bein war für den Moment verblasst.

«Gute Nacht», hörte sie ihn flüstern. Sie schwieg lange, und als sie schließlich auch «gute Nacht» flüsterte, war er schon eingeschlafen.

Sie lag noch lange wach und freute sich, weil sie jetzt endlich ganz und gar seine Frau war.

Und bald ging es heim nach Kilkenny.

Es fiel Siobhan leichter, als sie gedacht hätte.

Nachdem Walter sie darum gebeten hatte, ließ sie ihn Vater sein. Sie schloss ihn nicht mehr aus, und die Nächte, in denen sie von Sarahs Weinen geweckt wurde – das kam fast jede Nacht vor, meist gegen zwei Uhr –, wurden für sie beide zu einem Ritual, das sie pflegten. Inzwischen freute sie sich auf diesen Moment, wenn sie die Treppe herunterkam und Walter in der Tür zu seinem Arbeitszimmer stehen sah. Es bedurfte keiner Worte. Beide waren erleichtert, dass alles schweigend ging, sie wollten nicht an dem rühren, was in der Vergangenheit schlief.

Doch in dieser Nacht war es anders. Walter hörte sie nicht die Treppe herunterkommen, und als sie an die Tür zu seinem Arbeitszimmer kam, sah sie ihn am Schreibtisch sitzen, den Kopf zwischen den Armen vergraben. Er schnarchte leise.

Siobhan wiegte das Kind. Sie näherte sich ihm, ihre Füße waren kalt. Kälter war nur die Angst, aber sie überwand sie, legte die Hand auf seine Schulter, sodass er aufschrak und sich mit beiden Händen durchs Gesicht fuhr.

«Ich bin eingeschlafen», sagte er, und sie lächelte stumm, reichte ihm seine Tochter, *seine* Tochter, sie musste sich ja daran gewöhnen, dass Sarah nur seine Tochter sein konnte.

Er schob die Papiere von sich weg, und das war der Moment, in dem sie den Brief sah. Sie erkannte die Handschrift, und sie hätte Walter das Kind am liebsten wieder entrissen, das auf seinem Schoß saß und auf dem Ärmel herumkaute. «Mjajaja», quengelte die Kleine, sie zahnte und sabberte.

Walter gähnte. Er stand auf und trug Sarah in die Küche, sie hörte ihn mit dem Kind gurren und plappern.

Sie zögerte.

Da lag ein Brief, und sie wusste, er war von Amiri.

Wollte sie auch wissen, was darin stand? Er hatte es ihr damals klargemacht, dass es so nicht weiterginge, und hätte er es ihr nicht mit diesen harten Worten erklärt, hätte sie nach ähnlich harten Worten suchen müssen.

Aber Walter wünschte sich ein zweites Kind, und sie selbst konnte sich ebenso wenig vorstellen, dass Sarah ihr einziges blieb. Sie war so sehr in die Kleine vernarrt. Sie legte ihre Finger auf das polierte Kirschholz des Schreibtischs und dachte an Madame Robillards Worte, dass doch nichts so war wie der Geburtsschmerz. Daran dachte sie, und an Amiris brunnendunkle Augen, die Sarah von ihm geerbt hatte.

Es geht nicht.

Sie verließ das Arbeitszimmer, ohne den Brief zu lesen.

Später setzten sie sich in das Kaminzimmer. Im Kamin glomm noch ein wenig Feuer, das Walter neu anheizte, während Siobhan das Kind fütterte. Sie redeten leise miteinander. Er erzählte von der Schafzucht, von der wunderbar feinen Wolle, die sie dieses Jahr bekommen hatten, so feine Wolle, die so wenig Geld einbrachte wie nie.

«Da hat man die dichteste, weichste Wolle, und auf dem Weltmarkt fallen die Preise. Als wollte niemand mehr warme Kleidung tragen.» Er seufzte.

«Bereust du es, dass wir hergekommen sind?», fragte sie leise.

Er dachte darüber nach. «Manchmal», gab er schließlich zu. «Wenn wir mit dem Geld nicht auskommen. Mein Vater hat ein paar Fehler gemacht, es wird manchmal eng. Was wir bräuchten, wäre ein richtig gutes Jahr. Oder zwei, drei Jahre, in denen wenigstens anständige Preise gezahlt werden. Sonst hilft uns wohl nur noch ein Wunder.»

Sarah war in ihren Armen eingeschlafen.

«Was sagt Edward dazu?», fragte sie.

Walter seufzte. «Er sieht die Probleme. Aber du kennst ihn. Für ihn kommt immer alles wieder in Ordnung, bisher ging ja immer alles gut, bisher haben wir noch jede Rechnung beglichen und jeden Lohn ausgezahlt. Nur geht's nicht ewig so weiter.»

«Wir könnten sparen», schlug Siobhan vor.

Walter machte eine wegwerfende Handbewegung. «Was der Haushalt verschlingt, ist kaum der Rede wert.

Es sind die Schafherden. Wir haben zu schnell zu viele zugekauft, und jetzt reicht das Land bald nicht mehr aus. Wir führen die Tiere sogar schon bis hinauf nach Paradise, auf das Land, das eigentlich Emily gehört. Vater will ihr dafür eine anständige Pacht zahlen, wenn sie heimkommt, nur weiß ich nicht, woher wir das Geld dafür nehmen sollen.»

Dass es so um Kilkenny stand, hatte sie nicht gewusst. Es beunruhigte sie. Sarah, die satt eingeschlafen war, wachte auf und weinte leise. Sie tröstete, streichelte und flüsterte.

«Aber können wir denn gar nichts tun?»

Er zuckte mit den Schultern. «Manchmal kann wohl nur ein Wunder helfen. Aber keine Sorge, Liebes. Egal, was passiert. Ich werde immer für uns sorgen.»

Es war ein Gedanke, der ihr unendlich wohltat. Er sorgte für seine Familie.

Sie hatte nicht gewusst, dass sie so freundliche Gefühle für ihn hegte, nach allem, was passiert war. Aber in diesem Moment hätte ihr das Herz schier zerspringen wollen vor Freude.

Der Staub lag seit den frühen Morgenstunden wie ein sandiges Leichentuch über der Savanne. Selten hob sich der gelbe Dunst und gewährte den Männern einen Blick auf das Schlachtgetümmel.

Es war der Lärm, der vom Paardeberg heranbrandete und von den Kämpfen kündete, die dort stattfanden.

Seit Sonnenaufgang hatte Finn im Sattel gesessen und gewartet. Dreimal schon waren die britischen Truppen gegen die Buren einen Frontalangriff geritten, dreimal hatten sie sich zurückziehen müssen. Die burischen Soldaten hatten sich am Ufer des Modder River eingegraben und beantworteten jeden Angriff mit heftigem Artilleriebeschuss.

«Ein Wahnsinn ist das», murmelte Connor neben ihm. Er reinigte mit dem Messer seine Fingernägel. Vergebene Liebesmüh, wie Finn fand, denn Dreck gab es in diesem Land so viel, dass es nicht lohnte, ihn zu entfernen. Aber Connor war Sohn eines britischen Earls und als solcher einen gewissen Standard gewöhnt. Außerdem war er Offizier und im Moment Finns Vorgesetzter.

Abends, wenn sie die Waffen reinigten oder Briefe nach Hause schrieben, waren sie sogar Freunde.

Finn zog einen Brief hervor. «Wenn ich das hier nicht überlebe …»

«O'Brien, was soll dir denn schon passieren? Du bist ein Glücksritter, dich treffen die Buren nicht mal, wenn du auf dreißig Meter an ihre Wagenburg heranreitest.» Connor grinste. Er nahm den Brief dennoch. «Ich versprech's. Ich schreib deiner Mutter und deiner Schwester, und ich leg deinen Brief dazu. Zufrieden?»

Finn nickte. Er löste die Wasserflasche vom Sattel, nahm einen Schluck Wasser und ließ es im Mund kreisen, ehe er es angewidert ausspuckte.

«So ein verdammter Krieg, und das nur um Gold und Diamanten», sagte er.

«Kann man's den Buren verdenken? Sie wollen nichts mit den Uitlanders zu tun haben, sie meinen, das Land gehöre ihnen. Was würdest du denn sagen, wenn wir auf eure kleinen Inseln kämen, um euren Schafen die Wolle zu klauen?»

Finn lachte. «Ich würde sagen: So klein sind unsere

Inseln gar nicht, und den Schafen wächst im nächsten Jahr neue Wolle.»

Connor wollte etwas darauf erwidern, doch in diesem Moment wurde erneut zum Angriff geblasen. Alles, was jetzt noch zu sagen war, musste warten.

Finn hieb seinem Pferd die Sporen in die Flanken. Ein gutes Pferd hatte er da erwischt, von seinem eigenen Geld hatte er es gekauft, ebenso wie sein Gewehr und die restliche Ausrüstung. Erst vor knapp fünf Monaten hatte das neuseeländische Parlament abgestimmt und mit nur fünf Gegenstimmen beschlossen, der großen Schwester England im Krieg gegen die Buren beizustehen. Finn war zu diesem Zeitpunkt gerade zufällig in Wellington gewesen, und er hatte sich sofort freiwillig gemeldet. Die fünfundzwanzig Pfund, die seine Ausrüstung kostete, hatte er rasch selbst aufbringen können, und so hatte er schon wenige Tage später Neuseeland verlassen können.

Es war eine Erleichterung gewesen.

Wäre der Krieg nicht gekommen, hätte er vielleicht diesem Drang nachgegeben, der sich inzwischen immer häufiger in ihm regte.

Finn wollte zurück nach Kilkenny. Er wusste nicht, ob er im Haus seiner Eltern noch willkommen war, doch war ihm auch das inzwischen gleichgültig. Er wollte einfach heim. Dieser Ort am Ufer des Wakatipusees, der unhörbar nach ihm rief, war sein Zuhause, das wusste er jetzt. Knapp drei Jahre war es inzwischen her, seit er zuletzt dort gewesen war.

Die Reihen formierten sich. Finn verlor Connor aus dem Blick, aber das war nicht schlimm. Sie würden einander später wiederfinden. Nach diesem Angriff oder nach dem nächsten oder nachts, wenn endlich Ruhe einkehrte zwischen den Kampflinien.

Er spürte das Donnern tausender Hufe, das Kreischen der Artillerie. Vorsichtig lenkte er seinen Braunen zur Seite, als die ersten Pferde vor ihm ins Straucheln gerieten. Gerade wollte er das Pferd im Bogen auf eine Geschützstellung treiben, er sah schon die verstaubten Gesichter der Buren, nur noch achtzig Meter …

Ein Krater riss vor ihm auf, riss in ihm auf, ehe er wusste, wie ihm geschah. Sein Pferd war plötzlich nicht mehr unter ihm, und im Fallen spürte er, wie sich etwas in seine Brust bohrte. Granatsplitter, dachte er noch, dann fiel er, und sein Pferd, gerade noch so fern, sank plötzlich auf ihn. Das laute Stöhnen, das sein Pferd im Sterben von sich gab, ehe es ihn unter sich begrub, hörte er kaum noch. Die Detonation hatte ihn taub gemacht, das Pfeifen der Granaten über seinen Kopf hinweg schrillte in jeder Faser seines Körpers.

Finn spürte seine Beine nicht mehr.

Dafür war der Schmerz in der Brust umso heftiger. Er hörte noch immer das Pferd schreien, nein, er spürte es mehr, dass es sich die Kehle wund brüllte, obwohl es sich unter seinen Fingern bereits kalt anfühlte.

Es dauerte, bis ihm bewusst wurde, dass es nicht sein Pferd war, das schrie. Seine eigenen Schreie stiegen über dem Schlachtfeld auf. Endlich brachte er sich zum Schweigen. Sein rechter Arm war verdreht, sein Körper ab dem Bauchnabel abwärts unter dem Pferd begraben. Er biss sich auf die Lippen.

Nur langsam wurde er wieder Herr seiner Sinne. Zuerst kam der Tastsinn zurück. Unsicher und suchend fand er schließlich die Wasserflasche, wie durch ein

Wunder war sie noch bei ihm. Die Schreie der anderen Verwundeten ließ er nicht an sich heran, und seine eigenen ertränkte er im Wasser. Irgendwo tief in seinem Kopf flüsterte eine Stimme, er müsse sparsam mit dem Wasser umgehen, denn die Sonne stand hoch, die Hitze war mörderisch. Aber er trank weiter, stopfte sich mit jedem Schluck die Kehle und schmeckte nichts.

Dann konnte er irgendwann wieder sehen, aber die Hitze flirrte, und alles war so scharf konturiert, als hätte ein Künstler jede einzelne Linie nachgezogen. Er drehte den Kopf, aber sein Hals schmerzte, darum ließ er es wieder. Er sah den Wind, der das schwarze Mähnenhaar zauste.

Er fand es nicht richtig, wie der Wind mit dem Haar seines toten Pferds spielte. Seine Hand glitt über den Mähnenkamm, er suchte Ruhe hineinzubringen, kein Haar sollte sich mehr bewegen.

Er schloss die Augen, aber das Grelle blieb.

Seine Hand fand irgendwann, als die Zeit sich endlich wieder bequemte zu vergehen, den Granatsplitter, der aus seiner Brust ragte, das Feuchte darum. Er hob die Hand, sah Rotes, legte es auf seine Augen, strich es auf sein Gesicht, weil er sich erinnerte. Jemand hatte erzählt, je dunkler die Haut sei, umso weniger spüre man die Hitze. Und er rieb sein eigenes Blut auf Lider und in die Ohrmuscheln, als wollte er damit seine Sinne verschließen. Nur in die Nase rieb er kein Blut, denn der Geruch klebte bereits darin und grub sich mit jedem Atemzug tiefer.

Sie fanden ihn in der Nacht. Kühle Luft kroch über den Boden, und mit der Kühle kamen die britischen Soldaten zurück und bargen ihre Toten und Verletzten.

Sie brachten ihn ins Lazarett wie die anderen auch. Sie ließen ihn liegen, ein Arzt würde schon irgendwann kommen. Aber es gab nicht genug Ärzte. Nie gab es genug Ärzte, wenn man sie brauchte.

So fand Connor ihn am nächsten Morgen, dem Tod näher als dem Leben, und es dauerte weitere zäh dahinfließende Stunden, ehe ein Arzt sich anschauen konnte, was mit ihm geschehen war, und im ersten Moment sah dieser nichts außer Blut. Wütend warf er einen Lappen auf Finns Lager. «Dem ist nicht zu helfen, schauen Sie ihn sich doch an. Der ist längst verblutet.»

Aber Connor blieb hart. «Er lebt», sagte er nur.

Der Arzt warf einen zweiten Blick auf die Trage. «Meinetwegen. Operieren wir ihm das Ding halt raus, aber ich sag Ihnen, das überlebt der nicht. Und während ich an ihm rumschneide, sterben drei andere, die's eher verdient hätten, dass ich sie rette.»

«Tun Sie's einfach», erwiderte Connor knapp.

Und er blieb bei seinem Freund sitzen. In der Hand hielt er den Brief, den Finn an seine Familie geschrieben hatte, als könnte er seinen Freund allein durch diese Zeilen im Leben halten.

16. Kapitel

«Milly, Milly, ich will mitkommen!»

Sie war gerade zur Hintertür aus dem Haus getreten und hatte in die Sonne geblinzelt, die sich jeden Tag etwas früher über die steilen Bergkämme schob. Den Kopf im Nacken, die Hand um den Knauf ihres Stocks gelegt, stand sie da, als sich eine kleine, klebrige Kinderhand in ihre schob.

«Aber ich fahre nach Glenorchy, Jamie.»

«Dann will ich mit nach Glenorchy. Ich will die Kutsche fahren, darf ich, Milly?»

Wie konnte sie einem Fünfjährigen einen Wunsch abschlagen, wenn er sie so lieb darum bat? Sie seufzte.

«Also gut, dann lauf schon mal vor und sag Stephen Bescheid, dass er uns Hamlet anschirrt.»

Jamie sauste davon. Es rauschte leise, als seine kleine, gedrungene Gestalt die niedrigen Büsche streifte und ein Tropfenregen auf ihn niederging. Emily lächelte. Sie ging ins Haus und suchte ihre Mutter, um ihr zu sagen, dass Jamie sie nach Glenorchy begleiten würde.

«Wird dir das auch nicht zu viel?», fragte Mam sie besorgt. Sie stand in der Wäschekammer und gab gerade Annie Anweisungen. Annie trat beiseite, als Emily kam.

«Ich werd' ihn schon bezähmen.» Emily lächelte, und

ihre Mutter erwiderte das Lächeln beinahe erschrocken. Sie war es nicht mehr gewohnt, dass ihre Tochter froh war.

Bevor sie sich wieder umdrehen und in die Halle humpeln konnte, trat ihre Mutter zu ihr und legte ihr die Hand auf den Arm. «Schaffst du das wirklich?», fragte sie. «Ruth kann dich begleiten …»

«Ich weiß. Aber ich möchte es allein schaffen.»

Sie schüttelte ihre Mutter nicht ab, aber diese zog die Hand zurück, als hätte sie sich am rauen Stoff von Emilys Kleid verbrannt.

«Nun gut», sagte sie nur.

Emily machte sich auf den Weg zu den Ställen.

Sie biss die Zähne zusammen. Kein Morphium. An Tagen wie diesen durfte sie es sich auf keinen Fall geben lassen. Aber es war so schwer, darauf zu verzichten.

Bis auf die hässliche Narbe, die ihren linken Oberschenkel wie eine Fratze grinsen ließ, war sie wieder heil. Äußerlich. Das Bein war verkürzt geblieben, wie Dr. Egholm es ihr prophezeit hatte, und im Laufe des Tages, mit jedem Schritt, wuchs der Schmerz, bis sie ihn nicht mehr aushielt. Oft blieb sie den ganzen Tag in ihrem Zimmer sitzen, schrieb Seiten um Seiten neue Geschichten, hämmerte auf die Remington, bis auch ihre Handgelenke schmerzten und ihre Finger sich krümmten. Sie bekämpfte ihren Körper. Einen anderen Gegner hatte sie nicht.

Will war bis auf wenige kurze Besuche in den letzten Jahren kaum in Kilkenny gewesen. Er hatte nie länger als ein paar Tage bei ihnen gewohnt. Manchmal vermisste sie ihn, aber meist war sie einfach nur froh, dass er fort war, dass er sie in Ruhe ließ und seine Briefe sich in nichtssagenden Banalitäten ergingen. Er schrieb, dass er schon bald ganz nach Kilkenny kommen werde, sie müsse nur Geduld haben.

Dabei fragte sie ihn schon gar nicht mehr, wann er kommen würde. Sie fühlte sich nicht wirklich verheiratet, aber sie genoss den Status, weil er sie davor schützte, dass man sie schräg ansah als alte Jungfer, die keiner haben wollte.

Und sie liebte die Freiheit, die Will ihr auf diese Weise bot.

Jamie hatte derweil Stephen geholfen, das Pony vor den kleinen Einspänner zu spannen.

«Milly, wir sind schon fertig, guck!»

«Ich seh's, Jamie.» Bevor es losging, hatte sie aber noch etwas zu erledigen. Stephen wusste das, denn er folgte ihr in den Stall. «Sein Futter steht in der Kammer, wissen Sie ja. Heut geht's ihm ganz gut, glaube ich.»

«Danke, Stephen.» Sie nahm das Schälchen von der Fensterbank, Apfelschnitze und Haferkörner. Früher hätte Aeneas die Leckerbissen längst stibitzt, aber der Kea war alt geworden, und zum Erstaunen aller hatte er mit der Zeit Vernunft angenommen.

Er wohnte jetzt in Hektors Box, Siobhans Pony. Die meiste Zeit des Tages verbrachte er dösend auf seinem Rücken, nur noch selten drehte er seine Runden im Stall. Seine Welt war klein geworden. Aber über Emilys tägliche Besuche freute er sich immer noch.

Er hüpfte auf ihren rechten Arm und nahm ein Stück Apfel direkt aus dem Schälchen. Sie stellte es ab, streichelte Siobhans Pony und gab ihm eine Handvoll Hafer. Aeneas kletterte an ihrem Unterarm empor. Fast schien es, als müsste er einen Berg bezwingen, so beschwerlich kämpfte er sich ihre Schulter hoch. Er knabberte an ihrem Ohr, und Emily strich ihm über das zerzauste Gefieder. «Alter Zausel», flüsterte sie. Ihr wurde die Kehle eng. Sie mochte gar nicht darüber nachdenken, dass sie eines Tages von diesem Tier Abschied nehmen musste.

Aber noch war es ja nicht so weit.

Jamie war ein angenehmer Reisebegleiter. Er bettelte, die Zügel halten zu dürfen, und Emily überließ sie ihm. Es war nicht das erste Mal, dass er kutschierte. Ihre Finger hielten den Knauf ihres Stocks, Jamie plapperte, es wurde Frühling. Sie kamen an Kilkenny vorbei, dem Ort, von dem ihr Vater einst gehofft hatte, dass er zu einem blühenden Städtchen werden würde. Die Baracken duckten sich im Wind, der im Winter unablässig über den See fegte. Ein leichter Nieselregen setzte jetzt ein und ließ die schäbigen Behausungen noch verkommener wirken. Nur wenige Kinder spielten in den tiefen Pfützen vor den Hütten, eine hochschwangere Frau hängte Wäsche an einer Leine auf, die zwischen zwei Häuser gespannt war. Es war ein trister Anblick.

Seit es nicht mehr so viel Arbeit gab auf der Kilkenny Farm, gingen auch die Leute weg und suchten woanders ihr Glück. Jene, die blieben, waren nicht treuer als andere – ihnen blieb einfach nichts anderes, und sie waren froh, überhaupt ihren Lebensunterhalt zu haben, mochte er auch karg sein.

Emily legte den Arm um Jamies Schulter. «Frierst du auch nicht?», fragte sie, und er schüttelte heftig den Kopf, schaute sie aber gar nicht an, sondern starrte nur geradeaus auf den Weg vor ihnen, genau wie er es gelernt hatte.

Eine halbe Stunde später erreichten sie Glenorchy. Emily drückte Jamie eine Schillingmünze in die Hand und erlaubte ihm, im Gemischtwarenladen von Dean Gregory Lakritz zu kaufen. Sie wusste, dass er dafür so viel Lakritz kaufen konnte, dass er Bauchweh bekam, wenn er alles auf einmal aß.

Aber sie ermahnte ihn nicht. Sie musste jetzt allein sein, sosehr sie ihren kleinen Bruder auch vergötterte.

Bei diesem Gang durfte er sie nicht begleiten. Zu groß war die Gefahr, dass er sich zu Hause verplapperte, und es konnte gut sein, dass sie nicht erreichte, was sie sich erhoffte. Dann wäre es ein Versuch von vielen gewesen, und sie war es leid, dass derlei daheim diskutiert wurde.

Es war ihr Bein. Ihre Schmerzen. Sie brauchte keine klugen Ratschläge von anderen. Niemand in ihrer Familie wusste, wie es war, mit einem verkrüppelten Bein herumlaufen zu müssen.

Sie ging die Hauptstraße entlang, grüßte hier und da Bekannte und steuerte die Apotheke an.

«Emily!»

Sie erkannte die schrille Stimme sofort, aber sie mochte jetzt nicht mit Rebecca reden. Also versuchte sie, ihre Schritte zu beschleunigen, doch das war nicht so einfach. Sie war inzwischen allzu schnell erschöpft, ihr Körper war ein elender Verräter, und zu allem Überfluss waren die Straßen von den Regenfällen der letzten Wochen aufgeweicht. Ihr Stock sank tief in den schweren Lehm, und ehe sie ihn mit einem wütenden Ruckeln befreit hatte, war Rebecca auch schon herangekommen.

«Emily, Liebes, man könnte fast glauben, du willst mich nicht hören!»

Sie umarmte Emily und drückte sie länger als nötig

an sich. Emilys Hand zerrte noch immer an ihrem Stock. Ein leiser Fluch entfuhr ihr.

Rebecca machte einen Schritt zurück und lächelte. «Du siehst gut aus, meine Liebe, aber deine Wortwahl hat sich keinen Deut verbessert. Bist du allein hier?»

«Jamie ist bei Diane, er kauft sich so viel Lakritz, dass er heute Abend Bauchschmerzen haben wird.»

«Ah, Jamie. Er kommt bald zur Schule, nicht wahr? Oder werdet ihr einen Hauslehrer einstellen?»

«Das wissen wir noch nicht.»

Rebecca trug einen khakifarbenen Rock, eine sandfarbene Bluse und ein Jäckchen darüber. Viele Frauen waren dieser Tage Mitglied im Women's Khaki Corps und unterstützten durch Wohltätigkeitsbasare und das Sammeln von Spenden die neuseeländischen Soldaten, die im zweiten Burenkrieg kämpften.

«Hast du schon gespendet?» Sie drückte Emily einen Zettel in die Hand. «Nächsten Samstag ist ein Basar in der Kirche, ihr müsst unbedingt kommen, das Geld ist für unsere Veteranen gedacht.»

«Ist es schon so weit? Haben wir Veteranen?»

Rebecca runzelte die Stirn. «Wirklich, Emily. Man könnte meinen, du wärst gegen diesen Krieg.»

Emily schwieg und beschäftigte sich mit ihrem Stock.

«Ich bin gerade unterwegs zum Treffen unseres Organisationskomitees. Komm doch mit! Du kannst sicher etwas für die Sache tun. Flugblätter schreiben zum Beispiel, du kannst doch so gut schreiben!»

Emily schaute sich um. «Weißt du, eigentlich wollte ich nur kurz zum Apotheker, er hat etwas für mich bestellt ...»

«Oh, ein neues Mittel gegen dein Bein? Da komm ich

gerne mit. Wir können doch unterwegs ein wenig plaudern. Wusstest du, dass Diane zum dritten Mal schwanger ist? Die Arme, sie hat mit den Zwillingen noch genug zu tun, und ihr Ältester ist ständig krank. Aber sie hat für den Basar ja so viele Socken gestrickt. Sie ist so tapfer, obwohl sie ständig im Laden aushelfen muss!»

Rebecca hakte sich wie selbstverständlich bei Emily unter. Doch die machte sich von der Freundin los, es reichte, wenn das lahme Bein an ihr zerrte, da musste nicht noch jemand an ihrem Arm hängen. Rebecca ließ sich nicht irritieren, plauderte munter und schritt schnell aus, sodass Emily sich anstrengen musste, Schritt zu halten.

Aber sie sagte nichts. Es war ihr lieber, man vergaß ihre Behinderung einfach. Dann gelang es ihr manchmal auch.

«Guten Morgen, Mrs. Forrester!» Der Apotheker Mr. Welsh blickte von seinem Kontobuch auf und klappte es sogleich zu, als sie die Apotheke betraten. Er kam um den Tresen herum und schüttelte Emily die Hand. «Wie gut, dass Sie kommen, es ist gestern erst eingetroffen. Ihre Bestellung.» Er zwinkerte ihr verschwörerisch zu und verschwand in der Offizin, um ihr Medikament zu holen.

«... und jetzt auch Ella, kannst du dir das vorstellen? Unsere Ella in Wellington? Ich hab ja immer gesagt, sie soll hierbleiben, aber ihr Mann musste ja in den Burenkrieg ziehen. Warum müssen die Männer bloß immer in den Krieg ziehen? Nur weil die Engländer mit den Buren um Gold und Diamanten streiten?»

Rebecca seufzte dramatisch.

«Aber sie sind so tapfer, unsere Männer. Ich bin so stolz, dass wir mitkämpfen, du nicht auch?»

«So, Mrs. Forrester, da haben wir's. Ist ja ein interessantes Zeug, das Sie da bestellt haben, ich hab mich gleich darüber informiert.» Mr. Welsh stellte ein Fläschchen mit Tabletten auf den Tresen. Emily trat näher, lehnte den Stock gegen den Tresen und nahm das Glasfläschchen in die Hand. Ein weißes Etikett war um den Bauch des Fläschchens geklebt, darauf stand in Druckbuchstaben *Heroin*, darüber der Name der Firma, die das Medikament inzwischen weltweit vertrieb. «*Farbenfabriken, vorm. Friedrich Bayer, Elberfeld*», las Rebecca vor, die ihr neugierig über die Schulter schaute. «Klingt deutsch.»

«Ist es auch», sagte Emily.

Sie stellte das Fläschchen wieder hin.

«Ein Wundermittel. Wie sind Sie darauf gekommen, Mrs. Forrester? Ich wusste nichts davon, dabei gibt's das schon seit zwei Jahren.»

«Ich habe eine Anzeige gesehen.»

«Wogegen hilft das denn?» Rebecca griff nach dem Fläschchen und betrachtete es eingehend, als könnte man seine Wirkung an der Form der Tabletten erkennen.

«Gegen alles hilft es!» Mr. Welsh breitete begeistert die Arme aus. «Sie können es bei Husten einnehmen, es hilft gegen Schmerzen, bei Bluthochdruck. Und sogar zur Einleitung der Geburt ist es hervorragend geeignet, das wird die Damen besonders freuen.»

«Oh, also dann möchte ich gerne auch ein Fläschchen mitnehmen.» Rebecca kramte in ihrem Geldbeutel nach einer Münze. «Oder nein, geben Sie mir gleich zwei. Das wäre doch das Richtige für Diane, findest du nicht, Emily?»

«Gibt es Nebenwirkungen?», fragte Emily.

«Sie meinen wie beim Morphium? Nein, nur ganz wenige, nicht annähernd so schlimm. Hin und wieder kann es zur Verstopfung kommen, und manche Patienten klagen über ein gezügeltes Verlangen nach ehelichen Freuden, wenn Sie verstehen, was ich meine.»

Rebecca legte die Münzen auf den Tresen. «Geben Sie mir drei Fläschchen, man weiß ja nie.»

«Aber sicher, meine Dame.» Mr. Welsh nickte und eilte davon.

Auch Emily legte ihr Geld auf den Tresen. Ihre Finger spielten mit dem versiegelten Fläschchen. Keine Nebenwirkungen ... Das klang einfach zu verlockend.

Das Morphium war ihr ständiger Begleiter. Zunächst hatte Ruth ihr regelmäßig die Spritzen setzen müssen, aber inzwischen verstand sich Emily selbst darauf, das Schmerzmittel zu injizieren, und sie machte oft von ihrer Fertigkeit Gebrauch – wenn auch nicht immer, weil sie wieder und wieder versuchte, den Schmerz zu ertragen und sich vom Morphium zu lösen.

Denn sie wusste, was der Stoff mit ihrem Körper anrichtete. Schlimmer: was er mit ihrer Seele anrichtete. Sie fühlte sich so antriebslos, war müde, schlief den ganzen Tag und saß dann nachts hellwach am Schreibtisch. Oft verlor sie sich zwischen Schmerz und Rausch.

Das musste aufhören, und das Heroin zeigte ihr einen Ausweg.

Vor der Apotheke verabschiedete Rebecca sich von ihr. Sie hatte es eilig. «Du musst unbedingt mal wieder zu unseren Teegesellschaften kommen, meine Liebe», bat sie.

Emily versprach es, obwohl sie die Aussicht, mit den Freundinnen Socken für die Wohltätigkeitsbasare zu stricken, alles andere als verlockend fand.

Als sie die Hauptstraße überquerte und gerade das Postamt betreten wollte, hielt sie schon wieder jemand auf.

«Emily.»

Sie hätte niemals damit gerechnet, ihn in Glenorchy zu treffen.

Kurz erwog sie, so zu tun, als hätte sie ihn nicht gehört. Aber dann straffte sie die Schultern, drehte sich um und strahlte ihn an, mit Lippen und Augen, schenkte ihm so viel Lächeln, wie sie in ihrem müden Körper finden konnte.

«Aaron! Mein Gott, was für eine Überraschung!»

Er umarmte sie nicht. Er reichte ihr die Hand, sie legte die Papiertüte in die Linke, dabei glitt sie ihr aus den Fingern und klatschte in den Matsch.

«Oh, das tut mir leid. Warte.» Er bückte sich und hob die Tüte auf, obwohl er wusste, wie sehr sie es hasste, wenn man ihr half.

«Was führt dich nach Glenorchy? Wolltest du zu uns?» Sie hakte sich bei ihm unter, er trug nun die nasse Papiertüte, und so promenierten sie zum Postamt.

«Ja, ich muss mit deinem Vater sprechen.» Er half ihr die Stufe hinauf.

«Mit Paps? Ich hoffe, es ist nichts Schlimmes?»

Er schwieg.

Da verflog ihre Freude, ihr Strahlen, das ohnehin nur gespielt war.

«Was ist los?», wollte sie wissen. «Ist es …»

«Das möchte ich lieber mit deinem Vater besprechen. Und mit Walter.»

Sie zitterte. Es war die Angst, unkontrolliert und unberechenbar. Sie griff nach ihm, ihre Hand krallte sich in seinen Jackenaufschlag. «Sag nicht, dass wir bankrott sind», flüsterte sie. «Bitte, sag das nicht.»

Er hielt den Kopf gesenkt, als ertrüge er nicht, ihr in die Augen zu blicken.

«Bitte, Aaron, das darf nicht sein ...»

«Es ist noch nicht zu spät», sagte er leise. «Aber es muss etwas passieren, sonst wird Kilkenny Farm bald nicht mehr euch gehören.» Er legte den Arm um ihre Schultern. «Lass uns später davon reden. Man schaut schon zu uns herüber.»

Sie schluckte ihre Tränen hinunter und betrat das Postamt. Aaron wartete draußen auf sie. Seit einigen Monaten ließ sie hier die Post lagern, und als sie jetzt den Postbeamten bat, ihre Post zu bringen, kam er mit einem großen Packen Briefe zurück, den er mit einem Bindfaden verschnürte und sorgsam einwickelte.

«Danke, Mr. Brown. Bis nächste Woche.» Sie winkte matt.

Jetzt musste sie nur noch Jamie finden und rasch heimfahren.

Aber sie fand ihn nicht. Wenn sie ihn nach Glenorchy mitnahm, wartete er sonst auf einer Kiste vor dem Gemischtwarenladen, baumelte mit den Beinen und kaute vergnügt Lakritz. Sie schaute sich um. Rief ihn.

«Dein Bruder ist hier nicht.»

Dean Gregory tauchte in der Tür auf.

«Guten Tag, Dean. Geht es gut? Ich habe gehört, Diane ...»

Er machte eine herrische Handbewegung, als wollte er sie zum Schweigen bringen. «Dein Bruder ist hier nicht», wiederholte er unwirsch und wischte seine Hände an einem Lappen ab.

«Ich dachte … Er wollte nur Lakritz kaufen und dann hier auf mich warten.»

Er zuckte die Schultern. Emily wollte sich gerade abwenden, als er ihr hinterherrief: «Ich würd's drüben hinter dem alten Lagerhaus versuchen. Kann sein, dass er Ärger hat, mit ein paar anderen Jungs.»

Sie fuhr herum zu ihm, aber er war schon wieder in den Schatten seines Ladens verschwunden.

Auch Aaron, der ihr gefolgt war, runzelte die Stirn und schwieg.

«Verstehst du das?», fragte sie ihn.

«Du meinst, dass Jamie sich rauft? Er ist ein Junge.»

«Das meine ich nicht», sagte sie ungeduldig.

«Ich glaube, für meinen Onkel gehöre ich inzwischen zu deiner Familie. Und das ist in seinen Augen nicht gerade eine Auszeichnung. Im Gegenteil», fügte er hinzu.

«Oh», machte Emily. «Das wusste ich nicht.»

«Er mag mich nicht. Und euch scheint er geradezu zu verabscheuen.»

«Ich kann mir schon denken, warum das so ist.»

Und das, obwohl die Sache mit Rawiri schon so viele Jahre zurücklag.

«Wie geht es Rawiri?», fragte Aaron. Er schien ihre Gedanken zu erraten.

«Er geht zur Schule, er lernt, und er schreibt regelmäßig Briefe. In den Ferien bleibt er lieber dort, er ist glücklich da. Und seine Lehrer sagen, er könne sogar ein Stipendium bekommen, wenn er fertig ist. Für die Universität in Dunedin.»

«Das wäre doch mal was.»

Emily nickte abwesend. Sie ahnte nichts Gutes und

beschleunigte ihre Schritte, weil sie hinter dem Lagerhaus Schreie hörte.

Dann traten sie um die Ecke.

Es dauerte einen Moment, bis Emily erkannte, dass der Junge, der auf dem anderen kniete und mit seinen kleinen Fäusten blindlings auf ihn einhieb, Jamie war. Drei andere Jungs standen um die Streithähne herum und feuerten den Unterlegenen an, ohne einzugreifen.

«Beschimpf nie wieder meine Familie!», schrie er. «Meine Schwester ist keine Idiotin, sie hat nur ein kaputtes Bein!»

Emily stiegen die Tränen in die Augen. Jamie war achtzehn Jahre jünger als sie. Und da hockte er über einem Jungen, der mindestens zwei Jahre älter war als er, und verteidigte seine Familie.

Aaron zog die Kämpfenden auseinander. Emily zeichnete mit ihrem Stock Muster in den Staub. Aber nicht nur ihr war die Sache unangenehm: Auch die vier Jungs schlichen mit gesenkten Köpfen an ihr vorbei.

Sie konnte jetzt nicht mit Jamie schimpfen, auch wenn es nicht richtig war, dass er sich prügelte. Er stand mit blutiger Nase und verdrecktem Gesicht vor ihr, wischte sich den Rotz ab und umklammerte mit der anderen Hand die Lakritztüte, die ihm in den Staub gefallen war.

«Sie mögen uns nicht», verkündete er trotzig, als entschuldigte das alles. «Und mein ganzes Lakritz lag im Staub.»

«Ich kauf dir neues», sagte Emily traurig.

Sie gingen zurück zum Gemischtwarenladen. Als Emily das Dunkel hinter der Tür betrat, roch es muffig, fast ein bisschen modrig. Anders als früher. Früher war dies ein wohlsortierter Laden gewesen, den Dianes Vater mit viel Liebe und Engagement geführt hatte. Aber nach seinem Tod vor zwei Jahren hatte Dean Gregory das Geschäft an sich gerissen.

Und seitdem ging es diesem Geschäft wie Diane: Es verblasste. Nur noch wenig erinnerte an die alte Schönheit.

Dean Gregory stand wie ein Berg hinter dem Ladentisch, und Emily kaufte eine Tüte Lakritz. Sie spürte, dass er sie nicht aus den Augen ließ, während sie nach dem Geld suchte, und das war ihr unangenehm. Sie wünschte, Aaron wäre mit hineingekommen, aber er wartete draußen.

«Geht's euch gut da oben in Kilkenny? Hab ja gehört, dass es nicht zum Besten steht», sagte Gregory.

Emily erstarrte. Sie mochte ihn nicht anschauen, denn sie spürte, dass sein Blick bohrend war. Sie warf die Münze auf den Tresen, riss ihm die halbvolle Lakritztüte fast aus der Hand und humpelte wortlos aus dem Laden.

«Wenn ihr verkaufen wollt – ich wäre wohl interessiert!», rief er hinter ihr her.

«Was war denn los? Du bist ja ganz blass», fragte Aaron.

Emily gab die Papiertüte Jamie, der sofort bemerkte, dass es nicht so viel Lakritz war wie beim ersten Mal. «Das reicht aber nicht», quengelte er.

«Sei still», fuhr sie ihn gereizt an.

Woher wusste Dean Gregory von der drohenden Pleite? Warum wusste er sogar mehr als sie selbst?

Sie spürte, dass Aaron hinter ihr herging. Er schlich geradezu, als hätte er etwas ausgefressen. Dabei hätte sie so gern mit ihm geredet, hätte ihn ausgefragt und mehr erfahren über den drohenden Bankrott. Aber das konnte sie wohl nicht tun, er gehörte ja nicht zur Familie.

Auf dem Heimweg redete nur Jamie, er plapperte munter vor sich hin und trotzte Aaron das Versprechen ab, mit ihm angeln zu gehen, weil er zum Geburtstag bestimmt eine Angel bekäme.

Ihr Vater stand schon vor dem Haus und erwartete sie, als sie vorfuhren. Als er Aaron erkannte, drehte er auf dem Absatz um und stürmte ins Haus.

Emily warf Aaron einen fragenden Blick zu.

«Es tut mir leid», sagte er mit gesenktem Kopf. «Es ist vorbei, Em. Wir haben deinen Vater oft genug ermahnt, aber ja. Jetzt ist es vorbei. Ihr seid bankrott.»

Also hatte Gregory recht, dieser schmierige, grobe Mensch, der sich bereits den Gemischtwarenladen von Dianes Familie erschlichen hatte und sich als Nächstes Kilkenny Farm unter den Nagel reißen wollte.

Und es verstörte sie noch mehr, dass Aaron sie vorhin angelogen hatte. Sie legte den Arm um Jamie und drückte ihn fest an sich.

«Gibt es denn keine Chance?», fragte sie leise.

Endlich blickte er sie direkt an. «Verkauft alles», sagte er. «Dann habt ihr vielleicht eine Chance.»

Siobhan wusste nicht, warum sie zu diesem Gespräch unter Männern hinzugebeten wurde. Walter geleitete sie zu dem Stuhl am Kopfende des Tischs, schenkte ihr Sherry ein, setzte sich neben sie und wartete.

Edward nahm auf der anderen Seite Platz.

Sie schwiegen.

Siobhan hätte so gerne gewusst, was hier eigentlich vor sich ging. Aber sie warteten, auf was auch immer, auf

Aaron vielleicht. Die Tür stand offen, Schritte erklangen. Die Männer strafften sich unwillkürlich.

Aaron blickte überrascht auf die kleine Dreiergruppe, die ihn erwartete.

«Nun gut», sagte er schließlich. «Wenn ihr Siobhan dabeihaben wollt …»

Walter legte seine Hand auf Siobhans. «Es ist ihr Geld. Ich finde, sie hat ein Recht, mit uns zu entscheiden, was damit passiert.»

Der finstere Blick, mit dem ihn Edward bedachte, erschreckte Siobhan.

«Worum geht es denn überhaupt?», fragte sie.

Vor einer Stunde hatte die ganze Familie noch an diesem Tisch gesessen und zu Abend gegessen. Sie hatte sich über Aarons überraschenden Besuch gewundert, denn wenn er kam, kündigte er sich sonst immer Wochen vorher an. Und sie hatte begriffen, dass er nicht als Freund gekommen war, sondern als Vertreter des Bankhauses Frazer & Son, für das er seit seinem Weggang arbeitete.

Warum aber wollten die Männer sie bei diesem Gespräch dabeihaben, bei dem es doch offensichtlich um Geschäftliches ging?

Walter sprach als Erster. «Es geht um Kilkenny Farm», sagte er. «Aaron ist hier, weil …»

«Weil er uns alles wegnehmen will», unterbrach ihn Edward. Er hieb mit der Faust auf den Tisch. Siobhan zuckte zusammen. «Alles will er uns nehmen, vom Haus bis zum letzten Lamm, sogar den kleinsten Rest Wolle will er uns nehmen.»

«Ich will es euch nicht nehmen», sagte Aaron ruhig. Er starrte auf seine gefalteten Hände, die auf der Tischplatte ruhten. «Im Gegenteil, ich habe für euch einen einmonatigen Zahlungsaufschub erwirkt. Aber euch steht das Wasser bis zum Hals, ja, das stimmt.»

«Damit kommst du ausgerechnet jetzt. Wenige Wochen vor der Schur. Welchen Ausweg haben wir denn? Bis Dezember halten wir nicht durch, und erst dann haben wir wieder Einnahmen!»

«Wir sind bankrott?», flüsterte Siobhan. Erst jetzt wurde ihr der Ernst der Lage bewusst.

Walter streichelte ihren Arm. «Keine Angst. Ich werde immer für Sarah und dich sorgen, Liebes.»

«Aber …» Ihr wurde schwindelig. All ihr Geld, alles, was sie je besessen hatte, steckte in der Farm! Sie hatte Walter und Edward ihr Geld anvertraut und sich nicht weiter darum gekümmert – warum auch, die Männer wussten ja, was sie taten. Jedenfalls hatte sie das immer geglaubt.

«Bankrott?», wiederholte sie, und Walter lächelte. Beinahe entschuldigend, als bedaure er, was passiert war. «Aber wie ist das möglich?»

«Wenn man mehr Geld ausgibt, als man verdient …», setzte Aaron zu einer Erklärung an, aber Edward wischte seine Worte mit einer heftigen Handbewegung beiseite.

«Papperlapapp, wir sind nicht pleite!», widersprach er heftig. «Was ist mit Siobhans Rentenpapieren? Die haben wir doch auch noch.»

«Vater, bitte! Wir haben doch darüber gesprochen, und ich will nicht, dass Siobhan …»

«Welche Rentenpapiere?», fragte Siobhan. Sie blickte von einem zum anderen. Aaron lehnte sich mit verschränkten Armen zurück, als ginge ihn das alles nichts an – was vermutlich der Wahrheit recht nahe kam. Walter saß dicht neben ihr. Aber Edward hielt es nicht mehr auf seinem Stuhl. Er sprang auf, ging zum Kamin und stocherte mit dem Schürhaken in der Glut.

«Es gibt noch die Rentenpapiere, die dein Vater dir vererbt hat. Daraus beziehst du jedes Jahr eine gewisse Summe, und ich finde», Walters Stimme wurde lauter, «das ist noch viel eher dein Geld als die Summe, die du damals beigesteuert hast, damit wir Kilkenny Farm kaufen und aufbauen konnten. Wenn es nach mir ginge, würden wir es niemals anrühren, weil es dir ein Auskommen sichert, falls mir eines Tages etwas passiert.»

«Nur dass es Kilkenny Farm nicht mehr gibt, wenn Siobhan uns nicht hilft. Das solltest du ihr auch sagen.» Edward stocherte, bis die Funken stoben.

«Ich versteh das alles nicht», sagte Siobhan ehrlich. «Ich habe euch doch alles gegeben?»

Geld hatte sie nie interessiert. Zu Hause hatte es ihr an nichts gefehlt, und darum hatte sie nie gefragt, woher es kam. Als Edward sie gebeten hatte, mit ihrem Geld Land in Neuseeland zu kaufen, hatte sie es ihm gegeben, weil sie sonst ohnehin nichts damit anzufangen gewusst hätte. Und jetzt gab es da irgendwo noch mehr Geld, von dem sie nichts gewusst hatte!

«Wir könnten die Rentenpapiere verkaufen. Dann hättest du aber nichts mehr, falls es schiefgeht.»

«Aber was soll denn da schon schiefgehen?», polterte Edward. Er warf den Schürhaken beiseite und stapfte zum Tisch. Mit beiden Fäusten stützte er sich auf und beugte sich vor. «Es ist ganz einfach: Gibst du uns das Geld, können wir weitermachen. Wenn nicht, müssen wir alles verkaufen.»

«Vater, nun bedräng' sie doch nicht so!» Auch Walter wurde jetzt laut.

Nur Aaron saß schweigend am anderen Ende des Tisches.

«Was rätst du mir?», fragte sie ihn.

Plötzlich schwiegen die beiden Streithähne.

«Was soll ich dir denn raten?», fragte Aaron.

«Genau, was soll er dir schon raten? Er hat uns schließlich in die Scheiße geritten, da soll er nicht so tun, als könnte er den Karren jetzt aus dem Dreck ziehen. Dafür ist's wohl zu spät!» Edward grollte. Sein irisches Temperament, das zu zügeln er sich meist bemühte und das sonst eher seine freundliche Seite zeigte, verlor sich in dieser Sache.

Wenn er das Geld nicht bekommt, hat er ein zweites Mal alles verloren, dachte Siobhan. Darum ist er so drängend.

«Es ist immer noch Siobhans Geld, darum sollte sie auch jeden fragen dürfen, von dem sie sich einen Ratschlag erhofft», widersprach Walter.

«Neumodisches Zeug!» Edward machte eine heftige Handbewegung. «Früher ging's doch auch, wenn wir das Geld unserer Frauen selbst verwaltet haben. Wenn nur wir allein entschieden haben. Immerhin sind wir die Männer!»

In dem Schweigen ergriff Aaron das Wort. «Ich fürchte, das Geld allein wird Kilkenny nicht retten. Es braucht mehr.»

«Es ging bisher doch auch gut!», brauste Edward auf und hieb erneut mit der Faust auf den Tisch.

«Es ging bisher gut, weil die Bank euch immer wieder was zugeschossen hat. Die Zeiten sind schlecht, die Weltmarktpreise …» Er zuckte mit den Schultern. «Ihr wisst selbst, wie es ist. Darum darf sich Kilkenny Farm nicht allein auf die Schafzucht verlassen.»

«Was schlägst du vor?», fragte Siobhan ruhig. Sie wusste noch nicht, wohin das hier führte, aber wenn wenigstens zwei der anwesenden Männer vernünftig mit ihr redeten, wollte sie diese Chance nicht vertun.

Aaron antwortete bedächtig: «Da müsste man über unterschiedliche Möglichkeiten nachdenken. Ihr könntet auch einen Teil des Lands verkaufen und die Herden verkleinern.»

«Dann würden wir noch weniger verdienen», grollte Edward.

«Und wenn ihr die Wolle schon hier verarbeiten würdet? Dann wärt ihr keine reinen Rohstoffproduzenten mehr.»

Edward winkte ab. «Das lohnt nicht. Wolle muss industriell gewaschen werden, dann wird sie kardiert, versponnen und auf großen Spindeln zu Kleidung verarbeitet. Wie soll das unseren Gewinn optimieren?»

Da hatte Siobhan eine Idee. Sie sprach sie nicht laut aus, weil sie sich dumm vorkam, aber sie beschloss, dass es einen Versuch wert wäre.

Die Männer würden sie nicht verstehen. Nein, sie brauchte weibliche Unterstützung, sie brauchte Helens Meinung und die von Emily ebenso wie die Meinungen ihrer Freundinnen in Glenorchy. Sie stand auf. «Ich kann das nicht heute entscheiden», verkündete sie.

«Viel Zeit habt ihr nicht, Siobhan», ermahnte Aaron sie sanft.

«Ich weiß. Aber es ist mein Geld, meine Altersversorgung, und wenn wir es hier aufs Spiel setzen, bleibt mir gar nichts mehr, nicht wahr?»

Sogar Edward nickte widerstrebend.

«Darum möchte ich einige Tage darüber nachdenken. Drei Tage? Habe ich so viel Zeit?»

«Einverstanden.»

Sie nickte den Männern zu, erhob sich und verließ das Speisezimmer.

Es könnte klappen, dachte sie. Es war eine verrückte Idee, aber es könnte wirklich klappen.

Sie war gespannt, was Helen dazu sagen würde.

Emily lauschte den Schritten im Haus. Die Tür zum Speisezimmer klappte auf, die leichten Schritte Siobhans gingen die Treppe hinauf. Danach drangen die Stimmen der Männer durch die dunkle Eingangshalle, leise und eindringlich redeten sie miteinander. Emily lehnte sich zurück und schloss die Augen.

Sie konnte Aarons Stimme deutlich heraushören.

Die schweren Schritte ihres Vaters steuerten das Arbeitszimmer an, und auch Walters Schritte verklangen. Vermutlich ging er noch einmal in den Stall.

Sie wartete. Sie hoffte so sehr, dass Aaron käme.

Sie hatte ein Geschenk für ihn.

Leise klopfte er an die Tür. Das Geräusch schreckte sie auf, obwohl sie es erwartet hatte.

«Ihr seid schon fertig?»

«Darf ich reinkommen?», fragte Aaron statt einer Antwort, und sie nickte und wies einladend auf das Sofa gegenüber. Aber er setzte sich neben sie, und sie rückte ein Stück beiseite.

Er roch so gut, das hatte sie fast vergessen.

«Siobhan hat sich verändert. Sie ist nicht mehr so ...»

«Rein?», half Emily ihm nach.

Er wiegte nachdenklich den Kopf. «Nicht ganz. Aber du weißt, was ich meine.»

Natürlich wusste sie, was er meinte. Siobhan war immer noch die Schöne, die Makellose. Aber mit Sarahs Geburt war etwas hinzugekommen, das schwer zu benennen war. Sie war klarer, sichtbarer. Und manchmal sagte sie sogar ihre Meinung, zur Überraschung aller, am meisten wohl zu ihrer eigenen. Die Mutterschaft gab ihr etwas zurückhaltend Mutiges.

Aber sie hatte nicht auf Aaron gewartet, weil sie über ihre in allem so perfekte Schwägerin reden wollte. Immer wenn man über Siobhan sprach, fühlte sie sich nicht wohl in ihrer Haut.

Siobhan hatte alles: einen liebenden Mann, ein Kind, ein Zuhause. Ein heiles Bein. Sie schüttelte den Gedanken ab.

«Ich hab etwas für dich», sagte sie und zog das Päckchen hervor. Sie überreichte es ihm etwas linkisch, weil ihr Bein im Weg war, das sie auf dem Hocker hochgelegt hatte.

«Aber du wusstest doch gar nicht, dass ich komme.»

«Ich wusste auch nicht, dass das hier heute in der Post sein würde. Und ich finde, das erste gehört dir.»

Er lächelte. «Ist es endlich da?»

Emily strahlte und nickte eifrig. Aaron riss ungeduldig das Packpapier herunter, in das sie das Buch gewickelt hatte, weil sie in der Eile kein Geschenkpapier zur Hand hatte.

«Dein Buch.» Er streichelte den Einband. Er war aus Leinen, der Titel silbern aufgeprägt. Ein schmales

Bändchen, dunkelblau. «Es ist wunderschön. Und du schenkst es mir?»

Sie nickte. «Das allererste Exemplar. Es gehört dir, weil …»

Weil er immer an sie geglaubt hatte. Weil er sie vor drei Jahren nach Hause gebracht hatte, als sie in Wellington nicht bleiben wollte noch bleiben konnte. Weil er ihre Post ebenso eingepackt hatte wie alles andere, obwohl sie sie nicht gekümmert hatte. Und als sie daheim war, hatte er die Post ebenso ausgepackt wie alles andere, er hatte den Brief gefunden, als sie in ihrer Wut über ihr zerstörtes Leben alles von sich geworfen hatte, und er hatte sie überredet, ihn zu lesen.

Worthington wollte ihr Buch machen.

Und er brachte es heraus. Nur ein halbes Jahr später schickte er ihr die ersten Exemplare. Sie hatte geweint. Nicht nur vor Freude, sondern auch aus Kummer, weil sie seit ihrem Unfall kein Wort mehr schreiben konnte.

Es hatte über zwei Jahre gedauert, bis sie das zweite Buch vollendete, einen Gedichtband. Sie hatte nicht gewusst, dass diese Worte in ihr schlummerten, und sie hatte an jedem einzelnen gezweifelt. Aber Worthington war begeistert, und erste Vorabdrucke hatten auch die Leser neugierig gemacht auf diese Gedichte. Dennoch hatte sich die Veröffentlichung immer wieder verzögert. Weil sie verzagte, weil sie Angst hatte. Und immer wieder war Aaron da gewesen, hatte ihr Mut gemacht, sie angetrieben, wenn sie sich in den Schatten ihrer Ängste verkriechen wollte. Er hatte immer an sie geglaubt.

Das alles hätte sie ihm sagen müssen. Aber sie zuckte nur mit den Schultern. «Du weißt, warum.»

«Ja, ich glaube schon.»

Er blätterte durch die Seiten, schnupperte an ihnen und lächelte. «Wie fühlt sich das an?»

«Irgendwie ... unwirklich.»

«Und wann kommt dein nächstes Buch?»

Sie senkte den Kopf. «Ich weiß es doch nicht», flüsterte sie. «Ich versuche es immer wieder, aber ...»

«Hast du heute schon eine Spritze bekommen?»

Sie schüttelte den Kopf. «Ich hab mir etwas anderes besorgt. Es hilft gegen die Schmerzen, aber es ist nicht wie das Morphium. Es ist besser.»

«Ruth wird bald nichts mehr zu tun haben.»

«Ruth ist inzwischen vollauf damit beschäftigt, Annie zur Hand zu gehen. Die beiden haben sich angefreundet, und Mam hat Ruth angeboten, ganz bei uns zu bleiben, nicht nur als meine Pflegerin. Ich glaube, es gefällt ihr bei uns.»

«Wie kann es jemandem bei euch nicht gefallen?»

«Ich weiß nicht.» Sie dachte an Will, und ihre Miene verfinsterte sich. «Manchmal glaube ich, dass ich alles falsch gemacht habe!», stieß sie hervor.

«Emily, nein. Nein, du hast nichts falsch gemacht.»

«Und warum ist er nie hier? Warum sind wir nicht glücklich? Warum schreibt er immer nur, wie sehr er in Wellington beschäftigt ist, warum werde ich immer wieder vertröstet? Er ekelt sich vor meinem Bein, ich bin ihm eine Last, er hasst mich!»

«Em. Em, das darfst du nicht sagen», flüsterte Aaron. Er rückte näher, nahm ihr das Buch aus den Händen und legte es ihr in den Schoß. Dann ergriff er ihre Hände, die sich in seinen so eiskalt anfühlten. «Du bist wunderbar, hörst du?»

«Aber warum ist er nie hier? Wir führen keine Ehe, wir

sind nur … wir sind Fremde, und dabei will ich doch für ihn da sein. Er sagt immer, er kommt her, aber nie passiert etwas, und wenn ich nach Wellington fahre …»

Sie weinte jetzt. Wütend wischte sie sich die Tränen von den Wangen, mit der Faust rieb sie ihre Trauer aus dem Gesicht. Ihre letzte Reise nach Wellington hatte sie kurzfristig abgesagt, weil es ihr nicht gutging. Erst später ging ihr auf, dass sie nicht gefahren war, weil sie Angst hatte.

«Alles wird gut», versprach Aaron ihr. «Es wird alles wieder gut.» Unbeholfen streichelte er ihre Schulter.

Sie wollte ihm glauben. Es gab dieses Buch, das sie geschrieben hatte. Ein zweites, das bereits vor ihrem Unfall entstanden war und das in seiner Leichtfüßigkeit jetzt beinahe naiv auf sie wirkte.

Und wenn ihre Ehe weiterhin nichts war außer das Arrangement zwei erwachsener Menschen, die nicht mehr allein sein wollten, blieb ihr immer noch die Literatur.

Und Aaron.

Ja, Aaron blieb ihr auch.

17. Kapitel

«Ich habe einige Bedingungen.»

Sie saßen in Edwards Arbeitszimmer. Siobhan strich ihren Rock glatt und blickte Edward herausfordernd an. Walter stand hinter seinem Vater, und sie dachte kurz, dass es typisch war für ihren Mann, dass er sich immer auf die Seite desjenigen stellte, von dem er sich die größeren Vorteile versprach.

Aaron, der neben ihr vor dem wuchtigen Schreibtisch saß, räusperte sich. Sie hatte zuerst mit ihm geredet, und er hatte sich einverstanden erklärt. Er könne mit den Bedingungen leben, wichtig sei aber, dass nicht Edward derjenige wäre, der Kilkenny Farm weiter führte. Die Bank vertraute ihm nicht.

Darum hatte Siobhan eine Entscheidung getroffen. Sie hatte telegraphiert und wartete auf Antwort.

Sie hatte Angst vor ihrem eigenen Mut. Hoffentlich setzte sie nicht zu viel aufs Spiel.

«Ich höre.» Vater und Sohn hatten die Arme verschränkt. Nie war Siobhan so deutlich aufgefallen, wie ähnlich die beiden einander waren. Sie atmete tief durch.

«Wir werden einen Teil des Landes verkaufen und die Schafherden verkleinern. Und wir werden eine kleine

Spinnerei errichten und Strickgarne herstellen, hier in Kilkenny.»

Edward schnaubte. «Industrie in Kilkenny? Wie soll das gehen?»

Aber sie hatte sich alles überlegt, und Aarons Begeisterung gab ihr Rückhalt. «Keine große Fabrik, sondern eine kleine Spinnerei, in der wir einen Teil der Wolle spinnen und als Handstrickgarn verkaufen. Nicht nur in Neuseeland. Wir könnten das Garn auch exportieren. Unsere Merinoschafe liefern eine so feine Wolle, sie wäre zu schade, um sie nicht selbst zu verarbeiten. Und ich möchte ein Mitspracherecht. Kilkenny gehört uns allen, aber wenn man's genau nimmt, ist es allein meins.»

Sie hielt den Blick auf ihre Hände gerichtet, als sie hinzufügte: «Das sind meine Bedingungen, und ich werde dafür gerne einen Teil meiner Rentenpapiere verkaufen, aber nicht mehr als die Hälfte. Von irgendetwas muss ich leben können, wenn es misslingt.»

Edward schwieg lange. Sie wagte nicht hochzublicken, weil sie fürchtete, er würde sie wütend anschauen. Edward war noch nie wütend gewesen, jedenfalls nicht auf sie.

Schließlich ergriff Walter das Wort. «Das klingt durchaus vernünftig», sagte er vorsichtig. «Was sagst du, Aaron?»

«Die Bank ist durchaus bereit, da mitzugehen. Allerdings möchten wir, dass Kilkenny endlich wieder einen richtigen Verwalter bekommt.»

«Seit du weggegangen bist, hat's da keinen mehr gegeben, der für den Job taugte», grollte Edward. Er blickte aus dem Fenster.

«Was ist mit Amiri?», fragte Aaron leise.

«Ich habe ihn gefragt.» Siobhan schluckte. In ihrer Kehle ballte sich etwas Unförmiges, Schmerzhaftes. «Ich habe ihm telegraphiert, und ich hoffe, er kommt zurück.»

Edward stopfte seine Pfeife. «Und was soll ich dann noch machen? Wie's klingt, bin ich hier überflüssig.»

«Nein, nein!», widersprach Siobhan. «Du wirst nie überflüssig sein, dich brauchen wir doch, um ...» Ihr fehlten die Worte.

«Du kannst so gut mit den Leuten umgehen. Mit Amiri hast du früher doch schon gut zusammengearbeitet.» Walters Stimme war ganz ruhig. Siobhan sah, dass er einen halben Schritt beiseitetrat, einen halben Schritt fort von seinem Vater.

Er war auf ihrer Seite. Sie wusste, er konnte jetzt nicht um den Schreibtisch herumgehen und sich neben sie stellen, aber sie verstand seine Geste und lächelte ihn dankbar an. Er nickte leicht.

Sie hatte sich ihm noch nie so nah gefühlt.

«Also meinetwegen. Versuchen wir's.»

Siobhan merkte erst jetzt, dass sie die Luft angehalten hatte.

Sie hoffte nur, dass dieses Risiko belohnt würde. Sie hoffte so sehr, dass es gelingen würde.

Und gleichzeitig fürchtete sie sich. Was, wenn sich all ihre Hoffnungen erfüllten?

Sie fürchtete, Amiri würde zurückkehren.

Emily hatte Aaron nach Glenorchy gebracht, er kehrte nach Dunedin zurück.

Am Anleger nahmen sie Abschied.

«Komm mit», sagte er leise.

Sie hieb ihren Stock in den Kies. «Ich kann nicht.»

«Du willst nicht. Du hast Angst. Es könnte dir zu gut gefallen.»

Sie wandte den Kopf und nickte leicht. «Ja, wahrscheinlich. Vielleicht im Frühling.»

Sein Schweigen erdrückte sie fast. «Wir werden uns bis zum Frühjahr nicht sehen, stimmt's?», fragte sie.

«Wenn du nicht kommst ... nein.»

«Du könntest Weihnachten herkommen.»

«Weihnachten gehört der Familie», sagte er sanft. «Ich habe zwar keine Familie, aber ...»

«Will wird nicht kommen», erwiderte sie hastig, obwohl sie nicht sicher war.

«Ach, Em ...»

Das Nebelhorn des Dampfers tutete.

«Ich muss an Bord.»

«Ja.» Sie kratzte mit dem Stock Muster in den Kies. «Leb wohl, Aaron.»

«Leb wohl, Emily.»

Sie gab ihm nicht die Hand, sondern drehte sich einfach um und ging. Am Ende der Mole blickte sie sich um, aber er war schon verschwunden.

Sie ging zum Postamt. Mr. Brown war fröhlich wie immer und zog einen unscheinbaren Brief aus dem Stapel ihrer Post, ehe er die anderen Umschläge wie gewohnt verschnürte. «Ich wusste ja gar nicht, dass Sie auch auf anderen Kontinenten Freunde haben.»

Sie verstand nicht, wovon er sprach.

«Na ja, sehen Sie? Der Brief aus Transvaal? Ich hoffe, keiner aus Ihrer Familie ist dort, ist schließlich Krieg da drüben, und unsere Leute bekommen da im Moment wohl ordentlich eins auf die Nase.»

Ihr wurde kalt. Der Stock glitt ihr aus der Hand und schepperte auf den Boden. «Geben Sie her.»

Mr. Brown reichte ihr den Brief. Er war auf dünnem Papier geschrieben. Sie riss ihn auf und überflog die Zeilen. Ihr wurde schlecht. «Finn», flüsterte sie. «Nein, nein, nein», und sie wünschte sich, Aaron wäre bei ihr, um ihr Entsetzen zu teilen. Nicht Will. An Will dachte sie kaum noch. Warum nur waren sie zuerst zum Anleger gefahren, wieso hatte sie Aaron nicht gebeten, sie zum Postamt zu begleiten? Wieso war sie hiermit ganz allein?

«Schlechte Neuigkeiten?», fragte Mr. Brown besorgt.

«Es ist schon … in Ordnung. Danke, Mr. Brown. Bis nächste Woche.»

Sie bückte sich, aber den Stock konnte sie nicht allein aufheben. Mr. Brown kam hinter dem Schalter hervor und wollte ihr helfen. Sie riss ihm den Stock aus der Hand und humpelte so schnell aus dem Postamt, wie ihr lahmes Bein es zuließ.

Warum musstest du nur in die Welt ziehen, Finn? Warum suchst du das Leben in der Fremde? Dort wartet nur der Tod.

Sie war so wütend, dass sie vergaß, in der Apotheke vorbeizuschauen.

Sie trieb Hamlet an, gab ihm die Peitsche zu schmecken, dass er fast galoppierte, und während sie heimraste, hielt sie den Brief in der geballten Hand, halb um den Peitschenknauf gewickelt.

Wie sollte sie es nur ihrer Mutter beibringen?

«Mami, guck mal! Ich kann reiten!» Vergnügt hieb Jamie seine Fersen in die Flanken des Ponys, das als Antwort nur mit dem Schweif schlug und ungerührt seine Runden um den Stallhof drehte. Stephen ging neben dem Pferd und grinste, die Hand locker am Zügel.

«Das machst du toll, Jamie!»

«Wir müssen über Jamies Schulbildung reden.» Siobhan bückte sich und wischte Sarah Kekskrümel vom Mund.

«Wir werden natürlich einen Privatlehrer einstellen. Ich werde mich noch vor Weihnachten darum kümmern», sagte Helen.

«Ehrlich gesagt lässt es unsere finanzielle Lage im Moment nicht zu, dass wir einen Hauslehrer einstellen», entgegnete ihre Schwiegertochter.

Helen blickte starr geradeaus. «Alle meine Kinder hatten Hauslehrer.»

«Das war in Irland. Es war eine andere Zeit. Auch ich hatte eine Gouvernante und einen Hauslehrer, aber ich bestehe nicht darauf, dass Sarah ebenfalls …»

«Willst du uns denn alles nehmen?» Helen wedelte mit der Hand die Fliegen weg, die sie umschwirrten. Seit Tagen ging das schon so. Siobhan fand offenbar Gefallen an ihrer neuen Rolle. Es war anstrengend, es war erniedrigend, wie sie jede Ausgabe auf ihre Notwendigkeit hin überprüfte. Und die meisten befand sie für überflüssig.

«Wir könnten ihn nach Queenstown in die Schule schicken.»

«In ein Internat? Du willst, dass ich mein Kind weggebe?»

Siobhan strich über Sarahs Scheitel. «Es wäre eine Möglichkeit. Es wäre nicht so teuer. Und es ist eine gute Schule. Rawiri ist dort sehr glücklich.»

Helen schnaubte. «Warum lassen wir ihn nicht gleich mit den Arbeiterkindern in diesem baufälligen Schulhaus in Glenorchy sitzen? Warum lassen wir ihn nicht einfach verdummen, das wäre doch so viel praktischer, als ihn ständig nach Queenstown zu bringen und an den Wochenenden heimzuholen!»

Siobhan beobachtete den Jungen. «Ich will doch nur, dass es weitergeht, Helen.»

«Das wollte Edward auch. Aber ihn habt ihr nicht machen lassen, ihm habt ihr nicht vertraut.» Sie verengte die Augen zu Schlitzen. «Ihm bleibt nichts mehr. Und ich habe doch auch nur noch Jamie. Wir sind noch nicht so alt, dass ihr uns alles nehmen könnt. Es ist zu früh, uns aufs Altenteil abzuschieben.»

«Das will doch auch niemand», widersprach Siobhan. Sie umarmte sich fröstelnd. «Aber ...»

Sie kam nicht weiter, denn in diesem Moment ratterte der Einspänner so schnell in den Stallhof, dass Jamies Pony scheute. Stephen packte beherzt zu und verhinderte, dass Jamie aus dem Sattel rutschte, aber der Junge heulte trotzdem überrascht auf. Helen fing Jamie auf, der sich aus Stephens Armen kämpfte und wieder aufs Pony wollte. Er weinte, aber es war eher der Schreck und nicht der Schmerz. Helen drückte ihn fest an sich, tröstete ihn, zauste sein kastanienrotes Haar und drückte seinen Kopf gegen ihre Brust, was ihn erst recht ein Protestgeheul anstimmen ließ.

«Was fällt dir ein?», fuhr sie Emily an, die verstört auf dem Kutschbock kauerte. All ihre aufgestaute Wut über die Veränderungen entlud sich. «Kannst du nicht aufpassen? Was ist bloß in dich gefahren, dass du hier wie ein Berserker ...»

Mit einem Satz sprang Emily vom Kutschbock. «Finn», rief sie und drückte Helen einen zerknitterten Fetzen Papier in die Hand. «Mam, es ist Finn. Er ist in Transvaal. Er ist verletzt.»

Mein Sohn ist im Krieg.

Sie seufzte nur einmal, als sie zu Boden sank. Sie drückte Jamie so fest an sich, dass er leise jammerte.

«Kommt er heim?», flüsterte sie. «Geht es ihm gut? Lebt er? Emily, lebt Finn?»

Aber Emilys Antwort ging verloren. Helen wurde schwarz vor Augen. Jeder Atemzug schmerzte.

Es dauerte noch knapp zwei Monate, bis Finn heimkam.

Emily reiste ihm gemeinsam mit Ruth nach Dunedin entgegen. Sie hatte Angst vor dem Augenblick, da sie ihm wieder gegenüberstehen würde. Sie fürchtete, der Krieg könnte mehr versehrt haben als nur seinen Körper.

Er war jahrelang von zu Hause fort gewesen. Seit ihrer Hochzeit waren nur selten Nachrichten aus der weiten Welt bis nach Kilkenny gedrungen, und meist waren es nicht mehr gewesen als Lebenszeichen. Über drei Jahre hatte keiner gewusst, wie es Finn ging. Sie wussten nur, dass er lebte, und diese Sicherheit währte immer nur kurz, sie schwand im Lauf der Zeit, bis sie wieder monatelang nichts hörten und nicht sicher waren, ob er überhaupt noch lebte oder gar einen Gedanken an die Familie verschwendete.

Und jetzt kehrt er heim, dachte Emily. Jetzt bleibt er vielleicht für immer.

Sie stützte sich schwer auf ihren Stock. Am Morgen hatte sie eine höhere Dosis Heroin genommen, und ihre Hände hatten dabei gezittert, weil sie sich so sehr danach sehnte, die schmerzlindernde Wirkung zu spüren. So würde es von nun an immer sein, dachte sie grimmig, keine Spritzen, sondern Tabletten, aber immer wieder dieser Schmerz und die Sehnsucht nach Linderung.

Vom Octagon zum Otago Harbour waren es gerade mal fünfhundert Meter, aber es waren fünfhundert Meter zu viel für Emily. Sie nahmen eine Droschke. Ruth war sehr still. Sie hatte angeboten, für Finn ebenso als Krankenpflegerin zu arbeiten wie anfangs für Emily.

Schweigend beobachteten die beiden Frauen, wie das Schiff anlegte. Wie die Matrosen Taue auf die Pier warfen, wo sie um die Poller befestigt wurden. Wie der Steg ausgebracht wurde, vor dem sich schon jene drängten, die ihre Verwandten oder Freunde abholen wollten. Wie sich die Ankommenden an der Reling drängten, wild winkten und riefen.

«Siehst du ihn?», fragte Ruth. Sie wischte ihre feuchten Hände unauffällig am Rock ab.

«Nein ...»

Emily stand auf. Sie blickte über die Menge, suchte nach dem einen sandblonden Schopf, nach der schlaksigen Gestalt.

Stattdessen sah sie einen anderen. Ihr Herz machte einen Satz, sie hob zaghaft die Hand, und er sah sie, winkte zurück und kämpfte sich durch die Menge jener, die ihre Lieben fanden und einander umarmten.

«Will ...» Emily ließ sich vorsichtig aus der Kutsche gleiten. Sie humpelte, so schnell sie konnte, und warf den Stock dabei in wilder Eile nach vorne. Sie trafen sich mitten auf dem Pier und standen einen Moment sprachlos voreinander. Sie wussten beide nicht, wie sie sich begrüßen sollten.

Er war es, der den ersten Schritt machte. Vorsichtig nahm er sie in die Arme. Die Umstehenden kümmerten ihn nicht. Er küsste sie auf die Wange, sie krallte die Hand in seinen Jackenaufschlag, wollte, dass er sie festhielt, stützte, nie mehr losließ.

Sie hatte nicht gewusst, dass er mit dem Schiff kommen würde.

«Wo ist Finn?», flüsterte sie.

«Er will nicht von Bord. Du musst mit ihm reden, Emily. Er will lieber zurück nach Wellington.»

«Aber warum?»

Will lachte. «Du kennst deinen Bruder. Da ist er dem Tod gerade von der Schippe gesprungen und sucht schon das nächste Abenteuer.» Sein Lächeln schwand. «Das ist aber nur die halbe Wahrheit», gab er zu.

«Die andere Hälfte willst du mir nicht sagen?», fragte sie leise.

«Das soll er dir selbst sagen. Kabine 14. Ich warte hier auf euch.»

Sie suchte im Grün seiner Augen nach einer Antwort, aber Will berührte sie sacht an der Hand, ehe er sich abwandte und zur Kutsche ging.

Mühselig schwamm sie gegen den Strom der Ankommenden den Steg hinauf. Man machte ihr Platz, und der Matrose, den sie nach Kabine 14 fragte, wurde rot und stotterte, er werde sie hinbringen. Er drehte sich immer wieder um, während sie ihm folgte.

Auf dem Oberdeck blieb er vor einer Außenkabine stehen. «Kabine 14.»

Sie atmete tief durch und wartete, bis der Matrose fort war. Erst dann klopfte sie.

Nichts.

«Finn?» Sie klopfte erneut und rüttelte an der Klinke. «Finn, ich bin's, Emily. Bitte, mach auf.»

Die Stille in der Kabine ängstigte sie. Das Rufen der Seeleute, Lachen und sogar Musik klangen vom Kai herüber, aber drinnen rührte sich nichts.

«Bitte, Finn. Komm nach Hause.» Ihre Fingerknöchel bearbeiteten das glatte, dunkle Holz. «Wir vermissen dich so. Finn …»

Er riss die Tür so plötzlich auf, dass sie einen Schritt zurückstolperte. Sie spürte die Reling hinter ihrem Rücken.

Er hatte sich verändert.

«Vermisst du mich auch?», fragte er.

Sie begriff die Frage nicht.

«Vermisst du mich?» Er hustete und drückte krampfhaft ein Taschentuch gegen seinen Mund.

Wenn er doch nur endlich aus der dunklen Kabine herauskäme und ins Tageslicht träte.

«Warum sollte ich dich nicht vermissen? Natürlich vermisse ich dich, sehr sogar. Finn …»

«Wie geht es deinem Bein?»

Seine Fragen kamen wie Gewehrsalven.

«Was hat das mit dir zu tun?», stotterte sie.

«Beantworte meine Frage.»

Seine Stimme war hart. Gnadenlos.

«Es ist verkürzt und tut oft weh.» Wie um ihre Worte zu unterstreichen, klopfte sie mit dem Stock auf die Planken.

«Hast du es bereut, Will geheiratet zu haben?»

«Finn, ich verstehe nicht …» Sie atmete tief durch und wandte den Kopf. Sie sah Will, wie er neben der Droschke stand, doch er schaute nicht in ihre Richtung, sondern unterhielt sich mit Ruth. Sie empfand … ja, was genau?

«Ich habe es nicht bereut», sagte sie fest.

Die Anspannung wich aus seinen Zügen. «Das mit deinem Bein tut mir leid. Ich konnte dir das nie sagen, weil ich danach verschwunden bin. Ich konnte nicht bleiben.»

Plötzlich ergaben seine Fragen Sinn. Dennoch fragte sie nach: «Deshalb bist du fort?»

«Es tut mir leid», wiederholte er. «Ich habe mich oft gefragt, was gewesen wäre, wenn ich euch nicht miteinander bekannt gemacht hätte.» Er zögerte. «Ich wäre gern heimgekommen, all die Jahre.»

Einen Moment schwiegen beide. «Bleibst du diesmal länger daheim?», fragte sie leise.

«Ich würde gerne bleiben.»

«Mam wird sich freuen. Sie hat dich auch sehr vermisst.»

Seine Habseligkeiten passten in einen Seesack, den er über die Schulter warf. Er trat aus der Kabine und zog die Tür ins Schloss. Endlich konnte Emily ihn bei Tageslicht betrachten.

Er sah so müde aus. Seine Augen waren glasig, die Haut fahl, und als sie zu ihm trat und ihre Finger durch sein Haar fuhren, erkannte sie, dass es kein Staub war, der sich zwischen die sandfarbenen Haare gesetzt hatte.

Finn war vor der Zeit ergraut.

«Ist das nicht merkwürdig? Da waren wir diejenigen, die's nie daheim hielt. Und nun kehren wir zurück und lassen alles Abenteuer hinter uns», sagte sie nachdenklich.

Finn lächelte. Er ging langsam hinter ihr her. «Zu Hause warten auch große Abenteuer», sagte er. Es sollte ein Versprechen sein.

Nach den Weihnachtsfeiertagen nahm Siobhan die Strohsterne vom Eisenholzbaum. Mit ihren roten Blüten boten diese Bäume einen beinahe weihnachtlich anmutenden Anblick. Leise summte sie ein Lied, wickelte jeden Strohstern einzeln in Seidenpapier und verstaute ihn sorgfältig in einer Schachtel.

Weihnachten war wunderschön gewesen, und es war sogar eine Kaltfront über die Südinsel gezogen, dass man den Sommer beinahe vergessen konnte. Edward hatte drei Tage vor Weihnachten den Eisenholzbaum geholt und in der Eingangshalle aufgestellt. Er wusste, wie sehr Siobhan das Weihnachten vermisste, das sie früher hatten feiern dürfen. Und als er ihr dann noch eine neue Bowlenschale schenkte – ein Geschenk, das er ihr schon vor Jahren versprochen hatte –, war ihr Weihnachtsfest perfekt gewesen.

Irgendwo im oberen Stockwerk hörte sie die Kinder hin und her laufen, und Siobhan hielt einen Moment inne und lauschte. Sie wollte ganz in diesem Moment sein.

«Ich werde diese Unsitte von euch *Pakeha* nie verstehen. Ihr holt euch Bäume ins Haus und schmückt sie mit Kerzen!»

Sie fuhr mit einem leisen Aufschrei herum.

Er hatte sich überhaupt nicht verändert. Dasselbe rabenschwarze Haar, dieselben brunnentiefen Augen. Er trug dunkle Arbeitskleidung, eine schwarze Hose, einen grauen Pullover, dem Flicken auf die Ellbogen genäht waren. Siobhan erlaubte sich kurz die eifersüchtige Frage, welche Frau sich wohl um seine Kleidung kümmerte.

Die Tätowierungen sah sie erst auf den zweiten Blick, so vertraut waren sie ihr.

«Ich habe eher mit dir gerechnet.»

Er trat an den Baum und zog einen Strohstern aus dem Blattwerk. Ihre Finger berührten sich, als er ihn Siobhan reichte. «Ich war nicht immer dort, wo deine Briefe eintrafen.»

«Ich hatte Angst, der erste Brief wäre verloren gegangen.»

Er lachte leise. «Kein einziger ist verloren gegangen, auch dein Telegramm nicht. Mir gefiel der scharfe Ton in deinem letzten Brief. Wie hast du es noch geschrieben?»

Siobhan spürte, wie sie rot wurde. Den letzten Brief hatte sie erst kurz vor Weihnachten verfasst, und vielleicht hatte sie sich von der Wut über sein Fortbleiben hinreißen lassen.

«Ah ja, du hast mich mit einem sturen Ochsen verglichen, so war's.»

Sie riss ihm den nächsten Strohstern aus der Hand. «Du hättest nicht zu kommen brauchen. Wir wären auch ohne dich zurechtgekommen.»

«Ich wollte aber kommen.» Er legte den Kopf schief und sah sie an. Siobhan raschelte nervös mit dem Seidenpapier, damit ihre zitternden Hände etwas zu tun hatten.

Hitze wallte in ihrem Innern auf.

Ihr Körper hatte den seinen nicht vergessen, sosehr sie sich auch darum bemüht hatte.

«Dann wirst du's machen?», fragte sie und verfluchte ihr verräterisches Herz, das auch ihre Stimme zittern ließ.

«Verwalter auf Kilkenny Farm?» Seine Finger drehten den breitkrempigen Hut. «Als ich diesen Job das letzte Mal hatte, war ich nach einem Jahr gezwungen, ihn wieder aufzugeben. Ich wäre gern geblieben.»

«Ich weiß.» Sie atmete tief durch.

«Wird es diesmal anders sein, Siobhan?»

War es klug, diese Unterhaltung ausgerechnet in der Halle zu führen? Jederzeit konnte jemand aus einem der angrenzenden Zimmer kommen oder oben auf dem Treppenabsatz auftauchen.

«Es wird anders sein», behauptete sie und wich seinem Blick aus. Sie legte den schweren Holzdeckel auf die Kiste mit dem Weihnachtsschmuck, sie musste einfach etwas tun, um ihre Unruhe im Zaum zu halten.

«Ich möchte kein zweites Mal das Gefühl haben, von einer Frau verflucht zu werden, nur weil sie und ich …»

Die Kinder schrien, ihre Füße trappelten im oberen Stockwerk durch den Flur. Jamie hing über dem Treppengeländer. «Vonnie, dürfen wir mit Ruth zu Finn gehen? Bitte!»

«Da müsst ihr nicht mich fragen, sondern deine Mam oder Ruth.»

«Aber darf Sarah mit?»

«Wenn Ruth es erlaubt, darf Sarah mit.»

Die Kinderfüße galoppierten oben herum, Ruth rief etwas.

«Ist Sarah deine Tochter?», fragte er.

Siobhan hob die Kiste hoch. Sie war für sie viel zu schwer. Amiri nahm sie ihr wortlos ab. In seinen Händen wirkte sie federleicht.

Sie ist deine Tochter, dachte sie. Unsere Tochter.

«Wohin?», fragte er, und sie zeigte auf die Tür zur Küche. Im Stall gab es eine Kammer, in der gelagert wurde, was im Haus gerade nicht gebraucht wurde. Er ging voran, und sie betete, dass Jamie und Sarah sich Zeit ließen, dass Ruth noch Mullbinden wickeln musste, ehe sie sich auf den Weg zu Finn machten. Dass sie sich nicht über den Weg liefen.

«Finn ist wieder zurück?», fragte Amiri, als sie in den Hof traten.

«Er war in Transvaal. Im Burenkrieg», fügte sie hinzu.

«Ah. Geht es ihm gut?»

Eine Frage, die niemand so genau zu beantworten wusste, am wenigsten Siobhan. Finn hatte darum gebeten, im alten Blockhaus wohnen zu dürfen. Ruth ging jeden Tag zu ihm, kochte für ihn, wechselte seinen Verband. Sie blieb fast immer stundenlang fort, und wenn Siobhan sie fragte, warum es so lange dauerte, wurde ihr Blick hart. «Krankenpflege hört nicht bei der Wundpflege auf», pflegte sie zu entgegnen.

Außer Ruth ließ Finn nur Emily und die Kinder zu sich. Er war nicht mehr der strahlende Abenteurer. Er war aus dem Krieg heimgekehrt, und er war ihnen fremd geworden.

«Es geht ihm … er kommt wieder in Ordnung.»

Sie zeigte ihm die Ecke in der Stallkammer, wo er die Kiste abstellen konnte. Erst auf dem Weg zurück zum Haus blieb er im Küchengarten stehen. «Ich werde nicht bleiben können. Mich ehrt euer Angebot, mich ehrt auch, dass du mich gefragt hast, ob ich zurückkomme. Aber …»

«Aber?»

Sie blieb stehen.

Warum bist du dann hier, wenn du nicht bleiben kannst?

Amiri ging weiter. Zehn Schritte, dann verharrte auch er.

«Warum sollte ich bleiben? Nenn mir einen guten Grund. Warum soll ich wieder Verwalter auf Kilkenny werden? Das letzte Mal hast du mir sehr deutlich gezeigt, wohin ich gehöre.»

Was hast du denn erwartet. Hätte ich Walter um deinetwillen verlassen sollen?

Sie lachte bitter.

Das Geheul der Kinder brandete durch die Küche. Die Tür wurde aufgestoßen, erst flitzte Jamie an Amiri vorbei, sein kastanienroter Schopf leuchtete im frühen Sommerlicht. Sarah folgte ihm. Sie war stiller und kleiner, aber ebenso flink. Vor ihrer Mutter blieb sie stehen.

«Mami!» Ihre kurzen Arme streckten sich Siobhan entgegen. Sie hob die Dreijährige hoch, die sich an ihre Schulter schmiegte.

Siobhan wusste, was Amiri sah. Er sah ihre blauen Augen, ihr Honighaar. Er sah Sarahs brunnendunklen Blick und das schwarze Haar, in das Annie am Morgen rosa Schleifen geflochten hatte. Sie drückte ihre Lippen an Sarahs Schläfe. Der süße Geruch ihres Kindes ließ sie schwanken.

«Komm, Sarah!», schrie Jamie hinter der Hecke. Er stapfte mitten durch das Kräuterbeet. Siobhan hätte ihn tadeln müssen, aber sie ließ Amiri nicht aus den Augen, stellte Sarah wieder auf den Boden, streichelte ihr einen Streifen Schmutz von der Stirn und ließ sie wieder laufen, hinter Jamie her, den sie liebte wie einen großen Bruder.

Ruth kam mit einem Korb aus der Küche. Ihr braunes Haar hing in einem schweren Zopf über die rechte Schulter, und seit Finn da war, trug sie wieder die Tracht der Pflegerin, ein dunkelblaues Kleid und darüber eine weiße Schürze.

«Sie sollen Finn nicht zu sehr aufregen», sagte Siobhan.

«Sie werden ihn aufmuntern. Das ist das Beste, was wir für ihn tun können», erwiderte Ruth. Sie warf Amiri einen neugierigen Blick zu, aber er hatte nur Augen für Siobhan, und die spürte seinen Blick so sehr, dass er sie fast verbrannte.

Der Garten lag in der Stille des Morgens, und dennoch war er erfüllt von Geräuschen. Helen plauderte mit Annie, während sie die Betten aufschüttelten. Ein Fenster knallte zu, irgendwo hörte sie das Stakkato von Emilys Schreibmaschine.

«Willst du noch immer fort?», fragte sie ihn herausfordernd, bückte sich über das Dillbeet, knipste einen Stängel ab und schob sich an ihm vorbei ins Haus.

Er hielt sie nicht fest.

Als sie am Nachmittag im Salon saßen, hörte sie, wie Edward und Walter mit Amiri sprachen. Am nächsten Tag zog er wieder in die Hütte im Wald.

Sie mied ihn, wie sie ihn früher gemieden hatte. Sie ertrug seine Nähe nicht, auch daran hatte sich nichts geändert. Doch anders als damals, als er ihr so fremd gewesen war, ertrug sie ihn jetzt nicht, weil er ihr viel zu vertraut war.

Für einen einzigen Bewohner war das Blockhaus zu groß. Dennoch hatte Finn O'Brien sich in dieser Einsamkeit weiter oben, dicht am Waldrand, gut eingerichtet. Jeden Morgen, wenn Ruth den schmalen Pfad zum Blockhaus hinaufstieg, legte sie sich Worte zurecht. Fröhliche Worte, lustige Geschichten und kluge Gedanken, mit denen sie ihn aus seinem Schweigen reißen wollte.

Sie ahnte, dass nur Emily gelang, was sie seit Wochen

vergebens versuchte: ihm ein Lächeln zu entlocken. Sie stellte sich sein Lächeln sehr schön vor.

Jamie lief voran, Sarah hielt sich dicht neben ihr und schob die Hand in die ihre. Ihre Finger waren wie immer klebrig, aber das machte Ruth nichts aus. Sie liebte die Kinder, hatte sie ebenso ins Herz geschlossen wie den Rest der Familie O'Brien.

Diese Familie hatte sie aufgenommen, hatte ihr das Gefühl geschenkt, wie es sein konnte, zu jemandem wirklich zu gehören. Ruth hatte ihren Vater nie gekannt, und ihre Mutter starb, als Ruth elf war. Die Jahre im Waisenhaus hatte sie vergessen, ausradiert, in diesen fünf Jahren konnte sie sich nur an Schwärze erinnern. Ein Arzt hatte sich ihrer angenommen, als sie das Waisenhaus verlassen musste, er gab ihr eine Stelle im Hospital, wo sie in der Krankenpflege unterwiesen wurde. Wäre nicht Mrs. Forrester gekommen, um nach einer Pflegerin für ihre Schwiegertochter zu suchen, müsste Ruth noch heute in den überfüllten, stickigen Krankensälen den grapschenden Händen der kranken Männer ausweichen, die gar nicht mehr so krank waren, sobald sie eine Frau sahen.

Wie jeden Morgen saß Finn auf der überdachten Veranda. Er blickte nicht von dem Buch auf, das in seinem Schoß lag, aber sie wusste, dass er es nicht las. Sein Blick ging ins Leere, seine Hände glitten ruhelos über die Seiten.

Ruth hatte blinde Männer im Hospital gesehen, deren Hände nicht zur Ruhe fanden. Aber Finn konnte sehen. Nur weigerte sich ein Teil von ihm manchmal.

«Guten Morgen, Mr. O'Brien!», rief sie fröhlich. «Schau, Sarah, da ist dein Onkel Finn. Wink ihm!» Gemeinsam winkten sie, und Sarah lief jetzt doch los. Sie krabbelte zu Finn auf die Bank, schmiegte sich unter seinen Arm und blickte erwartungsvoll zu ihm auf.

Finn hob den Kopf. Der Wind spielte mit seinem von Grau durchzogenen Haar und hob die Seiten des Buchs auf seinen Knien. «Guten Morgen.»

Es klang nicht wie ein Versprechen.

«Heute muss ich Ihnen aber mal die Haare schneiden.» Sie lachte. Wie viel sie lachte, wenn sie bei ihm war, und das Höchste für sie war, wenn er die Stirn runzelte, als dächte er über ihr Lachen nach.

«Ich mache uns Frühstück. Was haltet ihr von Pfannkuchen?» Sarah quietschte vergnügt. Sie entschlüpfte Finn und lief johlend den Abhang zum Flüsschen hinab. Ruth blickte ihr nachdenklich nach. Was war es nur, das sie seit heute früh das Mädchen mit anderen Augen sehen ließ?

Jamie stand am Flussufer. Er hatte einen Stecken gefunden, mit dem er im versandeten Flussbett versuchte, Fische aufzuscheuchen.

Ruth betrat das Haus. Er hatte wieder über Nacht das Feuer ausgehen lassen. In Gedanken tadelte sie ihn sanft. In Gedanken antwortete er ihr.

Sie entzündete das Feuer und legte Holz nach. Jamie, der von draußen kam und ihr eine Kröte zeigte, die er gefunden hatte, trug sie auf, Feuerholz zu holen und auf seine Schwester aufzupassen. Sie rührte den Pfannkuchenteig, stellte die Pfanne auf den Herd, deckte den Tisch für vier. Sie wusste, er würde nicht mit ihnen essen, aber dennoch war sie darin unerschütterlich und versuchte es immer wieder.

Die Kinder stürzten sich auf die Pfannkuchen, schmierten den Sirup bis über die Ohren und aßen mit den Händen – eine Freiheit, die sie nur hier draußen im Blockhaus genießen durften. Ruth brachte einen Teller auf die Veranda. Sie setzte sich neben ihn, hielt ihm den Teller hin, und als er sich nicht rührte, rollte sie einen Pfannkuchen auf und biss selbst ab.

«Wir müssen heute den Verband wechseln.»

Kurz streifte sie sein Blick. «Das sagen Sie jeden Tag.»

«Und jeden zweiten weigern Sie sich.» Sie lächelte. Der Wind frischte auf, und sie spürte, wie er ihre heißen Wangen kühlte. «Der Ausblick ist wunderschön, finden Sie nicht?»

Vor ihnen fiel das Gelände sanft zum See hin ab. Linker Hand führte der Weg nach Kilkenny Hall. Er lebte in Sichtweite seiner Familie, und das war die größte Nähe, die er zuließ.

Sie saßen manche Tage stundenlang schweigend da. Ruth hoffte so sehr, sie würde irgendwann zu ihm durchdringen …

«Wussten Sie, dass der See atmet?», fragte Finn unvermittelt.

«Der See atmet?»

Er nickte. «Wenn man ihn den ganzen Tag anschaut, merkt man es. Er hebt und senkt sich. Ich meine nicht die kleinen Wellen, die seine Oberfläche kräuseln. Es ist etwas anderes. Alle fünfzehn Minuten sackt er plötzlich ab, als täte er einen schweren Seufzer. Und dann steigt der Wasserpegel wieder.»

«Das wusste ich nicht.»

«Wenn man den ganzen Tag hier oben sitzt und auf den See schaut, sieht man ihn atmen. Und das gibt einem wenigstens das Gefühl, dass die Zeit vergeht.»

Sie wusste nicht, was sie darauf antworten sollte. Stumm aß sie ihren Pfannkuchen. Er hielt den Blick unverwandt auf den See gerichtet.

Und dann sah sie's auch.

«Das …», begann sie aufgeregt und zeigte auf den Wasserspiegel.

«Er atmet. Schön, nicht wahr?», sagte er.

Sie nickte.

«Die Maori erzählen sich, es seien die Atemzüge eines großen Ungeheuers, das in den Tiefen des Sees schlafe.»

«Das klingt … das müssen Sie Jamie erzählen, es wird ihm gefallen.»

«Jamie möchte nur Geschichten aus dem Krieg hören.»

«Er ist ein Kind.» Sie hoffte, er erzählte den Kindern nicht zu viel vom Krieg.

«Wenn ich das Atmen des Sees sehe, denke ich immer … Ich denke dann, dass es irgendwie weitergeht. Auf und ab. Auf und ab.»

Ruth verstand nur die Hälfte von dem, was er sagte.

«Wollen wir Ihren Verband wechseln?»

Er schaute sie direkt an. Seine Augen wirkten wacher als sonst, und es kam ihr vor, als sähe er sie zum ersten Mal. Mit der Hand fuhr er über sein stoppeliges Kinn. «Ob ich mich auch rasieren sollte?»

«Erst die Gesundheit, dann die Schönheit.» Sie versuchte sich an einem aufmunternden Lächeln. Als sie sah, dass Finn nicht reagierte, brachte sie den Teller mit den Pfannkuchen wieder ins Haus. Finn würde erst essen, wenn sie und die Kinder wieder fort waren.

Die Wunde in seiner Brust war anfangs gut verheilt, aber seit wenigen Wochen hatte sich das Narbengewebe entzündet. Darum war Ruth dazu übergegangen, den Verband täglich zu wechseln – wenn Finn es zuließ. Meist einigten sie sich, dass sie dreimal die Woche den Verband wechselte, obwohl sie wusste, dass das nicht reichte. Die Heilung schritt nur langsam voran, doch das lag nicht an der mangelnden Wundversorgung, sondern an Finn, der bei jeder sich bietenden Gelegenheit am Verband zupfte und zerrte. Das musste sehr wehtun, aber anscheinend war der Schmerz ihm gerade recht.

«Es sieht heute etwas besser aus, finde ich.» Vorsichtig entfernte sie mit der Pinzette den Verbandmull. «Weniger vereitert.»

Es war ein Wunder, dass er überhaupt überlebt hatte. Emily hatte ihr die Geschichte erzählt, als sie Ruth nach Dunedin mitgenommen hatte. Ein Granatsplitter hatte sich in seine Lunge gebohrt, er hatte stundenlang unter seinem Pferd begraben in der Hitze gelegen, dem Tod näher als dem Leben.

Finn zuckte nicht, als sie die Wunde reinigte und neu verband. Er zog das Hemd wieder über den Kopf.

«Jetzt die Haare?», fragte Ruth. Sie ballte die Hand zur Faust, sonst wäre sie ihm durch den langen Schopf gefahren, der seit Monaten keine Schere mehr gesehen hatte.

«Jetzt die Haare.»

Ruth holte die Schere und ein Handtuch.

Er saß auf einem Schemel vor der Veranda. Die Sonne fand das Gold in seinem Haar und ließ das Silber verblassen. Ruth stand einen Moment in der Tür und schaute ihn an, seine schmalen Schultern, den gesenkten Kopf, das feine Haar, das sich in seinem Nacken kräuselte.

Und wenn es Jahre dauern sollte: Sie würde Finn wieder in den Kreis seiner Familie bringen.

18. Kapitel

Emily legte den Füller beiseite. Seit Sonnenaufgang hatte sie Briefe beantwortet. Das Fenster stand weit offen, die warme Sommerluft strömte herein. Februar. Der schönste Sommermonat auf diesem Fleckchen Erde.

Sie streckte sich, griff nach ihrem Stock und stand auf. So leise wie möglich schlich sie zum Bett.

Will schlief noch. Sie setzte sich auf die Bettkante und strich ihm das Haar aus der Stirn. Er runzelte die Stirn, aber ihre Finger waren zur Stelle, sie zu glätten.

Es hatte sie überrascht, dass er geblieben war. Nachdem er Finn von Wellington nach Dunedin begleitet hatte, hatte sie fest damit gerechnet, dass er – wenn sie Glück hatte – bis Weihnachten bleiben und danach wieder verschwinden würde. Aber inzwischen war er schon seit zwei Monaten in Kilkenny.

Sie hatte sich an ihn gewöhnt – daran, in seinen Armen einzuschlafen und neben ihm aufzuwachen, mit ihm nach Glenorchy zu fahren, im Garten zu sitzen und zu reden. Und er gab sich Mühe, ihr ein Ehemann zu sein. Sie begann, ihre Ehe in einem anderen Licht zu betrachten. Vielleicht hatten ihn wirklich dringende Geschäfte in Wellington gehalten. Vielleicht war es gar nicht so, wie sie es empfand – dass sie einander so fern waren.

Aber noch immer gab es schwere Momente, in denen sie glaubte, er habe sie nicht um ihretwillen genommen.

Seine Lider flatterten. Sie küsste ihn auf die Stirn. «Guten Morgen», flüsterte sie. «Es ist schon spät.»

Er vergrub knurrend das Gesicht unter dem Kissen. Sie blieb sitzen, legte die Hand auf seinen Rücken und streichelte ihn sanft wach. Schließlich drehte er sich um, zog sie zu sich aufs Bett und rollte sie herum, sodass sie unter ihm lag. Seine Hände glitten über ihre Seidenbluse, er zerrte daran, bis sie aus dem Rockbund rutschte, und suchte nach den Verschlüssen. Sie half ihm und hob die Hüften, als er den Rock nach oben schob. Ihre Hände stützten sich am Kopfende des Betts ab. Seine glitten ihre Oberschenkel hinauf, bis sie den Saum der Unterhose fanden und ihn herabzogen. All das geschah schweigend, in stummem Einverständnis. Sie mochte es, wenn er so war. Es fühlte sich ein wenig so an, als liebte er sie.

Seine Hand streifte das Narbengewebe.

Beide zuckten zusammen, erstarrten in der Bewegung. Sie rührte sich als Erste, legte den Kopf in den Nacken, ihr Mund suchte seinen.

Er war nicht zärtlich, aber das wollte sie auch gar nicht. Sie seufzte und genoss seine grobe Aufmerksamkeit. Seine Hände, die sie kneteten. Seinen Mund, der ihren wund rieb. Sie biss in seine Schulter, als er kam, weil auch ihr danach zumute war zu schreien, obwohl es sich merkwürdig anfühlte.

Nicht vollständig. Als fehlte ihr etwas.

Er blieb einen Moment lang erschöpft liegen, dann stand er auf, zog sein Nachthemd über den Kopf und stolzierte nackt zum Badezimmer. Sie hörte ihn pinkeln, dann rauschte das Wasser, und er sprach mit ihr.

«Heute will ich mit Walter über Paradise reden. Edward findet die Idee großartig. War ja nicht anders zu erwarten. Es *ist* eine großartige Sache.»

Emily rutschte zur Bettkante. Sie zwang ihr linkes Bein über die Kante und setzte sich auf. «Aber Siobhan hat ihr Geld nur für die Spinnerei zur Verfügung gestellt.»

Will streckte den Kopf durch die Tür. Seine Wangen waren mit Rasierschaum bedeckt. «Ach komm schon! Wenn es stimmt, dass da oben der Boden von Gold durchzogen ist, kann sich deine Schwägerin ein Dutzend Spinnereien bauen.»

«Und wenn es nicht lohnt, das Gold abzubauen?»

Ihr Bein schmerzte. Sie griff in den Nachttisch und nahm zwei Tabletten aus dem Gläschen. Es war schon wieder fast leer. Seufzend stemmte sie sich hoch und brachte ihre Kleidung wieder in Ordnung.

«Was soll schon schiefgehen?» Er kam aus dem Badezimmer und griff nach seiner Hose. «Wenn wir Gold finden – wunderbar. Wenn nicht ...»

«Wenn nicht, ist Kilkenny bankrott. Wir sind auch so schon fast pleite, und hätten wir dieses Jahr nicht so viel Glück mit dem Lammfleisch gehabt ...»

«Ach, zerbrich dir doch nicht den Kopf für uns Männer. Ich habe vor ein paar Tagen Dean Gregory in Glenorchy getroffen, du kennst ihn ja. Er hat mich drauf angesprochen, es gibt ja einige Gerüchte. Und er hatte eine sehr gute Idee, wie wir an mehr Geld kommen könnten.» Er stopfte das Hemd in die Hose und zog die Socken an. Ehe er in die Schuhe schlüpfte, kam er zu ihr herüber und küsste sie auf den Scheitel. «Du solltest dich kämmen, ehe wir zum Frühstück runtergehen», flüsterte er. «Obwohl es mir gefällt, wenn dein Haar so in Unordnung gerät.»

Sie errötete. Er lächelte und wandte sich zum Gehen.

«Lass das alles nur meine Sorge sein. Geld ist Männersache. Siobhan sollte sich ihre Schnapsidee aus dem Kopf schlagen, das wird doch sowieso nichts.»

Emily widersprach nicht.

Doch der Gedanke, dass Dean Gregory etwas mit der Goldmine oben in Paradise zu tun haben könnte, behagte ihr nicht.

Sie sagte nichts. Will hatte ja recht: Geld war Männersache.

Was verstand sie schon davon?

Aber das wenige, was er ihr gegenüber angedeutet hatte, breitete sich wie ein unangenehmes Kribbeln in ihrem Kopf aus.

Sie hatte manchmal versucht, mit Siobhan darüber zu reden.

Aber bis sie sie fand, hatte sie meist schon wieder vergessen, was sie erzählen wollte. Siobhan war in letzter Zeit aber auch ständig irgendwo auf der Farm unterwegs.

Irgendwann gab Emily es ganz auf, Siobhan von Wills Plänen zu erzählen. Und als Mr. Gregory nach Kilkenny kam, als es ihr wieder hätte einfallen müssen, fand sie, es sei doch ohnehin zu spät. Sie legte sich am helllichten Tag ins Bett, und wenn Ruth oder Mam an ihre Tür klopften und sie fragten, ob man etwas für sie tun könne, drehte sie sich nur auf die Seite. Sie zog dabei das rechte Bein an, das linke hing ja sowieso nur nutzlos an ihr, und wenn sie es krümmen wollte, tat es weh.

Wenn sie sich aufrichtete und aus dem Nachttisch das Fläschchen mit den Tabletten nahm, weil sie die Schmerzen nicht mehr ertrug, weil ihr Körper leicht zitterte und ihr der Schweiß kalt auf der Stirn stand, dann durchfuhr sie manchmal flüchtig der Gedanke, dass das Heroin auch nicht anders war als das Morphium, dass es ihren Körper ebenso versehrte und ihren Verstand enger werden ließ. Aber wenn sie die Tabletten trocken schluckte, zwei oder drei, manchmal sogar mehr, dann vergaß sie mit Einsetzen der wunderbar lindernden Wirkung alles andere. Sie vergaß den Schmerz, sie vergaß ihre Sorge um Kilkenny, sie vergaß, mit wem sie hatte sprechen wollen und in welcher Angelegenheit.

Sie vergaß die ganze Welt außerhalb ihrer Schmerzen.

Emily verschlief die Tage, dafür lag sie nachts wach. Ihre Hand lag auf der kalten, leeren Bettseite. Sie hörte die Männer lachen, denn die Fenster standen offen, sowohl die ihres Schlafzimmers, in dem es immer so stickig heiß war, wie auch die des Salons darunter. Sie lauschte, glaubte einzelne Stimmen heraushören zu können und stand schließlich mühselig auf. Sie warf sich den Morgenmantel über und schlich die Treppe herunter, die Hände auf das Geländer gestützt, denn sie hatte den Stock vergessen. Auf der vorletzten Stufe blieb sie stehen und lauschte. Einzelne Worte und Satzfetzen verstand sie. Sie sank auf die Stufe, streckte das linke Bein aus und rieb den Oberschenkel, weil die Muskeln sich von der ungewohnten Belastung verkrampft hatten.

«Ist ja nicht nur Paradise. Damit könnte ganz Kilkenny Farm durchzogen sein …»

Mr. Gregory. Sie hatte ihn seit Jahren nicht in Kilkenny gesehen, nur immer drüben in Glenorchy, wenn sie Diane besuchte. Wenn. Sie besuchte Diane viel zu selten.

Die Stimme von Aarons Onkel klang dunkel und rau. Fast bedrohlich. Emily begann zu zittern.

«Sag ich ja, wenn Edward das Geld nimmt, das für die Spinnerei …»

«… müsste Siobhan fragen …»

«Wer ist denn der Mann von euch beiden? Man könnte meinen, sie hat die Hosen an bei euch!»

Ihr Vater klang gereizt.

«Sie muss es ja nicht merken.» Das war wieder Wills Stimme. «Du hebst das Geld vom Konto ab, wir bezahlen die Ausrüstung und machen uns an die Arbeit. Eh du dichs versiehst, haben wir das erste Gold gefunden und können das Geld wieder einzahlen. Es ist ganz einfach …»

Das Nächste verstand sie nicht. Emilys Kopf sackte gegen das Treppengeländer. Ihr Herz raste. Sie hatte einen metallischen Geschmack im Mund, aber sie konnte ihn nicht herunterschlucken; ihr Mund war ganz trocken. Sie schlug mit ihrem Kopf gegen das Geländer. Der Schmerz erreichte sie nicht, aber sie straffte sich und setzte sich gerade hin.

«Wir können es auch anders machen.» Wieder Dean Gregorys Stimme. Alle anderen schwiegen, sein Wort schien in dieser Runde Gewicht zu haben. Warum nur?

Ach ja. Auch das hatte Will ihr erzählt. Gott, er erzählte so viel, wenn der Tag lang war, aber das hier war wichtig, ein Detail, das sie nicht vergessen durfte. Aber es entschlüpfte ihr immer wieder. Mr. Gregory war drüben in Otago dabei gewesen, vor vierzig Jahren. Er wusste, wie man Gold suchte.

Ob er auch wusste, wie man's fand?

«Wir gründen eine kleine Aktiengesellschaft. Ihr gebt Anteile aus, die jeder um Glenorchy kaufen kann. Ein Anteil für drei oder fünf Pfund, oder auch für ein Pfund, je nachdem. Sie werden euch die Papiere aus den Händen reißen, und ihr sichert euch auch einen Teil, das sollte so schwer nicht sein. Und wenn das Gold erst einmal gefunden ist, könnt ihr den Leuten anständige Dividenden zahlen, und alle sind glücklich.»

Die Männer schwiegen. Dann setzte ein aufgeregtes Durcheinander ein, das in seinem Auf und Ab so betäubend auf Emily wirkte, dass ihr Kopf zur Seite sackte. Sie kämpfte mit dem Schlaf. Ihre Hand krallte sich ins Geländer. Ihr Kopf kippte zur Seite. Es gab einen leisen Knall.

«Was war das?»

Der schmale Lichtstrahl, der in die Eingangshalle fiel, vergrößerte sich zu einem Kegel. Es war Walter, der sich über sie beugte, an ihrer Schulter rüttelte.

«Wach auf, Emily», flüsterte er. Über die Schulter rief er: «Es ist nur Emily, ich kümmere mich um sie.»

«Schlaf nicht», murmelte sie. Er half ihr auf, sie spürte seinen Arm um ihre Schultern, seine Hand hielt ihre, und sie klammerte sich mit der anderen ans Geländer.

«Kannst du gehen?», fragte er. Sie nickte trotzig. Natürlich konnte sie gehen, sie war doch kein Krüppel! Wut wallte in ihr auf, und zornig stapfte sie die Stufen hinauf, sie spürte ihn hinter ihrem Rücken.

«Stimmt das? Dass ihr Siobhans Geld nehmen wollt?», stellte sie ihn zur Rede.

Er schwieg. Sie kämpfte um jede Stufe.

«Du musst es ihr wenigstens sagen.»

«Es ist unsere große Chance. Stell dir vor, wenn wir Gold finden! Aber Will hat nur die Hälfte des Geldes, und er will die andere Hälfte lieber von uns, statt sie sich von Fremden zu holen. Schon jetzt kocht es in Queenstown. Glücksritter und Spekulanten treiben sich dort herum. Dauert nicht lange, bis sie auch nach Glenorchy oder sogar nach Kilkenny kommen.»

Oben musste sie nach Atem ringen. Sie spürte, dass ihr der Schweiß in einem Rinnsal den Rücken herunterrann. Müdigkeit senkte sich in ihre Knochen. Sie wusste, der Schlaf war nicht mehr weit. Gar nicht mehr weit.

Aber sie musste, ja, sie musste diese Sache noch klären.

«Und wenn es misslingt?»

«Das wird es nicht. Will hat die Gesteinsprobe ...»

Sie schüttelte ärgerlich den Kopf, weil Walter immer noch ihren Ellbogen hielt. Aber Walter ließ sie nicht los. «Will hat vor vier Jahren einen Stein vom Abhang gesammelt und ihn von einem Freund beurteilen lassen. Das kann genauso gut ein Glückstreffer gewesen sein», wandte sie ein.

«Sollen wir das Gold denn lieber liegen lassen? Sollen wir uns weiter mit den Schafen plagen, soll Vater sich weiter so nutzlos fühlen?»

Sie hörte den Zorn in seiner Stimme. Es waren die Veränderungen, die weder Walter noch Paps behagten. Und dass Siobhan es war, die jetzt im Hintergrund die Fäden zog, wenn sie es sie auch nicht spüren ließ. Aber die Männer wussten es, das reichte. Sie wollten es Siobhan beweisen. Sie wollten es besser machen.

Sie wollten ihre zweite Chance.

Emily sank auf ihr Bett und kämpfte sich aus den Ärmeln ihres Bademantels. Walter blieb an der Tür stehen und wartete. «Brauchst du noch was?», fragte er leise.

Sie schüttelte den Kopf. Ihre Hand tastete nach dem Pillenglas. Dieser Schmerz, dieser dumpfe Schmerz.

Eine zweite Chance. Wer wollte die nicht? Emily hätte alles darum gegeben.

Deshalb entgegnete sie nichts. Walter wünschte ihr eine gute Nacht, zog die Tür ins Schloss, und sie versank im Nichts.

Am nächsten Morgen hatte sie die Nacht und alles, was geschehen war, vergessen.

Finn kniff die Augen zusammen. Er beobachtete sie. Ihre weiße Schürze leuchtete vor all dem Rot und Gold, in das der Herbst die Wälder um den Wakatipusee getaucht hatte.

Unermüdlich kam sie jeden Tag den Pfad herauf, manchmal begleitet von den Kindern, aber oft auch allein. Sie kümmerte sich, schüttelte sein Bett auf, fegte die Räume, kochte für ihn. Und sie saß neben ihm, stundenlang, ohne ein Wort zu sagen. Oder sie redete, munter und fröhlich, bis sein Schweigen sie schließlich verstummen ließ. Beides war ihm recht, wenn sie nur da war.

Seine Hand fuhr in den Ausschnitt seines Hemds, er betastete seine Narbe. Inzwischen war sie vollständig verheilt. Auch das hatte Ruth geschafft, gegen seinen Widerstand.

Er legte das Buch beiseite, in dem er ohnehin nicht las. Emily hatte es ihm gebracht, wie all die anderen Bücher, die sich auf einem Bord im Haus stapelten. Aber keines konnte ihn fesseln. Was sollte er mit Abenteuerromanen? In seinen Erinnerungen gab es so viele Abenteuer, da brauchte er keine Romane. Doch er verstand, was Emily damit erreichen wollte: Er sollte vergessen.

Wie sollte er ihr nur klarmachen, dass er gar nicht vergessen wollte? Dass er die Erinnerung wachhalten wollte, während er auf der Veranda saß, dem See beim Atmen zusah und den Wandel der Jahreszeiten beobachtete? Das Einzige, was in all der Veränderung um ihn beständig blieb, war Ruth. Sie verharrte immer an derselben Stelle, etwa fünfzig Meter unterhalb der Hütte, hob die Hand und winkte.

Er winkte zurück.

«Sie haben hoffentlich nicht wieder das Herdfeuer ausgehen lassen», sagte sie nach der Begrüßung und betrat die Veranda.

«Ich habe darauf aufgepasst, wie Sie's mir aufgetragen haben.»

«Aber aus dem Schornstein steigt kein Rauch, Mr. O'Brien.»

Er zuckte die Schultern. «Sei's drum.» Jetzt war sie ja da und konnte ihn mit ihrem fröhlichen Wesen wärmen. Mit ihren freundlichen Worten, mit ihrem warmen Blick. Sie hatte schöne Augen, das war ihm früh aufgefallen, aber es dauerte Wochen, bis er sich dieses bräunliche Grün so eingeprägt hatte, dass es ihn auch dann nicht losließ, wenn sie längst wieder fort war.

Die Nächte waren kalt, gleichgültig, wie viel er heizte, denn in den Nächten war sie nicht da. Nie hatte es einer Frau bedurft, dass er sich wohlfühlte, und die Gelegenheiten, bei denen er nicht allein geschlafen hatte, waren selten und kaum der Rede wert gewesen. Aber jetzt ertappte er sich bei dem Gedanken, wie es wohl wäre, neben ihr einzuschlafen. Nicht mehr zu tun, als sie im Schlaf zu beobachten oder morgens zu warten, bis sie aufwachte, die Augen öffnete und ihn anschaute. Wie ihre Wangen sich im Schlaf röteten, diese Wangen, die so blass waren wie alles andere an ihr, außer Haar und Augen. Manchmal waren sogar ihre Lippen so blass, dass er glaubte, irgendwas müsse ihr alles Blut ausgesaugt haben.

«Hunger?», unterbrach sie seine Gedanken.

Er legte das Buch beiseite und schüttelte den Kopf.

Sie beschattete die Augen mit der Hand und blinzelte gegen die niedrigstehende Sonne. «Jamie und Sarah kommen gleich noch. Jamie möchte Geschichten hören.»

Geschichten vom Krieg, wie immer. Keiner sprach es aus, aber so war es. Jamie brauchte diese Geschichten vom Krieg, und wenn Finn versuchte, ihm vom Pauamuscheltauchen mit den Maori zu erzählen, reagierte er unwirsch, so als wäre das vollkommen unwichtig. Ihn interessierten nur Geschichten aus dem Krieg. Seine Mutter hatte ihm eine khakifarbene Jacke nähen müssen, und er hatte von Stephen ein geschnitztes Gewehr bekommen, mit dem er durch die Wälder streifte und mit lautem «peng-peng!» Buren tötete.

«Dann denk ich mir wohl wieder etwas aus.» Er musste lächeln, aber es machte ihm auch Sorgen. Jamie war noch so klein.

Sie ging in die Hütte. Er schloss die Augen, der Wind streichelte ihn, er lauschte. Die Geräusche, die aus der Hütte drangen – ihr Fegen, ihr Töpfeklappern, ab und zu ein leises Hüsteln, ihr Niesen, wenn sie Staub aufwirbelte – rührten ihn. Jeden Tag. Und jeden Tag überlegte er, wie es wäre, ins Haus zu gehen und die Arme um sie zu legen, wenn sie am Herd stand. Sie einfach zu küssen, ihr den Schmutz vom Gesicht zu wischen, wenn sie mit dem Besen in der Mitte des Zimmers stand, ein Tuch um den Kopf geschlungen, den schweren Zopf darunter eingerollt wie eine schlafende Katze.

Er blieb sitzen und lauschte ihrem heiteren Summen.

Sein Herz fand Frieden. Es suchte nicht mehr nach Abenteuer, aber es suchte auch nicht mehr nach Stille. Sein Herz hatte gefunden.

«Passt auf, dass keins der Tiere die Moderfäule bekommt!» Edward richtete sich auf und wischte seine Hände an der Arbeitshose sauber. Das Schaf war gesund, keine Anzeichen einer Krankheit. «Treibt ihr sie auch einmal die Woche durchs Klauenbad?»

«Hat der Mr. Maori uns schon gesagt», brummte Tom. Der älteste der Landarbeiter schob seine Mütze in den Nacken und kratzte sich. «Ist doch alles in Ordnung, oder nicht? Machen wir was falsch?»

Nein, es war alles in Ordnung. Widerstrebend ließ Edward das Lamm laufen, das blökend zu seiner Mutter lief und sich an sie drängte. Edward unterhielt sich mit den drei Männern, die sich um die Herde kümmerten. Was sie ihm erzählten, klang vernünftig. Was sie sagten, ließ keinen Zweifel: Er wurde hier nicht mehr gebraucht.

Er machte sich auf den Weg nach Hause. Was konnte er sonst schon tun? Die Männer taten, was Amiri ihnen auftrug, die Herden waren gut bestellt. Für ihn blieb nichts mehr.

Zumindest nicht da draußen, bei den Schafherden. Dort, wo er sich bisher immer am wohlsten gefühlt hatte, war kein Platz mehr für ihn. Jeden Morgen kam Amiri ins Haus, suchte ihn in seinem Arbeitszimmer auf und berichtete, wie es um die Herden stand und wie weit der Bau der Spinnerei drüben in Kilkenny voranschritt. Dann erklärte er, was er vorhatte, welche Maßnahmen er ergreifen und wie er die Probleme lösen würde. Edward brauchte nicht einmal auf die Weiden hinauszugehen, aber er tat es dennoch, mindestens zwei oder drei Mal pro Woche. Aber er spürte, wie wenig seine Anwesenheit den Männern behagte, und seine Fragen beunruhigten sie.

So blieb ihm nur sein Arbeitszimmer.

Stunde um Stunde saß er hier seine Zeit ab, die Vorhänge halb zugezogen. Er las die Zeitung mit zusammengekniffenen Augen, er schrieb Briefe, aber die meiste Zeit saß er nur so da, starrte ins Kaminfeuer und grübelte. Es dauerte einige Wochen, bis ihm aufging, was ihm fehlte.

Er langweilte sich.

Er hatte gehofft, in Wills Goldmine in Paradise eine Aufgabe zu finden. Aber alles, was damit zusammenhing, hatte schon Walter in die Hand genommen, weil es Siobhans Geld war, das sie dort aufs Spiel setzten. Edward hatte es hingenommen, weil er gehofft hatte, mit dem Goldrausch würden sich auch für ihn andere Aufgaben ergeben.

Aber jetzt war bald Winter, und die Arbeiten waren für die nächsten Monate unterbrochen. Walter drängte, weil er Siobhans Geld schnell wieder herausholen wollte, Will dagegen mahnte zur Vernunft, man dürfe nichts überstürzen.

In Edwards Fingern zerbrach ein Bleistift. Er schrak zusammen, stand auf, ging zum Fenster und schaute hinaus. Die Wolken hingen tief über dem Wakatipusee, und er konnte sehen, dass Annie im angrenzenden Wintergarten Lampen entzündete. Dann goss sie die Blumen und sprach mit jemandem.

Es dauerte, bis er unter dem Bündel Decken auf einem Liegestuhl Emily erkannte.

Der Wintergarten. Hätte er den damals nur nicht gebaut, dann hätten sie jetzt nicht diese verdammten Geldsorgen. Dann wäre er nicht davon abhängig, was Amiri aus der Schaffarm oder Walter aus der Goldmine holen würde.

Jemand klopfte. «Edward? Darf ich hereinkommen?»

Siobhan. Er hatte sie gerne um sich, aber im Moment fürchtete er unbequeme Fragen.

«Komm nur rein.»

Sie war immer so adrett gekleidet, auch heute: dunkler Rock, eine cremefarbene Seidenbluse und ein grünes Schultertuch mit Blattmuster, das sie wohl selbst gestrickt hatte. In solchen Dingen war sie sehr geschickt. Aber fürs Geschäftliche taugte sie einfach nicht, sie war doch nur eine Frau.

«Ich hoffe, ich störe nicht», sagte sie.

«Setz dich. Möchtest du Tee? Hattest du schon welchen?», fragte er.

Sie zog das Tuch enger um ihre Schultern und schüttelte den Kopf. «Nein danke. Deshalb bin ich nicht gekommen.»

«Was kann ich für dich tun?» Er führte sie zu den drei Sesseln vor dem Kamin. Siobhan sank auf die vordere Kante eines Sessels und atmete tief durch.

«Ich brauche Geld für den Bau der Spinnerei. Das Fundament ist fertig, und jetzt müssten wir bald die Maschinen bestellen und Baustoffe kaufen. Die Arbeiter müssen bezahlt werden …»

«Das geht aber schnell», sagte er. Verdammt, es ging viel zu schnell. Er hatte gehofft, ihnen bliebe noch etwas Zeit.

«Aber dann können wir im Frühling schon die erste Wolle spinnen. So soll es doch sein, oder nicht?», fragte sie und schaute ihm forschend ins Gesicht.

«Sicher, sicher. So soll es sein.» Er lächelte. «Nur habe ich das Geld im Moment nicht.»

Ihr Gesicht erstarrte. «Wie meinst du das?»

Er breitete die Hände aus. «Es steht im Moment einfach nicht zur Verfügung.»

Siobhan runzelte die Stirn. «Aber ich weiß doch, dass wir es in den Tresor …»

«Es ist nicht mehr da», wiederholte er.

«Aber wo ist es dann? Es kann doch nicht sein, dass die laufenden Kosten alles verschlungen haben, Amiri hat mir versichert …»

«Amiri hat damit nichts zu tun», unterbrach Edward sie harsch. Es hatte ja keinen Zweck, einmal mussten sie es ihr ja sagen. «Walter hat das Geld an sich genommen, und ich habe es ihm erlaubt. Wir haben damit fünfzig Prozent der Goldminengesellschaft gekauft, die Will gegründet hat.»

Sie wurde blass. «Das könnt ihr doch nicht machen …»

«Natürlich können wir das machen. Walter kann es machen, weil er dein Mann ist. Er darf über dein Geld verfügen. Aber keine Sorge: In wenigen Monaten haben wir mit der Goldmine genug verdient, dass du deine Spinnerei bauen kannst.»

Sie schwieg. Ihre Hände ballten sich, die Fingerknöchel traten weiß hervor. Sie sah ihn nicht an. «Du weißt, dass es so nicht geplant war», presste sie hervor.

«Was kümmert es dich denn? Ob die Spinnerei heute gebaut wird oder in drei Monaten, das macht doch keinen Unterschied.»

Ihr Kopf ruckte hoch. Edward hatte das unangenehme Gefühl, dass sie bis auf den Grund seiner Seele blickte.

«Ihr O'Briens wart schon immer Spieler», flüsterte sie. «Ich wünschte, ich hätte auf meine Mutter gehört.»

Abrupt stand sie auf. Was er in ihren Augen aufblitzen sah, hatte er noch nie bei ihr gesehen. Es war mehr als bloß Wut. Es war Verachtung. Sie sagte kein Wort, sondern ging einfach.

Er sackte in seinen Sessel zurück. Mit dieser Reaktion hatte er nicht gerechnet. Es war sicher nur ein kurzer Ausbruch, eine Laune. Frauen waren doch so, da ging ihnen schnell das Temperament durch, und bald danach tat es ihnen leid. Helen war da auch nicht anders. Wie oft hatte sie ihm schon seine Fehler vorgeworfen und war am nächsten Tag reumütig zu ihm zurückgekehrt? Ja, wie oft?

Wenn er ehrlich war: nie.

Dennoch wollte er glauben, es sei Siobhan, als jemand an den Türrahmen klopfte. Sie hatte die Tür offen gelassen, als sie gegangen war, und er drehte sich um, ein nachsichtiges Lächeln für sie auf dem Gesicht. Die Schatten waren länger geworden. Er wusste gar nicht genau, wie lange er so dagesessen hatte. Es musste bald Zeit fürs Abendessen sein. Wieder ein Tag, den er herumgebracht hatte.

«Paps? Ich muss mit dir reden.»

«Finn … Komm rein, Junge. Komm rein. Wie wär's mit Whisky?»

Siobhan war vergessen. Seit seiner Rückkehr vor vier Monaten hatte Finn nicht ein einziges Mal Kilkenny Hall betreten. Emily hatte versucht, es ihm zu erklären. Nur eines verstand er: dass sein Sohn Zeit brauchte, um sich wieder zurechtzufinden in einer Welt, die er fast verlassen hätte.

«Bleibst du zum Essen, mein Junge? Weiß deine Mutter, dass du da bist? Lass dich ansehen. Meine Güte, ist das dunkel hier, warte.»

Er machte Licht, schenkte Whisky ein und musterte seinen Sohn aus den Augenwinkeln. Er sah müde aus. Und schmal.

«Geht es dir gut?», fragte Edward besorgt.

Finn zuckte die Schultern. Er nahm das Glas, das sein Vater ihm hinhielt, aber er trank nicht, sondern hob es nur. Edward stürzte den Whisky herunter und schenkte sich nach.

«Wird bald Winter. Gedenkst du, die Wintermonate auch da oben in der Hütte zu verbringen?»

«Es ist kein schlechtes Haus», erwiderte Finn. «Ich habe überlegt, ob ich es winterfest machen und auf Dauer dort einziehen könnte.»

«Nur zu!» Pläne – Pläne waren besser als nichts. Von diesem Nichts hatte es zuletzt viel zu viel gegeben in Finns Leben.

«Und ich möchte heiraten.»

Edward verharrte in der Bewegung. «Heiraten», echote er.

Ah, vielleicht gab es doch ein Zuviel an Plänen.

Finn nickte. Seine Hand fuhr in den Hemdausschnitt, er rieb seine Narbe. «Wollen wir uns nicht setzen?»

Edward trank seinen Whisky aus. «Natürlich. Setzen wir uns. Also? Wer ist sie? Und warum so plötzlich? Ihr müsst doch nicht etwa …?»

Finn lächelte. «Nein, keine Sorge. Es ist Ruth.»

«Ruth?» Es dauerte einen Augenblick, ehe Edward begriff. Ruth Mallory, die Pflegerin, die Emily vor Jahren ins Haus gebracht hatte und die geblieben war. Sie hatte sich um Finn gekümmert, und zwar offenbar nicht nur um seine Wunden.

«Hm», machte er, weil er nicht so recht wusste, was er dazu sagen sollte.

«Ich wollte dich um deinen Segen bitten, weil ... Sie hat niemanden, und ich stelle es mir schön vor, mit ihr da oben am Waldrand zusammenzuleben. Ich glaube, wir wären ein gutes Paar.»

«Das ist weit mehr, als so manch andere Ehe zusammenhält», brummte Edward. «Aber Ruth! Sie ist eine Waise, und niemand weiß, woher sie kommt. Vermutlich stammt sie aus dem Hafenviertel von Wellington. Hast du dir das auch gut überlegt?»

Finn nickte. Er stellte seinen Whisky auf den Tisch. «Sie ist herzensgut, sie kann schweigen ...» Er schwieg.

«Wenn's nur ist, weil sie ein Kind bekommt, das kann man auch anders regeln. Hab gehört, Madame Robillard kümmert sich um solche Sachen.»

«Paps.» Finn beugte sich vor. «Ich habe Ruth nicht angerührt. Ich weiß nicht mal, ob sie mich will. Bevor ich sie frage, möchte ich wissen, ob sie in unserer Familie willkommen ist. Darum bin ich hier.»

Edward fühlte sich plötzlich unsagbar müde.

«Sicher, warum nicht? Wenn sie dich glücklich macht, wer wäre ich, dir im Weg zu stehen?», sagte er schließlich.

Insgeheim hatte er gehofft, Finn würde ein Mädchen ins Haus holen, das ordentliches Geld mitbrachte, so wie Walter es bei Siobhan geschafft hatte. Aber stattdessen nahm er das ärmste Mädchen weit und breit zur Frau.

«Ich hoffe so sehr, dass ich sie glücklich machen kann.»

«Wenn es dir nicht gelingt, hast du's wenigstens versucht», erwiderte Edward trocken.

Finn machte eine abwehrende Handbewegung. «Das reicht nicht», sagte er. «Irgendwann möchte man aber aufhören, immer nur das Glück zu versuchen. Diesmal will ich es richtig machen.»

«Emily, hörst du mir überhaupt zu?»

Siobhan rüttelte Emily an der Schulter. Sie öffnete nur kurz die Augen, ein müdes Flackern, ehe sich ihre Lider wieder schlossen.

«Sie ist müde. Hat eine von ihren Pillen genommen, davon wird sie immer so.» Annie saß auf einem Stuhl und flickte Jamies Hosen.

«Emily, ich brauche deinen Rat!» Verzweifelt rüttelte Siobhan an ihrer Schwägerin. «Bitte!»

«Das geht ein paar Stunden so, dann können Sie wieder mit ihr reden. Arme Mrs. Forrester, das mit dem Bein hat sie ganz kaputt gemacht.» Ungerührt führte Annie die Nadel durch den Stoff. Sie summte dabei.

Emilys Hände krampften sich um ein Buch. Siobhan nahm es und strich über den weichen Ledereinband. Die *Aeneis*, eines von Emilys Lieblingsbüchern. Siobhan legte es auf das Tischchen, erhob sich, strich ihren Rock glatt und blickte nachdenklich aus dem Fenster. Die Sonne näherte sich unaufhaltsam dem Horizont. In einer Stunde würde es stockdunkel sein.

Sie war nicht gern im Dunkeln draußen. Aber wer konnte ihr jetzt noch helfen? Sie hatte versucht, mit Helen zu reden, aber ihre Schwiegermutter hatte nur gesagt, sie halte sich aus der Sache heraus, das müsse Siobhan allein mit den Männern klären, es ginge sie nichts an.

Emily war im Delirium versunken, das ihr das Heroin regelmäßig bescherte.

Sie eilte zum Stall und befahl Stephen barsch, er solle ihr Pony satteln. Ungeduldig trommelten ihre Finger gegen die Gitterstäbe der Box, während Stephen den Kea von Hektors Rücken hob, den Sattel auflegte und das Pony zäumte. Sie zog Hektor in den Hof, stieg über den Trittstein auf und lenkte ihn Richtung Wald.

Sie wusste, dass es dumm war, was sie tat.

Aber sie konnte auch nicht tatenlos zusehen, wie Edward und Walter all ihre Pläne zerstörten.

Sie hatte Walter vertraut. Sie hatte ihrer Ehe eine zweite Chance gewährt, und in den letzten Jahren hatten sie, im Rahmen dessen, was ihnen möglich war, ein bescheidenes Glück gefunden. In den ersten Monaten nach Sarahs Geburt hatten sie sich nur in den Nächten getroffen wie zwei Fremde, die schließlich Freunde wurden. Seinetwegen hatte sie ihr Geld hergegeben und damit ihre sichere Zukunft aufs Spiel gesetzt.

Und nun hatte er es ihr genommen. Er hatte ihr diese letzte Freiheit gestohlen und warf sie weg. Er hatte sie verraten.

Ihr blieb nicht mehr viel, aber für diesen Verrat würde sie sich rächen.

Als sie die Abzweigung nahm, war die Sonne schon untergegangen, und die Luft war kühl und blau. Sie sah das warme Licht in seiner Hütte. Sie rief ihn, und er kam ihr entgegen. Sie sprang aus dem Sattel, stand vor ihm und schaute ihn nur an.

«Es ist keine gute Idee, dass du hier bist», sagte er.

«Das weiß ich. Aber ich hab es nicht ausgehalten», erwiderte sie.

Sie band das Pony fest und ging zur Hütte.

«Siobhan.»

Sie ließ sich nicht beirren. Sie betrat sein Heim und schaute sich um. Alles war so vertraut. Ihr Herz schlug schneller. Sie lehnte sich an den Türrahmen, holte tief Luft und kämpfte die Panik nieder.

«Weiß jemand, dass du bei mir bist?»

Er hatte sich dicht neben sie gestellt. Sie schloss die Augen. Es war längst nicht so einfach, wie sie es sich vorgestellt hatte.

«Siobhan …»

Sie fuhr zu ihm herum. Ihr Mund presste sich auf seinen. Sie taumelte, ihre Hände krallten sich in sein Hemd. Er hielt sie, seine Arme umfingen ihren Körper, und sie hörte sich schluchzen. Sie weinte, sie lachte, sie wollte sich ganz in ihm bergen.

Sie schafften es nicht bis zum Bett, sie liebten sich direkt auf dem Boden, der hart und kalt unter ihrem Rücken war. Siobhan kümmerte es nicht, denn es war Amiri, der sie hielt, und danach zog er die Decke vom Bett herunter und hüllte ihre nackten Körper damit ein. Der Wind pfiff durch den Spalt unter der Tür, aber sie war geborgen in seinen Armen und unter der warmen Decke.

«Sarah …» Er sprach nicht weiter.

«Immer, wenn ich sie ansah, musste ich an dich denken», flüsterte sie.

Das genügte ihm als Antwort. Seine Arme hielten sie fest, und sie erzählte. Sie schüttete ihr Herz aus, und er lauschte, er hörte alles an, was sie über die letzten Jahre zu erzählen wusste, nahm jedes Detail auf, weil es Teil seines Lebens sein sollte.

In dieser Nacht überlegte Siobhan zum ersten Mal,

wie es wäre, wenn es Walter nicht mehr gäbe in ihrem Leben. Aber sie wusste, dass sie zu ihm stehen musste. Er war ihr Mann. Auch wenn er sie um ihr Geld betrogen hatte.

Sie wusste, dass sie auch dann an seiner Seite stehen würde, wenn sie alles verloren.

Teil 4

19. Kapitel

Kilkenny, Neuseeland
Oktober 1904

Es war eigentlich zu kalt, um den Tisch draußen zu decken, und außerdem wehte ein beständiger Ostwind über den Wakatipusee und zerrte so heftig am Tischtuch, dass Ruth um die Kristallgläser fürchtete, die Siobhan ihr hatte heraufbringen lassen. Trotzdem ließ sie sich nicht davon abbringen. Sie packte ihre Jüngste dick ein, drückte sie Finn in die Arme und lief hinter Eddie her, der auf seinen kurzen Beinen immer wieder entwischte, weil er behauptete, in der Jacke zu schwitzen. «Das ist auch kein Wunder, wenn du hier immer herumläufst wie ein Irrlicht», schimpfte sie ihn sanft und setzte ihn auf die Bank. Er hatte wieder einen Schuh verloren. Immer verlor er seine Schuhe. Als sie vor ihm kniete und seine Jacke zuknöpfte, spürte sie die zarten Tritte ihres dritten Kinds, das sie unter dem Herzen trug.

Sie stand auf und hob Eddie hoch. Gemeinsam gingen sie durch das hohe Gras und suchten seinen rechten Schuh. Als sie den Blick hob, sah sie, dass sich die Gäste bereits näherten. In einer kleinen Prozession zogen sie den Hügel hinauf, nahmen den ausgetretenen Pfad, der in den letzten Jahren zu einem gut genutzten Weg geworden war. Ruth beschattete ihre Augen. Sie sah Edward und Helen, die vorangingen. Edward half seiner Frau galant über einen Ast, der auf dem Pfad lag. Dahinter Siobhan, die einen Korb über dem Arm trug und mit der freien Hand ihr Schultertuch hielt. Ein paar ihrer Haarsträhnen wehten im Wind, und sie wandte sich zu Walter um, der direkt hinter ihr ging. Er hatte Sarah an der Hand, die sich vertrauensvoll an ihren Vater schmiegte, während Jamie die Gruppe umkreiste und in wilder Jagd bergauf galoppierte, als wäre er ein Pony. Zuletzt ging Will, er schlug mit einem Stock auf die hohen Gräser ein und drehte sich immer wieder um, als hoffte er, Emily würde ihnen folgen.

«Finn? Deine Familie kommt», rief Ruth.

Er trat neben sie. Auf dem Arm hielt er Margie, die andere Hand legte er in Ruths Kreuz. Sie seufzte und erlaubte sich kurz, dieses Gefühl der Geborgenheit zu genießen.

«Keine Sorge», beruhigte er sie. «Es wird alles gutgehen.»

Sie lächelte. «Das glaube ich zwar nicht, aber es wird hoffentlich kein Blutvergießen geben. Emily ist nicht dabei», fügte sie hinzu, als wäre Emilys Fortbleiben ein Garant für familiären Frieden.

Finn seufzte. «Sie wird wieder im Bett liegen und schlafen.»

«Ich gehe später zu ihr.» Sie wandte sich halb zu Finn um. «Ich mache mir Sorgen um sie. Wir sollten sie zu einem guten Arzt schicken.»

«Du weißt, was sie davon hält.»

Sie antwortete nicht, sondern lächelte ihre Gäste an, die jetzt die letzten Meter des Wegs bewältigten. «Wie schön, dass ihr da seid!»

«Wenn es etwas so Großes zu feiern gibt, sind wir

doch sofort zur Stelle!» Gut gelaunt schüttelte Edward erst Finn die Hand, ehe er Ruth und Eddie in die Arme schloss. «Na, da ist ja mein kleiner Edward! Gewachsen ist er, findet ihr nicht?»

Ruth lächelte verlegen und rückte Eddie auf ihrer Hüfte zurecht. «In dem Alter wachsen sie einfach unentwegt. Sie tun wenig anderes.»

Auch Helen begrüßte sie. Erst reichte sie Ruth ihre kühle, trockene Hand und musterte sie mit diesem kalten, prüfenden Blick, den zu ertragen Ruth in den vergangenen Jahren erst hatte lernen müssen. «Guten Tag, Helen», sagte sie, und sie fühlte sich wieder wie ein junges Mädchen, das sich von seinem Brotherrn tadeln lassen musste.

«Ruth», sagte ihre Schwiegermutter nur. Die feine Falte zwischen den Brauen vertiefte sich. «Wie ich sehe, schnürst du dich nicht mehr.»

Ruths freie Hand sank nieder. Sie wagte es nicht, ihren Bauch zu berühren. Sie war nach zwei Geburten nicht mehr so schlank wie noch vor einigen Jahren, und auch wenn sie ihr Korsett schnürte, schien sie in Helens Augen ein schlechtes Beispiel zu bieten: zu maßlos, zu hungrig, schlicht: nicht damenhaft.

Auf keinen Fall die richtige Frau für ihren Sohn, obwohl Helen derlei niemals offen ausgesprochen hätte.

Nun legte sie Finn die Hand auf die Wange und schaute ihm tief in die Augen. Mutter und Sohn sprachen kein Wort.

Ruth wandte sich ab.

Siobhans Lächeln entschädigte sie für Helens Kälte. Sie stellte erst den Korb ab, ehe sie Ruth und Eddie umarmte, und nicht nur ihre Umarmung war herzlich und warm, auch ihre Hand, die sich vertraut auf Ruths Bauch legte. «Ich freu mich so», flüsterte sie. «Als wär's mein eigenes.» Etwas Trauriges lag in ihrem Blick. Ruth wusste, dass Siobhan sich ein zweites Kind wünschte, aber sie wusste auch aus ihrer Zeit oben in Kilkenny Hall, dass Siobhan und Walter seit jeher getrennte Schlafzimmer hatten. Manchmal fragte sie sich, wie das mit Walters liebevollem Verhalten seiner Frau gegenüber zusammenpasste.

«Schwägerin.» Walter reichte ihr die Hand. Er drückte sie nur kurz, ehe er Finn begrüßte.

Ruth streichelte Sarahs Kopf, die ihr artig die Hand reichte und ein «Guten Tag» flüsterte.

«Guten Tag, kleine Sarah. Kannst du mir helfen? Ich hab Eddies Schuh verloren. Meinst du, du findest ihn?»

Sarah nickte stumm und sauste eifrig davon. Ruth wandte sich dem letzten Ankömmling zu.

Er sieht so erschöpft aus, dachte sie. Die letzten Jahre haben ihm zugesetzt.

Aber vielleicht war das nur gerecht, schließlich hatte er auch den anderen Familienmitgliedern zugesetzt. Dass sie heute zusammenkamen und dieses Fest feierten, hatten sie bestimmt nicht Will Forrester und seiner Schnapsidee zu verdanken, in den Bergen oben in Paradise nach Gold zu schürfen. Im Gegenteil. Seine Goldmine hatte die Familie in den Ruin getrieben.

«Ruth.» Er nickte ihr zu. Mit der Hand fuhr er sich durch das Haar, drehte sich um und blickte ein letztes Mal hinauf nach Kilkenny Hall.

«Sie ist müde, sagt sie. Konnte nicht aufstehen.»

«Ich hoffe, es geht ihr bald besser.» Ruth wusste nicht, was sie sonst hätte sagen sollen.

«Bestimmt. Na ja, dann wollen wir mal feiern.» Sein Lächeln wirkte verloren.

Die Idee für das Fest war von Finn gekommen, und es war Siobhan gewesen, die sie begeistert aufgenommen hatte. Eine Feier oben in der Blockhütte am Waldrand, in der die Familie vor zehn Jahren angekommen war! Sie fand es hochromantisch und ein großes Zeichen. Schließlich war ihnen in den letzten zehn Jahren niemand gestorben, im Gegenteil: Die Familie war beständig gewachsen, drei Kinder liefen um die lange Tafel, während das vierte an den Händen des Vaters erste, vorsichtige Schritte machte und sich dabei immer wieder auf den Hintern setzte. Und das fünfte war schon unterwegs. Konnte es einen schöneren Grund zum Feiern geben?

Nein, befand Ruth, den gab es nicht. An diesem einen Tag wollten sie vergessen, welche Unwägbarkeiten an dieser Familie zerrten. Die O'Briens kamen heute zusammen, um sich selbst zu feiern, um zu feiern, dass sie jede Schwierigkeit meisterten. Das Kapitel mit der unsäglichen Goldmine würde bald abgeschlossen sein, das hatte Finn ihr erzählt.

Aber vielleicht würde auch das Thema Kilkenny Farm bald abgeschlossen sein, vielleicht würde Edward bald verkaufen müssen, und dann mussten sie alle von diesem wunderbaren Fleck Erde fort, der ihnen in den letzten zehn Jahren zur Heimat geworden war.

Nun, wenn das so sein sollte, wäre das ein Grund mehr zu feiern.

«Schade, dass Emily nicht dabei sein kann», sagte Ruth leise zu Siobhan, die ihr half, die Schüsseln mit den Speisen aufzutragen.

Siobhan seufzte. «Sie kann schon», erwiderte sie. «Aber sie will nicht.»

Ruth drückte mitfühlend Siobhans Arm. «Es muss schrecklich sein, mit anzusehen, wie sie zugrunde geht. Dass man aber auch so gar nichts tun kann!»

«Schlimmer ist, dass Will und sie sich ständig streiten. Sie hasst ihn, weil er ihr Land verkauft hat, und er ist ärgerlich, weil sie immer so trübsinnig ist. Das Beste wäre, wenn Will nach Wellington ginge. Ich meine ...» Siobhan wurde rot. Es war wirklich nicht ihre Sache, andere zu kritisieren. «Ich mag ihn ja, aber er ist so ...»

Ruth wusste genau, was Siobhan meinte. Ihr Schwager war ihr von Anfang an unheimlich gewesen, schon damals, als sie noch Emilys Pflegerin war. Und die Jahre hatten Will hart gemacht. Von dem charismatischen, abenteuerlustigen jungen Mann war nichts geblieben. Er war wie ein Baum, den man der weichen Rinde beraubt hatte, und darunter blieb nur hartes Holz.

«Ich werde gleich herübergehen, nach dem Essen. Ich bringe Emily von dem Braten und den Pasteten.»

Siobhan lächelte schmal.

Sie wussten beide, dass das Emilys Probleme nicht lösen würde.

Die schweren Vorhänge hielten Licht und Luft aus ihrem Schlafzimmer fern. Aber auch das Dämmerlicht war für Emily zu grell, und sie grub sich tiefer in ihre Kissen. Doch die Last wurde ihr bald zu viel, wie ein Albdruck legten sich die Daunenkissen auf ihren Körper, sie schlug die Decken zurück und holte keuchend Luft. Sie hatte elenden Durst.

Auf ihr leises Rufen kam niemand. Also quälte sie sich

aus dem Bett. Das Schlimmste waren längst nicht mehr die Schmerzen, sondern das ewige Verlangen nach den Herointabletten, die sie sich inzwischen vom Apotheker schicken ließ, weil sie es nicht mehr schaffte, selbst nach Glenorchy zu fahren.

Das also ist aus mir geworden, dachte sie müde. Sie tapste ins Badezimmer, die Sonne blinzelte durch das kleine, hohe Fenster, Emily kniff die Augen zusammen und legte eine Hand davor. Nur langsam gewöhnte sie sich an die Helligkeit, tastete sich zum Waschbecken vor und ließ Wasser in ihre hohle Hand rinnen. Gierig trank sie davon, dann sank sie erschöpft auf den Boden, hielt sich mit einer Hand am Waschbecken fest und hörte, wie das Wasser plätscherte und gluckste.

Emily schluchzte auf. Sie war allein, und noch viel weniger als die Gesellschaft ihrer Familie ertrug sie die Einsamkeit. Heute waren sie alle hinüber zu Finn und Ruth gegangen und feierten dort, dass die O'Briens es seit zehn Jahren an diesem verfluchten Ort aushielten, der ihnen nichts als Unglück gebracht hatte.

Emily rollte sich wimmernd auf dem kalten Fußboden zusammen. Sie zitterte vor Kälte, aber ihr fehlte die Kraft, sich aufzurichten und wieder ins Bett zu gehen. Und dort verbrachte sie doch ohnehin die ganze Zeit.

Sie schreckte hoch. War sie eingeschlafen? Mühsam zog sie sich am Waschbecken hoch, aber sie kam nicht auf die Beine, weil das linke wieder versagte. Wütend hieb sie auf den Oberschenkel ein.

«Hallo?» Jetzt hörte sie es. Eine Männerstimme.

Darum also war sie aufgewacht. Jemand war im Haus.

Sie zog sich am Waschbecken hoch. Gerade wollte sie das linke Bein mit Macht zwingen, wenigstens einen Teil ihres Körpergewichts zu tragen, wenn es schon sonst zu nichts nütze war, als sie ausrutschte und wieder zu Boden krachte. Ihre Hände griffen ins Leere. Überrascht schrie Emily auf.

«Hallo? Mrs. Forrester, sind Sie da drin?»

Sie erkannte die Stimme, schloss die Augen und hoffte, es wäre nicht wahr. Das durfte nicht wahr sein! Es wäre schon schlimm genug, wenn ein Familienmitglied sie so fände.

Er klopfte an die Tür. «Darf ich reinkommen?»

Sie schüttelte stumm den Kopf, aber das konnte er natürlich nicht sehen. Warum war er denn nicht beim Fest, warum saß er nicht mit den anderen zusammen und feierte?

«Mr. Gregory», flüsterte sie. «Ich bin ausgerutscht ...»

«Kann ich Ihnen helfen, Mrs. Forrester?»

Er versuchte die Tür aufzuschieben, aber sie drückte ihren rechten Fuß dagegen. «Nein», sagte sie hastig. «Warten Sie, ich schaff es schon allein.»

Mit letzter Kraft stemmte sie sich hoch. Sie schaute sich im Badezimmer um, aber nirgends lag etwas, das sie rasch über ihr Nachthemd hätte werfen können. Und draußen stand Dean Gregory und wartete, dass sie herauskam.

Was hatte er überhaupt in ihrem Schlafzimmer zu suchen?

Sie trat an die Tür, öffnete sie einen Spalt und schaute hindurch. «Mr. Gregory ... Würde es Ihnen etwas ausmachen, unten im Salon auf mich zu warten?»

«Ich wollt' eigentlich mit Ihrem Vater sprechen, Mrs. Forrester, oder mit Ihrem Mann.»

«Sie sind alle oben bei meinem Bruder. Sie feiern.»

Es war kurz still auf der anderen Seite der Tür. Dann sagte Mr. Gregory: «Ich warte unten.»

Sie blieb hinter der offenen Tür stehen und lauschte, bis seine Schritte auf der Treppe verklungen waren. Erst dann wagte sie es, aus dem Badezimmer zu humpeln.

Sie kleidete sich so schnell wie möglich an. Rock, Bluse, auf das Korsett verzichtete sie, wie so oft. Es war ohnehin niemand da, der ihr beim Schnüren hätte helfen können.

Sie nahm ihren Stock und stieg mühsam die Treppe herunter. Am unteren Absatz blieb sie stehen. Aus der Küche drangen Geräusche. Sie klopfte mit dem Stock dreimal auf den Teppich. «Annie?»

Das hochrote Gesicht der Haushaltshilfe tauchte in der Küchentür auf. «Mrs. Forrester, Madam, er ist einfach so an mir vorbeigestürmt, ich hab ihm doch gesagt, Sie hätten nicht …»

Sie rang die Hände, von denen Seifenschaum tropfte.

«Schon gut. Bring uns Tee in den Salon.»

«Ja, Madam.» Annie machte einen linkischen Knicks und verschwand wieder in der Küche. Emily hörte sie etwas murmeln.

Sie straffte sich. Wappnete sich für das, was nun kommen musste.

Ich habe keine Angst, redete sie sich ein.

Dann betrat sie den Salon.

Aarons Onkel stand über den Sekretär gebeugt. Er hatte einen Schub aufgezogen und betrachtete nachdenklich den Brieföffner mit Elfenbeingriff, den Helen dort verwahrte.

In diesem Augenblick wurde es Emily schlagartig klar, dass er nur deshalb hier war, *weil* die Männer oben bei

Finns Blockhaus waren. Er hatte von der Feier erfahren und war hergekommen, um sie unter Druck zu setzen.

Er hatte sich das schwächste Familienmitglied herausgepickt. Wie man bei den Lämmern, die zur Schlachtung getrieben wurden, zunächst das schwächste erwischte.

Emily spürte, dass kalter Schweiß an ihrer Haut klebte, und sie musste den Stock mit aller Kraft in den Teppich drücken, damit er ihre Hand nicht zittern sah.

Sie hatte vergessen, eine Tablette zu nehmen, ehe sie nach unten ging.

Einerlei. Sie musste das hier jetzt durchstehen.

«Ich würde das an Ihrer Stelle wieder zurücklegen», sagte sie scharf.

Dean Gregory grinste. «Ich nehme mir nur, was mir zusteht.» Mit einer lässigen Geste steckte er den Brieföffner ein.

«Ich könnte Sie wegen Diebstahls anzeigen.»

«Das wagen Sie ja doch nicht.» Er schlenderte zu einem Sessel und ließ sich aufatmend hineinfallen. «Wenn Sie das tun, könnte ich ja publik machen, wie Ihre Familie all die kleinen Aktionäre um ihr Geld gebracht hat, weil Ihnen die Goldmine abgesoffen ist.»

«Sie waren daran nicht unbeteiligt», erwiderte Emily scharf.

«Und? Wem werden die Leute glauben? Einem, der auch zwanzig Prozent der Anteile gekauft hat und jetzt auf den wertlosen Papieren sitzenbleibt? Oder den Leuten, die sich das Geld in die Tasche gesteckt haben und hier ein Leben im Luxus führen?» Er wies auf die Möbel, die Vorhänge, Teppiche, all die Pracht.

Annie rollte den Teewagen herein.

«Sehen Sie, das meine ich. Sie lassen sich den Arsch hinterhertragen und glauben trotzdem, Sie wären im Recht.»

Emily setzte sich aufs Sofa. Annie reichte ihr eine Tasse Tee, dann bediente sie auch Dean Gregory.

Der Mann, der ihre Familie vor genau zehn Jahren nach Queenstown gebracht hatte, war vor drei Jahren von Will mit der Verwaltung der Goldmine betraut worden. Von ihm war auch die Idee gekommen, Anteile an der Goldmine auszugeben, als ihnen das Geld ausging, und er hatte sich selbst zwanzig Prozent gesichert, als glaubte er fest an einen Erfolg dieser Unternehmung. Doch ihre Hoffnungen wurden nicht erfüllt. Irgendwann war ihnen nur die Erkenntnis geblieben, dass es zwar Gold in Paradise gab, es aber nicht lohnte, die wenigen dürren Adern aus dem Gestein zu brechen. Die Anteile waren das Papier nicht mehr wert, auf dem sie gedruckt waren, und viele Leute hatten ihr Geld verloren.

Manche gaben den O'Briens die Schuld, sie fühlten sich um ihr Geld betrogen. Dabei wusste Emily, dass Edward und Will das Geld, das sie durch den Verkauf der Anteile eingespielt hatten, in den Bau der Goldmine gesteckt hatten, nachdem Siobhans Geld aufgebraucht war.

Es gab nichts mehr. Die O'Briens standen wieder einmal vor dem Nichts.

«Ich möchte gar nicht viel.» Dean Gregory griff sich ein Törtchen und steckte es in den Mund. «Nur das, was ich vor drei Jahren investiert habe. Plus eine realistische Verzinsung. Na ja, was kann man da ansetzen? Wenn wir Erfolg gehabt hätten, wären da schon zehn Prozent pro Jahr möglich gewesen, glauben Sie nicht?»

Emily fröstelte. «Da müssen Sie meinen Mann fragen. Er kennt sich mit diesen Dingen aus.»

Obwohl sie das inzwischen sehr bezweifelte.

«Der ist ja nun nicht da. Und ich will gar nicht das Geld von Mr. Forrester. Ich will's von Ihrer Familie.»

«Ich bin auch eine Forrester», widersprach sie.

«Sie wissen, wie ich's meine. Die O'Briens schulden mir eine Menge. Und Sie sind auch eine O'Brien, daran ändert sich nichts, nur weil Sie einen anderen Namen tragen.»

Es war ihr unverständlich, woher dieser Groll gegen ihre Familie rührte.

«Warum denn nur?»

Sein finsterer Blick durchbohrte sie. «Das wissen Sie doch genau.»

«Noch immer diese alte Geschichte vor zehn Jahren? Das ist nicht Ihr Ernst.»

«Stellen Sie sich vor, ich bin ihm vor einigen Monaten begegnet. In Dunedin. Da spazierte er auf der Straße herum wie ein Weißer, hatte Hut und Stock und einen feinen Anzug an. Ist richtig was geworden aus diesem Maori-Balg. Aber als er mich sah, da wechselte er die Straßenseite. Und er hat zu seiner Begleiterin gesagt – einem hübschen, blonden Mädchen, wie's die nur selten gibt, eine Schande, dass es sich mit einem Wilden eingelassen hat – er hat gesagt, er ertrage den Gestank nicht.»

«Vielleicht hat er Sie nicht gesehen, oder er hat …»

«Wussten Sie, dass er sich Rawiri O'Brien nennt?», unterbrach sie Dean Gregory. Er griff sich noch ein Törtchen und schlang es herunter. Zwischen zwei Bissen fügte er hinzu: «Mir wird ganz schlecht, wenn ich überlege, dass er mir gehörte, mir allein.»

«Niemand gehört einem anderen. Die Maori sind ein

freies Volk.» Emily stellte klirrend die Tasse ab und stand mühselig auf. «Gehen Sie, Mr. Gregory. Ich werde meinem Vater ausrichten, dass Sie da waren. Aber es wird nichts an der Tatsache ändern, dass Sie kein Geld zu erwarten haben.»

«Er schuldet mir auch drei Monatslöhne.»

«Machen Sie das mit ihm aus. Und nun verschwinden Sie.»

Er stand ebenfalls auf. «Sie werden das hier noch bereuen, Mrs. Forrester. Ich werde noch dabei zusehen, wie Ihre Familie untergeht, so wahr mir Gott helfe!»

«Verschwinden Sie!» Emilys Stimme zitterte. Sie hieb den Stock auf den Boden. «Raus mit Ihnen! Wagen Sie es nie wieder herzukommen, Sie … Sie …»

Er schnaubte und grinste schmutzig. Auf dem Weg nach draußen blieb er vor dem Wägelchen stehen, auf dem Edward seinen Whisky und die passenden Gläser verwahrte. Er nahm die noch fast volle Flasche, schwenkte sie wie zum Gruß und stolzierte aus dem Salon.

Emily sackte zurück aufs Sofa. Ihr war schwindelig, Sterne tanzten vor ihren Augen. Sie atmete tief durch, doch mit jedem Atemzug wuchs die Übelkeit.

Zum ersten Mal hatte sie Angst, echte Angst, dass ihre Familie alles verlieren könnte.

Sie wachte auf, weil er sie anblickte. Unverwandt. Liebevoll und warm.

Sie streckte sich leicht und lächelte zu ihm hinauf.

«Du bist so schön», sagte er einfach.

Siobhan lachte. «Das sagst du jedes Mal.» Vom Schlaf war ihre Stimme noch ganz belegt.

«Wenn es doch stimmt?» Amiri küsste sie. «Ich glaube sogar, im Moment wirst du mit jedem Tag schöner. Kann das sein?»

Siobhan wandte das Gesicht ab. «Ich muss nach Hause.»

«Ich weiß.»

Die schroffen Worte taten ihr schon wieder leid. Sie streckte die Hand nach ihm aus.

«Du bist irgendwie anders in letzter Zeit. Nicht nur schöner», sagte er nachdenklich.

Sie antwortete darauf nicht, sondern stieg aus dem Bett, zog ihr Unterhemd herunter und griff nach ihrem Korsett. «Hilfst du mir?»

Anfangs hatte Amiri sich geweigert. Er fand, ihr Korsett sei ein Folterinstrument, mit dem sie sich nur Schaden zufüge. Doch sie hatte ihm deutlich gemacht, dass sie auch abends, wenn sie von ihm zurückkam, geschnürt sein musste. Sonst kämen vielleicht Fragen auf.

Sie legte die Hand auf den Bettpfosten, während er die Schnüre anzog. «Fester.» Er betrachtete sie nachdenklich, dann zog er mit einem solchen Ruck, dass sie vor Schreck aufschrie.

«Ist es so gut?»

Sie nickte. Tränen brannten in ihren Augen, die sie hastig wegblinzelte.

«Ich werde nie verstehen, warum die *Pakeha* ihre Frauen in so enge Kleider zwängen.»

Als sie den letzten Knopf ihrer Bluse schloss, hob sie den Kopf. «Ich weiß nicht, wann ich wieder komme», sagte sie leise. Die Worte schwebten zwischen ihnen.

«Nun, es wäre nicht das erste Mal, dass wir ein paar Wochen lang nicht zusammen sein können.»

Sie schüttelte den Kopf. «So meine ich das nicht.» Die Hände fest auf den flachgeschnürten Bauch gepresst, brach es endlich aus ihr hervor. «Ich bin wieder schwanger.»

Sie wandte sich von ihm ab und schlüpfte in die Schuhe. Seine Hände legten sich auf ihre Schultern. «Siobhan.»

Sie weinte. Oh, warum weinte sie nur immer? Das ging seit Tagen so, beim kleinsten Anlass brach sie in Tränen aus.

«Siobhan, sieh mich an.»

Sie fuhr zu ihm herum.

«Ich freue mich. Für dich. Und für Walter.»

Sie schluchzte auf und schlug die Hände vors Gesicht.

Wie sollte sie es ihm sagen? Wie konnte sie ihm nur erklären, dass dieses Kind nicht Walters sein konnte? Nie hatte sie die Worte gefunden, das zu beschreiben, was ihr in den ersten Jahren der Ehe widerfahren war. Und nach Sarahs Geburt war es auch nicht nötig gewesen, danach hatte sie niemandem etwas erklären müssen, denn jeder hatte behauptet, das Mädchen sehe seinem Vater so ähnlich, wenn man mal von den schwarzen Haaren und den Kohleaugen absah. Eine Laune, die sich die Natur da erlaubt habe, sagten sie, und Siobhan war heilfroh darum.

«Freust du dich nicht? Ist es, weil du jetzt ein paar Monate nicht herkommen kannst?»

Sie schüttelte den Kopf. Ihre Arme sackten herab.

«Du kannst trotzdem herkommen, wenn du möchtest. Du weißt, es ist nicht nur wegen ...» Er sprach nicht weiter.

Sie war ihm dafür so dankbar.

«Es geht nicht», flüsterte sie. «Es ist ... dein Kind.»

Sie konnte ihn nicht ansehen.

Amiri umfasste ihre Oberarme. «Schhhh ... Es ist gut. Alles ist gut.»

«Was weißt du schon ...»

«Vielleicht erzählst du mir einfach, was ich wissen sollte?» Mit sanftem Nachdruck schob er sie wieder aufs Bett und setzte sich neben sie. Weil Siobhan zitterte, legte er den Quilt um ihre Schulter. «Erzähl mir deine Geschichte.»

Stockend begann sie, dann wurden ihre Worte zu einem Fluss, einem breiten Strom, auf dem sie hilflos dahintrieb. Amiris Arme waren ihr Schutz, sie hielten sie umfangen, als wollte er sie vor der ganzen Welt bewahren.

Sie blieb an diesem Tag viel zu lange bei ihm, das wussten sie beide. Aber nachdem sie ihm alles erzählt hatte, ließ er sie nicht los, und sie weinte in seinen Armen. Es wurde schon dunkel, als sie sich von ihm losriss.

«Ich muss heim.» Sie stand abrupt auf. In der Hütte war es schon dunkel, sie stieß gegen einen Bettpfosten und unterdrückte einen Fluch.

«Wir könnten fortgehen.» Er sagte es so leise, dass sie sich beide einreden konnten, es nicht gehört zu haben.

Aber Siobhan hatte es gehört. Und sie wollte es hören, denn diese Worte waren der Trost, dem sie sich hingeben wollte, wenn sie ihn so schrecklich vermisste, dass diese Möglichkeit tatsächlich mehr war als nur ein Traum.

«Ich habe eine Familie», wandte sie ein, weil sie es tun musste.

«Ich weiß.»

Sie wussten beide, dass sein Angebot nur das war: ein Angebot. Ein Trost. Mehr nicht. Sie wussten beide, dass Siobhan sich ihrer Verantwortung nicht entziehen würde.

«Was wirst du tun?», fragte Amiri.

Sie zuckte mit den Schultern. «Was ich beim letzten Mal schon getan habe.»

«Glaubst du, es klappt?»

Sie wusste es nicht. Sie hoffte es.

«Es muss klappen.»

Und in einem stillen Winkel regte sich eine Hoffnung. Es waren so viele Jahre vergangen seitdem. Vielleicht hatte Walter sich ja geändert.

20. Kapitel

Sie hieb mit den Fäusten auf die Tastatur. Die Tasten gruben sich tief in die empfindliche Haut, und Emily schrie leise auf. Aber es war nicht nur der Schmerz, der sie verzweifeln ließ.

Sie riss das Blatt Papier so schwungvoll aus der Trommel ihrer Schreibmaschine, dass es zerfetzte. Sie warf es achtlos beiseite. Es schwebte zu Boden und gesellte sich zu den vielen anderen, die sie dort hingeworfen hatte – wütend zerknüllt, verzweifelt zerrissen, resigniert von sich geworfen.

Emily vergrub das Gesicht in den Händen. Sie spürte ihr Herz, das heftig schlug, und die Übelkeit kam zurück. Sie tastete nach dem Glasfläschchen mit den Tabletten.

Will richtete sich müde auf. «Komm doch ins Bett», murmelte er, ehe er wieder zurücksank.

Sie ertrug ihn nicht. Wie konnte er nur schlafen, während um sie herum die Welt unterging? Wie fand er Ruhe, wenn sie um jedes Wort rang, weil ihre Familie vor dem Ruin stand?

Christopher Worthington hatte sie in seinen Briefen beschworen, wieder zu schreiben. Nach dem Erfolg ihrer Erzählung «Hochzeitsmorgen» und der Kontroverse, die ihre Gedichte ausgelöst hatten – mancher bescheinigte ihr eine destruktive Kraft –, würden die Leute ihm ein drittes Buch aus ihrer Feder schlicht aus den Händen reißen, und er bat sie, ihm zu senden, was immer sie schrieb.

Aber sie konnte ihm wohl kaum die zahllosen Versuche schicken. Die Kapitelanfänge, die kurzen Fragmente, Gedichtzeilen – alles Zeichen ihrer angestrengten Bemühungen, wenigstens einen Satz zu schreiben, den sie nicht im nächsten Moment verabscheute. Manchmal saß sie die ganze Nacht wach und starrte das leere Papier an, das in die Schreibmaschine gespannt war. Und sie fragte sich, wie sie damals nur dieses eine Buch hatte schreiben können, woher später die Gedichte gekommen waren. Warum ihre Stimme jetzt so anders klang, wenn sie etwas schrieb, warum es immer klang, als verpackte sie jede ihrer messerscharfen Beobachtungen in Watte.

Sie schluckte eine Tablette, weniger um den Schmerz zu betäuben, sondern einfach aus Gewohnheit. Und weil sie wusste, dass sonst bald das Zittern einsetzen würde, dass sie ohnehin bald eine Tablette nehmen müssen würde, weil sie diesem Medikament gehörte, mit Haut und Haar.

Der Drang, Heroin zu nehmen, war ebenso übermächtig wie früher der Wunsch nach der erlösenden Morphiumspritze.

«Emily, komm jetzt ins Bett.» Wills Stimme klang verschlafen. Hinter ihrem Rücken hörte sie, wie er sich auf die andere Seite drehte. Oh, sie konnte sich nur zu gut vorstellen, wie er da in seinem gemütlichen Bett lag, sich unter die warme Decke kuschelte und ihn nichts weiter kümmerte als sein Schlaf!

«Ich kann nicht», wisperte sie verbissen. «Ich muss schreiben.»

«Das Buch läuft dir doch nicht davon.» Er gähnte. Dann quietschten die Bettfedern, und seine nackten Füße tappten über den kalten Dielenboden. Emily schloss die Augen.

Nein, nein, nein, lass mich in Ruhe, schrie es in ihr. Lass mich doch einfach in Ruhe schreiben!

«Komm ins Bett.» Seine Hand lag bleischwer auf ihrer Schulter. Sie schlug sie weg.

«Lass mich in Ruhe.»

«Emily ...»

Als sie sich hochstemmte, stieß sie den Stuhl um. Es polterte laut, aber was kümmerte sie ein verdammter Stuhl?

«Lass mich in Ruhe, du Mistkerl!», schrie sie. «Siehst du nicht, dass ich versuche, uns zu retten? Lass mich doch nur dieses eine Buch schreiben, dann kann ich wenigstens einen Teil unserer Schulden bezahlen!» Ihre Stimme wurde schrill.

Will schüttelte den Kopf. Die Müdigkeit schwand aus seinem Blick, und als er jetzt auf sie herunterschaute, las sie in seinen Augen vor allem eines: Mitleid.

Das war das Schlimmste, was er ihr antun konnte.

«Lass gut sein, Emily. Kilkenny ist verloren. Euch bleiben noch ein paar Monate, um die Schafherden zu verkaufen und das Land, aber dann ist es vorbei. Es ist vorbei», fügte er beschwörend hinzu.

Ihre Hand klatschte auf seine Wange, ehe sie wusste, was sie tat. Sofort schlug sie die Hand vor den Mund.

«Das hab ich nicht gewollt», flüsterte sie erschrocken.

Auf Wills Wange zeichnete sich Emilys Hand als rote Spur ab. «Doch», sagte er kalt. «Genau das hast du gewollt. Ich bin froh, dass es endlich heraus ist, wie sehr du mich verabscheust. Mir wäre wohler, wenn alle Mitglieder deiner Familie endlich so ehrlich zu mir wären.»

Sie wollte auf den Stuhl sinken, der aber nicht mehr dastand. Emily fiel zu Boden, und im Fallen stieß sie sich schmerzhaft den Kopf an der Schreibtischkante. Sie keuchte, ihr Herz raste, und sie spürte das Zittern. Will beugte sich zu ihr herab. «Ihr habt mich doch immer verabscheut. Deiner Mutter war ich nie gut genug, dein Vater hat mir nichts zugetraut. Dein Bruder war zu dumm, um irgendwas zu empfinden. Und du …» Sein Gesicht war jetzt ganz dicht vor ihrem. Sie konnte seinen schlechten Atem riechen. «Du hast mich immer verabscheut. Seit unserer ersten Nacht hatte ich das Gefühl, es wäre dir zuwider, mit mir zusammen …»

«Das ist nicht wahr», stammelte sie. «Ich habe dich geliebt!»

Sein Lachen war ein heiseres Bellen. «Jetzt wohl nicht mehr?»

Er forderte sie heraus. Seine Hand packte ihr Handgelenk. Emily schrie auf. «Liebst du mich noch?», fragte er. «Gehst du mit mir nach Wellington, wenn dieser Albtraum vorbei ist? Wenn alles verkauft ist? Hältst du zu mir, Emily? Oder ist dein Blut dicker als Wasser?»

«Wie soll ich zu dir halten, wenn du mich nie unterstützt hast?» Emily zog sich am Schreibtisch hoch. «Eine Schreibmaschine, das war alles, was ich von dir bekommen habe. Und weißt du was? Ich hasse dieses schwere, widerliche Ding, auf das ich einhämmern muss, bis meine Finger schmerzen. Siehst du, wie sehr ich sie hasse?»

Sie packte die Schreibmaschine und hob sie hoch. Punkte blitzten vor ihren Augen, so sehr strengte es sie an, das Gewicht war fast zu viel für sie. Mit Schwung warf sie die Schreibmaschine von sich. Will duckte sich, und die Maschine fiel durch das Fenster. Die Scheibe zersprang, es klirrte hell. Mit dumpfem Geräusch schlug Wills Geschenk draußen im Garten auf.

«Siehst du, was für ein blödes Ding diese Schreibmaschine ist?», kreischte sie hysterisch. «Glaubst du, ich halte ihretwegen zu dir? Nachdem du mir alles andere genommen hast?»

Sie sank weinend zusammen. Ihre Kraft war vollkommen erschöpft. Sie griff nach den Blättern, die um den Schreibtisch herum verstreut waren, sammelte sie auf, warf auch sie von sich, bis Will ihre Handgelenke packte. «Hör auf», beschwor er sie. «Bitte, Emily. Hör auf.»

Sie trommelte mit ihren Fäusten auf ihn ein. Aber er war stärker, ihre Schläge erreichten ihn nicht. «Hör auf», flüsterte er und nahm sie in den Arm, wie er sie seit Jahren nicht umarmt hatte. Er umfing sie, zog ihren Kopf an seine Brust, seine Hände strichen über ihren Kopf, er glättete ihre wirren, roten Locken und presste seinen Mund auf ihren Scheitel.

«Ganz ruhig», flüsterte er, und er wiegte sie, bis ihr Schluchzen nachließ, bis die Worte endlich Platz fanden zwischen den Wogen ihrer Verzweiflung.

«Ich will nicht fort. Hier ist doch mein Zuhause.»

«Ich weiß, Emily. Weiß ich doch.»

Er streichelte sie tröstend. So war er lange nicht gewesen; zuletzt hatten sie nur noch nebeneinander hergelebt. Er hatte sich um die Goldmine gekümmert, und manchmal blieb ihnen abends nur, sich zusammen ins Bett zu legen und das Licht zu löschen. Sie hatte sich vollständig im Schmerz vergraben.

«Ich will nicht, dass es wehtut.»

Er schien zu verstehen, was sie meinte. Seine Hand streichelte ihr linkes Bein. «Das soll es auch nicht länger. Lass uns nach Wellington zurückkehren. Wir können einen Arzt aufsuchen. Vielleicht gibt es neue Medikamente, oder es gibt eine Operation, die dir hilft ...»

Sie weinte noch mehr. Seine Fürsorge war zu viel für sie.

«Ich will aber nicht fort. Kilkenny ...»

Seine Arme waren plötzlich nicht mehr da, und sie fror. Will war aufgestanden. Er trat über die Papiere am Boden hinweg und stand am Schreibtisch. Durch das zerbrochene Fenster wehte kühle Nachtluft herein, scharf wie die Glasscherben.

«Bleib meinetwegen hier, wenn es dir gefällt, deiner Familie zuzusehen, wie sie alles verliert.»

Seine plötzliche Kälte machte sie sprachlos.

«Weißt du, ich habe wirklich viel Geduld mit dir gehabt, Emily. Ich würde auch weiterhin Geduld aufbringen, wenn ich nur wüsste, dass es sich lohnt. Aber du gibst mir nichts zurück von dem, was ich in dich investiert habe. Ganz ehrlich, ich frage mich, ob es uns nicht besserginge, wenn wir aufhörten, uns aneinanderzuklammern. Wenn wir aufhörten, so zu tun, als gehörten wir zusammen.»

Er wartete ihre Antwort nicht ab. Er ging einfach, schlug die Tür hinter sich zu und verließ ihr Schlafzimmer.

Er verließ ihr Leben.

Emily kniete am Boden. Sie heulte, der Rotz lief ihr aus der Nase, ihre Kehle war trocken, und in ihren Augen brannten Tränen. Sie hieb mit der Faust auf den Boden und hoffte, dieser Schmerz könnte all die anderen betäuben.

So fand Walter sie, der von dem Lärm aufgeschreckt worden war. Er brachte sie zu Bett, gab ihr Heroin, weil sie behauptete, anders nicht schlafen zu können.

Als sie am nächsten Morgen aufwachte, war Will fort.

Diane legte dem Gast noch ein Stück Braten auf den Teller und ermahnte ihre Kinder, die sogleich verstummten. Ihr Mann mochte es nicht, wenn beim Essen geplappert wurde. Beim Essen durften allenfalls die Erwachsenen reden.

«Diese Leute sind die Pest», bemerkte Dean. Er nickte, als Diane ihm die Schüssel mit Kartoffeln hinhielt, und sie tat ihm reichlich auf. Er hatte immer Hunger, er hatte immer Durst. Er war in allem maßlos.

«Mir kamen die O'Briens immer ganz anständig vor», bemerkte Dianes Mutter Gwen spitz. «Ein bisschen verschwendungssüchtig ist der Alte, und aus seinen Kindern ist so recht nichts geworden, aber anständig sind sie doch. Danke, Liebes.»

Diane lächelte. Sie trug die leere Schüssel in die Küche und erlaubte sich kurz, ihren Körper an die Anrichte zu lehnen. Sie war so müde. Aber Müdigkeit war nichts, das Dean duldete. Er stand immer unter Druck, und von allen anderen verlangte er dasselbe. Sie wusste, wie viel er sich von der Goldmine in Paradise versprochen hatte, wie sehr er auf Erträge gehofft hatte. Aber während er oben in Paradise die Mine baute, hatte sie das Haus allein bestellen müssen, und der Laden lag auch noch in ihrer Hand. Und wenn er an den Sonntagen heimgekommen war, hatte er sich immer beschwert, sie würde seinen Laden herunterwirtschaften.

Seinen Laden vor allem. Sie hatten den Laden von ihrer Mutter übernommen, als ihr Vater starb. Aber nein, der Laden gehörte nun ihm, und sie musste sich anhören, wie sie das Geschäft herunterwirtschaftete.

Dabei fehlte es aus ganz anderen Gründen an allen Ecken und Enden.

«Dee! Bring Wein!»

Sie seufzte, nahm zwei Flaschen aus dem Schrank und trug sie in die Stube. Die Kinder saßen brav am Tisch, die Köpfe gesenkt. Gut. Sie streichelte ihrem Ältesten behutsam über den Kopf, als sie an ihm vorbeiging. Er entzog sich ihrer Hand, und die Zwillinge kicherten.

«Ruhe!» Deans Hand sauste auf den Tisch. «Ihr sollt's Maul halten, wenn Erwachsene reden!»

Diane stellte die Weinflaschen auf den Tisch. Sie senkte den Blick und wagte nicht, ihrem Gast ins Gesicht zu schauen. Will Forrester war heute früh in den Laden gekommen, weil er Dean gesucht hatte. Sie hatte ihn zur Goldmine geschickt.

Dean war immer in Paradise. Wenn man ihn suchte, fand man ihn stets dort.

Sie glaubte, er nähme es persönlich, dass die Goldmine erst nicht genug abwarf, sodass die O'Briens gezwungen waren, Anteile auszugeben. Aber dann soff die Mine durch einen plötzlichen Wassereinbruch ab, und bis auf weiteres war keine Förderung mehr möglich. Er hatte all sein Geld investiert, wie auch halb Glenorchy. Und alle hatten ihr Geld nun verloren, auch die O'Briens, die ihre Schaffarm verlieren würden, wenn kein Wunder geschah.

«Wenn die O'Briens alles verlieren, ist es mir das wert.» Zufrieden lehnte Dean sich zurück. Er tippte an den Rand seines Weinglases, und Diane beeilte sich, ihm nachzuschenken.

«Auch wenn du selbst alles verlierst?» Träge umspielten Wills Finger den Stiel seines Glas. Er ließ Diane nicht aus den Augen. Sie spürte es, und sie wurde rot.

«Das Geld kriegen wir schon wieder irgendwie rein. Die Leute werden immer was zu beißen brauchen, Stoff und alles andere kriegen sie auch nur bei uns. Was soll da schon schiefgehen?»

«Ich hätte lieber mein Geld zurück.»

«Das hätten wir alle gern. Aber ich schau mir mit dem größten Vergnügen an, wie diese Bagage untergeht.»

«Man könnte meinen, du hättest was gegen die O'Briens», sagte Diane ruhig.

Plötzlich war es am Tisch mucksmäuschenstill.

«Gwen, du bringst besser die Kinder ins Bett.» Dean ließ Diane nicht aus den Augen. Trotzig erwiderte sie seinen Blick.

Emily und Siobhan sind meine Freundinnen, dachte sie wütend. Wie kann er sich nur freuen, dass sie alles verlieren werden? Warum hasst er sie so sehr?

Ihre Mutter zögerte und schaute verunsichert von Dean zu Diane.

«Bring die Kinder ins Bett, Mutter», sagte sie. Sie wollte nicht, dass die Kinder mithörten. Es war schlimm genug, dass Dean auch bei ihnen manchmal die Hand ausrutschte. Das war wohl notwendig, wenn die Kinder etwas anstellten. Aber für Dianes Geschmack ging er viel zu grob zu Werke, und vor allem schlug er auch zu, wenn sie sich nichts hatten zuschulden kommen lassen.

«Ich komme danach wieder», sagte ihre Mutter leise.

Ihr Versuch, Schlimmeres zu verhindern, ehrte sie. Aber Diane schüttelte den Kopf. Sie wollte, dass die Kinder in Sicherheit waren, wenn der Sturm losbrach.

Auch Dean wartete. Seine Finger trommelten ungeduldig auf den Tisch. Diane begann, das Geschirr abzuräumen. In ihrem Bauch bildete sich ein harter Knoten. Sie kannte dieses Gefühl, und sie hasste es, Angst zu haben.

«Es stimmt, ich habe etwas gegen die O'Briens», begann Dean leise. Wenn er so sprach, war er gefährlich. Diane zog die Schultern hoch. Sie versuchte, mit dem Geschirr so wenig Lärm wie möglich zu machen.

«Sie haben mir vor zehn Jahren den Maorijungen weggenommen. Der stolziert inzwischen durch Dunedin und studiert. Ein wildes Balg, dem sie nur deshalb diese Bildung zukommen lassen, weil sie mich verabscheuen. Ist das nicht widerlich?»

Will Forrester schenkte Wein nach. «Sie gefallen sich eben in ihrer Mildtätigkeit. Hätten sie das Geld, würden sie drüben in Kilkenny für ihre Arbeiterkinder eine eigene Schule bauen.»

«Und ihren Jüngsten schicken sie nach Queenstown, in eines dieser teuren Internate. Oder hat er etwa einen Hauslehrer?»

Will grinste. Diane verschwand in der Küche, darum verstand sie nicht, was er entgegnete. Aber sie wusste, dass die O'Briens immer auf großem Fuß gelebt hatten, auf weit größerem jedenfalls als sie selber.

Manchmal beneidete sie die Familie um diesen Luxus. Sie hätte viel drum gegeben, wenigstens ein paar Monate in dieser Sorglosigkeit leben zu dürfen.

«... werde ich mir zunutze machen.» Dean stand gerade auf, als Diane zurück in die Stube kam. Er war mit wenigen Schritten bei ihr, und die Kraft, mit der er ihren Arm packte, überraschte und entsetzte sie. Er hatte eine Kraft, die er nur dann an den Tag legte, wenn er seine

Kinder züchtigte. Oder wenn er sie schlug. Und dafür brauchte er keinen Grund.

«Was meinst du? Würden sie auch eine gepeinigte Frau aufnehmen? Noch dazu eine Freundin der Tochter?»

Wills Grinsen wurde etwas wacklig. «Ich weiß nicht», sagte er unsicher.

«Ich geh jede Wette ein. Sie werden meine Diane nicht auf der Schwelle liegen lassen, wenn sie zu ihnen kommt und um ein Dach über dem Kopf bettelt.»

Er stieß sie grob von sich.

Diane schrie auf. Seine Hände rissen sie wieder hoch und schleuderten sie gegen den Tisch. Die Kante grub sich in ihren Unterleib. Sie glaubte, ihr werde schwarz vor Augen. Im nächsten Augenblick war er über ihr. Sein Gesicht war ihrem so nah, dass sie den Wein in seinem sauren Atem roch. Sie versuchte, den Kopf wegzudrehen, doch seine freie Hand packte ihr Kinn.

«Du wirst bei ihnen wohnen, hörst du? Und sieh zu. Sieh zu, dass du erfährst, was sie vorhaben. Ich weiß, dass sie noch einen Pfeil im Köcher haben. Irgendwo ist da noch Geld, und ich will es haben. Hast du mich verstanden?»

Sie schloss die Augen. Ihr blieb nicht viel Zeit. Nur wenn sie nickte, wenn sie ihm zeigte, dass sie verstand, würde er vielleicht, vielleicht aufhören. Wenn sie zu lange wartete, würde es nur seine Wut steigern.

Sie wandte den Kopf von ihm ab. Sah Will Forrester an, der sich erhoben hatte und mit verschränkten Armen an der Wand stand. In seinem Blick las sie ein gewisses Mitleid. Aber mehr, gar Hilfe, hatte sie von ihm nicht zu erwarten.

«Verstanden?», fragte Dean nochmal.

Sie nickte.

Sie hatte es nicht anders gewollt. Diesen Mann hatte sie geheiratet, weil er so klug war. Dass unter der höflichen Oberfläche ein Monster schlief, hatte sie viel zu spät bemerkt. Oft hatte sie sich eingeredet, dass es ihr doch gelingen würde, das Monster zu bezähmen, wenn sie ihm nur alles recht machte.

Ach, sie war so dumm gewesen!

Das war ihr letzter Gedanke, ehe die Schläge auf sie einprasselten. Sie hob nicht einmal die Arme, um ihr Gesicht zu schützen.

Das Einfachste war, sich in einen Winkel ihrer Seele zu verkriechen und es geschehen zu lassen.

Manchmal glaubte er, das Leben meinte es doch gut mit ihm. Er hatte eine wunderbare Frau, und seine Tochter war ein aufgewecktes Kind, das für ein Mädchen eine erstaunliche Intelligenz an den Tag legte, wie der Hauslehrer, Mr. Muir, bei jeder sich bietenden Gelegenheit betonte. Er hätte glücklich sein können. Wenn, ja wenn diese dummen Zahlen nicht wären.

Walter rieb sich die müden Augen. Sooft er auch nachrechnete, es kam immer eine Zahl heraus, vor der ein Minus stand. Und es war eine verdammt große Zahl. Er wusste, dass sie große Verluste gemacht hatten. Es hatte vor Jahren schon nicht gut um die Farm gestanden, und dann hatte er Edward auch noch erlaubt, mit Siobhans Geld die Goldmine zu bauen und nicht die Spinnerei, mit der die Farm vielleicht hätte gerettet werden können. Als ihnen das Geld ausgegangen war und die Goldmine noch immer Geld verschlungen hatte, hatte er sich darauf eingelassen, Anteile an der Mine herauszugeben. Aber auch das Geld war nun fort, und die Leute in Glenorchy wisperten hinter vorgehaltener Hand, dass die O'Briens sie in den Untergang trieben mit ihren größenwahnsinnigen Plänen. Das waren dieselben Leute, die vor zwei Jahren Schlange gestanden hatten, weil sie Anteile der Goldmine kaufen wollten.

Einerlei: Das Geld war weg. Kilkenny war pleite. Es blieb ihm nur noch, nach Dunedin zu fahren und mit Aaron Gregory zu besprechen, wie sie die Farm abwickelten.

Und dann?

«Du siehst müde aus.»

Siobhan saß auf dem Sofa und strickte. Ihre Hände ruhten nie, immer hatte sie eins dieser hübschen Tücher auf den Nadeln, die sie großzügig verschenkte.

Er lehnte sich zurück und warf den Bleistift auf das Rechnungsbuch. «Es steht schlimmer um uns, als ich gedacht habe.»

«Müssen wir bald verkaufen?»

«Wir hätten vor Jahren verkaufen müssen, dann hätten wie die Chance gehabt, einigermaßen heil aus der Sache herauszukommen. Wie es jetzt aussieht ...» Er schüttelte müde den Kopf. «Ich möchte dich nicht damit belasten.»

«Doch, belaste mich ruhig damit.» Sie stand auf, legte ihr Strickzeug beiseite und trat zu ihm. «Erzähl mir, wie schlimm es ist.»

«Sehr schlimm.»

Sie stand neben ihm. Er spürte ihren Körper, roch ihren zarten Apfelduft, den er so liebte. Walter schloss kurz die Augen. Sie war so rein. So unschuldig. Sie hatte ihm alles gegeben und alles verziehen.

Manchmal wünschte er, sie könnte ihm das Schlimmste

nicht nur verzeihen, sondern auch wieder zulassen, dass sie wie Mann und Frau zusammenlebten.

Aber er fürchtete sich vor sich selbst.

«Und wir können nichts tun?» Ihre Hand legte sich auf seine Schulter. Er spürte, wie kühl sie war, doch fühlte es sich an, als verbrenne seine Haut unter ihren Fingern.

«Wir bräuchten Geld.»

Sie dachten beide dasselbe, aber es war Siobhan, die es aussprach. «Ich habe noch Geld.»

«Nein, das wird nicht reichen. Außerdem hast du damals gesagt ...»

«Damals waren die Umstände anders.»

Walter widersprach ihr nicht.

«Lass mich nach Dunedin fahren. Lass mich mit Aaron reden. Vielleicht bekommen wir einen Aufschub um ein Jahr, das würde uns doch genügen. Und dann verkaufe ich meine Papiere und baue doch noch die Spinnerei.»

Er hörte den feinen Unterschied genau. Sie sagte nicht *wir bauen die Spinnerei.*

«Und wenn es misslingt?»

Ihre Hand streichelte ihn. «Wenn ich scheitere, dann können wir uns wenigstens nicht vorwerfen, wir hätten nicht alles versucht.»

Er drehte sich halb zu ihr um. Sie stand so dicht neben seinem Stuhl, dass er seinen Kopf an ihren Unterleib legen konnte. Er spürte ihr Zittern, und er wollte sich ihr wieder entziehen, aber sie legte die Hand auf seinen Kopf, zog ihn näher zu sich. «Ich habe dich vermisst», flüsterte sie.

Das waren Worte, die er auf keinen Fall hören wollte. Weil sie sein Begehren weckten.

«Siobhan …»

Sie hielt ihn. «Ich möchte, dass es wie früher ist. Sei wieder mein Ehemann.»

«Ich bin dein Ehemann.»

«Du weißt, was ich meine.»

Er legte die Hand auf ihr Kreuz. Drückte sich an sie, vergrub sein Gesicht im Stoff ihres Kleides. Wie gern würde er diesem Drang nachgeben. Aber er durfte ihr nicht wehtun, jetzt nicht und nie wieder. Er hatte ihr zu viel angetan, ehe Sarah geboren wurde, und er hatte sich geschworen, es nie wieder dazu kommen zu lassen.

Manchmal redete er sich ein, dass es nicht mehr so sein müsste wie früher. Dass er sich nicht mehr vergessen würde in ihren Armen. Und wenn er sich doch vergessen würde, dann nur auf die liebevolle, zarte Weise, die sie verdiente.

«Komm heute Nacht zu mir», flüsterte sie. «Ich erwarte dich.»

Sie beugte sich zu ihm, er hob ihr das Gesicht entgegen. Und dann küssten sie sich, zum ersten Mal seit Jahren berührte ihr Mund den seinen, und sie schmeckte so süß wie ehedem. Sein Körper hatte nichts vergessen.

«Ich komme», versprach er.

Sie lächelte. Sie nahm seine Hand. Er stand auf, nichts von alledem fühlte sich *falsch* an, aber er war die ganze Zeit auf der Hut, weil er in sich hineinhorchte, ob seine Wut wieder zerbarst und sich gegen sie entlud.

Nichts. Das Tier in ihm schlief.

«Hast du das gehört?» Siobhan trat einen Schritt zurück und lauschte.

«Nein.»

«Da war was, ganz bestimmt. Wie der Schrei einer Katze, oder ...»

Sie eilte aus dem Zimmer. Walter zögerte, ehe er ihr folgte.

Die Haustür stand weit offen, als er die Eingangshalle betrat. Aus dem Salon kam Emily gehumpelt. Draußen hörte er Stimmen. Jemand rief nach Ruth, man solle schleunigst nach Ruth schicken.

Er trat auf die Freitreppe. Emily schob sich an ihm vorbei.

«Was ist passiert?», fragte er.

Sie blieb neben ihm stehen. «Es ist Diane. Ihr Mann hat sie übel zugerichtet, und sie ...»

Petroleumlampen verbreiteten ihr flackerndes Licht. Eine Gestalt kauerte am Fuß der Freitreppe, als wären die Stufen für sie zu hoch gewesen, und die Röcke der Frauen bauschten sich um sie, als wollten sie ihr ein Bett bereiten. Der Kopf der Gestalt hob sich, und Walter sah ein zerschlagenes Gesicht, grün und blau, ein Auge zugeschwollen. Blut verkrustete unter der Nase, und das Weiß des einen offenen Auges blitzte im Dunkel. Das Haar hing wirr und verklebt um das Gesicht, das einst jeder hübsch gefunden hatte, der es sah.

Dieses Gesicht war nicht mehr hübsch.

«Warum hat er das bloß getan?», murmelte er.

«Warum schlagen Männer ihre Frauen?», erwiderte Emily giftig. «Ihm wird ihr Lächeln nicht gepasst haben, oder sie hat sich ihm widersetzt. Irgendeinen Grund findet ein Mann schon, wenn er zuschlagen will.»

Ihr wütender Blick traf ihn.

«Glaubst du, er wollte sie schlagen?»

«Er hat es getan, oder? Das reicht mir. Mehr muss ich nicht wissen.»

Sie hieb ein letztes Mal den Stock auf die Stufe, ehe sie den Frauen Platz machte. Diane Gregory stützte sich schwer auf Annie, die beruhigend auf sie einredete. Helen und Siobhan gingen hinter ihr, wie um sie zu schützen. Siobhan legte der Freundin fürsorglich ihr Schultertuch um.

«Wo ist Edward?», fragte er.

Siobhan blieb bei Walter stehen. Ihr war kalt, er sah es daran, wie sie die Ellbogen umfasste und die Schultern hochzog. «Er ist rüber zum Blockhaus gelaufen und holt Ruth. Sie kennt sich am besten aus, sie wird wissen, was wir gegen die Verletzungen tun können», antwortete sie.

Das aufgeregte Plappern im Haus verklang. Sie brachten Diane in ein Gästezimmer, schüttelten die Kissen auf, versorgten ihre Wunden. Aber Walter wusste, dass keine Fürsorge, die Diane Gregory in diesem Haus erfuhr, auslöschen konnte, was ihr Mann ihr angetan hatte.

Und er ahnte, dass Siobhan Ähnliches dachte.

Sie waren auf den Stufen allein.

«Was du vorhin gesagt hast …»

«Ja», unterbrach sie ihn hastig. «Das habe ich so gemeint.»

Er blickte wieder ins Haus und schwieg so lange, dass sie unruhig wurde. Sie machte zwei Schritte von ihm weg und stand jetzt mit dem Rücken zu ihm. Er ging zu ihr und legte die Hand auf ihre Schulter, die sie ergriff. So standen sie, bis sie auf dem Kiespfad Schritte und die Stimmen von Edward und Ruth hörten.

«Ich kann es nicht», flüsterte er. «Ich darf dir das nie wieder antun, Siobhan.»

Er glaubte, sie schluchzen zu hören, aber da waren Ruth und Edward schon herangekommen. Ruth eilte ins Haus, während Edward stehen blieb.

«Warum tut ein Mann seiner Frau nur so was an?», fragte er.

«Ich weiß es nicht», gestand Walter.

Wenn er es wüsste, würde er etwas dagegen tun, dass es geschah.

So blieb ihm nur der Verzicht. Weil der Verzicht ihn weniger schmerzte und Siobhan schützte.

21. *Kapitel*

«Oh, Diane! Was tust du denn da?»

Hastig schlug Diane die Mappe zu, in der sie geblättert hatte. Sie kniete auf dem Boden der kleinen Kammer neben der Küche. Um sie herum waren Mappen und Papierstapel verstreut.

«Ich dachte ... ich hab gedacht, ich könnte mich nützlich machen, indem ich Emilys Manuskripte sortiere.» Sie spürte, wie sie rot wurde.

Siobhan stieg über die Papierberge, die Diane um sich ausgebreitet hatte. «Emily mag das nicht. Außerdem gehörst du immer noch ins Bett. Und wenn es dich da schon nicht hält, dann komm wenigstens mit in den Wintergarten. Setz dich hin, ruh dich aus.» Sie hockte sich neben Diane und legte die Hand auf ihre Schulter. «Komm», sagte sie. «Wir räumen das alles wieder ins Regal.»

«Hat Emily das wirklich alles selbst geschrieben?» Diane legte die Mappen und gebündelten Papierstapel zurück in die Fächer, aus denen sie sie wahllos herausgezerrt hatte auf der Suche nach dem Beweis, den Dean von ihr forderte.

«Sie wird nicht gern daran erinnert.»

Das klang merkwürdig. Sie mochte es nicht, wenn

man in diesen Unterlagen stöberte – das konnte Diane noch verstehen –, aber sie wollte nicht gerne daran erinnert werden?

«Warum wirft sie die Sachen dann nicht einfach weg?»

«Genau deshalb sind sie hier. Damit sie nicht irgendwann ein großes Feuer mit ihren zahllosen Schriften entzündet.» Siobhan rückte einen Stapel zurecht und hielt inne. «Das klingt merkwürdig, nicht wahr?»

Diane nickte.

Vieles war merkwürdig in diesem Haus. Ganz anders, als sie es sich vorgestellt hatte. Emilys zwiespältiges Verhältnis zu ihrer Arbeit als Schriftstellerin war nur eine Merkwürdigkeit unter vielen. Sie hatte vorher auch noch nie von den Reformkleidern gehört, die Ruth mit Vorliebe trug – Kleider mit hoher Taille und ohne Korsett, man musste sich das mal vorstellen! Ruth behauptete, es sei bequemer, vor allem mit Fortschreiten ihrer Schwangerschaft. Wenn Diane an ihre bisherigen Schwangerschaften dachte und daran, wie sie damals möglichst lange versucht hatte, diesen Zustand zu kaschieren, musste sie Ruth im Stillen recht geben.

Aber der Gipfel war doch wirklich Siobhan! Sie ritt regelmäßig alleine aus, und neuerdings kümmerte sie sich auch noch um die geschäftlichen Angelegenheiten der Schaffarm. Bei den Mahlzeiten, an denen Diane teilnahm, seit sie sich von den Verletzungen einigermaßen erholt hatte, wurde hitzig diskutiert. Siobhan stritt eifrig mit, und aus dem betretenen Schweigen der Männer schloss Diane, dass sie mit manchem, was sie sagte, recht hatte. Wenn nicht sogar mit allem.

«Ich habe Emily gesucht. Hast du sie gesehen?»

«Nein.» Diane schüttelte den Kopf. Sie verließen die

Kammer, und Siobhan schloss die Tür. «Oder doch, vorhin habe ich gesehen, wie sie Richtung Stall ging.»

«Der Stall, ja.»

Diane hatte gedacht, außer ihr und Annie sei niemand im Haus. Edward und Walter hatten auf der Farm zu tun, und Helen war mit Finn und den Kindern nach Glenorchy gefahren. Aber Siobhan war nicht, wie sie es gedacht hatte, wieder mal ausgeritten.

Sie musste aufpassen. Dass Siobhan sie beim Stöbern erwischt hatte, war schlimm genug, aber diesmal hatte sie noch Glück gehabt. Helen oder Emily hätten vermutlich unbequemere Fragen gestellt.

Aber ihr lief die Zeit davon! Seit zehn Tagen war sie in Kilkenny Hall, und wenn sie nicht bald etwas fand, das Dean zufriedenstellte, dann ...

Nein, sie wollte darüber lieber nicht nachdenken.

«Du bist so blass, Liebes.» Besorgt hakte Siobhan sich bei ihr unter. Ihre blauen Augen musterten sie prüfend. «Möchtest du dich hinlegen?»

«Nein, es geht schon», behauptete Diane schwach. «Es ist nur ... ich hab an meine Kinder gedacht. Ich hab solche Angst», fügte sie mit erstickter Stimme hinzu.

«Ihnen wird nichts passieren», versprach Siobhan. «Schau, er wird sich doch nicht an den eigenen Kindern vergreifen, oder?»

Was weißt du schon, dachte Diane wütend. Dein Kind wird von allen verhätschelt, und Walter ist bestimmt kein Mann, der Frau und Kinder schlägt. Du lebst im Paradies und jammerst, weil du morgens keine Orangenmarmelade auf Toast essen kannst.

Aber sie lächelte Siobhan an.

Bevor er sie in die Nacht hinausjagte, hatte Dean sie

gewarnt. «Glaube ja nicht, du wärst da draußen in Kilkenny vor mir sicher. Ich habe deine Kinder», hatte er gesagt, in diesem leisen, bedrohlichen Ton.

Sie wollte sich nicht vorstellen, was er anrichten könnte. Nein, nur nicht daran denken. Sie musste nur etwas finden, das ihn zufriedenstellte, ihm etwas in die Hand geben, mit dem er seinen Feldzug gegen die O'Briens fortführen konnte. Denn manchmal erlaubte Diane sich den Gedanken, dass er recht hatte mit seiner Wut auf diese Familie. Sie waren doch wirklich sehr selbstgerecht, so sehr davon überzeugt, das einzig Richtige zu tun.

«Wenn du dich zu sehr um deine Kinder sorgst, können wir die Männer schicken, dass sie sie holen.»

Sie hätte fast aufgelacht.

Vor Dean konnte man sich nicht verstecken. Nirgends.

«Lass nur. Ich werde auch nicht mehr lange bleiben. Ich ...»

«Unsinn», widersprach Siobhan. Sie führte Diane nach draußen. «Du kannst bleiben, solange du willst. Und wenn du nicht zu Dean zurückwillst ...»

Das war es ja. Sie wollte zu ihm zurück. «Er ist mein Mann», flüsterte sie und blieb stehen.

Siobhan schwieg und schaute sie nur an.

«Verstehst du? Ich kann doch meinen Mann nicht verlassen!»

«Das verstehe ich besser, als du glaubst», erwiderte Siobhan, und in ihrer Stimme schwang eine Bitterkeit mit, die Diane erschreckte. Dann machte sie auf dem Absatz kehrt und lief zum Stall, ohne sich noch einmal nach Diane umzuschauen.

Emily hieb mit der Faust gegen die Boxenwand. Hektor warf den Kopf und schnaubte.

Sie machte einfach immer weiter. Der Schmerz tat ihr gut. Er betäubte den anderen.

Seit über einer Woche war Will fort. Kein Lebenszeichen war von ihm gekommen – bis heute. Ein Brief, die Nachricht so kurz, dass sie keine drei Zeilen beanspruchte.

Er würde nicht zurückkommen. Und erst jetzt, ohne ihn, wurde ihr bewusst, was ihr fehlte.

Sie hatte viel zu viel verloren.

Früher war sie immer hergekommen, um mit Aeneas zu sprechen, der sie so klug anblinzelte, dass sie glaubte, in seinen Augen die Antwort zu lesen. Aber der alte Kea war im letzten Herbst gestorben. Eines Morgens hatte er steif und kalt im Stroh gelegen.

Seitdem war die Einsamkeit in ihrem Innern zu einem dicken Knoten angeschwollen. Wie eine Eiterbeule in ihrem Bauch, die mit Wills Verschwinden aufgeplatzt war. Es half nicht, dass sie immer mehr Herointabletten trocken herunterwürgte, denn mit jeder Tablette schien das gierige Zittern schneller zurückzukommen. Sie konnte nicht schlafen, sie konnte nicht wach sein, und seit Tagen übergab sie sich. Alles, was sie aß, gab sie früher oder später wieder von sich. Ihr verging der Appetit, wenn sie nur ans Essen dachte.

Lass es uns zu Ende bringen, Emily. Unsere Ehe hat doch keinen Sinn mehr.

Sie begriff nur langsam, dass diese Ehe für Will Forrester schon immer nur den einen Sinn gehabt hatte: an ihr Land zu kommen. Jetzt war alles Geld aufgebraucht, das Land war genauso wertlos, wie sie's immer gedacht hatte, und damit war auch sein Interesse an ihr erloschen.

Vielleicht wäre er nicht gegangen, wenn ich nicht so kaputt wäre, dachte sie. Ihre Faust hieb mit aller Wucht gegen die grobe Holzwand, sie spürte den stechenden Schmerz, als sie sich einen dicken Splitter einzog. Erschöpft sank sie zu Boden. Sie konnte nicht knien, weil ihr Bein sich kaum mehr beugen ließ, und kauerte sich einfach ins schmutzige Stroh.

«Mrs. Forrester! Alles in Ordnung?»

Stephen. Er kam alle zehn Minuten und fragte, wenn sie zu sehr lärmte und es angebracht schien, nach ihr zu schauen. Und jedes Mal sagte sie ihm, es gehe ihr gut, er müsse sich keine Sorgen machen.

Alles in Ordnung.

In ihrem Leben war gar nichts mehr in Ordnung.

Was hatte sie in den Jahren seit ihrer Hochzeit getan? Was denn, außer ein paar Gedichte aufs Papier zu bringen, über deren Qualität sie mit niemandem streiten wollte, weil sie einfach nicht gut waren? Die meiste Zeit hatte sie doch nur den Schmerz bekämpft oder die Nebenwirkungen ihrer Schmerzmittel. Sie hatte versucht weiterzuleben, aber statt ihr Leben in die Hand zu nehmen, hatte sie wie eine vertrocknete Pflanze vor sich hin vegetiert.

Sie wollte, dass das aufhörte. Nicht zum ersten Mal. Aber jedes Mal hatte ihr die Kraft gefehlt, und jedes Mal, wenn sie versuchte, diese Kraft aufzubringen, zog es sie tiefer in den Strudel.

«Emily? Bist du hier?»

Sicher wusste Siobhan längst, dass sie hier war. Ihre Schritte kamen näher, und Emily versuchte, sich aufzurichten.

«Emily.» Sie blieb vor der Pferdebox stehen. «Ich habe dich gesucht.»

«Ich will allein sein.»

Siobhan schob die Boxentür auf. Kurz zögerte sie, als würde sie ihre Möglichkeiten gegeneinander abwägen, doch dann trat sie ein. Hektor wieherte dunkel und kam ihr entgegen.

«Ist ja gut, mein Schöner. Später.»

«Bist du gekommen, um dir das Elend einer Frau anzusehen, die von ihrem Mann verlassen wurde?»

«Emily.» Siobhan zögerte kurz und kniete sich dann zu ihr ins Stroh.

«Das ist alles, was von uns geblieben ist.» Anklagend hielt Emily ihr den Brief entgegen. «Das und mein lahmes Bein. Wäre mein Bein nicht, dann könnte er mich bestimmt lieben. Wenn ich nicht lahm wäre, wenn ich nicht diese Tabletten schlucken würde, die mich immer müder machen, wenn ich nicht so traurig wäre, ohne Grund und …» Ihre Worte verloren sich in einem Schluchzen. Ihre Hände umfassten den Oberschenkel, und sie rüttelte daran, als könnte sie den Schmerz einfach abschütteln. «Wäre nur dieses verdammte Bein nicht, dann wär ich längst …»

«Pssst», Siobhan legte die Arme um sie. Kurz wehrte Emily sich, es fühlte sich merkwürdig an. Siobhan war nie sehr mütterlich gewesen – oder hatte sie einfach nicht bemerkt, wie sie sich verändert hatte? Die Jahre waren nicht spurlos verstrichen, doch Emily haftete noch in der alten Welt, in der Zeit, in der sie reiten konnte, wie es ihr gefiel, in der sie den Hut vom Kopf riss, um den Maorifalken nachzublicken.

«Ich bringe dich nach Dunedin», versprach Siobhan. Ihre Hand strich beruhigend über Emilys Locken. «Ich werde einen Arzt suchen, der dir hilft. Und dann kümmern wir uns auch um alles andere. Ein Schritt nach dem anderen.»

Es war, als öffneten Siobhans Worte eine Schleuse in Emilys Inneren. Als könnte sie den Schmerz endlich loslassen.

Sie weinte in Siobhans Armen. Um ihre zerstörte Ehe, um die verlorenen Jahre. Vor allem aber weinte sie um sich. Sie hatte sich längst verloren.

Als Siobhan das nächste Mal ausritt, war Diane vorbereitet.

Alle in Kilkenny Hall behandelten sie wie eine gute Freundin des Hauses, einen beliebten Gast, der schon früher oft zu Besuch da gewesen war. Und so war es kein Problem für sie, einen der Stallburschen zu bitten, ihr ein Pony zu satteln. Sie wartete drei Tage lang nachmittags im Unterholz unweit des Wegs, den Siobhan immer nahm, wenn sie ausritt. Und am dritten Tag, als sie schon fast glaubte, Siobhan werde auch diesmal nicht kommen, weil sie am nächsten Tag nach Dunedin reisen wollte, passierte es. Siobhan ritt in schnellem Trab an ihr vorbei.

Diane lenkte die Fuchsstute zurück auf den Pfad. Siobhan war etwa zweihundert Meter vor ihr, sie musste sich beeilen, um sie nicht aus den Augen zu verlieren. Sie trieb die Stute an, die sich immerhin zu einem zockelnden Trab bewegen ließ.

Es ging steil den Berg hinauf, und der See lag bald so tief unten, dass ihr schwindelig wurde, als sie sich umdrehte. Diane hätte fast den schmalen Weg verpasst, der hier abzweigte. Sie zügelte ihr Pony und lauschte. Siobhan war nach rechts abgebogen. Sie folgte ihr.

Nach einer Weile machte der Weg einen Knick, und

dann sah sie das Häuschen. Siobhans Pferd stand davor, den Kopf gesenkt, soff es aus einem Eimer, daneben war Heu aufgeschüttet.

Diane glitt aus dem Sattel. Sie blickte sich suchend um, und schließlich schlang sie die Zügel um den Ast eines kleinen Bäumchens. Die Stute schnaubte, sie zerrte am Zügel, weil sie lieber zu ihrem Artgenossen wollte, der mit Heu und Wasser versorgt war.

«Später», flüsterte Diane und tätschelte ihre Nüstern. «Wenn wir zu Hause sind, bekommst du einen großen Sack Hafer, ich versprech's dir.»

Geduckt schlich sie zur Hütte. Jeder Zweig, der unter ihren Schuhen knackte, ließ ihr Herz schneller schlagen. Sie wusste, es war nicht recht, was sie tat. Sie spionierte ihrer Freundin nach, die so viel für sie tat.

Aber es war ihre letzte Chance. Alles andere hatte sie versucht.

Sie wusste nicht, wonach sie suchte. Es musste irgendwas sein, das sie Dean geben konnte. Das ihn zufriedenstellte und seine ewig schwelende Wut besänftigte. Etwas, das er gegen die O'Briens einsetzen konnte. Er wollte Geld, aber soweit Diane es verstanden hatte, war das auch bei den O'Briens inzwischen knapp. Manchmal hörte sie, wie die Familienmitglieder darüber redeten, doch meist machten sie nur Andeutungen, die sich ihr nicht erschlossen. Und aus den Papieren, die sie durchsucht hatte, war sie so recht nicht schlau geworden.

Sie musste einfach etwas finden, irgendetwas.

Sie hatte die Hütte fast erreicht. Zu ihrem Glück war es ein sonniger, warmer Novembernachmittag, die Fensterläden standen offen, Fensterscheiben gab es hier nicht. Sie duckte sich unter ein Fenster, hielt den Atem an und lauschte.

Sie hörte nur ein leises Rascheln, wie das Rauschen des Winds in den Bäumen. Und ein kaum hörbares Seufzen.

Diane wartete.

Zwei flüsternde Stimmen, die eine dunkel, die andere hell. Als wüssten sie, dass sie belauscht wurden. Sosehr Diane sich auch anstrengte, sie konnte kein einzelnes Wort ausmachen.

Sie richtete sich langsam auf und schaute ins Innere der Hütte.

Ein Blick genügte, um die Situation zu erfassen. Ein einziger Blick, und sie wusste, warum Siobhan nachmittags ausritt und stundenlang fortblieb.

Diane sank wieder zu Boden.

Und jetzt verstand sie, was die Stimmen sagten.

«... hättest nicht herkommen dürfen ...»

«Ich vermisse ...»

«... dürfen wir nicht ...»

Aber sie hatte genug gehört und gesehen und schlich zurück in den Schatten der Bäume. Sie rannte geduckt zu der Stelle, wo sie die Stute angebunden hatte. Ihre Finger zitterten, als sie den Knoten löste. Sie fand keinen Stein, der ihr in den Sattel geholfen hätte, darum zog sie die Fuchsstute einfach hinter sich her. Sie stolperte den Pfad hinab und rannte fast, während das Pferd neben ihr herzockelte.

Sie kannte den Mann. Er war der Verwalter von Kilkenny Farm. Manchmal kam er ins Haus und redete mit Edward oder Walter. Er sah furchterregend aus mit seiner Tätowierung im Gesicht, und Diane hatte sich schon oft gefragt, warum die O'Briens ausgerechnet einen Maori mit dieser Aufgabe betrauten.

Vielleicht kannte sie jetzt die Antwort.

Ihr Gesicht brannte. Wie konnte Siobhan es wagen, sich von so einem Mann umarmen zu lassen? Ihn zu küssen? Wie konnte sie das nur tun? So ein undankbares Weib, dachte Diane zornig. Sie hat doch alles, und dennoch hatte sie nichts Besseres zu tun, als sich einem anderen Mann an den Hals zu werfen?

Oh, jetzt konnte sie Dean verstehen, dass er die O'Briens hasste! Sie besaßen alles und nahmen sich immer noch mehr, als könnten sie nie genug bekommen!

Sie hatte viel zu viel gesehen. Ihr wurde ganz schlecht, und sie musste kurz anhalten. Nach vorn gebeugt, die Zügel locker in der Hand, wartete sie, dass die Übelkeit verging.

Wenigstens habe ich jetzt etwas in der Hand, dachte sie bitter. Das wird Dean hoffentlich zufriedenstellen.

Der Rückweg zog sich endlos hin. Die Füße schmerzten, und ihre Oberschenkel brannten, und sie bekam kaum Luft. Dennoch marschierte Diane weiter. Sie musste vor Siobhan wieder im Haus der O'Briens sein.

Im Stallhof standen drei gesattelte Ponys.

«Diane! Was ist denn mit dir passiert?» Walter kam ihr entgegen. «Du siehst ja aus, als hättest du ein Gespenst gesehen.»

Diane blieb stehen und strich sich ihr verschwitztes Haar aus der Stirn. Sie fühlte sich zerzaust und abgerissen.

«Hat sie dich abgeworfen? Geht es dir gut?» Besorgt berührte er sie an der Schulter, doch sie zuckte zurück, und er räusperte sich verlegen.

«Es ist nichts», behauptete sie.

Deine Frau treibt's da oben in den Bergen gerade mit dem Wilden. Das weißt du bestimmt nicht, sonst stündest du nicht so ruhig vor mir.

Ihr wurde wieder schlecht. Sie musste sich zusammenreißen.

«Ich bin abgestiegen, weil ... weil ich eine Pause machen wollte. Nur kam ich danach nicht wieder aufs Pferd, und darum ...» Sie zuckte mit den Schultern. «Da bin ich gelaufen.»

«Du Arme! Lass nur, Stephen wird sich um dein Pferd kümmern. Du ruhst dich jetzt erst einmal aus.» Er zog den Sattelgurt des größten Ponys fester und kontrollierte das Zaumzeug.

«Wo willst du denn hin?», fragte sie ihn.

«Ich will mit Jamie und Sarah hinauf zu den Schafweiden. In den letzten Wochen wurden viele Lämmer geboren.»

Jetzt kamen die Kinder aus dem Stall. Jamie war groß für sein Alter, und er hievte sich allein in den Sattel. Walter half seiner Tochter, die in ihrem Reitkleid fast wie eine richtige Dame aussah. Ihr schwarzes Haar trug sie zu Rattenschwänzen hochgebunden, und ihr Gesicht war dunkler als das von Jamie.

Man konnte glauben, das Mädchen sei einfach viel an der frischen Luft.

Aber Diane sah plötzlich die ganze Wahrheit.

Und sie fragte sich, ob in der Familie sonst noch jemand davon wusste. Oder ob einfach alle die Augen verschlossen, weil es so viel leichter war, nicht zu erkennen, dass Sarah mehr Ähnlichkeit mit einem Maori hatte als mit ihrem eigenen Vater.

Weil Emily behauptete, sie sei zu müde, um sie zu begleiten, fuhr Siobhan allein zum Bankhaus. Es war ein merkwürdiges Gefühl, ohne Begleitung in der Droschke zu sitzen, aber auf dem Weg hatte sie einige Frauen gesehen, die allein unterwegs waren. Das entspannte sie ein wenig.

In den Händen hielt sie die Mappe fest, in der sie ihre Unterlagen gesammelt hatte. Sie betete, dass Aaron mit ihrem Plan einverstanden sein würde. Sie musste ihn um diese letzte Chance bitten.

Sie drückte die Mappe gegen ihren Bauch. Bald war es nicht mehr zu verheimlichen, bald würde jemand ihren Zustand bemerken, und ihre verzweifelten Versuche, Walter in ihr Bett zu holen, um die Sache zu vertuschen, waren seit jenem Abend gescheitert, als Diane zu ihnen gekommen war. Er hatte ihr unmissverständlich klargemacht, dass er nicht gedachte, das Bett mit ihr zu teilen, weil er so sehr fürchtete, dass die Bestie in ihm geweckt würde.

Inzwischen war es wohl ohnehin zu spät. Kein Mann würde glauben, dass ein Kind gut fünf Monate nach der Zeugung gesund und munter zur Welt kam, so groß und schwer wie ein Kind nach neun Monaten Schwangerschaft. Aber all das war noch nicht einmal ihr größtes Problem.

Ein kleiner, grauhaariger Mann, bei dem sich Siobhan meldete und erklärte, sie sei mit Mr. Gregory verabredet, führte sie durch die kleine Schalterhalle der Bank und durch eine Tür in ein Treppenhaus. Im oberen Stockwerk des Bankgebäudes gab es Büros, und vor einer der Türen blieb er stehen, klopfte und wartete auf das Herein.

Siobhan presste die Ledermappe gegen ihren Bauch.

Aaron begrüßte sie mit einem strahlenden Lächeln, doch sein Blick glitt sofort über ihre Schulter. Als suchte er Emily. Er fasste sich sofort und war mit seiner ganzen Aufmerksamkeit wieder bei ihr.

«Du siehst gut aus, Siobhan.»

Das macht die Schwangerschaft, dachte sie. Aber sie lächelte nur, betrat hinter ihm das Büro und blickte sich neugierig um.

«Emily ist nicht mitgekommen?»

«Sie ist in Dunedin geblieben.» Sie hielt sich sehr gerade, bis ihr einfiel, dass man dann vielleicht zu viel von ihrem Bauch sah. Ihre Finger schmerzten. Sie hatten sich zu lange um die Mappe gekrampft.

«Komm, wir setzen uns aufs Sofa. Oder wäre es dir lieber, wenn wir am Schreibtisch ...?» Sie nickte, aber er reagierte gar nicht.

Auch er schien mit seinen Gedanken woanders zu sein.

Natürlich. Emily. Er hatte sicher gehofft, dass sie mitkommen würde.

Siobhan setzte sich auf einen Stuhl vor dem Schreibtisch. Sie wagte es nicht, die Mappe auf den Tisch zu legen.

Aaron sah so müde aus. Dennoch waren die Jahre gut zu ihm gewesen, fand Siobhan. Sie sah noch immer den jungen Mann, der vor zehn Jahren so schüchtern um Emily geworben hatte, dass beide nie so recht aussprachen, was sie eigentlich wollten.

«Was kann ich für dich tun?» Er hatte sich jetzt gefasst.

Siobhan reichte ihm die Mappe. «Ich möchte diese Papiere verkaufen und eine Spinnerei bauen.»

Aaron nahm die Mappe. Er legte sie vor sich, doch statt hineinzusehen, blickte er Siobhan ernst an. «Das ist alles, was dir geblieben ist», sagte er nur. «Mehr Geld hast du nicht.»

«Ich weiß», sagte sie.

«Und du willst es dennoch riskieren?»

«Wenn du mir sagst, dass wir nochmal ein oder zwei Jahre bekommen, will ich's wagen.»

Jetzt schlug er die Mappe auf und blätterte durch die Seiten, die Siobhan mit ihrer akkuraten Handschrift gefüllt hatte.

Sie beugte sich vor. «Ich bin nicht besonders gut darin, etwas zu berechnen», sagte sie. «Ich hab nur versucht, mir vorzustellen, wie es sein kann.» Dass Amiri ihr dabei geholfen hatte, verschwieg sie ihm.

«Das sieht nicht schlecht aus. Im Gegenteil, das klingt alles realistisch, würde ich sagen.»

Sie atmete tief durch. «Dann bekommt Kilkenny Farm noch etwas Zeit?»

«So schnell geht das nicht.» Aaron lehnte sich zurück. Er schien nachzudenken.

«Aber du sagst doch, es sieht nicht schlecht aus!»

«Das gilt für die Spinnerei. Die ihr übrigens, wenn ich dich daran erinnern darf, schon vor Jahren bauen wolltet.»

«Damals hat Walter das Geld Edward gegeben ...»

«Ich weiß, Siobhan. Ich bin mit den Vorgängen durchaus vertraut, und ich kann nur ahnen, wie verzweifelt dein Schwiegervater ist, weil ihm der Ruin droht.»

«Ich tue das hier nicht für Edward.»

Er machte eine beruhigende Geste. «Bitte. Lass mich ausreden.»

Sie nickte widerstrebend.

«Ihr hättet die Spinnerei vor Jahren bauen müssen. Aber dann kam Will mit dieser Schnapsidee, und du weißt, dass in deinem Schwiegervater ein Spieler steckt. Er musste es versuchen, und ...»

«Ich weiß», unterbrach Siobhan ihn. Sie wurde rot, erschrocken über ihre eigene Hartnäckigkeit. «Entschuldige. Es ist nur ... diesmal soll es anders sein. Nur ich werde das Geld verwalten. Und die Spinnerei wird mir gehören. Du musst mir helfen, Aaron. Ich weiß nicht, wen ich sonst fragen soll.»

«Was hält Walter von diesem Plan?»

Sie senkte den Kopf. Ihre Hände legten sich auf den Unterleib. «Er weiß nichts davon.»

Aaron schwieg lange. Nur das Ticken der Standuhr war zu hören.

Dann lehnte er sich zurück und tippte mit seinem Bleistift gegen die Schreibtischkante. «Du willst das ganz allein machen?», fragte er schließlich.

«Ich weiß nicht, was ich sonst tun soll.»

«Walter und du hättet mit diesem Geld nach dem Bankrott wenigstens eine kleine Rente.»

«Und alles andere soll ich hergeben? Ganz Kilkenny müsste mir gehören, aber sie haben es zugrunde gewirtschaftet mit ihren hochfliegenden Plänen. Ich weiß, ich gehöre zu dieser Familie, aber es fühlt sich an, als hätten sie mir alles genommen. Ich will Kilkenny nicht verlieren!» Siobhan hatte sich in Rage geredet. Haarsträhnen lösten sich aus ihrer strengen Frisur, sie wirkte fast wild.

«Ich dachte, wenigstens du wärst glücklich», sagte Aaron erstaunt.

Sie schüttelte stumm den Kopf. Mit den Zähnen packte sie die zarte Innenhaut ihrer Wange, und sie biss hinein, bis sie Blut schmeckte. Bloß nicht weinen! Ihre Unterlippe bebte gefährlich.

«Gut, ich werde dir helfen. Obwohl ich glaube, dass du es schwer haben wirst, dich gegen Edward durchzusetzen. Er hat immer noch seine eigenen Vorstellungen von den Verhältnissen in der Welt. Und Frauen, die Finanzen verwalten, gehören nicht hinein.»

«Dann bekommt die Farm noch ein Jahr?»

Aaron seufzte. «Ich werde das besprechen müssen, aber ja, ich setze mich dafür ein. Mag sein, dass ich es bitter bereue, aber ...»

Siobhan stand auf. Sie wusste, das Gespräch war an dieser Stelle beendet, zumindest der offizielle Teil.

«Möchtest du heute Abend mit uns essen?», fragte sie leise. «Ich werde versuchen, Emily zu überreden, dass sie mitkommt.»

Er geleitete sie zur Tür. «Wie geht es ihr?»

Sie zögerte. «Will hat sie verlassen. Seitdem ...»

«Ich wünschte, das wäre schon vor Jahren geschehen», flüsterte er.

Er klang so bitter, dass Siobhan die Hand auf seinen Unterarm legte. «Sei ihr nicht bös. Sie braucht dich jetzt, mehr als je zuvor.»

«Das hat sie mir nie gesagt.»

«Du weißt, warum sie es nicht aussprechen kann. Sie zerbricht an ihrem eigenen Anspruch. Und jetzt ist sie so am Boden, dass ich befürchte, sie wird nie wieder heil. Wir suchen morgen einen Arzt auf. Ich hoffe so sehr, dass er ihr helfen kann.»

«Das hoffe ich auch.»

«Bist du für sie da?»

Er schaute sie lange nachdenklich an. Dann nahm er ihre Hand, hob sie zu seinem Mund und hauchte einen Handkuss darauf. «Ich war immer für sie da. Daran hat sich nichts geändert.»

Sie schluckte. «Danke», flüsterte sie. Dann ergriff sie die Flucht, bevor sie vor ihm in Tränen ausbrach.

Wenn es dunkel und still um sie war, ertrug Emily den Schmerz. Auch das Zittern klang dann oft auf ein erträgliches Maß ab, zumindest so lange, bis es wieder Zeit war, eine Tablette zu nehmen.

Sie lag auf dem Bett, die Knie angezogen. Sie hatte sich nicht mal die Mühe gemacht, ihre Stiefeletten auszuziehen. Das Einzige, was für sie zählte, war das Tablettengläschen in ihren eiskalten Fingern. Sie durfte es nicht loslassen, unter keinen Umständen …

Warum war sie nur mit nach Dunedin gekommen? Die Stadt war riesig, es herrschte ein unerträglicher Lärm, und überall waren so schrecklich viele Menschen. Sie konnte unmöglich hinaus in dieses Inferno, sie musste in ihrem Hotelzimmer bleiben. Sie wartete, dass das Hämmern hinter ihrer Stirn endlich verklang. Es dauerte, bis ihr bewusst wurde, woher das Hämmern wirklich kam.

Jemand klopfte an die Tür.

«Ja?»

Sie richtete sich vorsichtig auf. Die Übelkeit, die sie seit Wochen begleitete, sobald sie eine heftige Bewegung machte, war nur ein weiteres Symptom, das diese schrecklichen Tabletten hervorriefen. Aber ohne Heroin konnte sie nicht mehr.

«Emily, bist du wach?» Leise schlich Siobhan durch den abgedunkelten Raum. Sie tastete nach dem Bettpfosten und unterdrückte einen Fluch, weil sie sich den Fuß stieß.

Endlich gewöhnten sich ihre Augen an das Dunkel, und sie setzte sich zu Emily aufs Bett.

«Ich war bei Aaron», sagte sie. Emily rückte von ihr ab.

«Und?», entgegnete sie kühl.

«Er hat sich nach dir erkundigt.»

Sie schloss die Augen. «Ich hoffe, du hast ihm gesagt, dass es mir gutgeht.»

Siobhan schwieg lange. Schließlich sagte sie: «Heute Abend sind wir bei ihm zum Essen eingeladen.»

«Ich bin müde.»

«Du bist immer müde.»

Sie spürte, dass Siobhan aufstand, und dann floss das grelle Tageslicht in ihr Zimmer, weil sie die Vorhänge öffnete. «Wir gehen hin, Emily. Um halb acht holt uns eine Droschke ab.»

Emily vergrub den Kopf unter ihren Armen. «Ich komm nicht mit.»

«Unsinn! Nenn mir einen guten Grund!»

Ich will nicht, dass er mich so sieht. Er wird bestimmt nach Will fragen, und ich will ihm nicht sagen müssen, dass er mich verlassen hat, weil ich so ein Wrack bin. Ich bin doch nur noch ein Schatten meiner selbst.

«Siehst du, es gibt keinen Grund. Komm, wir machen dich für heute Abend zurecht. Oder willst du, dass er sieht, wie schlecht es dir geht?»

«Lass mich nur noch ein bisschen schlafen», flüsterte Emily. Ihr wurde schwindelig. Sie schloss erschöpft die Augen. «Nur ein bisschen schlafen …»

Sie wollte vergessen, dass sie heute Abend dem Mann gegenübersitzen sollte, der all die Jahre in ihrem Herzen gewohnt hatte. Nie hatte sie ihm den Platz in ihrem Leben gegeben, der ihm zustand. Aber jetzt war es zu spät.

22. Kapitel

Walter zügelte sein Pony. Er beschattete die Augen mit der Hand und schaute angestrengt hinauf zum Stolleneingang der Goldmine. Zwei Männer standen da oben, und er glaubte einen Moment lang, Will Forrester neben Dean Gregory zu erkennen. Die beiden hatten angekündigt, etwas mit ihm besprechen zu wollen. Weil sie nicht nach Kilkenny Hall kommen wollten, mussten sie sich eben hier treffen.

Nun denn.

Er kam an der gewaltigen Goldwäsche vorbei, einer Anlage, in der das gebrochene und zerkleinerte Gestein gewaschen wurde, um das Gold herauszufiltern. Die Anlage war, wie so viele Gebäude rund um die Mine, dem Verfall preisgegeben, seit hier nicht mehr gearbeitet wurde. Er überquerte das schmale Flüsschen, aus dem sie die Goldwäsche gespeist hatten, und hielt vor dem Büro des Vorarbeiters, wo er sein Pferd anband. Dann machte er sich an den Aufstieg zum Stollen.

«Eine schöne Aussicht hat man von hier oben», begrüßte Will ihn. «Man kann fast bis zum Wakatipu schauen.»

«Gutes Land», fügte Dean hinzu.

«Ihr wolltet mich nicht hier oben treffen, um über

mein Land zu reden, oder?» Walter wischte sich den Schweiß von der Stirn.

«Ich dachte, das Land gehört, wenn man es genau nimmt, deiner Frau?» Will spielte den Überraschten.

«Genauso wie Paradise eigentlich Emily gehört», schoss Walter zurück.

Wills Kiefermuskeln zuckten. Er wandte sich ab und ging zum Stolleneingang.

«Also? Was ist so wichtig?», fragte Walter

«Wir wollen dir ein Angebot machen.» Dean stützte einen Fuß auf das Rad eines Förderwagens, der leer auf einem Abstellgleis stand.

«Danke, ich habe kein Interesse, mit euch Geschäfte zu machen.»

«Ist gar nicht lange her, da konntet ihr es kaum erwarten, euer Geld in diese Goldmine zu stecken. Sie gehört euch immerhin zu fünfundzwanzig Prozent.»

«Ja, und? Ihr habt selbst auch Geld investiert. Und wir wissen alle, dass diese Mine das Geld nicht wert ist, das wir hineingesteckt haben.»

Dean steckte die Fäuste in die Hosentaschen. «Ich würde dir den doppelten Wert deiner Aktien zahlen. Ich weiß, besonders viel sind sie nicht mehr wert, aber es wäre vermutlich besser als nichts, oder?»

Walter schüttelte den Kopf. «Ich verstehe nicht, warum du das tust. Was nützt es dir, wertlose Aktien zu kaufen?»

«Sagen wir, ich habe noch Pläne mit Paradise», entgegnete Dean.

«Das Land gehört aber Emily», protestierte Walter.

«Nicht mehr, wenn ich mich von ihr scheiden lasse. Und das werde ich.» Das kam von Will, der wieder zu ihnen getreten war. Er und Dean tauschten einen Blick. Sie hatten sich genau abgesprochen, und Walter tappte ihnen in die Falle.

Er hatte den verschwörerischen Blick gesehen und fühlte sich plötzlich sehr unwohl. Ein kalter Wind kam auf und trieb ihm Staub in die Augen.

«Und was habe ich davon?», fragte er. «Selbst wenn euch das Land gehört und die Mine ...»

«Sagen wir einfach: Es lässt sich besser verkaufen, wenn es in einer Hand ist», unterbrach Will ihn ungeduldig. «Also, wie ist's? Verkauft ihr?»

Walter zögerte unbehaglich. «Ich kann das nicht allein entscheiden», behauptete er.

«Dann besprich es mit deinem Vater. Wir halten das Angebot drei Tage lang aufrecht, danach kannst du sehen, wie du deine Anteile loswirst.»

Will drehte sich um und stapfte den Pfad hinunter. Walter schaute ihm nach.

«Ist ein bisschen wütend, unser Freund Forrester. Könnt' dran liegen, dass er sich von deiner Schwester verschaukelt fühlt.»

«Die Ehe meiner Schwester geht mich nichts an», sagte Walter barsch. Das war natürlich nicht ganz richtig. Natürlich sorgte er sich um Emily, doch er hatte nicht vor, ausgerechnet mit Dean Gregory darüber zu sprechen.

«Stimmt es, dass sie nach Dunedin gereist ist? Sie kam doch in den letzten Jahren selten morgens aus dem Bett. Kaum ist er weg, schon blüht sie auf?» Der lauernde Blick seines Gegenübers gefiel Walter ganz und gar nicht.

Trotzdem antwortete er: «Sie ist in Dunedin bei einem Arzt.» Aber Dean ließ nicht locker.

«Mit deiner Frau ist sie verreist, ja? Ich find's erstaunlich, dass ihr O'Briens eure Frauen so frei herumlaufen lasst. Aber mich wundert da nichts mehr. Wie geht es eigentlich meinem Neffen?»

«Du willst doch nicht etwa andeuten …» Walter fröstelte; das war ungeheuerlich.

«Ich deute gar nichts an, bewahre! Ich stütze mich nur auf Wahrheiten, die mir aus verlässlicher Quelle zugetragen wurden.»

Sein Lächeln war so unverbindlich, so gewollt arglos, dass Walter zu gern glauben wollte, er führe nichts im Schilde.

Aber er wusste es besser. Hatten ihm die letzten Jahre nicht gezeigt, dass Dean Gregory immer einen Hintergedanken hegte? Und wenn sich ihm die Gelegenheit bot, seiner Familie in die Suppe zu spucken, dann tat er es.

«Wie meinst du das?», fragte er kühl.

«Über Emily und eine vielleicht über ein gesundes Maß hinausgehende Freundschaft mit Aaron weiß ich nichts. Es würde mich nicht wundern, wenn da was wäre, aber das geht nur sie und Will etwas an.» Er machte eine kurze Pause und senkte den Kopf. Sein Fuß kickte ein Steinchen weg. «Ich rede von Siobhan.»

Walter schwieg lange. Er hasste es, Lügen und Klatsch anhören zu müssen.

«Interessiert dich nicht, was ich weiß?»

«Ich habe keine Ahnung, was du andeuten willst.»

«Ich will nichts andeuten. Ich weiß nur, dass … nun …» Dean spielte vollkommen den Ehrenmann, dem es unangenehm war, ein solches Thema überhaupt anzusprechen.

«Sag schon!», drängte Walter. Seine ganze aufgestaute

Furcht brach sich zornig Bahn, und er packte Dean am Revers und schüttelte ihn.

Dean hob die Hände. «Nur die Ruhe, mein Freund! Ich halte ja nichts von dem Unsinn, den die Frauen den lieben langen Tag reden. Aber auf meine Diane halte ich große Stücke ...»

«So große Stücke, dass du sie grün und blau geschlagen hast», knurrte Walter, der ihn festhielt.

«Auf meine Diane halte ich große Stücke», wiederholte Dean. Er machte sich von Walter los und wischte über sein Jackett, als hätte Walter es beschmutzt. «Und darum glaube ich ihr, was sie mir erzählt hat, als sie aus Kilkenny Hall zurückkam.»

«Was hat sie dir denn erzählt?», höhnte Walter. Er war zutiefst erleichtert. Was konnte Diane schon Schreckliches über Siobhan wissen? Vielleicht nahm sie daran Anstoß, dass seine Frau sich in die Verwaltung der Farm einschaltete, aber daran hatte er selbst sich inzwischen längst gewöhnt, denn meist waren ihre Einwände und Vorschläge sehr klug.

«Wusstest du, dass sie mehrmals in der Woche allein ausreitet?»

«Das ist mir durchaus bekannt.» Walter musste fast lachen. Dean hatte absolut nichts gegen Siobhan in der Hand. Wenn das alle Pfeile waren, die er im Köcher hatte, musste er sich wirklich keine Sorgen machen. «Ist das alles? Ich habe nämlich durchaus Wichtigeres zu tun, als mir haltlose Anschuldigungen gegen meine Frau anhören zu müssen.» Er wandte sich ab und steuerte den Weg an, der in die Tiefe führte.

«Dann weißt du sicher auch, wohin sie reitet, wenn sie so allein unterwegs ist?»

Walter konnte es sich später nicht mehr erklären, warum er in diesem Moment überhaupt stehen blieb. Aber irgendetwas in Deans Stimme musste ihn gestoppt haben. Er wandte sich zu Dean um. In den tiefliegenden Augen seines Gegenübers flackerte etwas auf. Es sah aus wie ... Genugtuung.

«Sie reitet zu den Weiden. Sie kümmert sich eben auch um die Farm», verteidigte Walter seine Frau.

«Nicht immer. Manchmal wandelt sie auch auf Abwegen. Es ist nicht meine Sache, aber ich finde, du gibst ihr zu viele Freiheiten. Ist es, weil du keine Kinder zeugen kannst? Denn deine Tochter sieht ja weder dir noch Siobhan ähnlich.»

Ihm wurde eiskalt. Er war unfähig, sich zu rühren. Tief in seinem Innern wusste er, dass es der letzte Moment war, um dies hier zu beenden und zu gehen.

«Wie meinst du das?» Er machte einen Schritt auf Dean zu.

«Genau wie ich's sage. Ich frage mich nur, wann ihr den kleinen Maoribastard auch so tätowieren wollt wie seinen Vater.»

Jetzt drehte Walter sich um und begann den Abstieg. Staub wirbelte unter seinen Schuhen auf, und mit jedem Schritt lösten sich ein paar Steinchen und rollten den Abhang hinab.

Früher hatten sich hier karge Bergwiesen erstreckt, bevor sie mit schwerem Gerät angerückt waren und alles zerstört hatten. Alles war zerstört. Alles.

In ihm war Wüste. Trockene, staubige Leere, die kein Wasser zu löschen vermochte. Ein Brennen breitete sich unter seiner Haut aus, und er ballte die Fäuste in den Hosentaschen. Als er an Will vorbeikam, der ein leises

Liedchen pfiff und auf einer Lore mit wertlosem Schutt saß, hieb Walter mit der geballten Faust gegen die hohe Wand des Förderwagens, sodass Will erschrak. Der Schmerz wurde zu einem weißen Leuchten in seinem Kopf.

Amiri. Siobhan und Amiri.

Plötzlich ergab alles einen Sinn.

«Dreckige Hure», flüsterte er.

In ihm war nur ein Gedanke: Ich bring ihn um. Dafür bringe ich ihn um.

«Mam, Mam, dürfen wir zu Amiri?»

Jamie stürmte, dicht gefolgt von Sarah, in den Salon. Seine Mutter saß gerade mit zwei Freundinnen beisammen. Sie runzelte die Stirn. «Sag zuerst guten Tag», sagte sie streng.

«Guten Tag.» Er deutete eine Verbeugung an. Die harten Gesichtszüge seiner Mutter wurden etwas weicher, sie musste ein Lächeln unterdrücken. Sarah knickste hastig und murmelte auch etwas. Jamie ließ nicht locker.

«Bitte, Mom. Sonst ist gar niemand da, und bis Paps heimkommt, dauert es noch Stunden! Bis dahin ist es bestimmt dunkel!»

«Na gut. Aber mach nicht zu schnell. Sarah ist nicht so ein Wildfang wie du. Und ihr seid vor Einbruch der Dunkelheit zurück!»

«Ehrensache!»

Natürlich passte er auf Sarah auf. Sie war ja wie eine Schwester für ihn. Mam sagte zwar immer, er sei ihr Onkel, aber Onkel klang doch so alt! Für Eddie oder Margie konnte er ja ein Onkel sein. Für Sarah war er lieber ein Bruder. Oder ihr bester Freund. Oder beides.

«Komm, wer zuerst bei den Ställen ist!», rief er.

Er rannte voraus. Sarah war viel langsamer, aber das war ja kein Wunder, sie war auch kleiner. Er wartete im Schatten des Wintergartens auf sie. «Buh!», machte er, um sie zu erschrecken, und Sarah kicherte.

Sie liebte es, wenn er sie erschreckte.

Hand in Hand liefen sie zu den Ställen. Stephen war nicht da, darum sattelten sie ihre Ponys selbst. Jamie half Sarah dabei.

«Du hast mir keinen Damensattel gegeben!», beklagte sie sich bei ihm und rümpfte die Nase, als er ihr Pony in den Hof führte.

«Ach komm, so macht's doch viel mehr Spaß!»

«Weißt du doch gar nicht. Hast ja noch nie im Damensattel gesessen», maulte sie.

«Ich bin ja auch ein Mann!»

Zu dieser Jahreszeit wurden die Schafherden auf den Weiden nahe Kilkenny Hall zusammengetrieben, ehe sie in den Sommermonaten hoch oben auf die Bergwiesen zogen, wo das Gras so saftig war und die Lämmer schnell wuchsen. Aber jetzt war es noch zu früh, jetzt lammten die Mutterschafe. Und am liebsten wäre Jamie jeden Tag auf der Weide gewesen und hätte die Lämmer durchgezählt, weil er wusste, dass diese Tiere der Reichtum seiner Familie waren.

Sein Vater erklärte es ihm immer wieder, wenn er ihn abends auf seinen Schoß zog und ein Pfeifchen schmauchte. Eigentlich war Jamie zu groß, um auf Paps' Schoß zu sitzen, aber er ließ es sich gefallen, wenn er dafür Geschichten erzählte. Finns Geschichten aus dem Burenkrieg waren ihm noch lieber, aber der erzählte sie nicht so gerne. Und Emily erzählte gar nicht, obwohl sie doch so viel zu erzählen hatte, dass es sogar zwei Bücher von ihr gab, die von allen Leuten gekauft und gelesen wurden. Aber Paps sagte, das seien nun mal Geschichten für Erwachsene.

«Sieh nur! Da sind ganz viele junge Lämmer!» Übermütig hieb Jamie seinem Pony die Fersen in die Flanken und galoppierte los. Sarahs Stimme hinter ihm verklang, der Wind wirbelte um seine Ohren und brachte seine kastanienroten Locken durcheinander. Er genoss die frische Luft, nach dem Mief im Schulzimmer war sie jedes Mal eine Wohltat.

«Amiri! Hat Ash gelammt? Sind es Zwillinge geworden, wie ich's dir gesagt habe?»

Der Maori stand mit dem Schäfer beisammen. Zwei Arbeiter untersuchten gerade die Schafe, die in einem Gatter zusammengetrieben waren. Die gesunden ließen sie laufen, die wenigen kranken Tiere wurden ausgesondert.

«Natürlich hattest du recht, es sind Zwillinge!» Amiri lachte, als Jamie vor seinen Füßen aus dem Sattel rutschte. Sein Pony trottete ein paar Schritte weiter und begann gemütlich zu grasen.

«Dann gehören die Lämmer Sarah und mir, ja? Bitte, Amiri, du hast es versprochen.»

«Na, mal sehen, was dein Vater davon hält.» Amiri verabschiedete sich mit Handschlag von dem Schäfer. Der tippte an seinen Hut und pfiff nach seinen Hunden.

«Da ist ja auch unsere junge Miss O'Brien. Mylady ...» Amiri verneigte sich tief. Jamie boxte ihn lachend in die Seite.

«Brauchst Sarah nicht zu behandeln, als wär sie was Besonderes.»

Amiri tat empört. «Aber natürlich ist sie was Besonderes. Genau wie du. Ihr seid die Zukunft von Kilkenny. Wenn deine Brüder und dein Vater einmal nicht mehr sind, wirst du Kilkenny übernehmen.»

«Hm», machte Jamie. Das klang verlockend. Dann könnte er sich alle Lämmer aussuchen, die er behalten wollte, und wenn es ihm gefiel, konnte er sie Sarah schenken. «Wenn das so ist, dann will ich Sarah heiraten und mit ihr ganz doll viele Kinder haben.»

Wieder lachte Amiri. «Oh, das wird nicht möglich sein. Ihr seid miteinander verwandt, und ich weiß, dass ihr *Pakeha* nicht die eigenen Verwandten heiratet.»

«Na und? Dann bin ich eben der Erste.»

Amiri wurde plötzlich ernst. «Wer weiß», sagte er leise. «Vielleicht wird es irgendwann wahr.»

«Bestimmt.» Jamie spürte, dass Amiri ihn nicht mehr direkt anschaute, und das ärgerte ihn. Der Maori blickte über seine Schulter auf die sanft abfallende Wiese. Weiter unten floss träge der Dart River dahin, durch den gerade ein Reiter preschte.

«Tust du mir einen Gefallen, Jamie?» Amiri ließ den Reiter nicht aus den Augen, während er sprach.

«Was denn?»

«Ich möchte, dass du mit Sarah wegläufst. So schnell ihr könnt. Hörst du? Lauft, so schnell ihr könnt, und schaut nicht zurück. Machst du das? Beschützt du Sarah?»

Jamie schaute über die Schulter. «Aber das ist doch nur mein Bruder.»

«Dann spielen wir eben, dass dein Bruder euch jagt. Und ich bin der edle Kämpfer, der ihn aufhält. Spielst du mit?»

Komisch, sonst war Amiri nie so. Jamie zuckte mit den Schultern. «Meinetwegen», gab er nach.

«Dann schnell, auf die Pferde mit euch!» Amiri hob Sarah in den Sattel. Er hielt sie einen Moment länger fest als Jamie und drückte sein Gesicht in ihre Locken. Es sah merkwürdig aus, fast als hätte er sie genauso lieb wie Jamie. Dann ließ er sie los und trieb Jamie zur Eile. «Reitet hinauf zur Schutzhütte! Ich schicke später jemanden, der euch holt.»

Jamie sprang in den Sattel, und sie galoppierten davon. Als er ein letztes Mal zurückblickte, hatte sein Bruder Amiri fast erreicht. Er wirkte wütend. Sehr, sehr wütend. So hatte Jamie ihn noch nie erlebt.

Was war denn da passiert? Warum war Walter so zornig? Seine Neugier war geweckt. Er musste es herausfinden.

«Komm, wir verstecken uns oben im Stall!» Er zügelte sein Pony hinter dem Schafstall, warf die Zügel über ein Gatter und half Sarah vom Pony. «Los, schnell!»

Irgendwas ging da vor. Und es war kein Spiel.

Sie kletterten flink die Leiter zum Heuboden hinauf. Jamie half Sarah dabei, aber ihr Kleid verfing sich an einem Nagel, und der Stoff riss. Sie jammerte leise.

«Flenn nicht», flüsterte Jamie. Auf dem Bauch robbte er zu der Luke. Von hier oben hatte er einen freien Blick auf das leicht abfallende Gelände bis hinunter zum Fluss. Amiri und Walter standen nah voreinander. Die Arbeiter hatten sich in einiger Entfernung versammelt. Jetzt zogen sich die Männer auf einen Wink Walters zurück. Jamie lauschte angestrengt. Er musste unbedingt wissen, worüber die beiden sprachen.

«Was machen die denn da, Jamie?» Sarah schob sich

neben ihn. Sie packte seinen Ärmel und hielt sich an ihm fest. Er wusste, dass sie nicht schwindelfrei war.

«Pssst!», machte er ungeduldig. «Wenn du so laut bist, versteh ich kein Wort!»

Der Wind trug die Worte hinauf. Er strengte sich an und lauschte. «... Und Sarah? ... deine Tochter ...»

«... nicht gewusst ...»

Ein komisches Spiel, das die beiden da spielten. Und jetzt ging Walter auch noch auf Amiri los und versetzte ihm einen Faustschlag. Amiri taumelte und rieb sich das Kinn.

Jamie beobachtete fasziniert den Kampf der beiden Männer. Kam es ihm nur so vor, oder kämpfte Amiri gar nicht, sondern verteidigte sich nur?

Als Jamie etwas aufblitzen sah, reagierte er schnell. Er zog Sarah zu sich heran, und weil sie völlig fasziniert dem Kampf der beiden Männer zuschaute, hielt er ihr die Augen zu. «Nicht hingucken», flüsterte er beschwörend, obwohl er selbst nicht den Blick abwenden konnte.

Und so sah Jamie Amiri sterben. Das blitzende Messer ging in hohem Bogen auf den Maori nieder. Er lag plötzlich am Boden. Walter kniete über ihm, und das Messer durchschnitt Luft und Fleisch mit gleicher Kraft. Jamie hörte seinen Bruder brüllen, und das machte ihm schreckliche Angst, aber er konnte sich die Ohren nicht zuhalten, weil er auf Sarah aufpassen musste. Sie jammerte leise, presste die Hände auf ihre eigenen Ohren und rückte ganz nah an ihn heran.

Jamie drehte den Kopf weg, aber er konnte nicht verhindern, dass das Gebrüll seines Bruders zu ihm drang.

«Elender Verräter! Bastard! Hurensohn!» Jeder Silbe

folgte ein Hieb. Jamie glaubte hören zu können, wie das Messer in Amiris Fleisch schnitt.

Er wollte schreien, doch aus seinem Mund kam nur ein heiseres Krächzen, als hätte er die Stimme verloren.

Warum kamen die Männer Amiri nicht zu Hilfe? Warum standen der Schäfer und die Landarbeiter nur müßig herum und taten gar nichts?

Jamie blieb liegen. Er drückte Sarahs Kopf an seine Brust und kniff die Augen fest zu. So verharrte er, bis er nichts mehr hörte. Bis sein Bruder nicht mehr wütete.

Erst dann drangen die Stimmen der anderen Männer zu ihm. Sie scharten sich um die leblose Gestalt von Amiri. Er riskierte einen vorsichtigen Blick. Aber er hatte auch ohne ihn gewusst, dass der Maori tot war.

Walter hatte ihn umgebracht. Sein Bruder war ein Mörder.

Auf Mord stand der Strang, das wusste jedes Kind.

Sie würden auch seinen Bruder umbringen. Sarahs Vater.

Er fürchtete sich wie noch nie in seinem Leben.

Jamie schluchzte.

«Ich will nach Hause», jammerte Sarah. «Bitte, Jamie, ich hab Angst.»

Er hatte auch Angst. Trotzdem trieb ihn irgendetwas, noch einmal hinzusehen.

Sein Bruder stand, umringt von den Landarbeitern, vor dem Leichnam Amiris. Ein Mann klopfte ihm auf die Schulter, als habe er eine Heldentat vollbracht. Ein anderer trat gegen die Hand des leblosen Maori. Ein Hund schnüffelte am Fuß Amiris, der seltsam verdreht dalag. Das Gras um ihn färbte sich dunkel.

«Komm.» Er half Sarah auf der Leiter nach unten, obwohl seine Glieder zitterten. Seine Beine knickten weg, als sie den Fuß der Leiter erreichten, aber er kroch weiter, rappelte sich auf, zog Sarah an der Hand hinter sich her zu den Ponys. Ihr Gejammer überhörte er, half ihr in den Sattel und zog sich danach auf sein Pony, das schon unruhig tänzelte.

Wohin? Wohin sollten sie reiten? Heim nach Kilkenny? Das kam für ihn nicht in Frage. Er konnte Walter nicht ins Gesicht schauen. Zu Finn!, fuhr es ihm durch den Kopf. Finn musste erfahren, was hier geschehen war. Jetzt gleich.

23. Kapitel

«So wohnst du also.»

Emily ließ ihren Blick durch das Speisezimmer schweifen. Sie spürte Aarons Gegenwart hinter sich. Siobhan trat an den Kamin und betrachtete das Bild, das darüberhing. «Ist das der Wakatipu?», fragte sie, bevor Aaron auf Emilys Bemerkung etwas erwidern konnte.

«Hübsch, nicht wahr? Ich glaube, es soll der Wanaka sein, aber mich hat es an Kilkenny erinnert», sagte er.

«Es ist bezaubernd. Fast erinnert es mich ein bisschen an die Geschichten der Maori.»

Mühsam umrundete Emily den Tisch. Eine Doppeltür führte vom Speisezimmer in den Salon. Sie sah die beiden Sessel vor dem offenen Kamin. Den kleinen Tisch dazwischen, auf dem sich Bücher stapelten. Der Anblick war ihr so vertraut, als wäre er direkt ihren Träumen entsprungen.

«Gefällt es dir?» Aaron stand schon wieder hinter ihr. Emily rieb ihren Arm. Sie war plötzlich nervös und fröstelte.

«Es sieht gemütlich aus», sagte sie.

«Gemütlich, hm.» Er wirkte enttäuscht.

«Und welche Dame hat dir geholfen, dieses Haus so geschmackvoll einzurichten?» Siobhan konnte sich an all den kleinen Details nicht sattsehen. Emily senkte den Blick. Sie zog das Stricktuch enger um ihre Schultern, das Siobhan ihr geliehen hatte. Es war eisgrau. «Wenigstens etwas Farbe, wenn du schon Trauer tragen musst», hatte Siobhan gesagt und keinen Widerspruch geduldet.

Dabei trug sie Schwarz gar nicht, weil sie trauerte, sondern weil es die einzige Farbe – oder Nichtfarbe – war, in der sie sich wohlfühlte.

Manchmal konnte ihre Schwägerin schrecklich resolut sein. Sie war darin fast ein bisschen wie Mam, nur dass ihr dabei die Herzlichkeit nicht abhandengekommen war.

Während Aaron und Siobhan sich über die verschiedenen Stoffe, Bezüge und das Porzellan unterhielten – Themen, von denen Emily wusste, dass sie Aaron nicht im Geringsten interessierten –, wanderte sie an der Tafel auf und ab. Es war für sechs Personen gedeckt. Wen erwartete er denn noch?

Ihre Frage wurde bald beantwortet. Der Butler klopfte – Aaron hatte einen Butler, das musste man sich mal vorstellen! – und erklärte, die anderen Gäste seien nun eingetroffen.

«Ah, wunderbar. Wir treffen uns im Salon. Kommt, ich habe eine Überraschung für euch.»

Im ersten Moment glaubte Emily, der hochgewachsene, schlanke Mann mit schwarzem Haar und dunkler Haut sei Amiri. Doch dann erkannte sie ihn.

«Rawiri!», rief Siobhan und kam ihr zuvor.

«Mrs. O'Brien.» Er verneigte sich knapp und begrüßte dann auch Emily. «Es ist mir eine Freude, Sie wiederzusehen.»

«Ach, wie lang ist das bloß her?»

Jahre, dachte Emily. Ein ganzes Leben. Aaron reichte ihr ein Glas Sherry, das sie sogleich wieder beiseitestellte, weil ihr schon vom Geruch übel wurde. Gerüche waren im Moment das Schlimmste. Das und die ständigen Schwindelanfälle machten ihr Leben zur Hölle.

Diese verdammten Tabletten.

«Wie geht es dir, Rawiri? Oh, entschuldige, eigentlich müsste ich dich siezen. Aber ich seh immer noch den kleinen Jungen vor mir, der meine Bowlenschale zerbrochen hat», sagte Siobhan.

Rawiri lächelte unverbindlich. «Schon in Ordnung, Mrs. O'Brien. Darf ich Ihnen meine Verlobte vorstellen?»

Das Gespräch rauschte an Emily vorbei. Rawiri stellte ihnen Georgette Watson und ihren Vater Christian vor.

«Geht es dir nicht gut?»

Sie hatte sich in einen Sessel am Feuer sinken lassen. Aaron hatte sich neben sie gesetzt und musterte sie besorgt.

Emily winkte ab. «Es ist nichts.»

«Du hast nicht mal vom Sherry probiert. Kein Durst?»

Lächelnd schüttelte sie den Kopf.

Er nickte. Dann blickte er sie von der Seite an. «Ich habe das von Will gehört. Es tut mir leid.»

«Mir tut es nicht leid», erwiderte sie leise. Sie starrte in die Flammen. «Er hat mich nicht um meinetwillen geheiratet. Und das Glück war viel zu kurz, als dass man lange davon zehren könnte.»

Sie fingerte das Tablettenfläschchen aus ihrem Retikül. Ehe sie eine Tablette nehmen konnte, beugte Aaron sich vor und hielt ihre Hand fest. Seine Finger waren so warm … sie zuckte zurück.

«Ich habe mich nach deinem Medikament erkundigt», sagte Aaron leise. «Nach dem Heroin.»

«Und?» Sie nahm zwei Tabletten und spülte sie mit dem Sherry herunter.

«Und es heißt, dass Heroin doch nicht das heilbringende Medikament ist, zu dem es viele Ärzte erhoben haben. Es heißt, es habe ähnliche Nebenwirkungen wie Morphium. Und es macht süchtig.»

«Was verstehst du schon davon.»

«Ich mache mir Sorgen, Emily.» Seine Stimme war nur noch ein eindringliches Flüstern. Er beugte sich vor, damit niemand ihr Gespräch belauschen konnte.

Oh natürlich. Sicher machte er sich Sorgen. Darum war er nie für sie da, darum vermied er es, das Gespräch auf ihr Schreiben zu bringen.

«Früher hast du mit mir gestritten, wenn dich etwas sorgte.» Schwerfällig zog sie sich hoch und griff nach dem Stock. «Aber du kannst dir dein Mitleid sparen. Es geht mir gut. Es ist besser, wenn Will und ich uns scheiden lassen. Siehst du, es geht mir blendend. Und ich bin endlich mal wieder in Dunedin!»

Es auszusprechen, tat nicht so weh, wie sie erwartet hatte. Emily nickte, um ihre Worte zu bekräftigen, und ging ins Speisezimmer. Sie setzte sich neben Rawiris Verlobte und gab sich Mühe, während des ganzen Abendessens weder Blick noch Wort mit Aaron zu wechseln.

«Findest du nicht, dass Aaron sich ganz wunderbar eingerichtet hat in seinem Haus?», fragte Siobhan munter. Es war spät geworden, und auf der Straße war außer ihrer Kutsche kaum jemand unterwegs.

Emily schwieg.

«Und Rawiri hat ja eine bezaubernde Verlobte. Wusstest du, dass er verlobt ist? Sie müssen uns unbedingt mal auf Kilkenny besuchen. Helen wird sie mögen. Wer weiß, vielleicht kommen sie ja für immer zu uns, das wäre doch schön.»

Siobhans fröhliches Plaudern zerrte an ihr. «Kannst du nicht bitte einmal für ein paar Minuten ruhig sein?», fragte sie gereizt. «Ich bin müde.»

Siobhan schwieg betroffen.

«Entschuldige», sagte Emily. Sie fühlte sich schlecht.

Aber zu sehen, wie gut Aaron es sich in seinem Leben eingerichtet hatte, schmerzte sie. Und sie ertrug das junge Liebesglück von Rawiri und Georgette nur schwer.

«Hast du Schmerzen?»

Sie hatte immer Schmerzen, aber das würde Siobhan ja doch nicht verstehen. Statt einer ehrlichen Antwort sagte sie nur: «Es geht. Ich bin einfach müde.»

«Dann legen wir uns bald schlafen, meine Liebe. Ich bin ja auch ganz erschöpft, aber irgendwie ist alles so aufregend, da finde ich bestimmt nicht zur Ruhe.»

Nein, an Schlaf war auch für Emily nicht zu denken. Sie würde die ganze Nacht wach liegen, aber nicht wegen der Schmerzen im Bein. Die betäubten die Tabletten nach wie vor recht gut.

Es tat so weh, dass Aaron so gut lebte. Dass er seinen Platz im Leben gefunden hatte. Dass er sie gar nicht vermisste.

Seit Will sie verlassen hatte, war sie durch eine Hölle gegangen, doch das Brennen war schließlich verklungen, und was blieb, war eine bittere Erkenntnis. Sie hatte ihr Herz an den Falschen gehängt.

«Da sind wir schon. Sieh doch nur, wie hübsch das Hotel des Nachts erleuchtet wird.»

Sie stiegen aus der Kutsche. Siobhan wartete auf Emily, die nur langsam vorankam.

«Morgen sieht die Welt schon besser aus», sagte Siobhan aufmunternd und hakte sich bei ihr unter. Gemeinsam betraten sie die hellerleuchtete Lobby. Der Rezeptionist blickte auf, als Siobhan grüßte. Sie schlug die Hand vor den Mund. War das zu laut gewesen? Er eilte ihnen entgegen.

«Mrs. O'Brien, Madam, da ist vorhin ein Telegramm für Sie gekommen.» Er hielt ihr einen Briefumschlag hin.

«Ein Telegramm?» Sie nahm es. Emily blieb neben ihr stehen. «Von Walter … Hoffentlich ist nichts mit Sarah passiert.»

Sie riss es auf, überflog die Zeilen.

Emily spürte, dass ihre Schwägerin neben ihr wankte. Geistesgegenwärtig packte sie ihren Arm. «Schnell, helfen Sie mir!», rief sie dem Rezeptionisten zu, der sich bereits wieder hinter seinen Empfangstresen zurückgezogen hatte. Er eilte zu ihnen und kam gerade noch rechtzeitig, um Siobhan aufzufangen. Sonst wäre sie auf den Boden geschlagen.

«Aufs Sofa», befahl Emily entschlossen. «Haben Sie Riechsalz?»

«Moment … ja …» Der junge Mann war mit der Situation sichtlich überfordert. Ungeduldig hieb Emily auf den Tresen, als könnte sie durch den Lärm weitere Hotelmitarbeiter anlocken. «Tun Sie doch was!»

Er trug die bewusstlose Siobhan zu einem der Sofas, die in der Lobby standen. Auf dem Weg zur Rezeption bückte er sich und hob das Telegramm auf.

«Geben Sie das mir», sagte Emily und streckte fordernd die Hand aus. Er gab ihr das Telegramm und floh. Sie hoffte für ihn, dass er sich um Riechsalz oder irgendwas anderes kümmerte, um Siobhan wieder zu Bewusstsein zu bringen. Denn sonst würde sie sich bei der Direktion beschweren.

Sie faltete den Zettel auseinander.

Amiri tot. Stop. Unfall. Stop. Komm heim. Stop. Walter.

Siobhan stöhnte. Ein unmenschlicher Laut, den Emily ihrer Schwägerin im Leben nicht zugetraut hätte, selbst dann nicht, wenn sie nicht Herrin ihrer Sinne war.

«Bleib liegen», sagte sie leise und legte beruhigend die Hand auf Siobhans Arm.

Zu ihrer Überraschung machte sie eine heftige Bewegung und schüttelte sie ab. «Lass!», hauchte Siobhan, und dann begann sie zu weinen, so heftig und laut, dass es Emily das Herz zerriss.

Siobhan richtete sich auf und wollte aufstehen, doch dann sank sie wieder zurück aufs Sofa. Sie schrie wie ein Tier. Emily streichelte hilflos ihren Arm. Sie verstand nicht genau, was da vor sich ging, aber später wäre genug Zeit, es zu verstehen. Jetzt musste sie Siobhan helfen.

Emily nahm sie in die Arme. Ließ sie weinen, schreien, ließ zu, dass Siobhans Hände haltlos hin und her flogen, als suchte sie jemanden, an dem sie ihren Schmerz auslassen konnte. Schläge trafen Emilys Brust, bis sie Siobhans Hände fing und festhielt. Sie streichelte

Siobhans Kopf, zog ihn an ihre Brust und tröstete sie, wie sie früher Jamie getröstet hatte, wenn er weinte.

«Amiri ...»

«Ganz ruhig, Liebes. Ganz ruhig ...» Emily schaute sich um. Sie war erleichtert, dass zu dieser späten Stunde sonst niemand in der Lobby war. Der Rezeptionist drückte sich unbehaglich am Tresen herum.

Sie musste Siobhan in ihr Zimmer schaffen. Und morgen musste sie sich in aller Frühe um eine Reisemöglichkeit nach Kilkenny kümmern. Ihr Arzttermin war vergessen. Daheim gingen schreckliche Dinge vor, die sie nicht gänzlich begriff. Dass Siobhan angesichts der Todesnachricht so außer sich geriet, war merkwürdig genug.

«Stehen Sie da nur rum, oder können Sie helfen?», rief sie dem Mann am Empfangstresen zu.

Bis es ihnen gelungen war, Siobhan in ihr Zimmer zu bringen, glühten ihre Wangen. Emily drückte dem Rezeptionisten eine Schillingmünze in die Hand und schloss die Tür hinter sich. Siobhan weinte immer noch. Sie vergrub ihr Gesicht im Kissen und schluchzte. Emily setzte sich zu ihr.

«Möchtest du mir was erzählen?»

Siobhan schüttelte den Kopf.

Die ganze Nacht blieb Emily bei ihr sitzen. Sie streichelte den zuckenden Rücken, sie flüsterte Beruhigendes, von dem sie nicht wusste, ob es wirklich zu Siobhans Beruhigung beitrug. Langsam, ganz langsam dämmerte ihr, dass Amiri mehr gewesen sein musste als nur der Verwalter von Kilkenny. Siobhans Trauer war eine Urgewalt, die über Emily hinwegspülte wie das Fieber, das den Körper ihrer Schwägerin in der dunkelsten Nachtstunde packte und nicht wieder losließ.

Am Morgen stand sie am Fenster und beobachtete den Himmel, der sich im Osten langsam rosig färbte. Hinter den Häusern, irgendwo dahinter war das Meer. Sie starrte so lange in die hereinbrechende Morgendämmerung, bis ihre Augen tränten. Unwirsch schlug sie mit der flachen Hand die Trauer aus ihrem Gesicht. Dann setzte sie sich an Siobhans Sekretär und schrieb eine Nachricht an Aaron. Sie zögerte, doch dann unterschrieb sie schwungvoll und steckte den Brief in einen Umschlag.

Sie würde die Nachricht noch vor dem Frühstück überbringen lassen.

Lieber Aaron,
etwas ist daheim geschehen, das ich noch nicht verstehe, das aber eine sofortige Heimkehr Siobhans erfordert. Kannst du mir helfen? Heute steht mir ein wichtiger Arzttermin bevor, und ich fürchte, wenn ich ihn nicht wahrnehme, werde ich es nie tun. Siobhans Heimreise duldet aber keinen Aufschub, und ich weiß nicht, wie lange ich in Dunedin bleiben muss.
Für immer die Deine
Emily.

Aaron kam zwei Stunden später und nahm alles in die Hand. Er brachte Georgette und Rawiri mit, die sich bereit erklärt hatten, Siobhan nach Kilkenny zu bringen. Dass sie damit Siobhans Traum von einer Heimkehr Rawiris unter schlechten Vorzeichen viel schneller erfüllte, als alle gedacht hätten, das fiel Emily erst später auf.

Sie packte Siobhans Sachen, gab Georgette und Rawiri Anweisungen – obwohl sie ahnte, dass derlei nicht nötig war, denn beide machten einen sehr verständigen Eindruck – und versuchte immer wieder, Siobhan eine Reaktion zu entlocken.

Nach der durchweinten Nacht war Siobhan vollkommen verstummt. Wie eine Puppe saß sie auf dem Stuhl, stand auf, wenn man es ihr sagte, bewegte sich mechanisch. Als wären ihre Gedanken Amiri in eine Geisterwelt gefolgt.

«Die beiden werden sich gut um Siobhan kümmern», versicherte Aaron ihr. Er begleitete sie am frühen Nachmittag zum Arzt.

«Schon», sagte Emily leise. «Mir wäre nur wohler, wenn ich sie selbst nach Hause bringen könnte.»

«Du musst aber auch an dich denken.»

«Ich weiß», flüsterte sie.

Oh, natürlich wusste sie das.

Dr. Rutherford nahm sich viel Zeit für sie. Er kratzte nachdenklich seinen Vollbart, lehnte sich zurück und tippte mit dem Füllfederhalter auf den Schreibtisch. «Das Beste wird sein, wenn ich Sie zunächst untersuche. Sie brauchen mir nicht zu sagen, was Ihnen fehlt, ich finde es schon selbst heraus», verkündete er heiter, als sei das Aufspüren von Krankheiten und Leiden eine vergnügliche Schatzsuche.

«Ich glaube, es liegt an den Tabletten, die ich nehme.» Ihre Hand zitterte, als Emily das Gläschen auf den Schreibtisch zwischen ihnen stellte.

«Wir finden schon heraus, was Ihnen fehlt», wiederholte er. «Am Heroin kann's nicht liegen, es hat ja so gut wie keine Nebenwirkungen, und Sie nehmen die Tabletten bereits seit Jahren. Da wäre Ihnen doch schon viel eher etwas aufgefallen. Nein, die können wir von vornherein ausschließen.»

Sie fühlte sich in seiner Gegenwart nicht wohl, aber sie ließ zu, dass er sie betastete, ihre Atemgeräusche und ihr Herz abhörte, ja, sogar die Hand auf ihren Bauch legte. Er machte «hm, hm», und irgendwann grinste er zufrieden.

«Sie sind nicht krank, Mrs. Forrester», verkündete er, nachdem sie sich wieder angezogen hatte und vor ihm saß. «Ganz im Gegenteil, das ist das Schönste, was einer Frau passieren kann.»

Emily begriff nicht, was er meinte. «Dann ist es nicht wegen dem Heroin? Die Schwindelanfälle? Mein empfindlicher Magen?»

«Ach was. In Ihren Umständen ist das völlig normal!»

In Ihren Umständen.

Sie tastete nach der Schreibtischkante. Irgendwas, woran sie sich klammern konnte.

«Das kann nicht sein ...»

«Ihre Schwangerschaft ist schon recht weit fortgeschritten, Mrs. Forrester. Würde mich nicht wundern, wenn Sie schon im März oder April Ihr Kind in den Armen halten.»

«Das ist nicht möglich», flüsterte sie. Der Raum drehte sich um sie.

«Glauben Sie mir, das ist durchaus möglich, auch nach Jahren. Ich denke, Mr. Forrester wird sich sehr freuen?»

Sie schüttelte den Kopf. Sie brachte kein Wort über die Lippen. Wie sollte sie ihrem Arzt auch erklären, dass Will und sie sich vor kurzem getrennt hatten? Nein, dass er sie verlassen hatte?

«Danke.» Sie stand auf, ihre Hand stützte sich schwer

auf den Stock. «Vielen Dank, Dr. Rutherford. Und das Heroin ...»

«Ach, da brauchen Sie sich keine Sorgen zu machen. Es gibt zwar Stimmen, die behaupten, es sei schädlich, aber sind wir doch mal ehrlich: Abgesehen von Ihren üblichen Schwangerschaftsbeschwerden geht es Ihnen doch hervorragend, oder? Jetzt, wo Sie wissen, warum es Ihnen nicht so gut geht?»

Sie nickte. «Ja. Ja, jetzt geht's mir besser.»

Wie sollte sie ihm auch erklären, dass der Gedanke, ein Kind zu bekommen, die Schwärze in ihr nicht erhellte – im Gegenteil?

«Wunderbar! Machen Sie sich keine Sorgen, Mrs. Forrester. Sie sind nicht die erste Frau in anderen Umständen, die ihren Zustand so spät bemerkt hat.»

Aber vermutlich war sie die erste Frau, die ihm in seiner Praxis gegenübersaß und von ihrem Mann schwanger sitzengelassen worden war.

Emily gab ihm die Hand. Dann floh sie und verließ so eilig die Räume seiner Wohnung, in der auch die Praxis untergebracht war, dass sie versehentlich an Aaron vorbeilief, der im Vorraum auf sie wartete.

«Emily, warte!»

Ein Kind. Ausgerechnet jetzt bekam sie ein Kind. Ohne Will. Und mit Aaron im Herzen, mit Aaron, den sie nie hatte vergessen können.

Sie hatte es sich bisher nicht erlaubt, darüber nachzudenken, was geschehen würde, wenn Will seine Drohung wahrmachte. Aber sie hatte gehofft, dass es geschah, dass er sie verließ, die Scheidung einreichte und sie danach frei sein würde.

Frei für Aaron. Wenn er sie wirklich wollte. Wenn er

sie liebte, obwohl sie lahm war, obwohl sie tagelang im Bett lag und in der Dunkelheit vegetierte.

Das Kind in ihrem Bauch legte ihr neue Fesseln an, Fesseln, denen sie ihr Leben lang nicht entkommen würde.

Sie musste Will davon erzählen.

Dass sie auf die Straße gelaufen war, merkte sie erst, als jemand sie am Arm zurückriss. «Emily!» Sie spürte, wie ihr etwas den Stock aus der Hand riss, danach wurde sie an eine Brust gedrückt, und der Fahrtwind einer Droschke zischte an ihr vorbei. Der Kutscher fluchte, die beiden Damen in der Kutsche kreischten, aber Aaron war da, er drückte sie fest an sich, seine Arme umfingen sie.

«Du kannst mich wieder loslassen», sagte sie nach einer Weile.

Er zögerte.

«Bitte, Aaron. Man schaut schon herüber.»

Er schob sie auf Armeslänge von sich. «Ist alles in Ordnung?»

Sie nickte, schniefte, versuchte sich an einem Lächeln. Aaron ließ sie los. Er trat auf die Straße, passte einen Moment ab, bückte sich und hob den silbernen Knauf ihres Stocks auf. Er war glatt abgebrochen, unter den Rädern der Droschke zermalmt.

«Das hätte mir passieren können», flüsterte sie. Sie nahm den Knauf in die Hand und fühlte das kühle Silber.

«Du hast nichts mehr gesehen außer … Als hätte dich der Arzt zu Tode erschreckt.»

Das hatte er auch. Aber Emily schwieg.

Aaron brachte sie zurück ins Hotel. Sie verabredeten nichts, obwohl sie spürte, dass er sich etwas erhoffte. Aber für den Moment hatte er genug für sie getan.

Sie wollte allein sein.

In ihrem Hotelzimmer war es ganz still. Sie schloss die Tür hinter sich, drehte den Schlüssel im Schloss und schaffte es nicht einmal zum Bett, sondern sank auf den Boden. Ihr Bein schmerzte so schrecklich. Sie wollte nach den Herointabletten greifen, doch dann hielt sie inne.

Und wenn das Heroin doch nicht ungefährlich war? Aaron hatte seine Besorgnis geäußert. Aber Dr. Rutherford hatte diese Zweifel resolut beiseitegewischt.

Doch jetzt bekam sie ein Kind, das änderte alles.

Sie durfte kein Risiko eingehen.

Stöhnend zog Emily sich hoch. Sie trat hinter den Paravent und begann, sich auszuziehen.

Sie vermied es, ihren Körper nackt zu betrachten. Ihre Mutter hatte sie gelehrt, dass der Körper einer Frau nicht mehr war als ein Gefäß. Die Frau sorgte dafür, dass ihr Körper gesund war, um Kinder gebären zu können. Das war alles, etwas anderes wurde von ihr nicht erwartet.

Sie zog das Kleid aus, ließ es auf dem Boden liegen, hakte die Strümpfe aus und rollte sie herunter. Die Schnüre des Korsetts lockerte sie und genoss die Erleichterung, endlich tief durchatmen zu können. Dann legte sie das Korsett auf den Hocker, jetzt trug sie nur noch das lange Unterhemd. Sie fröstelte, doch dann zog sie es mit einem entschiedenen Ruck über den Kopf.

Ihre Hände glitten über ihre helle Haut. Makellos, bis auf jene grinsende Narbe auf ihrem linken Oberschenkel. Auch diese Linie zeichnete sie nach. War das der Körper einer jungen Frau? Sie erinnerte sich nicht, wie er vor acht oder zehn Jahren gewesen war. Zwischenzeitlich hatte sie ein paar Pfund verloren, aber jetzt rundete sich ihr Körper wieder. Ihre Hände verharrten auf ihrem Bauch, der sich leicht nach vorne wölbte. Sie verharrte, die Finger auf der Bauchdecke gespreizt, als könnte sie so Kontakt mit dem Kind in ihr aufnehmen.

Die Tränen kamen so plötzlich, dass sie sich daran verschluckte. Emily sank zu Boden. Sie umarmte ihren Körper und verlor sich in der Kälte, in dem Gedanken, ganz allein zu sein mit ihrer Entscheidung, was jetzt zu tun sein würde.

Sie hatte nie im Selbstmitleid versinken wollen, aber in diesem Augenblick schien es eine verlockende Alternative zu sein. Doch nach einigen Minuten hemmungslosen Weinens machte die Verzweiflung der Wut Platz. Sie wusste, dass es nicht so weiterging. Sie wusste, dass dieses Kind, *ihr* Kind, vor allem eine starke Mutter brauchte. Wenn schon kein Vater da war.

Sie rappelte sich auf, zog sich frische Kleidung an und wusch ihr Gesicht mit kaltem Wasser. Dann schrieb sie eine Nachricht an Aaron und lud ihn ein, im Hotelrestaurant mit ihr zu Abend zu essen.

Ehe sie ihr Zimmer verließ, um den Brief an der Rezeption abzugeben und nach einem Geschäft zu fragen, wo sie einen neuen Spazierstock erstehen konnte, stellte sie das Tablettenglas mit dem Heroin auf den Schreibtisch.

Damit musste Schluss sein.

Wie zum Hohn schmerzte ihr Bein gerade jetzt besonders. Sie biss die Zähne zusammen. Sie tat es nicht für sich, sondern für ihr Kind.

Mein Kind, dachte sie staunend. Daran werde ich

mich bald gewöhnen müssen, wenn es schon im Herbst zur Welt kommt.

Und zum ersten Mal regte die Freude in ihrem Bauch die Flügel und flatterte leise. Oder waren es die Bewegungen ihres Kindes? Sie legte die Hand auf den Leib.

Wie oft hatte sie Diane oder Siobhan während der Schwangerschaft geneckt, weil sie so selbstvergessen ihren Bauch befühlten? Sie lachte leise. Nur für das Kind lachte sie. Und für sich selbst.

Es war das ehrlichste Lachen seit Jahren.

24. Kapitel

Finn saß auf der Bank vor dem Haus, als Walter zu ihm kam. Er hatte sich in den letzten Jahren angewöhnt, wie sein Vater den Tag mit einem Pfeifchen ausklingen zu lassen. Ruth saß derweil neben ihm und flickte im schwindenden Abendlicht Kinderpullover oder strickte Socken.

Die Kinder schliefen längst.

Er hatte Jamie und Sarah die Mansarde unterm Dach gegeben, und gemeinsam hatten sie Bettzeug nach oben gebracht, alte Matratzen auf den nackten Holzboden gelegt und die Kissen und Decken darüber gebreitet. An diesem Abend wollte Jamie keine Geschichten vom Krieg hören. Er wollte, dass die Welt gut war.

Finn wusste nicht, was genau den Kindern passiert war. Aber es musste etwas Schreckliches gewesen sein, denn sie hatten sich aneinandergeklammert und gezittert, ehe ihnen wieder einfiel, dass sie sich doch nichts anmerken lassen wollten.

Finn erzählte ihnen eines der Märchen, an die er sich von früher erinnerte, aber die Geschichte gelang ihm nicht gut. Beide waren noch hellwach, als er die Treppe hinunterstieg. Er ahnte, dass Jamie und Sarah unterm Dach eng aneinandergeschmiegt lagen und lauschten, was die Erwachsenen redeten. Darum schwiegen Ruth und er lieber.

Walter ritt den Weg hinauf. Ruth senkte ihre Näharbeit. «Ich glaube, ich hör Eddie weinen.» Sie packte die abgewetzte Arbeitshose in ihren Nähkorb und ging ins Haus. Finn lehnte sich zurück. Das «Ruru» des Kuckuckskauzes erklang. Ein leichter Wind kam auf und streichelte die Bäume, die sich leise rauschend wiegten.

Er beobachtete Walter, wie er steifbeinig aus dem Sattel stieg, das Pony am Gatter festbinden wollte und ihm dann die Zügel entglitten. Schwerfällig bückte er sich, winkte dann aber ab. Seine Schritte waren unsicher wie die eines Betrunkenen.

«Ich suche Jamie und Sarah», sagte er und stellte einen seiner Stiefel auf die Veranda. Schwer stützte er sich auf sein Knie.

«Sie schlafen», erwiderte Finn.

Er betrachtete seinen Bruder. Nein, betrunken war er nicht, aber auch ihn drückte etwas schwer, genau wie die Kinder. Ein dunkler Fleck an seiner Stiefelspitze weckte Finns Aufmerksamkeit: Feine Spritzer waren drum herum verteilt, ebenso dunkel. Fast schwarz.

«Es ist was passiert.»

Finn stopfte seine Pfeife nach, schmauchte und stieß den Rauch in Kringeln aus, klopfte die Asche aus, ohne seinen Bruder anzublicken. Erst als er seinen kurzen Bart kratzte, stieß Walter hervor: «Es war ein Unfall. Schrecklich, aber wir konnten nichts mehr für ihn tun.»

«Für wen?»

Schwerfällig stieg Walter die zwei Stufen zur Veranda herauf und sank neben Finn auf die Bank.

«Wusstest du, dass er's mit meiner Frau getan hat? Dass er ihr ein Kind gemacht hat? Hast du dich nie gefragt, warum Sarah so sehr aussieht wie ein Maoribalg und nichts von ihr oder mir hat?»

Finn schwieg lange. Er begriff, was Walter damit andeutete, doch es war zu viel, um es auf einmal zu begreifen.

Er musste alles Schritt für Schritt klären. «Amiri», sagte es. Es war keine Frage, nur eine Feststellung.

«Ja, Amiri. Jahrelang hat er meiner Frau schöne Augen gemacht, wenn ich nicht hingeschaut hab. Und sogar ein Kind hat er ihr gemacht. Darum hat sie ihn zurückgeholt. Und ich dachte immer, sie hätte Angst vor ihm, weil er der Wilde war. Der Fremde. So täuschen wir uns in den Frauen.»

Finn dachte an die Kinder in der Mansarde. Er senkte seine Stimme. «Du meinst, Sarah ...»

«Seine Tochter. Ich habe nie eine Tochter gehabt. Mich hat sie ja aus ihrem Bett vertrieben, weil ich ihr zu grob war. Hure. Schiebt mir das Kind eines anderen unter. Und weißt du, was das Schlimmste ist?»

Finn wollte es gar nicht wissen.

«Das Schlimmste ist, dass ich ihr geglaubt habe, als sie vor Wochen zu mir kam. Sie wollte mich wieder in ihr Bett holen. Stell dir vor. Da war ich ihr wieder gut genug», fuhr er fort. «Was soll ich denn glauben?»

Finn schloss die Augen. «Was ist mit Amiri passiert?»

«Ein Unfall», wiederholte Walter ruhig. «Bedauerlich, aber die Landarbeiter werden dir bestätigen, dass es ein schlimmer Unfall war. Er ist den Felsen hinabgestürzt. Ich gebe zu, ganz unschuldig war ich nicht daran. Ich war wütend.»

Wieder rief das Kuckuckskäuzchen sein «Ruru» in die Dunkelheit. Finn starrte auf den See, der in diesem Moment seinen Seufzer tat. Es war lange her, dass er diesen Moment so bewusst gesehen hatte.

Die Arbeiter hatten Amiri gehasst, weil er ein Wilder war, der ihnen zu befehlen hatte. Es wäre kein Wunder, wenn sie um Walters Version der Geschichte willen logen.

Wie ein Tuch, das jede Farbe erstickte, kam die Dunkelheit über den See. Sie saßen schweigend da, und Finn konnte nur ahnen, was in seinem Bruder vorging.

Konnte es sein, dass er einen Mann im Zorn erschlagen hatte?

«Ich habe Siobhan nach Hause zitiert. Sie kommt zu spät, um über dem Sarg ihres Liebhabers zu weinen, aber ich will, dass sie mir ins Gesicht sieht, wenn ich ihr sage, was ich weiß.»

Finn schwieg eine Weile. Dann nahm er die Pfeife aus dem Mund und sagte ruhig: «Du solltest vielleicht nicht alles zerschlagen.»

«Was kann ich denn jetzt noch zerschlagen?», fuhr Walter hoch.

Finn hob beruhigend die Hand. «Was ist mit Sarah?» Er konnte nicht glauben, dass die Vaterliebe mit der Liebe zu Siobhan erloschen war. Verstehen konnte er, wenn Walter mit seiner Frau nicht mehr zusammenleben wollte, aber dass das Kind leiden sollte, empfand er als Ungerechtigkeit.

«Sarah.» Walter schnaubte. «Ein Maoribalg. Was soll ich mit ihr schon anfangen? In den See sollte ich sie jagen und ersäufen. Genau wie ihre Mutter.»

Ehe Finn etwas erwidern konnte, trat Ruth aus der

Dunkelheit der Hütte. Sie hielt in einer Hand eine Flasche und zwei Gläser, und im Stillen pries Finn seine Frau, die einen Sinn für den richtigen Augenblick hatte. «Ich dachte mir, ihr könnt einen Schluck vertragen», sagte sie, und ihre Stimme war rau. Hatte sie geweint?

Er nahm ihr Flasche und Gläser ab, und sie verschwand wieder im Schatten des Hauses.

«Lass uns erst mal einen trinken», sagte er.

Sie tranken die ganze Nacht und lauschten dem Seufzen des Sees. Und als der Morgen ihr Schweigen beleuchtete, wusste Finn, dass er seinen Bruder nicht verraten konnte.

Und welchen Sinn hatte es, die Wahrheit zu wecken? Machte es Amiri wieder lebendig? Walter und Siobhan wieder heil? Gab die Wahrheit Sarah einen Vater, den sie an diesem Tag doppelt verloren hatte? Nur die Kinder – in ihren Köpfen schlief sie, die Wahrheit.

Sie hatte zehn Tage Zeit, sich darauf vorzubereiten.

Dennoch traf es sie unvermittelt, als sie am elften Tag in Glenorchy vom Dampfschiff stieg. Sie sah die Blicke der Leute, und sie glaubte zu hören, was hinter ihrem Rücken geredet wurde.

Rawiri kümmerte sich um das Gepäck. Georgette begleitete Siobhan zum Mietstall. Demonstrativ hakte sich die junge Frau bei ihr unter, und Siobhan drückte ihre Hand, weil sie so dankbar war, in diesem Augenblick nicht auf sich gestellt zu sein.

Aber erst mussten sie am Gemischtwarenladen der Gregorys vorbei. Siobhan beschleunigte ihre Schritte, und ihr Rock wirbelte den Staub auf, weil es seit Tagen nicht geregnet hatte. Sie war schon fast an dem langgestreckten Gebäude vorbei, als eine Stimme rief: «Da ist ja die Maorihure!»

Georgette zog an ihrem Arm. «Sieh nicht hin», wisperte sie beschwörend. «Hör nicht zu!»

Siobhan machte sich los. Georgette glaubte vielleicht, sie sei mit dieser Bemerkung gemeint. Schon so manches Mal hatten sie sich unterwegs solche derben Kommentare gefallen lassen müssen, und Georgette ertrug all diese Schmähungen mit bewundernswerter Gelassenheit.

Aber Siobhan ertrug sie nicht. Und um nichts in der Welt wollte sie sich jetzt noch verstecken. Als sie sich umdrehte, sah sie, wie Dean Gregory in der Tür stand. Er lehnte sich lässig gegen den Türrahmen. An seiner Hose polierte er grimmig einen Apfel und schaute absichtlich in eine andere Richtung.

«Was weißt du schon, du ungehobelter Kerl?», fuhr sie ihn an.

Siobhan hatte die Fäuste in die Seiten gestemmt und wich keinen Zentimeter zurück, als er sie mit Blicken maß, als könnte er ihr ansehen, dass sie das Kind eines Toten unter dem Herzen trug. Eines Wilden.

«Ich weiß, was meine Frau mir erzählt hat. Und die hatte eine Menge Interessantes zu berichten, als sie zu mir zurückgekrochen kam, weil sie es in eurem Sündenpfuhl da oben nicht länger ausgehalten hat.»

«Hast du sie auch nochmal ordentlich verprügelt? Weil sie so ungehorsam war? Hat sie bluten müssen, weil sie so dumm war, zu einem Mann zurückzukehren, der seine Frau lieber totschlüge, statt ihr auch nur ein bisschen Luft zum Atmen zu lassen?»

Dean Gregory machte einen drohenden Schritt auf sie

zu. Aber Siobhan wich nicht zurück. Sie spürte, dass sich die Menschen hinter ihr sammelten. Sie hörte das Raunen.

«Wo ist sie denn? Oder ist ihr Gesicht so grün und blau, dass man sie nicht vorzeigen kann? Muss ihre Mutter mal wieder aushelfen, weil du Diane daheim eingesperrt hast?»

Er hatte sich jetzt direkt vor ihr aufgebaut. Sie meinte, seinen Atem zu spüren, aber statt etwas zu sagen oder zu tun, biss er nur herzhaft in seinen Apfel. Saft spritzte und traf ihre Stirn. Sie senkte nicht den Blick, auch dann nicht, als er einen Schritt zurückmachte und sich auf seinem Gesicht Verblüffung abzeichnete.

Rawiri legte die Hand auf Siobhans Oberarm. Er war lautlos hinter sie getreten.

«Wir gehen jetzt besser», sagte er leise.

Erst als sie sich umdrehte, sah sie, dass sich halb Glenorchy auf der Straße vor dem Laden versammelt hatte. Siobhan straffte die Schultern und marschierte los. Die Menge teilte sich vor ihr.

«Hast dir gleich einen neuen Maori gesucht, was?», rief Dean ihr hinterher. «Glaub mir, der wird dich auch nicht befriedigen!»

Das Kerngehäuse des Apfels fiel neben ihrem Stiefel in den Staub und kullerte noch ein Stück weiter.

Siobhan blieb nicht stehen. Sie sah bekannte Gesichter, aber sie nickte niemandem zu. Sogar Madame Robillard war gekommen, aber sie konnte im Blick der Alten nichts lesen. Nicht mal Mitleid.

Wie in Trance bestieg Siobhan eines der drei Ponys, die vor dem Mietstall angebunden waren.

Erst als sie aus der Stadt heraus war und sich noch

einmal umdrehte, erst als sie sah, wie Rawiri und Georgette hinter ihr her trabten, wurde ihr bewusst, dass sie im Herrensitz ritt.

Sie hielt ihr Gesicht dem kühlen Regen entgegen, der aus dunklen Wolken niederprasselte.

Was soll's, dachte sie. Bin ich jetzt also auch eine von den Frauen, die wie ein Mann reiten.

Tief in ihrem Inneren ahnte sie, dass dies nicht die einzige Veränderung war, der sie sich stellen musste.

Kilkenny Hall lag verlassen da. Rawiri brachte die Ponys zum Stall. Siobhan strich ihren Rock glatt, atmete tief durch und ging voran. Sie stieg die Freitreppe hinauf und betrat die hohe Eingangshalle. «Hallo?», rief sie.

Edwards Arbeitszimmer war abgeschlossen, ebenso Walters am anderen Ende des Flurs. Im Salon kniete Annie vor dem Kamin und fegte die Asche heraus.

«Mrs. O'Brien.»

Annies Blick war feindselig, der Handfeger streifte ihre weiße Schürze und beschmutzte sie mit Ruß.

«Wo ist mein Mann? Meine Schwiegereltern?»

Annie zuckte die Schultern. «Wohl oben bei der Blockhütte. Wo die Kinder seit Tagen hocken und nicht vom Heuboden runterwollen.»

«Was heißt das, sie wollen nicht runterkommen?» Ihr wurde plötzlich ganz anders.

«Genau wie ich's sag, sie sitzen da oben und trauen sich nicht runter. Kostet schon genug Überredungskunst, dass die Blagen was essen.»

Annie wandte sich wieder dem Kamin zu, als gäbe es nichts Wichtigeres in diesem Haus.

Die Stille erschlug Siobhan fast. Sie eilte aus dem Salon und durchquerte die Eingangshalle. Sie rannte, wie sie nie gerannt war, und ließ das große, dunkle Haus, das einst ganz ihren Wünschen entsprechend eingerichtet worden war, hinter sich, weil es ihr plötzlich zu eng geworden war. Erst auf dem ausgetretenen Pfad zur Hütte, hinauf zum Wald, bekam sie wieder Luft.

Nie wieder kehre ich in dieses Haus zurück. Nie wieder.

Ruth kam ihr entgegen, als Siobhan den Hang hinaufstieg. Sie blieben voreinander stehen, und kurz glaubte Siobhan, ihre Schwägerin wolle ihr verwehren, zur Blockhütte zu gehen.

«Walter ist da», sagte sie nur.

«Und?», erwiderte Siobhan.

«Er will dich nicht sehen.»

«Ihm steht frei zu gehen, wenn ihm meine Anwesenheit nicht passt. Ich komme, um Sarah zu holen.»

Ruth hielt sie am Arm fest. «Tu das nicht», sagte sie leise.

«Was?», fragte Siobhan.

«Nimm ihm nicht auch noch das Kind.»

Sie machte sich von Ruth los. «Ich weiß nicht, was hier geschehen ist, seit ich nach Dunedin gereist bin. Aber ich war elf Tage lang unterwegs, und in diesen elf Tagen hatte ich genug Zeit, es mir auszumalen. Walters Telegramm gab mir ein paar Rätsel auf, die ich wohl lösen sollte. Und ich glaube, auch ich habe einen Preis bezahlt.»

Ruth schwieg.

«Es war kein Unfall, nicht wahr?»

Ruths blaue Augen musterten sie forschend. «Reden sie in Glenorchy?»

«Nein», erwiderte Siobhan. «Sie schweigen mich an,

als hätte ich ihn eigenhändig umgebracht. Und ihr deckt ihn, ihr deckt einen Mörder. Ich kann ihm mein Kind nicht überlassen.»

«Sarah ist auch sein Kind», widersprach Ruth. «Ein Kind braucht Vater und Mutter! Könnt ihr nicht wieder zueinander finden? Um Sarahs willen?» Wieder streckte Ruth die Hand nach ihr aus.

Siobhan schlug sie beiseite. «Wie kann ich mit einem Mann zusammenleben, der mir des Nachts seine Liebe in den Leib prügeln wollte und meinen Liebsten erschlagen hat? Wie soll ich ihm denn noch begegnen, ohne ihm meine Verachtung ins Gesicht zu spucken?»

Ruth' Hand sank nieder. «Das wusste ich nicht», sagte sie leise.

«Nein, das wusste keiner», erwiderte Siobhan kalt. «Die Familie hätte weggeschaut, wenn tatsächlich jemand hätte hinsehen wollen. Und ich habe es ertragen, weil ich Sarah hatte. Das Kind gehört zur Mutter, das ist unsere Natur, auch wenn die Männer es gern anders hätten.»

Ihre Stimme hatte sich erhoben. Ruth senkte den Blick. Sie war ebenso Mutter, wie sie eine Ehefrau war, und Siobhan ahnte, welcher Kampf in ihr tobte.

«Wenn wir uns entscheiden müssten zwischen unseren Männern und unseren Kindern», fügte sie leiser, fast tröstend hinzu, «würde unsere Wahl immer auf unsere Kinder fallen.»

Ruth nickte. «Geh», flüsterte sie. «Geh und hol dir deine Tochter.»

Siobhan ging das letzte Stück allein. Als sie sich umschaute, wischte sich Ruth mit dem Zipfel ihrer Schürze Tränen aus dem Augenwinkel.

Walter erwartete sie vor der Hütte. Als sie die letzten Schritte zurücklegte, kam er ihr entgegen. Er sagte nichts, sondern schaute sie nur an, als suchte er in ihrem Gesicht eine Antwort.

«Sag mir nur eines.» Seine Stimme war so kalt.

Siobhan schluckte. Der Wind zerzauste ihr zartes Honighaar, aber ihre Finger waren zittrig und kalt, und in ihrem Körper steckte keine Kraft mehr, die Hände zu heben und das Haar zu glätten.

«Hat er dir wieder einen Bastard in den Bauch gepflanzt? Wolltest du deshalb, dass ich nachts zu dir komme?»

Kam dieser Wind aus Osten? Plötzlich interessierte sie nur dieser eine Gedanke. Amiri. Ostwind. Sie wollte, dass der Wind aus Osten kam und ihr Kraft gab. Dass Amiri es war, der ihr Gesicht kühn streichelte.

«Dafür war ich also gut genug. Mir noch ein Kuckuckskind unterzuschieben. Hure.» Seine Stimme hatte sich erhoben.

«Ich möchte Sarah abholen», sagte sie ruhig.

Er kniff die Augen gegen den Wind zusammen. Sie wirkten fast schwarz. Sein Haar hing fettig und ungekämmt herab. Siobhan schluckte. Er tat ihr leid. Er hatte sie geschlagen, ihretwegen gemordet, und er hatte ihr den Halt genommen, der sie in den letzten Jahren nicht hatte straucheln lassen. Dennoch tat er ihr leid, und sie wollte ihm das Haar aus dem Gesicht streichen.

Aber dann ballte sie die Fäuste, steinhart, wie ihr Herz gegen ihn jetzt sein musste.

«Meine Tochter», wiederholte sie. «Ich möchte Sarah holen.»

«Ach so? Natürlich willst du das, sie ist schließlich ein

dreckiger Bastard, der passt gut zu seiner Hurenmutter. Aber ich geb sie nicht her, hörst du? Sarah gehört mir. Du hast sie zu meiner Tochter gemacht, weißt du noch? Ich habe um dieses Kind gekämpft, und ich lasse es mir nicht noch einmal nehmen!»

Sein Brüllen hallte über den See.

Finn tauchte in der Tür seines Hauses auf. Siobhan blickte zu ihm auf. Es waren nur wenige Meter bis zum Haus, und irgendwo da drin war Sarah.

«Verschwinde», zischte Walter. «Ich will dich nie mehr hier sehen, du Maorihure. Lass mich und meine Tochter in Ruhe, hörst du? Lass uns endlich in Ruhe!»

Sie taumelte. Seine Worte waren schlimmer als alle Schläge, die er ihr je versetzt hatte. Jetzt bettelte sie. Sie flehte, ein letztes Mal wollte sie Sarah sehen, doch Walter war unerbittlich. Drohend machte er einen Schritt auf sie zu, und sie wollte standhalten. Doch ihre Füße tasteten sich rückwärts den Pfad hinab, gegen ihren Willen.

«Geh», hörte sie ihn sagen.

Sie ging.

Und hatte sie sich noch gestern gefragt, wo nun ihr neues Zuhause sein sollte, so gab es heute kein Fragen mehr. Sie wusste jetzt, wohin sie gehörte.

Das gediegene Ambiente im Restaurant, in das Aaron sie an diesem Abend ausführte, gefiel Emily. Die Speisen waren delikat, der Wein spritzig und die Unterhaltung – wie immer – angenehm. So angenehm, dass es schmerzte.

«Kommst du mit dem Schreiben voran?», fragte er.

«Nein. Seit Tagen nicht.» Sie trank den Wein aus. Sogleich war ein Kellner zur Stelle und schenkte nach. Emily nahm noch einen Schluck.

«Schade. Gibt es Neuigkeiten von zu Hause?»

Sie schüttelte den Kopf. Die Vorspeisenteller wurden abgeräumt. Aaron sagte nichts, obwohl Emilys Teller fast unberührt war.

Während sie auf den Zwischengang warteten, schwiegen sie. Emily trank, ließ sich ein zweites Mal nachschenken und starrte an Aarons Schulter vorbei.

Sie wusste nicht, was sie sagen sollte. Denn wenn sie sprach, fürchtete sie, ihr entschlüpften die Worte, die sie seit dem Morgen so mühsam zurückhielt.

«Ich möchte doch nur wissen, wie es dir geht», sagte er leise, als das Schweigen unangenehm auf ihnen zu lasten begann.

«Und bei dir? Wie läuft's in der Bank?», versuchte sie das Thema zu wechseln.

Sie starrte auf den Teller, der ihr vorgesetzt wurde. Bei dem Anblick wurde ihr schlecht.

«Was ist los, Emily?», fragte Aaron leise. «Du bist heute so … anders.»

«Ach ja?» Ihr Kopf ruckte hoch. «Wie bin ich denn sonst?»

«Nicht so …» Er machte eine hilflose Geste und fügte leise hinzu: «Vergiftet.»

Sie sah ihn an. Ihre Gabel schwebte über dem Teller, und sie forschte in seinem Gesicht nach etwas Gutem. Etwas, woran sie sich festhalten konnte. Nach Trost, einer Kraft, die ihr Mut machen und nicht die Worte in ihrem Mund ersticken würde.

Sie wusste, was er meinte. Und sie wusste, warum es so war. Warum sie dem Kellner winkte, weil ihr Weinglas schon wieder leer war. Warum sie am Nachmittag weinend und zitternd auf dem Bett gelegen und mit jedem

Atemzug gehofft hatte, die Papiere, die vor ihr auf der Bettdecke ausgebreitet lagen, wären nicht, was sie waren.

Will hatte ihr die Scheidungspapiere schicken lassen. Es war vorbei. Hatte sie sich in den letzten zwei Wochen immer noch an die schwache Hoffnung klammern können, dass er auf ihren Brief antworten würde, in dem sie ihn gebeten hatte, noch einmal über alles zu reden, nachzudenken und nichts vorschnell zu entscheiden, hatte er im fernen Wellington den Umstand genutzt, dass sie in Dunedin war. Er hatte ihr die Papiere geschickt, mit denen beendet werden sollte, was für ihn nie mehr gewesen war als ein liebloses Zweckbündnis.

Und sie musste es hinnehmen.

Von ihrem Kind hatte sie Will jedoch nichts geschrieben.

Sie musste es akzeptieren, von nun an eine Frau zu sein, der dieser unauslöschliche Makel anhaftete: geschieden, mit Kind sitzengelassen.

Ihre Hand zuckte, die Gabel klirrte auf den Teller. Die anderen Gäste drehten sich nach ihnen um, aber Emily vergrub die zitternde Hand in ihrem Rock. All ihre Kleider hatten seit Jahren eine kleine, aufgenähte Tasche, in der sie ihren ständigen Begleiter, das Heroin, verbarg.

«... lieber gehen? Du siehst so blass aus.»

Sie erwachte aus dem schwarzen Gedankenstrudel, der sie umfing. Wortlos starrte sie Aaron an, der bereits dem Kellner winkte, damit er die Rechnung brachte. Emily schüttelte den Kopf. «Nein», sagte sie leise. «Lass uns bleiben.»

«Dir geht es nicht gut. Ich bringe dich besser ins Hotel.»

Sie wollte es ihm erklären, aber da war wieder etwas, das die Worte zurückhielt. Stattdessen lachte sie. Erst leise, dann immer lauter.

Wieder spürte sie die Blicke der anderen Gäste, das Flüstern, das sich knisternd auf ihre Haut legte und zerplatzte wie Seifenschaum. Aaron schüttelte den Kopf, sie sah seinen Mund, der sich bewegte, aber seine Worte erreichten sie nicht, weil ihr Lachen alles übertönte. Sie lachte noch, als Aaron sie auf die Straße zog, sie lachte, weil ihr der Stock aus der Hand glitt und im Unrat der Gosse landete. Sie weinte. Sie lachte. Sie hielt sich an Aaron fest, der sie einfach in die nächste Droschke schob, hinterdreinsprang und dem Kutscher die Adresse ihres Hotels nannte.

Sie klammerte sich an ihn. Sie roch ihn, und der Duft beruhigte sie. Wie lange hatte sie ihn nicht erleben dürfen! Emily schluckte. Sie wurde ganz klein und leise. Seine Hand lag einfach auf ihrem Rücken und hielt sie an sich gedrückt.

So von ihm beschützt zu sein. So geborgen in seinen Armen zu sein. Das war es. Das war es, was sie all die Jahre gesucht hatte. War dies seine Frage, auf die sie so lange schon gewartet hatte? War dies der Moment, der alles änderte? In dem sie zueinander fanden nach Jahren der Missverständnisse?

«Wann hast du zuletzt deine Tabletten genommen?», fragte er leise.

Sie schüttelte den Kopf an seiner Brust.

«Emily. Ich hab doch gemerkt, was hier vor sich geht. Du versuchst, vom Heroin loszukommen, nicht wahr?»

Diesmal nickte sie.

«Es ist schwer, vermute ich. Es macht doch süchtig.»

Sie lauschte seinem regelmäßigen Herzschlag. Hielt sich daran fest.

«Kann ich dir helfen? Irgendwie?»

Wie konnte er ihr schon helfen? Dennoch hob sie den Kopf. Aarons Gesicht war ihrem so nah. Seine Finger strichen eine wirre Strähne aus ihrer Stirn.

«Ich bekomme sein Kind», flüsterte sie. «Und heute kamen die Scheidungspapiere. Er will, dass ich unterschreibe. Dass mir danach gar nichts mehr bleibt.»

Statt einer Antwort küsste er sie. Sanft legten sich seine Lippen auf ihre, nur ganz kurz.

Sie schluchzte auf.

«Ganz ruhig», flüsterte er. Seine Arme legten sich um ihren Körper. «Ganz ruhig, Emily. Ich bin da. Ich war doch immer für dich da.»

«Aber ich hab so schreckliche Angst. Das Heroin. Es macht mich so kaputt, seit Jahren. Und ... und ...», sie verschluckte sich an ihren Tränen. «Und das Kind ... ich will nicht, dass das Zeug ihm schadet. Ich merke doch, wie es mich müde und reglos macht und wie es meinen Körper verändert. Was ist, wenn das Kind auch schon davon abhängig ist? Wenn es nicht ohne die Tabletten kann, die ich nicht mehr will? Ich habe solche Angst ...»

Er ließ sie reden. Er wiegte sie, flüsterte, summte, küsste ihren Scheitel. Nur einmal ließ er sie kurz los, um dem Kutscher zu sagen, er solle nicht zum Hotel fahren, sondern zu seinem Haus.

25. Kapitel

In der Hütte im Wald war es kalt. Aber das kümmerte Siobhan nicht. Sie stieß die Tür auf, die im Rahmen klemmte, und tastete sich zum Tisch vor. Sie wusste blind, wo Sturmlampe und Streichhölzer waren.

Das fahle Licht weckte die Schatten in den Zimmerecken. Sie sank aufs Bett und blieb so sitzen, die Arme fröstelnd um ihren Körper geschlungen. Niemand konnte etwas dagegen haben, wenn sie in Amiris Haus wohnte. Dennoch fürchtete sie sich vor den Geistern und Dämonen, die erwachen und sie im Schlaf heimsuchen könnten.

Sie beschäftigte ihren Geist mit Fragen. Was sie morgen erledigen musste, wie sie sich einrichten sollte. Es war später Frühling, bis zum Herbst blieb noch genug Zeit, sich einzurichten. Sie dachte an ihre Sachen, die in Kilkenny Hall waren. Ob sie jemanden bitten konnte, ihr das alles zu bringen? Wenigstens ihre Kleider, wenigstens das Nötigste.

Morgen.

Morgen war Zeit genug, sich darum zu kümmern.

Ohne sich zu entkleiden, rollte sie sich unter dem Quilt zusammen, der so gut nach Amiri roch und nach ihren gemeinsamen Stunden. Das Sturmlicht ließ sie brennen. Alle Stunde wachte sie auf, weil der Wald nicht schweigen wollte.

Als sich das erste Morgenlicht durch die Ritzen der Fensterläden schlich, stand sie auf, öffnete die Läden und ließ die Helligkeit herein. Staubflocken flohen im Zugwind, und in das Erwachen des Waldes um sie herum hörte Siobhan das Getrappel von Hufen.

Sie trat vor die Tür und fegte Spinnweben fort, die ihr vorher nie aufgefallen waren. Im Gegenlicht machte sie zwei Personen auf Ponys aus, die den Weg hinaufritten.

Ihr Mietpony schnaubte, es wollte zu seinen Artgenossen.

Sie stand ganz still und sah Helen und Sarah entgegen.

«Ich bringe dir hier ein paar Sachen.» Helen stieg aus dem Sattel und führte das Pony das letzte Stück zur Hütte. Erst jetzt erkannte Siobhan Hektor, ihr Pony, das jahrelang diesen Weg gegangen war. Sie trat Helen entgegen.

«Das ist lieb von dir», sagte sie freundlich. Aber ihr Blick ging über Helen hinweg und blieb an Sarah hängen. «Bleibt Sarah bei mir?»

Helens Miene verfinsterte sich. «Glaubst du etwa, dass du alles haben kannst?» Sie sprach leise, damit das Kind sie nicht hörte. «Ich habe sie mitgebracht, damit ihr Abschied voneinander nehmen könnt.»

Siobhan schluckte. «Sie ist mein Kind», flüsterte sie.

«Mir sind auch alle Kinder genommen. Nur Jamie ist noch da, und er soll mit Sarah aufwachsen. Oder willst du sie hier im Wald halten wie eine Wilde? Soll sie denn nichts lernen, außer wie man eine Maorihure wird?»

Siobhan zuckte unter dem Schimpfwort nicht zusammen. *Maorihure.* So hatte Dean sie genannt, Walter hatte es ihr entgegengeschleudert, als wollte er sie damit von den Füßen reißen, und auch Helen fand kein besseres Wort für das, was sie war.

Siobhan ging an ihrer Schwiegermutter vorbei zu Sarah. Sie versuchte, aus der Starre ihres Gesichts ein Lächeln zu lösen.

«Sarah.»

«Mam!» Sarah rutschte aus dem Sattel und kam ihr entgegengelaufen. Sie presste sich an den Leib ihrer Mutter, die Arme drückten so fest, dass Siobhan die Luft wegblieb. «Mam, ich will nicht bei Paps bleiben, bitte, Mam. Er macht mir Angst. Kannst du nicht zu uns zurückkommen? Bitte, bitte, er ist dann auch wieder lieb zu dir.»

Siobhan hockte sich vor ihre Tochter. Sie wischte ihr die Tränen ab, streichelte das zarte Gesicht und blickte ernst in ihre dunklen Augen, so brunnentief wie die von Amiri. Der Schmerz überwältigte sie fast.

«Mam, sag doch was.»

Nein, weinen durfte sie nicht.

«Hör mir gut zu, kleine Prinzessin. Deine Großeltern werden gut für dich sorgen, verstehst du? Und wann immer du Kummer hast, lauf zu Ruth, sie ist herzensgut.» Das war sie, zumindest zu den Kindern. «Und lern immer brav und mach deinem Vater … mach uns keine Schande, hörst du?»

Sarah nickte ernst.

«Pass immer auf dich auf, versprichst du mir das?»

«Darf ich dich denn wenigstens besuchen kommen, Mam?»

Siobhan schloss ihr Kind in die Arme. Wie mager sie sich anfühlt, dachte sie erschrocken. Sie wollte sie gar nicht mehr loslassen. Auch ihre Tränen waren jetzt da, und sie drückte den Arm gegen ihre Augen.

Erst als Helen hinter ihr hüstelte, ließ sie Sarah los. Ein letzter Blick, als wollte sie sich einprägen, was sie doch nie vergessen würde.

Helen hatte das Mietpony losgebunden. «Wir bringen es zurück nach Glenorchy.»

«Sorgt gut für Sarah», bat Siobhan mit tränenerstickter Stimme.

«Das sicher», entgegnete ihre Schwiegermutter fast gleichmütig.

Siobhan wusste nicht, was sie noch sagen konnte. So stand sie schweigend vor Helen, die Hände auf Sarahs Schultern, die sich in ihren Rock drückte.

«Wir werden ohnehin nicht mehr allzu lang unten in Kilkenny Hall sein.»

«Wohin geht die Familie dann?», fragte Siobhan.

Helen ging zu ihrem Pony. «Komm, Sarah.» Sie hob Sarah in den Sattel, überprüfte die Gurte und zog eine Schnalle nach.

«Wohin geht ihr?», fragte Siobhan. Ihre Stimme klang schrill.

«Was geht dich das denn an? Du hättest es in der Hand gehabt, uns zu retten.»

Helens Ablehnung machte sie sprachlos. Erst als die Ponys fast hinter den Bäumen verschwunden waren, fand sie ihre Stimme wieder. «Ist es das?», schrie sie. «Nehmt ihr mir darum mein Kind?»

Aber Helen war schon hinter dem Grün der Bäume verschwunden, und soweit Siobhan es erkennen konnte, drehte sie sich nicht einmal um. Leise Stimmen waren das Letzte, was sie hörte. Dann umschloss die Stille sie.

Und ließ sie nicht mehr los.

Die Einsamkeit tat ihr zunächst gut. In den ersten Tagen vermisste sie niemanden außer Sarah und Amiri. Dieses Haus atmete ihn, und sie schlief in der kommenden Nacht auf dem Boden, weil sie mitten in der Dunkelheit davon aufwachte, dass sie ihn *spürte*. Auf dem Fußboden war sie sicher, zumindest sicherer als im Bett, denn sie hatten sich nur selten auf dem Fußboden geliebt.

Am nächsten Morgen begann sie aufzuräumen. Sie warf die verdorbenen Lebensmittel weg, fegte alle Ecken und räumte ihre Sachen ein. Seine Sachen ließ sie, wo sie waren. Er hatte so wenig besessen, dass sie glauben konnte, er sei verreist und habe das meiste seiner Sachen mitgenommen.

Bald gingen die Vorräte zu Neige. Aber das war nicht der einzige Grund, warum sie am dritten Tag Hektor sattelte und nach Glenorchy ritt. Sie telegrafierte nach Dunedin und fragte beim Postamt, ob Briefe für sie gekommen seien. Man solle die Post in Zukunft dort für sie lagern. Anschließend führte ihr Weg sie zur Bank, und auf dem Rückweg betrat sie den Gemischtwarenladen.

Diane stand hinter dem Tresen und wog gerade Linsen ab.

Die Köpfe der Kunden fuhren zu ihr herum. Unbehaglich fragten sie nach ihren Waren, während Siobhan sich neben das Fass mit den Gewürzgurken stellte und wartete, bis alle gegangen waren. Erst dann trat sie vor.

Die Blutergüsse waren verblasst. Dennoch wirkte Diane verhärmt und verängstigt. Ihre Hände fuhren rastlos über die glattpolierte Oberfläche des Tresens.

«Ich möchte etwas bestellen», sagte Siobhan. «Vielleicht kann es mir euer Lehrjunge liefern, es ist eine ganze Menge.» Und sie zählte auf. Mehl, Zucker, Kaffee, Seife, Trockenerbsen, dies, das, jenes, Saatgut und zum Schluss noch Schreibpapier.

Diane notierte gehorsam, was sie brauchte, wortlos und ohne vom Block aufzuschauen, bis Siobhan fertig war. Erst dann sprach sie, den Blick noch immer gesenkt. «Es tut mir leid. Ich wollte das nicht.»

«Ich weiß», erwiderte Siobhan.

Es war wahrscheinlich das Höchste, was sie als Entschuldigung erwarten durfte.

«Ich schick Joey morgen rauf. Du wohnst jetzt in seinem Haus, hab ich gehört.»

Wenigstens nennt sie mich nicht Maorihure, dachte Siobhan und sagte laut: «Das wird reichen.» Sie legte zwei Geldscheine auf den Tresen, und ohne aufs Wechselgeld zu warten, ging sie.

Auf dem Rückweg machte sie vor Kilkenny Hall halt. Sie blieb vor dem Haus stehen und wartete, bis jemand zu ihr herauskam. Es begann leise zu regnen, ein federleichter, wispernder Regen, der ihr Haar zu Löckchen kringelte.

Es war Edward, der sie erlöste. Er kam zu ihr, blieb fünf Meter von ihr entfernt stehen und schwieg.

«Ich bin gekommen, weil ich dir ein Angebot machen will», sagte sie.

«Was es auch ist, deine Tochter kann ich dir nicht zurückgeben.» Und er fügte unbehaglich hinzu: «Es tut mir leid, aber Walter ...»

«Das ist auch nicht Teil meines Angebots. Kümmert euch um sie, das ist das Einzige, worum ich dich bitten möchte.»

«Willst du nicht reinkommen?»

Sie streckte ihm statt einer Antwort ein gefaltetes Blatt Papier entgegen. «Das ist mein Angebot. Aaron gibt euch noch ein Jahr, und ich bekomme das Stück Land überschrieben, auf dem seit Jahren schon das Fundament der Spinnerei steht.»

Er trat näher, nahm das Papier und faltete es auseinander. «Was willst du mit diesem wertlosen Stück Land? Und wieso ...?»

«Ich werde die Spinnerei endlich bauen, wie ich es schon damals hätte tun sollen», unterbrach sie ihn. «Und da ich überzeugt bin, dass sie ein Erfolg wird, brauche ich einen lokalen Schafzüchter, mit dem ich zusammenarbeiten kann. Zu fairen Preisen.»

Edward sagte nichts. Schließlich faltete er das Blatt zusammen und steckte es in die Innentasche seines Jacketts. «Sonst noch was?», fragte er.

Siobhan schüttelte den Kopf. Als er sich zum Gehen wandte, sagte sie leise: «Sagst du ihm, dass es mir leidtut?»

Edward blieb stehen. «Tut es dir denn leid?»

Wie er so stand, mit dem Rücken zu ihr, wirkte er alt. Auch er hatte den Geschehnissen der letzten Wochen Tribut zollen müssen.

«Sag ihm, dass es mir leidtut», wiederholte Siobhan. Ohne ein Abschiedswort schwang sie sich in den Sattel und ritt davon. Als sie zurückschaute, meinte sie, im oberen Stockwerk hinter einem Fenster eine Gestalt zu sehen, die hastig in das Dunkel dahinter zurückwich.

Als am nächsten Morgen Joey mit dem Maultierkarren kam und die Waren ablud, drückte Siobhan ihm eine Schillingmünze in die Hand. Sie hätte ihm zwei gegeben, wenn er die Säcke und Fässer auch ins Haus getragen hätte, aber er stellte alles nur unters Vordach, damit der Regen es nicht verdarb.

Siobhan schleppte alles ins Haus. Als sie den Sack mit den Kaffeebohnen aufschnürte, fiel ihr ein Umschlag entgegen. Darin lagen die beiden Pfundnoten, mit denen sie bei Diane bezahlt hatte.

Da weinte sie zum letzten Mal.

26. Kapitel

«Reist du eigentlich über Weihnachten nach Hause?»

Die Stille im Salon tat Emily so wohl. Sie legte das Buch auf ihren Schoß, faltete die Hände darüber und schloss einen Moment die Augen, ehe sie antwortete. «Wenn ich nach Hause will, müsste ich mich wohl bald auf den Weg machen?»

Aaron lachte. «Und du solltest es mir mitteilen, damit ich dich begleiten kann.»

Er saß neben ihr im zweiten Sessel. Mehr aus Gewohnheit und nicht weil sie froren, hatte er das Kaminfeuer entzündet. Weil es so heimelig war. Weil das hier jetzt Emilys Zuhause war. Sie blickte ihn an, und ihr schnürte es die Kehle zu, weil sie ihn so gerne ansah.

Seit Aaron sie gerettet hatte, lebte sie bei ihm. Darüber sprachen sie nicht, denn sie hatten nicht den Wunsch verspürt, über etwas zu sprechen, das sich so richtig anfühlte. Sie schlief im Gästezimmer, und morgens brachte er ihr den Kaffee ans Bett, ehe er in die Bank ging. Sie blieb daheim, machte selten Spaziergänge und ließ sich mittags von der Haushälterin Miss Ravenish – «aber nennen Sie mich doch Debbie, Mrs. Forrester!» – ein Sandwich machen. Sie las, sie ruhte sich aus. Sie versuchte, sich an den Schmerz zu gewöhnen, und zugleich bemühte sie sich, die Tabletten zu ignorieren.

Bis auf die letzte Sache hatte sie Erfolg mit allem, was sie tat. Und als sie sich eines Nachmittags hinsetzte, den Füllfederhalter aufschraubte, den Aaron ihr vor so langer Zeit geschenkt hatte, und die Worte aus ihm heraus aufs Papier fließen ließ, war es gut. Sie legte fortan die Blätter als kleinen Stapel säuberlich in eine Ecke des Schreibtischs. Wenn Aaron abends heimkam, setzten sie sich nach dem Abendessen in den Salon. Und sie las ihm vor, was sie geschrieben hatte, ehe sie sich ein Glas Wein genehmigten und die Belange des vergangenen Tages besprachen.

Es hätte ewig so weitergehen können.

Ihr Blick verlor sich im Tanz der Flammen. «Nein, ich glaube nicht, dass ich nach Hause möchte.»

Wochen waren seit Siobhans Abreise ins Land gezogen, und fast schien es Emily, als habe ihre Familie sie vergessen. Niemand hatte nach ihr gefragt. Und wenn sie recht überlegte, passte ihr das sogar ganz gut, schließlich wollte sie nicht zurück, fürs Erste nicht und vielleicht sogar nie.

«Dann bleiben wir über Weihnachten hier.» Er streckte die Hand nach ihr aus, und sie ergriff sie. «Und wir fahren erst im Herbst wieder nach Kilkenny.»

So blieben sie sitzen. Emily döste ein, und als sie wieder aufwachte, war Aaron verschwunden. Das Feuer war zur Glut heruntergebrannt, und im Flur brannte Licht. Sie blieb noch einen Moment sitzen, die Hände auf ihrem leicht gerundeten Bauch ruhend. Der Gedanke, dass sie ein Kind bekam, hatte Zeit gebraucht, sich in ihr zu setzen. Aber langsam begann sie, sich auf dieses Kind zu freuen. Es war nicht bloß ein Andenken an die verkorkste

Ehe mit Will, die sie inzwischen mit einer schwungvollen Unterschrift an erforderlicher Stelle für beendet erklärt hatte, sondern es erinnerte sie auch daran, dass jedem Ende auch ein neuer Anfang innewohnte.

«Aaron?»

Nur dass dieser Anfang damit einherging, dass sie mit jedem Tag noch ein bisschen schwerfälliger wurde, missfiel ihr.

«Aaron, wo bist du?»

Sie stand auf. Ihre Beine zitterten, und sie umschloss den Knauf ihres neuen Stocks mit fester Hand.

Wahrscheinlich war er oben in seinem Arbeitszimmer. Manchmal brachte er sich Arbeit mit, die er erledigte, wenn sie schlief.

Etwas war anders. Sie fühlte sich ganz schwach, und sie hatte Schmerzen. Emily blieb stehen und lauschte in ihren Körper, um den ihre Gedanken beständig kreisten, weil er ihr niemals Ruhe ließ.

Nicht das Bein schmerzte. Es war der Unterleib.

Und mit dieser Erkenntnis stieß der Schmerz noch einmal zu.

Sie wankte. Ihre Hand tastete nach Halt, die andere legte sich um ihren Leib, als wollte sie den Schmerz erdrücken.

Das durfte nicht sein. Es war viel zu früh.

Sie brauchte nicht hinzusehen, um zu wissen, dass die Nässe, die ihre Beine hinabrann, Blut war.

Emily schrie. Es war ein klagender, schmerzlicher Laut, viel zu leise, dass Aaron ihn hätte hören konnte.

Dennoch war er plötzlich da, kniete neben ihr und umfing sie mit den Armen. «Ganz ruhig», hörte sie ihn flüstern. «Alles wird gut.»

Sie nickte, schluchzte und wollte ihm so sehr glauben. Aber beide spürten, dass nichts gut war.

Ganz und gar nichts.

Er wartete vor ihrem Zimmer, während Dr. Rutherford sie untersuchte. Irgendwann wurde es ihm zu viel, und er sank erschöpft nieder, die Wand im Rücken. Wieder und wieder sah er das Blut an ihren Händen, und er meinte, diesen bitteren, metallischen Geruch noch immer in der Nase zu haben.

Aaron vergrub den Kopf in den Armen. Als er sie nach oben getragen und Miss Ravenish zugerufen hatte, sie solle um Himmels willen sofort Dr. Rutherford holen, hatte er bereits gewusst, dass es vergebens sein würde. Und als Dr. Rutherford nach einem kurzen Blick auf Emily um heißes Wasser, Handtücher und die helfende Hand seiner Haushälterin bat, zerbrach etwas in ihm. Es würde nie wieder heil werden.

Er hatte sich so für Emily gefreut. Auf dieses Kind, das sie ruhiger machte. Das sie mit Geduld den Schmerz ertragen ließ, der mit dem behutsamen Senken der Heroindosis einherging. Für ihre Tapferkeit um des Kindes willen bewunderte er sie, und ja: Diesem Kind hatte er Vater sein wollen, wenn Emily es ihm gestattet hätte.

Sie waren noch nicht so weit gekommen, derlei anzusprechen.

Endlich wurde die Tür geöffnet. Aaron richtete sich auf. Er räusperte sich und strich über seine Weste.

Dr. Rutherford wirkte bedrückt.

«Also, ja», sagte er leise. «Sie hat ... das Kind hat sie verloren. Und viel Blut. Ich weiß nicht ...»

«Kommen Sie. Wir gehen in mein Arbeitszimmer.»

Einladend wies Aaron auf die Tür am anderen Ende des Gangs, obwohl ihn alles zu Emily zog.

«Sie schläft», sagte Dr. Rutherford. «Ich habe ihr Morphium gespritzt, damit sie gut schläft.»

Ausgerechnet, dachte Aaron. Aber er nickte nur und ging voran.

Die Tür zum Gästezimmer öffnete sich erneut. Er drehte sich um. Miss Ravenish stand in der Tür, eine Emailleschüssel in den Händen, über der ein Handtuch lag. Sie hielt seinem Blick nicht stand. Ihre Schritte stolperten die Treppe hinunter, und sie hielt den Kopf gesenkt.

Aaron führte Dr. Rutherford in sein Arbeitszimmer und räumte hastig die Akten beiseite.

«Setzen Sie sich.»

Dr. Rutherford stellte die Arzttasche neben seinen Stuhl. Aaron schenkte Whiskey in zwei Gläser und reichte dem Arzt eines. Der hüstelte und schnupperte dran, bevor er einen Schluck nahm.

«Nun, also ... Mich geht es ja nichts an, warum Mrs. Forrester derzeit bei Ihnen lebt.» Er räusperte sich umständlich und nahm einen weiteren Schluck. «Ah, das tut gut.»

Aaron ging nicht darauf ein. Es hatte den Arzt tatsächlich nicht zu interessieren.

«Wie geht es ihr?»

«Sehen Sie, Mrs. Forrester hat das Kind verloren. Warum das so ist, begreife ich nicht so recht. Es ging ihr doch gut, nicht wahr? Oder gab es in letzter Zeit Aufregungen in ihrem Leben?»

Der Blick, mit dem Dr. Rutherford ihn maß, ließ Aaron darauf schließen, dass in seinen Augen er der Unruhestifter sein musste.

«Ihr Mann hat die Scheidung eingereicht», sagte er knapp. «Das hat sie sehr erschüttert, und ich habe mich in der Folge ihrer angenommen. Außerdem …» Er zögerte.

«Ja?» Dr. Rutherford beugte sich neugierig vor.

«In ihrer Familie gibt es einige Aufregung. Ich erhielt unlängst einen Brief von ihrem Bruder. Aber davon habe ich ihr nichts erzählt.»

Weil er schlechten Nachrichten von ihr fernhalten wollte.

«Ihr ältester Bruder und seine Frau haben sich ebenfalls getrennt. Was genau da vorgefallen ist, weiß ich nicht, aber es klingt dramatisch. Ich wollte sie davor beschützen. Sie brauchte Ruhe.»

«Das haben Sie gut gemacht.» Zum ersten Mal schien Dr. Rutherford ihn wohlwollend anzusehen. «Aber manchmal passiert es trotzdem, obwohl man jede Aufregung von der Dame abhält.»

«Könnte es sein … also, Mrs. Forrester und ich haben überlegt, ob …»

«Ja?», hakte Dr. Rutherford nach, weil Aaron nicht weitersprach.

Er wusste nicht, ob es klug war, wenn er dieses Thema ansprach. Aber Aaron wollte Gewissheit. Und sei es nur die Gewissheit, dass er für Emily einen anderen Arzt suchen musste.

«Kann es sein, dass das Heroin daran schuld ist?»

Die freundliche Miene des Arztes verfinsterte sich schlagartig. «Überlassen Sie die medizinischen Details bitte jenen, die sich damit auskennen, Mr. Gregory.» Er trank aus, knallte das Glas auf den Schreibtisch und stand auf. «Entschuldigen Sie, es ist spät. Morgen warten viele Patienten auf mich. Ich finde allein hinaus.»

Er ging einfach, und Aaron folgte ihm. Er wartete, bis Miss Ravenish den Doktor verabschiedet hatte, ehe er die Tür zu Emilys Zimmer öffnete.

Er setzte sich auf die Bettkante und nahm ihre kalte Hand. Sie war so blass und schmal. Ihre Finger schlossen sich um seine, aber ihre Augen öffneten sich nicht. Ihre andere Hand strich ruhelos über den Bauch, der jetzt so erschreckend flach war.

«Ich lass dich nicht allein», versprach er ihr.

Die ganze Nacht saß er bei ihr, verschränkte seine Finger mit den ihren und hielt an ihr fest.

«Wir sagen es keinem», flüsterte sie am Morgen.

Jeden Tag ritt Siobhan jetzt zu der Baustelle nahe Kilkenny und überwachte die Arbeiten. In Queenstown hatte sie einen fähigen Ingenieur gefunden, der die Planungen übernahm, Angebote einholte und auf sie einen verständigen, gutmütigen Eindruck machte. Orson Delamere war verwitwet, und seine beiden Söhne waren, wie er gerne erzählte, als Anwälte in Dunedin und Auckland erfolgreich. Die Spinnerei war auch für ihn ein spannendes Bauprojekt, über das er mit einer Leidenschaft redete, die Siobhan hoffen ließ, er würde kein Problem damit haben, die Anweisungen einer Frau auszuführen und in die Sprache der Bauarbeiter zu übersetzen.

Siobhan stand in der großen Halle. Ziegelwände reckten sich hoch in den Himmel, und dazwischen war viel Platz gelassen worden für die Fenster, die eingebaut werden sollten. Durch eine dieser Lücken sah sie, dass ein Mann herantrabte, sein Pony in einiger Entfernung anband und langsam herüberschlenderte. Es war Finn.

«Das geht ja schnell voran hier», sagte er statt einer Begrüßung, die Hände tief in den Hosentaschen vergraben.

«Es soll zum Herbst fertig sein», sagte sie, trat ihm entgegen und streckte die Hand aus. «Guten Tag, Finn.»

Er nahm ihre Hand. Sein Blick glitt an ihr auf und ab, verharrte an ihrer Leibesmitte. Ihre Schwangerschaft war inzwischen auch für ungeübte Augen sichtbar.

«Wie geht es Sarah?», fragte sie.

«Sie fragt manchmal nach dir. Aber ich denke, es geht ihr gut.»

«Ich hätte sie so gern zu Weihnachten gesehen.» Sie musste sich zusammennehmen, um nicht zu weinen.

Er blickte staunend an den Mauern hoch. Das Geviert, in dem sie standen, war wahrhaft gewaltig. Mr. Delamere hatte ihr versprochen, es werde gerade groß genug sein, damit die großen Spinnmaschinen aufgestellt werden konnten, die schon in England bestellt waren. Er zeigte ihr gerne, wie er alles geplant hatte: Hier wurde die Wolle gewaschen, dort kardiert, gestreckt, gekämmt und schließlich gesponnen. Jetzt hätte sie auch Finn mit diesem Wissen beeindrucken können, aber sie konnte nur an ihr Kind denken.

«Edward hat mir erzählt, du willst unsere Wolle kaufen», sagte Finn.

«Redet dein Vater jetzt auch nicht mehr mit mir?»

«Ich bin der neue Verwalter», erwiderte Finn nur.

Siobhan schluckte und wandte sich kurz ab. Er wartete geduldig, bis sie sich wieder im Griff hatte.

«Ja, da haben sie eine kluge Entscheidung getroffen», sagte sie leise. «Gratuliere.»

«Weißt du, es geht mir nicht darum, mit irgendjemandem Streit zu haben. Schon gar nicht mit dir. Wir müssen sehen, dass wir in den kommenden Jahren zusammenarbeiten. Für Kilkenny. So willst du es schließlich auch, oder?»

Sie dachte an Sarah. Wenn ihr Vorhaben misslang, würde die Familie fortziehen müssen, und dann verlor sie ihre Tochter.

Finn deutete ihr Schweigen richtig. «Wie viel Wolle braucht ihr für den Anfang? Wir haben letzte Woche geschoren. Ich muss wissen, wie viel wir an die Spinnerei verkaufen können und zu welchem Preis. Wenn es so weit ist.»

Siobhan schniefte. Sie putzte sich die Nase. «Komm. Ich glaube, Mr. Delamere versteckt immer eine Flasche Whiskey in seinem Schreibtisch. Trinken wir erst mal einen Schluck, und dann setzen wir uns in aller Ruhe zusammen.»

Finn hatte es ihm ganz genau erklärt. Sie sollten warten, bis der große Zeiger auf dem kleinen lag, und dann sollten sie hinter ihm herreiten. Jamie hielt die Taschenuhr mit beiden Händen fest. Wenn sein Bruder ihm eine so wichtige Aufgabe übertrug und sogar seine wertvolle Taschenuhr überließ, wollte er nichts falsch machen.

Sarah saß neben ihm auf dem Baumstamm und zog immer wieder die Nase hoch. Sie hatte sich erkältet, ganz plötzlich auf dem Weg zwischen Kilkenny Hall und dem kleinen Dorf, an dessen Rand jetzt dieses riesige Gebäude in die Höhe wuchs. Paps redete nicht gut von diesem Gebäude, und sein ältester Bruder Walter schwieg verbissen, sobald jemand auch nur wagte, beim Abendessen darauf zu sprechen zu kommen. Meist war es Finn. Inzwischen war er viel häufiger oben in Kilkenny als früher. Und gestern hatte Jamie belauscht, wie seine Brüder sich stritten, wem das Arbeitszimmer zustand.

«Mir ist kalt», jammerte Sarah.

«Wir müssen aber noch warten.» Er klappte zum zehnten Mal den Deckel der Uhr auf. Der große Zeiger näherte sich dem kleinen. Aber so langsam! Vorsichtig schüttelte er die Uhr und hielt sie ans Ohr. Noch tickte sie.

«Ich hab Hunger.»

Jamie zog aus seiner Hosentasche eine Papiertüte, die er sich vom letzten Einkauf, den er mit Mam hatte machen dürfen, aufgespart hatte. Er zögerte, aber dann pflückte er das letzte klebrige Bonbon aus der Tüte, die vom ständigen Öffnen und Zuknüllen ganz weich geworden war. Erst nachdem er es von allen Seiten gemustert hatte – Sand, Hundehaare oder Flusen mochte Sarah nicht, da stellte sie sich an –, reichte er es ihr.

«Da. Mein letztes.»

Sarah steckte es in den Mund und schniefte. «Danke», flüsterte sie.

«Muss doch jemand auf dich aufpassen. Wenn deine Mam schon weg ist.»

«Und du passt auf mich auf?»

«Klar!»

«Und wenn Paps auch weggeht? Und deine Mam und dein Paps plötzlich verschwinden? Und dein Bruder? Bist du dann immer, immer, immer für mich da?»

Etwas ungeschickt legte Jamie den Arm um sie. «Immer», versprach er. «Und wenn wir groß sind, dann heirate ich dich. Dann besteh ich große Abenteuer, und wenn ich heimkomme, wartest du mit dem Abendessen auf mich, und wir haben doll viele Kinder, so wie Finn und Ruth, und alle haben eine Mutter und einen Vater, genau wie es sein soll.»

Sarah wischte mit dem Ärmel den Rotz von ihrer Nase. «Ich will aber, dass meine Mam bei mir ist», klagte sie.

«Nee, wieso denn? Dein Paps hat es doch letztens erklärt beim Abendessen. Deine Mam hat jetzt ein neues Kind, da braucht sie dich nicht mehr. Ganz schön gemein von deiner Mam.»

Sie schwiegen eine Weile.

«Und du lässt mich nie, nie, nie allein?»

«Nie», versprach er. «Ich komm jeden Abend von meinen Abenteuern nach Hause.»

Er ließ die Uhr wieder aufschnappen. Jetzt stand der große Zeiger auf dem kleinen.

«Komm, wir müssen los.»

Er hielt die Zügel von Sarahs Pony, als sie in den Sattel stieg. Bis zur Baustelle war es nicht weit, und endlich durfte sich Jamie das alles aus der Nähe anschauen.

Als sie auf den Ziegelbau zuritten, trat Finn gerade aus einer baufälligen Hütte, die danebenstand. Hinter ihm erkannte Jamie Sarahs Mutter, aber als er sich umdrehte, um Sarah darauf aufmerksam zu machen, riss sie ihr Pony herum und galoppierte davon.

Jamie zügelte sein Pony. Er wusste nicht, was er jetzt tun sollte. Am liebsten wäre er Sarah nachgeritten, aber zugleich spürte er, dass mit den Erwachsenen etwas geschah. Sarahs Mutter hatte sie gesehen, und jetzt machte sie drei Schritte, blieb dann stehen und krümmte sich zusammen.

Finn war sofort neben ihr. Um Sarahs Mam konnte

er sich ja kümmern. Jamie aber musste hinter Sarah her. Schließlich hatte er ihr versprochen, immer für sie da zu sein.

Und was man verspricht, muss man halten.

Weit war es nicht bis Kilkenny, und er würde sie bald einholen. Sarah war nie besonders mutig gewesen, aber seit ihre Mam weg war, fürchtete sie sich vor fast allem, und manchmal mochte sie nicht mal mehr reiten.

Und jetzt fürchtete sie sich sogar vor ihrer Mam.

Er fand sie im Pferdestall, in der Box, in der früher Hektor gestanden hatte. Stephen hatte inzwischen Sarahs Pony eingefangen.

Jamie blieb vor der Boxentür stehen. Jetzt hatte er kein Bonbon mehr, das er ihr schenken konnte. Er tastete alle Taschen ab, aber das Einzige, was er fand, war Finns Taschenuhr. Jamie zögerte. Der größte Schatz, den er je in Händen gehalten hatte. Den durfte er nicht hergeben, er gehörte ihm nicht.

Aber *wenn* er ihm gehörte, würde er ihn sofort Sarah geben.

Er schlich sich zu ihr. Sie kniete im Stroh, den Kopf in den Armen geborgen, die auf dem Strohballen ruhten. Jamie kniete sich neben sie. Ungeschickt legte er die Hand auf ihren Rücken.

«Geh weg!», schluchzte sie. «Geh weg, ich will zu meiner Mam!»

Er sagte ihr lieber nicht, dass sie zu ihrer Mam gedurft hätte, wenn sie nicht Hals über Kopf geflohen wäre.

«Sie vermisst dich bestimmt auch ganz doll», sagte er leise. «Sie hat so traurig ausgesehen.»

Sarah schnüffelte. «Findest du?»

Er nickte. «Ja.»

«Soll sie auch!», rief sie heftig. «Wenn sie mich so allein lässt, soll sie gefälligst auch traurig sein!»

Jetzt trommelten ihre Fäuste auf das Stroh. Sarah heulte vor Wut und ließ sich gar nicht mehr beruhigen.

Jamie war ratlos. Was sollte er nur tun? Er hätte sie so gern getröstet.

«Wenn du willst, dann … dann laufen wir weg. Dann machen wir meine Mam auch traurig.»

Endlich drehte sie sich zu ihm um. «Das würdest du tun?»

Jamie nickte, obwohl ihm bei dem Gedanken ganz bang ums Herz wurde. «Oder wir bleiben noch ein bisschen und verschwinden, wenn sie's am wenigsten erwarten.»

Wenigstens hatte er erreicht, dass Sarah nicht mehr weinte. Sie wischte sich Rotz und Tränen aus dem Gesicht.

Jamie umfasste die Taschenuhr. «Und weißt du was? Damit du nie vergisst, wie ernst es mir ist, dass wir zusammen weggehen, schenke ich dir was.»

«Was denn?», fragte sie neugierig.

Jamie hielt ihr die Taschenuhr hin. «Aber du darfst es nie jemandem erzählen. Es muss unser Geheimnis bleiben, versprochen? Und du musst sie jeden Morgen aufziehen, ja?»

Zögernd nahm Sarah die Taschenuhr. Sobald sie in ihrer kleinen Hand lag, bereute Jamie diesen Schritt. Er würde seinen Bruder anlügen müssen, und Sarah würde die Taschenuhr niemals herumzeigen dürfen, weil dann seine Lüge aufflöge.

«Unser Geheimnis.» Sie drückte die Uhr fest an ihre Brust.

Damit war es besiegelt.

Und ihre Mam schien Sarah für den Augenblick vergessen zu haben.

«Komm, wir helfen Paps. Er will heute einen Baum für den Weihnachtsabend aussuchen, damit wir ihn schmücken können», schlug Jamie vor.

Sarah zögerte. «Das hat früher immer Mam gemacht», sagte sie leise. Ihr Finger strich über die feinen Ziselierungen auf dem Taschenuhrdeckel.

«Na und? Dann machst du das jetzt, zusammen mit meiner Mam. Wetten, dass du es viel besser kannst?»

«Aber warum sind sie denn nicht hergekommen?», fragte Siobhan leise.

Finn drückte ihr ein Glas Whiskey in die Hand. «Trink», befahl er sanft.

Sie gehorchte. Der Whiskey bahnte sich brennend den Weg durch ihre Kehle. «Sie hat mich gesehen und ist einfach …»

«Ich hatte gehofft, dass ihr ein bisschen Zeit miteinander verbringen könnt.» Er setzte sich neben sie.

«Das ist nicht meine Tochter», flüsterte sie. «Was geschieht nur mit ihr? Was erzählen sie ihr in Kilkenny Hall, warum ich fortgegangen bin?»

«Die Wahrheit können sie ihr wohl nicht sagen.»

«Aber sie belügen?» Sie seufzte. «Ich kann Walter ja verstehen. Ich habe ihn hintergangen, ihn betrogen und ihm ein Kind untergeschoben. Aber er hat Sarah geliebt. Ich hoffe nur so sehr, er liebt sie noch, obwohl er jetzt weiß, dass sie nicht sein leibliches Kind ist.»

«Soweit ich das beurteilen kann …»

«Du bist auch ein Vater.»

Finn nickte. «Mach dir keine Sorgen um Sarah. Ihr wird es gutgehen.»

Das bezweifelte Siobhan ja nicht. Sie fürchtete nur, ihr Kind zu verlieren.

Dabei hatte sie es längst verloren.

Als Finn gegangen war, saß sie noch eine Weile am Schreibtisch. Mr. Delamere hatte ihr einige Unterlagen hingelegt, die sie prüfen wollte. Sie beruhigte sich langsam und vertiefte sich ganz in die Arbeit.

«Mrs. O'Brien, Sie sind noch hier?»

Sie schaute auf. Inzwischen war der Lärm auf der Baustelle verklungen. War es schon so spät, dass die Arbeiter ihr Tagwerk beendet hatten?

«Immerhin habe ich jetzt alle Bestellungen geprüft und unterschrieben», sagte sie, stand auf und machte Mr. Delamere Platz. Aber er blieb neben dem Schreibtisch stehen. Seine Finger trommelten auf der Tischplatte.

«Wenn Sie noch da sind, hatte ich überlegt, na ja ...»

«Ja?»

«Wollen Sie mit mir etwas essen gehen? Drüben in Glenorchy?», platzte es aus ihm heraus.

Siobhan war überrascht. «Das ... ich ...»

«Ich weiß schon, ich bin ein alter Mann. Aber ich bin allein, und Sie ... na ja, ich halte nichts auf Gerüchte, und was man sich in der Stadt erzählt, was interessiert es mich. Sie sind eine patente Frau, Mrs. O'Brien, und wenn Sie ... Ihr Mann ... ich meine, wenn Sie nicht mehr verheiratet sind, dann könnte das doch passen.»

Sie schwieg. Ihre Hände zitterten, und in ihrem Körper nistete sich Kälte ein.

«Müssen Sie ja nicht sofort entscheiden. Aber lassen

Sie mich nicht zu lange warten, ja? Der Jüngste bin ich nun auch nicht mehr.»

Sie zwang sich zu einem Lächeln. Was sagte eine junge Frau nochmal zu ihrem Verehrer, wenn sie ihn abwies? Früher hatte sie mit einer Leichtigkeit Körbe verteilt, die sie nur erworben hatte, weil sie genau das ständig getan hatte. Bis Walter gekommen war und sie zum ersten Mal geglaubt hatte, vor ihr stehe ein Mann, der es ernst mit ihr meinte.

Wie man sich eben täuschen konnte, mit gerade zwanzig Jahren.

«Ich werde keine Zeit brauchen, das zu überlegen», sagte sie sanft. «Ihr Angebot ehrt mich, Mr. Delamere, aber ich möchte lieber allein bleiben. Ich glaube, wir würden uns keinen Gefallen tun, wenn wir heirateten.»

«Hm», sagte er. «Schade.»

«Ich schätze Ihre Arbeit sehr», fügte sie hinzu. «Aber ich glaube, es wäre von Ihnen zu viel verlangt, eine Frau zu heiraten, die dreißig Jahre jünger ist und ein Kind von jemand anderem bekommt.»

«Na ja, ich dachte nur. Sie sind doch so ’n feiner Kerl, Mrs. O’Brien, und ich finde, Sie sollten nicht so allein sein. Bringt die Männer nur auf dumme Ideen.»

«Danke», sagte sie schlicht. Seine Fürsorge rührte sie wirklich.

Mr. Delamere blieb noch einen Moment stehen, als wartete er, dass sie doch noch etwas sagte. Dann tippte er an den Schlapphut und verließ die Bauhütte.

Sie hatte ihm nicht die ganze Wahrheit gesagt.

Fürs Erste war es ihr lieber, allein zu sein. Allein mit Amiris Kind. Siobhan legte die Hände auf ihren Bauch und spürte die Tritte des Ungeborenen.

Ja. Sie wollte es alleine schaffen. Danach ... wer wusste das schon so genau? Eines hatte sie in diesem Land gelernt: Nichts hatte hier Bestand. Nur die Mauern von Kilkenny Hall ragten unerschütterlich in den Himmel. Aber sogar ihre Liebe zu diesem monströsen Haus war geschwunden.

Dennoch war sie an Heiligabend lieber allein. Sie schaute auch nicht nach Besuchern aus, sondern ging am Nachmittag in den Wald hinauf und suchte nach kleinen Ästen, Zapfen und anderem Brennbarem, mit dem sie im Winter den Ofen wieder anfachen konnte. Manchmal überraschte es sie, wie viel Aufmerksamkeit ein so kleiner Haushalt von ihr verlangte.

Auf dem Rückweg nahm sie ein paar Zweige von einem Eisenholzbaum mit. Die roten Blüten öffneten sich gerade. Nun, das war besser, als gar keinen Weihnachtsbaum zu haben. Sie nahm sich fest vor, für das nächste Weihnachtsfest Strohsterne zu basteln und kleine Kerzen zu besorgen.

Als sie am späten Nachmittag zur Hütte zurückkehrte, erwartete sie eine Überraschung.

Siobhan blieb stehen und musterte ihre Besucherin stumm.

«Dachte, Sie könnten Gesellschaft brauchen. Meine Mädchen haben heute Abend frei und sind allesamt ausgeflogen. Da hab ich mir überlegt, ich schau mal, wie's Ihnen geht hier oben.»

Siobhan fand ihre Stimme wieder. «Ein bisschen einsam ist es wohl.»

«Warum bringen Sie Ihr Pony nicht in den Stall, und dann schauen wir, was alles in diesem Korb hier ist?» Madame Robillards Stiefel lugte unter dem Rock hervor und zeigte auf den Weidenkorb, den Siobhan erst jetzt bemerkte.

«Das haben Sie alles selbst gemacht?», fragte sie erstaunt, als sie begannen, die vielen Schüsseln und Päckchen auszupacken.

«Ich? Na, da kennen Sie mich aber schlecht, Kindchen. Der stand schon da, als ich kam. Muss ein guter Geist sein, der hier im Wald umgeht.»

Oder Ruth, dachte Siobhan. Vielleicht ist es Ruth gewesen. Jetzt fand sie es doch schade, dass sie nicht daheim geblieben und nach Besuchern Ausschau gehalten hatte.

«Aber eins sag ich Ihnen schon mal. Über Nacht bleib ich auf jeden Fall, denn ich hab nicht vor, im Dunkeln den Berg herunterzukugeln und mir das Genick zu brechen.»

«Einverstanden», sagte Siobhan und lächelte.

Erst an diesem Abend merkte sie, wie einsam sie hier oben war. Und als sie nach dem Essen vor dem Kamin saßen und Madame Robillard ächzend zwischen Herd und ihren Sesseln pendelte, weil sie den besten Punsch zubereiten wollte, den es gab auf der Welt – «und wenn wir ins Schwitzen geraten, ist doch egal, Punsch muss sein!» –, da wurde Siobhan sich einmal mehr ihrer ausweglosen Situation bewusst.

«Was mach ich denn nur, wenn das Kind kommt?»

«Ah, das Kind.» Madame Robillard schnaufte. Sie ließ sich in ihren Sessel plumpsen und stand sogleich wieder auf. «Kindchen, das wird kommen, dringeblieben ist noch keins.»

«Ja, aber ... Ich bin hier ganz allein, und niemanden kümmert es, wenn die Wehen einsetzen ...»

«Wie lang ist's denn noch bis dahin?», fragte Madame Robillard. Sie reichte Siobhan einen Becher dampfenden Punsch.

«Zehn Wochen? Oder zwölf?»

«Wenn's so weit ist, komme ich.»

«Aber woher wollen Sie das denn wissen? Dass es so weit ist?»

«Jetzt seien Sie nicht so umständlich. Trinken Sie lieber, sonst wird der schöne Punsch kalt.»

Etwas fehlte am Punsch. Siobhan musste nicht lange darüber nachdenken. «Da ist kein Wein drin? Kein Schnaps?»

«Glauben Sie, ich will Sie in Ihrem Zustand besoffen machen? Nee, kommt gar nicht in Frage. Bekommt den Müttern nicht so gut, und den Würmchen schon gar nicht, wenn es in der Schwangerschaft Alkohol gibt. Meine bescheidene Meinung. Die Ärzte sehen so was ja völlig unbesorgt. Ich lass meine Mädchen auch nicht rauchen, wenn sie's doch mal erwischt und sie ein paar Monate aus dem Geschäft sind.»

Siobhan fröstelte. Sie dachte an all die Schnäpse, die sie in den letzten Wochen abends immer mal getrunken hatte – ganz unbedarft, und weil es so schön müde machte, wenn sie nicht schlafen konnte.

«Ich glaube, Sie sollten mich Siobhan nennen», murmelte sie.

Madame Robillard beugte sich vor. Ihre Hand streichelte Siobhans Arm. «Dann bestehe ich darauf, dass Sie mich Joséphine nennen.»

Sie lächelte. «Nichts würde mir eine größere Freude bereiten.»

Diane schloss leise die Hintertür hinter sich. Sie lauschte in die Stille des Hauses.

«Dee?!»

Sie zuckte zusammen.

«Dee, bist du das?»

«Ich komme!» Rasch holte sie aus der Speisekammer das Tablett mit dem aufgeschnittenen Teekuchen, den sie am Vormittag vorbereitet hatte.

Dean saß im Wohnzimmer und schrieb die Kontenbücher. Damit konnte er sich stundenlang aufhalten, und solange die Kinder mit ihrer Großmutter im Laden waren und aushalfen, hatte sie auch keine Angst vor ihm.

Die Angst war ihr einfach abhandengekommen.

«Wo warst du so lange?»

«Unterwegs.» Sie stellte den Teller mit Teekuchen neben seine Kontenbücher. So hatte er es gern, er stopfte den Kuchen in sich hinein, während er Konten prüfte oder Geld zählte. «Möchtest du Tee?»

Er blickte auf. Sie hielt das Tablett locker in beiden Händen, den Kopf senkte sie.

«Wo du gewesen bist, will ich wissen.»

Das willst du nicht wissen. Kann dir doch egal sein, dass ich oben in Kilkenny war. Bei der Hütte, in der jetzt Siobhan ganz allein lebt, weil ich sie verraten habe. Es ist nicht deine Sache, dass ich meine Schuld irgendwie begleichen will, indem ich ihr ein paar Leckereien hinstelle. Es ist viel zu wenig, aber wenn ich dir das sage, schlägst du mich lieber tot, statt zu verstehen, dass ich es tun muss.

Das dachte sie. Sie dachte an ihre Kinder, die bei ihrer Mutter in Sicherheit waren. Sie hoffte, dass er sich nicht an den Kindern vergriff in seiner Wut. Wenn er es erfuhr.

Wenn sie es ihm sagte.

Jetzt.

Sie wandte sich ab und ging zurück in die Küche. «Ich hab einige Sachen ausgeliefert. Und dann war ich noch oben in Kilkenny und habe Siobhan besucht. Aber sie war nicht da. Also habe ich ihr einen Korb mit Pasteten und Kuchen dagelassen, damit sie auch ein schönes Weihnachtsfest feiern kann, so ganz allein.»

Sie stellte den Wasserkessel auf den Herd und öffnete die Klappe, um nach dem Holz zu sehen. Im Wohnzimmer war es totenstill. Sie lauschte. Sie fürchtete, dass er im nächsten Augenblick in die Küche gestürzt kommen und ihr die Selbstgefälligkeit aus dem Gesicht schlagen würde.

Dabei war ihr nichts geblieben, außer ein bisschen Gutes zu tun. Sie hatte zuvor viel zu viel Schlechtes getan, und seitdem quälte sie das Gewissen.

Sie legte Kekse auf einen Teller, gab Teeblätter in die Kanne und räumte ein bisschen auf, während sie wartete, dass das Wasser kochte.

Er kam aus dem Wohnzimmer und blieb im Türrahmen stehen.

«Pasteten, ja?»

Sie schaute zu ihm herüber. «Wieso auch nicht?»

Er nickte.

Sie ahnte, was kommen würde. Diese Ruhe war nur der Vorbote für den Sturm, der gleich über sie hereinbrechen würde.

Sie war bereit. Und sie hatte es verdient, jeden verdammten Schlag hatte sie verdient. Ihretwegen war Amiri tot, ihretwegen saß Siobhan allein im Wald und hatte niemanden mehr. Es war alles ihre Schuld.

«In der Kasse fehlt Geld.»

«Ja, ich weiß.» Sie streckte sich nach dem oberen Schrank, und weil sie nicht drankam, zog sie einen Stuhl heran und kletterte hinauf. Sie wollte die schöne Porzellankanne nehmen, heute war schließlich Weihnachten.

«Du weißt, dass Geld fehlt?»

Sie überragte ihn jetzt. Streckte sich, klappte den Schrank auf und hob die Teekanne heraus. «Ja. Ich hab Siobhan das Geld zurückgegeben, mit dem sie ihre Einkäufe bezahlen wollte.» Dreimal hatte sie es inzwischen getan. Sie fühlte sich viel besser damit.

Und wie sie so auf dem Stuhl stand und auf Dean hinabblickte, machte sich fast so etwas wie Triumph in ihr breit. Oh ja. Sie trotzte ihm. Es war wenig genug, was sie tun konnte.

«Du dreckiges Miststück.» Er schnellte vor und riss sie vom Stuhl herunter. Diane schrie, sie stürzte tief, und während sie noch fiel und auf den harten Küchenboden aufschlug, dachte sie: Schade um die schöne Teekanne.

Scherben sprangen um sie hoch. Die Welt verlangsamte sich um sie, und auch Deans Bewegungen wurden langsamer. Wut verzerrte sein Gesicht, er war hochrot. Sie hörte ihn schreien, er brüllte sie an, was ihr einfiele, sein Geld zu verschenken, wie sie es wagen könne, ihn um sein Vermögen zu bringen, und ob die O'Briens ihm nicht schon genug genommen hätten. All das wogte über sie hinweg, und sie ließ es geschehen. Sie war bereit. Nach den Worten kamen die Schläge, so sicher wie auf Blitz Donner folgte.

Er stürzte auf sie zu, riss sie hoch und spuckte ihr seine Verachtung ins Gesicht. Sein Arm hob sich. Aber dann ... sackte er sogleich wieder herab, als zöge ihn ein unsichtbares Gewicht herunter. Sein Brüllen wurde zu einem unverständlichen Lallen, und er ließ sie los.

Diane knallte mit der Schläfe gegen den Tisch. Sie versank in Dunkelheit, und während sie noch fiel, dachte sie: Jetzt ist es vorbei.

Ihre Mutter fand sie, als sie eine Stunde später mit den Kindern aus dem Laden kam. Sie fand Diane und ihren Mann inmitten der Porzellanscherben liegen, und Dean hatte die Hand nach seiner Frau ausgestreckt, als wollte er ihr noch irgendwas sagen.

Gwen kümmerte sich zuerst um Diane, brachte sie ins Bett und jagte den Ältesten zum Arzt. Erst dann hockte sie sich neben Dean, der am Boden lag und sie aus offenen Augen anstarrte.

Er lebte. Ein Jammer. Sie hätte ihrer Tochter so sehr gewünscht, von diesem Ungeheuer erlöst zu werden.

Aber sein Gesicht war gelähmt, und wenn er den Mund aufmachte, kam nur ein Lallen heraus. Seine rechte Hand griff ins Leere, und seine linke regte sich gar nicht mehr.

Gwen vergrub den Triumph in ihrem Innern. Sie kümmerte sich um Diane, kümmerte sich um die Kinder, die sich ängstlich um die Großmutter drängten und fragten, was mit Papa los sei.

«Die gerechte Strafe hat er gekriegt», sagte sie nur. Diane hätte sie gewünscht, dass sie gänzlich von ihm erlöst wäre, aber so war es eine gerechtere Strafe. Sollte er leiden, in seinem schwachen Körper, der ihn von nun an verraten würde. Sollte er ruhig leiden.

Es brauchte seine Zeit.

Emily gewöhnte sich endlich daran, dass alles seine Zeit brauchte. Das war es, was sie die kommenden Monate lehrten.

Es gab die guten Tage, an denen sie aufstand, sich ankleidete und abends mit Aaron im Speisezimmer saß, ehe sie es sich im Salon gemütlich machten. Und immer war seine Hand da, seine Finger verschränkten sich mit ihren, seine Wärme vertrieb die Kälte aus ihrem Körper.

Aber viel häufiger gab es die schlechten Tage, an denen sie nicht aufstand, mit den Schmerzen haderte und mit den Nebenwirkungen ihres Entzugs. Dann fühlte es sich nicht anders an als vor Wochen, wenn sie vergessen hatte, regelmäßig die Tabletten zu schlucken. Aber damit war nun Schluss.

Damit musste Schluss sein, wenn sie die Vergangenheit hinter sich lassen wollte. Mit Aaron sollte alles anders sein. Sie war inzwischen achtundzwanzig. Ihren Geburtstag hatten sie ganz leise gefeiert, und sie hatte am Abend die Pakete von daheim geöffnet, Briefe gelesen, die ihr die Kehle zuschnürten. Erst jetzt erfuhr sie von Siobhans Kind, das zu der Zeit geboren werden sollte, zu der auch sie ... aber dieser Gedanke war ebenso verboten wie so viele andere. Die Vergangenheit war ein Minenfeld, das zu betreten sie nur noch wagte, wenn sie den Füller in der Hand hielt.

Mit dem Winter kam das Gefühl, wieder vollständig gesund zu sein. Und sie schrieb. Sie schickte die losen Blätter an Chris Worthington, der sich im April meldete und vorschlug, einen zweiten Lyrikband zu machen.

Sie schlief immer noch im Gästezimmer. Manchmal lag sie nachts wach, so auch in einer Nacht im Mai. Ein heftiger Sturm rüttelte an den Fensterläden. Sie stand noch einmal auf und tapste barfuß zu ihrem Schreibtisch. Darauf lag ein Brief von Siobhan, der bereits vor zwei Tagen gekommen war.

Bisher hatte ihr der Mut gefehlt, ihn zu lesen.

Sie zeichnete die Buchstaben nach, bewunderte diese geschwungene, elegante Schrift. Emily setzte sich an den Schreibtisch und drehte die Lampe etwas höher. Sie nahm den Brieföffner, schob ihn unter die Lasche und zögerte. Dann riss sie den Umschlag auf.

Sie wusste ja bereits, was darin stand. Bestimmt schrieb Siobhan von ihrem Kind. Von ihrem großen Glück, obwohl sie jetzt allein lebte.

Emily schluckte.

Meine liebe Emily,
ich muss mich wohl bei dir entschuldigen, dass ich seit Monaten nichts von mir hören ließ, außer der mageren Zeilen zu deinem Geburtstag. Ich hoffe, es geht dir gut, da unten in Dunedin, direkt am Meer.
Hier ist es wie immer. Der Wakatipu atmet, den Schafen wächst im Ostwind die feinste Wolle, und dein Bruder spricht kein Wort mit mir. Ich kann's ihm nicht verdenken.
Seit einigen Wochen aber hat sie *mein Leben verändert. Sie ist ein kleines Wunder. Ist nicht jedes Kind ein Wunder? Mit ihnen dreht sich die Welt ein Stückchen weiter. Ich habe sie auf die Namen Josephine Emily Aoatea taufen lassen. Darum schreibe ich dir heute – um dich zu bitten, ihre Patin zu werden.*
Ich hatte viel Zeit nachzudenken, hier allein im Wald. Und ich glaube, wir sind uns im Grunde recht ähnlich.

Kamen wir nicht beide vor über zehn Jahren her und suchten das Glück? Ich habe es gefunden, aber ganz woanders, als ich glaubte. Wer hätte das gedacht? Und ich wünsche dir, dass auch du es findest oder schon gefunden hast. Mir scheint, es gibt einen guten Grund, warum du seit Monaten in Dunedin bist.
Lass von dir hören! Und schreib mir, ob ich mit dir rechnen darf. Diese Welt verändert sich, und es wäre beruhigend zu wissen, dass Josie eine Patin hat, die ihr den Weg in diese neue Welt weist, falls mir etwas passiert.
Deine Schwägerin und Freundin
Siobhan

Emily ließ das Blatt sinken. Sie weinte und ließ die Tränen einfach fließen, wie sie kamen.

Manchmal brauchte es nur die richtigen Worte. Und manchmal kamen sie aus ganz unerwarteter Richtung.

Sie stand auf, nahm die Lampe und verließ ihr Zimmer. Sie kannte den Weg blind und hätte das Licht nicht gebraucht, als ob sie schon hundertmal des Nachts diesen Weg gegangen wäre. Vor Aarons Tür löschte sie das Licht und stellte die Lampe auf den Boden, wo Miss Ravenish sie am nächsten Morgen finden und ihre Schlüsse ziehen würde.

Der Sturm rüttelte und schüttelte das Haus. Sie verharrte im Dunkeln und lauschte. Wuchtig und schwarz zeichneten sich die Umrisse des breiten Bettes ab, und sie sah im gespenstischen Weiß der Kissen und Decken Aarons dunklen Schopf.

Er war sofort wach und richtete sich abrupt auf. «Emily?», flüsterte er.

«Ich bin hier.»

Er schlug die Bettdecke beiseite. Eine stumme Einladung, der sie, ohne zu zögern, folgte. Emily schmiegte sich an ihn, und Aarons Arme umfingen sie.

Alles war gut.

Sie zog das linke Bein an. Ihre Hand umfasste das Fußgelenk, der linke Fuß ruhte auf dem rechten Knie. Kein Schmerz. Nur Wärme und Geborgenheit.

Im nächsten Moment war sie eingeschlafen.

27. Kapitel

Es ziepte, und Sarah traten Tränen in die Augen. «Du tust mir weh!», maulte sie.

«Stell dich nicht so an.» Mam Helen zog erbarmungslos den Kamm durch Sarahs widerspenstiges Haar, ehe sie es in Strähnen teilte und fest flocht. Sarahs Kopfhaut prickelte, aber sie hielt den Kopf gesenkt und schaute nicht auf. Mam Helen mochte es nicht, wenn sie jammerte.

«So. Lauf und such Jamie. Er muss auch gekämmt werden. Und pass um Himmels willen auf dein Kleid auf, ich habe keine Lust, dich nochmal umzuziehen.»

«Ja, Mam Helen.»

Sie schaute auf. Ihr Blick begegnete dem ihrer Mam im Spiegel. Ihrer Mam – und doch wieder nicht. Mam Helen legte die Hände links und rechts vom schnurgeraden Scheitel, der Sarahs Haar in zwei schwarze Hälften teilte. «Wirst ihr mit jedem Tag ähnlicher», murmelte sie. Doch dann ließ sie Sarah los. «Nun lauf und such deinen Bruder.»

Sarah sauste davon. Wie immer, wenn Mam Helen ihr Haar gemacht hatte, zwickte und juckte es, und sie hätte sich am liebsten die Zopfgummis herausgerissen. Aber das würde nicht nur Schelte, sondern vielleicht sogar Schläge geben.

Im Flur begegnete sie Großpapa. «Ho, ho, meine Liebe. Wohin so schnell?»

Sofort blieb sie stehen. Den Kopf gesenkt, flüsterte sie: «Jamie holen. Mam möchte ihm das Haar machen.»

«Hm», machte er. «Dann mal ab mit dir.»

Sie lief jetzt nicht mehr, sondern ging gemessenen Schritts die Treppe herunter. Bestimmt erzählte Großpapa ihrer Mam, dass sie im Haus gerannt war. Und dann schimpfte Mam wieder mit ihr.

Aber nein, Großpapa musste sich doch heute auch in so einen schicken Anzug zwängen, und das mochte er gar nicht. Aber weil Finn und Ruth heute eingeladen hatten, um das alljährliche Frühlingsfest oben an der Blockhütte zu feiern, hatte Mam beim Frühstück gesagt, sie müssten sich allesamt chic machen.

Und was Mam Helen sagte, war in diesem Haus Gesetz. Daran hielt sich meistens sogar Paps. Obwohl er mit Mam nicht verheiratet war, schließlich war er ihr Sohn. So wie Sarah ihre Tochter war, aber auch nicht so richtig, weil ihre richtige Mam sie ja nicht mehr haben durfte.

Und sie durfte Mam Helen nie laut so nennen. Dafür gab es nämlich wieder Schimpfe. Und manchmal sogar Schläge. Früher hatte Sarah es ausprobiert.

Jetzt flüsterte sie es höchstens. Oder dachte es. Und in ihrem Kopf klang das dann richtig, laut und gut.

Sie fand Jamie im Stall.

«Jamie, Jamie! Du sollst zu Mam kommen, sie will dich kämmen!»

Natürlich verzog Jamie das Gesicht. Er wuschelte mit der Hand durch seinen Schopf und grinste schief. «Muss das denn sein?», fragte er.

«Wir gehen doch heute zu Finn und Ruth. Hast du

das schon vergessen?», tadelte sie ihn sanft. Mam Helen wäre stolz auf sie gewesen.

«Oh ja! Da siehst du deine Mam endlich wieder.»

Sarah schüttelte den Kopf. Immer, wenn Jamie von ihrer Mam sprach, also ihrer echten Mam, die sie im Stich gelassen hatte, schwappte etwas Dunkles, Kaltes in ihr hoch. «Sie ist nicht meine Mam. Sie ist die Mam von diesem kleinen Mädchen. Weißt du doch.»

«Man kann doch die Mam von mehreren sein.»

«Meine nicht. Meine will nur eine Tochter haben.»

Sie steckte die Hand in die Rocktasche. Das kühle Gold der Taschenuhr, die Jamie ihr vor zweieinhalb Jahren geschenkt hatte, beruhigte sie immer. Ihre Finger streichelten darüber, und danach verging das Dunkle in ihr.

«Komm jetzt. Mam wartet nicht gern.»

«Pfff, soll sie doch warten.» Aber Jamie trottete zum Haus. Sarah folgte ihm. Sie blieb in der Eingangshalle stehen und lauschte. In der Küche klapperte Annie mit dem Geschirr, und im Salon hörte sie ein dezentes Klirren.

Bestimmt Paps.

Sie schlich zur Tür, die nur angelehnt war. Tatsächlich: Paps saß auf dem Sofa vorm Kamin, und in der Hand hatte er ein Glas mit einer bernsteinfarbenen Flüssigkeit. Das machte er oft. Und oft sah er so müde und traurig aus. Aber selten schon so früh am Tag.

Sarah schlich in den Salon. Auf Zehenspitzen, denn eigentlich durfte sie nicht in den Salon.

«Hallo, Papa.» Sie setzte sich neben ihn.

Seine Augen waren blutunterlaufen, dunkle Schatten umgaben sie wie Höhlen. Das sandfarbene Haar hing ihm wirr ins Gesicht. «Sarah», flüsterte er, legte den Arm um ihre Schulter und drückte sie an seine Brust. «Ach, Sarah. Bist du schon fertig für das Frühlingsfest?»

Sie nickte in seine Jacke hinein. Sie roch nach Schnaps, nach Schafwolle und nach Schweiß.

«Kommst du mit?», fragte sie leise.

Die letzten beiden Jahre war er nicht mitgekommen. Er hatte sich am Abend vorher immer so viel vom Whiskey gegönnt, dass Mam Helen sich geweigert hatte, ihn mitzunehmen.

«Möchtest du denn, dass ich mitkomme?»

«Ja.»

Er seufzte.

«Weißt du, ich mag es auch nicht, wenn meine andere Mam da ist. Ich mag sie nicht. Aber wenn ich mit dir zusammen hingehen kann, dann ist das gar nicht schlimm», versuchte Sarah, ihn zu überzeugen. «Dann kann ich nämlich die ganze Zeit neben dir sitzen, und wir lachen ganz viel, dass es ihr leidtut, mich weggegeben zu haben.»

«Ach Sarah.» Er zog sie wieder an sich. Sie spürte, dass seine Brust bebte.

«Komm, Papa. Du musst dich noch umziehen. Und Petersilie solltest du kauen, Annie sagt nämlich, das hilft, dass man nicht so nach Schnaps riecht.»

Papa lachte. «Du wirst ein richtiges kleines Hausfrauchen.»

«Muss ich ja! Schließlich will ich Jamie heiraten, wenn ich groß bin.» Ihr fiel etwas ein. «Wann bin ich groß genug, dass ich Jamie heiraten kann, Papa?»

Er stand schwerfällig auf. «Das dauert noch ein paar Jahre.»

«Aber ich bin schon fast zehn! So lange müssen wir nicht mehr warten, oder?»

Etwas schmerzlich Zärtliches lag in Papas Gesicht. Er legte die Hand an ihre Wange. «Ich bin so stolz auf dich», sagte er leise, und während sie sich noch fragte, wie er das meinte, fügte er hinzu: «Du hast wenigstens Familiensinn. Deiner Mutter hat er immer gefehlt, obwohl sie so familiär tut. Und jetzt zieh ich mich um.»

Seine Hand war weg, und er rieb sich das Kinn. «Rasieren sollte ich mich wohl auch.»

«Mach dich richtig, richtig fein! Wir zeigen's der anderen Mam schon, dass wir sie nicht brauchen!»

Weil es so kühl und regnerisch war, hatten Finn und Ruth beschlossen, im Haus zu decken. Letzten Sommer hatten sie endlich angebaut, denn mit dem vierten Kind war es endgültig zu eng geworden. So hatten sie nun auch einen Salon, der an diesem besonderen Tag ausgeräumt wurde, um der langen Tafel Platz zu machen.

Sarah hielt sich dicht neben ihrem Papa. Sie setzte sich zu ihm, und sie beäugte jeden misstrauisch. Niemand sollte ihrem Papa etwas zuleide tun! Viele der Anwesenden waren ihr fremd, und Paps wirkte auch so, als wären die Leute ihm fremd, denn er stockte immer mitten im Gespräch. Aber das machte er vor allem, um zu gucken, wo die andere Mam war.

Die war tatsächlich gekommen, und sie saß mit am Tisch, unterhielt sich mit dem Maori und seiner blonden Frau, als wären sie die besten Freunde. Aber Sarah merkte, dass Mam eigentlich gerne zu ihnen rübergeschaut hätte. Manchmal ruckte ihr Kopf nämlich so komisch, als erinnerte sie sich gerade rechtzeitig daran, nicht herüberzugucken.

Neben Sarah saß eine elegante, vornehme Frau, die sie erst nach einigem Nachdenken als ihre Tante Emily erkannte. Sie war mit Aaron Gregory gekommen, einem Freund. Tante Emily hatte nämlich keinen Mann mehr. Sarah fragte sich, warum sie nicht diesen Mann heiratete, der da neben ihr saß und sie immer so komisch verliebt anschaute. Sie guckte schließlich auch so verliebt, und dann gehörte es sich doch, dass man heiratete!

So wie ihr Onkel Finn und seine Frau Ruth. Die beiden waren auch richtig verliebt, das konnte Sarah sehen. Und ihre Kinderschar, die in der Küche mit Mams Tochter Josie aß, da bekamen doch alle genug Liebe.

Aber warum hatte ihre andere Mam nicht genug Liebe für sie?

Wieder fasste sie zum Trost nach der Taschenuhr. Sie fing einen tadelnden Blick von Mam Helen auf, weil sie nur mit der Gabel aß und im zarten Lammfleisch herumstocherte.

Am liebsten hätte sie sich unsichtbar gemacht, um nicht aufzufallen. Wenn man nicht auffiel, redeten die Erwachsenen über Dinge, von denen sie sonst behaupteten, sie gingen die Kinder nichts an.

Paps fing an. «Ich habe gehört, du verkaufst inzwischen auch nach England?»

«Das stimmt. Letzten Monat ist eine erste Lieferung nach London gegangen.» Ihre andere Mam trank einen Schluck Wasser, ehe sie fortfuhr: «Sie sind dort schier verrückt nach unserer Wolle, und für diesen Herbst haben sie schon eine größere Bestellung angekündigt.»

«Unsere Wolle, soso.»

Die anderen Erwachsenen waren plötzlich ganz still.

«Walter», sagte Mam leise. «Mach es mir doch nicht so schwer.»

Sarah spürte, wie Papa ganz hart wurde. Sie schaute ihn von der Seite an, und sie wunderte sich, weil er Mam zum ersten Mal an diesem Tag offen anschaute. Aber er sah wütend aus, gar nicht so traurig wie sonst, wenn es um Mam ging.

«Wer macht es denn wem schwer, Siobhan? Wer hat sich denn einem dreckigen Wilden hingegeben, wer hat meine Familie beinahe um ihr Vermögen gebracht, wer ...»

«Könnt ihr nicht einmal an einem Tag wie heute Frieden halten?», fragte Ruth sanft.

Gerade wollte Siobhan etwas erwidern, als aus der Küche ein Poltern erklang. Sofort sprang sie auf und rannte aus dem Salon. Ruth folgte ihr besorgt. Ein Kind schrie.

Unter dem Tisch nahm Sarah die Hand ihres Vaters. Sie drückte fest zu, als wollte sie ihn ermutigen. Oder trösten, sie wusste es selbst nicht so genau.

Niemand sagte ein Wort. Alle lauschten, was in der Küche vor sich ging.

«Willst du später auch so eine erfolgreiche Geschäftsfrau werden wie deine Mam?», brach Emily schließlich das Schweigen.

Sarah schüttelte so heftig den Kopf, dass ihre schwarzen Zöpfe flogen. «Bestimmt nicht! Ich werd Jamie heiraten, und dann will ich ganz viele Kinder haben mit ihm!»

Darauf sagte ihre Tante nichts. Damit hatte sie wohl nicht gerechnet, dass Sarah schon genau wusste, was aus ihr werden sollte.

«Aber ...»

«Nun lass doch das Kind», fuhr Helen dazwischen. Sie

blitzte Tante Emily über den Tisch an. «Muss doch nicht jedes Mädchen so aus der Art schlagen wie du!»

Emily schwieg gekränkt.

Die Tür ging auf, und ihre andere Mam kam zurück. Auf dem Arm trug sie das niedlichste kleine Mädchen, das Sarah je gesehen hatte.

Und sie hasste es, seit sie wusste, dass es dieses Mädchen gab.

Dennoch konnte sie nicht anders, sie musste die Kleine anschauen. Das schwarze Haar ringelte sich ungebändigt um den Kopf, die Augen waren dunkel und riesig. Ihr weißes Kleidchen bauschte sich, als Mam das Mädchen auf ihren Schoß setzte.

«Mamama!», machte die Kleine und streckte die Hand nach dem Teller aus.

«Nicht, mein Schatz.» Mam küsste den Scheitel von Sarahs Schwester.

«Dürfen wir jetzt aufstehen?», fragte Jamie. Er schob seinen leergegessenen Teller von sich, legte das Besteck säuberlich darauf und die Serviette daneben, genau wie Mam Helen es immer wollte.

«Aber es gibt noch Nachtisch», wandte Ruth ein.

«Ich bin pappsatt. Und Sarah auch, stimmt's, Sarah?»

Sie nickte stumm, warf ihre Serviette auf den Teller – was ihr einen strafenden Blick von Mam Helen einbrachte – und schob den Stuhl zurück.

Nur schnell weg von hier. Ihr wurde ganz schwindelig, wenn sie länger mit diesem Kind in einem Raum sein musste.

Jamie nahm ihre Hand. «Sind sie nicht süß?», hörte Sarah ihre Tante Ruth fragen, dann klappte die Tür hinter ihnen zu.

«Komm, ich weiß was, da sind wir ungestört.» Jamie brachte sie zu der Stiege, die zur Mansarde führte. Inzwischen war die Mansarde die Rumpelkammer des Hauses. Hier standen alte Sessel, das abgewetzte Sofa aus der alten Küche, und in den Schränken wurden Winterkleidung und anderes verwahrt, für das in dem kleinen Haus unten kein Platz mehr war.

Sarah fror. Sie kroch auf das Sofa, und Jamie holte ihr einen abgewetzten Quilt, unter dem sie sich dicht aneinanderkuschelten.

«Versprichst du mir, dass du mich nie im Stich lässt?», flüsterte Sarah.

«Versprochen.» Jamie streckte sich. Er gähnte und schloss die Augen.

Sarah konnte jetzt nicht schlafen. Sie konnte nicht vergessen, wie zärtlich ihre andere Mam dieses Mädchen auf dem Schoß hielt. Hatte sie Sarah früher auch so geherzt?

«Ich werde sie immer hassen», flüsterte sie. «Immer!»

«Wen?», fragte Jamie schläfrig.

«Josie. Dieses kleine ...»

«Ach, sie ist doch nur ein Kind. Ich find' sie süß.»

Sarah mochte sich nicht ausmalen, wie Josie heranwuchs. Sie würde bestimmt viel, viel schöner als Sarah werden. Ganz sicher würde sie allen Männern den Kopf verdrehen.

Und wenn sich Jamie in sie verliebt?, dachte sie. Wenn er Josie mehr mag als mich?

«Jamie?» Sie zupfte an seinem Hemd. «Jamie, du musst mir was schwören.»

«Mh?»

«Schwörst du, dass du nie, nie, nie eine andere heiratest als mich? Schwörst du's beim Leben ... beim Leben deines Ponys?» Ihr fiel auf die Schnelle nichts Besseres ein. «Du guckst nie eine andere an, ja? Versprochen?»

«Ach, dir würd' ich doch alles versprechen.» Er gähnte, streckte die Arme aus und zupfte an ihrem Zopf. «Und jetzt lass mich schlafen. Ich bin so müde.»

Sarah musste lächeln. Immer war er müde oder hungrig. Meistens beides. Mam Helen sagte, das sei in dem Alter so, da stünde er seinen Brüdern in nichts nach.

Sie kuschelte sich an ihn und schloss die Augen. Jamie war ihr sicher, und ebenso Papa und die Großeltern. Sie musste nur dafür sorgen, dass wenigstens diese wenigen ihr blieben.

Dafür würde sie alles tun.

Ihre andere Mam konnte ihr da doch gestohlen bleiben. Und Josie auch, dieser süße Fratz.

Mam Helen sollte stolz auf sie sein. Sie würde alles tun, um nicht «aus der Art zu schlagen», so wie Tante Emily.

Sarah lächelte. Oh, bestimmt schlug Josie sehr aus der Art. Wie ihre andere Mam sie verwöhnte! Das konnte doch nicht gut sein.

Emily und Aaron verabschiedeten sich am späten Nachmittag. Sie ritten zurück nach Glenorchy, wo sie sich ein Hotelzimmer genommen hatten.

Emily atmete tief durch. Sie genoss es, gemächlich dahinzureiten und neben sich den Mann zu wissen, der sie liebte. Sie lächelte still.

«Man könnte meinen, dir hätte jemand zum Abschied noch den Sahnetopf in die Hand gedrückt», lachte Aaron.

«Ich freue mich einfach. Über Siobhan. Sie ist richtig glücklich, findest du nicht?»

«Kann ich ihr nicht verdenken. Deine Schwägerin ist eine ausgesprochen fähige Geschäftsfrau. Ohne sie hätte deine Familie mehr verloren als nur Kilkenny.»

«Sie hat einen hohen Preis bezahlt ...»

«Du meinst Sarah?»

Emily zuckte die Schultern. «Findest du nicht? Sarah macht auf mich den Eindruck, als eiferte sie in allem meiner Mutter nach.»

«Was denn, nur weil sie Jamie heiraten und Kinder kriegen will? Sie ist doch noch keine zehn Jahre alt. Hast du nie so geredet?»

Emily lachte. «Du weißt genau, dass meine erste Ehe eine solche Katastrophe war, dass mir alle Lust vergangen ist, meine Mutter in dieser Hinsicht zufriedenzustellen.»

Aaron wurde ernst. «Aber du hast es versucht. Hast dich gegen deine Bestimmung gewehrt, und gegen dein Herz.»

Sie wurde ganz wehmütig. «So viele verschenkte Jahre ...»

«Und? Was ist schlimm daran? Vermisst du denn etwas in unserem Leben?», fragte er.

Wie konnte sie etwas vermissen, wenn Aaron sie mit allem beschenkte, was sie brauchte? An seiner Seite zu leben, ließ ihr Platz fürs Schreiben, und zugleich war er stets zur Stelle, wenn sie ihn brauchte, und sei es nur, um ihr eine Gedichtzeile in zwei Varianten vorzulesen und von ihm eine Einschätzung einzufordern.

Aber eine Leere gab es noch, die bisher nicht erfüllt war. Sie schämte sich fast dafür. Einer modernen Frau stand es wohl kaum zu, sich nach einem Kind zu sehnen, oder?

«Ich vermisse nichts», antwortete sie daher heiter. «Wir haben doch alles!»

Sie hoffte, das Glück würde diesmal nicht so flüchtig sein. Und sollte es doch so sein, wollte sie die Sonne einfangen, wie es einst Maui getan hatte, und ihren Lauf verlangsamen, dass sie in der kurzen Zeit ihres Glanzes alles erreichen konnte, was sie noch vorhatte.

Und sei es nur, einfach dem Maorifalken nachzublicken, der über den Bergen am Wakatipusee seine Kreise zog.

Dank

Sehr herzlich danke ich: Caia, Christiane, Inez, Isabel, Martina, Natalja, Nike, Rike, Sabine, Thomas und Uschi.

Von ganzem Herzen immer wieder: Gordon. Weil er den Alltag mitmacht.

Ein Roman voller Charme, Sehnsucht und Gefühle

Nur ungern kehrt Kati zurück in die Lüneburger Heide. Zu schmerzhaft sind die Erinnerungen an den Tod ihrer Zwillingsschwester. Was genau damals geschah, weiß niemand. Nun muss sich Kati um den familieneigenen Gasthof kümmern. Der Vater liegt im Krankenhaus, die Großmutter wird alleine mit Küche und Gästen nicht fertig. Gemeinsam hauchen sie dem Heidehof neues Leben ein.

Bestsellerautorin Sofie Cramer berührt mit einer Geschichte aus ihrer Heimat.

rororo 25774

Ro - 008/1 · Rowohlt online: www.rowohlt.de · www.facebook.com/rowohlt

MIX
Papier aus verantwortungsvollen Quellen
FSC® C083411

Das für dieses Buch verwendete FSC®-zertifizierte Papier
Lux Cream liefert Stora Enso, Finnland.